中国网络文学研究年编·2021

ZHONGGUO WANGLUO
WENXUE YANJIU NIANBIAN · 2021

梁鸿鹰　何　弘 ◎ 主编

时代出版传媒股份有限公司
安徽文艺出版社

图书在版编目（CIP）数据

中国网络文学研究年编.2021/梁鸿鹰，何弘主编.—合肥：安徽文艺出版社，2023.1

ISBN 978-7-5396-7549-7

Ⅰ.①中… Ⅱ.①梁… ②何… Ⅲ.①网络文学－文学研究－中国 Ⅳ.①I207.999

中国版本图书馆CIP数据核字(2022)第173441号

出 版 人：姚 巍	策　划：朱寒冬　姚 巍
责任编辑：宋潇婧	装帧设计：张诚鑫

出版发行：安徽文艺出版社　www.awpub.com
地　　址：合肥市翡翠路1118号　邮政编码：230071
营 销 部：(0551)63533889
印　　制：安徽新华印刷股份有限公司　(0551)65859551

开本：710×1010　1/16　印张：36.25　字数：460千字
版次：2023年1月第1版
印次：2023年1月第1次印刷
定价：118.00元

（如发现印装质量问题，影响阅读，请与出版社联系调换）

版权所有，侵权必究

2021中国网络文学蓝皮书

2021年,中国共产党成立一百周年,第一个百年奋斗目标胜利实现,我国全面建成小康社会,开启全面建设社会主义现代化国家新征程。中国作协十代会胜利召开,习近平总书记出席开幕式并发表重要讲话,殷切期望文艺工作者为实现中华民族伟大复兴的中国梦提供强大的价值引导力、文化凝聚力、精神推动力。网络文学界以实际行动庆祝党的百年华诞,贯彻落实中国作协十代会精神,主动担当作为,创作反映新时代、传播正能量的优秀作品,推动新时代文学高质量发展。

2021年,网络文学主流化、精品化进程加快,现实题材创作进一步深化;网络作家队伍组织化程度不断提高,凝聚力、向心力显著增强;理论评论发挥价值引导、精神引领、审美启迪作用,评论生态更趋健康;行业转型升级发展势头延续,IP改编更加多元;网络文学国际传播更受重视,网文出海形式更加丰富多样。

一、创作态势总体向好

2021年,网络文学创作数量质量稳步提升,涌现了一批优秀作品。其中,科幻题材、现实题材优秀作品占比提高,创新探索成为共识。全国45家主要网络文学网站全年新增作品250多万部,存量作品超过3000万部。

1. 网络作家胸怀"国之大者",传播正能量、反映新时代的主动性、积

极性显著增强。中国作协年初首次发布2022年度网络文学选题指南暨重点作品扶持征集通知,鼓励、引导网络作家创作时代先锋、强国梦、人民美好生活、科技创新与科幻、中华文化精神、人类命运共同体等主题的作品。扶持的34项选题中有20多部现实题材作品,有效发挥了导向作用。国家新闻出版署组织实施了2021年"优秀现实题材和历史题材网络文学出版工程",引导网络作家书写当代中国波澜壮阔的社会变革,弘扬党和人民奋斗形成的伟大精神,展现源远流长、博大精深的中华文明。上海、江苏、浙江、广东等地作协和网站,也都通过重点作品扶持、征文等方式,引导网络文学反映新时代。为庆祝中国共产党成立一百周年,中国作协举办了网络文学"百年百部"系列活动,广大网络作家踊跃参与主题创作;中宣部"光辉历程:庆祝中国共产党成立100周年优秀网络文艺作品展示"活动集中展示了一批优秀现实题材网络文学。《火种》《风骨》《长乐里:盛世如我愿》等作品再现建党百年历史,弘扬伟大建党精神。

2.现实题材创作塑造时代新人形象,数量、质量同步提高。现实题材创作积极反映读者关切,改革开放、奋斗创业、科技创新、乡村教育、生活婚恋等成为表现热点。2021年全国主要文学网站新增现实题材作品27万余部,同比增长27%,现实题材作品存量超过130万部。"90后"成为现实题材网文创作主力,占比近五成。《百年沧桑华兴村》以一个村庄的百年变迁为线索,反映建党百年以来的风雨历程;《情暖三坊七巷》通过记录三坊七巷的改造,探寻现代都市形态与古老文化的和谐共处;《北斗星辰》以北斗卫星导航系统的研发为主线,写出了"北斗人"在大时代的大追求;《何日请长缨》展现国企改革领导者的担当和作为;《三万里河东入海》《奔腾年代——向南向北》讲述普通创业者艰辛打拼历程,弘扬"奋斗的青春最美丽"的题旨;《老战士》《山人行》《守鹤人》塑造退伍老兵、乡村教师、动物保护志愿者等平凡英雄的时代形象;《廊桥梦密码》《嗨,古建修复师先生》《他以时间为名》弘扬传统文化,表现现代工匠精神;《冰雪恋熊猫》《幸福在家理》将冬奥会与美食文化及乡村振兴融合,运用网络语言展示新时代中国的独特魅力,书写出既符合主流价值观设定,又颇为曲折生动的故事。

3. 科幻题材创作持续升温。科幻题材作品风格出新,"Z世代"成为网络文学科幻题材创作和阅读的主力,一批知名网络作家投入科幻题材写作中,影响不断扩大。2021年全国主要网络文学网站新增科幻题材作品近22万部,同比增长23%,科幻作品存量超过110万部。科幻题材网络文学在数量提升的同时,作品更加"硬核",质量也有大幅提高。《群星为谁闪耀》描写脑机互联背景下不同国族和文明在太空探索中由歧视、对立走向相互扶持、共生共荣的故事;《我们生活在南京》以无线电为媒介,巧妙地将现代和未来同地交叠,获第32届银河奖最佳网络科幻小说奖;《夜的命名术》构建平行时空,展现人类不屈的奋斗精神,科技感、想象力十足;《第九特区》在人类家园重建背景下,展开一段热血传奇;《从红月开始》关怀人类终极命运,构建了一个充满悬疑色彩的奇妙世界;《我的治愈系游戏》《镇妖博物馆》等作品以单元剧形式呈现悬疑故事,结构紧凑、悬念迭出。

4. 幻想和历史类作品努力彰显中国精神、中国气派。历史题材作品向纵深拓展。2021年全国主要网络文学网站新增历史题材作品22万余部,同比增长11%,历史题材作品存量超过230万部。《天圣令》体现正确唯物史观,追求思想性、艺术性、网络性的统一;《山海经·三山神传》挖掘《山海经》文化内涵;《绍宋》努力书写北宋末年历史画卷;《登堂入室》将中华瓷器知识融入作品,推广优秀瓷文化;《澹春山》《我花开后百

花杀》注重中华传统文化的创造性转化,寓教于文,着力于传统言情的"硬核书写";《万族之劫》具有热血爱国情怀,写立志奔赴前线的主人公努力奋斗,终成长为具有家国情怀的人才;《归一》以穿越手法讲述底层小人物以自己的才智和拼搏终成一番事业的故事。

5. 类型融合、类型创新进一步拓展。玄幻仙侠等将多种题材元素穿插融合,风格更趋多元多变。《大奉打更人》《大周仙吏》将探案元素融入玄幻仙侠题材;《长夜余火》用游记结构构筑了一个昏暗荒诞却又不失希望的劫后世界。女频网文风格转变,视野外扩,与男频叙事结构趋近。《嫡长女她又美又飒》讲述年轻女将军的成长历程;《辞天骄》将家国天下的恩怨情仇凸显得淋漓尽致;《表小姐》《墨桑》等将言情与职场商战元素相融合,拓展作品深度;《再少年》讲述单身姑娘穿越成为75岁老妪,融穿越和都市类型于一体,风趣诙谐。反套路、日常生活书写、"稳健流"及快节奏、大脑洞为特点的"飞卢风"网文崛起,注重交互式体验,更加重视人物心理活动的呈现。《我就是不按套路出牌》《不科学御兽》《这个明星很想退休》《我不可能是剑神》《栩栩若生》《捡漏》等由传统逆天改命的宏大场面逐渐向脑洞清奇的反套路文、温馨幽默的轻松日常文等不断延伸,题材和风格日趋多元化。

6. 精品力作依然相对偏少,整体质量有待提高。网络文学精品力作相对较少,尤其缺少现象级佳作,整体创作质量有待进一步提升。2021年,过分注重市场收益、流量至上的倾向虽然一定程度受到遏制,但同质化、模式化现象仍然严重,"三俗"现象仍时有发生,不良亚文化、畸形审美等错误倾向时有浮现,"战神文""豪婿文""多宝文"等存在大量荒腔走板的内容。

二、网络作家队伍和组织建设稳步推进

2021年,网络作家队伍进一步壮大,全国网络文学组织建设渐成体系,思想价值引领作用进一步加强,培训力度进一步加大,网络作家队伍向心力、凝聚力显著增强。

1. 网络作家队伍迭代发展势头良好。全国45家主要网络文学网站新增注册作者150多万人,新增签约作者13万人,新增网络文学作者大多为"Z世代"。全国省级网络作协会员平均年龄35岁左右,年轻作家成为网络文学创作中坚。网络文学创作迎来"95后"时代,"一书成名"的作家占比近33%。头部作家中,大学以上学历超75%,理工科占比超60%。"90后"作家会说话的肘子融入科幻元素的新作《夜的命名术》均订破10万,打破最快10万均订纪录,并成为第一位拥有两本10万均订作品的网络作家;老鹰吃小鸡、言归正传等年轻作者的作品都拥有大量读者。

2. 网络作家组织化建设水平和服务引导能力进一步提升。中国作协统筹网络作家队伍和组织建设工作,在武汉召开全国网络文学工作会议,交流网络文学管理引导经验,探索新的机制、办法。网络文学组织建设受到广泛重视,江西、安徽、云南、贵州等地成立网络作协,全国省级网络作协已有20家,各级网络文学组织有近200个,浙江、江苏、广东、湖南等省纷纷成立市级网络作协,覆盖面进一步扩大。各级作协网络作家会员比例不断提高。2021年,中国作协吸收网络作家58人入会,共有近400位网络作家成为中国作协会员。十次作代会上,有16位网络作家当选中国作协全委会委员,与上一届相比,人数增加一倍。全国各地采取多种措施,加强对网络作家的服务引导。浙江等地网络文学引导工程继续深入;

湖南、上海、海南等地进行网络文学专业职称评审;上海作协开办网文讲坛;河北成立网络文学与产业融合发展联盟等。

3. 培训体系和重点联系作家机制更趋完善,网络作家的向心力、凝聚力进一步增强。中国作协组织网络作家学习习近平新时代中国特色社会主义思想、"七一"重要讲话、在中国作协十大开幕式上的重要讲话及十九届六中全会精神,开展党史学习教育,通过自主办班、联合培训、指导教学等多种形式组织开展培训活动,全年线上线下培训网络作家和网络文学从业人员3480人次,其中线上培训3122人次,线下培训358人次。各地作协、网络作协、网站也开办了不同形式的培训班,覆盖了更多网络作家。七猫开启"作家上海行"活动,与华东政法大学传播学院联合成立教育实践基地;番茄小说推出"星海计划",扶持原创作家;阅文集团首个网络文学创作基地在苏州高新区挂牌;起点创作学堂创办"网文作家卓越班";中文在线网络文学大学截至年末已累积培育8万名学员等。为充分发挥知名网络作家的"头雁"作用,中国作协建立了重点网络作家联络服务机制,加强对重点网络作家的团结引领,推荐优秀网络作家参加社会活动,加强线上互动、线下沟通,引导广大网络作家成为网络文明的实践者、参与者和建设者。

4. 网络作家积极参加社会活动,责任意识和担当精神不断提高。网络作家积极参加建党百年主题活动,赴上海、嘉兴、井冈山、延安、重庆等地,祭拜英烈、缅怀英雄,采访先辈事迹,增强"脚力、眼力、脑力、笔力",提高担当精神和责任意识,胸怀"国之大者",积极反映新时代。网络作家还积极参加各类公益活动。重庆网络作协开展"精准扶贫、文化扶贫"线上线下同心圆爱心公益活动,江苏开展"作家进校园书香伴成长"公益活动,阅文集团、纵横文学、中文在线等发起并开展"益起夜读""99公益日爱心行动""助梦未来·益起奔跑""声声不息"等公益项目。

三、理论评论积极发挥导向作用

2021年,中宣部等发布《关于加强新时代文艺评论工作的指导意见》,网络文学界认真贯彻落实,发挥评论的导向作用,及时把握文学思潮、掌握文学动态、介入文学现场,针对"三俗"、历史虚无主义、不良亚文化及畸形审美作品等展开有理有据批评,引导正确审美,推介传播正能量、弘扬社会主义核心价值观的高水平作品,推动网络文学高质量发展。

1. 网络文学理论评论及时总结网络文学发展现状,研判网络文学发展趋势,有力推动网络文学主流化、精品化、经典化。中国作协5月在重庆成功召开2021中国网络文学论坛,分析网络文学形势,研究网络文学面临的新情况、新问题,推动网络文学在全面建设社会主义现代化强国的新征程上开好局、起好步。《文艺报》"网络文艺"专刊对新时代的网络文艺作品、现象进行及时解读和深入分析。《2020中国网络文学蓝皮书》《中国网络文学年鉴》《中国网络文学评论年选》等,对网络文学发展状况进行全面梳理总结。扬子江网络文学评论中心举办"经典化与影视化:网络文学的3.0时代主题论坛""冲击与分化:网络文艺的新问题和新面向主题论坛",开办"网络文学评论"专栏。上海作协《网文新观察》关注国内网文动态,出版电子杂志。

2. 网络文学理论评论人才培养和团队建设不断加强。中国作协加大网络文学理论评论扶持力度,2021年网络文学理论评论扶持计划资助项目既有对网络文学发展状况的全面梳理总结,也有构建网络文学评论体系的专题研究。7月,中国作协在京举办"网络文学评论高研班",加强网络文学青年理论评论骨干培养。网络文学评论团队建设成就斐然。扬子

江网络文学评论中心5月成立,协调各方力量加强网络文学评论。北京大学、中南大学、山东大学、安徽大学、上海大学、南京师范大学、杭州师范大学、西南科技大学等高校纷纷组建网络文学研究团队,一批富有锐气的年轻学者加入这一行列,网络文学理论批评形成了作协、高校、科研机构等立体联运格局。

3. 网络文学评价体系和批判标准建设进一步推进,研究更加深入。网络文学理论评论界高度重视建立科学、具体、可操作的网络文学评价体系和评价标准。安徽大学网络文学研究中心6月专门召开"中国网络文学评价体系与批评标准"学术研讨会。对网络文学起源的论争是2021年的热门话题。中南大学等专门举办"中国网络文学三十年"国际高峰论坛。欧阳友权、邵燕君、马季、吉云飞、许苗苗等纷纷撰文,提出了1991年为起点的"网生起源说"、1996年为起点的"论坛起源说"、1998年为起点的"现象起源说"及"多起源说"等观点。网络文学受到传统文学研究者的关注,罗岗在《"当代文学"的"极限"与"边界"》中提出,网络文学已使当代文学的"框架"力不从心;吴俊认为网络文学标志着世纪之交新的文学范式形成,文学史全面进入了网络新媒体语境;陈晓明认为网络文学的兴盛预示着文学将进入另一个时代;黎扬全、单小曦等网络文学研究者则提出从数字人文和网文算法等角度介入网络文学研究。更多研究评论者进行了作家作品的深入分析等。

4. 推介表彰优秀网络文学作家作品,发挥示范导向作用。中国作家协会发布2020中国网络文学影响力榜,在原网络小说榜、IP改编榜、海外影响力榜的基础上,增设新人新作榜,落实文娱领域综合治理要求,抵制唯流量论等错误倾向,加大向现实题材倾斜力度,注重表彰青年作家,示范导向作用进一步增强。中华文学基金会的"茅盾新人奖·网络文学奖"有10人获奖,10人获提名奖;中国小说学会推出了年度网络文学榜单;辽宁省首设网络文学"金桅杆"奖,9名网络作家获奖。各网络文学网站规范作品推介程序,正确处理商业利益和文艺价值、社会责任之间的关系,反对唯数据论,抵制畸形审美,提高推介的公正性。

四、行业继续转型发展

2021年,网络文学管理引导力度显著加大,文娱领域综合治理全面开展,资本整合步伐加快,新老业态互相渗透,行业发展多元化特征愈发明显。

1. 引导力度加大,行业逐步规范。中国作协举办网络文学"百年百部"系列活动,组织重点网络文学网站发布《提升网络文学编审质量倡议书》,强化行业自律、提升编审水平、尊重作家权益、推动网络文学的精品化。9月召开全国网络文学重点网站联席会议暨加强职业道德建设座谈会,中国作协党组书记张宏森出席,针对"三俗"、历史虚无主义、不良亚文化渗透、畸形审美等问题,及防止流量至上、偷税漏税等乱象向上游渗透提出了明确要求,出台了文学界进行综合治理的具体举措。全国主要网络文学平台就加强内容审核、强化编审管理、规范作品推介、加强从业人员培训、建立自查自纠常态化工作机制等五个方面制定了具体措施。

2. 网络文学行业继续转型发展。网络文学网站主要运营模式稳中有变,稳中求进,付费与免费模式双线并行,线上营收趋缓,下游产业营收比重扩大。全国45家主要网络文学网站全年营收超200亿元。付费阅读为网络文学发展所提供的动能越来越小,新进入的企业把重点放在争取盗版用户、不愿付费用户上,大力发展免费阅读模式,通过流量换取广告收益。2021年主要文学网站新增1787亿多字,主要增长来自免费阅读。

主打免费阅读的七猫、米读、点众、番茄等是整个网络文学市场增长较快的板块。受线上营收下行冲击,各大网站纷纷向下游产业寻求突破,加大头部优质 IP 的精品化开发投入,探索中腰部 IP 与微短剧等新业态的携手可能,加大转型升级力度。

3. IP 改编热度不减,新业态异军突起。影视剧改编精品化趋势进一步凸显。2021 年,网络文学 IP 改编影视剧目超过 100 部,在总播映指数前十的剧目中,网络文学 IP 占到六成,主要集中在爱情、古装题材方面。电影《古董局中局》、电视剧《赘婿》《司藤》等反响较好,《雪中悍刀行》播放量破 60 亿,凸显精品化制作成效。家庭与现实题材热度陡增,《乔家的儿女》《小敏家》《理想之城》等关注女性、职场与家庭等社会问题的改编剧目广受好评。网络文学改编动漫成为国漫主力,2021 年改编 30 多部,占全年新上线动漫的 50% 左右。分季播映方式成为国漫传统,《星辰变》《仙王的日常生活》等纷纷推出续作。2D 动画数量见涨,制作水平提高,《大王饶命》等作品备受好评。游戏改编高度精品化,全年有三款精品改编新游上线。影视剧与短视频融合,催生了"微短剧",也推动了中腰部网络文学 IP 的开发。微短剧中网络文学 IP 改编作品占比逐年提高,2021 年新增授权 300 余个,同比增长 77%,改编剧数量占比由去年的 8.4% 提升至 30.8%,同比扩大 226%。剧本杀进入年轻人娱乐潮流选择的前五名,选择用户占比达 36%。网络文学与剧本杀合作加强,"IP 本"数量持续增长,《步步惊心》《琅琊榜》《庆余年》《成化十四年》《鬼吹灯》《坏小孩》《元龙》等经典 IP 改编成剧本杀,反响较好。部分网络作家转型投入剧本杀创作,悬疑题材也因剧本杀的流行而热度不减。有声改编规模急速增长,截至 2021 年,主要网络文学网站 IP 有声授权近 8 万个,占 IP 授权总数的 93.13%,其中 2021 年新增 4 万余个,同比增长 128%,

成为目前网络文学存量与增速最大的IP类别。

4. 网络文学网站间合作加强,资本整合加快。网络文学市场仍然高度集中。线上付费阅读市场中,阅文集团在男频市场、晋江文学城在女频市场处于领先地位。其余新增市场主要集中在免费阅读市场和分销渠道。受短视频等冲击,网络文学行业资本整合加速,以抵御收入整体下行的危机。中文在线与阅文、腾讯达成战略合作;七猫完成对纵横文学的并购;字节跳动进军付费阅读市场,网络文学几大主要企业由之前的"分而治之"发展到"强强联手",传统的腾讯系、百度系与后起之秀的掌阅系、字节系实现共创共享共赢的战略目标初步确立。豆瓣、知乎、今日头条等网站涉足网络文学领域,知乎、百度等以问答形式呈现的故事性文字,改变了小说的基本表现形式,使网络文学的业态发生很大变化。元宇宙概念在网络文学领域受到重视,不少网站纷纷开始探索网络文学与元宇宙携手发展的可能性。

5. 行业发展面临诸多问题。以免费阅读为主的平台内容同质化严重,"战神文""豪婿文""多宝文""霸总文"成风,其中部分作品宣扬了不健康的价值观;部分作品存在洗稿、融梗、跟风写作等现象,呈现出一定的庸俗创作倾向;部分作品标题、广告较为低俗,有碍网络文学声誉。部分平台垄断版权、签订霸王合同、广告分成模式中数据不透明,中腰部作者话语权不足。行业管理缺乏统筹、简单粗放。新媒体、自媒体发文监管不够,责任主体不明,转换平台容易,出现许多低俗以及严重违背生活、科学常识、逻辑的荒腔走板内容。这些作品通过抖音、快手、头条、百度等平台大量投放广告,严重影响普通读者的阅读选择。网络文学盗版已经形成庞大产业链,从网站设计运营、内容导入,到广告利益获取、搜索引擎的流量分发,盗版市场形成产业化和规模化之势。2021年,网络文学因盗版

直接损失收益在60亿元以上。

五、海外传播加速布局

2021年，网络文学界贯彻落实习近平总书记关于国际传播能力建设的重要讲话精神，加速布局海外市场，着力提高网络文学国际传播影响力，"网文出海"规模不断扩大，呈现出良好发展态势。2021年网络文学海外市场规模突破30亿元，海外用户达1.45亿人。

1."网文出海"形成共识。2021年5月31日，习近平总书记就加强国际传播能力建设发表重要讲话，明确提出要更好推动中华文化走出去，以文载道、以文传声、以文化人。在中国文联十一大、中国作协十大开幕式上，习近平总书记发表重要讲话，要求广大文艺工作者立足中国大地，讲好中国故事，努力展示一个生动立体的中国。中国作协、浙江省政府成功举办"2021中国国际网络文学周"，研讨网络文学高质量发展路径，发布"网络文学国际推广片"和《中国网络文学国际传播发展报告》，进一步聚焦网络文学国际传播，研讨网络文学高质量发展路径，推动网络文学成为世界级文化现象。

2.中国网络文学全球影响力不断扩大。截至2021年，中国网络文学共向海外输出网文作品10000余部。其中，实体书授权超4000部，上线翻译作品3000余部。网站订阅和阅读APP用户1亿多，覆盖世界大部分国家和地区。晋江文学城是对外授权出版实体书最多的平台，输出近3000部作品。实体书授权出版之外，网络文学IP改编出海影响持续走高。晋江文学城2021年海外版权输出签约数量超500部。中文在线出海作者数接近2000名，输出语种包括英文、越南文、韩文、泰文、德文、西班牙文、俄文和法文等多种。《长干里》英文版在加拿大出版，《混沌剑神》上线日本 Piccoma 平台,《穿越女遇到重生男》在韩国 naver series 平台大火,同期冲到韩国动漫榜单的第二位。电视剧《司藤》获泰国播出平台冠军,My Drama List 评分达 8.8,在俄罗斯、葡萄牙、西班牙等地广受称赞。电视剧《你是我的城池营垒》入选上海市"中华文化走出去"专项扶持资金项目,发行至日本、韩国、新加坡、泰国等多个国家和地区。电影《少年的你》获得奥斯卡"最佳国际影片"提名。

3. 海外读者构成多元,学历层次较高,女性居多。海外男频以幻想小说为主,女频以言情小说为主,恐怖悬疑和科幻题材受欢迎程度也比较高。海外读者对中国功夫最感兴趣,占比达 43.2%。其次,对中国料理、中医的关注度分别为 40.5% 和 38%。约 20%~25% 的读者还关注中国传统文学和书法。从读者来源国籍和地区看,印度、菲律宾、印度尼西亚、马来西亚、越南等国读者占 81%。女性读者占 67.8%,本科学历及以上达 58.7%,超 42% 的读者有稳定工作,学生 22%,家庭主妇 9.5%。从阅读途径看,53.6% 的读者通过社交网络接触中文翻译的网络文学,86.3% 的海外读者通过手机 APP 阅读中文翻译网文。

4. 海外本土化传播体系初步建立。国内网络文学网站纷纷搭建海外平台,打造海外付费阅读体系,建立付费订阅、打赏、月票等机制,翻译中国网络文学作品,吸引本土作者进行创作,建立本土化运营生态。起点国际翻译作品近 2000 部;掌阅国际版 iReader 覆盖全球 150 多个国家和地区,40 多个"一带一路"沿线国家;纵横海外平台 TapRead 注册用户达 100 万。起点国际目前有 11.5 万海外作者,上线作品 20 万部,用户 7300 万名。多家网络文学平台通过投资海外网站、文化传媒公司、出版社等方式与外方形成战略合作关系,扩大中国网络文学国际传播。国际竞争进一步加剧,韩国 Kakao Entertainment 通过美国子公司 Radish Media,以 3750

万美元价格收购 Wuxiaworld，扩充内容业务。

5. 网络文学海外传播存在的问题和制约因素。中国网络文学海外传播的主要问题是没有建立起系统化的国际传播机制。从网文创作、筛选翻译、海外推广到落地分发的网络文学国际传播链条存在环节缺失。内容生产滞后，以言情、幻想等类型为主，反映新时代中国的现实题材作品相对较少。各平台的网络文学国际传播存在各自为战的现象，统筹规划协调做得不够。行业国际生态欠佳。从自身来讲，用户细分和地区区分不够，人工翻译成本过高，机器翻译质量不高。从国际环境上讲，海外维权相对困难，在线支付渠道不健全，网民在线支付意愿还在培育期，推广渠道被 Google 和 Facebook 等垄断等。

网络文学转型升级发展的势头将进一步延续，网络作家和网络文学工作者在新时代新征程，将进一步增强历史主动，成为建设民族的科学的大众的中华民族新文化的生力军，以优异成绩迎接党的二十大胜利召开！

目录 Contents

2021 中国网络文学蓝皮书 / 001

第一辑　视野·探索

数字时代的技术与文化　江小涓 / 003

后文明时代的写作或后文学的诞生
　　——百年中国文学开创的现代面向思考之五　陈晓明 / 050

中国当代文学史的整体性和逻辑性的建立
　　——断代、分期、下限问题漫议　吴俊 / 073

"当代文学"的"极限"与"边界"　罗岗 / 078

十八大以来党对网络文艺发展的正确引导及其成效　孙丹 / 111

我国网络文学政策发展研究
　　——以2010—2020年为例　范俊钊 / 125

区块链下网络文学版权保护问题研究　张辉　王柳 / 140

网络文学IP价值评估体系探析　刘燕南　李忠利 / 155

网络文学报道：全方位观察和在场性传播　只恒文 / 173

网络文学的情感劳动、内容生产和消费解读
　　——基于平台经济视角　李敏锐 / 183

网络文学与创意写作教学的实验室路径探索　叶炜 / 194

全媒体视域下艺术类院校的创意写作教学探索
　　——以上海视觉艺术学院为例　丁烨 / 200

第二辑　现象·思潮

在强国战略的大格局中发展网络文学　白烨 / 211

呼唤网络文学的新高度和新作为　何弘 / 217

网络文学的世界意义　唐家三少 / 222

中国当代独有的网络文学　郑熙青 / 224

从网络强国理念看网文海外发展　陈定家 / 229

哪里才是中国网络文学的起点　欧阳友权 / 234

不辨主脉,何论源头?
　　——再论中国网络文学的起始问题　邵燕君 吉云飞 / 239

一个时代的文学坐标
　　——中国网络文学缘起之我见　马季 / 255

"网文"诞生:数据的权利与突围　许苗苗 / 261

社会性:网络文学评价体系的另一维度　杨玲 / 277

当代文学变革与网络作家的崛起　李强 / 295

新媒介的"连接主义"与网络文学评价范式变革　黎杨全 / 310

现代性的双面书写
　　——论当代网络文学中的宏大叙事　高翔 / 328

"人设":进入网络文学现场的窗口
　　——兼论网络文学人物构建的困局　雷雯 张洪铭 / 347

网络拟古世情小说的历史脉络与文化空间　张春梅 郭丹薇 / 364

在短视频中寻找"作者"和"文本"　夏烈 / 379

"女性向"网文的影视改编及"网络女性主义"症候透析　江涛 / 383

中国网络小说外译传播的社会效益评价研究　陆秀英 / 403

学院派网络文学批评发展历程描述　姜桂华 / 415

数字时代文学研究的转型
　　——网络文学研究中的"数据"管理　吴长青 / 427

第三辑　访谈·评论

网络文学新浪潮

　　——会说话的肘子访谈　会说话的肘子　李玮　管文颖 / 435

我与我，周旋久　烽火戏诸侯 / 446

如何写大纲　酒徒 / 450

作者如何构建与读者的关系　管平潮 / 454

IP 影视改编成功的核心是什么？　唐欣恬 / 457

这样写人物，读者又恨又爱　烈焰滔滔 / 461

"读图时代"下的网络小说创作　琴律 / 467

中国网络文学，"后浪"已来　虞婧 / 471

如何改革，怎样文学

　　——评阿耐的《大江东去》　唐小祥 / 483

中国速度、匠心传承与家国情怀

　　——评工业题材网络小说《铁骨铮铮》　汤俏 / 494

书写坊巷空间里的民间情感

　　——评姚璎的《情暖三坊七巷》　刘虹利 / 500

隐喻书写下的回归与超越

　　——网络文学名作《诡秘之主》文本细评

　　　单小曦　殷湘云　许嘉璐　徐怡情 / 506

朗健而柔情的女性列传

　　——蒋胜男长篇历史小说《燕云台》读解　乌兰其木格 / 544

多角度讲述普通人的抗疫故事

　　——评陆月樱长篇小说《樱花依旧开》　桫椤 / 548

人生隐宿命　通俗见人性
——论网络小说《庆余年》的思想内涵和创作技法　童孟遥 / 553

后记 / 559

第一辑

视野·探索

数字时代的技术与文化

江小涓

技术是人类社会物质发展和精神文明演进的重要推动力。工业革命以来,技术进步产生的巨大力量,推动着经济社会文化各个领域的快速发展。文化是人类文明的智慧结晶,既是技术发展的知识支撑和价值标准,也是技术进步的重要驱动要素和应用场景。

20世纪之前,技术与文化的交集、融合和相互影响较少,致使文化产业发展滞后、影响较弱。20世纪以来,特别是近半个世纪以来,网络和数字技术广泛渗透到文化创作、生产、传播、消费等各个方面,极大地推动了文化产业的发展;文化产业也为数字技术提供了渗透最广泛、创新迭代最快、效益最显著的应用领域。

技术与文化的深度融合带来了赞美也产生了质疑:文化内涵的积淀与演进是慢变量,以十年、百年、千年为尺度;而数字技术是快变量,日新月异地呈现新的形态。显而易见,当下数字技术居主导地位,引导着文化产业的非常态发展。长久下去,文化内涵能否传承和创新?文化的人文精神和社会价值能否保持和延续?本文以传统文化产业的低效率特征为出发点,分析数字技术如何全面全链赋能文化产业和提升效率,如何改变文化消费、生产和市场结构,数字大潮中文化内涵如何创造和传承,也分析了中国发展数字文化产业的突出优势。

一、技术赋能与文化产业发展：历史回顾

（一）文化及文化产业的定义

"文化"是一个很宽泛的概念，据说学者对文化下过的定义有 200 多种，但仍然缺乏一个严格、精确并得到共识的定义。定义过于宽泛会失去特性，那就是天下皆文化了，没有给"非文化"留下些许空间。定义过于狭窄又不能概括和包容到位，例如将文化定义为"意识形态所创造的精神财富"，那又会将许多承载文化内容的物质财富排除在外。在综合多种观点的基础上，笔者倾向这样一个定义：文化指人类发展过程中所创造的精神财富及其物质载体，以及与之相适应的日常行为习惯和制度形态。[①]

"文化产业"这个概念的提出已将近 70 年，在不同的国家被称为文化产业、文化创意产业、创意产业、文化休闲产业和版权产业等，内涵和定义也不完全相同。大卫·索斯比[②]在综述他人相关定义的基础上有过一个描述式的定义，他将文化分为一个同心圆的三个层面：最核心的层面是"创意"，第二层是利用创意形成的有高度文化内涵的产品，第三个层面是具有文化内容的其他产业。这个划分兼顾了创意这个核心内容和在此基础上扩展的广泛产业链，在理论界和产业界有相对较高的认同度。（见图1）

---

① 关于文化的多种定义，参见[英]雷德蒙·威廉斯：《文化与社会》，吴松江、张文定译，北京：北京大学出版社，1991年版；陆扬、王毅：《文化研究导论》，上海：复旦大学出版社，2006年版；江小涓：《经济利益与社会价值的权衡：以文化产业为例》，江小涓等：《网络时代的服务型经济：中国迈进发展新阶段》，北京：中国社会科学出版社，2017年版。

② 参见 David Throsby, *Economics and Culture*, London: Cambridge University Press, 2001.

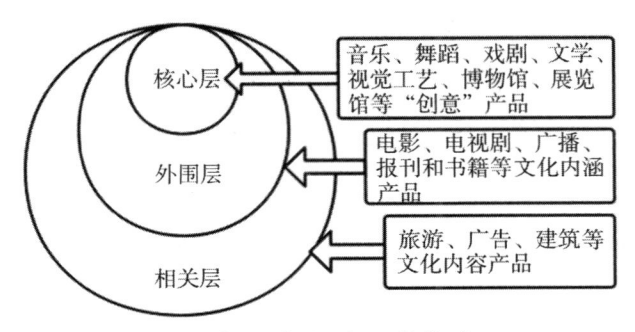

图 1 文化产业同心圆体系

资料来源:根据大卫·索斯比(David Throsby)的论述整理绘制而成。

核心层:音乐、舞蹈、戏剧、文学、视觉工艺、博物馆、展览馆等"创意"产品

外围层:电影、电视剧、广播、报刊和书籍等文化内涵产品

相关层:旅游、广告、建筑等文化内容产品

2004年,我国国家统计局对文化和文化产业的界定和划分就大体上应用了这个思路:文化及相关产业是指为社会公众提供文化产品和文化相关产品的生产活动的集合。后来新修订的《文化及相关产业分类(2018)》继续使用这个定义。根据这一定义,文化产业生产活动范围包括两部分:(1)以文化为核心内容,为直接满足人们的精神需要而进行的创作、制造、传播、展示等文化产品(包括货物和服务)的生产活动,具体包括新闻信息服务、内容创作生产、创意设计服务、文化传播渠道、文化投资运营和文化娱乐休闲服务等活动。(2)为实现文化产品生产活动所需的文化辅助生产和中介服务、文化装备生产和文化消费终端生产(包括制造和销售)等活动。

(二)技术未赋能与文化非产业

18世纪工业革命以来,许多生产活动得益于新型机器设备的使用,效率极大提高,商业化、产业化、市场化快速推进。但这个时期的技术总体上不适用于文化等服务活动,人们在实践和意识中,都未将文化与产业相联系,文化继续呈现出与商业无染、专注于精神层面的特点,并且与贵族阶层、知识分子等阶层的知识结构、意识形态和行为举止联系在一起。

19世纪中期英国著名诗人、教育家马修·阿诺德就提出:"文化不以粗鄙的人之品味为法则,任其顺遂自己的喜好去装束打扮,而是坚持不懈地培养关于美观、优雅和得体的意识,使人们越来越接近这一理想,而且使粗鄙的人也乐于接受。"[1]毫无疑问,在这些学者看来,"文化"与"商业"是不应该关联起来的。商业化会损伤正宗的艺术,使艺术为了追求利润而向低俗趣味靠拢和低头。阿道尔诺就认为,商业化使创作者已经不再从审美角度来制作音乐,取而代之的是上座率和经济利润,音乐作品丧失了艺术欣赏性,变成了商品的另一种符号形式,造成公众欣赏能力的退化。[2] 他们担心全社会的欣赏趣味变得庸俗不堪,文学经典无人问津。这些学者所提倡的是以这些上层欣赏的优秀文化作为提升人性的途径和手段,学习并研究自古以来人类最优秀的思想、文化、价值资源,从中补充、吸取自己所缺乏的养分。持有这种观点的人甚至认为现代文化常常比不上历史上的某个时期,如古典时期、启蒙运动时期等。[3]

不愿意将文化与产业挂钩的另一个观点认为,文化不能够创造财富,因而不能成为产业。从18世纪后半期到20世纪中期的近200年间,许多产业借力新技术和新商业模式蓬勃发展,但彼时的技术主要是应用于制造业和运输业的"硬技术",技术类型不适用于文化等服务业,并未广泛渗透到文化发展之中,导致文化与产业化少有关联。以亚当·斯密为代表的古典学派就认为,那些能有效使用技术设备、吸引投资和带来财富积累的产业,才被认为是生产性的,而包括诸多类型文化在内的服务业是

---

[1] [英]马修·阿诺德:《文化与无政府状态:政治与社会批评》,韩敏中译,北京:三联书店,2008年版,第13页。

[2] 参见陈学明等:《社会水泥——阿多诺、马尔库塞、本雅明论大众文化》,昆明:云南人民出版社,1998年版,第51—62页。

[3] 参见[英]约翰·凯里:《知识分子与大众:文学知识界的傲慢与偏见,1880—1939》,吴庆宏译,南京:译林出版社,2008年版,第80—102页。

非生产性的,斯密甚至编排了一个非生产性服务经济活动列表,包括公务员、军人、律师、医护人员、作家、艺术家、喜剧演员、音乐家、歌手、剧院舞蹈演员和其他私人服务者以及家仆等。这些职业从业者的共同特点,就是不能应用当时的先进技术扩大生产和创造财富。斯密甚至还要将文化活动再压低一等。他认为,服务业包含着各种职业,有些是很尊贵、很重要的,有些却可说是最不重要的。前者如牧师、律师、医师、文人,后者如演员、歌手、舞蹈家。①

在斯密时代及之后,这个观点非常流行,如李嘉图、约翰·穆勒、西斯蒙第等,都持这种观点。② 以约翰·穆勒为例,他着力于划分哪些特定类型的服务业是生产性的,他将效用分为三种类型,"包含于外在的实物中""包含在人身上(例如教育)"和不"内嵌于任何实物中,而只能存在于单纯的服务中",而"音乐表演者、演员、玩杂耍的"这些文化活动,都被定义为第三类。穆勒明确说:"我只将所谓的物质财富视为财富,将生产内含在实物中效用的运用视为生产性劳动。"③上述角度的讨论一直延续到20世纪中期。

(三)一个经典分析框架:文化是低效率服务业的代表性行业

美国学者威廉·鲍莫尔在20世纪60年代中后期发表了几篇著名的服务业文献。其中,他与鲍文合作、发表于1966年的文章是经济学关于

---

① 参见[法]让-克洛德·德劳内、让·盖雷:《服务业经济思想史——三个世纪的争论》,江小涓译,上海:格致出版社、上海人民出版社,2011年版,第11—22页。

② "这是一个长长的名单"由保罗·斯图登斯基列出。参见[法]让-克洛德·德劳内、让·盖雷:《服务业经济思想史——三个世纪的争论》,江小涓译,上海:格致出版社、上海人民出版社,2011年版,第6—22页。

③ John Stuart Mill, *The Principles of Political Economy*, London: John W. Parker &Son, 1852, p. 25.

文化产业研究的一篇重要文献。在这篇文献中,作者以现场表演业为例,讲述为什么服务业是低效率的部门:"乐队五重奏半个小时的表演要求2.5个小时的人工费用,而任何试图提高生产率的打算都会受到在场观众的批评。"①这个分析框架对后来学者分析文化产业问题产生的重要影响,对文化产业效率问题的判断,几乎等同于对鲍莫尔理论的赞同或质疑、反对。

鲍莫尔在1967年的文献中做了进一步的理论分析。他从技术进步的角度划分产业,将经济活动分为两个主要部门:一个是技术影响强的"进步部门"(progressive sector),在这个部门,"创新、资本积累和规模经济带来人均产出的累积增长";另一个是技术影响弱的"非进步部门"(non-progressive sector),这个部门由于新技术应用甚少,所以劳动生产率保持在一个不变水平,其原因在于生产过程的性质。此时,他仍然举了乐队五重奏为例。②这篇论文提出,美国许多大城市由于服务业成本问题导致了金融危机,即存在"成本病"(cost disease)。这个研究对后续服务经济问题研究产生了重要影响,几乎成为服务业研究的标准模型。不少学者的研究都表明,"成本病"在很多服务业部门都存在,这一结果并不是因为服务业成本控制不好或者管理差,而是因为与制造业相比,服务业在生产方法和技术方面存在差异。鲍莫尔后来不断修订自己的观点,转而使用更为复杂的解释,③但直到2006年,他本人依然在按照这个基本思路研究服务业问题,并将现场艺术表演业扩展到了更广泛的文化产业

---

① 参见 W. Baumol and W. Bowen, *Performing Arts: The Economic Dilemma*, NewYork: The Twentieth Century Fund, 1966.

② 参见 W. Baumol, *Macroeconomics of Unbalanced Growth: The Anatomy of an Urban Crisis*, American Economic Review, vol. 57, No. 6, 1967, pp. 415—426.

③ 参见 W. Baumol, S. Blackman and E. Wolff, *Unbalanced Growth Revisited: Asymptotic Stagnancy and New Evidence*, American Economic Review, vol. 75, No. 4, 1985, pp. 806—816.

之中。①

文化产业的低效率问题源自其传统服务业的特征。传统服务业有以下几个特点:一是"结果无形",即服务过程不产生有形结果;二是"生产消费同步",即服务生产和服务消费同时同地发生,生产完成时服务已经提供给了消费者;三是"不可储存",由于必须同步,服务过程也就是服务结果,过程结束服务结束,无法储存。上述性质使这些服务业具有以下经济学意义上的重要特征:第一,没有规模经济。由于服务生产和消费不可分离且同步进行,消费需求又高度个性化,因此"批量""标准化""劳动分工"等产生规模经济的基本要求不能满足。第二,技术含量低。制造业的进步主要体现在高效率机器设备上,多数传统服务业是直接进行劳务活动,难以普遍应用机器设备。上述两个原因促使工业革命以来劳动生产率提高的主要因素都体现不到服务业上。特别是文化和艺术类生产,长久以来的基本特征是"纯人力资本投入",基本上没有采用资本和新技术提高生产率的可能。还以乐队五重奏为例,2.5小时的劳动付出(0.5小时×5人)提供一场半小时的现场演出,至今也没有变化。而2.5小时的制造业劳动付出所能提供的产品,早已借助先进的机器设备而大大提高生产率。② 这些特点决定了自工业革命以来一直到20世纪中期,文化未能得到技术的普遍赋能,因此文化产业未能得到大规模发展。

---

① 参见 W. Baumol, *The Arts in the New Economy*, in V. Ginsburg and D. Throsby, eds., *Handbook of the Economics of Arts and Culture*, vol. 1, Amsterdam: North-Holland, 2006, pp. 339—358.

② 参见江小涓:《服务业增长:真实含义、多重影响和发展趋势》,《经济研究》,2011年第4期。

(四)技术加持、效率提升与文化产业化

到20世纪中期前后,"文化产业"开始出现在学者的讨论中。[①] 这个变化直接与技术发展相关。自这个时期开始的技术进步,为文化内容的生产和传播提供了极大帮助,效率明显提升,表现手段丰富多样。较早提出文化产业概念的法兰克福学派的霍克海默和阿道尔诺等人敏锐地发现:文化生产一旦与科技结合,形成产业体系,就会产生影响社会的巨大力量。[②] 例如,印刷机虽然早已发明,但长期以来一直是手工排字,直到19世纪中期德裔美国发明家默根特勒发明了莱诺铸排印刷机,才大大提高了印刷业的效率,快速提升了普遍识字率。生产和消费都迅速扩大规模,使文字类文化产品如书籍和报刊等扩大生产,形成了出版产业。再如,电影制作技术在20世纪初期迅速发展,经历了从无声到有声、从黑白到彩色、从单声道到立体声等几次变革,每次变革都以技术为先导。特别是电影"可复制"的特点,大幅度降低了文化产品制作成本和文化消费价格。视听技术使得声音、图像能够适时录制、传送,音像复制技术促成了音像文化产品的批量化生产。

20世纪中期以来,以信息技术为代表的科技发展,更加广泛触及文化领域,促进了文化产业的大发展。托马斯·斯坦贝克、蒂里·诺伊尔等学者都认为,新经济最典型的特征是包括文化在内的"先进服务业"(ad-

---

[①] "文化产业"一词何时出现有不同的说法,一个较有共识的观点是,"文化产业"一词诞生于1944年,由德国学者阿道尔诺和霍克海默提出。参见吉姆·麦圭根:《重新思考文化政策》,何道宽译,北京:中国人民大学出版社,2010年版。

[②] 参见[德]马克斯·霍克海默、西奥多·阿道尔诺:《启蒙辩证法——哲学断片》,渠敬东、曹卫东译,上海:上海人民出版社,2003年版,第134—148页。

vanced services）。① 有研究表明，1967—1995 年，无线电、电视广播和通信设备等行业的发展占领潮头，电子媒介、娱乐休闲开始成为文化创意产业新宠。② 家用音频和视频设备、电视广播服务等都经历了快速发展，突破了地域对文化传播的限制。技术产品的出现还极大促进了文化内容创新。例如，为了让收音机和电视机进入千家万户，广播公司和电视台必须创造出丰富的内容，转播比赛、制作娱乐节目等便是如此。

与此同时，整个消费端也在快速变化和进步。20 世纪后半期以来，教育广泛普及，民众的生活水平显著提高，中产阶级成为人口构成的主要部分，成为"大众"的主体，他们的知识结构、生活方式、世界观和价值观等已有很大改变，文化产业拥有了广泛受众。此时的文化消费需求既有纯粹找乐、简单直白的娱乐节目，也有风格多样、内涵丰富的多种艺术产品。技术发展支撑了文化的丰富多样，各类人群总能从其中找到符合自己口味的文化产品。之后，始于 20 世纪 70 年代初的"后工业社会"被描述为知识、科学和技术主导的社会。社会学家丹尼尔·贝尔的《后工业社会的来临——对社会预测的一项探索》是一篇经典和代表之作，他认为后工业社会是由服务和舒适所计量的生活质量来界定的，比如健康、教育、娱乐和艺术。技术和专业阶级的地位不断提高。他将文化和信息提供等方面具备专业知识的人员归入此类。③ 消费端结构和整个社

---

① 参见 T. M. Stanback, *Services: The New Economy*, Totowa, NJ: Allanheld, Osmun, 1981; T. Noyelle, *Services and the New Economy: Toward a New Labor Market Segmentation*, *Occasional Paper*, no. 5, 1988.

② 国内学者的相关研究有：黄永林、罗忻：《文化产业发展核心要素关系研究》，《社会主义研究》，2011 年第 5 期；厉无畏、王慧敏：《创意产业促进经济增长方式转变——机理·模式·路径》，《中国工业经济》，2006 年第 11 期；解学芳：《基于技术和制度协同创新的国家文化产业治理》，《社会科学研究》，2015 年第 2 期。

③ D. Bel, *The Coming of Post-Industrial Society: A Venture in Social Forecasting*, New York: Basic Books, 1973, p. 447.

会结构的变化,为文化产业的多元化发展提供了最重要的市场基础和时代背景。

总之,这个时期文化产业供给侧和需求侧都发生了巨大变化,文化产品的生产效率大大提升,文化表现手段更为丰富,文化产品的大规模复制、流通成为可能,消费者可触及的文化产品和服务持续拓展,消费成本不断降低。此时的文化具备了大量投资、大规模生产并持续提供利润和积累财富的特点,"文化产业"这个概念的提出和发展成为必然。

技术如此强有力地赋能文化产业,并非只收获赞扬,也带来许多担忧和质疑。一个较为普遍的观点是,文化发展开始受制于资本的力量。由于许多技术是资本密集型和大规模生产型的,初始的文化创意者自身的资金和组织能力严重不足,必须吸引外部投资,因此文化产品越来越多地从"劳动密集型艺术"向"资本密集型艺术"转变。① 正如霍克海默和阿道尔诺所说的,"最有实力的广播公司离不开电力工业,电影工业也离不开银行"。② 本雅明也指出,"电影制作技术不仅以最直接的方式使电影作品能够大量发行,更确切地说,它简直是迫使电影作品做这种大量发行。这是因为电影制作的花费太昂贵了"③。因此,一旦使用技术,就意味着外部投资者的介入,创意和生产过程便不完全依靠创意者个人的艺术偏好来进行,文化本身的理念、价值、品位等不再受到重视,成为产业的文化在很大程度上已经不再是"文化"了。

---

① 参见[美]泰勒·考恩:《商业文化礼赞》,严忠志译,北京:商务印书馆,2005年版,第3—17页。

② 参见[德]马克斯·霍克海默、西奥多·阿道尔诺:《启蒙辩证法——哲学断片》,渠敬东、曹卫东译,上海:上海人民出版社,2003年版,第134—138页。

③ 参见本雅明:《机械复制时代的艺术作品》,王才勇译,北京:中国城市出版社,2002年版,第17页。

(五)数字赋能与文化产业超常发展

1. 数字技术与文化产业的高度适配性

进入21世纪,技术与文化的融合进入全新时代,迎来了前所未有的繁荣景象。数字技术提供了迄今为止最大的摄取、生成、存储和处理各种文化元素的能力,极大地提高了文化产业的效率,文化产品具有了更加多元的形态和更为丰富的表现力。以音乐为例,传统音乐服务以现场音乐会为主,后来发展为可以搭载在实物产品如光盘和磁盘上,提升了服务,现在,数字技术将音频和视频变成了可以在计算机网络上共享的数字文件,随时随地提供极为丰富的音乐服务。再以图像艺术为例,从手工绘制到摄像摄影,再到数字图像技术,创意、修改和展现的效率、多样性及便利程度有巨大飞跃。2020年3月18日,国际计算机协会宣布,授予帕特里克·汉拉恩(Patrick M. Hanrahan)和艾德温·卡特姆(Edwin E. Catmull)2019年图灵奖,以表彰他们对3D计算机图形学所作的贡献。后者是著名计算机科学家,也是皮克斯动画工作室联合创始人、前总裁;前者是皮克斯动画工作室创始员工之一,也是斯坦福大学计算机图形学实验室教授。[1] 这个奖项传递的信息是:在某种意义上,文化产业是最适合数字技术应用的领域,两者具有高度适配性。

2. 数字文化产业的定义及内涵

从统计口径和内涵看,目前国际学术界对"数字文化产业"并无高度共识和通用的权威定义,定义和内涵相对清晰的是"数字内容产业"

---

[1] 皮克斯动画工作室从1995年的《玩具总动员》开始,一直延续到今天,形成了一种全新的电脑动画电影类型,并为当今3D动画电影铺平了道路。《海底总动员》《超人总动员》《赛车总动员》《机器人总动员》《飞屋环游记》《寻梦环游记》《怪兽大学》《头脑特工队》等耳熟能详的动画电影,均出自皮克斯动画工作室。

(Digital Content Industry)。1995年西方七国信息会议最早正式提出"数字内容产业"的概念，1996年欧盟《Info2000计划》进一步明确了数字内容产业的内涵：数字内容产业是指将图像、文字、影像、语音等内容，运用数字化高新技术手段和信息技术进行整合运用的产品或服务。2008年，亚太经合组织（OECD）用以下术语描述了该部门的重要性：随着经济向知识密集型发展，创建、收集、管理、处理、存储、交付和访问内容的信息丰富的活动正在广泛传播到各个行业，为进一步的创新、增长和就业作出了贡献。它还刺激了用户的参与和创意供应的增加。①

中国官方文献对这个概念的应用可以追溯到2009年，这一年国务院发布《文化产业振兴规划》，提出数字内容产业是新兴文化业态发展的重点。最早提到数字文化产业的是2017年文化部发布的《关于推动数字文化产业创新发展的指导意见》，其中指出，数字文化产业以文化创意内容为核心，依托数字技术进行创作、生产、传播和服务，呈现技术更迭快、生产数字化、传播网络化、消费个性化等特点，有利于培育新供给、促进新消费。定义数字文化产业及其内涵，是一个渐进变化发展的过程。

从数字文化贸易角度看，这个概念较早出现在美国国际贸易委员会（USITC）2013年发布的《美国和全球经济中的数字贸易》之中，这个报告将数字贸易定义为通过有线和无线数字网络传输产品或服务，认为"数字贸易"主要集中在能够在线交付的数字产品和服务领域。在其描述中，直接涉及许多数字化文化的内容，包括能够数字化交付的音乐、游戏、视频和书籍，以及数字化社交媒体；通过互联网交付的信息服务如电子邮件、即时通信和网络语音电话等。在2014年第二次报告中，美国国际贸易委员会吸纳了产业界对第一份报告定义的反馈意见，分析了当时美国

---

① 参见 OECD, *OECD Information Technology Outlook*, Pairs: OECD Publishing, 2008.

与数字贸易特别相关的数字化密集型行业,包括报纸、期刊、书籍、电影、广播和新闻等;还包括软件出版、互联网出版、互联网广播及搜索引擎服务;媒体购买机构、旅游安排及预约服务。① 亚太经合组织将数字贸易定义为包括以数字方式进行的货物和服务贸易,其中也包括大量数字文化产品。②

综合各种观点,本文尝试给出一种定义:数字文化产业是以文化创意为核心、依托数字技术创新与发展的文化产业。这个定义强调两点:第一,以文化创意为核心,强调了文化内涵的必要性和首要性;第二,依托数字技术,强调必须有数字技术加入和赋能。现在,数字技术已经全链全面地融入文化之中。所谓全链,是指文化创作、生产、传播和消费全产业链都建立在数字技术基础上;所谓全面,是指文字、图像、语音、影像等文化表达方式全面通过数字化手段融合和展示。

二、数字赋能、效率提升与主导地位

(一)数字技术全面全链赋能文化产业

数字技术以极快速度和极大能量,全面赋能文化产业创作、生产、传播、交易、消费全链条。

1. 赋能消费者和扩大消费规模

数字技术出现之前,技术也提高了文化生产和传播效率,将其推向"大众"。但那时的文化传播以视觉和听觉文字为主,接受、欣赏和创作这类文化产品需要有较高的教育水平、财富能力和闲暇时间。数字技术

---

① 参见戴慧:《跨境数字贸易的发展与国际治理》,《中国发展观察》,2021年第9—10期合刊。

② 参见 OECD, *The Impact of Digitalisation on Trade*, http://www.oecd.org/trade/topics/digital-trade/.

开启了图像和视频时代,极大拓展了各类人群参与文化创作和消费的规模。第一,突破了阅读能力障碍,消费者无论阅读能力如何,都可以通过图像和视频等形态欣赏丰富的文化产品。第二,突破了财富能力障碍,消费者花费较低费用甚至免费登录一个平台,文化服务就会应有尽有,能够听到或试听世界各地的音乐,看到或试看全球的电影,足不出户地欣赏博物馆中珍贵的藏品。第三,突破了时间和空间障碍,手机和平板电脑的便携性和移动性,更加契合现代社会快节奏、时间碎片化、空间移动频繁的特点,更利于创作和欣赏文化产品。第四,突破了信息有限的障碍,以往生产者和消费者之间的信息渠道有限,彼此发现十分困难。现在消费端的搜索技术使消费者能够在网络海量的文化产品中随意选择他们各自感兴趣的内容。① 总之,数字技术以一种前所未有的便捷方式,携带文化内容融入人们日常生活,极大扩展了文化对社会的渗透度和影响力。

2. 赋能创意者和创意创作多元化

首先,突破了大众创作能力障碍。那些文化创作"专业"能力不足的人,也能将极富创意的灵感转化为文化产品,例如发布自己的视频、照片,脱口秀、广场舞等,以及更多形态的产品,还能通过"点赞"展示自己对某种文化产品的喜爱。其次,突破创意新作品"面市"的障碍。以中国网络文学市场为例,2018年中国网络文学注册作者总数已达1400万,相当于每百人中就有一个网络文学注册作者。② 如此规模的作者群,在线下难以找到呈现其作品的场景。最后,突破创新固有模式的障碍。例如社交网络上的网红不仅分享其产品与服务,还与粉丝分享生活方式、情感、时

---

① 参见[美]凯斯·桑斯坦:《网络共和国:网络社会中的民主问题》,黄维明译,上海:上海人民出版社,2003年版,第135—142页。
② 参见中国作家协会网络文学中心:《2018中国网络文学蓝皮书》,《文艺报》,2019年5月31日,第3版。

尚、情怀及梦想等,为消费者带来精神与物质需求方面的更多满足。

3.赋能生产者和智能化定制

数字技术具有探知消费者阅读、收视习惯和愿望的强大能力,了解人类深层文化诉求并由此创作出文化和市场双赢的优秀产品。数字平台制作的电影和剧集由于深谙消费者心理需求从而广受欢迎。网飞(又称奈飞,Netflix)在全球拥有3000多万用户,他们在每个播出季使用1000多种不同的设备收看超过40亿小时的节目。这些用户每天生产3000万次播放动作、400万次评级和300万次搜索,从而构建起了一个海量数据库,网飞的700名数学家和工程师每天对上述数据以及用户的视频观看时间、所使用的设备等进行大数据分析及挖掘。① 所以网飞可能更懂其用户喜欢看什么、渴望看到什么,从而制作出受市场欢迎的节目,同时也成为各大影视奖项的收割者。2013年,网飞首次播出自己的原创剧集《纸牌屋》,风靡全球,收视率极高。现在的全球市场上,网飞、亚马逊等数字内容平台提供的节目成为观众收看的主要内容;国内市场上,爱奇艺、优酷、腾讯视频等数字平台制作的剧集和综艺节目日益获得消费者的青睐。

4.赋能社交行为和增强文化消费偏好

受从众心理的影响,社交行为能影响人们的消费偏好——喜欢朋友们所喜欢的。当社交网络广泛渗透时,这种影响极大增强。无论在朋友圈还是在微信群,当大家都在欣赏一款文化产品时,你也难免会产生兴趣。到2020年初,全球社交媒体用户已突破38亿,②对文化消费的影响力十分显著。这种影响也是网络"外部性"的一个重要表现。所谓网络

---

① 《奇袭奥斯卡,奈飞是怎么成拍电影最好的互联网公司的》,https://tech.sina.com.cn/roll/2020-01-20/doc-iihnzhha3648070.shtml。

② 参见Social and Hootsuite:《2020年全球数字报告》(*Digital 2020 Global Overview Report*),https://datareportal.com/reports/digital-2020-global-digital-overview。

外部性,是指一种产品为消费者带来的边际效用是现有消费者数量的增函数。产品时代人们举例最多的是传真机,使用的人愈多,带来的效应愈强。文化消费也有此性质,当人们发现众多消费者观赏或展示某种文化产品时,他们自己加入其中的概率也会提升;同时,自己所消费的产品被更多人消费时,效用就会提高。①

5.赋能文化传播和大规模联结

第一,智能分发技术极大提升了传播的精准性。现在,人们生产出海量文化产品,生产者如何能寻找到喜爱自己产品的消费者成为难题。智能算法对消费者的消费意愿和潜在倾向进行专业化处理和加工,实现生产与消费高度匹配的信息分发模式。现在人们随便打开一个网站或资讯APP,系统会根据你的浏览记录和阅读爱好,自动为你推送内容。早在2016年,在资讯信息分发市场上,算法推送的内容已经超过50%,成为信息传递的主渠道。② 第二,数字压缩技术方便海量信息传播,信息传递的长距离、高速度、大容量、高可靠性,使得文字、声音、图像等文化内容在互联网上可以无障碍通行。过往书架上的厚重纸质图书,现在通过一个移动阅读终端就可以轻松拥有、便捷携带。特别是5G技术提供的低时延高通量通信能力,极大拓展了数字文化内容传播的容量,影视作品可以极速下载。第三,数字传播突破地域限制,过去观看演出、欣赏电影,必须到剧场、影院,现在用一个智能手机就可以随时随地观赏。截至2019年6月,我国网络音乐用户规模达6.08亿,而2017年全年走进音乐厅的音乐

---

① 参见 M. Hutter, *Creating Artistic from Economic Value: Changing Input Prices and New Art*, in M. Hutter and D. Throsby, eds., *Beyond price: value in Culture, Economics, and the Arts*, Cambridge: Cambridge University Press, 2008, pp. 60—74.

② 参见易观分析:《2016中国移动资讯信息分发市场研究专题报告》,http://www.analysys.cn/article/detail/1000218.

会现场观众仅为1342万人次,每场人均观众不到869人。① 2016年上半年,美国市场的音乐下载量为4.043亿次,传输次数达到1136亿次,相当于每天6.2亿次播放,每小时2600万次,每分钟43.1万次。② 第四,数字技术还能有效反馈消费者获得服务之后的消费状况。以图书市场为例,纸质图书的销售商只知道卖了多少本书,但是不知道卖给谁、读者看了多少和读者看完以后的感想。数字图书平台很可能既知道卖了多少、卖给了谁,又知道读者看了多久,还知道读者看到哪章哪节甚至哪段哪句话哪个词,知道他们是否在某处反复看甚至进一步查阅更多资料,从中进一步了解消费者的阅读偏好,继续推送相关信息和产品。

(二)数据变现能力和二元市场显现

数字技术不仅赋能文化产业全链条,而且创造出了新的平行数据市场:海量消费者数据被广泛收集使用,创造出精准推送广告的价值。数字时代,凡是能触及线上消费者的产品都能创造出二元市场——产品市场和广告市场。但数字文化抵达人群最多和迭代更新最迅速,因而成为收集信息和推送广告的最佳载体。这两个市场相互加持,消费者有了多种选项,例如选择成为付费消费者以获得免广告干扰的权益,或者以接受广告推送换取成为"免费"消费者的权益。

由于线上文化消费规模巨大和智能分发精准推送的强大能力,近些年来,广告从传统媒体向数字化媒体的迁移是根本性的。可以推断,导致传统媒体困境的主要原因,并不是免费网络媒体对消费者的直接吸引力

---

① 参见《第43次〈中国互联网络发展状况统计报告〉》,http://www.cac.gov.cn/2019-02/28/c-1124175686.htm.
② 参见尼尔森:《2016年上半年美国音乐报告》,http://www.199it.com/archives/555082.html.

更大,而是因为广告商急速向网络媒体迁移。换言之,对报刊社运转最大的打击并不是读者减少,而是广告大幅度下滑。①

在我国有同样趋势,广告的数字化迁移很迅速,在过去七八年间,广告投放发生根本变化。通过表1可以看到,2014年网络广告收入超过了电视,2015年电视、报纸和杂志的广告收入出现严重下滑,报纸和杂志几乎是"腰斩"——报纸从2014年的503.2亿元降至232.5亿元,减少270.7亿元;杂志从2014年的77.2亿元降至40.7亿元,减少36.5亿元。而网络收入2015年比2014年增加638.5亿元,电视、报纸和杂志2015年比2014年减少额之总和,相当于网络增加额的58.2%。此后几年,这个趋势继续,到2019年,网络广告收入达6464.3亿元,是电视、报纸和杂志广告收入之和的近6倍。

表1　2012—2019年中国广告收入(单位:亿元)

年份	网络	电视	广播	报纸	杂志
2012	773.1	1046.3	136.2	555.6	83.3
2013	1100.1	1119.2	139.9	512.2	78.1
2014	1546.0	1148.9	143.0	503.2	77.2
2015	2184.5	1084.6	145.4	232.5	40.7
2016	2902.7	1049.9	147.0	137.2	29.1
2017	3884.1	1031.0	150.7	95.9	22.0
2018	4965.2	958.9	140.4	96.9	29.6
2019	6464.3	934.9	136.2	66.8	26

资料来源:2012—2017年数据来源于高书生:《体系再造:新时代文化建设

---

① 芝加哥大学教授马修·根茨科研究网络媒体如何与传统媒体竞争,并因之获得了2014年度的克拉克奖。参见 M. Gentzkow, *Valuing New Goods in a Model with Complementarity: Online Newspapers*, *American Economic Review*, vol. 97, no. 3, 2007.

的新命题》,《经济与管理》2020 年第 1 期;2018—2019 年数据来源于《2020 年中国广告市场及广告主营销趋势》,2020 年 7 月 31 日,http://www.199it.com/archives/1093834.html,2021 年 4 月 7 日。

智能化分发与"精准"并生的"信息茧房"效应引起各方担忧。"信息茧房"是凯斯·桑斯坦在《信息乌托邦》一书中提出的概念。无论是搜索还是推送,用户长期只接触自己感兴趣的信息,而缺乏对其他领域的接触与认识,会限制用户的全面认知,个人信息环境呈现一种偏向性和定式化倾向,不知不觉间为自己制造了一个信息茧房,将自己包裹在其中,禁锢了自己的思想和理解能力。① 现在,"理念+技术"正在努力破除"茧房"效应,例如国内各家资讯平台都承诺通过优化算法模型,在向用户推荐感兴趣信息的同时,也向用户推广更多信息,使那些重要信息得以聚合,真实、全面、准确、客观,并能触达所有的消费者,努力做到"想知"与"应知"的平衡。

(三)数字内容的核心地位和主导作用

近些年来,我国数字文化产业发展明显快于整体文化产业,数字内容已经成为文化产业的主体部分。2019 年,我国规模以上文化及相关产业实现营业收入 86624 亿元,其中,网络和数字文化特征明显的 16 个行业小类实现营业收入 19868 亿元,比上年增长 21.2%。其中,互联网其他信息服务、可穿戴智能文化设备制造的营业收入增速超过 30%。在广播电视电影和影视录音制作这个文化产业中的核心部分中,2018 年数字经济已经占据半壁江山,比重达到 55.5%。②

---

① 参见[美]凯斯·R.桑斯坦:《信息乌托邦》,毕竞悦译,北京:法律出版社,2008 年版,第 47—78 页。
② 参见腾讯研究院:《数字中国指数报告(2019)》,https://www.sohu.com/a/315417339_120002313。

下面是文化产业数字化发展状况的一些典型数据和情况。

1. 文学作品

数字化创作、传播和阅读已成为文学作品的主体,其体量是传统体系所无法比拟的。以美国非小说类图书市场为例,1990 年美国的这类图书为 11.5 万部,到 2006 年仅增加到 30.7 万部。此后数字化带来了新书上市数量的爆炸性增长,2016 年非小说类图书的出版量高达 240 万部,主要是线上出版。① 2018 年各类网络文学作品新增 795 万部,而同年纸质文学图书出版只有 5.89 万部,前者是后者的 135 倍。②

数字阅读成为阅读主体。2019 年我国成年人各类数字化阅读方式的接触率达到 79.3%,超七成受访者认为数字阅读帮助自己提升了阅读总量。数字时代非但没有挤压"阅读"的市场空间,反而能够抵达更多人群,提升了大众综合阅读率,带动阅读总量的增长。③ 数字阅读也成了中国文学海外传播的主渠道,掌阅海外版用户累计超过 2000 万。

网络也成为文学作品销售的主渠道。在我国,2019 年网店渠道的占比达到了 70%。2019 年中国图书零售市场规模同比上升了 14.4%,规模达 1022.7 亿元,所有的增长都是网店贡献的,网络销售同比增长 24.9%,规模达 715.1 亿元;实体店继续呈现负增长,同比下降 4.24%,规模缩减至 307.6 亿元。④ 图 2 是 2012 年、2015 年和 2019 年我国网络销售图书和实体店销售图书比例的变化。

---

① 参见北京开卷:《2019 中国图书零售市场报告》,http://www.199it.com/archives/997065.html.

② 参见中国音像与数字出版协会:《2018 年中国网络文学发展报告》,https://new.qq.com/omn/20190809/20190809A0C4TB00.html.

③ 参见中国新闻出版研究院:《第十七次全国国民阅读调查报告》,http://www.nppa.gov.cn/nppa/contents/280/45906.shtml.

④ 参见北京开卷:《2019 中国图书零售市场报告》,http://www.199it.com/archives/997065.html.

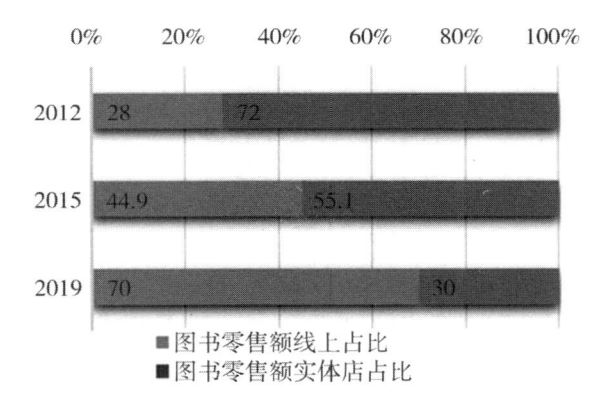

图 2 2012 年、2015 年、2019 年中国图书零售商品销售额线上与实体店比例

资料来源:北京开卷:《2019 中国图书零售市场报告》,2020 年 1 月 12 日,http://www.199it.com/archives/997065.html,2021 年 4 月 7 日。

2. 音乐

数字音乐已经成为音乐消费核心层的主流市场,远远超过音乐图书与音像、音乐演出以及音乐版权经济与管理这三大传统市场之和。从全球范围看,2019 年音乐产业收入中,实体音乐收入仅占收入的 1/4,而各种网络与数字音乐相关的收入占到 3/4。(见图 3)2019 年中国音乐产业核心层产值规模为 884.8 亿元,其中数字音乐产值规模 664 亿元,所占比重超过 3/4,[①]音乐产业已经整体进入数字时代,数字音乐产业成为发展的主引擎。(见图 4)

---

① 参见中国传媒大学:《2020 中国音乐产业发展报告》,https://www.chinaxwcb.com/info/568150。

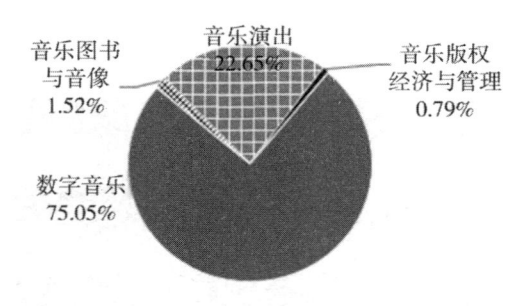

图 3　2019 年中国音乐产业核心层

资料来源：中国传媒大学：《2020 中国音乐产业发展报告》，2020 年 12 月 11 日，https：//www.chinaxwcb.com/info/568150，2021 年 4 月 7 日。

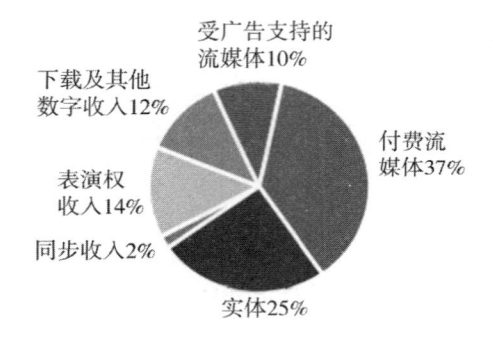

图 4　2019 年全球音乐产业收入结构

资料来源：IFPI，*Global Music Report* 2019，https：//www.ifpi.org/ifpi-global-music-report-2019/，2021 年 4 月 7 日。

3. 剧集和综艺节目

数字平台的剧集与综艺节目快速占领市场。电视台的电视剧和综艺节目是数字时代之前最有人气的文化内容产业，但在今日正在被数字内容平台所超越，影视作品和观众可获得的内容及渠道都更加多样化。2016—2018 年，各地电视台的上星电视剧（在卫星频道播放、可在全国范围内收看）从 168 部下降到 113 部，数字平台制作和播放的剧集从 201 部增加到 260 部，后者数量是前者的 2.3 倍。剧集的质量也不断提高，在重要奖项中占据一定位置，口碑则更居前列。例如腾讯视频制作的《大江大河》,在第25届"白玉兰奖"评选中获最佳中国电视剧奖;①爱奇艺制作的《你好,旧时光》获第五届"文荣奖"网络单元最大奖项;优酷制作的《白夜追凶》获第四届"文荣奖"最佳网络剧奖项。②

综艺节目过去多年是电视台一统天下。近些年,网络综艺节目档数、总期数和总时长都保持较快速度增长。2017年10月至2018年10月,腾讯网、优酷网、芒果TV等21家网络平台上线播出网络综艺节目共385档,10912期,总时长约237400分钟。节目档数、总期数和总时长分别同比上涨95%、217%和121%。③

2020年的国内综艺市场尽管受到疫情影响,但全年上线网络综艺229档,相比2019年的221档略有增加。其中,语言节目《朋友请听好》,以近9.15亿有效播放领跑2020年上新网络综艺市场,占据六大平台榜单第一。④ 表2是2020年上新网络综艺节目播放量前五位。

表2 2020年上新网络综艺有效播放前五位

排名	综艺名称	正片有效播放	上线日期	内容类型	播出平台
1	《朋友请听好》	9.15亿	2020.2.19	语言	芒果TV
2	《创造营2020》	6.87亿	2020.5.2	选秀	腾讯视频
3	《哈哈哈哈哈》	6.75亿	2020.11.13	真人秀	爱奇艺/腾讯视频
4	《这!就是街舞(第三季)》	6.13亿	2020.7.18	舞蹈	优酷
5	《乘风破浪的姐姐》	6.08亿	2020.6.12	真人秀	芒果TV

注:统计时间:2020.1.1—2020.12.31;正片有效播放:综合有效点击与受众

---

① 参见《〈大江大河〉获得白玉兰最佳中国电视剧奖》,https://baijiahao.baidu.com/s?id=1636373556935074070&wfr=spider&for=pc.

② 参见《2018横店影视节即将举行 "文荣奖"20强入围名单产生》,https://www.sohu.com/a/259139229_664747.

③ 参见国家广播电视总局监管中心:《2018网络原创节目发展分析报告》,https://www.nrta.gov.cn/art/2018/12/11/art-114-39905.html.

④ 六大平台为:微博综艺热播榜、抖音综艺热榜、知乎影视榜、豆瓣热播综艺、骨朵热播综艺和猫眼热播综艺。

观看时长,最大程度去除异常点击,如花絮、预告片等干扰,真实反映影视剧的市场表现及受欢迎程度。

资料来源:笔者根据相关来源汇总计算。

4. 直播

直播在中国是一个普及率和活跃度都较高的数字文化新业态。据《中国互联网络发展状况统计报告》,截至2020年3月,我国网络直播用户规模达5.6亿,占网民整体的62%。其中,游戏直播的用户规模为2.6亿,真人秀直播的用户规模为2.07亿,演唱会直播的用户规模为1.5亿,体育直播的用户规模为2.13亿,较2018年底增长3677万,占网民整体的23.5%。在2019年兴起并实现快速发展的电商直播用户规模为2.65亿,占网民整体的29.3%。① 从在线直播平台看,PC端月均活跃用户较多的"斗鱼直播",2019年月均活跃用户7642.5万人。娱乐类直播平台用户较多的"YY直播"和"六间房",月均活跃用户分别为6529.3万人和5318.7万人。

还有更多文化类型在尝试数字化。那些以现场表演为主的艺术类型,也在探索利用数字技术提高传播能力。英国国家剧院在2012年推出了"国家剧院现场"(简称NTLive),在演出现场进行高清多维拍摄并卫星转播,以高清影像的方式覆盖剧场外的人群。项目在全世界获得了蓬勃发展,已有近1000万观众在世界各地的2000个场所观看了演出。剧场里的每个座位都成了黄金座位,舞台一目了然;特写镜头将演员的微妙表情和细小动作都捕捉到了,现场感极强。现在有更多剧团推出了这种演出形式。相信随着5G等新一代通信技术发展,高通量低时延的通信技

---

① 参见《第45次〈中国互联网络发展状况统计报告〉》,https://www.cac.gov.cn/2020-04/27/c_1589535470378587.htm.

术将促进更多艺术类型的数字化呈现。

（四）数字媒体与传统媒体传播效应的比较：一个分析框架

我国学者提出过一个比较分析传统媒体与数字媒体传播效率的指标框架，对主流媒体、博物馆、网络文学、电视剧、电影等领域的全球传播问题进行了深入研究。参照央视市场研究公司（CTR）的"网络传播力指标体系"的一级指标与权重的设置，建立了"文化业态传播效率指标体系"，并运用 min-max 标准化的模型对网络新闻、网络文学、网络视频、网络音乐、网络游戏五个数字文化新业态，以及与之相对应的新闻业、出版业、电视业、唱片业（广播业）和单机游戏进行了评估，对比分析数字时代之前与之后文化各个领域传播效率的变化。（见表3和图5）

表3 新旧业态传播效率比较

新业态	传播效率（百分制）	排名	传统业态	传播效率（百分制）	排名
网络新闻	15.9	5	新闻业	55.3	3
网络文学	12.45	7	出版业	1.04	10
网络视频	84.48	1	电视业	11.37	8
网络音乐	30.48	4	唱片业	1.69	9
网络游戏	76.42	2	单机游戏	14.9	6
新业态合计	219.73		传统业态合计	84.3	

资料来源：根据管理学博士的研究成果制作，表中数据截至2020年5月31日。

评估结果显示，数字文化新业态传播效率总分合计219.73分，远高于传统业态的84.3分。受指标体系、案例选择、数据来源等因素影响，两者之间实际差距并未得到充分反映，现实差距更大。分业态看，除新闻业在传播效率上略胜网络新闻以外，其他行业都是新业态处于压倒性优势地位。传统新闻业依托在电视、广播、报刊等传统渠道的深厚内容实力，

还是占据绝对主导地位,同时,也受到网络新闻面对较多管制的影响。

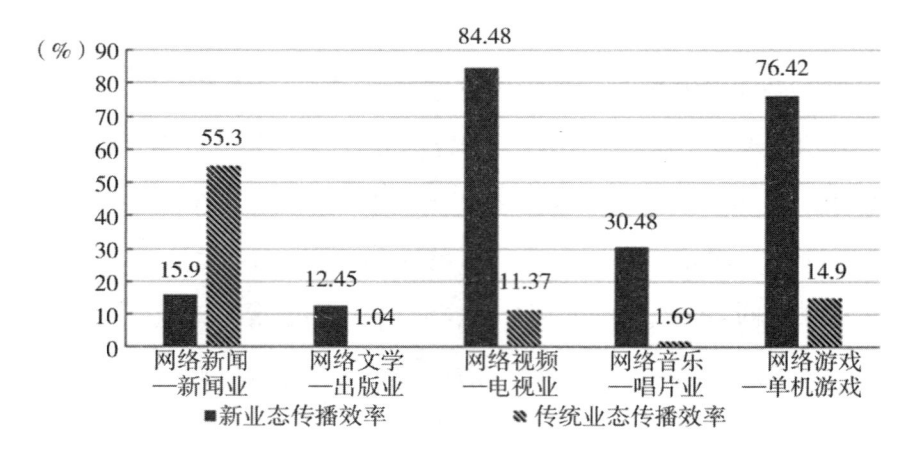

图 5 新旧业态传播效率比较

资料来源:根据管理学博士的研究成果制作,表中数据截至 2020 年 5 月 31 日。

三、结构变化、地位提升与竞争新格局

数字文化成为市场主流,对文化消费结构、文化生产结构、文化市场结构和文化国内外比例结构等都产生了深刻影响。

(一)消费结构改变:文化消费显著跃升

由于数字文化产品和服务极为丰富、极易获取和极低成本,文化消费在消费者时间分配中的地位明显跃升,文化消费的地位更加重要。

据计算,2020 年 12 月,我国移动互联网活跃用户规模达 11.58 亿人;2020 年 12 月,全网用户人均单日使用时长为 6.4 小时,可以看到,几乎全民上网,而且人均上网时间较长。[①]

---

① 参见《QuestMobile 2020 中国移动互联网年度大报告·下》,https://www.questmobile.com.cn/research/report-news/143.

消费者的线上时间主要用于文化消费。据研究,手机网民经常使用的各类APP中,即时通信类APP的使用时间最长,占比为13.7%;网络视频、网络音频、短视频、网络音乐、网络直播、网络游戏和网络文学类应用的使用时长占比分列第二到八位,依次为12.8%、10.9%、8.8%、8.1%、7.3%、6.6%和4.6%,这七类相加占比59.1%。这表明,消费者每周数字文化消费时长约24小时,每天约3.4小时。实际上,消费在即时通信类APP上的时间,多数也是在阅读或欣赏其中的文化产品。在数字时代之前,消费者如此长时间的文化消费是不可想象的,文化消费的经济地位和社会影响今非昔比。[①]

文化消费时间较长得益于数字化的便利、丰富和低价。一是便利性。消费者很方便地利用碎片时间消费,还能多屏共享,例如一边看电视一边听歌,同时还在社交网站上聊天,时间三重利用。二是丰富性。消费者可以在腾讯视频的3000多部电视剧中、在爱奇艺的1000多台综艺中、在搜狐视频的6000多部电影中以及在优酷的4000多部动漫中选择自己想看的文化产品。[②] 国外消费者更可以在"声田"的3000多万首歌曲中、在JustWatch的视频平台的4万部电影中进行选择。尤其是对于没有太多线下选择的地方,比如偏远地区的中小城镇,线上消费更加重要。三是低价格。比如每月10美元就能阅读亚马逊网站Kindle Unlimited上的70万本书,几美元就可以访问"声田"歌曲库中超过3000万首歌曲。截至2019年6月,中国在线视频用户规模超过9亿,其中付费用户占比为

---

① 参见《46次〈中国互联网络发展状况统计报告〉》,https://www.cac.gov.cn/2020-09/29/c_160293991874816.htm.

② 文中数据是作者根据腾讯视频、优酷和爱奇艺三大平台上的电视剧、综艺和动漫数量查询计算所得。截至2021年4月7日。

18.8%,每家会员费均为每月15元左右,更何况还有更大规模的免费服务。① 这些都极大激励了文化消费。

(二)生产结构改变:大平台+小微企+长尾现象

数字文化创意创作需要个性化的灵感及努力,它们的传播又需要强大的市场能力,因此数字文化产业是一个巨大平台与小微企业相互依存共同发展的产业。从创意创作方来看,无论何时,人们进行文化创意的意愿遍布各类人群,虽然大部分出发点是非商业化的,如为了娱乐、自我表现、关系维护、加入社群等。但将它们汇聚起来,就成为文化产业发展的汹涌源泉。但再好的文化产品,以小微企业和个人之力无法完成大规模传播,大型平台具有显著的规模和范围经济效应,能够鼓励各类创意创作者上平台,并为之提供多样化服务。由此,平台汇聚了巨量的创作能量,海量内容以令人惊叹的速度生产出来,各种具有独特性并搭载各类情怀、想象力的文化产品,不受地域限制,向全世界消费者提供服务。

众多小型微型团队和个人提供的文化服务带来长尾效应。这是克里斯·安德森(Chris Anderson)在他2006年出版的《长尾理论》(*The Long Tail*)一书中提出的理论,描述消费者从互联网中可获得产品与服务数量的特点。与实体商店或服务场所不同,互联网提供的产品和服务类型几乎无限制。那些畅销和流行的服务是丰满的主干,小众却巨量的服务虽然每种销售额较低甚至很低,但由于数量巨大,好似拉出一条长尾巴,如

---

① 参见《2019—2025年中国在线视频行业发展前景及投资风险预测分析报告》,https://www.chinairn.com/report/20190925/103958948.html?id=1729066&name=huangjiang.

果尾巴很长,汇聚起来也能成为巨额销售。① 例如,2019年,我国共销售图书209万册,其中,前17138种热门图书占总种类的0.82%,但每种销售量较大,提供了60%码洋,后面超200万种图书占总种类的99.18%,每种销量很少,但由于种类众多,也合计提供了40%的码洋。"长尾"很细长,贡献也很突出。(见图6)

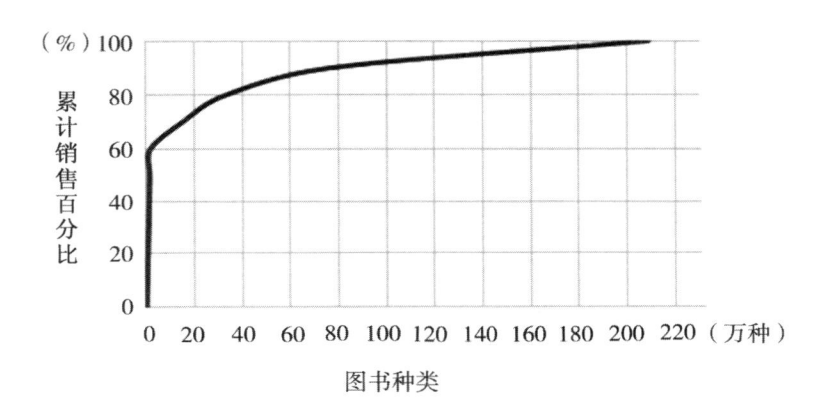

图6 2019年中国图书零售市场"长尾"效应

资料来源:北京开卷:《2019中国图书零售市场报告》,2020年1月12日,http://www.199it.com/archives/997065.html,2021年4月7日。

(三)市场结构改变:少数平台与激烈竞争并存

国内外的数字文化平台都表现出较高的市场集中度,从传统经济学的角度看,每个平台的市场份额都达到了令人担忧的程度。不过到目前为止,尽管各个细分市场都由几大平台占有高比例市场,但竞争性市场所

---

① 这一点在克里斯·安德森的《长尾理论》一书中有详细阐述。该理论基于网络时代的兴起,认为互联网可以打破时间和空间上的约束,将商品储存、流通、展示的场地和渠道拓展得无限宽广,使生产成本急剧下降到个人都可以进行生产,销售成本急剧降低到几乎可以忽略不计。这样使得过去很难实现供需对接的小众产品也可以实现很大的销量。参见[美]克里斯·安德森:《长尾理论》,乔江涛译,北京:中信出版社,2006年版,第1—14页。

具有的特点并未被消除,例如以低价或免费为消费者提供服务,再如新企业能够进入并迅速成长。数字文化平台占据较高的市场份额、市场却同时呈现竞争性特征,有以下几个方面的原因。

一是"多栖性"抑制了索取高价行为。首先,平台上的消费者具有易转换和多归属特点。用户如果对一个平台不满意,只需敲几下键盘就能转换到另一个平台上。许多用户干脆在多个平台注册,消费者的黏性和忠诚度较低。根据市场研究公司 eMarketer 2018 年的估计,在美国观看任何视频流媒体服务的所有用户中,96.1%的用户分别使用 YouTube,73.8%的用户使用网飞,同时使用两个平台的用户是多数。① 根据美兰德中国电视覆盖与收视状况调查数据显示,2020 年中国短视频平台用户规模 TOP5 中,84.9%的用户使用抖音,46.9%的用户使用快手,13.9%的用户使用腾讯微视,12.9%和 11.8%的用户分别使用抖音火山版和西瓜视频,同时使用两个以上平台的用户是多数。② 因此,平台即使规模再大,也不敢高枕无忧地慢待消费者。其次,文化生产者或文化内容提供方多数也是多栖式的,中国的用户如果有"艺术创作"想呈现,会尽可能到多个平台上去发布。2021 年 4 月 25 日举办的清华大学 110 周年校庆联欢晚会,就有包括新华网、B 站、快手、抖音、Twiter、Facebook 等 18 个平台同时转播。在这种激烈竞争的情形下,如果平台向内容提供方索取高价,也是难以实现的。

二是"易模仿"抑制了排斥进入行为。平台的新商业模式并不受知识产权的保护,某个新领域展示出潜力,多个平台都会迅速进入,当一种

---

① 参见《全球视频霸主之争:YouTube 成 Netflix 最大劲敌》,https://tech.qq.com/a/20181210/011378.htm。

② 参见艾媒咨询:《2020—2025 年中国短视频/直播声卡设备领域应用发展白皮书》,https://www.iimedia.cn/c1040/74748.html。

数字文化形态成为市场热点时,其他平台可以迅速复制。网飞使用了新的商业模式,对其囊括近3400部电影和近750部电视节目和电视剧的整个资源库每月收取一次性使用费,吸引了大量消费者。亚马逊Prime网站和葫芦(Hulu)视频网站也随即公告提供类似服务。①

三是"快迭代"抑制了优势叠加。数字技术创新迅速,今日之霸主明日就可能被替代,市场份额较短时间内就可能出现明显变化。以数字音乐零售市场为例,大约七八年前,欧美用户还觉得在数字音乐下载市场中,无人能对iTunes形成威胁或构成挑战,iTunes音乐在2012年全球数字下载市场中已经占据了64%的份额。然而,流媒体的出现使大量业务从iTunes转移到了"声田"。截至2017年年中,"声田"占据了全球订购音乐市场40%的份额,苹果音乐占19%,亚马逊音乐占12%。② 再如国内的视频市场,几年前人们还以为爱奇艺、腾讯视频、优酷几个平台无人能挑战。最近几年,门槛低、时长短、易传播的短视频受到了用户的追捧,快手、抖音都积累了大量的用户群体,与上述几家平台形成竞争。虽然短视频平台都有"长视频"老板的投资,但在市场上是独立平台,并与有"亲缘"的"长视频"展开激烈竞争。

数字文化市场的上述特点,导致大型平台与传统的线下大企业相比,较难在价格、产量、交易、进入等方面形成市场操纵能力。数字时代的大平台企业存在可竞争性(contestability),促进了文化产业持续增长、文创产品快速迭代和消费者体验不断改善。

2020年7月短视频的TOP1抖音,月活跃用户数量为4.78亿人,超

---

① 参见 J. Waldfogel, *Digital Renaissance: What Data and Economics Tell Us about the Future of Popular Culture*, Princeton: Princeton University Press, 2018.

② J. Waldfogel, *Digital Renaissance: What Data and Economics Tell Us about the Future of Popular Culture*, Princeton: Princeton University Press, 2018.

过同期在线视频月活跃用户前三（TOP3）——爱奇艺（3.45亿人）、腾讯视频（3.97亿人）、优酷（4.01亿人）。① 短视频的时长也在爆发式增长。2020年底短视频月人均使用时长超过42.6小时，而在线视频月人均使用时长为13.8小时。② 短视频应用的月人均使用时长已超过在线视频应用，占据多数人日常生活的大部分时间。在移动互联网总使用时长占比份额中，2017年短视频使用时长占到5.5%，而这一比例在2016年刚刚达到1.3%，到2020年6月，短视频抢占用户时长份额已接近20%，成为仅次于即时通信的第二大行业，远超同期在线视频的7.2%。③ 这表明数字内容市场由于创新活跃，少数平台长期垄断有较大难度。

  再以网络购物平台为例，自2012年至2019年，天猫始终占据超50%的市场份额，其中2014年达到峰值，随后除2018年外的其余各年均呈现逐年份额小幅回落趋势；京东市场份额处于20%—30%之间，呈现平稳增长；苏宁易购进入平稳时期；拼多多市场份额则呈现"跳跃式增长"的强劲势头，到2020年第一季度，拼多多月活跃用户数量超过淘宝。可见，从2012年至2020年，各家电商平台市场份额"此消彼长"。而在用户争夺上，淘宝与拼多多用户双向流动。据QuestMobile发布的《2017年中国移动互联网年度报告》显示，淘宝的卸载用户有50.3%流向拼多多，而拼多多的卸载用户中则有78.3%流向淘宝，这两个产品吸引的目标用户高度

---

  ① 中国在线视频主要由三大平台主导行业发展，它们分别是爱奇艺、腾讯视频和优酷。2016年综合视频竞争格局仍保持稳定，TOP3为爱奇艺、腾讯视频和优酷，活跃用户规模占据80%左右。2019年下半年，短视频行业的竞争格局也快速趋于稳定，TOP2为抖音、快手，两者活跃用户规约占整体的56.7%。参见艾媒北极星网站（http://bjx.iimedia.cn/app_rank）。

  ② 参见《QuestMobile 2021中国移动互联网春季大报告》，https://www.questmobile.com.cn/research/report_new/152。

  ③ 参见新媒体蓝皮书：《中国新媒体发展报告No.9（2018）》，http://www.cssn.cn/zk/zk_zkbg/201806/t20180627_4456184.shtml。

重合,双方用户争夺激烈。①

但是,也有些市场头部企业相当稳定,并且势力仍在加强。2017—2020年,我国网络音乐用户规模由5.48亿上升到6.58亿。自2017年酷狗、QQ、酷我三家品牌音乐正式合并为腾讯音乐娱乐集团后,国内在线音乐寡头化趋势十分明显。在线音乐前十大APP中,用户逐渐向头部几家平台集中。2020年10月,网易云音乐挤进前三,但与QQ音乐和酷狗音乐的用户规模差距较大。头部平台只剩下腾讯音乐娱乐旗下三家和网易云音乐。②

四、大市场与丰富的传统文化资源:中国双重优势

中国数字文化市场是全球最有活力的市场之一,而且具备鲜明特色。

(一)大市场优势:规模效应与竞争效应双重获益

1. 多平台共存与竞争

中国市场之大,足以容纳相对较多数量的大型平台,因此大型平台并不易控制市场,而是要面对激烈竞争并创新频繁。③ 以中国长视频平台优酷、爱奇艺和腾讯视频为例,三家一直竞争激烈,近几年更是在头部精品内容和新市场开拓方面竞相争夺。2019年10月,爱奇艺召开了"iJOY悦享会",公布了爱奇艺2020年多部大IP剧资源。同月,腾讯视频举办

---

① 根据历年《中国网络零售市场数据监测报告》整理所得。
② 根据极光发布《国内在线音乐社区研究报告》和前瞻产业研究院发布的《中国移动音乐行业市场前瞻与投资规划分析报告》整理所得。音乐APP月活跃规模参见艾媒北极星网站(http://bjx.iimedia.cn/app_rank)。
③ 笔者曾论证过,中国的大市场和竞争性并存使得数字文化服务业的生产和传播效率得到极大提高。参见江小涓:《网络空间服务业:效率、约束及发展前景——以体育和文化产业为例》,《经济研究》,2018年第4期。

"2020年V视界大会",公布了30多部剧集片名单。2019年11月11日,优酷举行了以"共振·破圈·前行"为主题的私享会,发布了大量制作内容。三家均强调要耗费巨资打造精品内容。由于竞争激烈,各平台都竭力以创新内容取悦消费者,提供了大量高质量的线上影视节目。

再以数字阅读市场为例。2019年第四季度中国移动阅读市场活跃用户规模3.9亿人。这种巨大的用户市场,促进了多家网络文字平台的发展,彼此竞争激烈。图7是排名前十位头部企业的相关情况。

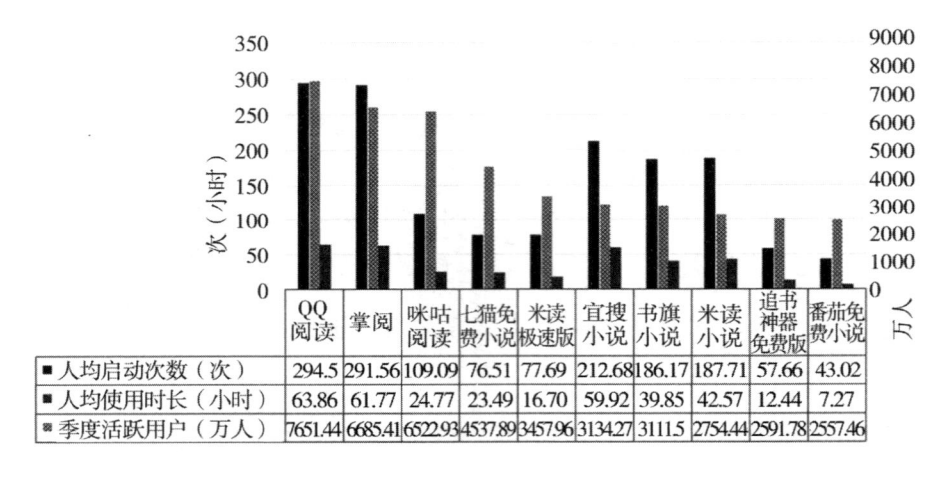

	QQ阅读	掌阅	咪咕阅读	七猫免费小说	米读极速版	宜搜小说	书旗小说	米读小说	追书神器免费版	番茄免费小说
人均启动次数(次)	294.5	291.56	109.09	76.51	77.69	212.68	186.17	187.71	57.66	43.02
人均使用时长(小时)	63.86	61.77	24.77	23.49	16.70	59.92	39.85	42.57	12.44	7.27
季度活跃用户(万人)	7651.44	6685.41	6522.93	4537.89	3457.96	3134.27	3111.5	2754.44	2591.78	2557.46

图7　2019年第四季度活跃用户TOP10的移动阅读应用人均行为分析

资料来源:《2019年第四季度中国移动阅读市场季度盘点》,2020年3月9日,http://www.analysys.cn/article/detail/20019686,2021年4月7日。

为了吸引消费者,各个平台竞相以"免费"吸引消费者。QuestMobile《中国移动互联网2019半年大报告》显示,2019年上半年,在月活跃用户人数(MAU)超过1000万的阅读平台中,主打免费的APP超过了五款,"免费"作为吸引消费者的手段,是显示市场竞争强度的一个重要指标。[1]

---

[1]　参见《QuestMobile中国移动互联网2019年半年大报告》,https://www.questmobile.cn/research/report_new/54。

2. 大市场赋能与多元文化创新

从表4可以看出,中国主要数字文化产品的用户数量巨大。规模最大的网络视频,用户约8.5亿,最少的网络文学用户也有约4.5亿。

表4　2020年3月中国主要数字文化产品用户数量和网民使用率

应用	用户规模(万)	网民使用率(%)
网络视频(含短视频)	85044	94.10
短视频	77325	85.60
网络新闻	73072	80.90
网络音乐	63513	70.30
网络直播	55982	62.00
网络游戏	53182	58.90
网络文学	45538	50.40

资料来源:《第44次〈中国互联网络发展状况统计报告〉》,2019年8月30日,http://www.cac.gov.cn/pdf/20190829/44.pdf,2021年4月7日。

网络用户数量多为多元创新提供巨大空间。在我国,只要有很小比例人群关注的小众创意,就能够存在和发展。国内几个社交视频网站,如快手、六间房和B站,由于网站观众基数大,以百万计数的创意和表演都能找到自己观赏者。2019年有2.5亿人次在快手发布作品,如此巨量的创意发布,条均获关注量超过1444次,累计点赞人次超过3500亿次,规模惊人。另一个短视频网站抖音,2019年参与文旅"打卡"的用户全年打卡6.6亿次,遍及全世界233个国家和地区,很小众的景点都有大量"打卡人"现身。[①] 阅文平台入驻"作家"超过800万位,自有原创文学作品1150万部,支撑这种创作规模的是阅文月活跃数2.2亿人次这个巨大

---

① 参见《2019抖音数据报告》,https://www.sohu.com/a/366535920—174744.html。

市场。

(二)传统文化资源丰富,衍生数字产品能力强大

1. 传统文化是重要的产业资源

近些年来,利用数字技术对传统文化进行创新传播在全球范围受到高度重视,传统文化数字化产业化规模持续扩大。按照世界知识产权组织的定义,传统文化表现形式多样,包括语言表现形式,如民间故事、民间诗歌和谜语、记号、文字、符号和其他标记;音乐表现形式,如民歌和器乐;动作表现形式,如民间舞蹈、游戏等;有形表现形式,如民间艺术作品,特别是绘画、雕刻、木工、珠宝、编织、刺绣、服饰等,还有工艺品、建筑形式等。传统文化作为文化产业发展的重要源泉和动力有其必然原因。一个国家或民族的传统文化风韵独特,蕴含着理解这个国家、民族和人民的独特密码。以传统知识为素材的文化创意能更好地满足人类精神需求,满足人类自身溯源的愿望,满足不同国家和民族人民相互了解的愿望。

2. 中国优秀传统文化数字化创新潜力巨大

作为传统文化数千年一系的文明古国,中国数字文化产业发展有着得天独厚的资源禀赋。中华文化源远流长,博大精深,丰富多样,文化知识存量巨大。我国数字文化产业能够萃取获得和转化创新的文化资源是海量和多元的。传承发扬中华文化,赋予中国传统优秀文化以精当表达,向世界准确传递中国文化的当代价值,是数字文化产业的责任担当,也是巨大机遇。

数字能够对优秀传统文化进行再创造。以新创意和新设计将优秀传统文化融入现代生活、当代审美、当代价值观,开发出优秀传统文化的新型载体和表现形态,使当代人更好地理解、传承民族文化。① 优秀传统文化数字化有两个核心要素,第一是符合我们的情感需求和审美判断,数字化产品不能有文化违和感;第二是技术的先进性,能够最有效地利用数字技术的创造力和传播力。如故宫拿出一些珍贵的文化藏品,包括《千里江山图》《墨梅图》等,在平台上展现给年轻人,让他们吸取灵感进行再创作。一批来自年轻人的创意,孵化为一个个互联网上的爆款。例如,以"古画会唱歌"为主题的音乐创作大赛,根据北宋王希孟的《千里江山图》,重新演绎了《丹青千里》这样一首歌,在平台上线 24 小时点击量 3400 万,这种传播广度在线下场景中完全是无法想象的。

3. 数字平台成为中华优秀传统文化海外传播的主渠道

互联网易于突破空间障碍和文化、语言差异、打破隔阂,促进不同文明交流互鉴,推动了中华优秀传统文化的海外传播。以图书外文译本为例,据统计,20 世纪百年间中文小说英译本共计仅为 580 部②,2000—2017 年中国小说英译作品也就 359 部③。近些年,中国网络文学的英译本数量快速增长。武侠世界是一个中国网络小说翻译网站,所译介的小说有相当影响力,到 2020 年 3 月 8 日,仅这一个网站,已经翻译完成 28 部中文网络小说,正在连载翻译的有 41 部网络小说。④ 根据 Alexa 统计数据显示,武侠世界网站的读者构成中,30%来自北美、25%来自东南亚、35%来自西欧,⑤实现了从东亚文化圈到英语世界的海外译介传播。再如电视剧与网络小说"剧文联动"的《延禧攻略》,已发行至亚洲、北美、欧

---

① 参见高书生:《体系再造:新时代文化建设的新命题》,《经济与管理》,2020 年第 1 期。
② 该统计包含了海外华裔作家创作的中文小说译作。
③ 其中古典小说 27 部,现代小说 14 部,当代小说 318 部。
④ 笔者根据武侠世界网(http://www.wuxiaworld.com)统计所得。
⑤ 笔者根据 Alexa 网站(http://www.alexa.cn/wuxiaworld.com)统计所得。

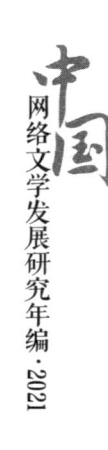

洲、南美、非洲,覆盖了日本、韩国、新加坡、越南、泰国、美国、澳大利亚等70多个国家和地区,引发全球观影热潮。这部作品包含了建筑、服装、绒花、昆曲、火树银花、美食等诸多中国传统文化元素,让海外受众感受到中国文化遗产的精致与华美。截至2018年8月,《延禧攻略》收获海外新媒体平台单集点击量破百万的优异成绩,在海外视频网站的累计播放量超过5000万次。根据网络小说《凰权》改编的电视剧《天盛长歌》,被网飞买下并在全球市场播出。[①]

数字技术还能探知海外消费者的兴趣所在,用他们习惯和喜欢的方式把中华优秀传统文化展示给他们,为现代人带来具有时代感的中华文化体验感受。一个影响广泛的案例是中国妹子李子柒红遍全球。李子柒是一个短视频博主,因拍摄中国优秀传统文化如乡村古风生活、传统美食、传统工艺等内容走红。制作团队利用大数据技术了解到,看李子柒品牌的用户大多是15岁到30岁的年轻人,女性偏多,热爱美食,热爱古风,对中国优秀传统文化感兴趣。因此,团队设计出有针对性的元素进行展现,使得用户对该品牌更加忠诚。2019年底,光是在YouTube上,李子柒的粉丝就有747万,如此巨量用户数据为市场的迭代开发提供了源源不断的信息。

(三)传统文化数字化:保护产权与创造财富的平衡

利用传统文化发展文化产业,一个全球性的难题是传统文化的知识产权保护问题。传统文化产业化往往有外来投资者加入,并由此创造出财富。然而传统文化知识的特定持有者或者持有群体,认为这些传统文

[①] 参见欧阳友权:《提质换挡期网络文学的进阶之路》,《社会科学辑刊》,2019年第4期。

化本应为他们自己创造财富。从这个角度看,非特定持有者开发利用这些传统文化知识,就是一种侵权行为。这种诉求在国际上得到重视,自20世纪60年代以来,多个国际公约或条约公布,包括提出对民间传统文化表现形式提供国际保护的目标,①明确两种侵权行为:"不正当使用"和"其他损毁行为"等。② 这些公约和条约影响了许多国家对传统文化知识的保护理念和保护行为。

但是,现实操作有不少困难。首先,许多中华优秀传统文化知识很难确认所有者群体,例如,京剧应该属于哪个特定区域所有?帝王服饰应该属于皇族吗?其次,现代社会中,传统文化在特定创造人或群体之外被大量使用,客观上会起到社会大众对传统知识的知晓度和认可度,进而给这些特定群体带来益处。这在旅游产业中特别明显。纪录片《舌尖上的中国》描述了许多地域和民族的美食,推动了其中不少食品的产业化和商品化,也为这些地区带来不少游客。如果进行严格的知识产权保护,这些机会就都不会出现,这并不符合民族艺术和知识持有群体的愿望。

在国家层面,保护独有文化资源不被国外产业侵占使用,是各个国家的明确目标。近年来,发展中国家大力推动关于传统知识保护利用的讨论和相关立法进程,取得了一定进展。在《生物多样性公约》项下,各国就基因资源和传统文化知识的使用和惠益分享达成不少共识,明确使用传统文化知识时应经持有人事先同意,有关惠益须公平分享。因此,要在传承弘扬传统文化、保障持有群体利益、保护知识产权和利用传统知识创

---

① 参见 WIPO, *Berne Convention for the Protection of Literary and Artistic Works*, 1886; WIPO and UNESCO, *Tunis Model Law on Copyright for Developing Countries*, 1976, https://www.wipo.int/edocs/pubdocs/en/wipo_pub_812.pdf.

② 参见 WIPO and UNESCO, *Draft Treaty for the Protection of Expressions of Folklore Against Illicit Exploitation and Other Prejudicial Actions*, 1982, https://www.wipo.int/edocs/mdocs/tk/en/wipo_grtkf_ic_3/wipo_grtkf_ic_3_10.pdf.

造财富之间统筹考虑,要使各方面都能够从中获利获益,也要有利于传统文化的传承和发展。我国是传统文化和知识持有大国,应该积极参与并推进国际社会的这类努力。

总之,借助数字技术,中华文化在保存、展示、传播、利用各个环节,在国内国际两条线上,都呈现出蓬勃发展的良好势头。

五、数字浪潮中文化内涵的积淀与传承

数字文化产业的迅猛发展,也给人们带来一些担忧和疑惑。数字技术具有创造绚丽景象、惊险刺激场面和奇特角色的强大能力,诱导人们更多关注这种数字化呈现方式而不是文化内涵本身。以电影为例,从黑白电影到彩色电影,观看电影的主要目的还是感受故事内涵和领略明星风采。但3D、4D电影出现以后,很多观众在观影时主要感受到了惊险刺激和新颖奇特的场面,内容不再是最重要的。再如,数字技术具有创作海量文化产业的能力,然而产品数量虽然巨大,却往往一闪而过,快速迭代,绝大多数不会再次出现和长期存续。

数字文化产业的这种状况,能否产生出群体共情、千载共鸣的文化积淀和结晶?我们期待,生产者对文化内涵的不竭追求和消费者对文化内涵的持久向往,将推动数字文化产业持续创造内涵丰富的文化瑰宝,源源不断呈现于世并永久传承。

(一)创作者追求文化内涵的不竭动力

具有人文精神的艺术家,对于用数字技术替代传统方式来创作和传播难免有抵制心理,这种情形在技术发展史上多次出现过。中国作家在20世纪90年代以前,还经常有要不要用电脑写作的争论,一些作家认为

用电脑写作没有感觉,仍然坚持用笔写作。但是,无论这种感受引起多少共鸣,文人们还是纷纷"换笔",使用电脑。时至今日,虽然有人常常怀念用笔写作的年代,怀念"书写"的酣畅兴悦,时常翻看久违的手稿,但几乎无人能够抵制现代技术带来的巨大便利。对网络写手来说,笔和纸差不多已经是古董了。现在,反对和拒绝用数字技术作为创作和传播工具的现象已经不是主流了。

然而,即使在数字时代,文化创意创作者的行为与其他产业相比仍然有其鲜明特点。制造业工人并不会在意产品的样式、颜色、蕴意或者其他特性,只需要保证质量、完成制作。文化产业的创意创作者却会关注自己产品的原创性、文化内涵和艺术表现等。虽然他们无法摆脱商业原则而完全依从这种意愿,但也不可能放弃对艺术的追求。这种需求源自内心,持久而顽强。文化产业中始终存在着商业与艺术的对立与统一,在数字时代也不例外。

(二)消费者对文化内涵的持久向往

数字化工具和呈现形式固然重要,然而作品的永久流传却依然要靠其文化内涵。所谓高科技文化产品,如果只有科技而缺乏文化,很可能只是一时绚丽。所谓的高科技很快就会过时,总有新的科技快速出现。只有艺术的原创性和表现力,才会得到消费者当下和持久的关注,技术持续进步中留下的是文化积淀。数字影视中,天崩地裂、海啸、千军万马等特效场面对数字技术来说不在话下,然而要创作一个栩栩如生、具有共情、可以积淀、能够长久留存的、能引起消费者最深切的共鸣和记忆的数字角色才是真正的挑战。最近两三年,好莱坞大片在中国受欢迎的程度持续下降。2021年上半年中国电影市场上,《速度与激情9》等传统好莱坞特效大片没有取得预期的好票房,《你好,李焕英》《唐人街探案3》等有中华文化情怀的电影吸引力强劲,反映出人们对文化内涵的追求和向往。

数字平台制作的电影和剧集由于深谙消费者心理需求从而广受欢迎,已经在各类奖项中占据了重要地位,获得口碑高分。2015年网飞出品的电影《无境之兽》在威尼斯电影节和金球奖上都获得提名;2018年出品的《罗马》更是在颁奖季中拿到最多最佳影片奖的电影。亚马逊在2017年凭借其出品的《海边的曼彻斯特》荣获6项奥斯卡奖项提名,其中包括"最佳影片""最佳导演"等重量级奖项,成为首家获奥斯卡最佳影片提名的互联网公司。最终,该片斩获最佳原创剧本奖,主演卡西·阿弗莱克也荣封影帝。① 我国数字平台制作的电影也有不俗表现。爱奇艺影业联合出品的《淡蓝琥珀》《北方一片苍茫》《芳华》等众多影片,在金马奖、上海国际电影节、鹿特丹国际电影节等众多国内外电影节中斩获奖项。2019年爱奇艺影业联合出品的电影《气球》在威尼斯电影节入围。② 2019年腾讯影业联合出品的《第一次的离别》,斩获香港国际电影节火鸟大奖、第31届东京国际电影节亚洲未来单元最佳影片等奖项。

(三)"高雅艺术"得到有力滋养托举

数字技术创造了雄厚的产业基础,能滋养更多被称为"高雅艺术"的非商业化文化艺术门类。到目前为止,歌剧、芭蕾、话剧、经典音乐等文化艺术类型难以自我生存,更难以使艺术家致富。不是这些艺术不好,而是欣赏它们有较高专业门槛和较高成本,使它们无法寻求到大市场。文化

---

① 参见《亚马逊、Netflix锋芒凸起,奥斯卡不再是好莱坞的天下》,https://new.qq.com/omn/20180307/20180307G0J75Y.html.

② 参见《爱奇艺影业联合出品电影〈气球〉入围第76届威尼斯电影节》,https://www.iqiyi.com/common/20190726/c93c533808d99d42.html.

产业整体实力增强,能为这些高雅艺术提供更多支持。无论是数字文化产业最发达的美国,还是处于迅速发展中的中国,在铺天盖地的各种数字文化产品中,歌剧、芭蕾、京剧、话剧等艺术类型也在继续发展和提高水平。

数字技术使文化产品受众面得到极大拓展,对高雅艺术创作能力和欣赏能力的培养也很重要。高雅艺术创作力类似于科学领域的直觉、方法和工具,欣赏高文化内涵和艺术内涵的作品,需要类似读懂文献的知识背景。专业化教育只能培养有限的人群,数字文化产业极大拓展了艺术受众面。宽厚的艺术土壤对全民艺术素质提升的贡献,类似于基础教育普及对提升民族文化与科技素质的贡献,能够培育出伟大的艺术家和科学家。

(四)传统文化得以更好展示传承

许多珍贵的传统文化作品,实物形态传世极少,因担心损坏而使这些文物深锁柜库,保护传承与展示利用无法兼得。以古籍保护为例,以往珍贵的文献很少有人能一窥其真面貌,更不要说开发利用了。再如遍布各地石窟的精美造像,承载的文化内涵丰富,其中有些损毁严重,为保护而不得不封存。还有,博物馆里的文物都是人类几千年甚至上万年的智慧结晶,传统博物馆受时空因素限制,在特定的时间段内,只能供有限的观众参观。数字技术提供了极为有效的新手段,使传统文化资源保护传承与展示利用的关系从矛盾转为一致。例如对古籍文献进行便捷安全的复制,易于储存,便于检索,能够通过多种渠道展示和传播,并进行多元开发利用,真正做到了保护、展示、利用和传承的统一。

文物院博物馆更是数字技术应用广泛的文化领域。全球多个博物馆

建立了数据平台,提供了全域全时全覆盖的文化服务。2019年1月4日,谷歌艺术与文化平台(Google Arts &Culture)推出"虚拟访问博物馆计划",利用其街景技术,将巴西国家博物馆中曾经的展品和展厅呈现在人们眼前。在谷歌平台上,网络访客能够"进入"博物馆,360度参观其中的文物,包括原始面具、陶器以及色彩斑斓的蝴蝶标本等,且由于这一计划运用了虚拟街景技术,因此能够产生"亲眼所见"的感觉,带给观众沉浸式的参观体验。①

数字化智能化的展柜展室展窟系统,让珍贵文物在展示的同时依然能够得到长久的有效保护。敦煌研究院完成了200余个洞窟的图像采集、100余个洞窟的图像处理,全球网民都可以进入"数字敦煌"资源库,在30个洞窟里进行720度全景漫游。疫情期间,我国有2000余家博物馆开启了"云展览"模式,吸引了超过50亿人次观览。

总之,优秀传统文化是一个国家、一个民族的灵魂。然而在历史的长河中,由于保存和传承方面的困难,曾经有过的灿烂文化和文明图谱,很容易被历史的烟尘所淹没。随着数字技术的快速发展,传统文化的收藏、保护和传承进入了全新时代。中华文化源远流长、博大精深,既有大量物质文化遗产,也有许多非物质文化遗产,既有文字语言,也有音乐歌舞绘画刺绣等多种形态。数字技术将各种文化遗产变成了"比特"(bit),可以储存和编辑,传承的载体可以是文字,也可以是网上互动的数字图码信息,多样多元、形态丰富。得益于数字技术创造的便利与效率,中华优秀传统文化正在以前所未有的规模和速度,跨越时空,超越国度,极大地丰富了当代国人的文化消费内容,极大地提升了中华文化的国际

---

① 参见《全球共建巴西数字博物馆的背后:让文物"浴火重生"!》,https://www.sohu.com/a/290801592_120057219.

影响力。

(五)原野与高峰并存构成多彩美景

文化的精英属性和大众属性是一个长久的话题。在数字时代,文化是由社会全体成员共同创造和分享的,不可能属于少数人。

数字时代文化的大众属性更强。技术进步提供了简便的创作工具、丰富的表现形式和畅通的传播渠道,构成了广袤肥沃的文化原野。各类民众的审美追求、生活品位、自我表达和文化关系等都在这片原野上成长,搭载各类蕴意和情怀。数字文化已经是亿万人民的日常生活,是他们的精神寄托和娱乐方式。

数字时代也有文化高原的隆起。在可供选择的产品铺天盖地时,消费者很快就见多识广,眼光挑剔,迫使产品提供方不断提升艺术水平,创造精品并构建出文化高地。近些年来,我国网络文化精品快速呈现,2018—2019年,共有6部网络文学作品入选国家新闻出版署和中国作家协会联合评选的69部"年度中国好书榜"。即使平台直播这种最具大众化特点的文化展示类型,消费者的喜好也在变化。最近几年排名提高最快的是知识类节目。2021年,B站百大"UP主"名单发布,在游戏、音乐、美妆、宠物等诸多热门UP主中,排名第一的是一位知识UP主:罗翔教授的在线法学课《罗翔说刑法》,粉丝数超过1200万。本来是法考考生的网课,近来却成了许多网民喜爱的节目,罗翔教授能生动解释枯燥的法条,激发听众关于法律和道德的讨论。

网络读者也开始呈现多元化的阅读品味。表5是微信读书排名前十位的榜单,那些传统意义上的好书、经典书,占据了榜单的重要位置。

表5　微信读书热度榜 TOP200 前十数据

排名	著作	作者
1	《三体》(全集)	刘慈欣
2	《明朝那些事儿》(全集)	当年明月
3	《围城》	钱锺书
4	《人类简史:从动物到上帝》	尤瓦尔
5	《红楼梦》	曹雪芹
6	《雪中悍刀行》	烽火戏诸侯
7	《杀死一只知更鸟》	哈珀·李
8	《白鹿原》	陈忠实
9	《三国演义》	罗贯中
10	《龙族》(1—4合集)	江南

注:数据采集时间为 2021 年 2 月 8 日。

　　文化领域中有一小部分是无法进入市场的。最深刻的思想、最有难度的艺术成就和最个性化的艺术形态,并非为通俗而生、为流行而生,只有很少的人能够理解和欣赏。如果把它们比喻为高峰,就只有极少数人愿意挑战且能够攀登。任何时代都有文化学者和艺术家追求这类成就和创造,数字时代亦不例外。培育、造就这些文化成果需要罕见的天赋和异常的付出,市场又如此狭小,因此市场失效无法定价,需要政府或捐助者的持续支持。

　　数字时代的文化产业,原野广袤,高原隆起,高峰耸立。原野广袤容纳芸芸众生,高原隆起展现丰富层次,高峰耸立激励有志者奋斗攀登。对亿万消费者来说,听听那些易于跟唱的歌,看看那些找乐的视频,从中获得愉悦和满足,才是文化消费的日常。文化高峰是理想,是事业,是勇者智者向往的远方,但这类场景壮丽而稀少。攀登高峰实现梦想值得持久努力,但过好眼下的生活、欣赏大地上的多彩风景同样重要。

　　进入数字时代,技术在其他领域展现已久的巨大能力,终于全面进入文化领域,文化产业的创作、生产、传播、交易、消费各个环节全面转型,呈现出技术密集特征,生产效率明显提升。这些变化推动着文化消费结构、文化生产结构、文化市场结构的快速转变。与此同时,文化产业也为数字技术提供了连接广泛、迭代迅速、栖居多点、效益显著的应用领域和持续更新的巨量多元数据。当下我们所见,是数字技术主导着文化产业的非常态发展,但人类社会对文化内涵的普遍渴求是永继愿望,不会被技术表象的绚丽所淹没和取代。数字大潮的特点是后浪推前浪,新旧替换;文化的特点是积累与传承,叠加增长。对于技术与文化的长期均衡与良性互动,我们充满期待,也充满信心。总之,没有数字技术就没有今日文化之繁荣景象,没有文化内容也没有数字技术如此之广阔用武之地。这个趋势将延续,技术与文化将继续相互加持、彼此成就,数字文化产业的地位将持续上升,对技术发展方向和文化创新传承产生深远影响。

原载于《中国社会科学》2021年第8期

后文明时代的写作或后文学的诞生

——百年中国文学开创的现代面向思考之五

陈晓明

中国文学三千年的历史,与我们的文明成长相伴随,从"子曰:'《诗》三百,一言以蔽之,曰:思无邪'",到屈原"路漫漫其修远兮,吾将上下而求索"的诗国精神;从陆机的"心懔懔以怀霜,志眇眇而临云。咏世德之骏烈,诵先人之清芬……精骛八极,心游万仞",到曹丕的"文章乃经国之大业,不朽之盛事";从李太白的"我辈岂是蓬蒿人,仰天大笑出门去",到杜子美的"万里悲秋常做客,百年多病独登台";从韩愈"文起八代之衰",到辛弃疾"想当年,金戈铁马,气吞万里如虎"……此后,诗词中国让位于小说中国,四大名著各有玄机,各有承传。新文学之变,文学与民族国家的命运更加紧密相连。中国文学的三千年历史,就是中华文明史,它书写的是文明的历史。中国文明之文章,是用性命去书写的,司马迁有言:"盖西伯拘而演《周易》;仲尼厄而作《春秋》;屈原放逐,乃赋《离骚》;左丘失明,厥有《国语》;孙子膑脚,《兵法》修列;不韦迁蜀,世传《吕览》;韩非囚秦,《说难》《孤愤》;《诗》三百篇,大抵圣贤发愤之所为作也。"中国文人传统就是以社稷为重,他们关注的是时势政治、百姓生灵。他们以自身的性命相托,当然也就不会对自己的内心投以多少注意。他们不是神之子,他们是文明或国家之子。

百年新文学在现代性的进程中,作家、诗人与现实的关系更加紧密,时势迫使他们投身于战斗。1938 年,刚满 22 岁的田间说道:"假使我们不去打仗,/敌人用刺刀/杀死了我们,/还要用手指着我们骨头说:/

'看,/这是奴隶!'"20世纪上半叶的中国作家、诗人们,为启蒙与救亡的重任所召唤,没有辜负文明的重托,在我们的文明面临危难之际,以笔为旗,投身于中华民族的拯救大业。20世纪下半叶,只要历史条件给予一点空间,中国作家不忘历史,忠实于我们千年的文学传统,书写20世纪中华民族历经的劫难,让人们牢记我们走过的艰辛、我们曾经承受的耻辱。固然他们没有那么深沉的思绪,在幽暗中与神灵对话;他们也没有那么多细密的情愫,在明朗中抒写爱恋。他们痛苦沉重、笨拙生硬,甚至粗陋庞杂、土气倔强,在自己故乡的大地上写作,诉说这大地遭遇的一切故事。确实,中国文学一直在讲述中国文明的故事,不管宏大或琐碎、全面或枝节、历史断代或现实碎片,都指向文明的大故事,都是文明大叙事中的片断或局部特写,都可结合成中国文明的大故事。

然而,今天我们却不得不说,这样一种关于文明的文学,或者说一种大文明的叙事,或许面临终结的命运。百年中国文学至今,千年之变局在今天发生,百年的现代进程不过是一个过渡阶段,百年中国文学也不过是被称为现代文学的过渡时期。而20世纪90年代以来的中国文学以乡土叙事为标志所抵达的高峰,不过是千年变局之回光返照。在中国文学史的叙事格局中,我们要考虑到两个基本事实:

其一,20世纪50年代出生的作家必将告退。中国文学能在20世纪90年代以后讲述大文明的故事,并且在文学上达到其高峰,得益于20世纪50年代出生的中国作家走向成熟。一方面,他们经历过20世纪80年代世界优秀文学的洗礼;另一方面,他们有非常深厚的乡土经验,生长于乡村中国,且反身向传统文化、民间戏曲等汲取养料。这成就了他们的道地而又具有世界性的乡土中国文学叙事。固然,他们或许还可以再创作二十年,略年轻些的20世纪60年代出生的作家写作乡土中国叙事,也可

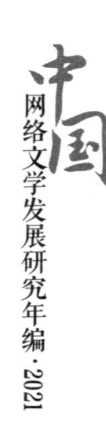

以持续三十年。但这样一种乡土叙事与乡村文明或者说农业文明,最后的终结必然是结合在一起的。此后,文学只会给予零星的记忆,构不成文明书写的整体。年青一代的中国作家,比如70后、80后以及之后的作家,不再有可能对乡土中国的生活浸淫得那么深挚。若不是生于斯长于斯,他们不可能写出道地的乡土中国的故事,也不可能写出乡土中国文明最后的光景。当然,他们书写城乡撕裂、返乡的碎片、城市的栖息、自我的困扰等,无疑是对新世纪中国文学的开掘,其意义和价值都毋庸置疑。但它们只能归属于到来的"后文明"书写。

其二,新文明的到来是否会顺利?若果如亨廷顿所言,人类社会将会进入一个"文明冲突"的时期。世界历史或许要历经汤因比所谓的后现代混乱时期。按汤因比的看法,世界历史在1875年就已进入后现代混乱时期。在某种意义上,汤因比是对的,两次世界大战就足以证明他的观点。新文明的到来无法预期,也无法知晓新文明的形态与内涵,我们暂且将它命名为"后文明"时期。很显然,"后文明"时期终结了文字作为文明记载和书写的主导形式的历史,我们已经感觉到了它的冲击,不久的将来,这种冲击无疑会更加激烈。

一、"后文明"与视听时代的感性解放

所谓"后文明",简而言之,就是一种不再以人类为主体和主导的文明。它被更强大的——虽然也来自人类的创造——超乎人类掌控力的科技超能力量所支配,以完全自由的、不可知、不可控的方式演进,其目标和目的也超乎人类的伦理价值界限。因而,所谓的"后文明"是由科技力量推动的人类活动的越界和超能所形成的新文明共同体。

我们所关注的文学艺术的存在方式和意义无疑也要发生深刻改变。

或许需要我们这样去设想：与农业文明以及工业文明(例如印刷产业)相适应的文字书写占据文化主导权的时代也面临终结。以电子工业生产力为基础形成的视听文明将占据未来文明的主导传播形式。正如笔者曾试图处理的主题：在视听文明即将来临之际，文学的传播方式也发生了相应的变化，因此之故，文学的表现手段和方法以及文学观念也发生了相应变化①。当然，文字还必然存在，但文字承载的信息不再是主导性的供人们感觉这个世界的主要形式，虚构文学不再具有强大的建构文明精神根基的作用。

影视在今天的强大吸引力已经充分显现出来。我们可以随机截取几个片段数据，2014年中国电影市场票房即达到300亿，这让中国电影界立即感觉到了中国电影迎来了加速发展的契机。事实上，随后几年中国电影票房纪录不断被刷新，直至2018年因一些原因陷入危机。但在2021年春节档上映的《你好，李焕英》，一部关于普通人的普通故事，上映十天票房即达到38亿元。另一部影片《唐人街探案3》的票房凭借预售的优势，也达到近40亿元。显然，影视已然成为集资本、电子工业与技术、艺术为一体的文艺样式，它所制造的视听效果已经成为人们艺术化地感知世界的主导形式。

视听文明是电子工业、大资本、高科技与视听艺术结合而形成的文明形态。其标志或许可以2000年为时间标识。1999年，沃卓斯基兄弟执导、基努·里维斯主演的《黑客帝国》(*The Matrix*)上演(2003年分别推出了第二、三部)。数年前笔者曾写道："这部影片在互联网方兴未艾之际，率先对互联网的虚拟时空世界进行深度表现，把虚拟的互联网世界与现实世界对接起来，把深度与边缘建立起一种联系，在意识深处、虚拟时空、

---

① 参见陈晓明：《视听文明时代的到来》，《文艺研究》，2015年第6期。

现实边缘,三者之间竟然可以建立起联系。"①另一个显著的标志可以《阿凡达》为例。在《黑客帝国》上映十年后,由詹姆斯·卡梅隆执导的《阿凡达》(Avatar)上映,作为一部科幻影片,导演在思考地球的未来命运。这已经不是从传统的人类文明史的意义上思考问题,而是站在宇宙论的立场反观人类与地球的困境。《阿凡达》引人注目的未必是多么深刻的与环境和人类命运有关的主题,单是它的视听艺术效果就足以震撼并征服观众。仅仅一年时间,截至 2010 年 9 月,该片便以全球累计 27.5 亿美元的票房,一举刷新了全球影史票房纪录。该片票房相当于 2010 年度中国全国图书零售码洋 370 亿元(人民币)的 50%。2010 年,克里斯托弗·诺兰执导的《盗梦空间》(Inception)上映。这部被定义为"发生在意识结构内的当代动作科幻片",进入人的意识深处,在人的梦境里呈现出世界的巨大图像,盗梦者柯布带领一个特工团队,进入他人梦境中,从他人的潜意识中盗取机密,并且重塑他人梦境。它抹去了主观意识与客体世界存在的界限,虚拟世界与现实相互嵌套在一起。尽管诺兰的构思或许受到书写文明的作品的影响,例如,《哈扎尔辞典》中关于"捕梦者"的说法,但影像技术却把"捕梦者"的行动呈现于人们的面前。

如果我们再看看苹果公司的成功,就可以领会到电子科技工业与视听的结合将意味着什么。2011 年 iPad2 代上市,苹果以超前的视听高科技理念、精湛的工艺生产,将视听完美合二为一。iPad2 代的触控及显示技术已经非常流畅,臻于完美,惊为天作。iPad2 上市一年后,2012 年 8 月 21 日,苹果股价报收于 665.15 美元,市值达 6235 亿美元,打破了微软曾经创造的纪录,成为有史以来市值最高的公司,比当时排名第二的百年老店埃克森美孚市值多 53%。到 2021 年 3 月 2 日,苹果市值高达 21005

---

① 参见陈晓明:《视听文明时代的到来》,《文艺研究》,2015 年第 6 期。

亿美元，其最高市值曾达到 24000 多亿美元。而在 2021 年 3 月 2 日，埃克森美孚的市值只有 2373 亿美元。

电子设备制造的视听效果与书写文明凭借个人才能创造的文字信息截然不同，不仅是其诉诸感性直观的效果强烈得多，而且它呈现空间和现场，让感受主体仿佛直接介入到同一时空中。可以说，它把书写文明的文字创立的想象形象、体验情感、领悟思想和理性，改变为感性地直观此在世界。也就是说，视听文明引发了感性解放，而且这一趋势只会越来越强大。

1750 年，鲍姆嘉通出版《美学》一书，提出"美学"（Aesthetic）这一理论，深刻地影响了同时代及后世的哲学家和美学家。但是，在漫长的浪漫主义哲学占据主导地位时期，"美学"这一学说一方面受制于启蒙观念，另一方面总是在理性的体系内加以讨论。尼采的出现打破了美学的理性限制，尼采呼唤酒神狄奥尼苏斯精神，狂饮不醉的酒神在旷野里游荡，尼采说："在酒神颂歌中，人的一切象征能力被激发到最高程度；一些从未体验过的情绪迫不及待地发泄出来——'幻'的幛幔被撕破了，种族灵魂与性灵本身合而为一。现在，性灵的真谛用象征方法表现出来，我们需要一个新的象征世界，肉体的一切象征能力一起出现，不但双唇、脸部、语言富于象征意义，而且丰富多彩的舞姿也使得手足都成为旋律的运动。于是，其他象征能力随之而发生，音乐的象征能力突然暴发为旋律、音质与和声。为了掌握如何把这一切象征能力一起释放，人必须业已达到忘我之境，务求通过这些能力象征地表现出来。所以，酒神祭的信徒，唯有同道中人能够了解。"[①]尼采夸大了酒神放纵的能量，其目的是召唤一个非理性的感性放纵的时代到来。也因为此，尼采遭到了种种批评。然而，尼

---

① ［德］尼采：《悲剧的诞生》，缪灵珠译，北京：北京出版社，2017 年版，第 10 页。

采却预见到未来,人类的感性解放变得一发不可收拾。马克思在《1944年哲学—政治经济学手稿》里说:"工业的历史和工业的已经产生的对象性的存在,是一本打开了的关于人的本质力量的书,是感性地摆在我们面前的人的心理学"。① 马克思预见到工业文明带来的人们感知世界的变化。人们的感性被工业革命一步步召唤出来,直至照相术的发明和电影出现,工业和人类的感性达成了同步生产。电子工业(或第三次产业革命)引发的不只是生产力的解放和生产方式的改变,更重要的,也许在于引发了人类感知这个世界的方式发生了变化。直至互联网和移动通信技术普及以及人工智能的出现,我们才看到全部后果。

二、网络文学的"爽"与"YY"

我们这里需要了解人类文明发生深刻改变这一前提,由此可以探讨当下的文学或将来的文学正在发生和可能发生的变化。毋庸赘言,进入新世纪最近十年,由于互联网的高速发展,中国文学迅猛发展。2012年,莫言获得诺贝尔文学奖,这是百年中国新文学所取得的一个极为耀眼的成就。后来文学将呈现为多元化或多样化的格局。过去的雅俗之分的界限被彻底打破,过去由优秀作家、评论家引导文学行进的形势也被完全改变。互联网把商业、自发的写作、阅读与欲望想象、个性和普遍心理学混淆在一起,形成网络文学生产的巨大场域。它可能是文学的狂欢,但也有可能是文学面向未来的盛大节日。文学写作、生产、传播与电子游戏一样产业化、娱乐化、类型化了。与其说网络文学是视听文明的前导,不如说是在视听文明时代文学挤上了这趟高速列车的补充方式。

---

① 参见马克思、恩格斯:《马克思恩格斯全集》第42卷,北京:人民出版社,2006年版,第127页。

显然,网络文学的盛况在全球范围内,仅中国一个特例,而且二十年来伴随中国互联网由涓涓细流汇聚成大河奔流。如果要简略了解中国网络文学盛况,只要稍微描述一下腾讯旗下的阅文集团的情况就可以了。有关的公开介绍云:阅文集团由腾讯文学与原盛大文学整合而成,成立于2015年3月。作为国内引领行业的正版数字阅读平台和文学IP培育平台,阅文旗下囊括起点中文网、创世中文网、潇湘书院、红袖添香、小说阅读网、云起书院、QQ阅读、中智博文、华文天下、新丽传媒等业界品牌,拥有1220万部作品储备、890万名创作者,覆盖200多种内容品类,触达数亿用户。2020年3月17日,阅文集团公布了2019年业绩。报告显示,阅文集团2019年实现总收入83.5亿元,同比增长65.7%;净利润为11.1亿元,同比增长21.9%。其中,公司版权运营收入比上年同期增加341%,至44.2亿元。2017年11月,阅文在香港联交所主板公开上市(股票代码:0772.HK)。2019年6月11日,阅文集团入选"2019福布斯中国最具创新力企业榜"。截至2021年3月5日,在香港联交所收盘价合市值691.24亿港元。其最高市值一度达到900亿港元。所有这些已经可以看出中国网络文学的盛况及其商业化运作的成功,也可以看出如今网络文学与传统文学差异已经不在一个维度上。或许有些传统的文学研究者依然不肯承认网络文学的文学属性,将其视为一种娱乐产品。在网络文学方兴未艾之时,持这种观点的人还不在少数,但如今这种观点就显得过于偏狭了。就从古典理论来看,"文变染乎世情,兴废系乎时序"。网络文学属于电子工业的网络时代,它诉诸人们的感官世界,多在建构一个虚拟的世界。过去的文学无论如何虚构,它还是"来源于生活,高于生活";而网络文学往往与现实不构成及物关系,它并不一定反映现实。

这并不只是文学表现方式的改变或阅读感受发生改变,文学与阅读的关系发生改变,更根本的在于,它由此引起受众群体感受世界的方式发生改变。网络文学与传统文学的社会作用已经发生深刻改变,它不再以"认识生活、改造世界"为己任,其主要作用在于消遣、娱乐和刺激。这种阅读的心理定式已然形成,读者已经习惯虚构乃至于虚拟的生活。虚构还以现实为经验依据,虚拟则是游戏式的,前提是完全假定的,经验逻辑已经完全让位于心理期待以及接受的可能性。事实上,有一部分网络文学深受游戏的影响,在某种意义上,网络文学在文化上的同源性与游戏相近,而与传统文学相距更远。

网络文学对"新新生代"的主体塑造起到强大作用①,主体既是自觉的个体,又是被同一性关联的类型化的分子。过去我们用二元对立关系来解释的个体与群体、集体的关系,可能在他们身上都会失效。他们不管是作为社会化的人格存在者,或者是作为审美的主体,都是以主体的形式创建了一种新型的矛盾辩证法——多样的、多变的、多元性相混合的新型主体。我们今天固然会批评甚至忧虑这代人认知世界的能力,但他们被电子视听产品培养起来的感受世界的感性方式,也未尝不能特别富有想象力。其感觉经验的精细化和多样化是启蒙一代人无可比拟的。想象力、感受力以及感应力,未必不是创建未来世界的能力。

传统文学以"语言"作为文学作品的最高生存条件,海德格尔说:"语言是人类此在的最高事件。"②但网络文学显然并不把语言看得像诗那么重要,作品动辄上百万字,网络作家每天写一两万字,不可能有工夫打磨语言,其语言也难以构成"此在的最高事件"。据周志雄的研究:"网络语

---

① 这里使用"新新生代"是为了与已经用得熟络的、通常用于表示80后的"新生代"相区别。也有人用"新人类""新新人类""新世代"等概念来描述网络原住民。

② 海德格尔在多处讲过类似的话,或可参见海德格尔:《荷尔德林诗的阐释》,孙周兴译,北京:商务印书馆,2018年版,第43页。这里的原话是:"所谓语言是人类此在的最高事件这个命题就获得了解释和论证。"

言是在网络环境中产生的,带有简洁、时尚、调侃的意味,多用谐音、曲解、组合、借用等修辞方式,或用符号、数字、英文字母代替汉字表达,如斑竹(版主)、东东(东西)、MM(美眉,女性网民)、GG(哥哥,男性网民)、BF(男朋友)……521(我愿意)、^-^(笑脸)、=^-^=(脸红什么?)、:-((悲伤或生气)、I-P(捧腹大笑),等等。这些多是网络聊天产生的网络语言。还有些语言新词,经过网络的广泛使用,已经获得了大众的认可,如'给力''屌丝''高富帅''白瘦美'等词有很强的时代感,也渐渐为读者所熟知。2001年于根元教授编写的《网络词典》,收录网络词汇4000多条,2012年7月出版的《现代汉语词典》第六版,收入了'给力''雷人''宅男''宅女'等网络词汇。"[1]

大多数网络文学的研究者渴望给予网络文学以积极的意义,是否是构成未来文学的新基础尚不能断言,但确实应该看到其鲜活的感染力。邵燕君认为,如果用一个字概括中国网络文学的核心属性,那就是"爽"。也正因此,网络文学也经常被称为"爽文"。邵燕君解释说:"'爽'是中国网络文学的自创概念,特指读者在阅读专门针对其喜好和欲望而写作的类型文时获得的充分的满足感和畅快感。需要补充的是,'爽'的情感模式本身包含'虐',如男频文中常有的'虐主'情节(让主角遭受痛苦境遇),目的是起到'先抑后扬'的爽感效果。"显然,网络文学创建的情感体验与传统文学已经截然不同。邵燕君的研究表明,在中国网络文学研究界,最早对网络文学的"爽"做出明确肯定的是韩国学者崔宰溶。崔宰溶认为,"爽"追求的是即时、单纯的快感。"爽文"之所以不是深刻、典雅的文学,不是因为水平达不到,而是由于网络文学的享受者主动排斥那种深刻、典雅的风格。因此,"爽"一方面是单纯的欲望发泄,另一方面又是积

---

[1] 参见周志雄:《网络叙事与文化建构》,《文学评论》,2014年第4期。

极、主动的自我辩护。草根的"爽文"享受者因为长期面对精英主义者的攻击,在激烈辩驳的过程中,明确意识到了自己观点的出发点,进而形成一种单纯而坚定的逻辑,即"爽文学观"。①

关于"爽文"的源起,邵燕君曾采访被称为网络文学"教父"的吴文辉("起点中文网"创始人之一、前阅文集团联席CEO)。吴文辉表示,他的"初心"就是做出"轻松、愉快、有趣的小说"。他解释说:"原来文学处于一个比较苦闷的阶段。我小时候也看过很多名著,但我发现,无论中国的还是外国的,通常都以苦痛为主题,好像你不悲伤、不苦痛,就不是文学。虽然在某种意义上,《平凡的世界》是一本很爽的书,但是大部分内容仍然充满了生活的苦难。虽然看上去有很多书可看,但是轻松、愉快、有趣的书很少。"②

同样,邵燕君也从积极的方面评价网络文学的"YY"叙事话语或者叙事经验。"YY"可以和"爽"通用,它是"意淫"的网络委婉用语,也因为改用"YY"而获得合法性,用符号遮蔽了其内涵本质。这是网络写作颠覆传统文学伦理的伎俩。"YY"的主导方面在于与性有关的幻想,邵燕君认为,也可以泛指一切超越现实、与欲望有关的幻想,类似于弗洛伊德所说的"白日梦"(day-dream)。实际上,弗洛伊德的"白日梦"总有本我与超我构成的转换结构,以此比喻文学,则是总有现实经验在起作用,或者反作用于现实社会。但网络文学的"YY"与现实的关联性以及反作用的可能性已经非常稀薄,它已经接近虚拟的异托邦,只是长期浸淫于"YY"的

---

① 有关邵燕君关于"爽"的论述,可参见邵燕君:《以媒介变革为契机的"爱欲生产力"的解放——对中国网络文学发展动因的再认识》,《文艺研究》,2020年第10期。关于崔宰溶对"爽文"的阐述,亦可参见以上邵文。或参见崔宰溶:《中国网络文学研究的困境与突破——网络文学的土著理论与网络性》,北京大学2011年博士论文。

② 参见邵燕君、肖映萱主编:《创始者说——网络文学网站创始人访谈录》,北京:北京大学出版社,2020年版,第125页。

幻想世界,可以把他乡认作是故乡。对于当今的网络文学来说,"爽"和"YY"构成其本性,因而它又有无穷的可能性。

三、科幻文学建构的宇宙论与虚拟世界

很显然,与网络文学的兴盛相关,科幻文学在当今中国也迎来了一个崭新的阶段。中国科幻文学发端于晚清时期,它首先是欧美科幻小说译介所产生的回声。1891年,英国传教士李提摩太来到中国,他率先将美国科幻小说《回顾:公元2000—1887》翻译成了中文,译名为《回头看纪略》,由《万国公报》连载。这是作为西方舶来品的科幻小说第一次被引进中国,彼时,此类型小说被称作"科学小说"。随后,晚清时期的中国掀起了科幻小说翻译热潮。儒勒·凡尔纳的科幻小说在中国晚清和民国时期产生广泛影响。但整体上来说,现代中国文学为紧迫的现实任务所驱动,启蒙救亡的历史要求也强调文学的现实直接性,原创性的科幻文学当然不可能得到强力发展。

1949年以后,科幻小说主要译介自苏联文学。正是基于俄文的命名方式(НАУЧНАЯфАНТАСТИКА,英文是 Science Fantasy),"科学小说"变成了"科幻小说",这一定名沿用至今。在十七年文学和"文革"期间,科幻文学属于小众文学,经常被划归在儿童文学范畴。直至20世纪八九十年代,中国科幻文学的主要特征是"少儿科普",文学形式主要是进行科普教育的手段。新时期涌现出来的科幻作家代表人物有叶永烈、郑文光、童恩正、刘兴诗,这四位作家还有一个美称:中国科幻文学的"四大金刚"。在中国科幻文学的成长中,关于科幻文学的作用始终存在论争,是强调其"社会现实性"还是"科普论"经常相持不下。然而,学术问题还未争论清楚,来自其他方面的批判也介入进来。1982年4月24日,《中国

青年报》发表鲁兵的文章《不是科学,也不是文学》,批判叶永烈科幻小说《自食其果》。随后又有多篇文章展开猛烈批判,指斥叶永烈的科幻小说《黑影》"格调低俗、宣扬伪科学、揭露社会黑暗面"。中国科幻文学随之陷入长达八年的消沉期。1989年,《科学文艺》改名为《奇谈》。1991年,更名为《科幻世界》。同年,《科幻世界》杂志社在成都主办了世界科幻协会(WSF)年会,这届"最隆重最成功"的科幻年会标志着中国科幻开始复苏。著作作家阿来在1999年至2006年担任《科幻世界》总编辑,推出了包括刘慈欣在内的一大批锐气十足的科幻作家。当代科幻文学的兴盛,当然是借助科幻电影和网络文学,而其中的大多数科幻文学都在网络上发表,如此影响力才可能越来越广泛。2015年8月,刘慈欣以《三体》获第73届雨果奖最佳长篇故事奖,这是亚洲人首次获得雨果奖。2016年8月,郝景芳以中篇小说《北京折叠》获得第74届雨果奖。由此表明,中国科幻真正走向了世界,并得到国际科幻文学界的重视。20世纪90年代以后出现的中国科幻作家一般被称为"新生代",而中国"新生代"科幻作家又出现了"四大天王",他们分别是王晋康、刘慈欣、韩松、何夕。

王晋康发表于1997年的《七重外壳》讲述了七重嵌套的虚拟现实情境,彼时诺兰的影片《盗梦空间》尚未面世。这可以看到王晋康对虚拟世界的电子外壳的探索。小说有着某种"强设定"与"高概念"的叙事特征,也正因此,王晋康在2011年提出了"核心科幻"的概念,试图切近难度较大的"硬科幻"。

相比之下,韩松的科幻创作更具人文与文学气息,他的作品并非硬科幻,而是一种卡夫卡式的寓言小说,从中可以看出20世纪80年代中国文学思考的那些未竟的前沿主题贯穿于其中,故而他的小说充满现代主义与后现代趣味。韩松的代表作《医院》三部曲，把医药帝国的离奇和残暴做了各种荒诞的处理，小说由此描绘"药战争"中的未来病人互斗的生存史。韩松的作品总有英雄主义式的人物站立起来，正义最终战胜邪恶。小说试图揭示生命"原死或元死"之秘密，而世界之未来依然是无法言明的。韩松已经具有改写文学史意义的重要性。

王德威近年倾尽全力，与欧美、中国现当代著名学者合作，他主编完成《新编中国现代文学史》。在该书中，他把中国现代推到1635年晚明文人杨廷筠、耶稣会教士艾儒略（Giulio Aleni）等所表达的"新的"文学观念，时间下限则以当代作家韩松的科幻小说描写2066年"火星照耀美国"为标志。王德威说："在这'漫长的现代'过程里，中国文学经历剧烈文化及政教变动，发展出极为丰富的内容与形式。借此，我们期望向（英语）世界读者呈现中国文学现代性之一端，同时反思目前文学史书写、阅读、教学的局限与可能。"[①]把韩松作为重写中国现代文学史的时间下限的代表作家，这也足以表明韩松的意义所在。

刘慈欣的影响力后来居上，如今在中国科幻文学领域已经是独领风骚。他影响最大的作品当推长篇小说《三体》。《三体》由《三体》（2006年）、《三体Ⅱ·黑暗森林》（2008年）、《死神永生》（2010年）构成。刘慈欣的小说探讨地球文明的危机，在宇宙论的观念下审视人类未来文明将要遭遇的挑战。小说以超常的想象力表现了外星文明对地球文明的入侵，表现了在宇宙空间生存的剧烈危险。小说没有回避面向宇宙对地球文明的激烈挑战，又包含着某种对地球文明的浪漫怀乡情绪。

《三体》从中国的已然历史出发，转向科幻的外空间和网络世界，书

---

① 王德威：《新编中国现代文学史·导言》。引文来自王德威先生为同人提供的供交流用的翻译手稿。

写了从当下性向未来性延伸的人类命运共同体的故事。《三体》的故事建立在一种全新的宇宙观前提之下，或许还带有建立宇宙伦理观的意向。正是基于这些，刘慈欣提出"黑暗森林"理论：宇宙中存在无数文明，如散落在黑暗森林中的猎人，所以每种文明都小心翼翼地躲避着，防止被其他文明发现，以免遭遇毁灭，此时，最"理性"的方法就是抢先向疑似文明发起攻击，开枪试射。显然，人类文明既有的基本道德已经无法适应宇宙生存，刘慈欣需要去设想建立新的宇宙秩序和生存法则。

作为科幻小说，《三体》还有双重性，一方面是新的科幻思维，另一方面还带有人类史的印记。西方的科幻小说着力建立在宇宙论的世界观基础上，在科学对宇宙论的某种解释理论的基础上来展开叙事。例如，克里斯托弗·诺兰导演的《星际穿越》影片，将理论物理学家基普·S. 索恩的"黑洞理论"贯穿于他的电影叙事中。电影叙事的关节点建立在这一队探险家利用他们对虫洞的新发现，改变人类原有认识的宇宙时空，从而在宇宙中进行冒险探索。刘慈欣的科幻小说还有历史观的意义，他带着人类的记忆进入太空，章北海从地球到太空，是通过冬眠来完成时空转换的，人类的某些历史记忆还会从他身上唤醒。因而，《三体》始终没有放弃怀乡（地球）的浪漫主义。当然，诺兰的电影里也有他的人文基础，但叙事的关节点是建立在某个科学理论上的。刘慈欣的作品里依然保留人性的善恶，人类史的正义也保留下来，并且起到思想底蕴的作用。这或许正是他可贵的地方，也是中国科幻文学必要的行进步伐。

刘慈欣《三体》的意义在于相当全面地提出了从宇宙观来看人类的观点。传统文学着眼于不断突破对人性和伦理道德以及历史观念的认识局限，而科幻文学则站在宇宙论的基础上思考人类未来的命运，《三体》以它强大的文学能量打开了一个新的认知维度。

70后何夕的作品善于设置悬疑,例如,他的代表作品《六道众生》(2012年)取名自佛陀把欲世界分成六道,它们在业力的果报下永无止境地流转轮回,此所谓六道众生。他的小说中总有贴近人情的柔软情绪缠绕其中,总是善、亲情和友爱相随。他标举"有情科幻",这或许具有中国特色。在网络上活跃的年青一代科幻写家,无疑会开启中国科幻文学的另一片更奇幻诡异的世界,这是值得期待的。

80后郝景芳几乎是一鸣惊人,2016年8月23日,郝景芳以中篇小说《北京折叠》摘得第74届雨果奖,几乎一夜之间蜚声文坛。郝景芳本科毕业于清华大学物理系,理科女的背景也使她增色不少。《北京折叠》对未来的北京城市空间进行了阶级维度的划分与想象,设定了三个互相折叠的世界,隐喻上流、中产和底层三个阶级。在未来空间里重构了阶级叙事,底层的悲苦不幸给科幻文学打上一层人民性的色彩,表现了当今中国社会的诸多现实矛盾和对阶层固化趋势的深切焦虑。科技打开的未来世界,未必是一个至福的仙境,科技与资本的福音在80后郝景芳这里受到质疑,年青一代作家何尝没有批判性呢?

中国科幻还处于起步阶段,未来前景不可限量。随着科技日新月异,AI最终会改变人类的生活,科技会成为人类最基本也是最根本的生存方式,科幻文学或许会成为未来文学最重要的一脉。但其中回旋的人类逐渐消逝的情感以及徘徊着的传统文学的幽灵,可能又会成为未来文学弥足珍贵的魂灵。

20世纪90年代,中国文学获得回归传统的契机,也由此走向大文明叙事,它几乎是不顾一切地踏上归家之路。陈忠实、莫言、贾平凹、阎连科、张炜、阿来、刘震云等作家在归家的写作中,书写了农业文明最后的时光,这是我们的文学、我们的文明找到了二者合二为一的形式。中国文学

成就了它的精神家园,给予农业文明最后安放魂灵的处所。因此,这些文学作品才会如此博大精深,如此震慑人心,如此天人合一,如此绝无仅有。它回归了本己,完成了本己。网络文学和科幻文学的兴盛,预示着中国文学,其实也是世界文学终将进入另一个世代。这个世代的文学与电子科技文明结合在一起,目前来看它拥有如此多的公众,它如同神一般降临。(起点中文网不就有封神榜吗?)然而,这里的神与小鬼又有何异呢?它不具有永恒性和神秘性,你方唱罢我登台,谁有可能意外地成为"神"?它是世俗的肉身的寻欢之神,不是有一位网络作家的网名就叫"李寻欢"吗?然而,它们又真的是一些团体,各式各样的团体,以所谓"男频""女频""盗墓"的分类进行商业化的运作;或者以最为超前的科幻如"穿越""精婺八极""心游万仞"挑战想象的极限;然而,就人类生活史而言,就文明史而言,它们何尝不是以文学为志业?何尝不是在圣坛前结盟?它们何尝不是一些各自有着隐秘内心的团体?

1937年,乔治·巴塔耶和几个朋友结成一个神秘的准宗教性团体——"无头者的共通体"。它号称不问政治,而且反基督教,带有很强的尼采思想的烙印。晚年隐匿于世的法兰西大师莫里斯·布朗肖(Marrice Blanchot)写有一本小册子《不可言明的共通体》,解释了巴塔耶的这个"共通体":

"无头者"一直披着神秘的面纱。那些参与其中的人并不确定自己是其中的一分子。他们从不提起,或者,其言语的继承者都持有一种仍然坚定地维持着的审慎。以"无头者"的名义出版的文字并没有揭示这个团体的范围,只有几句稍有提及,但许久之后也还让那些写下它们的人深感震惊。共通体的每个成员不仅是整个的共通体,更是储存在之整体的激烈的、失调的、爆裂的、无力的化身,这些存在倾向于完好地生存,结果得到了它们已提前坠入其中的虚无(neént)。每个成员只有通过分离的绝对(l'aitres absolu)建立的绝对的关系。最后"秘密"(secret)——它意味着如此分离——不能在森林中被直接找到;在那森林里完成了一个欣然同意的祭品的献祭,祭品准备从那个只有通过死才能赐予死亡的人手里接过死亡。①

之所以引述一大段布朗肖的原文,实在是因为这位隐士大师所说的意思非常深邃晦涩又值得琢磨。巴塔耶一生的写作都离经叛道,23岁那年他短暂地担任过牧师,两次世界大战的经历使他对死亡与信仰问题怀有不懈的探索热情。"无头者"团体不过是巴塔耶众多的离奇想法中的一种而已,不过,为布朗肖所关注并加以阐释却显得非同寻常。在巴塔耶和布朗肖那里,此举无疑都是顺着文学的绝对性与信仰的难题推到极限,以此来撞击文学的未来之门。然而,他们何尝想到网络时代来临,中国的网络文学以及科幻文学构成了一个无限开放的共同体。确实,我们看到大众狂欢的一面,但是,我们又不能忽略在这个无限开放的场域中每个单一的个体,其单一性与共同体的共通性的联系也仿佛是重建一种密语,通俗狂欢、"YY"或爽或者宇宙神秘论,可能都还不足以阐释它的未来性、它的新世代的特质。倒是莫里斯对巴塔耶的"无头的共通体"的解释,启示录般地道出了网络文学和科幻文学共同体狂欢外表下掩藏的秘密本性。这只有把巴塔耶的"内在体验"和"无头者的共通体"结合在一起,互相诠释才能把握其要点。

----

① [法]莫里斯·布朗肖:《不可言明的共通体》,夏可君、尉光吉译,重庆:重庆大学出版社,2016年版,第23—24页。

布朗肖说,它是一个质疑的运动,出自主体,毁坏了主体,但把一种同他者的关系当作更深的本源,那同他者的关系就是共通体本身。"而这共通体之为共通体,就是让一个把自己外露给它的人向他异性的无限性敞开,同时又决断出其严厉的限度。共通体,平等者的共通体,让它的成员经受了一种未知的不平等性的考验,如此以至于它不让一个人臣服于另一个人,而是让他们在这责任的(至尊性的?)全新关系里,可以被不可通达之物所通达。即便共通体排除了那在共通体之昏厥中肯定每个人之丧失的直接性(immédiateté),它仍提出或强加了对不可认知之物的认知(Erfahrung:经验):这'自身之外'(hors-de-soi)或'外部'(le dehors)就是不断地作为一种独一关系而存在的深渊和迷狂。"[1]尽管巴塔耶的"无头者的共通体"是孤独的、秘密的、神秘的、非组织的、以文字象征联系在一起的非实有的"团体",但巴塔耶和布朗肖对单一个体和共同体的关系的阐释却是极具启示性的,特别是对文学未来的设想。中国当今的网络文学或科幻文学与其南辕北辙,但它们却有着意外的"共通性"。如此孤独、隐藏于网络秘密角落的写手和阅读者,如此孤寂的单一个体与喧哗的商业主义联盟,它们是如何建立起一种关系的?这不是一种新型的文学关系吗?不是一种新型的"无头者"的文学共同体吗?它们都以匿名的、隐匿的、非实体的虚构主体的存在者,建立起一种无限的、他者的想象共同体。如同在某种秘密的圣坛前写作、阅读、宣誓而后宣泄、欢娱。后者当然是巴塔耶和布朗肖当年想不到的。巴塔耶当年设想,绝对的、孤寂的文学应该有一种共同体,但它们又是"无头者",唯其如此,它们才能保持纯粹性和个体性,它们属于到来的未来的文学,因而也是以神秘的形式回

---

[1] [法]莫里斯·布朗肖:《不可言明的共通体》,夏可君、尉光吉译,重庆:重庆大学出版社,2016年版,第29—30页。

应着到来。它们宁可保持独一关系而存在于"深渊"。但正如海德格尔提问的那样:"倘若没有澄明,深渊又会是什么呢?"①这种独一关系,其实质也是期待一种到来的澄明。

显然,不管是巴塔耶、布朗肖还是海德格尔,都不能设想也不愿接受到来的文学盛景是科技文明设计的网络文学和科幻文学。海德格尔终其一生都警惕科技对人类的宰制,布朗肖和巴塔耶虽然未在这一问题上做明确表态,想来也十分警惕,否则布朗肖不会在盛年就突然隐居起来。海德格尔和巴塔耶期盼的文学依然是继承德国浪漫派关于文学的绝对与神性的。对于海德格尔来说,未来到来的澄明当然是神恩普照大地的澄明;对于巴塔耶来说,未来文学是绝对信仰与人的肉身灵魂相统一的文学。它们绝对想不到未来的文学在中国文学这里可以与到来的科技文明结合得如此奇妙,它把大地上的狂欢与生产经营结合在一起,把革命年代的"人民性""工农兵""喜闻乐见""民族气派"与如今的"孤独个体""欲望想象""爽""YY"混为一体。它们是庞大的联盟、利益共同体、书写的大神、神秘的操纵者、利润的分享者……这就是后文明时代的后文学盛景,有一种新到来的文明普照圣坛。因为视听文明的隆隆脚步声已经逼近,它会踏灭这个圣坛吗?还是和它一起膜拜共存,共同去开创新文明的未来?这是我们今天难以回答的问题。

四、文学让人类享有"爱的自由和美丽"

百年中国文学在其发展历程中,虽然有传统现代之争,但还是在书写文明的体系内有文体和语言表达方式的改变。但到今天,科技力量占据

---

① 参见[德]海德格尔:《荷尔德林诗的阐释》,孙周兴译,北京:商务印书馆,2018年版,第18页。

社会的主导地位，文学发生的变化就变得不可估量，不可算计。百年的中国文学是走进现代的文学，是要召唤中国走进现代的文学，召唤中国变革、革命、强盛的文学。它带着使命诞生，肩扛闸门前行，认定目标战斗。因而，它不可能像欧美文学在社会的自然行程中生发并变化发展，它也不可能像欧美文学依靠个人的情志取得成就。百年中国文学在历史艰难行程中栉风沐雨，砥砺行进，每前行一步都要在历史中留下深深的印痕。文学家们也总是伤痕累累，抉心自食。不理解中国进入现代的艰难，就不能理解中国文学；不理解中国文学历经的磨难，就不能理解中国文学家们的心灵。

在现代早期，闻一多写下短诗《发现》，他怀着那么高的期望、那么强烈的痛楚说道："我来了，我喊一声，迸着血泪，／'这不是我的中华，不对，不对！'"诗人赤子之心，热爱祖国，怎么能忍受满目疮痍，"那不是你，那不是我的心爱！／我追问青天，逼迫八面的风，／我问，拳头擂着大地的赤胸，／总问不出消息；我哭着叫你，／呕出一颗心来，你在我心里！"百年中国文学经历了半个多世纪的血雨腥风，对于中国现代的文学家来说，为了民族解放事业，为了中国的现代进步，他们又何尝不是用生命和鲜血在写作呢？某种意义上，百年中国文学是写现代中国这部大书，他们在大地上写，是用心、用生命和血泪在写。

但是，今天的文学却在"爽"中陶醉，沉浸于"YY"中。我们固然会感慨世事变化惊人，这让生命书写的仁人志士情何以堪！让"为往圣继绝学"的学子如何困窘不安！但是，我们与其怀恋往昔的悲壮，倒不如也热眼看看现实。当今喷涌而出的文学，何尝没有一种新鲜、一种生动，何尝不是出游的少年？它未尝不是为即将到来的时代提供了感知的、想象的和情感的基础。当然，未来文明的扎实创建和健康发展，有赖于传统的经典文学提供积极而肯定的价值,维系传统与未来的联系。但潮流不可抗拒,人类文明在最近五十年发生的革命把人类带进了一个由高科技宰制的社会,互联网时代改变了人们的交往方式,尤其是视听技术的迅猛发展,重构了人类习惯的书写文化。互联网和人工智能的加入,导致人类的生存空间进一步被虚拟化了,也存在更多的不确定性。文学既受惠于高科技文明,例如,网络传播了传统文学,也使网络文学拥有更大量的参与者。当然,当今的文学受到了前所未有的挑战,但这一切并不意味着文学就此走向穷途末路,相反,文学在相当长一段时间内,借助高科技和互联网,获得了新的主题思想、新的感觉经验、新的表现方式。因为文学与传统的深刻联系,它会对科技文明不断提出新的思考,例如,新的人类交往方式、新的人类伦理、新的人类文明共同体等重大问题,这一切在很大程度上有赖于传统文学做出虽然是保守性的和警示性的思考,却是严肃认真的探索。传统文学与新兴的网络文学会构成张力关系,在很长时间内可以相辅相成,并行不悖。

半个多世纪前,24岁的穆旦在《诗八章》里写道:"静静地,我们拥抱在,/用言语所能照明的世界里,/而那未成形的黑暗是可怕的,/那可能和不可能的使我们沉迷。/那窒息着我们的,是甜蜜的未生即死的言语,/它的幽灵笼罩,使我们游离,/游进混乱的爱的自由和美丽。"这是穆旦在1942年写下的诗句,他仿佛是一个先知,如此年轻时,既看透了过往的一切,又洞悉了未来。后来,金宇澄在他的《繁花》里引用了这些诗句,对穆旦经历的那个时代及其以后的时代也有同感。而他经历的过往时代正是穆旦彼时"未成形"的未来。《繁花》以它的明媚鲜妍的言辞和方生未死的敏感,给历史提供了一份证词。它又一次证明了文学是语言的艺术,是对历史的表达,是对生命痛楚的诉说,是关于未来的寓言。然而,文学永

远怀抱希望,给予一种文明,给予人类命运共同体,一起享有"爱的自由和美丽"。

原载于《文艺争鸣》2021年第9期

中国当代文学史的整体性和逻辑性的建立

——断代、分期、下限问题漫议

吴俊

近年,所谓的当代文学史料学转向俨然成为一个话题,其中的含义不仅说明了"当代史料"研究的盛况,也隐含着这一话题的一个前提,即当代文学史的学术成立的事实。否则,也就无所谓史料了。那么,当代文学史果真成立吗?

一说当然是完全成立的,主要的明证包括,已经有了多种中国当代文学史著的出版,再就是大学中文系、文学院多年来早有了中国当代文学史的课程教学等。但是,略微细究起来,正是有了这些中国当代文学史的著作和教学,才暴露出了当代文学史的学术薄弱问题。宏观上的根本问题就是有关当代文学史的整体性和逻辑性的问题,具体就是当代文学史的断代、分期和下限问题。

比如,各种当代文学史著的断代下限各有不同,内部分期也有歧见。假定说当代文学史上限可定为1949年中华人民共和国成立的话,那么下限就几乎没有共识认同的确定界限。这种歧义甚或随意,在具体课程教学上就更是普遍而严重,大致说每个该课程教师都可以自定下限。当代文学史课程教学有点像是开无轨电车,且不设终点,沿途随意设站上下车,教学时间到了就算是临时到站或到达终点了。如果再把台港澳及海外华文文学部分囊括进中国当代文学史范畴的话,则更使人手足无措。至于说当代文学史内部分期的莫衷一是,相比之下恐怕还是小问题,技术上的应对和解决似乎并不很困难吧。说到底,这些问题都可以归结为当

代文学史的整体性和逻辑性的问题。如果断代、分期、下限问题没有基本解决,当代文学史果真能建立自身的整体性和逻辑性吗?

一说是有条件的成立,即需要在现有学术认知规范和经验的基础上,寻求最大的共识,有限度地进行有关当代文学的历史学术研究。既认可整体性和逻辑性的先天不足,又无碍于对其进行相对固定的长时段(历史)研究,后者其实也就是部分规避了所谓整体性和逻辑性的先天不足问题。虽有权宜之嫌,但也不妨为一种学术策略的实践,也能呈现文学史研究的理论意义和价值。具体的断代、分期、下限问题,也就是文学史实践所要面对的问题。

由此可以简单概括,当代文学史成立的条件就是其整体性和逻辑性问题的基本解决,或解决的程度。否则,难免招致学术质疑和诟病。

更为严格、深入地探讨一下,将史著形式与史学(包括史观)思想略加区分认识的话,诚如余英时先生曾论两种性质和形态的文学史:具备观念逻辑内涵之史,乃有精神核心和灵魂之史,此乃学术形态之史;仅具史著书面形态,一般现象材料排列、梳理而乏内在逻辑和观念统御之史,或可作为教学之类普通读物之实用,也是一功。在我们的学术界内部,说到一般意义上的文学史,其实都在暗暗指向史著书面形态,并不更多考虑其中的观念逻辑内涵问题。这恐怕就是中国文学史著不计其数的原因。写史不成其为难事。

文学史的成立都有其事实和学术的理由,两者不可偏废,更主要的还应该是后者,即学术的理由才近上品。而且,文学史(撰述)方式显然并非只有一种视野或路径,当然可以有多种建构方式和撰述形式。彼此关系并非对立,更谈不上颠覆——往往有人夸张表达了所谓颠覆认知一说,而应该是互补参照的。也许我们目前只能回避无法克服的困难,选择一条可行的路径进行有限的尝试。

比如,从文学媒介转换的文学史视野——网络文学的兴起来设计当代文学史的下限,以便于实际的操作。事实上,网络文学现象也确实就是古往今来文学史的空前现象,毫无先例,足以构成文学史流变的划时代标志。如此,则当代文学史下限的"参照物"就在"媒介的文学史"视野中出现了。

具体一点说,就我个人还不成熟的考虑,我想先站位好一个长时段(历史)宏观认知的理论立场。想清楚如何才能解决好、至少是兼顾到这样几个基本方面或问题的困难。一是普遍性问题的困难,对于当代的断代认知具有天然的困难或不确定性,所谓不识庐山真面目,只缘身在此山中。一般而言,下限影响甚至决定作为研究对象的当代文学史的确定性(包括其整体性、逻辑性等),而学术研究有赖于稳定性的基础,这是一个学术规范的基本问题。二是无限性问题的困难,时间长度带来的尴尬——无限漫长的当代。当代的时限问题产生了(客观)时间意义以外的挑战。有限性的讨论涉及对象的权利(限制程度),这中间会含有意识形态和政治的内涵,阐释总是主观的,如何节制才是关键和考验。三是特殊性问题的困难,互联网新媒体对文学史流变的影响,技术因素改变了文学的形态和生态,进而扭转、改变了文学史流变的方式和方向,内含着文学审美经验和文学价值观的必然性改变。于是,下限问题和文学史转型问题就关联在一起出现了,并必然构成了当代文学史整体描述视野的关键问题和困难。这是纸媒时代所没有过的现象,可以视作文学史上最突出的特殊性问题。

在学术策略和操作上,前辈学者提出过的"20世纪中国文学"观,给我提供了很有效的启示和借鉴的思路,即对于长时段历史阶段的贯通和

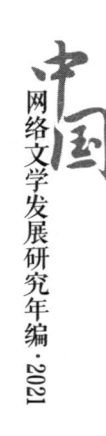

统观,经过逻辑化的系统整合形成一种新的历史整体,达成总体性的认知和评价。由此基本可以应对或有效解决(当代)文学史的整体性问题。具体的解决方案首先着眼于当代文学史下限(包括断代、分期)划分的学术设计。将问题对象置于更长时段文学史中,使得(整体)长时段的确定性与短时段的不确定性在一定程度上融汇合体——在整体性结构中,后者获得了前者的确定性保障。我近年常说的将文学批评推进、提升为文学史,也就是这一设计的旨趣和目标。

按照我对学术现状的有限了解和粗浅理解,解决当代文学史的断代、分期、下限问题,坐标系的设计和制定,可以汇聚、整合三种文学史的指标要素为一体,即政治的视角(这也是最常见的传统方法),媒介的视角(纸媒和网络,这是媒介视角贯通长短时段历史的特定融汇性方法),代际的视角(尤其是80后作家诞生的文学史独特标志性,这是立足文学生产主体要素的研究方法)。也就是生产的政治制度、生产机制和方式、生产力主体的三者融合、三位一体。这是专就中国当代文学史而言的,是否具有普遍性,尚未考虑,而且,恐怕还有点理想化了。当然,也并不因此排除其他可能有效解决问题的方法。

因此,1949、1976—1978、1998—2003……这些时间节点成为我的当代文学史上下限和内部分期的基本界限。1949年的上限,很明确,决定了当代文学史的国家政治性,开启了国家权力全面支配的文学制度建设进程。这也成为文学史内部分期的基本逻辑依据。1976—1978年,国家政治转型,改革开放和新时期文学开启,成为迄今文学史面貌的传承近因和直接来源。1998—2003年,80后文学诞生,尤其是网络文学(如榕树下、博客)标志着世纪之交文学生产制度开始机制和技术转轨、新的文学生产范式形成,文学史全面进入了网络新媒体语境。

这样的描述，就意味着 20 世纪与 21 世纪之交就是我目前想象设计的中国当代文学史下限。网络新媒体文学的文学史研究，在我看来，至少目前并不具备充分或必要的条件，即目前尚不可能对网络文学进行有效的文学史研究。我的主要理由倒不完全是时间的长度，而是网络文学的技术特性——网络文学所依赖的技术支撑（媒介技术）尚未稳定，其审美实践经验尚不足以支持文学理论和文学价值的有效形成与建立，理论研究的学术内涵和品格只能是模糊暧昧、淆杂不清的。但其意义在于，从"媒介的文学史"视野看，世纪之交（网络文学）既是文学史的一个分界（作为内部分期），也是文学史的一个下限（其对应或是新文学史的一个开端）——目前为止的当代文学史下限。换言之，网络文学就是（进入了）新文学史。这两段、两种文学史的整体性和逻辑性是完全不同的，如果将网络技术视为新文明发展历史标志看的话，这应该是很好理解的。

以上散乱观点姑妄言之，留着再做系统详论吧。

原载于《文艺争鸣》2021 年第 2 期

"当代文学"的"极限"与"边界"

罗岗

一、"文学史叙述"的边界意识

2019年正好是"当代文学七十年",我们重新修订了钱谷融先生主编的《中国现当代文学作品选》(第四版)①,考虑到"文学史时间"和"物理时间"的距离,并没有将"作品选"编选的"下限"延伸到2019年,而是采用了"当代文学六十年"的框架,把编选"下限"放在了2009年,在原有的基础上增加了21世纪第一个十年的作品。我想强调的是,虽然编选的"下限"在2009年,但编选的视野仍然是"当代文学七十年"。譬如刘慈欣的《流浪地球》入选"作品选",不是以存目的形式,而是直接选入小说全文。假如时间倒退到10年前,甚至是5年前,我想不太可能把这篇小说选进"作品选"。这意味着"当代文学七十年"包含了"文学视野"的变化与拓展,同时提出了新问题,即"当代文学七十年"如何叙述"当代文学"?刘慈欣小说入选"作品选"只是一个征候,它表明"当代文学七十年"的叙述策略是不断地"做加法",就像可以把更多的不同类型作品选入"作品选"。之所以能够"做加法",是因为这个框架富有弹性,不做大的变化还是可以往里面添加新东西。不过,这也带来了另一种可能性,那

---

① 钱谷融主编:《中国现当代文学作品选》(第四版,上下册),上海:华东师范大学出版社,2020年版。

就是不断往"当代文学七十年"的框架中添东西时,突然发现这个框架装不住这些东西,或者是添加进去的东西把框架给涨破了。

因此,需要进一步思考的是,"当代文学七十年"的"文学史"框架,能不能把"七十年"的"当代文学"都给框住了?如果能框住,那么这个框架的边界在哪儿?如果框不住,那么它被涨破的点又在哪儿?这就是"当代文学"的"极限"与"下限"的意义所在,"极限"与"下限"不断试图触及"有弹性"的"文学史框架"的边界。"文学史框架"的"弹性"是由对"文学"的定义和解释所决定的,在这个意义上,"当代文学"和"当代文学史"其实是一体两面,怎样定义和解释"当代文学",往往决定了"当代文学史"框架的"弹性"。在这儿的表述中,"当代文学"和"当代文学史"是必须打上引号的,代表了一整套对"文学"的理解以及从这套理解出发对文学历史的叙述。假如把引号去掉,那么,当代文学从字面上指的是当下此刻的文学,也即"物理时间"而非"文学史时间"意义上的文学,可以包括当下此刻所有的文学现象。然而,作为"文学史叙述"框架的"当代文学史"并不能囊括当下此刻所有的文学现象,这样一来,当代文学也即当下此刻所有的文学现象与"当代文学史"以及背后支撑它的"当代文学"之间就构成了一对矛盾:"当代文学史"/"当代文学"力图尽可能地容纳各种层出不穷的文学现象,充分展示出"文学史框架"的"弹性";当代文学不断涌现出来的新现象则不断挑战"文学史框架"的弹性,连续试探"弹性"的极限与下限,甚至最终涨破这一特定的"文学史框架"……当原来的"文学史框架"已经无法容纳当下此刻的文学,那么是否需要重新想象和发明一套新的对"文学"的理解以及依据这套理解来重新建构"文学史框架"?这就是我所要讨论的问题,关涉到两个层面,一是既有的"当代文学史"框架的"弹性"究竟有多大,足以将够多的文学现象纳入进来;二

是当下不断涌现的各种文学现象,是否足以涨破"当代文学史"的叙述框架,引发了"当代文学"的内爆。围绕这两个层面,我们主要分析以下几个问题:首先要界定什么是"当代文学"？在讨论如何界定"当代文学"的过程中,我们会发现对"当代文学"的理解也是不断调整和扩大的;为了更好地了解"当代文学"的调整和扩大,接下来无论是"话语网络1800/话语网络1900",还是"动物化的后现代"或者"游戏性写实主义",都是借鉴不同的理论资源,希望对既有的"当代文学"/"当代文学史"提出某种挑战。然后则是以几部作品为例,探测"当代文学"的"极限"与"下限",这几部作品或许正处在"当代文学"的边界,这些作品既可以纳入"当代文学史"的框架中,又触及"文学史"框架的极限,甚至有可能会涨破"文学史"框架……这类作品的存在,标识出"当代文学"的"极限"和"下限"的位置。

二、何谓"当代文学"

在这儿,我对"当代文学"的概念做一个线性的描述,通过几位学者的观点,指出"当代文学"的概念处于不断的变化中。虽然从字面上都统称为"当代文学",实际上,"当代文学"的内涵一直在调整、变化和扩大,并不容易把握。洪子诚老师的《中国当代文学史》在进入具体的历史叙述之前,细致地梳理了"当代文学"的三重含义:"首先,指的是1949年以来的中国文学。其次,是指发生在特定的'社会主义'历史语境中的文学,因而它限定在'中国大陆'的这一区域中……最后,本书运用'当代文学'的另一层含义是,'当代文学'这一文学时间,是'五四'以后的新文学'一体化'倾向的全面实现,到这种'一体化'的解体的文学时期。中国的'左翼文学'('革命文学'),经由40年代解放区文学的'改造',它的文学形态和相应的文学规范(文学发展的方向、路线,文学创作、出版、阅读的规则等),在50至70年代,凭借其时代的影响力,也凭借政治权力控制的力量,成为唯一可以合法存在的形态和规范。只是到了80年代,这一文学格局才发生了变化。"①洪老师提出的"当代文学"的概念,首先指的是1949年以来也即新中国建立以后的中国文学;"新中国的建立"规定了"当代文学"的性质,"是指发生在特定的社会主义历史语境中的文学,因而限定在中国大陆的这一区域中",台湾、香港文学没有被纳入"当代文学"之中;"当代文学"的"社会主义革命"性质,向前自然可以追溯到"解放区文艺"或"延安文艺",向后则因为新中国历史有一个从革命到改革的变化,需要重新处理共和国前30年文学(1949—1979)与后40年文学(1979—2019)的关系,其中处于枢纽地位的则是"一体化"的概念。围绕"当代文学"的三个定义特别强调"当代文学"除了时间、地域和政治的特征,还有一个重要的特征,那就是"一体化"。为什么洪老师如此重视"当代文学"的"一体化"特征?实际上有一个潜在的对话对象,那就是"现代文学",也即1949年之前的文学。简单来说,在"现代文学"的语境下,新文学诞生的前提即职业作家的出现,职业作家的出现依赖于现代稿费制度的产生,而现代稿费制度的产生则来源于大众传播媒介的市场化。市场化大众传播媒介具有多样化经营的特征,不仅仅为国家所有,1949年之后,大众传播媒介的体制发生了深刻的变化,譬如与文学密切相关的出版社、杂志和报纸等,最初有私营、公私合营,之后逐渐变成国有,随着作家协会的出现,作家也成了"单位中人"……"一体化"的概念,隐含着"当代文学"和"现代文学"的重要区别,这种区别不只是体现在作家作品上,更关键的是"文学体制"的转型。洪老师由此开启了一种把握"当代

---

① 洪子诚:《中国当代文学史》,北京:北京大学出版社,1999年版,第3—4页。

文学"的重要方式：主要不是从书写内容和形式来区分"当代文学"和"现代文学"，譬如说哪些作家写了哪些作品，这很难说明问题，因为很多现代作家在当代继续写作，如何解释这种现象？流行的解释是，这些作家的写作是为了配合政治，所以他们的作品失去了原有的特色，甚至有一些作家放弃了写作，譬如大家熟知的"沈从文转业之谜"。可是，近年来对相关问题的研究表明，上述流行的解释往往是站不住脚的，至少是以偏概全。洪老师使用了"一体化"来区分"当代文学"与"现代文学"，避免了在作家作品层面上的纠缠，从文学体制的转型出发，把握住了"当代文学"与1949年之后"单位社会"同构的特征，同时指出，随着改革时代的到来，"单位社会"逐渐解体，"到了80年代，这一文学格局才发生了变化"。

应该说，洪老师用"一体化"描述"当代文学"，凸显了"当代文学"与"现代文学"之间某种对立性关系。这正是我想在这儿强调的，如果要更深入地理解"当代文学"，就必须把它放到与"现代文学"的关系中来进行考察，也即需要比较充分地意识到学术史意义上的"'当代文学'和'现代文学'的此消彼长"。回溯这段学术史，不难发现，今天作为学科意义上的"现代文学"，实际上是由1949年之后的"当代文学"生产出来的。无论是王瑶先生撰写的《中国新文学史稿》，还是唐弢先生主编的《中国现代文学史》，都是依据"当代文学"的标准重新叙述"现代文学"；而20世纪80年代的"重写文学史"，表面上"重写"的是"现代文学史"，实际上"重写"的是隐含在背后的"当代文学"的标准。以鲁迅研究为例，依据"当代文学"标准的"文学史叙述"，会强调"左转"之后晚年鲁迅的重要性，也会突出鲁迅杂文写作的重要性；而"重写文学史"则重构了人们对鲁迅的理解，构建了以散文诗《野草》为核心，包括了鲁迅小说、上溯到留日时期所写文章的"鲁迅形象",杂文的地位自然随之下降。这种文学内部的等级制度或者说文学史图景,实际上是由"当代文学"和"现代文学"此消彼长所造成的。如果说学科意义上的"现代文学"是由"当代文学"生产出来的,那么20世纪80年代正好颠倒过来了,即根据"现代文学"的标准重构"20世纪中国文学"。我在讨论这种"颠倒"时,曾经引用过程光炜老师的一段话,他很形象地将"现代文学"称为"'八十年代'的'现代文学'""这样的'现代文学'与其说是'历史'上的'现代文学',不如说是'80年代'的'现代文学';'我们"今天"所知道的鲁迅、沈从文、徐志摩,事实上并不完全是历史上的鲁迅、沈从文和徐志摩,而是根据80年代历史转折需要和当时文学史家(例如钱理群、王富仁、赵园等)的感情、愿望所"重新建构"的作家形象'"。[1] 洪老师之所以重新强调"当代文学",是因为不满于根据"'80年代'的'现代文学'"重新描绘的"20世纪中国文学"的图景,这一图景的形成,是以压抑与左翼文学、延安文艺和1949年之后社会主义文艺紧密联系在一起的"当代文学"为代价的,但"当代文学"某种程度上可以被压抑,却并不会消失,它作为被压抑者可能在某个时刻重新返回,这也是为什么我愿意强调"当代文学"和"现代文学"的"此消彼长"。譬如到20世纪90年代末期,钱理群在回顾"20世纪中国文学"这一概念的提出经过时,曾提及王瑶的质疑:"你们讲20世纪为什么不讲殖民帝国的瓦解,第三世界的兴起,不讲(或少讲,或只从消极方面讲)马克思主义,共产主义运动,俄国与俄国的影响?"[2]值得注意的是,王瑶先生作为中国现代文学学科的奠基人,他对由"现代文学"生产出来

---

[1] 参见罗岗:《"当代文学":无法回避的反思——一段学术史的回顾》,《当代文坛》2019年1期。引文见程光炜:《新世纪文学"建构"所隐含的诸多问题》,《文艺争鸣》,2007年第2期。

[2] 参见钱理群:《矛盾与困惑中的写作》,《文艺理论研究》,1999年第3期。

的"20世纪中国文学"图景的质疑,背后显然是一套来自"当代文学"的标准,可是在20世纪80年代,这套标准颇有些不合时宜,只有到了语境转化的20世纪90年代末期,王瑶先生的质疑才能浮出地表,赢得更多的理解。

就"20世纪中国文学"内部而言,"当代文学"和"现代文学"不仅"此消彼长",甚至有人认为两者之间发生了"内战"。[①] 不过,"内战"论虽然比较激烈,但也提醒人们注意"当代文学"和"现代文学"除了分歧的一面,也有同构的另一面。正如洪老师在界定"当代文学"时指出的,"现代文学"和"当代文学"共同从属于五四"新文学"的展开过程,"'当代文学'这一文学时间,是'五四'以后的新文学'一体化'倾向的全面实现,到这种'一体化'的解体的文学时期"。[②] 进入21世纪,虽然"现代文学"和"当代文学"之间的分歧依然存在,并且也时有激化的趋势,但人们更多考虑的是"现代文学"和"当代文学"共同从属的"新文学传统"正在遭遇深刻的危机。李云雷较早意识到问题的严重性,他认为新世纪文化和文学状况的变化,"是自五四'新文学'发生以来所遇到的最大挑战,是一种前所未有的'断裂',这一'断裂'远远超过以1949年为界的现代文学与当代文学的'断裂',以及以1976—1978年为界的'文革文学'与'新时期文学'的'断裂'。我们可以说现代文学与当代文学的'断裂'、'文革文学'与'新时期文学'的'断裂'仍然是'新文学'内部不同传统之间的取代、更新或变异,它们仍然分享着共同的文学观念与文学理想。但是我们正在经历的这一次'断裂'却从根本上动摇了'新文学'的观念与体制"。因此,"新文学"传统面临严重的挑战,"当前文学所遭遇的危机,并非某

---

① 参见周展安:《行动的文学——以鲁迅杂文为坐标重思中国现当代文学》,《文艺理论与批评》,2020年第5期。

② 洪子诚:《中国当代文学史》,北京:北京大学出版社,1999年版,第3页。

个具体问题的危机,也并非短时期的危机,而是一种总体性危机,这一危机可以命名为'新文学的终结'"。①"新文学"的终结意味着作为"现代文学"和"当代文学"共同根源的五四"新文学"传统遭遇了巨大的危机:"从'五四'到20世纪80年代的中国文学,尽管有可以鲜明区分的不同阶段,以及不同思想、政治、艺术派别的争论、批判甚至运动,但无论是'为艺术而艺术',还是'为人生的文学'或者'工农兵文学',在将文学作为一种精神与艺术事业上,或者说在坚持文学的先锋性、严正性与公共性上,却是一致的。而这样的文学理想或文学观念,在今天却面临着巨大的危机,这可以说是我们时代文学所面临的最大挑战。"②在李云雷看来,"五四""新文学"传统具有某种内在的统一性,最主要的特征类似于通常所谓的"严肃文学",这里的"严肃文学"似乎具有"纯文学"性质,却并不简单地追求审美自律性,而是指善于用文学的方式介入当代社会生活的重大问题中。具体而言,指的是"以思想论争与文学革命建立起文学与时代、思想、世界的密切联系,并以其先锋性开拓新的精神空间"。③ 然而,进入21世纪的文学"一方面袭用着'新文学'的精神遗产,另一方面却背叛了新文学的理想与立场,不断破坏着'新文学'存在的前提条件":就"新文学"传统内部来说,"仍延续了新文学传统的严肃文学或'纯文学'则趋于凝固保守,逐渐失去了与现代中国人经验与内心的有机联系,而且在新文学传统中形成的'文学共同体'——以文学为中心的作者、刊物、读者的密切联系——也趋于瓦解";而在"新文学"传统的外部,"在整体的大文学格局中,类型文学、通俗文学、网络文学等占据了文学的大部分份额。这些文学样式以消费娱乐的功能取代了文学的思考认识功能,

---

① 李云雷:《"新文学的终结"及相关问题》,《南方文坛》,2013年第5期。
② 李云雷:《"新文学的终结"及相关问题》,《南方文坛》,2013年第5期。
③ 李云雷:《"新文学的终结"及相关问题》,《南方文坛》,2013年第5期。

文学不再被视为一种重要的精神或艺术事业,而只是一种消遣或消费,只是以想象远离了现实,以模式化的写作取代了真正的艺术创造。"①"类型文学"是否具有真正的艺术创造力?这个问题还可以进一步讨论。但传统意义上的"严肃文学"正在逐渐失去活力,已经成为越来越多人的共识。近二十年电视剧代替了长篇小说,成为我们这个时代的叙事,正是文学影响力急剧萎缩的表征。这也是为什么毛尖强调,近二十年的电视剧可以算是民众记忆的主要载体,包含了急剧变动时代的最大秘密。② 在这个意义上,"新文学"的终结——姑且不论面对这种现象,是哀悼还是庆幸——构成了 21 世纪以来文学与文化状况最触目的现象。

而比李云雷文章稍早几年发表的格非《现代文学的终结》一文,则更明确地提醒人们注意:"就文学的功能或作用而言,不论是从教化、认知,还是审美和娱乐的层面上看,文学都有了更实用的替代品——比如系统且门类齐全的大学教育、电影和电视、日益发达的现代传媒以及作为文化工业而存在的形形色色的娱乐业等等",其中,电视剧的作用尤为重要,"真正意义上的文学在进入 90 年代以后,似乎忽然'盹着'了,进入了集体休眠的状态。而倒是在为精英文学所不屑的电视剧制作领域,出现了某种新的活力。但这种活力对于文学创作而言并非福音。至少,它向文学也发出了这样的警告和质问:当文学(特别是小说)赖以存在的故事被电影和电视攫取之后,沦为次一级存在的'文学',其根本出路何在?"③为了寻找"文学"的"出路",必须反思这种"文学"是如何历史地建构起来的,以及怎样走到今天的地步?所以,格非的文章虽然发表在李云雷的文

---

① 李云雷:《"新文学的终结"及相关问题》,《南方文坛》,2013 年第 5 期。
② 参见毛尖:《凛冬将至:电视剧笔记》,北京:生活·读书·新知三联书店,2020 年版。
③ 格非:《现代文学的终结》,《东吴学术》,2010 年创刊号。

章之前,却似乎为李云雷讨论的"新文学的终结"提供了一个更广阔的背景。"新文学的终结"仅仅指中国"五四"以来的"新文学"遭遇了深刻的危机,"现代文学的终结"不只是包括了中国的"新文学",而且成为一种世界性的"现象",也即从18世纪末到19世纪初逐渐在西方占据主导地位并随着"西方霸权"确立逐渐向全球扩张的"现代意义"上的"文学",正在逐渐走向终结:"从根本上来说,现代意义上的'文学',不是什么自古以来传统文学的自然延伸,而是被人为制造出来的一种特殊意识形态,是伴随着工业革命、资本主义的发展和壮大、现代民族国家的形成而出现的一种文化策略。由于这种策略对传统的文学强行征用,同时更重要的,是将文学作为弥合资本主义社会秩序所导致的僵化和分裂,作为治愈资本主义精神危机的灵丹妙药,因此它一开始就是作为对传统文学的一种颠倒而出现的。"①如果说李云雷在讨论"五四""新文学"传统时,高度关注形塑"新文学"的"文学机制",从而将似乎"断裂"的"文学"纳入统一的论述中,那么格非则在更后设的位置上,分析是怎样的社会历史条件创造了"现代文学机制"。

具体而言,格非发现"18世纪以降,随着现代版权法的确立,随着文学写作者的身份由贵族和精英转向一般大众,作者与读者之间渐渐地建立起了一种新型的交流关系"②。18世纪以来以现代版权法为基础的社会文化机制,形塑了"现代文学",这个形塑的过程如我前面所说,和现代稿费制度以及大众传播媒介的市场化密不可分,但仅仅关注稿费制度远远不够,支撑稿费制度是新型的知识产权观念,现代版权法只不过是知识产权的法律表达,而将知识产权视为财产权不可分割的组成部分,自然和

---

① 格非:《现代文学的终结》,《东吴学术》,2010年创刊号。
② 格非:《现代文学的终结》,《东吴学术》,2010年创刊号。

所谓"个人财产神圣不可侵犯"的权利观密切相关,正是在这个现代的权利之上,西方不仅建立了法理型的市场社会,而且创造了主权化的个人,正是两者的交互作用,打造出了"现代"意义上的"文学"。因为抓住了"现代版权法"这个关键,所以格非能够将"现代文学"视为伴随着资本主义发展和扩张而形成的一整套文学规范以及相应文化策略,即使"现代文学"在内容上可以激烈地批判资本主义,在形式上能够激进地挑战一切规范,却依然在"文学机制"上依赖于资本主义体制。一切试图离开"资本主义体制"而放言"现代文学"的独立性都是"空谈":"现代版权法之所以会在写作活动与个人财富的占有之间建立牢固的联系,其背后的资本主义文化逻辑的作用一目了然。我们心安理得地在享用现代版权法获利的同时,完全忽视了现代版权法的出现,本来就是一种颠倒,我们忘记了在相当长的人类文学发展时期,作家的写作没有任何商业利润这样一个事实。"①格非对"现代文学"的反思是建立在对资本主义现代性反思的基础上的,他发现支撑"现代文学"的一整套机制与资本主义现代性密切相关,假如和资本主义现代性紧密联系在一起的帝国主义、殖民主义和西方中心主义等遭遇深刻的挑战,也就不难理解与此唇齿相依的"现代文学"同样陷入深刻的危机。格非借用柄谷行人的说法,"整个现代文学之所以已日暮途穷,其重要表征不仅仅在于,这个现代文学已经丧失了其否定性的破坏力量……成为文学的僵尸,同时更为重要的是,现代文学根植于资本主义制度模式—民族—国家三位一体的固化圆环之中。如果不能打破这个圆环,文学就不可能获得新的生机"②。对资本主义现代性整体性反思,要求我们想象"另一个世界是否可能";对"现代文学"的反思,

---

① 格非:《现代文学的终结》,《东吴学术》,2010年创刊号。
② 格非:《现代文学的终结》,《东吴学术》,2010年创刊号。

同样要求我们想象"另一种文学是否可能"。遗憾的是,格非没有告诉我们,走出"现代文学"之后,新的文学是什么? 不过,他的理论思考还是富有启发的,讨论"现代文学"不能就"文学"论"文学",需要将"文学"放在一个更大的社会历史语境中才能有所发现。

正是在"新文学的终结"和"现代文学的终结"的背景下,王晓明老师提出了"'当代文学',六分天下"。① 或许他已经意识到"当代文学"这一概念具有特定的内涵,因此文章的标题实际上用了更为中立、具有较强描述性的表述:"今天的中国文学。"然而,这些年来诸多对王老师观点的引述,还是使用"当代文学"这一说法。不过,这儿的"当代文学"确实逐渐脱离特定的内涵,从"文学史时间"趋向于"物理时间",也即成了"当下此刻的文学"或者"今天的中国文学",在概念的使用中留下了"新文学终结"和"现代文学终结"的痕迹。至于"六分天下",按照王老师的说法,"'一半'和'六分'都只是比喻,文学的版图本来不该这么用数字划分。'盛大文学''博客文学''严肃文学'和'新资本主义文学',也都类似佛家所说的'方便法门',并非仔细推敲过的概念。事实上,这些被我分而述之的文学之间,也有诸多相通和相类之处,这些相通和相类中,更有若干部分,可能比它们之间的相隔和相异更重要。"② 我们并不需要过多地去讨论"六分天下"的具体划分,而是需要充分地意识到"文学世界之所以六分天下",是因为"最近三十年社会巨变,无论政治、经济还是文化领域,基本条件、规则和支配力量,都和20世纪70年代完全不同",③ 这些巨大的"不同"投射到"文学世界",一方面是"现代意义"上的"文学"的终结,另一方面则是新形态的"文学"成为不容忽视的存在。这种新形态

---

① 王晓明:《六分天下:今天的中国文学》,《文学评论》,2011年第5期。
② 王晓明:《六分天下:今天的中国文学》,《文学评论》,2011年第5期。
③ 王晓明:《六分天下:今天的中国文学》,《文学评论》,2011年第5期。

的文学也是一种"新媒介文学","你当可想象,一旦电脑开始普及、互联网在大陆迅速铺开,淤塞的文学潮水会如何激荡。成千上万不能在纸面实现文学梦想的年轻人,立刻拥进互联网",由此造成的结果则是,"今天,网络文学足可与纸面文学平分天下了"。① 这也可以理解为什么"六分天下"中最关键的划分是将"纸面文学"和"网络文学"区分开来,但更关键的是如何来思考"网络文学"及其带给"当代文学"的变化。早在十年前,更不用说今天了,"网络文学"随着互联网的扩张,作为一种"新媒介文学",已经成为越来越强大的存在,迫使"当代文学"需要找到新的方式回应它所带来的挑战,而不是简单地套用固有的文学机制试图解释和规范"网络文学"。尽管王老师强调了"网络文学足可与纸面文学平分天下",但他对于"'盛大文学''博客文学''严肃文学'和'新资本主义文学'"等等的划分,基本上还停留在描述的层面。不过,他也深刻地意识到,"要想有效地解释当今的中国文学,判断它今后的变化可能……努力去理解和解释它们。为此,必须极大地扩充我们的知识、分析思路和研究工具,哪怕这意味着文学研究的领域将明显扩大,研究的难度也随之提高。从某个角度看,文学的范围正在扩大,对文学的压抑和利用也好,文学的挣扎和反抗也好,都各有越来越大的部分——也越来越明显地——发生于我们习惯的那个'文学'之外,这样的现实,实在也不允许我们继续无动于衷、画地为牢了。"②如何才能进入并把握"我们习惯的那个'文学'之外"? 王老师认为"在那些政治、经济、文化的整体变化,和文学的多样现状之间,有一系列中介环节,需要得到更多的注意。正是这些中介环节,才最切实地说明,文学是如何被改变,又如何反馈那些改变它的因

---

① 王晓明:《六分天下:今天的中国文学》,《文学评论》,2011年第5期。
② 王晓明:《六分天下:今天的中国文学》,《文学评论》,2011年第5期。

素的",其中最重要的中介环节"是新的支配性文化的生产机制,正是它在20世纪90年代中期以后的迅速成形,从一个可能是最重要的角度,根本改变了文学的基本'生产'条件,进而改变了整个文学"。①

关于"当代文学"的讨论,从洪子诚老师到王晓明老师,虽然他们研究的侧重点有很大的差别,但呈现出来的方法论有异曲同工之处,面对从"现代文学"到"当代文学"的变化,或是从"纸面文学"到"网络文学"的转换,无论洪老师的"一体化"还是王老师的"支配性文化生产机制",他们都高度关注文学生产方式的转型,也即高度关注"文学"是如何被"生产"出来的?只有文学的生产方式发生了变化,文学的具体内容——譬如文学作品、作家创作、文学思潮等等——才会或快或慢地相应发生变化。就社会文化语境和具体"文学"的关系而言,"文学生产方式"是"重要的中间环节";就具体的"文学"与"文化生产方式"的关系而言,"文学生产方式"构成了具体"文学"的"外部"环境,洪老师和王老师都强调了文学的"外部"变化对文学自身变化的重大影响,只不过"一体化"勾连了特定的"单位体制"的建立,而"支配性文化生产机制"则更广泛地呈现出媒体环境的变化,这种变化不仅是具体媒介条件的转变——譬如"新的通讯和传播技术及其硬件的愈益普及"——而且直接决定了对"文学"理解的根本性转折:"越来越侧重于流通环节的文化和信息监控制度,正是这个监控重点的转移,令'创作自由'这个在20世纪80年代激动许许多多人、近乎神圣的字眼,成了一个无用之词。这是文学内外的巨变的一个虽然小、却意味深长的注脚。"②正是互联网时代的到来,使得对"当代文学"的"极限"和"下限"的思考,变得越来越迫切了。

---

① 王晓明:《六分天下:今天的中国文学》,《文学评论》,2011年第5期。
② 王晓明:《六分天下:今天的中国文学》,《文学评论》,2011年第5期。

三、"话语网络"与"文学史"书写

如何从理论层面思考互联网时代对文学的根本性影响,是讨论"当代文学""极限"和"下限"的前提条件,因为"当代文学"的变化,是被"当代文学生产方式"生产出来的,互联网在其中发挥了特别重要的作用。媒介转型与文学变化的关系,前面已经有所论及,譬如印刷媒介与"现代意义上"的"文学"密切相关,但互联网引发的"数码转型"究竟给"当代文学"提供了怎样的生产条件,还需要进一步深入探讨。

由于"互联网"具有"网络化"的特征,不妨借用德国思想家基特勒(Friedrich Kittler)关于"话语网络(discourse networks)"的媒介理论[1]来帮助我们思考,"话语网络"这个概念,英文是"discourse networks",英语世界对基特勒所使用的"Aufschreibesysteme"这一德文术语的翻译,按照基特勒的说法,他用这个颇有些古怪的德语词作为《话语网络 1800/1900》一书的标题,原意是"记录系统",这个词"是我从一本非常有名的书中拿来的概念,这本书的作者丹尼尔·保罗·施韦伯曾经是德国的一名政府公务人员,同时也是个疯子。通过诉诸'记录系统'这一概念,这个疯子试图表明:他在收容所里所做的和所说的一切都会被(善良或邪恶的天使)不可避免地立刻书写或记录下来"。[2] 之所以英语世界用"话语网络"来翻译"记录系统",因为基特勒的理论很容易让人联想到福柯

---

[1] [德]弗里德里希·基特勒关于"话语网络"的著作,主要有 *Discourse Networks*, 1800/1900(Stanford University Press, 1992)和《留声机 电影 打字机》(*Gramophone, Film, Typewriter*)(邢春丽译,上海:复旦大学出版社,2017 年版),以下关于基特勒理论的论述,还参考了车致新:《媒介技术话语的谱系:基特勒思想研究》(北京:北京大学出版社,2019 年版)和杰弗里·温斯洛普-扬(Geoffrey Winthrop-Young):《基特勒论媒介》(*Kittler and the Media*)(张昱辰译,北京:中国传媒大学出版社,2019 年版)。

[2] 关于"话语网络"德英术语的翻译问题,可以参见车致新《媒介技术话语的谱系:基特勒思想研究》一书中的讨论。

的"话语理论",实际上他确实受到福柯理论很大的影响,基特勒算是福柯理论的德国引荐者,他甚至还请福柯去自己所任教的学校演讲。"话语网络"与福柯的"知识型"关系密切,我们知道,"知识型"指的是一个时代有一整套以通过知识话语生产出来主导性理解世界的方式,由于不同时代主导性的理解方式发生了变化,人们对同样事物或现象的理解就会产生差异,譬如福柯对癫狂的分析就是如此。"话语网络"也强调主导性的理解方式制约了不同时代对同一事物或现象的理解,但基特勒比福柯更激进,这种激进性表现在他认为福柯讨论知识型时,忽略了"媒介技术条件":"福柯,最后一位历史学家,或者说第一位考古学家……在没有进入图书馆之前,甚至连'书写'自身也是一种传播媒介,考古学家却完全忘记了这一技术的存在。正因为如此,在其他媒介穿透图书馆书架的那一瞬间之后,福柯的所有分析都结束了。话语分析无法适用于声音档案或堆积如山的电影胶片。"[1]基特勒对福柯的批判,一方面认为福柯"话语分析"的理论建立在对档案考证的基础上,但他忽略了档案作为一个书写系统,"书写"自身也是一种"传播媒介";另一方面则进一步指出,福柯理论只适用于书写系统,因为他忽略了"传播媒介",所以无法分析超越了书写系统、通过机械复制生产出来的产品,譬如"声音档案或堆积如山的电影胶片"。正是基于对福柯的批判,基特勒提出了"话语网络"的概念:"由种种技术与机构所组成的网络,它使某个特定的文化得以选择、储存与处理有关数据。"在这个简明的定义中,我们不难发现,"话语网络"作为一种"网络",包含两个组成部分:一是"技术",二是"机构"。前者恰恰对应着基特勒在福柯的基础上增添的"媒介维度",而后者对应着

---

[1] 车致新:《媒介技术话语的谱系:基特勒思想研究》,北京:北京大学出版社,2019年版,第50页。

福柯在"知识型概念"及其"知识考古学"中已经具备的对知识/权力生产的批判维度。紧接着对"话语网络"的定义,基特勒举了一个来自"话语网络1800"的例子作为对"技术"与"机构"的具体解释:"例如图书印刷之类的技术,以及与之配对的机构,例如文学与大学,形成了一种历史性的强大构型,它成为歌德时代之欧洲的文学批评的可能性条件。"①基特勒作为媒介理论家,十分注重"传播技术"对时代的影响,这也是他推进福柯理论之处,在"机构"之上更强调"技术"的决定作用,他认为"技术"比"机构"更具有"去人性化""去主体化"的特征。从"技术"到"机构"再到具体某个时代的"文学",基特勒作为德文系教授,《话语网络:1800/1900》是他取得教授资格的专著,"1800与1900无疑标志着18世纪至19世纪与19世纪至20世纪之间的两个'转折点'(从'文学史'的角度讲,1800与1900分别对应着'浪漫主义'和'现代主义'时期)。"②这本也许在某种程度上可以读作"文学史"的著作,试图从"媒介技术"角度对"文学"和"文学史"做出匪夷所思的解释。

具体而言,"话语网络1800"对应的是18世纪中叶到19世纪上半叶的欧洲尤其是德国,也就是所谓"浪漫主义时期",基特勒有时称为"歌德时代",歌德、席勒、诺瓦利斯、荷尔德林等文学大家都出现在这个时代,基特勒也是从歌德的一首诗歌开始讨论"话语网络1800",显示出媒介技术与文学史研究的密切关联。当然,基特勒的研究尽管涉及了大量的文学作品,但《话语网络:1800/1900》并不局限在文学史研究领域,而是高度重视"媒介技术"所发挥的作用。在"话语网络1800"中,对浪漫主义起到决定作用的是作为"媒介技术"的"书写",这儿的"书写"特指字母的

---

① 车致新:《媒介技术话语的谱系:基特勒思想研究》,北京:北京大学出版社,2019年版,第51页以下的论述。

② 车致新:《媒介技术话语的谱系:基特勒思想研究》,北京:北京大学出版社,2019年版,第47页。

"书写",字母和汉字不同,本身并没有意义,只是对声音的记录,这也是"话语网络"的德语词"记录系统"的原意。不过,相当长的一段时间——包括福柯在内——人们并没有把"书写"看作是一种"媒介技术",基特勒却围绕"书写"提出疑问,譬如德国怎样开始让儿童识字的?在识字活动中母亲起了什么作用?母亲的声音如何转化成对声音的直接记录,从而建立起了声音和字母之间的关联?"声音"和"字母"之间的关联,在欧洲特别是德国特定的语境下,是经过"谷登堡革命"和"新教革命",才从"言文分离"走向"言文合一"的。在这个意义上,"新教革命"也是一场"语言革命",字母记录声音并不是一个自然而然的过程,在"革命"之前,"言文分离",欧洲人用方言土语交流,而书写则用拉丁文,且只有少数人懂得书写;"革命"之后,"言文合一",创造了与声音相对应的听音/书写系统——也就是各民族语言文字系统——促进了18世纪欧洲识字率的大幅度提高。基特勒在上述历史过程中,发现声音和字母的关联并不是自然而然的,恰恰是一整套的教育和训练的结果,但在确立两者之间的关联后,导致关联的教育和训练被抹去了。基特勒指出"母亲"声音的重要性,除了凸显浪漫主义与"母亲/自然"的联系外,他从歌德的著名诗歌《流浪者之夜歌》开始分析,提出"谁在说话?"的问题,将其视为诗中的"话语事件":为什么一个声音可以用自然对人说话的方式对着流浪者说话?要回答这个问题,必须分析"使得这则诗歌能够以这样的方式起作用的话语前提条件。仅仅是意义和音节并不能解释它的作用,语言必须做怎样的建构,才能让诗歌施展出它的魔力?什么样的话语秩序、什么样的语言生成机制,什么样的语言习得方式,才能吸引流浪者和他的读者……比起了解这首诗在说什么,基特勒更感兴趣的是发掘意义生产的最初机制"。① "意义生产的最初机制"与将"声音"和"字母"关联起来的"书写"过程密切相关,与母亲的声音转化为儿童识字教育的起点密切相关。

　　基特勒想要强调的是:书写本来是一个历史建构的过程,它被建构起来之后却忘掉了自己的起源,将其当作一个自然而然的过程。正是这种"自然感",使得物质性书写具有了强烈的肉身性,作为书写的主体似乎是听到(母亲/自然/内心的)声音,然后通过字母记录下来,这样就完成了书写过程。"现代意义"上的"文学"也是在这个书写过程中产生的。一个作家不只是聆听到外界/自然的声音,更重要的是聆听内心/自我的声音,然后把这些声音转化为那些看上去似乎毫无意义的字母,字母本来是没有意义的,但在书写过程中变成或优美或崇高的文学,现代"主体"和现代"文学"就此诞生。所谓"我口道我心""我手写我口",无意义的字母如何产生意义?是因为聆听了内心和自然的声音,各种声音通过"我"这个主体,在充满肉身性的书写过程中得以展现。基特勒回溯这一过程的目的在于,提醒人们注意这套作为"媒介技术"的书写系统是通过一个历史过程打造出来的。也就是说,如果没有这个书写过程就不会出现歌德;没有歌德就无所谓浪漫主义文学,也就不会形成十八九世纪围绕着浪漫主义文学所形成的文学批判系统;没有这套文学批判系统,自然也不会形成现代意义上的文学和大学……通过这种"倒放历史慢镜头",不难发现起根本作用的是这套书写系统。之前几乎没有人会从儿童识字训练这个角度去讨论浪漫主义文学的起源,基特勒对"话语网络1800"的研究确立了"媒介技术"的优先性,伟大的文学梦想永远是第二位的,起关键作用的是肉身性的书写。正如温斯洛普-扬所指出的:"话语网络1800(指的是18世纪晚期和19世纪早期传播的物质性特征)最根本的精神技

---

① [加]杰弗里·温斯洛普-扬:《基特勒论媒介》,张昱辰译,北京:中国传媒大学出版社,2019年版,第36—37页。

术之一是书写单位与声音和视觉符号之间流畅的、毫不费力的互相转换。正是因为听、说、读、写之间界限的系统性模糊,使得语言被建构成了一种同质化的元媒介,能够将自然和文化编织在连贯的意义之中……这种数据处理技术的融合带来的最终结果是一个掌握语言的主体,因为主体看上去完全掌握了语言被生产、记录和传播的不同方式,因而所有的东西都无缝融合在一起。"①

"话语网络1800"对肉身性书写的重视,导致了文学研究对作家手稿的崇拜,在研究者看来,作家书写的手稿总是第一位的,根据手稿印刷出来的书则是第二位的,只有人根据作家手稿去校对印刷出来的作品,而不是根据印刷出来的作品校对作家手稿。这种"书写"的权威性保证"掌握语言的主体"的"连贯性",譬如浪漫主义文学有大量的景物描写,作家用美丽的文字描写的景物,读者通过文字联想美丽的景物,这一过程"无缝融合在一起"。然而到了"话语网络1900"(从19世纪晚期到20世纪初期),随着电传技术的发展,"这种连贯性被常与贝尔、爱迪生这样的开拓者和工匠联系在一起的媒介技术转变摧毁了。这种转变的本质是数据流的技术性分化以及随之产生的存储和处理实时数据的能力。新的摄影和留声机媒介为视觉及听觉提供了自身的存储和传播渠道,这些渠道不再依赖象征的媒介作用。一直以来,由熟悉字母排序的读者经过训练的头脑才能想象出的景象与声音,现在直接被展现给眼睛和耳朵"。② 留声机和电影的发明,使得"经过训练的头脑才能想象出的景象与声音,现在直接被展现给眼睛和耳朵";而打字机的发明,使得书写成为一种机械化行为,"这种机械化将双手与写作界面分割开来,用分离的、标准化排版字

---

① [加]杰弗里·温斯洛普-扬:《基特勒论媒介》,张昱辰译,北京:中国传媒大学出版社,2019年版,第73页。
② [加]杰弗里·温斯洛普-扬:《基特勒论媒介》,张昱辰译,北京:中国传媒大学出版社,2019年版,第73页。

母替代了纸张上墨水绵延不断的流动"，①无论是作家自己打字或作家口述打字员打字，书写都不再具有肉身性了。媒介技术的变革让原本融为一体的声音、图像和书写都被客体化了，而且被机器所代替，"来到19世纪晚期和20世纪早期，新型模拟录制和存储技术（摄影机、留声机和打字机）挑战了谷登堡星系中用手书写和印刷复制技术的统治地位……然而，这不仅仅是从话语网络1800中的谷登堡书写实践到话语网络1900中的爱迪生式媒介的变化，更是对一个基本事实的认识，即前者同样且始终是媒介技术"。② 如果说"话语网络1800"也即"谷登堡式媒介"生产出了"现代主体"，那么"话语网络1900"也即"爱迪生式媒介"则导致了"主体的衰落"，由"书写"创造出来的"主体"因为"媒介技术"带来的"感知经验的巨变"成了"异化的主体"。

从"话语网络1800"到"话语网络1900"是两套"媒介技术"的变化，媒介技术的变化带来了感知经验——也即"主体性"——的变化，感知经验的变化决定了文学的变化……这可以说是基特勒对文学史写作的贡献。浪漫主义被具有"主体性"的肉身性书写所决定；现代主义的出现，伴随着的却是典型的无能为力感，因为机械化取代了肉身性，主体也就被异化了，这种转变发生在19世纪晚期，但一直延续到20世纪，"话语网络1900"不只是对应现代主义的兴起，也涵盖了现代主义向后现代主义的转化，"主体异化"的根源来自主体被机器所操纵，被技术所穿透。留声机、电影和打字机结束了"话语网络1800"，开创"话语网络1900"，这些机器的出现改写了媒介技术，从此走上了不归路，反机器论的浪漫主义渐

---

① ［加］杰弗里·温斯洛普-扬：《基特勒论媒介》，张昱辰译，北京：中国传媒大学出版社，2019年版，第73页。
② ［加］杰弗里·温斯洛普-扬：《基特勒论媒介》，张昱辰译，北京：中国传媒大学出版社，2019年版，第69页。

行渐远,从现代主义到后现代主义的转变势所必然。今天我们面临的,借用托马斯·瑞德的书名,依然是"机器崛起"的时代,也是本雅明所谓"机械复制时代",只不过机器变得更加精密、高级和智能化。按照基特勒的说法,媒介技术具有自我演化的动力,从谷登堡的活字印刷开始,它"生产出了取代它的技术——从摄影机到计算机——从一开始就为它们提供了可能。它是一个让其他媒介获得自由的独特媒介",媒介会对其他媒介产生反应,"它们按照逐步升级的策略性应答节奏相互跟随"。人类充其量不过是一路伴随而已。更确切地说,在媒介不需要人类参与其中即可进行交流和进化之前,人类是使这一进程得以维持的节点和运算符。[①]根据这个自我演进的逻辑,尽管基特勒没有说过"话语网络 2000",但后来还是可以沿着他的思考推进,当"数字技术"取代"模拟技术",人类迎来数字复制的时代和互联网时代,究竟会发生什么:"数字技术做了什么?所有的信息都被数字化了,计算机有效地将三个维度(摄影机、留声机和打字机的维度),就是声音、图像和文字,爱迪生式"话语网络 1900"去差异化了,大约在一个世纪前,后者在技术上分化了"话语网络 1800"同一化的元媒介语言。某种意义上 1800 还是一个完整的,然后出现了一个分化,分化为三个领域了。但是在哲学上影响重大的,有 1-3-1 结构:一种原始的统一(精神化的语言)发生了内部分歧,被最终分裂为三个维度(图像和声音模拟的分化和打字机导致的文字的机械化),但这种分裂最终被更高层次的统一性(数字技术的复杂性)战胜了。如果用黑格尔式的表达来说,那就是:"话语网络 1900"是"话语网络 1800"的对立面,

---

① [加]杰弗里·温斯洛普-扬:《基特勒论媒介》,张昱辰译,北京:中国传媒大学出版社,2019 年版,第 76—77 页。

而话语"网络2000"扬弃了前两者,达到了一个更高层面的统一。"①

随着数字化和互联网时代的到来,文学会发生怎样的相应变化?基特勒并没有展开充分的讨论,他只是在论述"话语网络1900"时,认为模拟媒介技术的到来,使得"文学"逐渐被边缘化了,"当声音与视觉数据可以直接被录制、存储和传送,而不需要诉诸象征的媒介作用时,又何必用词语模拟它们呢?当新技术可以存储和处理实时数据流时,又何必用语言笨拙地来表达时间呢?"②然而,互联网时代的文学尽管被边缘化了,却没有消失,反而因为互联网的普及而产生了与"传统意义"上的"文学"有所区别的"新形态文学"。要理解"话语网络2000"与"新形态文学"之间的关系,可以借用日本学者东浩纪的理论。③某种程度上,东浩纪关注的是"话语网络2000"及其文学表达,他虽然没有提及基特勒,却似乎沿着类似的脉络展开论述。从东浩纪的书中这张图可以看出,他对所谓"动物化的后现代"的"时间线"描述与基特勒的"话语网络1900"具有相当高的重合度:"1900"(19世纪晚期至20世纪初期)作为"现代主义"/"后现代主义"的起点,其中标志性事件则是1914年爆发的第一次世界大战:

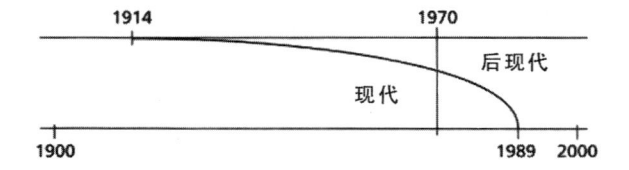

---

① [加]杰弗里·温斯洛普-扬:《基特勒论媒介》,张昱辰译,北京:中国传媒大学出版社,2019年版,第93页。

② [加]杰弗里·温斯洛普-扬:《基特勒论媒介》,张昱辰译,北京:中国传媒大学出版社,2019年版,第74页。

③ [日]东浩纪的著作翻译成中文的有两种:《动物化的后现代:御宅族如何影响日本社会》(褚炫初译,台湾:大鸿艺术股份有限公司,2012年版)和《游戏性写实主义的诞生:动物化的后现代2》(黄锦荣译,台北:唐山出版社,2015年版)。

"过去的20世纪,我们的社会已经被犬儒主义所支配。……后现代意味着(20世纪)70年代后的文化世界。但是,更广义来说,无论是复制技术或资讯理论的出现,还有人类观的改变,后现代的起源可以追溯到二三十年代。前面讲到班雅明的论文是1936年的文献,更重要的是,像是启蒙与理性那种'大叙事'开始凋零,也正是在一次大战时。……因此现代到后现代的变迁,也许能以70年代为中心,将其视为从1914到1989年花了75年,缓慢演变而来。"利奥塔对"后现代"的一个著名定义就是支撑整个现代世界的两大宏大叙事的崩溃:一个是由法国大革命开启的解放叙事,另一个则是由德国古典哲学和德国浪漫主义带来的启蒙叙事,"后现代"的到来,使得维系人类共识的宏大叙事趋于崩溃。东浩纪认为,从第一次世界大战开始,"像是启蒙与理性那种'大叙事'开始凋零",而从20世纪晚期至21世纪初期(可以对应于"话语网络2000")冷战结束,福山称为"历史的终结"与"末人时代"的到来。"末人(the last one)"一词来自尼采,"末人时代"的到来,意味人们可以为满足自己的物质利益而争斗,不再追求也不相信永恒的意义,不会为了某个宏大叙事去进行斗争。这就是东浩纪所谓"动物化的后现代",他将"后现代"到来之前的现代社会称为"树状模型"的世界,即某种宏大叙事具有意识形态统领性的机能,表层世界的各种话语表征(无论是政治话语还是艺术话语)背后都有为之提供意义和安排秩序的深层叙事结构(无论是自由主义还是马克思主义);与之相对,"后现代"社会的到来——在日本,其历史和政治上的征候为战败及其后安保运动的失败所象征的"政治的季节"的终结、20世纪70年代的高度经济成长和石油危机等等——则意味着"宏大叙事"的退场、"树状模型"的失效。① 东浩纪通过对日本动漫以及"轻小说"的研究,试图把握"宏大叙事"崩溃之后的社会和文学表达:首先是作为"宏大叙事"的替代的"故事消费",也可以称为"世界观"。但所谓"世界观"并不是整体性对世界的看法,而是架构某个世界的模式,譬如东浩纪列举的《新世纪福音战士》以及我们所熟悉的《权力的游戏》,它们都提供了不同的"世界观",其架构的世界虽然足够宏大悠久,甚至是宇宙尺度上的,却并非"宏大叙事",因为这个"世界观"不能提供具有共识性的终极意义。东浩纪认为,《新世纪福音战士》所提供的与其说是一个"宏大叙事",不如说是"让受众能随意进行感情移入、能根据自己喜好而编排故事的'没有叙事的情报集合体'"。"故事消费/世界观消费"在"话语网络2000"中渐成趋势,说明我们这个时代还需要"故事",并不是召唤"宏大叙事",只是为了弥补"宏大叙事"的消失,用"故事"来进行补偿。"因此,现今社会充斥着许多故事的情形,并不足以成为对'宏大叙事衰退'论述的反证。即便御宅族的故事内容上充满了气势磅礴的奇想,为迎合多样化的消费者之喜好而不断做调整,不断被'客制化'(Customize),因而不断被制造出具备着让读者去想象其他故事的宽容空间。笔者认为,这些现象也只能视为'属性数据库消费'基础上的'小叙事'加以掌握理解即可。"由此,可以从"故事消费"引申出"数据库消费",在东浩纪看来,"新形态文学"提供给消费者是没有叙事、没有深度甚至没有内容的"纯粹形式",即从各个人物身上搜集、分解并归类而成的"数据库"。"对于作品的表层(故事)和深层(系统),[后现代文化消费者]有着完全不同的两种志趣。对于前者,他们希望得到的有效情感满足是通过将各

---

① 参见东浩纪:《动物化的后现代:御宅族如何影响日本社会》以及王钦2018年4月27日在华东师范大学国际汉语文化学院的演讲《"动物化后现代"及其不满:御宅族的文化政治》。

种'萌要素'进行组合而实现的。相对地,对于后者,他们希望的是将能够给予这类满足的作品单位本身进行解体、将它还原为数据库之后,进行新的拟像创作。换句话说,在这些消费者那里,对于小型叙事的欲求和对于数据库的欲望,是以相互分离的方式共存着的。"①虽然"故事消费"和"数据库消费"最初出自日本大众文化和大众文学,但现在某种程度上已经成为"网络文学"的共同特点,借用比较粗略的表述,"穿越小说"和"架空叙事"偏重于"故事消费",以至于形成"某某宇宙"或"某某世界";而"同人写作"则注重"数据库消费",与原作之间关系相当松散,只是借用其中某个元素进行再创作。假如我们回到基特勒的思路上,可以说"话语网络2000"也即"互联网时代"的到来,同样深刻地改变并形塑了"当代文学"的"形态","故事消费"和"数据库消费"只是其最显著的特征。

四、"网络文学"与"当代文学"的关系及其限度

无论是基特勒还是东浩纪,他们的理论虽然无法直接解释当代中国文学,却可以极大地刺激当代文学研究和文学史书写的想象力。正如王晓明老师所言,"今天,网络文学足可与纸面文学平分天下了",那么我们如何思考"网络文学",以及怎样处理"网络文学"和"纸面文学"的关系,成为当代文学研究的首要问题。目前自然无法完成比较全面的理论描述,不过,我想通过对四部作品的简单讨论,既涉及"网络文学"与"纸面文学"的关系,又触及"当代文学"的"极限"与"下限"。这四部作品分别是《繁花》(金宇澄)、《三体》(刘慈欣)、《大国重工》(齐橙)、《临高启明》(吹牛者)。之所以选择这四部作品,除了考虑它们发表的时间(都发表

---

① 关于与"宏大叙事"相区别的"小型叙事"和"数据库消费"及其文学表达,可以参见东浩纪:《游戏性写实主义的诞生:动物化的后现代2》。

在 21 世纪)和影响力(在纸面和网络上都影响巨大),更重要的是,从《繁花》到《临高启明》,这四部作品不断地碰撞着"当代文学"的框架,"当代文学"一方面展示出"框架"的富有弹性,试图把某些作品纳入既定的文学版图,另一方面也体现了"框架"的力不从心,面对某些作品越来越缺乏解释力,甚至如《临高启明》这样的作品,"当代文学"已经很难找到合适的办法进行解读了。正是在这些作品与"当代文学"的关系中,我们可以比较清晰地看到其"解释框架"的"极限"和"下限"。

第一部作品是《繁花》。《繁花》可以说是近 20 年来上海文学最重要的收获之一,并且荣获了茅盾文学奖,甚至要改编成电视剧和电影,在各个层面都收获了好评,影响巨大。但人们在称赞这部小说时,或许忘了《繁花》实际上是一部网络文学作品,最初是金宇澄以"独上阁楼"为网名在"弄堂网"——一个"老上海怀旧"的 BBS——上进行写作的。他每天在 BBS 上发帖,网友则进行跟帖评论。据公众号"弄堂 longdang"发表的当年版主说明:"自 2011 年 5 月 10 号 11:42,独上阁楼(金宇澄的网名)先生在弄堂论坛开帖创作《繁花》,每天创作一段并在弄堂论坛发布,在 2011 年 11 月 4 日 13:05,论坛的创作告一段落。"

金宇澄发表在"弄堂网"上的原作很难说是完整的长篇小说,其中夹杂着真实的故事以及各种随机的评论,譬如陈子善和陈建华作为"老上海"的代表都被写进去了。《繁花》成为现在大家所熟知的长篇小说,至少经历了三个版本的变迁,首先是在"弄堂网"上发表的原生态版本,其次是在《收获》杂志上发表的小说版本,最后才是上海文艺出版社出版的小说定稿。假如有心人仔细比较这三个版本,不难发现其中的差别和修改的轨迹,弄堂网上的原生态版本比较具有网络交互性特征,金宇澄的写作是在与读者跟帖的不断互动中完成的,如果删去了相应的跟帖与回复,这个版本就不完整了；而杂志版和单行本版的修改恰恰是要去除原生态版本的"网络特征"，使之更趋向于一部符合"当代文学"规范同时也富有艺术特色的长篇小说。因为《繁花》最终获得茅盾文学奖这一"当代文学"对长篇小说的最高奖励，所以许多研究者忽略了它的"网络文学"的前身。《繁花》虽然也被评选为21世纪20年来网络文学的代表作，但这已经不是这部小说最重要的身份，反而有可能是获得茅盾文学奖使之成为网络文学的代表作。至于《繁花》在传统文学意义上的成功和网络文学之间究竟是怎样的关系，这一点却少有学者进行研究。《繁花》成功地进入"当代文学"的版图之后，其"网络文学"的开端几乎就被成功地抹去了。

与《繁花》相比，作为类型文学的《三体》不是首先在网络上发表，但它的"走红"与网络的参与有着密不可分的关系。李广益在《〈三体〉的言说史》中回顾了这一历程："《三体》第一部从2006年5月起在《科幻世界》上连载了八期，好评如潮，让《科幻世界》再度洛阳纸贵。我已经有好些日子只是断断续续地看《科幻世界》，但这半年中也每月三顾报刊亭，以便第一时间拜读《三体》的最新内容。这是《科幻世界》这份老牌科幻杂志第一次也是唯一一次全文连载长篇，慧眼识珠的《科幻世界》副总编姚海军拍板开此先河。此后，姚海军还作为《三体》的责任编辑，为小说的修订、出版和推广做了大量不为人知的工作。《三体》单行本出版后，读者们在豆瓣网站、百度贴吧和各种各样的网络论坛里展开了热火朝天的讨论，直到今天。科幻迷的评论不一定引经据典，但思路活跃而广阔，有的挑《三体》中的硬伤或针对书中的某个设想延伸讨论，有的把《三体》和已经获得雨果奖和星云奖的科幻名著放在一起比较（不知有多少人想到，有一天《三体》也会登上雨果奖的殿堂，与那些大师经典比肩），也有铁杆粉丝反复品味小说中的精彩段落和词句,并和大家分享自己的心得。《三体》最早的读者,在网络上记录了他们的真切感受,更留下了星星点点的真知灼见。这些一闪而逝的灵光,虽然现在爬梳起来已经越来越不容易,却为后来的'三体热'酝酿了人气,也成为后续研讨的宝贵材料。"①用今天的话说,《三体》可谓"网红",而且是墙内开花墙外香,作为科幻小说,最初并没有引起"当代文学"的更多关注,却在文学圈外得到广泛的好评,阅读李广益和陈颀所编《〈三体〉的 X 种读法》,不难发现其中多种"读法"并非"文学性"的,而是指向更广阔的领域。随着《三体》获得雨果奖,自然引起"当代文学"的关注,但《三体》的第二卷和第三卷远远超出了"当代文学"的理解范围,许多研究者讨论《三体》,一般喜欢聚焦第一卷,因为第一卷从"文革"开始,比较容易纳入诸如"伤痕文学"等既定叙述中。然而第二卷和第三卷涉及黑暗森林法则、社会达尔文主义、死亡永生和降维打击等,以其"反人道主义"特色挑战了"当代文学"的基本预设,而且小说扩展到一个更大的宇宙观,也已经完全超出了"当代文学"原有的思想幅度。就"经典化"而言,"当代文学"可以说完全接纳了《三体》,但"当代文学"的"框架"是否能够完全容纳《三体》呢?《三体》在何种意义上挑战了"当代文学"的"框架"?两者之间的关系似乎并没有得到深入的探讨。

和前两部作品不同,齐橙的《大国重工》是一部典型的网络小说,虽然这部小说 2017 年获中国作协重点扶持,2018 年获第二届网络原创文学现实主义题材征文大赛特等奖,纸质书也已由上海文艺出版社出版四册,但《大国重工》连载于"起点中文网",齐橙也是这类网络小说写作的

---

① 李广益:《〈三体〉的言说史》,载李广益、陈颀编:《〈三体〉的 X 种读法》,北京:生活·读书·新知三联书店,2017 年版。

"大神"。这是一部穿越小说,"齐橙最著名的几部作品均有一个相似的故事结构:一个在当代从事科研或身处相关工业部门的工作者,穿越到20世纪80年代改革之初,借由穿越者自身的科工知识和历史眼界,不断帮助个人、企业和国家解决(重)工业和经济发展中的难题,创造一个又一个奇迹和辉煌"。① 这种特定类型的"穿越小说"与当代中国的"工业党"思潮有很大的关系,齐橙曾经说过创作这类小说的原因:"我是在工厂里长大的,当年那个厂子也曾是一家风光无限的国营中型机械企业,可惜现在已经破产多年,再也找不到往日的辉煌了。许多年来,我就一直想写一部关于工厂的小说,幻想着如果能够再来一次,也许这家企业不会沦落到破产的地步,而是有可能抓住每一个机遇,最终成长为一个工业巨无霸。"② 按照林凌的分析,一般意义上的穿越爽文如"回到明朝做王爷"之类,"不具备任何反抗与解放性的力量,它精于提供熟悉感,并在根本上缺乏想象力。如果说资本主义生产方式给任何可能的真实世界提供了一种虚假的掌控感和理解方式,穿越爽文的实质就在于将这种掌控感和理解以一种更粗暴浅薄的形式内化为自身对于世界的设定,是经过遮掩和变形的现实世界结构化规则的再现。但穿越爽文却拒绝承认这一点,反而仿佛是借助想象力伪装出一种架空,并在叙事上切断了世界与人物的血肉联系,唯一起作用的是个体感官刺激的强度变化"。③ 相比之下,"工业穿越小说"却有完全不同的追求,"与一般穿越爽文不同,为什么工业党的穿越小说要反复提示甚至强调架空世界和现实世界的重合度呢?一个重要的理由恐怕是工业党认为自己小说中的世界比现实的世界更具真实性,小说写作的理由本来就是为了揭示现实世界的真相,目的在于教育

---

① 林凌:《工业党的穿越之梦及其文学追求》,《文艺理论与批评》,2020年第2期。
② 齐橙:《工业霸主·写在前面的话》,起点中文网。
③ 林凌:《工业党的穿越之梦及其文学追求》,《文艺理论与批评》,2020年第2期。

现实世界的读者。齐橙在接受专访时毫不犹豫地称自己的小说是'现实主义'的，并认为：'文学的使命不外乎传承文明、教化大众、娱乐百姓。……在传承文明方面，纯文学是主力……至于教化大众方面，网络文学比纯文学更有优势。其一，网络文学的受众更广；其二，绝大多数网络小说都是正能量的……'"①"当代文学"也比较愿意接受齐橙的自我定位，将《大国重工》看作是现实主义题材网络原创文学的代表作，但将一部"穿越小说"命名为"现实主义文学"，是否比较表面化地理解了"现实主义"，而没有意识到两者之间的矛盾？如果与东浩纪提出的"游戏性写实主义"相比，《大国重工》所包含的"叙述潜力"是否能被"现实主义"所涵盖、所把握？或者也仅仅是"只能视为'属性数据库消费'基础上的'小叙事'加以掌握理解即可"？② 这样的疑问至今悬而未决。

和《大国重工》一样，《临高启明》也是一部网络穿越小说，讲述的是521位"参与众"穿越到了明朝海南岛的临高之后，打造出一个新的澳宋帝国的故事。值得注意的是，《临高启明》竟然使用了不少革命历史题材小说中常出现的"打土豪、分田地、斗地主、剿土匪"的故事模式，所以这部"穿越小说"很难被"工业党小说""种田文""新权威主义意识形态"等这类单一形态的判断所概括。按照赵文的分析，《临高启明》在构想500穿越众回到明朝时，做到了"高度复杂地想象性重构中国社会的近代史的'发展主题'，反思性地表征中国近代百年现代化习得的现代知识体系，并在一个既现实又虚构的历史空间内进行蒙太奇式的投射……"严肃思考500个穿越的当代人如何进行工业化建设，对新中国的总体历史叙事展开一次肯定和总结，这在20世纪80年代之后的文学还是比较少

---

① 林凌：《工业党的穿越之梦及其文学追求》，《文艺理论与批评》，2020年第2期。
② ［日］东浩纪：《游戏性写实主义的诞生：动物化的后现代2》，黄锦荣译，台北：唐山出版社，2015年版，第8页。

见的。"临高五百穿越众不得不以某种'戏仿构拟'的方式取鉴现实历史中的社会主义建设经验,主导叙事的声音也不得不从故事情境所涉及的阶级关系出发,以积极分析的方式合乎历史情理地推进叙事",于是就有了"清除劣绅苟氏兄弟""临高秋赋问题""杭州蚕桑业"等一系列故事情节。[1] 与这部小说内容的特异性相比,其形式上和创作上的特征也许对"当代文学"构成了更深刻的挑战,《临高启明》连续创作至今历时已有十年,更新至七卷,现有篇幅近800万字,参与讨论、提供有关情节、技术、历史支持的线下"参与众"要超过"五百二十一位穿越者"人数,执笔人"吹牛者"通过对参与众(其中不少人认领了文中角色)的资料提供、论坛讨论、同人文创作进行选择整理,主导着《临高启明》的创作主笔权。《临高启明》的创作机制的集团性,使这部书很难用一种现有的文体标准去衡量。[2] 而且这种新型的、高度网络化的创作机制,使得"《临高启明》体现了一种真正与'主流文学'观念决裂的写作实践。它完全不屑于和那些在文学圣殿里已经封神的写作形式有半点关系。现代经典文学观不断要求'创新',力避'俗套',《临高启明》却肆无忌惮地大搞戏仿,大量使用读者大众喜闻乐见的故事情节,语言形式随意挥洒,情节展开多点分布,多人合作写作模式各行其是,还要加上与不断延伸的小说正文之间并无绝对界限的大量同人题材等等,都说明写作主要的心理动力是在笔下编织一个新世界的自我满足"。[3] 与《大国重工》不同,"当代文学"面对《临高启明》这种与网络密切相关的文本形态——作者概念完全动摇,可以

---

[1] 赵文:《"工业党"如何在改造"古代"世界的同时改造自己——〈临高启明〉的启蒙叙事实验》,《东方学刊》,2019年冬季号。

[2] 有关《临高启明》的创作缘起、发展和定型之后的写作网络机制,参见李强:《"集体智慧"的多重变奏》,《文艺理论与批评》,2018年第2期。

[3] 霍炬:《澳宋帝国的政治难题与"工业党"的自我批判——以〈临高启明〉中的政治话语为例》,《东方学刊》,2020年春季号。

多人参与写作；文本长度没有限制，可以无节制地进行生产——无法简单地用"现实主义"或"网络原创文学"加以收编，相反，这类文本的存在使得"当代文学"既定的研究方法捉襟见肘，比较彻底地突破了"当代文学"的"解释框架"。

作为"互联网"生产出来的"新形态文学"，《临高启明》标识出"媒介技术"对于"文学"的决定性影响。没有媒介之变就没有文学之变，两者的关系类似于基特勒关于形式和内容的讨论，他认为作为"媒介"的"形式"远远把"内容"抛在后面了。为了说明这种关系，他以摄影为例，因为人们关注的是照片这一媒介，所以一张照片拍好之后，它与被拍对象之间就失去了对应关系，这张照片自我构成了一种形式，你可以喜欢或不喜欢这种形式，甚至可以随便毁掉这张照片，但与被拍对象之间已经没有任何关系了。也许基特勒表述得比较极端，但内容与形式之间的关系并不神秘。马克思在《资本论》第一卷中分析"商品的拜物教性质及其秘密"时，也认为不能从"内容"也即"使用价值"去揭示"商品"的秘密，而是需要更深入地把握"商品"的"形式"："劳动产品一采取商品形式就具有的谜一般的性质究竟是从哪里来的呢？显然是从这种形式本身来的。"因此，当代文学研究需要追问的是，《临高启明》这类网络媒介形式生产出来的作品，"具有的谜一般的性质"究竟是从哪里来的呢？显然无法从作品的"内容"中获得，而是来自"这种形式本身"。

原载于《文艺争鸣》2021年第2期

十八大以来党对网络文艺发展的正确引导及其成效

孙丹

党的十八大以来,以习近平同志为核心的党中央高度重视文艺事业,强调要大力发展网络文艺。在关于文艺工作的一系列重要讲话中,习近平总书记对发展网络文艺进行了精辟论述,科学分析了网络文艺领域面临的新形势、新问题、新要求,深刻阐述网络文艺工作在建设社会主义文化强国、实现中华民族伟大复兴伟大征程中的重要价值和战略意义。这些重要论述为新时代网络文艺发展提供了根本遵循,推动网络文艺优秀成果大量涌现,网络文艺生态日渐清朗,实现了跨越式发展。本文重在研究习近平总书记对发展网络文艺的重要论述精神,系统总结党的十八大以来网络文艺发展的新变化和新成就。

一、新时代网络文艺发展带来的机遇与挑战

近年来,互联网和新媒体技术发展日新月异,极大地改变了文化传播途径、接受方式和消费习惯,不断催生新文艺类型和业态,挑战传统文艺理论与实践,引发当代文艺发生革命性的变革。"新技术平台,为人们提供了一种观察世界的新窗口,拓展了新的视野和新的思维。传统的文艺生态和表现形式在新技术力量的引领下,被革新、拓展甚至颠覆。为今天的文艺超越传统、形成新的格局提供了无限可能性。"[1]以数字技术为基

---

[1] 中共中央宣传部编:《习近平总书记在文艺工作座谈会上的重要讲话学习读本》,北京:学习出版社,2015年版,第47页。

础的网络文化产品,正在飞速地进入人们的文化生活,以极具黏性的特点,吸引人们特别是青少年迅速脱离传统媒体和传统文化艺术,成为网络文艺的巨大消费群体。无论是从供给端看,还是从接受端看,网络文艺无疑具有广阔的发展空间,能为新时代文化发展提供巨大的活力。

网络文艺包括网络文学、微电影、数字音乐和动漫游戏等。随着新技术的不断出现和迅速普及,大众的文化文艺活动愈来愈多地从传统媒介转向新媒体——不仅从纸质媒体转向电子媒体,而且迅速从电脑端转向移动端。截至2020年12月,我国网民规模达9.89亿,互联网普及率达70.4%,手机网民规模达9.86亿,手机上网比例达99.7%。① 随着网络技术的迭代精进,网络传媒和网络文艺进入爆发式增长时期,成为中国特色社会主义文艺不可或缺的组成部分。据统计,2019年,我国网络文学行业市场规模达到201.7亿元,网络文学作品累计规模达到2500万余部,网络文学作者数量达到1936万人,网络文学用户超过4.5亿人。② 截至2020年12月,我国网络文学用户规模达4.6亿,占网民整体的46.5%;手机网络文学用户规模达4.59亿,占手机网民的46.5%。③

作为中国网络文艺的发端,网络文学发展壮大和产生重要影响,在网络文艺的发展进程中具有代表性。网络文学从无到有,从零星出现到蔚为壮观,从网络写手的自娱自乐到原创作品大量涌现,发展成为一个崭新的文化产业形态,只用了20多年时间。2013年10月30日,面向全球华

---

① 《第47次中国互联网络发展状况统计报告》,http://www.cnnic.net.cn/hlwfzyj/hlwxzbg/hlwtjbg/202102/P020210203334633480104.pdf.

② 《2019国内数字出版产业收入规模逼近万亿元》,http://media.people.com.cn/n1/2020/1222/c40606-31974256.html.

③ 《第47次中国互联网络发展状况统计报告》,http://www.cnnic.net.cn/hlwfzyj/hlwxzbg/hlwtjbg/202102/P020210203334633480104.pdf;刘江伟:《网络文学何以进了文学研究"国家队"》,《光明日报》2020年11月6日。

人的网络文学大学成立①,标志着网络文学创作进入职业化发展阶段。接续传统通俗文学的网络文学,异军突起,迅速发展,成为受众极为庞大的艺术形式。与传统通俗文学相比,网络文学的产业链更长,不仅包括文学作品本身,还扩展到上下游产品,涵盖电影、电视、戏剧、图书、音乐、游戏等多种大众喜闻乐见的艺术形式,受众群体更加庞大,占据文化消费的巨大份额。不仅如此,它还实现了外译和付费阅读,是中国文化"走出去"的一支强劲的民间力量,成为独具中国特色、具有世界影响的文化现象。如今,网络文学已经成为具有新时代特征的文化现象。

迅猛发展的网络文艺在为文学艺术发展带来生机与活力的同时,也面临着许多影响其健康发展的严峻挑战。网络文学题材狭窄,创作同质化、低俗化,模仿、抄袭等顽疾久治不愈,版权纠纷、概念炒作、资本狂欢等新症层出不穷。如2015年以后IP剧②快速崛起,出现了一批优秀成果。这本是由"互联网+"时代技术、金融资本与文化相结合而产生的重要文化创新成果和文化产业增长点,但在过度追逐利润的资本狂热搅动下,IP剧创作生产迅速泡沫化,暴露出天价片酬、抄袭、侵权、概念炒作等问题。2017年至2018年,IP剧泡沫膨胀破裂,引起社会各界对IP剧文学属性和审美价值的深刻反思。

此外,由于"互联网等新媒体对文艺的影响还在不断变化、尚未定

---

① 该大学是在中国作家协会指导下,由中文在线发起成立,并联合多家知名原创文学网站共建的公益性大学,为全国网络文学作者提供免费培训,计划每年培训10万人次。

② IP,即Intellectual Property的缩写,本意是知识产权,可以是一个故事、一种形象、一件艺术品、一种流行文化等。IP剧是指在有一定粉丝数量的国产原创网络小说、游戏、动漫等基础上二次或多次改编开发的影视剧。

型、还未成熟,未知远远大于已知"①,传统意义上的文化市场监管、文艺批评受到严峻挑战,很多常识性的审美共识和标准被破坏、被颠覆。优秀网络文学作品占比不高,网络文学评论泥沙俱下,语言暴力横行,资本魅影频现,网络知识产权保护、网络监管需要进一步加强。破解网络文学发展带来的新挑战、新问题,引导其健康发展,需要在政策上、制度上予以规范扶持,要求在理论上、实践上进行突破创新。

二、做好大力发展网络文艺的顶层设计

习近平总书记十分关注网络文艺这一新文化形态,并对其健康发展作出科学论述。在文艺发展历史中,一种新文艺形式在诞生之初往往难以融入主流文化,却有可能具有极强的发展前景和韧劲。小说的产生和发展就是典型的例子——发展初期饱受争议,但产生了一大批举世闻名的作家和作品。网络文艺出现时也曾游离于主流文化之外,野蛮生长,甚至乱象丛生。习近平总书记敏锐地捕捉到新时代网络文艺这一新生事物及其不可逆转的发展趋势,指出:"互联网技术和新媒体改变了文艺形态,催生了一大批新的文艺类型,也带来文艺观念和文艺实践的深刻变化。由于文字数码化、书籍图像化、阅读网络化等发展,文艺乃至社会文化面临着重大变革。"②

2014年10月,习近平总书记主持召开文艺工作座谈会,不仅邀请网络作家与会,还专门就发展网络文艺作出重要论述。习近平总书记从建设文化强国的战略高度将网络文艺作为当代文艺不可或缺的组成部分,

---

① 中共中央宣传部编:《习近平总书记在文艺工作座谈会上的重要讲话学习读本》,第49页。

② 习近平:《在文艺工作座谈会上的讲话》,《人民日报》,2015年10月15日。

并要求主流文化关注、关心网络文艺的发展,以马克思主义文艺观为指导,建立起促进网络文艺健康发展的引导机制和与社会主义核心价值观相一致的精神动力机制,为当代中国文艺和文化发展开辟广阔的空间。他指出:"要适应形势发展,抓好网络文艺创作生产,加强正面引导力度。近些年来,民营文化工作室、民营文化经纪机构、网络文艺社群等新的文艺组织大量涌现,网络作家、签约作家、自由撰稿人、独立制片人、独立演员歌手、自由美术工作者等新的文艺群体十分活跃。这些人中很有可能产生文艺名家,古今中外很多文艺名家都是从社会和人民中产生的。我们要扩大工作覆盖面,延伸联系手臂,用全新的眼光看待他们,用全新的政策和方法团结、吸引他们,引导他们成为繁荣社会主义文艺的有生力量。"①

习近平总书记的重要论述,不仅高度概括了网络文艺的基本特征、新文艺类型、发展趋向等理论问题,还特别指出网络文艺工作者及其创作活动的人民属性,并寄予殷切期望,打破了主流文化与非主流文化的壁垒,是马克思主义文艺思想的重大突破。习近平总书记提出,包括网络文艺在内的新时代文艺要"坚持以人民为中心的创作导向",要求网络文艺同样要担负起"举旗帜、聚民心、育新人、兴文化、展形象"的使命任务,为推动文化大发展大繁荣、建设社会主义文化强国作贡献。

2015年10月,《中共中央关于繁荣发展社会主义文艺的意见》出台,其中第16条要求"大力发展网络文艺",专门规定了网络文艺发展的正确方向、总体要求和政策措施。《意见》指出:"网络文艺充满活力,发展潜力巨大。坚持'重在建设和发展、管理、引导并重'的方针,实施网络文艺精品创作和传播计划,鼓励推出优秀网络原创作品,推动网络文学、网

---

① 习近平:《在文艺工作座谈会上的讲话》,《人民日报》,2015年10月15日。

络音乐、网络剧、微电影、网络演出、网络动漫等新兴文艺类型繁荣有序发展,促进传统文艺与网络文艺创新性融合,鼓励作家艺术家积极运用网络创作传播优秀作品。充分发挥新媒体的独特优势,把握传播规律,加强重点文艺网站建设,善于运用微博、微信、移动客户端等载体,促进优秀作品多渠道传输、多平台展示、多终端推送。加强内容管理,创新管理方式,规范传播秩序,让正能量引领网络文艺发展。"①《意见》的出台,对"加强和改进网络文艺管理,加大正面引导力度,引导创作出更多主题鲜明、内容积极向上的优秀网络文艺作品,唱响网上文艺主旋律"②,具有重要的指导意义。

三、加强对网络文艺发展的规范引导

2014年文艺工作座谈会召开后,国家管理部门和行业组织携手发力,相关管理规范、自律机制和评价体系很快建立健全起来,共同推动网络文艺健康有序发展。

(一)管理部门加强规范

从2015年开始,国家新闻出版广电总局③和中国作家协会联合主办、新华网承办,具有官方评奖性质的"年度优秀网络文学原创作品推介活动",大力推介现实题材网络文艺作品。至2019年,已向社会推介优秀

---

① 《中共中央关于繁荣发展社会主义文艺的意见》,《人民日报》,2015年10月20日。
② 中共中央宣传部编:《习近平总书记在文艺工作座谈会上的重要讲话学习读本》,第49页。
③ 2018年3月,根据中共中央印发的《深化党和国家机构改革方案》,不再保留国家新闻出版广电总局,将国家新闻出版广电总局的新闻出版管理职责划入中央宣传部。中央宣传部对外加挂国家新闻出版署(国家版权局)牌子。

作品112部,对网络文学的健康发展起到了良好示范作用。2019年的推介活动突出"庆祝新中国成立70周年"主题,《大江东去》《浩荡》《大国重工》《宛平城下》《太行血》《青春绽放在军营》《朝阳警事》《一脉承腔》《全科医生》《传国功匠》等入选作品,多层次、多角度、多侧面、多样式、多风格地展示了新中国成立70年来走过的光辉历程,记录中华民族砥砺前行足迹,反映新中国沧桑变化和改革开放发展成就,代表了网络文学在现实题材创作上的收获与艺术成就。[①]

2017年6月,国家新闻出版广电总局发布《网络文学出版服务单位社会效益评估试行办法》,共设置5个一级考核指标、22个二级考核指标和77项评分标准,对从事网络文学原创业务、提供网络文学阅读平台的网络文学出版服务单位进行社会效益评估考核,规定对评估不合格的单位要约谈网站负责人、通报批评、责令整改。

(二)行业组织倡导自律

2016年7月,中国作家协会网络文学委员会和中国音像与数字出版协会数字阅读工作委员会,向全国网络文学界发出《网络文学行业自律倡议书》,倡议网络文学界在创作、编辑、版权保护、网站经营等方面自觉践行习近平总书记在文艺工作座谈会上的重要讲话精神,推出更多思想性、艺术性和可读性有机统一的精品力作。自2017年12月成立后,中国作家协会网络文学中心积极做好网络作家入会、培训、深入生活、网络文学优秀作品推介等工作,实施重大题材规划和重点作品扶持工程、网络文学评论支持工程等项目,并举办中国网络文学周、中国网络文学论坛等一

---

① 《25部网文佳作获国家新闻出版署和中国作协联合推介》,http://www.xinhuanet.com/politics/2019-10/11/c_1210308698.htm。

系列重要活动。中国文联主管的中国文艺网和中国作协主管的中国作家网开办网络文艺板块,跟踪指导网络文艺创作。在中国作协的示范带动下,全国绝大多数省区市及行业作协成立了网络作家协会等网络文学组织机构,有关网络文学的引导、联络、协调、服务机制逐步形成。

(三)文艺评论发挥价值导向作用

一是加强文艺评论阵地建设。2016年,中国作家协会网络文学委员会先后设立中南大学研究基地和上海研究培训基地,开展专业性的网络文学创作、评论与研究。北京大学、安徽大学、山东大学等高校纷纷成立网络文学研究中心,国家社会科学研究基金、教育部等也将重点课题给予网络文学研究项目。网络文化与文学研究,越来越多地成为博士、硕士学位论文的选题对象。2020年下半年,中国社会科学院文学研究所网络文学研究室成立,这是网络文学史上的大事,标志着网络文艺走出理论研究乏人问津、耻于问津的尴尬境地,结束了不成系统、不成建制的研究状况。评论队伍和研究阵地持续扩大,对网络文学评价标准提出新的要求,为保持网络文学健康发展提供必要学术指引,为在国家层面制定相关政策提供重要学术参考。

二是逐步形成优秀网络文艺评论的价值标准。为了贯彻《中共中央关于繁荣发展社会主义文艺的意见》,落实中央关于"高度重视和切实加强文艺理论评论工作"和"大力发展网络文艺"的精神要求,2016年,中国文艺评论家协会青年委员会、中国当代文学研究会新媒体文学委员会、中国文艺理论学会网络文学研究会主办,中国文艺评论网、中国文学网、爱读文学网、山东师范大学网络文学研究中心、北京大学网络文学研究论坛承办"首届网络文艺评论大赛"征文活动。这是国内学术界第一次有组织、大规模地对网络文学作品开展评论评奖活动,共拟定132部候评网络小说,收到来自全国20多所大学、科研院所师生、研究人员的专业论文446篇,评出一、二、三等奖共10篇,极大地提高了网络文学学术理论研究和批评实践的水平。

在中宣部、中国文联支持、指导下,网络文艺评论大赛从第二届开始更名为"网络文艺评论优选汇",并于2020年10月启动,推荐2017年以来重要网络文艺作品150部,其范围扩展到网络文艺各门类各领域,包括:(1)网络展演(网络戏剧、音乐、曲艺、舞蹈、书画、摄影、非遗等);(2)网络影视(网络剧、网络综艺、网络电影、网络动画);(3)网络文学;(4)网络游戏;(5)其他类,如"互联网+文艺"、人工智能文艺、网络文艺志愿服务等。值得一提的是,网络文艺、新媒体艺术的研究成果也被纳入推荐范围,并将颁奖数量扩大到30篇。活动主办方还先后举办"新时代网络文艺评论的凝聚力影响力"研讨会和"优秀网络文艺评论的评价标准"研讨会,为形成网络文艺评论标准奠定坚实基础。2021年,中宣部、文化和旅游部、国家广播电视总局、中国文联和中国作协联合印发《关于加强新时代文艺评论工作的指导意见》,对加强新时代文艺评论工作提出总体要求,并在"把好文艺评论方向盘""开展专业权威的文艺评论""加强文艺评论阵地建设""强化组织保障工作"等方面作出具体规定,为网络文艺评论工作提供了重要标准。

(四)行政执法部门做好常态化监管

从2010年开始的打击网络侵权盗版专项治理"剑网行动",及时将互联网上不断出现的新媒体类型纳入监管范围。2018年5月至8月,"剑网行动"重点整治网络文学作品导向不正确及内容低俗、传播淫秽色情信息、侵权盗版三大问题,对"17K小说网""晋江文学城""飞库网""飞卢小说网""红袖添香""纵横中文网""起点中文网""逐浪小说网"等进行调查和作出行政处罚,同时关闭400余家境内外手续不齐备、导向不正确、内容不健康的违法违规文学网站,查处不履行主体责任的企业,查办一批行政、刑事案件。① 2019年5月至11月,"剑网行动"聚焦院线电影、媒体融合发展、流媒体、图片等重点领域,查办了盗录盗版院线电影重点案件30余起,抓获犯罪嫌疑人200余人,打掉盗版影视网站(APP)418个,涉案金额2.3亿元。各级版权执法部门会同网信、通信、公安等部门,开展互联网版权热点难点问题治理,删除侵权盗版链接110万条,收缴侵权盗版制品1075万件,查处网络侵权盗版案件450件,其中查办刑事案件160件、涉案金额5.24亿元,极大地改善了网络文化环境。②

四、网络文艺健康有序发展

(一)社会主义核心价值观在网络文艺中大放光彩

越来越多的网络文艺产品坚持正确文化导向,努力把社会效益放在首位,实现经济效益与社会效益的平衡,积极为社会传递正能量。2016年风靡市场的长篇抗战题材小说《遍地狼烟》、2021年7月上映的献礼建党100周年的影片《1921》等重大历史题材硬核作品都来自互联网。

2019年11月,中央党史和文献研究院、中央"不忘初心、牢记使命"主题教育领导小组办公室、国家广播电视总局联合制作,芒果TV、优酷、爱奇艺、腾讯视频4家视频网站联合出品的微纪录片《见证初心和使命的

---

① 《两部门联合整治违法违规网络文学网站》,《人民日报》,2018年6月15日。
② 《"剑网2019"专项行动成效显著》,《光明日报》,2019年12月27日。

"十一书"》,成为主旋律作品探索新表达的成功之作。① 该纪录片共11集,每集5分钟,以贺页朵的"宣誓书"、傅烈的"绝命书"、寻淮洲的"请战书"、王尔琢的"托孤书"、卢德铭的"行军书"、张朝燮的"两地书"、陈毅安的"无字书"、夏明翰的"就义书"、赵一曼的"示儿书"、左权的"决心书"和陈然的"明志书"为题材,讲述"十一书"背后关于信仰与牺牲的革命故事。该纪录片发布仅一周,在芒果TV、腾讯视频、快手、抖音、微博、哔哩哔哩、趣头条、梨视频等网络平台的总播放量就达1.13亿次;在优酷和爱奇艺两家平台的热度值均超过3000,观看用户集中分布在18—29岁年龄段。大量的网友评论、弹幕充满正能量。②

(二) 网络文艺产业化水平迅速提升

我国文学网站众多,既有商业性质的原创文学网站,也有政府和文学文化类社团的公益性文学"官网",还有门户网站和其他企业类网站的文学板块、文化频道,以及论坛、资源下载类文学网站和一些有影响的个人文学主页等。其中,影响最大的是商业性专业文学网站和公益性文学网站。据统计,我国商业性文学网站有500多家,其中能保持经常更新、具有一定经济效益并产生较大影响的原创文学网站有200余家,纳入中国作协管理的(如全国网络文学重点园地联席会议网站)有50余家。③

网络文艺的原创性特点,决定其核心竞争力和作品前景的丰富多样性。以大数据、云计算为依托的网络文学在新媒介文化产业中占据举足

---

① 《〈十一书〉:主旋律作品探索新表达》,http://media.people.com.cn/n1/2019/1204/c14677-31489816.html。
② 《从〈十一书〉看主流短视频如何深入人心》,《光明日报》,2020年1月6日。
③ 参见张江主编:《实现新时代中国特色社会主义文艺的历史使命》,北京:中国社会科学出版社,2019年版,第246页。

轻重的地位,网络文艺作品和作者成为产业资本聚集的焦点,得到全产业链开发,构筑起被称为"泛娱乐"模式①的文化产业生态系统。2010年以后,在资本的推动下,网络小说与影视结盟,逐渐掀起改编热潮。2015年前后,"游戏和影视公司争抢网络小说IP,版权价飙升。优质IP非常紧缺,在市场上供不应求……网络文学成了互联网的热门业务"②,其产业开发延伸到游戏、视频等各个领域。网络文学作为产业链上游产品,通过授权,推出游戏、动漫、影视等系列衍生产品。在改编热潮中,《步步惊心》《何以笙箫默》《花千骨》《甄嬛传》《我是特种兵》《致我们终将逝去的青春》《裸婚时代》《鬼吹灯之九层妖塔》《琅琊榜》《青云志》《一路繁花相送》《幻城》《芈月传》《云中歌》《秦时明月》《锦衣夜行》《诛仙》《爵迹》《云之凡》《三生三世十里桃花》《微微一笑很倾城》《欢乐颂》《匆匆那年2》《寻龙诀》《杉杉来了》《延禧攻略》《庆余年》等,都赢得了超高的市场关注度和收视率。其中,电影《寻龙诀》由"天下霸唱"创作的系列小说《鬼吹灯》改编而成,其票房达到16亿元,引起文化产业界和学术界的共同关注。

在国家政策的大力引导、各大网络平台的积极响应推动和各类评奖的导向作用下,现实题材网络文学创作迎来热潮。在"幻""侠"类作品称霸网络文坛多年后,现实题材作品在网络文学发展史上实现了从无到有、从少量到较大规模的重要突破。2015年至2020年,在上海市新闻出版局指导下,阅文集团旗下多家知名原创文学网站联合主办了4届现实题

---

① "泛娱乐"模式,是指以知识产权(IP)开发为核心,打破文化娱乐行业全产业链各环节间壁垒而形成的泛娱乐生态系统。

② 参见张江主编:《实现新时代中国特色社会主义文艺的历史使命》,北京:中国社会科学出版社,2019年版,第246页。

材征文大赛,参赛作品超过4万部,每届有14部作品获奖。[①] 大赛聚焦新中国历史、改革开放历史,以"写一种精神,用文字传递力量"为宗旨,成功引导更多创作者打破套路化、模式化的症结,创作出众多弘扬正能量、书写新时代精神的优质网络文学。[②] 其中,《复兴之路》《大国重工》《朝阳警事》《明月度关山》等10多部作品相继签约实体出版,《韩警官》《相声大师》《投行之路》等10多部作品正式签约影视版权,更有多部作品被中国国家图书馆永久典藏。此外,"橙瓜网络文学奖""网络文学双年奖"等众多评选活动,都在不断加强引导现实题材创作。近年来,网络文学现实题材作品数量显著增加,越来越被读者和市场所认可。《2019—2020年度网络文学IP影视剧改编潜力评估报告》显示,在列入"2019—2020年度网络文学IP影视剧改编潜力表"的46部网文作品中,现实题材占据16部,占比超过1/3。[③]

(三) 网络文艺发展走向成熟和稳定

网络文艺发展走向成熟和稳定的标志之一,是台、网收视高度重合,线上线下联动。近年来,热播剧在电视台和网络上日益呈现出平分秋色之势。2019年,在全国电视台和视频网站播出的电视剧中,收视率和播放量排在前列的10部作品高度重合。在出版方面,由上海市新闻出版局指导、阅文集团主办,连续几年在全国书展期间推出的网络文学会客厅文学活动,积极探索网络作品出版、IP转化等网络文艺线上线下联动运作

---

① 《从现实题材网文到主旋律电影,中国故事传递时代精神》,http://www.chinawriter.com.cn/n1/2020/0702/c404027-31768096.html.

② 《第二届网络原创文学现实主义题材征文大赛落幕》,https://tech.huanqiu.com/article/9CaKrnK6lZe.

③ 《2019—2020年度网络文学IP影视剧改编潜力评估报告》,http://unn.people.com.cn/gb/n1/2021/0129/c420625-32016929.html.

模式。2019年,网络文学会客厅文学活动紧扣"壮丽七十年,奋斗新时代"全国书展主旋律,并以"壮丽七十年　迈向新征程"为主题,聚焦现实主义题材创作,通过"线上+线下"联动的展出形式,实现在电脑(PC)端、移动端、听书、实体书和电子书五大阅读场景上的全覆盖,打造了真正意义上的全民阅读数字图书馆。在网络文学会客厅上,第三届现实主义征文大赛作品《上海繁华》《中国铁路人》纸质书首发,《写给鼹鼠先生的情书》获得影视签约,不仅扩大了优秀作品的影响力,也取得较高的经济效益,实现了双赢。

"文化兴国运兴,文化强民族强。"党的十八大以来,针对网络文艺蓬勃发展的新态势,以习近平同志为核心的党中央迅速作出科学判断,为大力发展网络文艺提供根本遵循。在党中央的决策部署下,职能部门加强管理,行业组织倡导自律,文艺评论发挥价值导向作用,行政执法部门做好常态化监管,共同推动网络文艺实现健康有序发展,为繁荣发展社会主义文艺作出了积极贡献。

原载于《北京党史》2021年第6期

我国网络文学政策发展研究

——以 2010—2020 年为例

范俊钊

一、引言

根据《2019 中国网络文学发展报告》[①],2019 年我国网络文学行业市场规模达到 201.7 亿元,网络文学作品累计规模稳定增长,达 2590.1 万部,中国网络文学作者数量达到 1936 万人。在 2020 年疫情背景下,以网络文学、短视频、直播等为代表的数字文化消费更是成为推动文化产业复苏的"新引擎"。根据 CNNIC 第 47 次调查报告[②],截至 2020 年 12 月,我国网络文学用户规模达 4.60 亿,再创新高。此外,《2020 网络文学出海发展白皮书》[③]提到,海外中国网络文学用户数量达 3193.5 万,意味着我国网络文学读者规模日益壮大,海外市场发展势头强盛。

在推进网络文学发展的进程中,政府发挥着积极作用。以近 10 年 (2010—2020 年)为例,我国政府先后颁发了一系列规范、引导网络文学的政策、法律,那么这些政策数量分布如何,制定主体是谁,关注内容是什么,政策话语又呈现怎样的特征?回答这些问题,可把握我国现有的网络

---

① 《2019 中国网络文学发展报告》发布 90 后作家成主力军,http://news.ynet.com/2020/09/05/2846091t70.html.

② CNNIC 发布第 47 次《中国互联网络发展状况统计报告》,http://www.cac.gov.cn/2021-02/03/c_1613923422728645.htm.

③ 《〈2020 网络文学出海发展白皮书〉发布,呈现中国网文出海三大趋势》,https://baijiahao.baidu.com/s?id=1683525776954861579&wfr=spider&for=pc.

文学政策体系完善度,探究近10年政策的主要特征,同时可发现存在的不足,以期为未来政策发展提供参考。

何弘[1]基于相关部门加强引导规范网络文学行业和网站及作家增强自律意识这两点,认为网络文学正"在调整中优化,向主流化发展"。过去10年,我国网络文学发展进步,存在的问题也随之暴露。李庆云[2]通过对网络文学和网络作品出版的研究发现,网络文学作品存在缺乏版权保护、内容不健康等问题。欧阳友权[3]借网络文学平台巨头"阅文集团开放免费阅读"风波,揭示网络作家与阅读平台间的矛盾,指出"文学"在与"资本"的博弈中处于下风,建议打造健康的网络文学业态,坚持保护性培育,科学化管理。而在相关政策的研究问题上,曹玉梅等人[4]对青年网络文化政策进行研究,发现存在专有政策匮乏、整体政策效力低下、缺乏有效监测评估等问题。毛文思[5]以北京、上海、浙江三地为例,指出三地均已建立起较为完善的网络文学政策体系,并凭借各自的优势资源,形成了各自不同的发展特点。纵观已有研究,网络文学政策的专题研究较少,且缺少量化分析,因此本文将基于量化方式,以2010—2020年为例,对网络文学政策进行全面探究。

二、研究框架与数据来源

(一)研究框架

首先,本文选取2010—2020年党中央、国务院及各部委颁发的与网络文学相关的政策文本为研究对象,进行政策编码并搭建样本库。其次,利用ROSTCM6软件,基于政策话语权视域下,对政策文本进行内容分析和量化统计,包括发文数量、政策类型、颁布主体、政策主题和内容高频词等分析。在量化结果的基础上进行归纳总结,探究10年来网络文学政策的内容分布和话语权特征,揭示政策文本呈现的主要特征和不足。

(二)政策文本选择

本文探究我国近10年的网络文学政策发展进程和话语权特征,因此将政策样本的选取设置在2010—2020年的时间范围内,通过政府公开门户网站和中国政府网国务院政策文件库、北大法宝网等权威政策数据库网站进行文件搜索,筛选国家层面颁布的标题或全文中包含"网络文学"的政策文件,最终梳理出有效政策文本33份,包括意见、计划、纲要、通知等规范性文件。

(三)政策文本编码

对33份政策文本内容按照"文本编号-章节序号-具体条款"规则进行编码,具体编码表如表1所示。对于网络文学的专项政策文件,将整份政策作为一个编码;对于内容部分涉及网络文学的综合性政策文件,将分析单元界定为与网络文学相关的对应条款,针对具体条款进行编码。

三、网络文学政策发展概况

通过归纳梳理33份有效政策文本,从发布数量、颁布主体和政策类型等3个方面进行发展概况分析,可反映近10年我国对"网络文学"领域的重视程度。

(一)文本数量分析

统计各年份政策文件的颁布数量,结果如图1所示。整体上,近10年涉及网络文学内容的相关政策呈波动增长的趋势,表明我国对网络文学的重视度逐步提高。平均值为每年3份,2015年、2017年、2020年政策颁布数量较多、高于均值,其余年份政策数量较少。

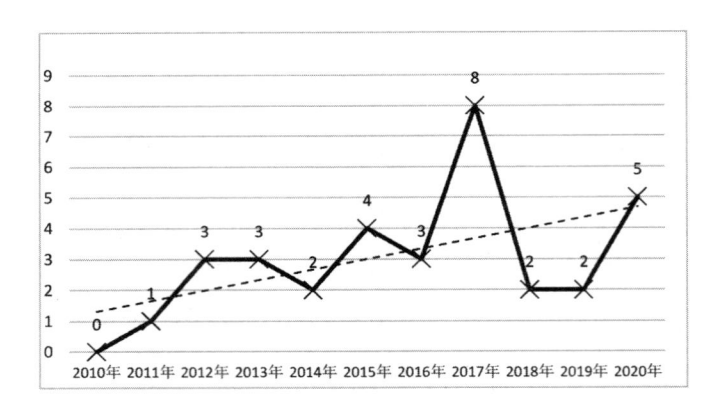

图1　网络文学政策数量及变化趋势图

表1　2010—2020年网络文学政策文件编码

文本编号	发布年份	文本名称	文本编码
1	2020	关于推动数字文化产业高质量发展的意见	1-2-4
2	2020	关于开展打击网络侵权盗版"剑网2020"专项行动的通知	2-2-5;2-3
3	2020	关于进一步加强网络文学出版管理的通知	3
4	2020	网络文学作品相似性检验技术规范	4-15
5	2020	关于加强新华书店网络发行能力建设的通知	5-2-5
6	2019	新时代爱国主义教育实施纲要	6-3-17;6-5-29
7	2019	新时代公民道德建设实施纲要	7-5-1
8	2018	关于印发完善促进消费体制机制实施方案（2018—2020年）的通知	8-1-2;8-2-11
9	2018	关于开展2018年全民阅读工作的通知	9-1-4;9-2-1
10	2017	关于进一步扩大和升级信息消费持续释放内需潜力的指导意见	10-2-8;10-4-19
11	2017	关于充分发挥公证职能作用加强公证服务知识产权保护工作的通知	11-2-4

续表

文本编号	发布年份	文本名称	文本编码
12	2017	网络文学出版服务单位社会效益评估试行办法	12
13	2017	关于印发2017年全国打击侵犯知识产权和制售假冒伪劣商品工作要点的通知	13-1-1
14	2017	"十三五"时期繁荣群众文艺发展规划	14-1-3；14-2-1
15	2017	关于推动数字文化产业创新发展的指导意见	15-3-10
16	2017	版权工作"十三五"规划	16-1-1-2；16-3-1-3；16-3-2-2
17	2017	关于实施中华优秀传统文化传承发展工程的意见	17-3-11
18	2016	"十三五"国家战略性新兴产业发展规划	18-6-2
19	2016	关于加强网络文学作品版权管理的通知	19
20	2016	关于开展2016年全民阅读工作的通知	20-6
21	2015	关于加快发展生活性服务业促进消费结构升级的指导意见	21-2-6
22	2015	中共中央关于繁荣发展社会主义文艺的意见	22-4-16；22-6-24
23	2015	关于印发2015年全国新闻出版（版权）打击侵权假冒工作要点的通知	23-1-1
24	2015	关于开展2015年全民阅读工作的通知	24-2
25	2014	关于推动网络文学健康发展的指导意见	25
26	2014	关于印发2014年全国打击侵犯知识产权和制售假冒伪劣商品工作要点的通知	26-1-1
27	2013	国家新闻出版广电总局主要职责内设机构和人员编制规定	27-3-13
28	2013	关于印发2013年全国打击侵犯知识产权和制售假冒伪劣商品工作要点的通知	28-2-7
29	2013	2013年国家知识产权战略实施推进计划	29-4-31
30	2012	网络文化市场执法工作指引（试行）	30

续表

文本编号	发布年份	文本名称	文本编码
31	2012	关于印发2012年全国打击侵犯知识产权和制售假冒伪劣商品工作要点的通知	31-1-2
32	2012	文化产品和服务出口指导目录	32-1-3
33	2011	关于加快发展高技术服务业的指导意见	33-3-6; 33-4

2010—2012年政策数量逐年增加,2012—2016年政策颁布数量整体稳定在3份左右。2017年政策颁布数量迅速增加,达到10年间峰值,一年共有8部文件关注网络文学。作为步入"十三五"阶段的第二年,国家相关部委陆续出台"十三五"期间的工作规划,为网络文学发展护航,如原文化部出台《"十三五"时期繁荣群众文艺发展规划》、原国家版权局出台《版权工作"十三五"规划》;此外2017年是供给侧结构性改革的深化之年,国务院出台《关于进一步扩大和升级信息消费持续释放内需潜力的指导意见》,涉及对网络文学等数字文化内容的支持推动和创新要求,体现出网络文学对扩大内需的重要作用及我国的重视程度。2018年、2019年政策颁布数量大幅减少,于2020年再度增加至5份。2020年颁布的5份文件从内容建设、版权治理、出版管理、实体书店网络发行能力等方面对网络文学发展提供指引和监督,各文件中涉及网络文学条款内容多、相关性强,符合我国大力推进数字产业高质量发展的特征。

(二)文本主体分析

近10年网络文学政策的颁布共涉及26个主体,包含中共中央及办公厅、国务院及办公厅、国家新闻出版署、国家知识产权局、原文化部与2018年组建的文化和旅游部等。统计结果如图2所示,相关政策单独发布的共有27份,占比高达82%,联合发布仅有6份,占比18%。在联合发布的6份文件中,有5份于2017年后颁布,表明颁布主体正向多部门联合参与转变。

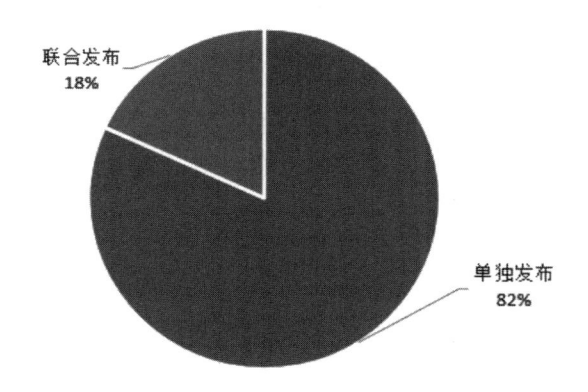

图2 网络文学政策发布方式比例图

在网络文学相关政策颁布主体前10名中(图3),出现频数最高的国务院办公厅共颁发文件9次,含8次独立发文和1次联合发文,内容主要集中于打击盗版侵权、发挥网络文学在消费升级中的促进作用等。对26个颁布主体分析发现,新闻出版部门、版权部门、文化部门等对网络文学的关注度较高,占据前10名较多位次,其他部门参与极少,说明网络文学仍主要集中于新闻文化等领域内发展,与其他领域的融合较少。此外,国务院、文化和旅游部(原文化部)等对网络文学的发展具有显著的引领和管理作用,占据主体地位。

对文本层级的数量进行统计(图4),共有中共中央颁布的党内法规及法规性文件4份,国务院及其办公厅颁布的行政法规及法规性文件13份,国家各部委颁布的部门规章及文件16份,网络文学政策体系相对完整。

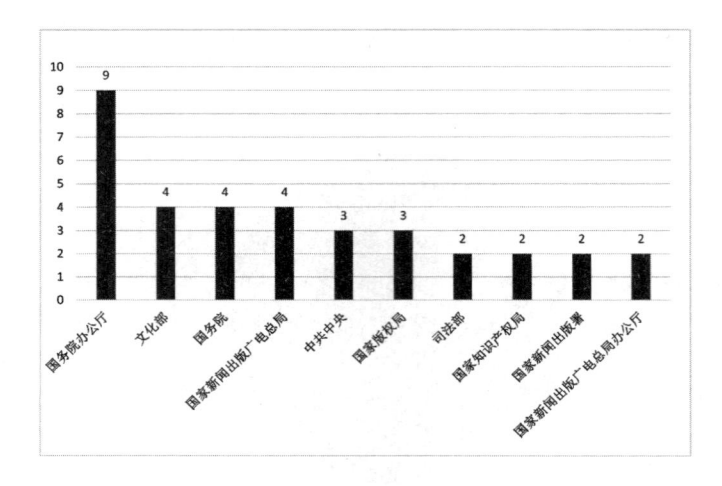

图3 网络文学相关政策颁布主体前10名

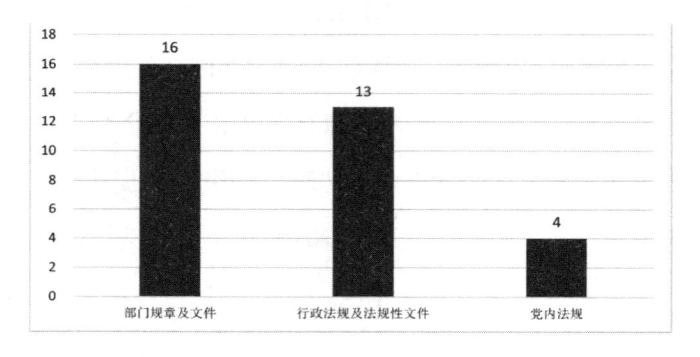

图4 网络文学相关政策层级数量图

(三)文本形式分析

政策文本的发布形式,可在一定程度上反映国家政策力度。从图5可知,2010—2020年间国家层面与网络文学相关的政策文件共有通知、意见、规划、纲要、计划、规定、目录、办法、规范等9种形式。其中,以"通知"和"意见"类文件为主,通知共计15份,占比48%,主要以部门规章及文件层级呈现;意见共计8份,占比为24%,主要为中共中央、国务院及办公厅和文旅部颁布的文件;规划共计3份,占比9%,全部为"十三五"时期提出的发展规划;纲要有2份,其余形式文件各1份。整体上,政策力度较高。

同时,根据行政机关公文规范的要求,意见作为党务公文文种之一,对下级机关发文时一般只作基本的、原则性的要求,而不提出具体的指导建议。近10年国家决策群体对网络文学发展建设提出意见和通知居多,表明对于具体工作的开展要求,各地执行过程中自由性强,可因地制宜,结合实际情况制定不同政策文件。

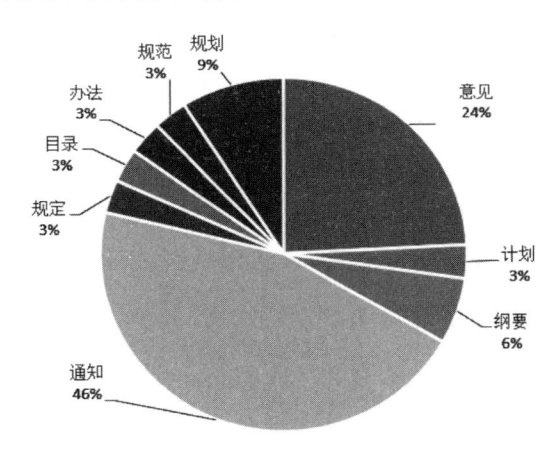

图5 网络文学政策形式比例图

四、网络文学政策内容与话语特征

(一)文本内容与主题

政策文本内容反映领域内的关注主题与发展方向,对文本内容进行分析有利于把握我国网络文学目前的发展动态,发现并关注短板。

对所建政策样本库中样本内容进行归纳整理,将近10年网络文学政策文件涉及的主题分为9大类,分别是内容生产与建设、版权保护与治理、宣传传播、对外交流、市场完善、企业扶持、机构建设、人才培育和硬件升级,具体对应编码如表2所示,主题分布情况如图6所示。

表2 网络文学政策主题分布及编码

主题	具体编码
内容生产与建设	1-2-4;3;6-3-17;7-5-1;9-2-1;15-3-10;17-3-11;18-6-2;21-2-6;22-4-16;23-1-1;25;33-3-6
版权保护与治理	2-2-5;2-3-3;10-4-19;11-2-4;13-1-1;16-1-1-2;16-3-1-3;16-3-2-2;19;25;26-1-1;28-2-7;29-4-31;30;31-1-2
对外交流	25;32-1-3;33-4
市场完善	3;8-1-2;20-6;25;30;33-4
宣传传播	3;6-3-17;6-5-29;9-1-4;9-2-1;12;14-1-3;20-6;22-4-16;24-2;25
企业扶持	8-2-11;10-2-8;22-6-24;25;32-1-3
机构建设	3;12;27-3-13
人才培育	3;14-1-3;22-6-24;25;32-1-3;33-4
硬件升级	5-2-5;20-6;22-4-16

纵观整个网络文学政策体系,关于版权保护治理的政策条款共有16项,占据比例最大为24%,从时间上看,近10年我国加大知识产权保护力度,多次开展打击网络侵权盗版"剑网"专项行动,加强网络文学作品版权管理,政策内容随之不断细化,反映出我国对版权和知识产权等方面的关注与重视,致力于营造良好环境,为网络文学发展护航。

内容生产与建设方面的文本条款数量次之,为13项,占比19.7%,集中于要求创作积极向上的文学内容,弘扬主旋律,近年强调打造具有中国文化特色的原创IP,借网络文学为优秀传统文化赋能。其次为关于作品宣传传播方面的主题,包括发挥网络文学在爱国思想教育中的作用、推介优秀作品提高文学素养、开展全民阅读活动等多方内容,共计11项条款,在整个体系中占比16.67%。

其余主题政策条款较少,涉及市场完善和人才培育方面的条款各6项,各自占比9.09%;关于企业扶持的政策条款有5项,占比7.58%;此外,作品对外交流、机构建设和硬件升级等主题的条款各 3 项,占比均为 4.55%。

总体而言,近 10 年网络文学政策体系涵盖主题范围广泛,内容涉猎充分,但侧重力度存在差异。版权保护与治理、内容生产建设和宣传传播等方面的关注度高,侧重力度大,而对于市场发展、企业人才储备、交流合作等方面的关注仍有待提升。

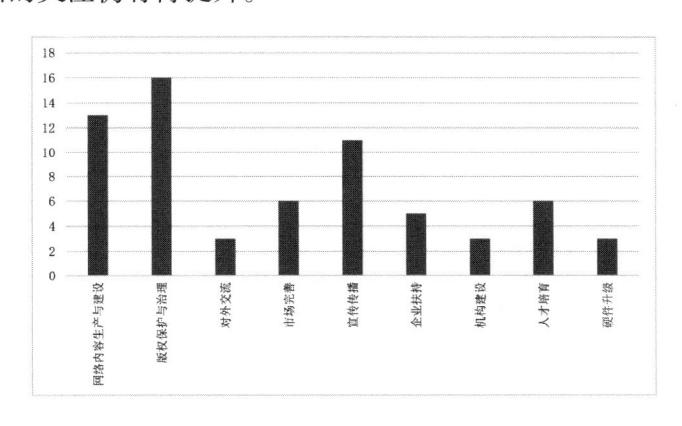

图 6　网络文学政策主题分布数量图

(二)政策话语特征——麦圭根 3 种话语角度

吉姆·麦圭根在《重新思考文化政策》一书中将文化政策话语分为国家话语、市场话语和市民话语,并称"在某种意义上,这 3 种话语都界定着真实的世界,决定着动因和主体、生产者、消费者、市民和中介在文化领域的话语空间里所处的地位"。通过探究近 10 年网络文学政策的话语分布,了解国家、市场和市民在话语权中的地位,有利于掌握已有政策中存在的话语力量分布特征,对未来政策的协调平衡提供有效借鉴。

本文汇总整理 2010—2020 年间涉及网络文学的所有政策条款,利用 ROSTCM6 软件,归纳政策高频词,筛选出词频不低于 20 的、具有研究意义的相关词汇,结合语境,按照"国家话语""市场话语""市民话语"分类,根据频数高低排序得到表3如下。

表3 网络文学政策文件高频词分布

国家话语			市场话语			市民话语		
高频词	词频	占比	高频词	词频	占比	高频词	词频	占比
文化	172	0.61%	出版	121	0.43%	服务	138	0.49%
单位	79	0.28%	市场	72	0.26%	作品	109	0.39%
执法	77	0.28%	企业	69	0.25%	传播	59	0.21%
管理	74	0.26%	高技术	46	0.16%	创新	52	0.19%
部门	69	0.25%	社会	31	0.11%	创作	40	0.14%
版权	59	0.21%	出版物	26	0.09%	平台	34	0.12%
监管	34	0.12%	经营	21	0.08%	人民	29	0.10%
机制	32	0.11%	人才	21	0.08%	知识	27	0.10%
行政	30	0.11%	服务业	20	0.07%	质量	26	0.09%
评估	30	0.11%				原创	24	0.09%
国家	30	0.11%				阅读	21	0.08%
盗版	29	0.10%				新闻	20	0.07%
社会效益	29	0.10%						
违法	27	0.10%						
爱国主义	23	0.08%						
体系	23	0.08%						
中华	23	0.08%						
教育	21	0.08%						
精神	21	0.08%						
宣传	20	0.07%						
总计	902	3.22%	总计	427	1.53%	总计	579	2.07%

总体而言,近10年网络文学政策话语中国家话语力量强大,市民话语次之,同样占据重要地位,市场话语力量薄弱。

国家话语高频词数量最多,为20个,占比最高,表明国家话语占据主要话语地位,这也与国家承担网络文学监管和治理职责有关。国家话语内容集中体现在3个方面：一是持续深入网络文学版权监管工作，严厉整治网络侵权盗版行为，主要由国家版权局、工业和信息化部、公安部、国家互联网信息办公室联合负责；二是注重培养有关单位社会效益和社会价值意识，开展考核评价，如2017年原国家新闻出版广电总局颁布《网络文学出版服务单位社会效益评估试行办法》，专门针对网络文学出版服务单位提出社会效益高要求，引导相关单位坚持把社会效益放在首位，推动网络文学繁荣健康发展；三是强调发挥网络文学的精神引领作用，围绕新时代爱国主义教育推出优秀网文作品，加强主旋律内容建设和宣传推广。尤其2019年中共中央、国务院共同颁布《新时代爱国主义教育实施纲要》和《新时代公民道德建设实施纲要》两项文件，明确提到以网络文学的形式体现中华文化精髓、开展爱国主义教育，符合国家意志，也为网络文学大主题指明方向。

市场话语力量薄弱，有待加强，高频词数量仅9个，为3种话语中最少者。主要集中在完善市场机制、培育市场主体、发展数字服务产业等方面，同时重视人才培养，为产业发展注入新活力。2018年国务院办公厅颁布《完善促进消费体制机制实施方案（2018—2020年）》，进一步放宽文化领域市场准入，以增加市场供给，不断完善市场环境；并指出"重点发展面向文化娱乐的数字创意内容和服务""培育形成一批拥有较强实力的数字创新企业"，均表明网络文学市场体系正不断完善，要强有力地发挥市场在网络文学发展中不可或缺的作用。但就近10年的网络文学政策话语而言，市场话语权重与其他二者存在一定差距，仍有提升空间。

市民话语地位不容小觑，高频词12个，占比共计2.07%，表明网络文学政策注重与人民群众的互动交流，重视人民体验，发挥协同作用。市民话语内容关注作品质量，强调创新性和原创性；同时注重优秀网络文学作品在群众中的宣传传播，如定期开展全民阅读宣传活动等，助力人民群众

接触到更多好作品。通过市民话语体现市民意愿，突出人民群众的主体地位，能对国家话语和市场话语起到一定程度的制约作用，有利于政策话语的协调平衡。

五、总结

在数字技术高速发展下，网络文学异军突起，成为中国文学的重要组成部分。网络文学的健康有序发展离不开政策支持与引导，本文以2010—2020年我国国家层面的网络文学政策为研究对象，建立政策文本数据库，利用量化分析，从发文数量、政策类型、颁布主体、政策主题和话语内容等角度，探究近10年网络文学的发展情况与3种话语分布。

主要呈现以下特征：1.政策数量总体上升但存在波动，参与主体广泛且向多部门联合颁布转变。2.文件类型集中于"通知"和"意见"类，政策力度普遍较大。3.政策主题范围不断扩大，从专注版权治理到促进消费、出版管理、加强技术融合等多方面内容，但整体来看侧重点依旧聚焦版权保护与治理、内容生产建设和宣传传播等方面，而对于市场发展、企业人才储备、交流合作等方面的关注不足。4.政策内容与时俱进不断细化，注重发挥网络文学的社会效益。对网络文学的内容建设要求层层提升，从清理低俗庸俗媚俗内容到创作优秀作品提高文学素养，再到体现中华传统特色、打造IP、弘扬爱国精神。5.政策话语体系以国家话语为主，市民话语次之，但市场话语薄弱，与前两者存在显著差距。

总体来看，随着我国加快数字产业发展进程，网络文学态势向好，近10年的相关政策文件也反映出国家对该领域的重视程度，积极扶持引领网络文学不断发展。但同时发现，现有政策对发挥网络文学市场作用的关注较少，无论主题分布抑或话语地位，市场均显现缺失。未来，政策可考虑从培育优秀市场主体、加强税收工具使用、关注产业优势等角度增强市场力量,利用市场调控创造网络文学经济效益,提升市场话语地位,同时保障国家话语与市民话语的协调发展。

参考文献

[1]何弘.中国网络文学发展现状探析[J].人民论坛,2020(21):132—134.

[2]李庆云.网络文学出版经营管理研究——以盛大文学为例[D].合肥:安徽大学,2013.

[3]欧阳友权.从"阅文风波"看网络文学生态培育[J].中南大学学报(社会科学版),2020(5):1—11.

[4]曹玉梅,邢占军,王晓武.我国青年网络文化政策发展趋势研究——基于文献量化研究的视角[J].中国青年研究,2018(11):62—68.

[5]毛文思.我国网络文学区域化、差异化发展路径探析——以北京、上海、浙江三地网络文学相关政策为出发点[J].科技与出版,2019(9):130—135.

[6]陈柳蓉,王婧.文化政策话语视域下中国红色旅游政策的演进态势研究(2004—2019)——基于政策文本的量化分析[J].探求,2020(6):40—55,116.

[7]吴倩.国家、市场和市民——试论中国电影政策的三种话语及其变迁(1993—2016)[J].新闻爱好者,2017(6):29—33.

[8]倪京帅,徐士韦,王家宏.中国运动员文化教育政策(1949—2019):演进特征及优化策略[J].成都体育学院学报,2021,47(1):71—78.

[9]吉姆·麦圭根.重新思考文化政策[M].何道宽,译.北京:中国人民大学出版社,2010.

原载于《科技传播》2021年12(下)

区块链下网络文学版权保护问题研究

张辉 王柳

与传统文学相比,网络文学具有公开性、强交互性、易获取的特点,随着互联网的快速发展,网络文学已经和传统文学一起走入了公众的日常生活。传统文学的出版凭借纸质介质、全程对接的实体出版商等,版权认定方面已经形成规范操作。而网络文学与传统纸质文学相比,具有电子化、易复制、易转载、易盗用、难追溯等特质,且网络文学的发布平台也纷繁复杂。这些情况使得网络文学的版权保护面临了极大的挑战。区块链对于网络文学的易复制、易转载和易盗用有着明显的改变,时间戳、分布式账本等新兴技术为网络文学的发展加上了新一层的信任。但区块链下网络文学版权的保护也面临许多问题。

一、网络文学版权保护的现状

全民阅读战略引发了网络文学发展的热潮,电子设备的普及及新技术的快速发展也为网络文学的发展提供了技术支持,网络文学也呈现每年都在发展的良好势头。但不可否认的是,网络文学在版权上一直都存在很多问题,新技术的发展一方面让网络文学快速发展,另一方面也加剧了网络文学版权问题面临的挑战。

(一)网络文学发展现状

根据中国新闻出版研究院发布的《2018—2019 中国数字出版产业年

度报告》,2018年国内数字出版产业整体收入规模达到了8330.78亿元,比上年增长了17.8%,其中电子书收入规模达到56亿元。报告同时指出,截至2018年12月,我国网络文学用户规模达到4.32亿,占网民总数的52.1%,网络文学作品总量超过2400万部,其中签约作品近130万部,国内重点网络文学网站签约作者达61万人。[①] 从报告中可以看出,网络文学发展势头强劲,网民对网络文学的认可度逐渐增强,网络文学的商业化程度越来越高,总体而言,网络文学发展向好。

(二)网络文学版权登记现状

尽管如此,不可否认的是,网络文学的盗版行为依旧猖狂。据统计,2019年中国网络文学总体盗版损失规模为56.4亿元,其中,移动端盗版损失规模为39.3亿元,同比上升10.4%。[②] 与此同时,网络文学的版权保护目前依然面临文字易存储、易复制、易盗用、易篡改,盗版成本更低、行为更隐秘、举证难、维权投入和回报不对等等问题。

1. 盗版的途径更加多样化。不同于网络音乐、网络视频等形式,网络文学因为字节所占内存容量小,对服务器的要求低,对于盗版来讲所需的技术含量和成本就相对较低,因而网络文学的盗版问题屡见不鲜。早年以"笔趣阁"为主的盗版平台目前依旧存在,[③] 并且现在此类盗版网站数量越来越多,用户也日渐庞大。而随着技术的不断发展及对于类似"笔趣阁"等网站所进行的网络文学盗版打击力度的不断加强,网络文学盗版的情况虽有好转,但盗版的形式也渐趋多样化,如网盘以传播迅速、私

---

① 参见中国新闻出版研究院:《2018-2019中国数字出版产业年度报告》,https://www.sohu.com/a/335583901—211393.

② 参见《2020年中国网络文学版权保护研究报告》,艾瑞咨询2020年6月。

③ 参见《网络文学盗版一年损失近60亿 侵权模式"花样百出"》,http://www.chinanews.com/gn/2019/05—05/8827254.shtml.

密性更高等特点逐渐成为网络文学盗版的"新阵地",手机端网站、APP、其他自媒体等形式也成了网络文学盗版快速传播的温床。总体而言,盗版的途径更多,受众面更大,打击盗版的难度也在不断增大。

2. 版权登记程序繁琐。目前我国的版权登记虽然与世界通行做法一致,采取自动取得制度,但著作权人一般都会再通过注册取得制度再次确认版权的归属。而目前我国实行的版权登记程序认证周期长、流程复杂、手续众多、成本较高。网络文学的发表极为便捷迅速,因而极易出现版权认证尚未完成就已经被侵权的情况。从这一点上来看,繁琐的版权登记程序非常不利于网络文学版权的保护。

3. 版权人追溯难,维权回报极低。目前的网络文学的易传播性极大地增强了著作权人维权的难度。

首先,网络文学侵权极难举证。现行的数字版权管理系统(DRM)很难追踪网络版权的实时情况,①且系统弊端明显,举证维权方面力度薄弱。另外,网络文学侵权往往是群体性行为,即单部作品可能在不同的途径同时出现,单凭著作权人一己之力进行举证难度较大且实操性不高。其次,由于侵权的途径渐趋多样化,由著作权人自行进行作品的追溯亦难以实现。虽然现在已有专门的针对网络文学侵权的平台或联盟一同进行追溯,如2016年至2019年,仅阅文一个平台就投诉下架侵权盗版链接2644万条,处理处置侵权盗版APP4363款,②但即便如此,当追溯到一定的网络服务提供商如网盘时,因为其并非只提供盗版网络文学的服务,服

---

① 参见刘一鸣、蒋欣羽:《区块链技术在学术版权中的应用研究》,《出版广角》,2019年第9期。

② 参见《让网络文学走出盗版"重灾区"》,https://new.qq.com/omn/20200906/20200906A00T7S00.html。

务商就可以通过"避风港条款"等免责条款免于承担责任,[①]虽然著作权人可以通过 2013 年修订的《信息网络传播权保护条例》中的第 15、16、17 条要求网络服务商给予删除,但是作者也需要进行自证,证明自己是著作权人,若作者使用的是笔名或假名,这项自证更加难以完成。这就越发增大了版权人维权的难度。最后,网络文学侵权的维权回报也极低,极大地打击了著作权人维权的积极性。在 2017 年的李志诉酷狗案中,李志最终的胜诉是以自己倒贴 1616 元作为终结。这不仅明示了著作权人的弱势地位,同时突出体现了版权保护中存在的问题。

二、区块链网络文学版权保护的优势与挑战

数字版权保护面临的困境主要来自中心化网络环境的弊端和社会信任制度的缺失。[②] 区块链技术的出现和推广则能有效地解决上述问题。区块链的本质是一个共享数据库,利用去中心化、时间戳、共识机制等技术特点,营造了可以追溯、修改留痕、公开透明的坚实的信任基础。当把区块链技术运用到网络文学数字版权保护中时,其技术优势能有效地缓解甚至解决现有数字版权保护中的一些问题。

首先,传统的网络文学交易分散,虽然有一些平台提供版权交易服务,但总体而言并没有一个统一的交易平台,因而导致信息分散,侵权行为可能出现在不同的平台或技术途径中。区块链的去中心化技术能阻断现有的在不同的平台进行侵权的行为。在中心化网络下,网络作家在中心平台发表自己的作品,而侵权行为通常发生在其他平台。但在区块链

---

① 参见邱安邦:《区块链技术应用于数字版权保护的优势分析》,《梧州学院学报》,2019 年第 1 期。

② 参见林洧:《区块链视角下数字版权保护路径探究》,《图书情报导刊》,2019 年第 3 期。

的去中心化网络下，因为缺少了中心化的平台对作品的发表进行集中，作者的作品可以进行更为广泛的传播。另外，在区块链上若对数据进行复制或盗用，区块链平台上的技术支持能够记录该过程，再加上人为干预，进而就能有效阻断在不同平台间进行侵权的行为。在维权方面，去中心化的模式使得作者在维权时可以将注意力更加集中在已经发布了作品的区块链平台上，从而使得取证维权过程更加集中高效。其次，区块链的时间戳技术可以为著作权人提供有效的时间证明，即使著作权人发现自己被侵权是处在版权申请的过程中，区块链的时间戳技术也能很好地为其证明版权自动生成的时间，从而明确版权的具体权属。再次，区块链的共识机制可以很好地记录已经发布在区块链上的每一部作品的任意状态更新，且被恶意篡改的可能性极低。因而一旦已经发布在区块链上的作品被侵权或被恶意获得，区块链将自动生成记录并可被区块链全体使用者查阅，这就使得侵权行为在区块链上变得透明化，从而扭转了传统模式下著作权人难以溯源的局面。

但将区块链技术运用到网络文学版权保护上也存在一定的挑战。首先，区块链平台上所有人都是匿名存在的。虽然著作权人可以使用自己在区块链上的身份进行作品的版权登记，但是一旦进入维权环节，著作权人为了证明自己就是区块链上的这个主体就势必需要亮明身份或者进行自证。这与区块链上的普遍匿名性存在一定的冲突。其次，区块链技术现在还在发展阶段，建设相关平台需要耗费大量的人力物力，区块链本身的共识机制也非常消耗资源。再次，区块链的去中心化模式一定程度上阻碍了国家对于区块链网络的监管。最后，到目前为止，我国虽然大力推动区块链的发展，但尚未出台调整区块链相关关系的法律法规或行政规章，法律上的不足也会掣肘区块链下网络文学版权保护的发展。

三、区块链网络文学版权保护的法律问题

将区块链技术运用到网络文学版权的保护中时,会产生一定的法律问题。主要体现在两大方面。

(一)标准的不足不利于著作权人确权和维权

1. 作品原创性判断缺失,作者的真实身份难以认定。《中华人民共和国著作权法》规定能够进行著作权登记的必须是原创作品。若著作权人希望将自己的作品通过区块链进行版权确认,那么需要其将作品全文上传至区块链上,当作品完成上传,在登记版权进行原创性确认时,区块链能做到的就是将新上传的文学作品和链上已有作品进行比对从而认证原创性,却无法进行该作品是上传人的原创作品的认证。换言之,区块链只能证明作品是否为新,却无法证明作品是否为原创。若作品上传人盗用了他人的作品上传进行版权登记,仅凭区块链的技术无法认证作品的原创性,即使是本人持原创作品进行链上版权登记,也需要证明此作品是本人的原创。这个证明步骤,区块链也无法完成。而关于区块链原创性认证的问题,目前的法律法规并没有相关的规定。

此外,区块链通过哈希算法进行数据的记录分析和比对。当数据上传到区块链上时,区块链可以通过自己的算法对数据进行比对。但当发生抄袭的情况时,区块链也无法做出准确的原创性判断。若侵权人对作品进行小幅修改,区块链可以通过自身技术比对到不同从而认定两者属不同作品,但两部作品其实存在抄袭嫌疑,涉嫌抄袭的作品理论上无法被认定原创,但单凭区块链无法做出原创性判断。由此,在没有明确规定区块链技术下多少比例的重复是为抄袭的情况下,抄袭的作品很容易被区

块链认定为原创,从而产生侵权。由此可见,现行法律法规对于区块链上的作品的原创性认定未做明确说明,既没有规定法律如何承认区块链判定的原创性,也没有明确区块链上抄袭的比例认定,继而无法从法律上分断区块链状态下抄袭和原创的区别。原创性判断的法律缺失是制约区块链版权登记保护的一个因素。

对于著作权人来说,区块链版权保护还有一个明显的问题就是实名制。在区块链上的使用者多为匿名者,虽然这有助于保护用户的个人数据隐私,但是与版权登记的实名制要求相矛盾。简言之,若一作者欲在区块链上进行版权登记,可能会出现著作权人匿名使用区块链与版权实名登记相矛盾、原创性无法证明等关键问题。虽然现有的数字版权保护制度下也存在这个问题,并且这个问题可以通过作者进行版权登记予以部分解决,但区块链状态与现有状态的区别在于现有的网络文学署名是否匿名为自愿,而区块链下匿名为常态。换言之,在现有状态下,作者可以通过实名的方式解决版权登记时的真实身份认证问题,而区块链下匿名与实名的矛盾是作者必须面对的一个问题。这就更加需要相关法律法规予以明确。

2. 区块链存证方面缺乏国家统一标准。在网络文学的版权保护方面,区块链的时间戳技术和去中心化技术可以记录网络文学的所有链上使用情况,这些记录可以成为著作权人追溯的有效证据。《最高人民法院关于互联网法院审理案件若干问题的规定(法释〔2018〕16号)》第11条表示:"当事人提交的电子数据,通过电子签名、可信时间戳、哈希值校验、区块链等证据收集、固定和防篡改的技术手段或者通过电子取证存证平台认证,能够证明其真实性的,互联网法院应当确认"。由此,区块链存证的司法效力通过法规得以确认。且工信部发布的《中国区块链技术和应用发展白皮书》(2018年版)表明,区块链已经运用到了电子存证领域。白皮书显示IP360数据权益保护平台可以对各类形态电子数据提供确权、取证、司法通道、维权等服务。2018年2月,广州仲裁委员会基于仲裁链出具了业内首个裁决书,北京互联网法院的"天平链"的使用也说明区块链电子存证的法律效力已经被确认。在区块链电子存证的法律效力被确认的同时,不可否认的是区块链电子存证的行为本身尚未获得国家统一标准的规制。虽然区块链技术可以使得链上已存的证据做到不可修改且可追溯,但区块链的去中心化本身就会削弱国家对于存证行业的管控,行业统一标准的缺乏使得这种管控的缺乏更甚。证据是判决的关键,对于案件的结果具有绝对效力。在缺乏行业统一标准管控的情况下,区块链出具的证明材料五花八门,甚至可能会涉及很多专业的技术性需要,这无疑增加了法官在专业知识方面的压力。因此,从国家层面统一区块链的存证标准有利于促进行业的发展、增强国家对于行业的掌控,同时能适当减轻法官的压力,提高司法效率。

(二)强化区块链网络文学版权保护的消极影响

1. 区块链版权保护与公众个人隐私保护间的冲突。区块链上的共识机制和分布式账本使得在区块链上的每一次数据变动都会被记录并被公开,且其链状的特点使得在区块链上进行数据造假的成本非常高昂。区块链技术运用到网络文学版权的登记上之后,当一部作品被登记了版权并在区块链上传播时,区块链将自动记录下其所有的传播路径,包括转载、下载等各种使用方式,以及所有对作品进行过任意操作的人员。这样固然有助于著作权人追溯自己作品的动向,却记录了其他使用人对该作品的使用情况。这些浏览、下载或购买记录属于互联网时代的个人数据

的一部分,区块链对于这些数据的读取属于其技术加持下的自动行为,但这种自动行为会造成用户的数据使用被跟踪,进一步而言,一旦区块链遭受到攻击,就会威胁到社会公众的隐私以及对于区块链的信任,从而威胁到由区块链建立起的公众信任。如此,将会彻底引发著作权人行使追溯权和公众保护个人数据隐私权之间的冲突。

2. 公众"删除权"行使困难。区块链技术会自动记录链上数据的所有动向,这就不免会记录区块链使用者的数据使用情况。且因为这是区块链自身技术特点所决定的,因而使用者并没有选择的权利,即不能像现在的互联网使用一样自行选择自己的浏览记录等个人数据是否和服务商共享。但无论是外国还是中国的法律,都规定了互联网使用者有权决定自己的个人数据共享情况。出台于2018年的欧盟《通用数据保护条例》(以下简称GDPR)中明确赋予了欧盟公民"删除权",指出当出现"个人数据于实现其被收集或处理的相关目的不再必要"等六种情形之一时,数据控制者有责任及时删除其个人数据。① 在我国立法中,有与GDPR"删除权"类似的规定。《民法典》第1195条规定:"网络用户利用网络服务实施侵权行为的,权利人有权通知网络服务提供者采取删除、屏蔽、断开连接等必要措施。"2017年《网络安全法》第43条规定:"个人发现网络运营者违反法律、行政法规的规定或者双方的约定收集、使用其个人信息的,有权要求网络运营者删除其个人信息;发现网络运营者收集、存储的

---

① 这六种情形是:(a)个人数据对于实现其被收集或处理的相关目的不再必要;(b)处理是根据第6(1)条(a)点,或者第9(2)条(a)点而进行的,并且没有处理的其他法律根据,数据主体撤回在此类处理中的同意;(c)数据主体反对根据第21(1)条进行的处理,并且没有压倒性的正当理由可以进行处理,或者数据主体反对根据第21(2)条进行的处理;(d)已经存在非法的个人数据处理;(e)为了履行欧盟或成员国法律为控制者所设定的法律责任,个人数据需要被擦除;(f)已经收集了第8(1)条所规定的和提供信息社会服务相关的个人数据。参见欧盟《通用数据保护条例》第17条。

个人信息有错误的,有权要求网络运营者予以更正。网络运营者应当采取措施予以删除或者更正。"从规定上来看,GDPR 的规定旨在在六种规定情形中让公民能够要求自己的个人数据被删除,从而实现"被遗忘权"的行使。而我国目前的立法中,"删除权"的行使要件在于违反了法律法规或双方的约定,且范围从明示实施"侵权行为"扩大到了"违反法律、行政法规的规定"。鉴于目前网络服务商提供服务时一般都是提供格式条款,个人使用者并没有选择的权利,因而这些规定在实际上更加侧重于对于我国法律法规的遵守,即收集个人数据需要遵循我国法律法规的规定,只有在违反了我国的法律法规相关规定时,个人使用者才可以行使"删除权"。但无论是哪种规定,区块链是一种跨国界的技术平台,在公共链的使用上,使用者并不局限于单一国籍。因此,在区块链一定会收集记录个人数据且区块链去中心化管理模式的背景下,个人使用者无法找到行为方,就会面临自己"删除权"行使困难的局面。

四、区块链网络文学版权保护对策

虽然现今有些学者认为将区块链运用到网络文学的版权保护中显得过于理想化,①但笔者认为这种做法并非不能实现,且具有较为光明的前景和广大的应用市场。虽然目前来看,将区块链运用到网络文学版权保护会存在一定的问题,但也有相应的对策为解决这些问题提供参考思路。

(一)用联盟链代替公有链

公有链下,用户匿名使用区块链平台,著作权人无法快速有效及时地

---

① 参见罗邱兰:《区块链技术在网络版权保护中的应用研究》,《图书情报导刊》,2020年第2期。

追溯侵权主体。且区块链去中心化阻碍了国家对于区块链版权登记的管理，从一定程度来说，公有区块链容易变成犯罪的温床。但联盟链一定程度上能够缓解这些问题。现行的数字版权登记平台并非只有一家，若强行整合也容易动摇行业平衡、形成垄断局面。联盟节点中，私有节点的控制是高度集权化的，故而联盟链可以将这些登记平台化零为整，不仅能将各个登记平台上的数据进行集中，从而能够使区块链在数字版权保护中更好地做到查询和比对工作，同时可以进行集中管理，形成去中心化但又存在中心化的局面，建立联盟链内的版权登记办法，明确区块链网络文学版权登记的原创性认定、作者身份的真实性认定的标准，从而使得区块链网络文学版权保护平台能够向好发展。同时，联盟链的使用还可以在一定程度上缓解区块链网络文学版权保护带来的消极影响。既能帮助使用者的个人数据被跟踪、被限制在一定范围内，有效地保护使用者的个人隐私，又可以保证使用者在需要时能够合法合理地行使"删除权"，避免出现区块链在去中心化的情形下无法找到服务提供者的尴尬局面。

（二）强化网民的版权意识

与过去相比，我国目前的知识产权保护已有长足的进步，但国民总体的版权意识依旧薄弱。以网络文学为例，网文出版平台现在多通过采用如章节付费的方式保护著作权人的合法权益和创作积极性，从而维护平台的正常运营，并且希望能够以此提高使用者的版权意识，但遇到付费章节就"弃书"的网文读者依旧大有人在。也正是由于大部分读者的版权保护意识薄弱，才会使得网络文学侵权情况屡禁不止。

可以预见，区块链网络文学版权保护会极大地便利著作权人保护属于自己的著作权，鼓舞著作权人创作的积极性，但会使一些版权意识薄弱的网民放弃对于正版网文的追求甚至支持盗版。因此,应当强化网文读者的版权意识,这样才能保证区块链网文平台的正常使用量和运转,同时,应当大力推动行业的健康发展,此举与提高网民版权意识二者应呈互补之势。

(三)完善区块链存证平台相关标准

我国诉讼采取证据裁判主义,要求证据需具有真实性、关联性和合法性。传统的电子数据想成为电子证据,首先需要被证明的就是电子数据的真实性。因为传统意义上的电子数据具有易复制、易恢复、易篡改、易被盗用等特点,因而在被认定成为电子证据的过程中往往面临很大的麻烦,比如对其真实性的质疑。虽然我国的法律法规中已对电子数据的证据力做出了明确的规定,但在实践中,电子数据由于各种原因无法被认定为电子证据的情况依然存在且屡见不鲜。[①] 区块链的技术特点能够规避传统电子数据的问题。区块链上存储和运行的电子数据具有不易篡改、不易盗用、可追溯等特性,使得电子数据的真实性得以提高。《最高人民法院关于互联网法院审理案件若干问题的规定(法释〔2018〕16号)》已经规定从区块链收集的电子数据,互联网法院应当予以确认,且区块链存证已经被司法确认有效。故而在区块链存证已经取得合法性的情况下,就更应当完善区块链存证平台的相关标准,使得区块链存证更加具有真实性,更加规范,更易于司法使用。以数据真实性和数据更改为例。就真实性而言,电子证据的真实性审查对司法机构而言,更多地需要依赖于公

---

① 2015年2月,上海浦东新区人民法院一审宣判了一起"微信借条"案,原告出示的证据是借条的微信照片,法院认为该照片不能验证真伪,不具有真实性。参见龙卫球、裴炜:《电子证据概念与审查认定规则的构建研究》,《北京航空航天大学学报(社会科学版)》,2016年第2期。

证机构或第三方鉴定机构提供相应的专业的技术性支持,区块链上存储的电子证据更是如此。因此应当推动建立规范有效的区块链存证认证制度,从而使法官可以直接根据认证结果依照法律规定予以裁决,而不需要了解更多的区块链技术性知识。

就数据变更而言,如复制、更改、删除等,区块链会自动记录针对数据的所有操作,这些系统的非人为的自动记录是否可以成为有效证据也需要通过相关规定或标准予以明确。按现有的电子数据的相关规定来看,系统自动生成的数据可以作为证据使用,但区块链上的自动生成有别于传统电子数据的自动生成,因而予以明确有利于区块链存证制度的发展。因此,完善区块链存证平台的相关标准有利于区块链存证制度的发展,从而有希望方便举证人举证,简易司法程序。

(四)完善区块链版权保护的法律法规

我国现有的针对著作权的法律规定中已经有了涵盖网络文学在内的数字版权的保护规定。如2001年修订的《著作权法》中增设了信息网络传播权,2006年颁布了《信息网络传播权保护条例》等,且根据现有规定,侵犯版权承担无过错责任。区块链的出现使得现有的法律法规面临来自于新技术变革的挑战,法律法规也应做出相应的调整以适应社会发展的需求。虽然修改法律成本高、难度大,但笔者认为,现有的区块链网络文学版权保护的法律问题可以通过法规或行政规章的出台予以补充和完善。

在建立和完善有关区块链网络文学版权的保护时,应注重解决以下几大问题。第一是作品原创性的认定标准问题。区块链对于上传到链上的新作品的原创性认定存在一定的缺陷,这会大大阻碍版权人申请版权的进程,因而应当对此做出明确规定,即区块链上数据比对过后,通过何种范围内的数值可以认定为原创。将原创性认定的标准法定化,才能推进区块链网络文学版权保护的进程。第二是作者的身份认定问题,虽然我国实行自动版权制,但当作者使用了假名或笔名作为作品的作者署名时,网络作品的自动版权状态下很难进行作者身份的真实认定,作者继而无法在需要时及时地主张自己的权利,因此作者大多会选择重新进行版权申请,但版权申请过程复杂、成本高、时间长。从区块链上进行申请可以有效缩短申请时间,简化申请流程。因此,可以从法律上认定区块链上版权申请的操作合法性,从而使得在区块链上进行版权申请的认定正规化。第三是个人数据的保护问题。这是区块链版权保护面临的消极问题,但本文认为此问题可以从法律上得到缓解。在完善相关法律法规时,可以对个人数据的采集范围、使用范围和时间范围做出规定,或者可以将现有的"删除权"的限制缩小,以应对在区块链上数据被自动收集的问题。

总之,目前我国的版权保护制度在应对网络数字版权时已经出现一些问题,区块链技术的应用使得这些问题暴露得更加明显。适时完善这部分的法律法规,有助于推动区块链下网络文学的版权保护,进而提高作者的创作积极性,提高全社会版权保护意识。

五、结语

科技的进步推动着社会的发展,区块链技术的出现为很多领域带来了变革。在网络文学版权保护方面,虽然网络文学逐年发展,读者群体逐年壮大,但网络文学版权保护程度依旧不高。在网络文学版权保护领域,区块链技术既能解决现有网络文学版权保护中的一些问题,也会带来一

定的消极影响。鉴于这些消极影响可以通过规章制度进行程度上的降低,总体来看,将区块链技术运用在网络文学版权保护中利大于弊。在区块链下网络文学版权保护的过程中,一方面要加强公众的版权意识,推动行业良性发展,另一方面要注意法律法规或系统规则的构建和完善。只有这两方面的双管齐下才能为区块链下网络文学版权保护提供一个更加便捷、快速、高效的发展空间。

原载于《法学论坛》2021年第6期

网络文学 IP 价值评估体系探析

刘燕南　李忠利

网络文学是互联网时代的新物种,也是极具中国本土意味的文化景观。自 20 世纪 90 年代末期诞生以来,在数字技术赋能和"类型小说"需求勃兴的双重驱动下,网络文学的发展便一路高歌猛进。2018 年,中国网络文学总体营收已达 342 亿元,网络文学作品累计 2442 万部,作者 1755 万人("90 后"作者达 50.6%),用户 4.3 亿,用户月均付费 43.7 元,用户平均阅龄 7.9 年,人均单次阅读时长 1—3 小时[①],多项指标同比增长达两位数百分比。网络文学市场扩张迅猛,作品产量丰富,用户年轻化、规模大、黏性强,已经形成了迥异于传统文学的新特征。

网络文学发展的市场逻辑,也是它作为新兴的泛娱乐文化产业重要源头的关键,是实现内容 IP 的"跨界叙事"——跨媒介、跨文本、跨市场扩张。随着由网络文学改编的电视剧、游戏、动漫等在市场上走红,网络文学 IP 开发也急剧升温。截至 2017 年 12 月,各网站原创网络文学作品改编电影 1195 部,改编电视剧 1232 部,改编游戏 605 部,改编动漫 712 部。[②] 从 1998 年网络小说《第一次的亲密接触》上线并与电影、话剧、电视剧等"亲密接触",到《甄嬛传》《琅琊榜》《花千骨》等影视剧的热播;从《仙剑奇侠传》游戏火爆,到《斗罗大陆》等动漫广受追捧,网文 IP 的跨界流转,从原生市场到衍生市场,由自带流量的受众串接,已经形成了"巧

---

① 《2018 中国网络文学发展报告》,http://culture.people.com.cn/n1/2019/0810/c429145-31287235.html.

② 《24 部优秀网络文学作品获新闻出版广电总局和中国作协推介》,http://www.xinhuanet.com/book/2018-01/23/c_129797300.html.

投入、低风险、高回报"的模式,受到资本和版权市场的青睐,也掀起了一波又一波 IP 开发和购销热潮。

然而,网络文学商业化生产导致创作肤浅、粗糙和套路化,网文 IP 开发失序、价格虚高和泡沫化,IP 版权保护不力和交易混乱等问题,这些都对行业生态和未来发展产生了消极影响。要解决上述问题,首先需要思考的是:什么是有价值的网络文学 IP? 换言之,应该如何评估网文作品的价值、如何建立新的行业标准,为网文 IP 的跨界转化提供一个科学、客观且独立于交易各方的"通行货币"?

一、概念界说

广义的网络文学范畴甚广,涉及传统文学融合网络技术产生及创生的一切形态,包括网络小说、网络散文、网络诗歌、网络戏剧文学等。比如,有学者提出网络文学可分为三类:一是传统文学文本实现的数字化传播;二是按传统文学模式创作,在各大文学网站公开发表供他人点击阅读的原创文学作品;三是利用多媒体技术,融合文字、影像、音乐、动画等形式,使用超链接技术的多线性超文本作品。[1] 这一界说全面而宽泛,从与传统文学的比较中展现了网络文学在体裁、手法、形式上的传承和创新,又从与数字技术的嫁接中凸显了网络文学在创作和传播中的基因变异。不过,从狭义上看,网络文学主要指基于数字技术创作并在互联网上首发,一般以付费或其他有偿方式供用户阅读或参与的网络小说。

IP 系 Intellectual Property 的缩写,意为"知识产权"或"知识所属权",包括著作权、专利权和商标权,其中著作权又称版权。有研究认为,时下我国文化产业热议的 IP 主要针对知识产权中的著作权,特指那些具

---

[1] 欧阳友权:《比特世界的诗学——网络文学论稿》,长沙:岳麓书社,2009 年版,第 122 页。

有核心创意和广泛受众,能够为全媒体时代文化内容产业吸纳的著作权载体,主要包括文学作品、影视作品与游戏作品等的版权。① 具体来说,IP 是指"具有高专注度、大影响力并且可以被再生产、再创造的创意性知识产权"②。概括而言,IP 至少具备三个要素,即有受众基础、有核心创意、有可进行跨媒介开发的版权内容。

基于上述分析,本研究所谓的网络文学 IP,主要指具有广泛受众基础、有核心创意且可以进行跨媒介多形式开发的网络文学版权作品。对 IP 价值的考察,有注重受众市场和跨界开发价值的明确指向,开发形式则主要包括影视、游戏、动漫及相关衍生品。

网络文学自诞生之日起便蕴含 IP 开发的基因,IP 价值概念本身亦因网络文学的兴起而广为人知。随着文娱产业的日益繁荣,网文开发的内在能量被不断激活和放大;媒介形态的不断丰富和受众的媒介消费习惯的更迭,也影响着网络文学改编的实践走向。继影视剧、游戏、动漫之后,新兴的网络剧、网络大电影、有声读物等也陆续进入人们的视野。网络文学的跨界转化不仅延长了文娱产品的经济链,而且创造出新的社会、经济和文化价值。在"互联网+"模式下,有大众化、流量化和粉丝经济的加持,网络文学对于相关产业发展的激发和带动作用日渐显著,网文 IP 改编影视剧的收视更有保证,有 IP 游戏的下载率高于无 IP 游戏的下载率,这样的案例比比皆是。而从产业链角度看,"内容 IP—平台用户—衍生品机构"的上、中、下游格局已经形成,网络文学 IP 版权在各路资本的追捧和支持下,已经成为泛文娱市场扩张的主要策源地。

---

① 刘琛:《IP 热背景下版权价值全媒体开发策略》,《中国出版》,2015 年第 18 期。
② 尹鸿、王旭寿、陈洪伟:《IP 转换兴起的原因、现状及未来发展趋势》,《当代电影》,2015 年第 9 期。

二、评估回顾

网络文学 IP 价值评估,是围绕版权这一无形资产对 IP 市场效应和跨界潜力进行的有形(量化)评定。这种价值评估并非自生自变,而是随着行业实践和市场发展的需求而产生和不断进化的。时下,关于网络文学 IP 价值评估的探索已经渐次展开,除了各平台内部的自有评估外,公开的评估主要分为两类,其一是以排行榜的形式进行的评估,其二是以建构多指标分权重的综合性评估体系进行的评估。

1. 排行榜

排行榜是应用最为广泛的评估方式,也可称为价值评估的 1.0 版本。它最早由各平台自行推出,多以自家平台的阅读数、粉丝数、付费数等为基础数据形成各种榜单,例如各种以"总分榜""收入金榜""月票榜""新增粉丝榜"等命名的榜单,对网文作品的价值衡量也大体依据这些榜单进行。这些榜单定期推出,依据单一指标或少数指标的组合罗列进行价值评估,虽然直观且便捷,适应了快速产消的市场需求,但也存在以下不足:一是平台数据因缺乏第三方立场而使真实性存疑,二是有导致刷榜行为和市场行为泛滥的可能,三是相关价值要素缺失可能造成评估失衡。

普通网络文学平台无论在受众覆盖、作者数量、作品量和品类等方面都不足以支撑起一个有参考价值的榜单。近年来,主流平台或专业机构逐渐成为榜单发布的主导者。例如,阅文集团与福布斯合作推出了"福布斯中国原创文学风云榜",百度推出"百度风云榜",胡润研究院携手猫片公司发布"猫片·胡润原创文学 IP 价值榜",等等。这些榜单逐渐扩大覆盖面,一定程度上打破了以往仅仅依靠单项数据、只评价单一平台作品的模式,力求将所有符合要求的作品纳入评价范围;评估维度和数据相对丰富,除"福布斯中国原创文学风云榜"仅用网络平台数据外,其他榜单大都结合网络平台数据、搜索数据、专业人士数据等进行评价。

严格来说,榜单模式基本上是对网络文学作品在原生市场传播效果(或经济效益)的一种评价,限于单体市场和实然视角,评价的维度和指标设置都相对单薄。这种评价具有促进网文 IP 发育和市场认知的榜单效应,却鲜少涉及对网络文学 IP 内容特质和跨界潜能的考察,对于 IP 开发延伸的纵向产业链关注不够,对于多市场和多维度的横向覆盖也明显不足。

2. 综合性评估

近年来,围绕网络文学 IP 价值进行的多维度综合性评估逐渐兴起,可以视为价值评估的 2.0 版本。在这类模式中,一些咨询公司和市场研究机构成了主力,例如易观智库和"友盟+"等。

易观智库从"内容价值"和"改编潜力"的逻辑关联着手,建构了由两个一级指标和八个二级指标组成的综合性网络文学 IP 价值评估体系,并分别赋予其不同的权重。① 两个一级指标"IP 内容价值"和"IP 改编潜力"分别强调网络文学的影响力和改编的可能性:前者包含 4 项二级指标,分别是"内容传阅度""作品热度""表现力指数"和"生命力指数",更多反映作品的市场表现,将内容价值与市场反应直接挂钩;后者包含 4 项二级指标,分别是"大众关联度""题材独特性""可行性指数"和"用户匹配度指数",既有粉丝、影响力等市场相关指标,也有题材和剧情等内容层面的指标。总之,指标比较参差且相互交叉,某些指标的界定比较抽象,对于可测性和量化操作有一定难度。

"友盟+"的研究以"IP 既是肇始也是衍生"为主线,从原生价值、受众价值、营销渠道三个维度去界说 IP 的价值评估,这三个维度分别对应内容质量、粉丝基础和营销推广三个一级指标,②即按照"原生内容—受

---

① 易观智库:《2015-2016 中国网络文学 IP 价值研究及评估报告(年度)》,https://www.useit.com.cn/forum.php? mod=viewthread&tid=11119.

② 《"友盟+":泛娱乐时代 IP 价值与粉丝经济研究报告》,https://www.useit.cn/thread-14507-1-1.html.

众市场—营销渠道"的粉丝经济延伸,开展网络文学IP的价值评估。这一模式中,内容质量指标包含角色、剧情、题材、影响力和口碑评价等次级指标,既有内容变量又含效果因素,类别交叠;对于营销推广中的明星影响力和受众匹配度,指标界说则有些语焉不详。

相比榜单模式,综合性评估体系有一定的广谱价值,评估维度比较丰富,对于后台数据可能存在虚假的问题,也力图通过综合性下的多维度、多方数据相互印证,发挥稀释和消解作用。该模式的不足在于:首先,从操作性上看,指标界说模糊、分类存在交叉,存在数据来源不明的情况。其次,从科学性上看,综合性评估体系由多种指标构成,但目前的评估体系对各指标之间的关系缺乏解释,指标权重分配也缺乏依据。再次,从针对性上看,既有的评估模式基本采用一套标准,未针对不同的开发形态"因地制宜",对评估指标进行动态调整,关注普适性而忽视了多样性和针对性。最后,网络文学作为一种文化产品,对其IP价值及开发潜力进行评估,不能忽视其意识形态属性,特别是在中国语境下,讲求经济效益和社会效益的"双效合一",这是价值标准,也是导向机制。

三、评估维度和价值要素

1. 受众维度

受众是网络文学IP神话的成就者。原生内容的受众效果,是IP价值的重要标识;拥有坚实的受众基础尤其是忠实粉丝所带来的流量,是进行网络文学IP开发的关键。

依托"互联网+"模式,网络文学作品可以便捷地分发到各类网站和移动App上,继而汇聚大量受众,并通过各类传播平台的数据工具,迅速收集并分析传播效果暨受众行为等数据,形成"传播—反馈—传播"的递进链环,以有针对性地吸引受众,扩大市场。网络文学IP的生成,意味着网文作品本身已经在原生市场获得了受众的喜爱和认可,拥有庞大的受众群体;而网络文学 IP 的转化,则意味着在衍生市场上,不仅产品开发的周期大大缩短,而且从"粉丝效应"中可以直接获得大量跨界流转的受众,这显然降低了市场风险。

网络文学 IP 受众具有年轻、有文化、有一定消费能力等特征,"80%以上的读者愿意为 IP 衍生内容或产品付费"[1]。如果细分,网络文学 IP 的受众包括作品受众(对作品感兴趣的受众)和作者受众(对作者感兴趣的受众)两类,两类受众交叠缠绕,有相当一部分是所谓"粉丝型受众"。由网络小说文本优势产生的拉力,以及由自我情感满足和寻求群体认同所产生的推力,两力汇合成为受众尤其是粉丝们从原生市场向衍生市场跨界迁移的主要驱动力。[2]

相比普通受众,粉丝被认为是"过度的读者"。[3] 他们不仅愿意投入更多的时间、精力和情感去阅读作品,而且愿意通过各种方式为作品和作者买单,更有甚者会积极投身到文化产品中去获得更强烈的快感和意义。网络文学作品付费阅读模式、月票制度、打赏模式都是受众深度支持作品和作者的重要形式,有粉丝甚至为一部作品打赏上百万。按照约翰·菲斯克的说法,粉丝对于媒介消费的投入是主动的、狂热的、参与式的,[4]他们在消费中自我生产意义,而且"不断向其他文本挺进,挪用新的材料,制造新的意义"[5]。

就 IP 改编而言,受众的跨界接受意愿尤其重要。有报告显示,"95后"受众对于网络文学改编的电视剧、电影、漫画、游戏、有声书/广播剧的

---

[1] 《〈2018 中国网络文学发展报告〉发布》,http://culture.people.com.cn/n1/2019/0810/c429145-31287235.html.

[2] 朱丹枫:《网络小说跨文本传播中的受众迁移研究》,北京:中国传媒大学学位论文,2019 年。

[3] 陶东风、杨玲:《粉丝文化读本》,北京:北京大学出版社,2009 年版。

[4] 菲斯克:《理解大众文化》,王晓珏译,北京:中央编译出版社,2006 年版。

[5] 陶东风、杨玲:《粉丝文化读本》,北京:北京大学出版社,2009 年版。

接受意愿,分别是78%、56%、31%、20%和13%;非"95后"的接受意愿则分别是85%、58%、18%、19%和17%,①电视剧和电影的接受意愿名列第一和第二,非"95后"意愿更显突出。在粉丝贡献度上,艺恩的数据显示,在2014—2017年播放量前50位的电视剧和网络剧中,IP改编剧的占比分别为76%和62%。②网络文学IP开发中受众的价值由此可窥得一斑。

2. 内容维度

文本内容是IP改编的源泉和起点,网文IP改编可谓赋予了作品第二次生命。创意内容作为网络文学IP的核心,内容价值很大程度上决定着IP作品的衍生开发价值及其实现的可能性和可行性。

内容价值包括网络文学的内容创意和跨界转化之适宜性两个方面。从开发角度看,两者互为表里:内容创意是内在素质要求,暗含着是否适宜开发的内在指向,或自适宜性;适宜性则是内在潜力的外化,是内容创意是否具有拓展张力的外在表达,或可开发性。前者是指,一个好的网文IP应该在题材、人物、情节等方面具备良好的创意素质。比如,题材是否独特、新颖、不落俗套,或者人无我有、人有我优;人物是否个性鲜明,形象丰满;情节是否曲折,似在意料之外又在情理之中;等等。后者则侧重于外在的跨文本跨媒介转换是否合适乃至是否多样,即是否适于"跨媒介叙事",是否具有较为广泛的文本、媒介和市场的跨界适宜性。

依托创意内容"一文多吃",围绕网络文学IP进行多形态、全产业链开发,充分挖掘其衍生价值,这是网文开发一直追求的目标。例如,阅文集团的《择天记》被先后开发为舞台剧、动画、电视剧、游戏以及周边手绘作品;唐七公子的成名作《三生三世十里桃花》先后被开发为漫画、电视剧、电

---

① 《冷静与疯狂:网络文学IP价值判断报告》,http://www.sohu.com/a/68281706_332389。

② 艺恩、李敬蕊:《阿里文学总编辑周运:网文IP影视化进阶的正确姿势》,http://book.chinaxwcb.com/2017/0731/61758.html。

影;知名盗墓小说《鬼吹灯》八部作品也全部售出电视剧、网剧、电影和游戏版权;网文《花千骨》的开发则实现了影游联动;等等。从最大化 IP 价值的角度看,这些开发都产生了不俗的经济效益和广泛联动的社会影响。

一部网络文学 IP 作品开发的多样性是不同开发类型适宜性的优选和叠加。不同网文作品开发空间各异,在适宜性层面,网络文学 IP 作品开发成某一媒介产品的可行性,既受内容题材、故事内核、情节人设等因素的影响,也受各种外部因素的影响。一些热门网络小说改编后成为现象级产品,但是遭遇滑铁卢的也不在少数。

按照美国学者亨利·詹金斯提出的"跨媒介叙事"概念,网络文学 IP 的开发就是综合运用多种媒介讲述故事的一种全新叙事方式。每一种媒介(包括电影、电视剧、图书、动漫、游戏等)都用其独特的优势为故事的叙述做出贡献,从而创造完整的叙事体验和更大的叙事体系。[①] 换言之,网络文学 IP 的开发既需要文本自身提供一种具备延伸潜力的叙事框架和价值观念,还需要不同媒介发挥自身优势实现文字的视觉、听觉或沉浸式转换,继而让不同的开发形态形成互动,产生相互关联或暗示。当然,适宜性同样受到后续宣发营销、平台契合性、市场准则、政策导向等因素的影响,也有一些作品在开发过程中因涉及不正当竞争、版权纠纷或触碰政策红线而口碑惨淡或中途夭折。

3. 社会价值

网络文学作为大众文化产品,具有明显的社会文化和意识形态特征。网络文学 IP 通过多形态开发,面向多层次受众,产生广泛的社会影响,其多元性和复杂性不可低估。"互联网+"下的粉丝效应并非只有外在的小众经济样貌,也有内在的可识别的人文和精神属性。

[①] 詹金斯:《融合文化:新媒体与旧媒体的冲突地带》,北京:商务印书馆,2012年版。

2011年热播的《甄嬛传》曾经引发了一场关于社会道德的讨论,《人民日报》发表评论,对于宫斗剧表现出的以恶制恶的生存之道以及犬儒主义、投机主义的倾向提出批评,认为"比坏心理腐蚀社会道德"①;同由网络小说改编的《琅琊榜》,收视飘红且引发热议,有评论称"作为一部架空历史剧,却显出了正剧的范儿,试图叙说一种明朗的对赤子之心的坚持"②。寄生于互联网的网络文学还具有海外传播的自发性优势。阅文集团推出的网络文学英文网站及移动平台"起点国际"(Webnovel),访问用户达上千万之多。网络文学已经成为展现中国文化的独特载体。

在网络文学IP开发暨文娱产业的发展中,要注重网络文学开发的经济价值,更要守住人文格调和思想品质这两大要塞,只有在审美、道德、情感、思想上打动人,引发人性共鸣和思考,才能使网络文学IP超越粉丝经济的范畴,朝着大众化与精品化平衡协调的方向前进,进一步实现价值的提升。

近年来,相关主管部门开始通过政策调控和行业活动引导网络文学发展。2014年12月,国家新闻出版广电总局推出《关于推动网络文学健康发展的指导意见》,为网络文学发展确定基调,提供保障措施。从2015年开始,国家新闻出版广电总局联合中国作家协会开展"年度优秀网络文学原创作品推介活动",遴选追求真善美、传播正能量的作品并向社会推介。2017年6月,国家新闻出版广电总局发布《网络文学出版服务单位社会效益评估试行办法》,设置了包括出版质量、传播能力、内容创新、制度建设、社会和文化影响在内的5个一级指标、22个二级指标和77项评分标准,对年度考核60分以下的不及格机构给予通报批评,明确提出

---

① 陶东风:《〈人民日报〉刊文对比〈甄嬛传〉〈大长今〉价值观》,http://culture.people.com.cn/n/2013/0919/c1013-22969994.html.

② 虞金星:《赤诚重构传奇(年度推荐)》,http://culture.people.com.cn/n1/2015/1222/c1013-27958310.html.

了对网络文学出版机构进行社会效益评估的目标和方法,要求"把社会效益和社会价值放在首位,实现社会效益和经济效益相统一"。

网络文学IP价值评估中,强调主流价值引导、精神引领、审美启迪,鼓励有文学价值和文化传承意义、具有丰富性和个性化的内容创作,都是社会价值的重要体现。在评估体系中纳入社会效益因素,这既是价值观,也是方法论。

四、评估体系:建构与特点

基于上述探讨,本研究建构了一个由市场价值、内容价值、社会价值三个一级指标构成的综合性评估体系,即"三项指标、一把尺子",旨在对网络文学IP价值进行全面、科学、客观的评估,提供一个服务交易的"通行货币"。这一评估体系力图打破平台和渠道的壁垒,覆盖多平台、多终端的网络文学受众;将普适性与特定性相结合,针对网文IP的不同开发形态进行版本分置和指标微调;采用层次分析法对不同指标进行权重分配,追求综合性、多指标、可操作的特点。

一是综合性特点。网络文学IP价值评估体系的建构逻辑,以社会效益和经济效益"双效合一"为原则,关注原生市场反响,以把握向衍生市场转化的潜力,同时兼顾受众客观行为和主观心理反应,因此综合性是其必然要求。

评估体系由市场价值、内容价值、社会价值构成,三位一体。首先,市场价值聚焦网文作品在原生市场的传播效果、市场影响和作者影响,核心在于受众/粉丝效应:一方面受众对作品的接触广度和深度决定作品的市场号召力,另一方面网络阅读与付费密切相关,受众的付费行为也潜在包含着对作品衍生价值的垫支性预期。其次,内容价值主要反映网文作品在衍生市场的转化潜力,包括题材、内容等内在的文本特点以及外部环境,尤其是不确定的市场生态与政策法规双重视野下的版权风险与政策

风险。最后，社会价值主要观照网文作品在中国语境下的社会影响，反映作品的格调和导向，以及受众的心理评价。

二是多指标特点。评估体系由3个一级指标、8个二级指标、25个三级指标组成，呈树状结构，多层次反映各个维度下的细分方向。

市场价值下设作品传播力、作品影响力、作者知名度3个二级指标。作品传播力方面，由于各平台指标设置繁杂且不尽相同，为便于横向比较，本研究选择了作品在PC端和移动端的阅读数、粉丝数、评论数、点赞数等4个定义基本一致的指标作为三级指标；作品影响力主要关注作品在社交和百度平台上的表现，包括微信、微博、贴吧、百度指数等7项指标；作者知名度则根据作者在社交平台、社区网站的粉丝数来评估。

内容价值由题材、内容、适宜性、风险性等4个二级指标组成，代表作品从原生市场到衍生市场的跨界转化潜力。题材关注作品的独特性和创新性；内容涉及人设、架构、语言等三级指标；适宜性从开发角度看，重点考虑文字文本视觉呈现的难易度；风险性则是对作品是否合规合法的考察。就网文开发逻辑而言，题材是否独特而新颖，故事情节是否富于戏剧性和冲击力，人物个性、语言的表现力、文字视觉转换的适宜性以及法规风险等，对于作品跨界开发的价值实现都具有重要影响。

社会价值在作品导向这个二级指标下，设有作品正能量值和满意度两个三级指标，意图在网络文学作品的市场变量和开发空间中，融入与主流意识形态相关的社会效益因素。具体来说，用满意度评估作品的整体质量，用正能量值衡量作品的思想性。

三是可操作特点。本研究对全部主流评估指标进行了操作性定义，对一些相对抽象的概念也进行了降维处理，以便于界说和测量。另外，对所有指标的数据来源做了说明，包括网络监测、专家评审、其他三大类来源，其中网络监测数据分为网络文学平台数据、社群和社交平台数据、搜索数据等。

本研究将德尔菲法和层次分析法相结合,对各指标进行权重分配,一改以往不少评估体系仅凭经验或感觉为指标赋权的做法,这是促进评估体系科学性和实用性的重要环节。德尔菲法是一种专家评分法,以背对背的判断代替面对面的讨论,通过反复征求专家的意见,使不同意见充分表达,并趋向同一维度。层次分析法是20世纪70年代初由美国匹兹堡大学运筹学家萨蒂(T. L. Saaty)教授提出的一种系统性、层次化、定性与定量相结合的层次权重分析方法,将主观反映与客观评分相结合,近年来逐渐用于评估领域,但在IP价值评估中尚属首次应用。本研究采取层次分析专业软件YaahpV11.2,依据所设计的评估体系搭建指标模型,生成专家调查表并通过电子邮件将问卷发放给30位来自网络出版、网络文学、影视、游戏等领域的业界和学界专家,并将专家评分数据导入软件,进行一致性检验,通过群体决策得到最终的赋权结果。

由于网络文学IP开发涉及影视、游戏、动漫等不同形态,本研究除了建构评估体系的影视版外,还设计了评估体系的游戏版(篇幅所限,本文从略),在保持一、二级指标基本稳定的情况下,针对游戏开发的不同特点,对三级指标进行了动态调整。例如,在内容价值指标的"内容"项下,设置了角色、道具、格局3个三级指标;适宜性指标下则以"技术实现难度"替代影视版中的"视觉化呈现难度"指标;等等。不同开发形态对应不同的价值评估体系,这是本研究落实评估体系可操作目标的又一创新性体现。

五、权重分析与数据处理

本研究采用层次分析法进行权重分配,以量化的方式赋予各项指标不同的重要程度值。赋权不是平权,而是一个区分差异的过程,目的在于在显在的效果与潜在效益、已知生态与未知预期等若干范畴中,找到事物

规律与数理逻辑之间的优化关联,以实现科学评估。

从结果来看,评估体系中市场价值、内容价值、社会价值三者的权重比为 39∶36∶25。其中,市场价值和内容价值两者的重要性相当,权重均超过三分之一,社会价值指标权重占比为四分之一。

市场价值权重最高,接近四成,反映专家们看重网络文学作品在原生市场的效果表现,IP 开发的动力来源与原生市场反响密切关联。这个维度的指标均为客观指标,是基本显性和直接可测的,弹性空间小,是保证评估体系客观性的基础性得分项。

内容价值权重居次,与市场价值差距甚微,反映出内容品质及风险因素之于 IP 跨界开发的内在关键性,已经在一定程度上得到认同,内容本身对于 IP 开发的影响甚大。该维度指标均为主观评价指标。

社会价值首次单独进入评估体系,权重占比最低,为四分之一。作为本研究中新增的评估指标,在评估体系中占有一席之地,但比例不会太高,应在情理之中。社会价值指标亦为主观评价指标。

二级指标中,除作品导向作为社会价值下唯一的二级指标承接其全部权重外,权重排名前三的指标依次是作品影响力(0.16)、作品传播力(0.15)、内容和风险性(并列 0.12)。可见,网络文学作品的价值高低还是要靠作品内容和效果来说话的,作者的知名度(0.08)有影响但相对不那么重要;题材和适宜性(均为 0.06)也有影响,但是显著性略低。

市场价值维度下的三级指标,除纸质书发行指标外,其他数据均来自网络监测,包括社交平台、搜索引擎等数据,通常采用"机器抓取+人工校验"的方式获得。内容价值和社会价值下的三级指标,数据全部来自专家打分。在计算环节,对于离散程度较高、量级差别较大的数据通常采用"排队打分法"进行处理,得出每一个 IP 作品各项指标的得分,再加权求和,即可以获得每一个 IP 的最终得分。

表1 网络文学IP价值评估体系(影视版)

一级指标	二级指标	三级指标		指标界定专家评判	数据来源		
					专家评判	网络监测	其他
市场价值 0.39	作品传播力 0.15	作品阅读数0.05	PC端	作品在PC端、移动端的点击量		√	
			移动端			√	
		作品评论数0.04	PC端	作品在PC端、移动端的评论数		√	
			移动端			√	
		作品点赞数0.02	移动端	作品在移动端的点赞数		√	
		作品粉丝数0.04	移动端	作品在移动端的粉丝数		√	
	作品影响力 0.16	纸质书发行0.01		作品是否印刷成纸质书发行			√
		作品贴吧关注人数0.02		作品在百度贴吧中的关注人数		√	
		作品帖子数量0.03		作品在百度贴吧中的帖子数量		√	
		微博话题阅读数0.02		作品同名微博话题的阅读数		√	
		微博关键词提及量0.03		作品名、作品名加作者、作品名简称加作者在微博中的提及量总和		√	
		百度指数0.03(天均)		作品名称在百度搜索中的搜索指数平均数(整体趋势,包含PC端和移动端)		√	
		微信指数0.02(天均)		作品名称的微信指数平均数		√	
	作者知名度 0.08	作者平台粉丝数 0.02	PC端	作者在签约平台PC端、移动端的粉丝数		√	
			移动端			√	
		作者贴吧关注人数0.01		作者同名百度贴吧关注人数		√	
		作者贴吧的帖子数0.02		作者同名百度贴吧粉丝数		√	
		作者微博粉丝数0.03		作者微博粉丝数		√	

续表

一级指标	二级指标	三级指标	指标界定专家评判	数据来源 专家评判	数据来源 网络监测	数据来源 其他
内容价值 0.36	题材 0.06	独特性 0.04	同类型网络文学作品的多寡，同类型网络文学作品开发成影视作品的多寡，作品成为"爆款"的潜力	√		
		创新性 0.02	作品相比于同类型作品的创新点	√		
	内容 0.12	人设 0.05	主要角色是否个性鲜明、代入感强弱、是否有趣等	√		
		架构 0.05	故事的完整性、线索的清晰性、高潮的震撼性、情节的戏剧性等	√		
		语言 0.02	是否有时代感、画面感和表现力，是否有金句等	√		
	适宜性 0.06	视觉化呈现难易度 0.06	心理描写的呈现、场景的搭建、特效的实现等	√		
	风险性 0.12	政策法规风险 0.08	是否违反广电、出版等相关机构的政策法规，是否涉嫌存在政治、历史、迷信、色情、暴力等方面的问题	√		
		版权风险 0.04	是否涉嫌抄袭（依据相关新闻报道、微博话题、贴吧讨论）	√		
社会价值 0.25	作品导向 0.25	正能量值 0.09	是否弘扬民主、文明、爱国、诚信、友善等社会主义核心价值观	√		
		满意度 0.16	作品整体质量	√		

来源：本研究自制。

六、评估体系再"评估"

本研究对网络文学IP价值评估体系进行了探索性建构,总体上看,该体系的特点主要如下:一是以"三项指标、一把尺子"的方式进行综合性价值评估;二是首次引入社会效益指标;三是采用科学的层次分析法进行权重分配;四是建构评估体系的分版本,以覆盖多形态开发需求,进一步提高评估体系的实用性。

评估体系的建构,是在行业健康发展和市场有序化的追求中起步的,是在不断出现的新问题和新挑战中逐渐成长的,这是一个先有再好、不断改进和创新的过程,不可能毕其功于一役。目前,在评估体系的研究和应用中,还存在一些问题。

首先,网络文学IP的开发需要较长时间的培育、孵化和转化,其价值实现不仅受原生市场表现的影响,还受创意及内容价值等因素的影响,与具体开发过程、营销和推广等环节也息息相关。本研究所建构的评估体系,基本上着眼于截面式、点断式的评估,尚缺乏对其他环节和过程的关注。

其次,内容创意是IP跨媒介叙事的起点,从测量指标看,内容模块以非显性的主观心理指标为主,数据来自相关行业的专家。要把握文本特性和改编的适宜性,还需要进一步细分指标,但是,指标增多不仅会导致评估工作量进一步加大,也会增加由于对指标内涵的理解不一致而带来的信效度风险。另外,IP开发具有跨专业性质,指标设置要兼顾文学、广播电视学、戏剧影视学、动漫艺术学、传播学等多学科知识,需要不同领域的专家协同评估,不是单一专业或学科可以完全覆盖的。如何在指标设置、专业配合和操作效率之间找到平衡点,仍有待探讨。

再次，市场价值指标均与受众效应有关，但是这类评估尚无统一标准。以目前阅文、掌阅、百度、阿里、中文在线五大网络文学集团来说，不同集团旗下的网站在 PC 端和 APP 移动端都建立了各自的指标体系和统计标准，相互之间不仅指标名称存在差异，统计方式也不尽相同，而且不同平台之间数据未能打通，形成"数据孤岛"。另外，第三方机制的缺失，增加了人为干扰和虚假数据的可能。这一切都对以全网为基础的数据采集和统一评估造成了困扰，影响了评估体系的建构和优化，也影响了评估实践的有效推进。

最后，社会价值维度中的满意度评估，缺乏社会大众的参与。虽然市场价值维度已经多少反映了受众投票的结果，但是情感和态度表达仍然需要专门的出口，而且社会价值本身离不开广泛的社会基础，不应只有质的评判，也应有量的支撑，表现为广大受众的认同和满意。然而，受时间和资源的限制，这方面数据不易获取，能否采用简化抽样或其他方法变通和改进，亦有待考察。

原载于《现代出版》2021 年第 1 期

网络文学报道：全方位观察和在场性传播

只恒文

在纸媒面临互联网新媒体巨大冲击的背景下，《中国青年作家报》（以下简称《中青作家报》）于 2018 年 12 月 25 日的创刊有一种"迎难而上"的气魄。创刊后，《中青作家报》迅速抓住网络文学这个当下重要的文学现象，并于 2019 年第一季度开始推出网络文学相关报道。

对话知名网络文学作家，追踪网络文学前沿动向，体现青年作者创作审美，助推网络文学正向发展——《中青作家报》对网络文学进行了全方位的观察。截至 2021 年底，《中国青年报》《中青作家报》及"中国青年作家报"微信公众号、中国青年报客户端、中国青年网等共计刊发了一百余篇有关网络文学的报道。《唐家三少、何常在、夜神翼、骁骑校等知名网络作家，热切关注"百年百部"活动》《观红船 学党史 话创作：青年女性网络作家南湖之畔的"追寻"》《血红、匪我思存、管平潮、阿菩、静夜寄思、夜神翼、萧鼎：网络文学作家从这个英雄城市再出发》《网络作家与时代"同频共振"》《网络作家从"红岩精神"中汲取力量》《那些偷偷读网文的孩子们长大了——网络文学评论高研班采访手记》《中国作协为何下大力气培养青年网络作家——专访中国作协网络文学中心副主任何弘》《让中国网络文学从"表达场"到"见证地"网络作家积极拥抱数字文明》《90 后网络文学作家的精神之源和审美追求》《19271007——跨越时空的数字密码和精神财富》……这些发自现场的报道，内容涉及网络文学重大事件、代表性网络作家访谈、读者心声、网络文学评论、文学网站编辑意

见等,较为客观地展现了我国网络文学当下的整体面貌。这些报道紧跟国家重大文艺政策,重在引导网络文学青年作者和读者的思想成长,显示出作为主流媒体的责任和担当,在报道网络新文艺的建设性实践和探索方面有所建树和思考。

一、网络文学报道的建设性引导

网络文学经过二十多年的发展,已经成为"房间里的大象",它拥有数以千万的作者,读者用户规模达4.67亿人,在影视改编和网文出海等方面取得了有目共睹的成绩。关注和引导网络文学的发展已经成为主流媒体新的时代使命。

近年来,网络文学研究日益成为一门"显学",但学术研究成果多为"阳春白雪",面向的是学者群体,较难普及大众。虽有不少自媒体的"网络文学"推文,但因其重在运营流量和平台利益等原因,对网络文学往往存有"私心",无法客观地呈现网络文学的全貌。

一定程度上来说,主流媒体的品牌优势和可信度能为网络文学作家的作品和研究成果提供展示平台,主流媒体的报道是网络文学发展的风向标,对引导网络文学作家创作和学者研究有着积极影响。《中青作家报》作为《中国青年报》的子报、主流媒体的一员,在"对话名家"和"文学评论"专版刊登了大量网络文学作家访谈和网络文学评论文章,在引导网络文学读者和作者方面有整体规划和侧重点,重点关注青年群体,有着明显的建设性。

"建设性"概念主要强调两个方面:一是指事物发展的方式及过程,即阐释与推论;二是指事物发展的方向,即积极与改善。……其中"积极与改善"与建设性新闻传播的积极效果相呼应,进而体现了媒体的建设性与社会发展的平衡。①《中青作家报》报道网络文学呼应了这一网络新文艺的发展过程,并重在积极改善网络文学的"生态"环境,力图引导网络文学创作者思想上的健康发展和艺术上的传承创新。

网络文学的发展不仅需要网络文学作家的辛勤耕耘和网络文学研究者的深入研究,还需要主流媒体的关注和引导。鉴于此,《中青作家报》的网络文学报道的指导思想,不仅需要有利于调动网络作家的创作激情,还必须在一定程度上为国家文艺政策的落实和推进保驾护航,引领创作倾向、读者趣味和研究热点,其建设性作用不言而喻。中国作协网络文学中心副主任何弘高度评价说:"《中国青年作家报》创刊不久,即敏锐地抓住(网络文学)这个重要的问题,连续推出网络文学评论专版,对促进网络文学的健康发展起到了积极的推动作用。"②

二、网络文学报道的主动性介入

《中青作家报》编辑部秉承《中国青年报》"服务青年成长"的主旨,主动联系青年、服务青年,引领凝聚全国各地的青年写作者,目的是"和新时代的文学青年一起长大"。

青年群体是本报记者在网络文学报道中重点关注和服务的对象。数据显示,网络文学占比最大的读者集中在15—35岁,根据中国作协2021年5月发布的《2020中国网络文学蓝皮书》显示:95后正在成为创作主力。网络文学的发展纷繁芜杂,关涉海量信息点,《中青作家报》始终牢固树立品牌意识,通过网络文学青年作家实现与青年读者、青年研究者的三方连接,努力打造该报的品牌效应。

---

① 殷乐:《建设性新闻:要素、关系与实践模式》,《当代传播》,2020年第2期。
② 何弘:《网络文学评论青年有话说》,《中国青年作家报》,2019年4月16日。

通过对《中青作家报》这三年网络文学报道的梳理可以发现,"青年""90后"是报道中的高频词,这些"青年"既包括作家、读者、研究者,也包括网络文学网站编辑等。青年读者很容易从该报的报道中找到契合自身的阅读体验和情感共鸣,久而久之,这种感性的阅读体验就能上升为一种品牌的象征效应,使读者从众多报道中识别《中青作家报》对青年的持久关注,进而有利于该报独特品牌价值的实现。

作为互联网"原住民"第一代,90后是与网络文学一同成长的。《中青作家报》网络文学报道的主动性介入,首先是立足于把90后作为独立观察者,以90后的声音作为传播的主体。

本报记者在2021年7月参加中国作协在北京举办的"网络文学评论高研班"后,立即组织与会的90后青年学者(含在校学生)撰写了一组《网络文学评论——90后的声音》(刊发于《中国青年报》2021年9月13日第7版),编者按中这样写道:"在他们的笔下,我们能感受到文学传统对于新青年写作者的滋养,更可喜的是他们的网络文学批评语调与风采:纯净天然,有趣真诚,有筋骨、有温度,有'批评精神',有朝气、有锐气。线上线下,在新的文学批评场域,更多年轻一代敢于表达观点,勇于发出强音——这正是我们所希望看到的新时代网络文艺评论。"这组评论与2021年8月中央宣传部等五部门联合印发的《关于加强新时代文艺评论工作的指导意见》精神一致,敢于直面问题,有建设性观点,文风清新鲜活,引发了网络文学业界的关注和热烈反响,也从一个侧面体现出了报道的着重点和本报的传统,可谓新闻建设性的有效实践。

其次,在内容选取方面,《中青作家报》对网络文学进行全方位观察,包括国家宣传文化领导部门对网络文学作家的培养和引导、网络文学精品化、现实题材、文学传统、红岩精神、网络文学与读者成长等。这些内容有全局视野,立意高远,既紧跟国家网络文艺相关的重大政策,又符合网络文学特征,具有鲜明的时代性。内容选取的本身就是挑选、接受、评价和引导的过程。

再次,随着新媒体技术的快速发展和普及,受众对高质量的内容需求日益增加。记者凭借多年的新闻实践经验,精心撰写优质内容,善于抓住读者的关注点和兴趣点,报道的内容可读性强。网络文学作品体量巨大,数量多、篇幅长,作为记者不可能全读,但又不可以不读。记者在案头工作的基础上,进行了融合性采访和观察的创新实践。通过与网络作家广交朋友,与采访对象建立感情联络,通过阅读网络文学作品、了解作家人生经历,深度挖掘作家的精神气质,引导青年创作群体,以使报道更加贴近网文发生现场,也有利于网文爱好者全方位了解自己喜爱的网络文学作家和网文行业。

"文学艺术来源于生活,又高于生活。"《中青作家报》主动介入网络文学报道的积极实践,同样需要"生活场"的强力支撑,进入人物的内心和网络文学的内部是关键一环。

从70后至00后"四代同屏"的网络文学作家队伍彰显出的旺盛的创造、大胆的想象、强烈的互动、勤奋的劳作,都为记者主动性介入网络文学报道提供了切口,有利于记者以多视角的报道鼓舞和提示青年作家,也为主动性介入报道的不断探索提供了无限的空间和更多的可能。

三、网络文学报道的在场性传播

受众是拉斯韦尔"5W"传播模式中至关重要的一环。在新媒体时代,受众已由早期的被动接受者变成了新媒体服务和产品的最终客户(消费者)。受众不仅接收、消费信息,甚至参与信息的生产与传播,主动诠释信息,从而扮演了信息的接收者、消费者、生产者、传播者四重角色。①

作为主流媒体,《中青作家报》积极探索面向新媒体时代的受众推广策略,在"内容为王"的基础上,充分发挥中国青年报客户端、中国青年网等平台快捷的特点,借助新技术的力量,探索强化网报的融合,通过音频、视频和公众号,让读者找到了"扫一扫,更精彩"的体验感和可视化,以适应新时代受众的需要。此外,强调多方受众的在场性,是扩大报道影响面的有力举措。

自报道网络文学伊始,《中青作家报》不仅报道了唐家三少、管平潮、蒋胜男、辛夷坞、爱潜水的乌贼、我本纯洁、陈酿、麦苏等知名网络文学作家,还专访了中作协网络文学管理部门的负责人,开设了"网络文学百字谈"专栏,邀请山东大学本科生、研究生等青年读者对网络文学发表意见,其中不乏闪光的金句与犀利的批判。另外,在网络作家专题培训班、"红岩精神""红船精神"等相关报道中凸显了网络作家的精神传承。在这些报道中,网络文学报道相关的主体都是"在场"的。

在所有的报道中,《中青作家报》都强调记者和编辑要着眼社会,走

---

① 宫承波、田园:《新媒体时代受众生态的变迁》,《青年记者》,2014年第3期。

入网络文学现场,积极参与到报道中去。这样一来,报道对象在参与报道的过程中会自觉不自觉地考虑自己发声的有效性和建设性,调整发声内容,以契合《中青作家报》的办报理念和对网络文学的引导。

中作协网络文学管理部门重要领导的在场,可及时传达国家重要的网络文艺大政方针,为网络文学作家领航、把脉,给网络文学作家提供创作方向的指引;网络文学作家的在场使记者能近距离接触网络文学创作者,有利于深入挖掘青年网络文学作家的创作理念、创作心态和创作技巧,并将他们的创作经验传达给其他青年文学创作者;青年学者的在场可以有效实现评论与创作的对接,有利于让网络文学作者和读者了解当前的批评动向,提高青年创作者的理论高度和思想深度;网络文学网站编辑的在场则对网络文学作家了解文学网站的指导思想、选稿倾向,以便在创作时"避坑",创作出既符合文学网站筛选标准又具有较高品质的作品,赢得更多读者的喜爱有积极作用;在所有的报道中,记者和编辑作为稿件的采编者和把关者的在场也至关重要。

记者在报道内容上深耕细作,巧妙使用文学叙事的手法,让报道有血有肉,常常能激发出读者的情感共鸣。例如,在报道《19271007——跨越时空的数字密码和精神财富》(《中国青年作家报》2021 年 10 月 26 日第 1 版)中,标题和开头巧妙地利用数字"19271007"制造悬念,使用了小说的叙事技巧,引导读者沉浸于阅读,唤起读者的想象力。在文章的结尾部分,通过引用 90 后青年作家涂燕娜的日记内容,来表现青年作家在井冈山参加专题培训班的心得体会,是较为感性的、富有情感的报道方式,极易打动读者的内心。记者在文学叙事手法的运用中实现了"不在场的在场",也使得网络文学报道与报道对象网络文学有呼应,这就容易得到网络作家的认可,吸引读者的阅读。

《中青作家报》多篇网络文学报道都被中国作家协会官网等主要网站转发，这既是对记者报道的认可，也有利于扩大报道的传播面。

四、网络文学报道的有效性思考

新闻报道的生命是真实。但在真实的基础上，适当运用文学叙事手法，有利于增加报道的趣味性和可视化，调动受众的参与感，拉近报道与受众的距离。在媒体融合时代，读者每天都在面临碎片化知识的轰炸，能让读者有印象的内容往往是能够唤起读者良好的阅读体验、在情感上与读者有连接的内容。在很多报道中，记者都采用了直接引语的方式来呈现报道对象的性格和真实心理，使报道更有人情味。另外，像"蒙太奇"手法、散文笔法的运用，都能很好地调动读者阅读的参与感，使读者获得精神上的感动和满足。《中青作家报》记者近三年对网络文学的全方位观察和参与性叙事的思考与启示、方法和意义，主要体现在：

1. 审美和引导

记者在综合运用有效叙事手段的基础上，注重报道网络文学的审美性和引导性原则，注重现场感和传播效应。创作个性强烈的 90 后网络文学作家，有着这一代人独立的审美追求和精神之源，这决定了他们的格局、境界和志向，也为新时代文学开辟出更多的可能性。面对海量和内容多样的作品，面对由网络文学生成的影视、游戏和动漫，媒体记者首先要增强定力，提升能力和素养，尽可能多阅读网络文学作品，与作家的交流既要坦诚，也要有独立的思考。《中青作家报》第一时间把这种思考、把新的思想传递给受众，从而达到激励作家创作，引导青年读者的目的。

2. 体验和效果

脚下有多少泥土，内心和笔下就有多少真情。仅 2021 年，记者就先后到杭州、嘉兴、武汉、重庆、深圳、乌镇、温州、井冈山等多地网络文学活动现场采访,特别是10月中旬在井冈山进行了一周的实地采访,记者与新兴领域青年大学习暨全国青年网络作家"青社学堂"专题培训班的青年学员在一起,顶风冒雨,一堂课都没有缺席,体验"红军的一天"情境教学,"学编红军草鞋",重走"挑粮小道"……记者把这些符合青年特点、带有"体验+沉浸+互动"特色的主题教学,以一组数字+视频把它们"并联"起来,把井冈山上沉淀的历史故事和革命精神,把青年网络作家和编辑跨越时空的数字密码背后的发现和探寻,转化为全媒体独家报道:《19271007——跨越时空的数字密码和精神财富》。该报道有深情和柔情,有思想和活力,文字耐人寻味,视频精彩感人,达到了极佳的传播效果。这再一次表明,来自现场的发现和践行"四力",决定了报道的视野、境界和传播的效果。

3. 差异和互补

记者在报道网络文学的同时,还参加了大量传统文学的相关活动并进行报道,也采访和编发了许多当代传统文学名家作品的文学评论。网络文学与传统文学的差异明显,但正是这些差异使二者有了对话的可能。在报道网络文学的过程中,记者系统地思考了报道网络文学和传统文学的差异和互补问题,也有意识地在报道中呈现网络文学和传统文学的互补性。记者同时深入传统文学和网络文学的报道现场,有利于在中国当代文学的整体中把握对网络文学的报道,对尚在形成中的网络文学报道方法、网络文学评价体系和网络文学批评理论的建构都有一定的积极意义。

五、结语

毋庸置疑,在资本的驱动下,中国网络文学的发展过程中还存在一些

问题,规范和引导网络文学作家创作精品化,对青少年读者群体和整个行业的健康发展尤为必要。网络文学作为新文艺的重要组成部分尚处在不断变化发展的过程中,对这一社会热点和文学热点的跟踪报道,应该在贴近现场的全方位观察中着眼后续发展,关注持续性的过程并助益问题的解决,突出报道的叙事性引导和传播效用。主流媒体是网络文学发展的重要主体之一,通过全方位观察和参与性叙事对网络文学进行报道未有穷期。从这一层面来说,《中青作家报》的创刊和集中报道网络文学是极有远见和胆识的,其网络文学报道的全方位观察和在场性传播的实践希望能为主流媒体关注新媒体文化提供有益的启示和参考。

原载于《全媒体探索》2021 年第 12 期

网络文学的情感劳动、内容生产和消费解读

——基于平台经济视角

李敏锐

随着互联网技术的迭代,网络文学经过二十余年的快速发展,已经成为我国文化领域重要的组成部分,甚至被文化产业誉为和韩国电视剧、日本动漫、美国大片并列的四大世界级影响力文化输出。在自身拥有4.67亿[1]线上阅读受众的同时,网络文学还是影视、动漫、游戏的重要内容源头,拉动了数字文化创意产业,有效带动了我国文化产业的发展。与传统劳动过程相比,数字劳动的劳动场所和要素都发生了变化,这种转变将会深刻影响雇佣关系、劳动的控制过程和劳动报酬支付形式。[2] 建立在数字经济基础上的网络文学改变了传统文学写作、传播与销售方式,促成并加快了本身的产业化与资本化,使之从传统文学的附属品变成独立的文学品类。网络文学发生了巨变,它的变化进一步证明网络文学不仅仅是网络与文学的结合体,更是商业与文学的结合体。

在这种背景下,纯粹用传统文学研究框架无法解释网络文学的全貌,无法理解为什么"类型化"的网络小说大行其道,从而无力解决网络文学所存在的系列问题。文学是时代的先声,也是社会的产物。本文以平台经济为理论框架,从平台情感劳动视角出发,结合社会现实与网络文学生态,重新阐释当下网络文学外在特征和内在属性,以及网络文学的生产模

---

[1] 中国互联网络信息中心(CNNIC):中国互联网络发展状况统计报告(第47次),http://www.cnnic.net.cn/hlwfzyj/hlwxzbg/hlwtjbg/202102/t20210203_71361.htm.

[2] 韩文龙、刘璐:《数字劳动过程及其四种表现形式》,《财经科学》,2020年第1期。

式与销售方式,并以此为切入点,尝试对网络文学存在的问题提出解决之道。

一、相关研究回顾

研究网络文学之前,必须先弄清楚网络文学的概念。传统文学强调网络文学的文学性,对网络文学概念的界定分为两种路径。第一种路径从通俗文学论出发,认为网络文学是指首发于网络、在线连载的超长篇通俗小说。[①] 第二种路径从新媒介文学论出发,将之定义为以互联网和手机等数字媒体为中介进行生产、传播和阅读的文学类型;[②]或者是以网络为媒介的新消遣文学。[③] 大部分学者认为签约作者享受了"自由写作",并没有主动承担对于社会和文化的责任担当,因此签约作者往往被冠名为"网络写手",很少被称为"网络作家"乃至"网络作者"。[④] 社会科学更多的是从数字视角看待网络文学,视其为平台经济的一种。网络文学诞生之初也是中国互联网技术崛起之时。强劲的数字技术,促使生产方式发生了变革。一种依托数字基础设施和网络系统的平台经济形成。[⑤] 这种可以收集、处理并传输生产、分配、交换与消费等经济活动信息的一般性数字化基础设施,称为数字平台,它为数字化的人类生产与再生产活动

[①] 郑崇选:《新媒介文学的发展态势及其文化形态分析》,《南京社会学》,2011年第6期。

[②] 许苗苗:《网络文学:驱动力量及其博弈制衡》,《厦门大学学报》(哲学社会科学版),2015年第2期。

[③] 邵燕君:《以媒介变革为契机的"爱欲生产力"的解放——对中国网络文学发展动因的再认识》,《文艺研究》,2020年第10期。

[④] 曾照智、欧阳友权:《论网络写手的"文学打工仔"身份》,《东岳论丛》,2014年第9期。

[⑤] 胡慧、任焰:《制造梦想:平台经济下众包生产体制与大众知识劳工的弹性化劳动实践——以网络作家为例》,《开放时代》,2018年第6期。

提供基础性的运算力、数据存储、工具和规则。① 基于此,社会科学研究者大体从以下三种路径进行研究。从异化劳动理论出发,在网络文学平台化运作时期,网络作家沦为真正意义上的"数字劳工",劳动的动因异化为对高额商业利益的追逐。② 从劳动过程理论出发,网文平台通过产量竞赛、创意规训以及权责置换等方式,实现了对网文写手的"执行""概念"与"契约"的三重控制,确保网文写手能够进行连续性、高质量和高承诺的劳动供给。③ 从众包生产模式理论出发,网络文学产业平台通过制造"梦想"的机会和技术控制,重建劳动价值体系,使网络作家积极地参与到自我规训的生产过程之中。④ 尽管网络文学从诞生之初至今已经有二十余年的历史,但是学术界对于网络文学概念却言人人殊。究其根源,笔者认为是因为数字经济发展日新月异,建立在数字技术基础上的网络文学从传统文学的附属品发展到拥有独立的生产模式及完善的产业链,这种质变的路线难以用一词概其全貌。梳理完相关文献可见,尽管传统文学与社会文学对于网络文学的商业性存在分歧,但是网络时代却与消费时代重叠,在这种背景下,签约作者的情感输出肯定是要打上商业的烙印。⑤

社会学家霍克希尔德(Hochschild)通过对空乘人员劳动过程的研

---

① 谢富胜、吴越、王生升:《平台经济全球化的政治经济学分析》,《中国社会科学》,2019年第12期。
② 蒋淑媛、黄彬:《当"文艺青年"成为"数字劳工":对网络作家异化劳动的反思》,《中国青年研究》,2020年第12期。
③ 张铮、吴福仲:《数字文化生产者的劳动境遇考察——以网络文学签约写手为例》,《同济大学学报》(社会科学版),2019年第3期。
④ 胡慧、任焰:《制造梦想:平台经济下众包生产体制与大众知识劳工的弹性化劳动实践——以网络作家为例》,《开放时代》,2018年第6期。
⑤ 邵燕君:《以媒介变革为契机的"爱欲生产力"的解放——对中国网络文学发展动因的再认识》,《文艺研究》,2020年第10期。

究,提出情感劳动(Emotional Labor)的概念,指出情感的商业运作已经成为服务业、零售业等行业的重要内容。她认为从事情感工作的劳动者提供服务的过程,类似体力劳动者制造商品的过程:双方均受制于规模生产的法则,但是情感服务更多地归属于机构而非个人。① 随着数字技术的发展,平台劳动作为一种新型劳动形式,越发普遍化。平台服务通过满足消费者的情感欲望获取收益,平台情感劳动者提供的情感无须依托线下服务或者实物,直接成为具有交换价值的商品。在此,计算机软硬件和网络服务搭建的数字平台不仅成为劳动者的生产资料,更是情感劳动的载体:满足特定期待的情感以文字、图片、音频、视频等媒介信息形式在数字平台上(以及在不同数字平台之间)传播和交换。② 本文认为网络文学虽然是商业与文学的结合体,但是网络文学包含着签约作者的情感劳动,理应具备情感消费品的属性。

二、网络文学生产模式的变革:"写作"走向"生产"

20世纪90年代末期,网络文学开始兴起,这个阶段网络文学只是作为传统文学的附属品,网络文学网站本身并不具备独立营利的能力,网站上的作品免费分享给读者阅读,网络文学作者并不创造商业利润。2003年VIP收费制度确立了网络文学作品的商品属性,使得网络文学作品成为一种可以销售的情感消费品,同时是网络文学作者从"写作"走向"生产"的标志。网络文学网站作为一个"售卖场",向生产者(作者)收取一定比例的分成。此时网络文学作者类似"计件工",网络文学网站按照其

---

① [美]阿莉·拉塞尔·霍克希尔德:《心灵的整饰:人类情感的商业化》,成伯清、淡卫军、王佳鹏译,上海:上海三联书店,2020年版。
② 姚建华、王洁:《虚拟恋人:网络情感劳动与情感关系的建构》,《青年记者》,2020年第25期。

实际生产作品的数量计算薪酬。为了更多地获利,文学作为作者个人意识形态的意义遭到抛弃,用户(读者)的代入感与"爽"感成为作者创作时的首要目的。2008年盛大文学集团成立,它改变了网络文学网站仅作为"售卖场"的职能,着手对网络文学网站内的作品进行全版权运营。之后,大量资本进入网络文学行业,网络文学网站进入平台化运行模式,开始大量雇佣员工,并促使了一种新的职业诞生——网络文学签约作者。自此,网络文学平台成为资本方,读者变为消费者,签约作者成为负责满足用户欲望的数字劳工,"劳—资—客"三方关系形成。如此,在消费社会、网络空间的场域下,网络文学生产模式形成(如图1所示)。

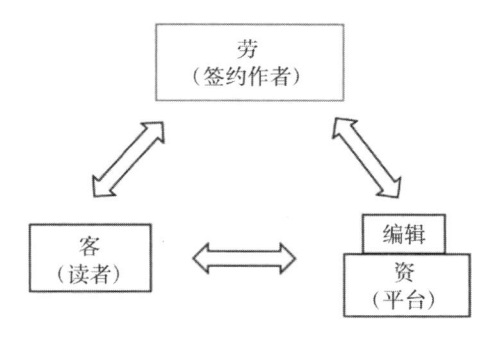

图1 网络文学生产模式

网络文学生产模式的确立不但打破了印刷媒介主观能动性的凝固化,作者可以随时获取读者反馈并及时更新剧情,而且打破了以作者思维为主导的传统文学单一叙事模式。在这种生产模式下,作者的主体意识被部分剥离,必须让渡一部分主观意识给平台。平台为了控制单个作者的创作内容,确保生产出来的产品符合消费市场的需求,于是网站编辑的权限被放大,他们充当着替平台挑选作品的角色,一方面要求作者根据读者反馈或者以往的市场经验进行内容创作或者内容修改,如果作品销量不佳,甚至会建议作者弃文;另一方面,会根据平台的要求,定期推荐作品参与平台市场推广。读者成为消费者,不但可以借助互联网上信息快速

沟通性参与到作者创作过程，甚至还可以与作者在线讨论创作思路。网络作品被高度商业化，消费者（读者）的情感欲望满足与否成为网络文学作品好坏的评判标准。评价标准是理性行为的指挥棒。这种评判标准必然导致网络文学的发展必须遵循市场经济规律：如果一类作品受欢迎，即进行大量复制；如果不受欢迎，则快速被新的产品更替。即便一部作品还处于创作过程中，如果它不受读者欢迎，平台会选择对其进行放弃处理，转而把资源投入其他作品。随着网络文学生产模式大范围的推广，网络文学行业不断地完善，形成一条完整的网络文学产业链：上游原创内容制造、中游影视剧改编为主的IP开发、下游全版权开发与变现。通过全产业链运营，一部网络作品的利润会被放大数倍，网络文学的商业价值获得全面的开发。

三、网络文学作品的内在异化

网络文学生产模式的全面铺开，必然导致网络文学作品会存在大量类型化、同质化的现象。从2003年VIP制度确立算起，近20年间产生了成千上万本网络小说，根据传统文学的常识推断，这些小说的剧情与主角应该各具特色，但是纵观网络文学市场上流行的桥段与主角形象，绝大部分趋于同质化，而大量读者明知情节雷同，依然前赴后继贡献着点击率。解释这种传统文学看来的反常现象，必须跳出文学文本，借助平台经济理论，从网络文学生产模式视角出发，才有可能找到答案。

首先，从网络文学生产来看，类型文适合大批量生产。在网络文学生产模式中，网络文学作品作为一种情感消费品，情感在此成为一种具有交换价值的商品。计算机软硬件和网络服务搭建的数字平台不仅成为劳动者的生产资料，更是情感劳动的载体：满足特定期待的情感以文字、图片、音频、视频等媒介信息形式在数字平台上（以及在不同数字平台之间）传播和交换。① 为了获得盈利，签约作者必须学会操控读者的情感欲望，一旦这种操控变成一种"满足—上瘾"机制，才能真正地驯服读者，令读者成为自己的粉丝。所以网络小说篇幅大多非常长，动辄一百万字，一个情节紧扣下一个情节，作者每天持续定量更新，使作品与读者之间产生黏合效应，如果不及时更新或者更新速度太慢，则会被读者抛弃。所以，最佳的创作模式就是在固定模式下进行内容编写，因为这种"固定内容模式"是已经被消费市场"检阅"、属于可以"获利"的文字内容，按此模式生产出来的作品是"安全可靠"的。

以霸道总裁类型文为例，它的基本设定见表1：

表1　霸道总裁类型文的基本设定

小说要素	人物标签
男主角	总裁物质财富丰厚、社会地位较高、性格霸道、身形健硕。
女主角	家庭贫困、社会地位较低、心地善良、身体柔弱，情感经历为零。
基本剧情	霸道总裁爱上普通女孩的爱情故事。

霸道总裁类型文给广大女性展现了一个可以接近中产阶层及以上的阶层的机会，这个机会看上去非常容易获取，仅仅是通过女性的美貌和身体就可以换取。女性读者在阅读霸道总裁类型文时，极其容易把"平凡"的自己代入到文中"平凡"的女主角身上，幻想着自己也会有朝一日遇见爱上自己的"霸道总裁"，假性物欲与情感需求获得极大的满足，这就是霸道总裁类型文带给女性读者的"爽"感。在市场的号召下，大量签约作者加入霸道总裁类型文的制造过程中，实现从"情"到"钱"的变化。

---

① 姚建华、王洁：《虚拟恋人：网络情感劳动与情感关系的建构》，《青年记者》，2020年第25期。

其次,从网络文学的销售来看,类型文非常方便平台开展宣传与售卖。打个比方,人们去超市购物时,商品会分门别类摆放在货架上任由顾客挑选,售货员还会把打折促销商品或者刚刚上市的新品摆放在超市最显眼的位置,以便顾客一进超市就能看见这些商品。消费者(读者)可以根据自己的情感需求,在平台的推荐页面进行挑选不同的类型文,尝试不同的"爽"感和代入感。平台根据消费者(读者)阅读喜好的数据调整销售方向,并把数据反馈给编辑,通过编辑控制签约作者"内容生产方向";另外,平台会根据市场发展需要,制造新的情感欲望,开发新的类型文,引导消费者(读者)情感需求进行消费。网络文学生产与销售模式都决定了网络文学的类型化特征。

最后,类型文并不是固定不变的,当一个类型文发展到饱和阶段,消费者(读者)呈现明显的阅读疲惫,新的类型文会孕育而出。这并不是偶然现象,而是体现了一定的规律性,这种规律即市场经济发展的一般规律。消费市场上某种商品趋于饱和,消费者的消费欲望不再旺盛,自然就会诞生新的商品。以女性穿越文为例,最开始的穿越文直接继承台湾言情小说的"男强女弱"的爱情模式,女主角全心全意谈情说爱,对于权力与财富的欲望并不太浓烈,代表作有金子的《梦回大清》、桐华的《步步惊心》等等。接着,宫斗类型文从穿越文中分裂出来,充满欲望的女性角色出现在各种皇权斗争中,宫斗文中的女主角也被赋予"大女主"的称谓,代表作有流潋紫的《后宫:甄嬛传》与《后宫:如懿传》。之后,种田类型文兴起,女主角们一改"大女主"对权力的渴望,转而承认男性的领导权,并在这种环境中积极寻找适合自己的位置,代表作有关心则乱的《知否知否应是绿肥红瘦》。类型文的变化并不是由一方决定,而是在"劳—资—客"三方共同的作用下发生的,"所谓类型并不是任何人规定的,而是作者和读者在长期的文学实践中以真金白银协商出来的契约,它和人的基本欲望模式、思维模式、阅读模式深层相关。"①

总而言之,网络文学生产模式导致网络文学类型化现象。在这种生产模式之下,网络文学生产必须以获得利润为内在驱动。在利润的驱动下,作者生产着满足各类情感需求的网络类型小说,不断满足读者各类情感需求来完成利益的获取。而网络文学的类型化也有效地促进网络小说批量生产,并导致读者习惯性享受快餐式的一次性情感消费行为,而不是去追究内在营养的贫乏与空洞。这种情感消费行为如果不加以干预,而是任由网络文学平台逐利而行,将会导致网络文学彻彻底底丧失其文学意义,不但没有满足人的精神性需求,反而培养了读者对网络文学这种情感消费品的更大欲望。

四、良性生产模式的建构:"有意义"的网络文学作品

平台化运营模式下,网络文学作为情感消费品,它必须要在消费市场上流通,并接受消费者的检阅;它的目的是为宣扬物欲为主的消费文化服务,所以它的文本里充斥着大量对个人欲望的描述,不断刺激着消费者(读者)的私欲;它必须推崇中产阶层及以上阶层的消费观念,不自觉地屏蔽底层文化,或者故意夸大底层文化中的迂腐与落后,以求获得更多的公众关注度。这些现象并不令人费解。郑也夫在《后物欲时代的来临》中提到:"消费演进的最后阶段,是完成它对一代民众的塑造。自然,这是通过设置、行动、话语、氛围,全方位的诱导而完成的。最终它成功了,驯化的工作完成了。消费的动机和习惯内化到了亿万人心中。"②占据大

---

① 邵燕君:《从乌托邦到异托邦——网络文学"爽文学观"对精英文学观的"他者化"》,《中国现代文学研究丛刊》,2016 年第 8 期。
② 郑也夫:《后物欲时代的来临》,北京:中信出版社,2018 年版。

众话语权的消费文化不断地对消费者进行驯化,身处这种时代背景之下,任何作者在其创作过程中毫无质疑会受到消费文化的驯化,不自觉地为其服务。网络文学生产模式加剧了网络文学商品化,一方面令网络文学行业不断扩张,另一方面,也令网络文学行业不断逐利而行,不断抛弃文学最重要的社会公共关怀的意义。

网络文学遵循消费市场规律折射出种种缺乏抵御力的现象,也是反观消费文化对文学发展甚至社会发展的一种有效契机。2008年与2014年两次"净网"行动,迫使网络文学的"文学性"加重,担负起传播"正能量"的主流文化功能。网络文学作者在网站发表收费作品时需要与网站签署具有法律效应的合同,实行实名制登记。这意味着网络文学不再是纯粹"自由之地",它与传统文学一样,必须接受统一管理和相关约束,并被纳入社会主义文化的大格局中。从长远来看,这非常有利于网络文学的健康及长久发展。尽管网络文学须遵从消费市场规律才能获得更多生存动力,但一味地追求商业效应会让其失去文学性。在网络文学产业中,有必要在社会主要矛盾变化、时代发展、社会主义核心价值观和社会文明的大格局之下,科学调整网络文学的文学属性与商业属性的内在结构,合理调配、规制网络文学类型化的外在特征,从而实现网络小说产业应有的价值目标,既体现经济效益,更体现社会效益。

文学性与商业性并不冲突,完全可以共存。类型文是被文化消费市场检验过"合适"消费者的叙事模式,它的死板性和规律性令"情节抄袭"与人工智能写作软件获得了实现的可能性,但是在网络作者与读者的共同努力下,我们还是看到了不断更新换代的网络文学类型文。当下的网络文学题材不断扩展,不断涉及社会民生问题,力求捕捉到这个时代的方方面面。正如习近平总书记所指出,"我们的文学艺术,既要反映人民生产生活的伟大实践,也要反映人民喜怒哀乐的真情实感,从而让人民从身边的人和事中体会到人间真情和真谛,感受到世间大爱和大道"。① 网络文学发展必须坚持文学性,发挥文学的主体意识形态,警惕商业化造成文本工具化的负面影响,才能实现网络文学美好和谐的艺术前景。

基于此,现有网络文学生产模式必须进行改革,才能解决网络文学商业化加剧的问题,从而引导网络文学高质量发展。具体而言,与现有生产模式相比,可增加以下三块模式:第一,需要相关法律法规对签约作者的劳动行为进行明确界定与权责赋予,积极肯定签约作者主体的成果正当性,保障签约作者享受应有的福利、待遇与社会保障。第二,建立相关行业协会及监管机构,协调平台与签约作者之间的权益纠纷,维护签约作者正当权益。第三,从创作者个体来看,提高签约作者整体文学素养。长期以来,网络文学作品有数量缺质量,这样的局面不但不利于网络文学健康持续发展,也愈发导致中下层网络文学作者群创作欲望的缺失。提高签约作者的整体素质,也能增强其在劳动过程中的话语权。保障广大网络文学作者的工作体面性既是对劳动个体的权益保障,也是网络文学行业持续健康发展的必然前提。

原载于《社会科学家》2021 年第 12 期

---

① 习近平:《论党的宣传思想工作》,北京:中央文献出版社,2020 年版。

网络文学与创意写作教学的实验室路径探索

叶炜

近期,浙江传媒学院浙江网络文学院申报的"网络文学影视化创意与制作实验室"(一期)获得中央财政专项支持,正式开始立项建设。这是全国首家网络文学与创意写作方面的文科实验室,适应传统中文学科转型和新文科建设的迫切需要,实现了网络文学工坊教学和创意写作文科实验室的结合,为探索出一条崭新的网络文学与创意写作教学的实验室路径做出了有益尝试。

回应传统中文学科转型和人工智能写作转向

众所周知,新形势下,一方面传统中文学科面临着转型压力,另一方面网络文学和网络文学影视的大发展为传统中文学科注入新的活力。尤其是网络文学的创作、研究和教学引入创意写作新理念之后,释放了学科融合的巨大活力,也适应了新文科建设的现实需要。创意写作是面向创意文化产业发展的新兴交叉学科,自 20 世纪 30 年代在美国形成以来,影响力越来越大,从英美波及世界各地,加拿大、澳大利亚、新西兰、以色列、墨西哥、韩国和中国台湾、香港等都开设了这个专业。经过 80 多年的不断积累,逐渐形成了一种传承,培养出了一批诺贝尔文学奖和普利策文学奖的获得者以及严歌苓等知名作家和编剧。未来的高校文学艺术教育,应该以创造性写作(创意写作)为主要方向,创意写作不仅培养作家,还更多地着力于为整个文化产业发展培养具有创造能力的核心从业人才,为文化创意、影视制作、出版发行、印刷复制、广告、演艺娱乐、文化会展、数字内容和动漫等所有文化产业提供具有原创力的创造性人才。

经过20年的发展,中国网络文学发展迅猛,成为继美国好莱坞电影、韩国电视剧和日本动漫之后的又一个世界级的文化现象。浙江传媒学院的办学地浙江又是网络文学大省。一年前,浙江传媒学院与浙江省作家协会共同发起成立了浙江网络文学院,共建浙江网络文学创作与研究基地,专门成立了创意写作中心,这成为浙江省第一家专门进行网络文学与创意写作的教学与研究机构,并将于今年面向全国招收30名网络文学与创意写作的本科生。网络文学文科实验室很好地服务相关学科发展,顺应了浙江网络文学大发展和创意写作中国化的最新形势。

近年来,行业发展的一个新趋向是人工智能写作成为网络文学与创意写作发展的最前沿和新的生长点。创意写作规律研究目前正向人工智能写作延伸。网络文学创作存在类型规律,类型规律又能导出一种叙事语法规律。而这些都是根基于人类的理性、情感、情绪的规律。如果这三个规律都能得到深入的研究,将来是可以研发出网络文学智能写作的机器人的。目前国内有小黑屋、吉吉写作、大作家等写作软件,也有部分机构用自己研发的玄幻小说写作软件等来指导写作,这些都得到了广泛的认可。

人工智能写作的时代已经到来,这是一个不可避免的趋势。从早期的活字印刷术,到后来人工设定模板机器打印,再到深度学习改良机器大脑模拟人类,人工智能写作本身在不断地变化。人工智能写作运用前景广阔。对于大学中文写作教育而言,人工智能写作的引入和研发,可以带动写作教学尤其是网络影视剧创作向科学化方向发展。首先,人工智能写作可以为中文专业、创意写作中的娱乐性文学创作、网络文学创作、类

型创作、影视创作等提供启示与帮助。其次,对培养类型写作者、服务创意文化产业发展有很大帮助。再次,人工智能写作可以为其他专业比如传媒艺术、影视编剧、影视制作等提供借鉴。

目前,包括浙江传媒学院在内的全国传媒艺术类院校的学生写作、创意与编剧能力并不是在逐年提升,反而是在逐年下降。这一点突出表现在爱好写作尤其是编剧的学生数量以及所发表作品数量方面。写作尤其是创意能力和制作实践能力的下降直接影响到了学生综合素养的提高,也拉低了传媒艺术类学校教育的总体质量。网络文学与创意写作能力可以在实验室环境下借助科学的培训系统来实现。因此,网络文学与创意写作文科实验室可以为强化这一特色做出有益的探索。

探索网络文学与创意写作教学的实验室路径

网络文学及其影视剧创意与制作是写作创意的核心模块,融合了网络文学、创意学、影视学、广播电视编导等多种学科资源。网络文学与创意写作所采用的教学与训练方式不同于传统中文教学,而是多从网络文学这样的类型写作与创意转化入手,寻找写作的客观规律和可操作的创意转化与制作技能,这一特点为创办网络文学与创意写作文科实验室奠定了理论基础。

网络文学影视化创意与制作实验室的立项建设,则成为全球第一家网络文学方面的文科实验室,无疑具有很好的示范效应和典范价值。该实验室立足于网络影视剧的内容生产和创意转化的实验实训实践,培训网络影视剧的创意策划、剧本写作、短剧制作、VR 虚拟语境的体验式写作、机器人写作、剧本重复度与优质度检测、在线评论的大数据分析、优秀剧本数据库、剧本 IP 预测等。

为此,该实验室将建设四个中心即网络文学与创意写作 VR 虚拟体验中心,网络文学与创意写作文献和数据中心,网络文学与创意写作视听体验和教学中心,网络文学与创意写作成果孵化中心。

其中,VR 虚拟体验中心包括:

1. 人工智能写作引入和研发:目前国内外已有相关实验成果,在人工智能写作方面已经做出了一些探索。实验室拟引入人工智能写作,提升创意写作尤其是网络文学影视化创意与制作科学化发展,同时提升创意写作尤其是网络文学影视化教学的科学化水平。

2. VR 虚拟创意体验:利用虚拟现实与交互应用技术,引进 VR 虚拟体验设施,让学习创意写作尤其是网络影视剧创意与制作者在虚拟现实中获得更加广泛、真实的体验,为创意写作尤其是网络影视剧创意与制作提供源源不断的灵感与素材,从而探索更加广泛而实用的写作创意与制作技能。

文献和数据中心包括:

1. 网络文学与创意写作文献集成:引进各类网络文学与创意写作文献(包括纸本和电子),做好本土网络文学与创意写作文献与教材研发,为创建中国化网络文学与创意写作学科做好学术资料方面的积累。

2. 网络文学与创意写作数据库建设:在文献集成的基础上,构建网络资源平台,做好网络文学与创意写作数据库建设,建设全球首个网络文学与创意写作大数据中心,营造良好的教学与研究环境,为全球网络文学与创意写作提供资料查阅和数据检索支持。

视听体验和教学中心包括:

1. 网络文学与创意写作视听体验与观摩:创意写作尤其是网络影视剧创意与制作的训练和教学不是枯燥乏味的课堂教学,而是互动式的体

验教学与实训,观摩教学、影像教学和剧本编创与表演制作等是其中重要一环。因此网络文学与创意写作训练过程中需要观摩大量的创意影像资料和戏剧编写表演训练。为此实验室将建设影像放映(拉片室)和戏剧编排厅,主要用于网络影视创意剧本等各类创意节目的排练,培养学生的影视化创意与制作能力。

2. 网络文学创意写作教学工坊:创意写作尤其是网络文学影视化创意与制作教学与实训不同于一般课堂教学,需要相对封闭的小班化工坊式教学,由作家、艺术家带领学生在相对独立的工坊中完成创意转化与制作的全过程。

成果孵化中心包括:

1. 网络文学与创意写作作品发布与制作:网络文学与创意写作教学的直接目标是培养学生发表作品,学生经过虚拟或切身体验创作或创意转化而来的作品需要定期组织讨论和研讨,以此展开创意头脑风暴,促进教学相长,使作品达到发表产出水平。实验室倡导学生自己动手设计制作创意写作尤其是网络影视剧创意作品。

2. 网络文学与创意写作的产业化:创意写作尤其是网络文学影视化创意与制作面向的是创意文化产业。实验室成果将直接和文化产业相关联,尤其在网络文学创作、剧本开发、传记写作、故事创意等方面实现影视化、产业化发展。

通过以上四个实验室中心的建设,网络文学与创意写作教学的实验室路径更为明确,由此也给实验室确立的中期目标和长期目标提供了重要保证。未来,网络文学与创意写作文科实验室将实现人工智能写作的引入和研发,并在网络文学与创意写作教学中运用相关成果;实现网络文学与创意写作教学文献和数据库初步收集和整理;网络文学与创意写作工坊教学取得一批成果,出版相关作品集;培养一批具有初步网络文学与创意写作能力的高素质学生。

相信在不久的将来,网络文学与创意写作教学的实验室路径探索必将为培养一批网络文学和创意写作的行家能手提供条件保障,在此基础上形成自身特色并形成可复制的推广模式。

原载于《文艺报》2021年10月20日

全媒体视域下艺术类院校的创意写作教学探索

——以上海视觉艺术学院为例

丁烨

网络文学作为当代中国文化创意产业的一个重要组成部分，被众多高校和学者纳入创意写作的学科建设和研究中。目前，北京大学、上海大学均在研究生阶段开设了相关课程。2020年，安徽大学文学院在中国现当代文学专业中招收网络文学方向博士研究生，浙江传媒学院也于同年开设了本科四年制的网络文学与创意写作专业方向。这些高校将从属于创意写作学科的网络文学纳入文学院的专业方向中。我们可以看到，在综合院校中，创意写作教学一般在中文系或文学院展开，并开设网络文学相关课程。

2013年，上海视觉艺术学院以网络文学为重点，进行创意写作教学的探索。在网络文学创作和阅读数据持续走高，影视文本改编大热和创意写作学科被引进国内的背景下，该学院与阅文集团合作办学，并着重强调网络文学的新媒体属性，在新媒体艺术学院广播电视编导二级学科下设立了文学策划与创作方向（下称文策方向）。该专业方向旨在培养既能写小说，又能写剧本，具有多种创作才能的创意写作储备人才，以及具有广阔的视野和较强的创意策划写作能力、文化项目运营管理能力，能推动全媒体文化产品生产、传播和发展的复合型应用型人才。

在多所高校陆续设立网络文学相关专业的前提下，本文要探讨的是，艺术类院校如何立足自身的教学特点，构建区别于综合性院校的硕士研究生培养、适合本科生培养的创意写作课程体系。以上海视觉艺术学院为例,这一课程体系,既要满足该校的培养需要,又要具备网络文学特色专业的教学可行性,为同类艺术类院校在全媒体视域下开展创意写作教学、培养复合型应用型人才提供参考。

一、上海视觉艺术学院创意写作教学的目标及思路

在创意写作教学体系里融入具有新媒体特征的网络文学研究与实践是大势所趋。当下,我国约有4.65亿读者通过互联网阅读网络文学,网络文学平台日更新量为2亿字节,网络文学相关页面日浏览量达20亿次①。近十年,网络文学陆续得到业界、学界的关注,与之相关的产业研究、创作探索、规律总结不断推进,各类网络文学作者培训班也在鲁迅文学院等专业培训机构陆续展开。长期以来,高校的中文系承担了写作实践课程的教学,但大多教学的理论性高于实践性,很难对网络文学作者的培育起到显著作用。此外,"新媒体迭生,自媒体兴起,写作主体和受体的界限越来越模糊,课堂教学与写作环境疏离"②等问题在传统写作教学里也亟须解决。面对这些现实问题,创意写作教学一方面尝试解决各种文类从理论到实践的教学难题,另一方面为网络文学提供"文类成规"的理论基础。

上海视觉艺术学院将以网络文学为中心的创意写作教学设在新媒体艺术学院广播电视编导二级学科下,在2013年尚属首创。这种设置使得这个专业方向无论是教学目标还是课程建设,都具备了跨媒介与交叉融合的属性。可以说,该学科方向是从新媒体文学视域里延伸而来的,因

---

① 《2019年度网络文学发展报告》,http://www.chinawriter.com.cn/n1/2020/0220/c404027-31595926.html。
② 郭艳:《浅谈创意写作教学理念在民族高校的探索实践》,《教育现代化》,2019年A2期。

此，相较于传统的中文学科，创意写作学科应进行知识体系的梳理与更新，甚至形成新的标准。迄今为止，只有一些设置了创意写作硕士学位的高校开设了网络文学研究与实践的选修课，因此，艺术类院校对创意写作教学可借鉴的经验有限。

目前，大多数有网络文学与创意写作专业的高校使用的创意写作教材，都是中国人民大学出版社出版的"创意写作书系"。这套书以国外作家的创作经验总结为主，难以形成严谨的教学逻辑，对创意写作教学助力不大。在这样的背景下，2013年，上海视觉艺术学院找准了文策方向的定位和发展思路，具体包括两方面内容。一是坚持自主招生。该学院经过艺术招生考试，有的放矢地挖掘具有想象力、创造性，能讲故事，有写作基础，关注网络文学，爱好创作的学生。二是依托地缘优势。上海是文化创意产业之都，业界实践资源丰富，人才需求旺盛，业界与学术界的互动可以很好地适应高校"产学研"的教学目标。

当下，网络文学已不仅仅是一种单纯的文学创作活动，它融合了多种产业，通过全版权运营，构建了完整的文化创意产业链。网络文学行业不仅需要写手、作家、编辑，还需要一大批了解网络文学生产机制和内容，且具备其他工作技能的人才。艺术类院校创意写作教学的目标可以尝试从这些需求出发，培养全媒体语境下的综合型创意写作人才。

二、全媒体视域下的上海视觉艺术学院文策方向创意写作课程体系建设

网络文学是创意写作的一个重要组成部分。随着产业的发展，网络文学无论是创作理论还是产业模式，都在不断创新。在还没有较为成熟的网络文学课程体系可以借鉴的情况下，该专业方向更多的是把传统中

文系的文学理论课程、创意写作工作坊、网络文学创作实践课程和新媒体艺术专业课程整合在一起。在教学实践过程中,文策方向由于课程繁杂、课量大、学生课业负担重等原因,未能达到"一专多能"的教学效果;同时,因为不能很好地与影视编导方向协同教学,形成小说文本与影视创作的上下游关系,使得同专业里出现两种完全不同的教学思路。在这种情况下,如何平衡不同方向课程的比例,突出教学特色,成为一个难题。经过一段时间的实践,上海视觉艺术学院根据自身学科定位和实际需要进行了一系列课程调整和优化,形成了全媒体思维基础主干课、网络文学产业能力模块课与跨学科的其他课程相结合的课程体系。这也是目前该学院认为比较合理的课程建构方式。

第一,开设全媒体思维的基础主干课。影视媒体类课程属于以新媒体为载体的综合性艺术类课程,具有很强的技术性。学生必须在低年级时掌握技术能力,包括摄影摄像及后期剪辑技术,以及功能性文本的写作技能。在全媒体视域下,创意写作类课程与原有专业特色相结合,是课程体系结构调整的重点。

第二,既要坚持以新媒体影视艺术相关课程为核心,把全媒体采写编、视听语言、摄影基础等作为专业基础,强调采编播一体的思维,又要以创意与写作、编剧元素、微电影创作等文本创作类课程为教学核心。此外,要注重创意思维的转化。无论是影视技术学习还是网络小说文本写作,都应掌握媒介转化的技术和思维。因此,"创意与写作"课程的开设非常关键。该课程从最初专业能力模块课程调整至基础主干课,要求学生在大一学年修习完毕。

从课程目标来看,"创意与写作"要求理论基础与实践训练并重:一方面以葛红兵、许道军、张永禄等学者的创意写作教学论著为支撑;另一

方面以艺术类大学生的个性特点为基础,进行极具创造性的系列互动写作实践训练。例如,在创意激发课堂里,通过限定故事的道具、台词等完成情景练习;在创作基础课堂里,通过组合图片信息元素书写故事,或通过即兴香水气味的记录来进行描写训练;在文类成规课堂里,通过神话传说、典故、经典影视作品对故事进行限定重写和类型植入等,让学生从趣味性、创意性、类型局限入手,打开思路,拓展创意,夯实写作基础。

创意写作的理论体系要求强化剧本创作文类,形成专业的编剧系列课程。比如"编剧元素"课程,教师要让学生完成从"作文思维"到"文学思维"再到"故事写作思维"的转化,奠定视觉写作的基础。这种课程设置方式是在剖析故事创作基本元素,分析其在具体戏剧、影视作品中的运用的基础上,让学生掌握故事创作的原理和基本手法。在学生升入高年级后,新媒体艺术学院大多会开设"小说的影视改编"课程,加强学生的小说故事 IP 转化能力,并与市场接轨,让学生形成项目制、工作坊制、团队制的工作思维模式。

第三,开设以网络文学产业发展为特色的专业方向模块课程。其中,创作实践是课程设置的重中之重。许道军教授在《创意写作的本相及其对立面》中提到,高校开始普遍开设小说、诗歌写作课程,同时招募大量的作家、诗人进入高校教授写作[1]。这种教学模式起源于美国爱荷华大学,之后我国各大高校也陆续聘请知名作家坐镇,指导学生写作。比如上海视觉艺术学院与阅文集团合作,聘请知名网络小说作家为学生授课。小说家往往以讲座、工坊等形式与学生面对面交流,通过网络文学概观、网络文学作品鉴赏等课程,在讲授小说创作实践经验的同时,也讲述自身丰富的人生经历,言传身教,成效显著。

---

[1] 许道军:《创意写作的本相及其对立面》,《鸭绿江》,2019 年第 1 期。

在教学计划里,写作系统实践课程是由上海视觉艺术学院专任教师授课的,这引发了一些争议,争议的焦点在于高校教师多进行理论与教学研究,在创作实践上投入精力不够。对此,上海大学的汪雨萌提出,专任老师未必要了解网络文学中的所有门类,而是应该通过梳理基础的陈述性知识的内在逻辑,给学生创造的超验世界以逻辑的支撑①。目前,上海视觉艺术学院开设了创作原理与实践课——小说写作技法,其教学目标是对网络小说中涉及的创作元素进行梳理和分析,使其文类成规。在写作训练中,这一实践课鼓励学生将不同类型的元素结合起来,不断创新,并在文学平台上更新自己的作品,通过读者与作者之间的互动、多面性的评判和评价,不断推动超文本的"外链"和"流动"。目前,这种直面产业的教学方法在学界存在一定争议,比如葛红兵教授表示创意写作不是经验之学,创意写作学也不是职业培训学,创作之道和应用之道,并不能完全画上等号,在应用之道之外,创意写作学要做的还有很多②。笔者深以为然,但在目前学科机制仍在探索的情况下,这种基础理论结合实践训练的模式对学生而言无疑是最见成效的方法之一。

此外,上海视觉艺术学院还设置了"版权经营与管理""媒体人素养"等跨媒体、跨领域的拓展课程。跨媒体、跨学科领域的课程是对文化创意产业链中的热门产业做适当的延伸,以拓展学生的知识结构,使学生具备多学科、多生产领域的知识,并以此为基础,培养各类文本创作的能力。

三、"互联网+"时代的高校"需学研产"一体化模式

网络时代的文创生态具有跨媒体性和商品性的属性。正如学者刘卫

---

① 汪雨萌:《写作知识的革新——互联网背景下对创意写作的观察与思考》,《写作》,2019年第6期。
② 葛红兵、冯汝常:《创意写作学科的基础理论与实践问题》,《山西大学学报》(哲学社会科学版),2019年第4期。

东所言:"文化的产业化构成了中国创意写作不断演进和发展的内在逻辑,内容的产业化、产业人才培养的机制化,共同促进了中国创意写作的发展。"①上海视觉艺术学院对文化创意产品的商品化和传播性一直保持高度敏感,这与创意写作学科、网络文学产业的发展相契合。在学科建设过程中,上海视觉艺术学院始终坚持与业界紧密合作,如与阅文集团合作办学,与开心麻花合作成立"喜剧剧本工作室",与有创意写作学科的高校合作成立网络文学研究中心,与上海网络作协合作成立专职作家培训基地,等等。可以说,上海视觉艺术学院以灵活多样的合作方式,实现了理论研究成果的更新和输出,以及师资、经验和就业机会的输入,总结其相关经验,主要包括以下三方面。

第一,在与企业深度合作办学的过程中,企业可以为高校提供新的课程建设思路和前沿的创作趋势,并提供一定数量的作家、编辑为相关专业方向的学生开设系列讲座课程。这些作家、编辑不仅传授丰富的经验、方法,而且会在学生的小说创作实践上给予师徒制式的指导,这对学生的能力培养是非常有帮助的。与此同时,高校也可以向企业输送人才,比如在经过四年的学习之后,上海视觉艺术学院的毕业生选择以校招的方式进入合作企业的文学平台或者影视创作部门工作,助力企业的发展。

第二,与企业联盟成立项目制工作室,吸收学生加入工作室,鼓励他们进行剧本创作,并邀请业界人士为他们的创作提供指导。通过这种方式,学生可以深入了解市场需求,增强实践经验。

第三,与作家协会等单位合作成立专职作家培训基地,给予学生一定的旁听名额,让学生与职业写手一起学习和成长。学生也可以跟随高校

---

① 刘卫东:《中国创意写作的三个路径:文学教育、文化产业与文化创新》,《山东青年政治学院学报》,2019年第6期。

网络文学研究中心的导师进行科研项目的申报和研究,在学习过程中夯实理论基础,开阔学术视野。

随着网络文学全面渗透、介入甚至主导泛文化娱乐全产业链,网络文学不再只是供养"文学",而是基于"IP""文学""文本",甚至整个创意写作生态去改变观念、积极变革。网络时代的创意写作教学为网络文学的创作教学提供了理论依据和教学方法,为全媒体视域下的艺术类院校提供了灵活多变的培养模式,让网络文学产业的人才培养逐步优化。总的来说,将网络文学纳入创意写作学科,建立专业化、科学化的人才培养体系,是上海视觉艺术学院立足全媒体视域,开展学科建设,大力提倡创意写作教学的初衷所在。

原载于《出版广角》2021年第5期

第二辑　现象·思潮

在强国战略的大格局中发展网络文学

白烨

网络文学自20世纪90年代长足崛起以来,依托互联网技术的飞速进步和其他力量的合力推动不断发展演变,于今已成为当代文学领域最具活力的生长点、当代中国社会别具特色的风景线。20年来的网络文学,实现了从无到有、由小到大的兴盛与发展,也呈现出"有数量,缺质量,有高原,缺高峰"的不足。如何在新的形势下谋求网络文学的良好生态与更大发展,无疑是网络文学在新时代需要着力予以解决的重要课题。

正是在这样一个背景之下,《习近平关于网络强国论述摘编》(中央文献出版社2021年1月版)出版发行,为我们及时地提供了体现"中国特色治网之道"的精要表述。《习近平关于网络强国论述摘编》,从九个方面收入了习近平总书记有关网络强国的重要论述,深入阐述了网络强国的主要思路与基本要点,系统论述了一系列方向性、全局性、战略性的问题,提出了一系列新思想新观点新论断,为我国网络事业的建设和网络文学的发展,提供了根本遵循和思想指引。认真学习和深入领会习近平总书记关于网络强国的重要论述,对于我们在大战略与大格局中认识和发展网络文学,不仅十分必要,而且至关重要。

从战略高度上认识网络文学

随着网络文学的强劲崛起,尤其是以IP为中心的网络文娱产业的蓬勃发展,形成了从文学阅读、文艺消遣到文化产业的绵延链条,人们越来

越看到网络文学的高度重要性与多种可能性。但也毋庸讳言,人们对于网络文学的看法,还多局限于网络传媒的行业领域、文化生活的局部范围,还没有站在"网络强国、数字中国、智慧社会"这样的战略高度和更高层面,把网络文学看成其中的有机构成,并发挥网络文学在网络强国战略中的特殊作用。因此,以战略层面和全局视角看待和认识网络文学,是需要认真加以解决的首要问题。

习近平总书记在党的十九大报告中提出"建设网络强国"战略,是党中央从党和国家的事业全局出发作出的重大决策。我们要把网络文学放置于网络强国的大战略里,在这样一个总态势和大格局中,来看待网络文学的位置,认识网络文学的功用。这就需要我们超越既定的行业范畴,走出狭隘的文学视域,从国家安全和国家发展的总要求,从人民大众的工作与生活的总需求等方面,来衡估网络文学在其中所能发挥的能量,所能起到的作用,充分认识其在文化软实力、信息现代化、话语主动权等方面的综合作用,使网络文学在发展自身、满足读者、服务社会的过程中,不断强筋健骨,日益做强做大,成为网络强国战略中的中坚力量。

事实上,网络文学在发展演进中不断"出圈",持续繁衍,使得它现在已不仅仅是一种文学现象。广义的网络文学,除去经由类型化得到极大发展的网络小说外,还应该包括网络诗歌、网络散文、网络纪实文学、博客写作、微博写作、微信短文、日记随笔等等。这样一种多形式、多样态、多动机、多功能的文字写作与文化传播,使得网络文学在许多方面都与传统文学明显不同,具有文体的综合性、传播的广泛性、信息的及时性等重要特征。这也使得网络文学不止是一种文学现象、文化现象,可能还是一种舆情现象、一种意识形态现象。因此,如同"互联网已经成为舆论斗争的主战场"一样,网络文学事实上已经成为各种力量相互竞争的主阵地。

把网络文学置于网络强国的战略之中,其重要性还在于一定要把网络文学放在国家文化总建设和当代文学大格局之中来看待。网络文学20多年的发展演变,已使它成为当代文学中的一个重要板块。我曾在2009年的一篇文章中,把当代文学的结构性变化描述为"三分天下",即几十年来基本上以文学期刊为主导的传统型文学,在保留传统形态的基础上,又逐渐分离出以商业出版为依托的市场化文学(或大众文学),以网络媒介为平台的新媒体文学(或网络文学),并强调:当下文坛这种正在一分为三的情形,带有相当的必然性。这样一个走向的动因,无疑是综合性的,并非单靠文学本身所能促动和形成的。我们需要做的,或者我们应该关心的,不是这样一个格局该不该有和好与不好的问题,而是必须面对这样一种已经存在的现实,在走近它和认识它的过程中,就其如何良性生长和健康发展做出我们实事求是的预见和力所能及的努力。现在已经过去了10年多,这种"三分"的状况已经成为基本定势,而且相互之间彼此分离、互不走近的情形也在改变,但客观地看,无论是网络文学从业者,还是传统文学从业者,大家对于网络文学的认识与观感,都既有各自的角度,也有各自的局限。但这些看法存在一个共同的问题,那就是都只从文学的角度去看待,没有超出单一的文学范畴看到网络文学的超文学意义,因而也没有看到它在自身的发展中对于文化建设的强力促动,对于文学格局的深刻影响。因此,在当代文学的结构变化和历史发展中去看待和把握网络文学,有助于我们认识网络文学的诸多功能与意义,也有益于网络文学从业者认识自己的重要责任与使命。

以质量提升谋求更大发展

网络文学经过20多年的发展,不断走向题材的丰富与类型的多样,

产生了不少读者喜闻乐见的优秀作品,也为影视、游戏、动漫等文艺形式提供了丰富的创作资源,满足了人民群众多样化的精神文化需求。但在这一过程中,也累积了不少的问题,如由写作的快捷性、作品的速成性,造成的文字粗鄙化、叙述同质化等。因此,当前的网络文学,事实上已进入转型升级的关键时期,迫切需要走出数量增长的粗放阶段,为以质量提升工程的实施谋求更大的发展。

党的十九届五中全会通过的《中共中央关于制定国民经济和社会发展第十四个五年规划和二〇三五年远景目标的建议》,把"繁荣发展文化事业和文化产业,提高国家文化软实力"作为最重要的目标之一,并具体而明确地提出"实施文艺作品质量提升工程,加强现实题材创作生产,不断推出反映时代新气象、讴歌人民新创造的文艺精品"的高远要求。这样的要求,既瞄准着"满足人民文化需求和增强人民精神力量相统一,推进社会主义文化强国建设"的高远目标,又切合着当下文学创作与文艺生活的发展实际,对我们在新时代社会主义文艺事业建设中的着力点,都有明确的指引与具体的要求。这些重要的意见与扼要的提示,实际上就是今后一个时期文学事业与文艺工作的奋斗目标,更是网络文学由"求生存"向"谋发展"转型升级的唯一路径。

文学的使命与创作的追求就是"为人民创造文化杰作,为人类贡献不朽作品"。而这也正是我们这个伟大的新时代所迫切需要的。习近平总书记在党的十九大所作的《决胜全面建成小康社会,夺取新时代中国特色社会主义伟大胜利》的报告,明确地指出我们当前和今后所面临的新的社会主要矛盾,是"人民日益增长的美好生活需要"和"不平衡不充分的发展"之间的矛盾。这里的"日益增长的美好生活需要",当然包含了通过优秀作品丰富文化生活和增强精神力量的需要。这里的"不平衡不充分的发展",自然也包含了文学创作与文艺生活的不平衡、不充分发展,这在网络文学向网络文艺与网络文娱的不断扩展之中表现得更显见、更突出。毋庸置疑,满足"人民日益增长的美好生活需要"的要义,是要有更多更好的文艺精品力作。因此,习近平总书记的报告在谈到"繁荣发展社会主义文艺"时,特别强调"要繁荣文艺创作,坚持思想精深、艺术精湛、制作精良相统一,加强现实题材创作,不断推出讴歌党、讴歌祖国、讴歌人民、讴歌英雄的精品力作。发扬学术民主、艺术民主,提升文艺原创力,推动文艺创新"。这里既明确了文艺精品的几个重要标准,又提出了创作和生产文艺精品的主要措施。从这样的总体性要求来看,包括传统的严肃文学与网络的类型文学在内的当代文学,在新时代的重要目标与基本任务,就是搞"精品力作"的创作与生产。围绕着"精品力作"这个中心,无论是传统文学,还是网络文学,抑或是文学的评论与研究、文学的组织与管理,在各自发挥作用的同时,还应该在整体上形成一种合力,造成促进"精品力作"产生的良好氛围与有效机制,通过更多更好的"精品力作"的不断问世,来协同努力构筑新时代的文艺高峰。

习近平总书记《在文艺工作座谈会上的讲话》,在谈到"创作无愧于时代的优秀作品"时,特别提到"互联网技术和新媒体改变了文艺形态,催生了一大批新的文艺类型,也带来文艺观念和文艺实践的深刻变化"。他殷切地期望在这一新兴的文艺领域"产生文艺名家",使这一文艺板块"成为繁荣社会主义文艺的有生力量"。这段有关网络文学的重要论述,既包含了中肯的评估,也蕴含了很高的期待。网络文学在改革开放的历史进程中产生和发展起来,它本身就是改革开放的产物,因而既扎根于巨变中的中国现实泥土,又带有鲜明的中国文化特色,它在吮吸着各种营养促使自身的不断健康成长中,也理当在中国特色社会主义文艺事业建设

和网络强国的伟大工程中,发挥自己的独特作用,做出自己的积极贡献。从这样一个远大又崇高的目标任务来看,网络文学的广大作者与从业者,委实责任重大,使命光荣,须为此孜孜以求,努力奋斗。

原载于《文艺报》2021 年 1 月 29 日

呼唤网络文学的新高度和新作为

何弘

2020年,疫情期间,一位年轻人在武汉的方舱医院里专心读书的样子,打动了很多人。此情此景,正应了英国作家毛姆所说的——阅读是一座随身携带的避难所。看到这张照片,我们知道,没有什么比现在更需要文学。

第48次《中国互联网络发展状况统计报告》显示,截至2021年6月,我国网民总体规模超过10亿,网络文学用户规模已接近4.7亿,生机勃勃的数字社会已经来临。从过去的不登大雅之堂,到如今的流量之王,网络文学经过20余年的发展正在成为互联网时代的超级金矿。但由于发育时间不长、增量巨大,难免泥沙俱下、良莠不齐,同质化、低俗化的倾向愈发明显,对娱乐化的片面追求严重制约了它的健康发展。

最近,中宣部等部门相继下发《关于加强新时代文艺评论工作的指导意见》《关于开展文娱领域综合治理工作的通知》等重要文件,就强化思想价值引领,整治文娱领域的不良现象等,提出了明确要求。9月14日,中办、国办印发了《关于加强网络文明建设的意见》,要求加强网络空间的思想引领、文化培育、道德建设、行为规范、生态治理和文明创建。

网络文学经过20多年的发展,注册作者上千万,签约作者过百万,存量作品2000多万部,每天新创作入库作品1.5亿字,读者4.67亿,而且是影视、动漫、游戏最重要的内容源头,社会影响巨大,是社会主义文学不可或缺的重要组成部分,宣传思想工作的重要阵地。这么巨大的作者、作

品和读者数量,表明网络文学早已解决了有没有、多不多的问题,迫切需要解决的是好不好、精不精的问题。加强文娱领域综合治理、加强网络文明建设,网络文学必须旗帜鲜明抵制"三俗"、历史虚无主义、不良亚文化等创作倾向,杜绝行业乱象,加大优秀作品的供给,即加快网络文学主流化、精品化、经典化进程,实现高质量发展。

"盖世必有非常之人,然后有非常之事;有非常之事,然后有非常之功。"网络文学能否很好地向主流化、精品化、经典化方向迈进,关键问题在于能否引导网络作家确立责任感和使命感,改变单纯以商业、世俗的心态从事文学创作的状况,进而树立正确的世界观、人生观、价值观,能够自律自强、提升素养,自觉承担起传播正能量、弘扬社会主义核心价值观的使命,用作品反映社会的精神现实,并对全社会产生精神引领作用。

新主流:用心用情用功为人民书写

"凡作传世之文者,必先有可以传世之心"。每个时代都有最具代表性的主流文学样式,如唐诗、宋词、元曲、明清小说,而网络文学应该成为网络时代具有代表性的主流文学样式。网络文学作为文学发展的新阶段、新形式,理应接续起文学的精神传统,去体现个人价值、社会价值、核心价值,要直面现实生活的难题和人类心灵的困境,帮助人们建立一种精神信仰和价值体系,这对个人生命的安立,对社会的和谐都具有重要的意义。

习近平总书记在中国文联十大、中国作协九大开幕式上强调,我们要坚持不忘本来、吸收外来、面向未来,在继承中转化,在学习中超越,创作更多体现中华文化精髓、反映中国人审美追求、传播当代中国价值观念、又符合世界进步潮流的优秀作品。

2020年年底,中国作协组织136位知名网络作家从创作角度发出《提升网络文学创作质量倡议书》,今年又组织45家重点文学网站发出《提升网络文学编审质量倡议书》,倡导作家和平台尊重原创,抵制粗制滥造,避免同质化、套路化。为了进一步提升网络文学的质量,中国作协不仅对创作者的创作题材进行引导,也组织作者进行各类相关培训、学习,着力从创作端提高创作质量,此外,对网络文学评论家、网站编审,中国作协也组织进行了有针对性的培训。同时,还启动了网络文学"百年百部"系列活动,涌现出了《浩荡》《大国重工》《大国航空》《复兴之路》《朝阳警事》《你好消防员》《大山里的青春》《特别的归乡者》《传国功匠》等一大批反映中国共产党百年奋斗历程的优秀网络文学作品,也从根本上推动了网络文学不断提升质量、持续健康发展,在文化强国建设中发挥更大的作用。

新精品:追求艺术性、时代性、社会性

网络文学是随着网络信息技术和传播手段的革命而必然出现的,其所代表的不仅是一种文学载体的变化,更意味着文学的生产、消费机制和文本形态、审美特征的全新变革,在人类文学发展史上是具有里程碑意义的事件。

"文章合为时而著,歌诗合为事而作。"文艺是时代前进的号角,最能代表一个时代的风貌,最能引领一个时代的风气。实现中华民族伟大复兴的中国梦,文学的作用不可替代,文学工作者大有可为。20多年以来,网络文学已从最初的"文青"写作发展到今天空前繁荣的现状,形成了自身独特的类型化写作模式,培育了相对稳定的读者群,并反过来影响了网络文学的发展形态。同时,相比于传统的静态文本,网络文学属于"流文

本",具有其独特的消遣性、陪伴性和交互性的特点,使很多人对文学作品的阅读已不再像前人一样,是一种刻意为之的行为,而成为一种生活方式。如果说对传统文学作品的阅读更多基于审美需求的话,对网络文学的阅读则更接近消费和消遣,甚至成为一种持续不断的生活方式。

迈入新时代,网络文学不仅要凭借想象力的极大张扬和对于世界截然不同的想象,满足读者的情感需要和消遣需要,还要带领观众仰望星空,采撷平凡微光,饱览世界的辽阔,直击生命的精彩,进而接受更多优秀文化的精神洗礼,让网络文学真正成为讲好中国故事的桥梁,推动网络文学真正实现从娱乐性向艺术性、时代性、社会性的重磅升级。

新经典:以作品立身,自觉承担时代使命

经典是人类共同的文化遗产和精神财富。经典之所以成为经典,在于它对人类共同拥有的美好愿望的展示和对生命价值与意义的不懈探索与追寻,在于它在直抵人的内心世界、触摸心灵深处最柔软的地方时产生的共鸣;它对民族精神、英雄主义和爱国情怀的讴歌与赞美等等。

1998年,蔡智恒的网络小说《第一次的亲密接触》出现之后,市面上很快出现了《第二次亲密接触》《再一次亲密接触》《无数次亲密接触》《最后一次亲密接触》等跟风书籍。在文学创作中,跟风容易,原创难得,经典才是文学永恒的生命力。十八大以来,一批反映新时代新气象,讴歌党、讴歌祖国、讴歌人民、讴歌英雄,书写中华民族新史诗的精品力作涌现出来,既有反映党领导人民建立建设新中国、进行改革开放、实现中国梦伟大历程的宏大题材作品,也有书写个人梦想融入国家和民族复兴伟大事业中的"时代新人"和平凡劳动者的故事,还有优秀的革命历史题材作品。网络文学走向经典化是必然的选择。

文学创作是一项为民族培根铸魂的伟大事业,需要作家有坚定的理想追求和责任使命,不做市场的奴隶。过分追求点击量、订阅量、打赏等,是网络文学"三俗"倾向的重要成因。我们将致力于建立正确且有效的网络文学评价机制,通过评论、评奖、推介等手段扩大优秀网络文学作品的社会影响,帮助网络文学加快完成经典化的过程。传统评论主要以评论者的文本细读为基础,但网络文学因为文本过于庞大,文本细读的方式遇到挑战。此外,网络文学在线的一次性阅读与传统文学品味、把玩式的阅读不同,使读者的审美趣味发生显著变化,这种审美的变化可能需要我们做出新的探索,比如引入大数据分析等等。

一时代有一时代之文学。网络文学作为新兴的文学样式,未来必将是主流的文学样式,它理应担当起文学的各种使命。文学创作是一种个体的、精神的、创造性的劳动,弘扬核心价值观,不是要图解概念,而是要在创作中自然而然地体现出来,通过良好的艺术手段表现出来。从具体实践而言,要适应、尊重并发扬网络文学的特点,引导网络文学回归源头,以故事为导向,重新建立对新时代整体性的把握,才能造就网络文学的新经典。同时,要大力培养青年网络作家,团结引导青年网络作家坚持以作品立身,坚持以人民为中心的创作导向,正确认识和把握时代,传承红色精神,自觉承担历史使命。

网络文学正处于转型升级发展的关键阶段,广大网络作家要进一步转变观念,树立精品意识,牢记初心使命,勇于担当作为,以"品质佳作"讲好中国故事,推动网络文学加快主流化、精品化、经典化进程,助力社会主义文化强国建设。

原载于《文艺报》2021 年 9 月 17 日

网络文学的世界意义

唐家三少

网络文学是社会发展、新媒体进步、网络时代的产物。网络的共享能让我们在第一时间近距离去接触读者,把创作的内容用最简便的方式传播给他们,并且能够让我们和读者产生最紧密的互动。读者的支持是创作最大的动力,因为读者第一时间看到作品,无论是褒奖还是批评,对我们的创作都有很大的影响。

网络文学有 20 多年发展历程,随着不同媒介和平台出现,每一次变化,对网络文学发展都有非常大的助力。网络文学发展到最近几年逐渐开始遇到瓶颈——任何行业都不可能一直是笔直地向上发展,当发展到一定程度都可能会有平缓期,这个平缓期也是蓄力期。网络文学之所以出现这样的瓶颈,也和现在网络时代在内容上规划有关。网络文学受到其他网络产品,包括网络游戏和短视频的冲击很严重,在这个过程中,网络文学就需要在内容上进一步精品化,未来网络文学内容上可能会经过一轮又一轮不断的洗礼。

中国的网络文学越来越被广大读者喜爱,差不多有三万名作者的作品在世界范围内传播,原因在于网络文学具有强大的故事性。各国读者通过网络文学中的故事也更加了解和喜欢中国的文化,这是我们作为作者能为国家作出的贡献,也是我特别希望未来网络文学发展的方向。

每个人只能活一生,进入虚拟世界却可以重活一次,虚拟世界是一种元宇宙概念,在元宇宙里面有自己的一套行为准则,有自己的世界观。读者融入这个世界中,可能获得一种全新的感悟。比如《失控玩家》就是元宇宙的表现,但元宇宙的核心依旧是内容,如果没有足够吸引人的内容,虚拟世界就立不住。一定要让虚构世界更具有真实感,才能让人有身临其境的感觉。

  我一直认为写一部小说就像创造一个人,这个人首先要有脊椎,对于小说来说就是主线,人要有骨骼骨架,作品的骨架就是世界观。我以前在写作品的时候对这方面考虑不是很多,当写作达到10年以上,就开始考虑为整个作品系列构建一个完整的构架,让宏大的世界更好地衍生,并且相互产生积极作用。比如我在写《斗罗大陆》时,开始构架我自己的元宇宙世界,试图把几乎所有作品放在一个完整的世界里面。我把自己的世界叫作永恒之树,这个树的主干是《斗罗大陆》,分支是其他作品。我觉得未来无论从元宇宙还是从内容衍生来讲,每长出一个新枝对整个大树的茁壮成长都有巨大的帮助,都会让这棵大树更加枝繁叶茂,从而产生更好的效果,能让更多读者熟知作品,也会让作品本身更加完善。

原载于《文艺报》2021年10月20日

中国当代独有的网络文学

郑熙青

中国网络文学至今在世界上仍是独一无二的现象,而且不断地进入海外读者视野,受到来自全世界读者的欢迎,成为独属于中国网络的一个奇特的文化景观,也是近年来中国文化走出去最成功的范例之一。笔者要强调的是,中国网络文学的发展有其特殊历史和文化背景,在外国和外语中极难找到有效的对应。研究者需要透过这种范畴对应和视角的偏差,辨认出其中值得思考的问题,以期更好地为"讲好中国故事"提供借鉴。

早在 2008 年以前,中国学术界就已经提出"网络文学"这一名称。但是,因为网络文学的爆发性增长状态,所以早期学者为"网络文学"概括的特点,有不少在后来就被自动推翻了。例如,欧阳友权 2008 年对"网络文学"的概括中,曾提出"游戏性""片段性"等特征[1],而这样的写作虽然如今仍然存在,但已经不再是主流。这些定义和特征概括的迅速过时,很大一部分原因来自中国网民人数的急速增加,从 2000 年 12 月的 2250 万人到 2020 年 12 月的 9.89 亿人,这也就自然增加了网络文学的读者和作者人数。同时,因为文字占的字节数小,在网速并不快的互联网早期,文学写作相比绘画、音乐和视频具有天然的优势,因此在社群和平台方面,都发展得更快更早一些。随着互联网产业的发展壮大,很多网络文学作品就此成为新型的跨媒体平台叙事的生长核,构成如今互联网经济系

---

[1] 欧阳友权:《网络文学概论》,北京:北京大学出版社,2008 年版。

统中所谓"IP经济"文本网络中重要的节点。

自从中国网络文学进入主流视野,便有很多普通民众和研究者对外国的网络文学表示好奇。然而,中国网络文学实际上很难在其他文化中找到合适的对应范畴或现象。

自从互联网进入大众领域之后,西方就有专门利用互联网"超链接"这一特性创作艺术作品的艺术家,以文学艺术的形式探索新媒介的可能性。在中国,这样的实验性作品却远没有声势浩大的网络类型文学写作引人注目。中文语境中"网络文学"这个范畴几乎从来不指这些实验性的艺术作品。相反,中国的网络文学很少有意识地开掘网络新媒体所开启的新型表现和叙述方式。从外观特征上说,中国网络文学的"网络性"更多体现在即时性和互动性。即时性表现在作者和读者之间迅捷的阅读和评论上,而对于中国的网络文学来说,"互动性"和新媒体相关,与电子游戏相关的讨论中所说的"互动性"并不是同一种意义,也就是说,这种互动性通常并不牵涉用户与系统之间的互动,以及选项和超文本链接,强调的仍然是作者和读者通过网络的阅读、评论、回复、打赏等进行的直接反馈。换句话说,中国网络文学的"网络性"更相对体现在网络环境中压缩的时间和空间维度上,在此基础上,传统读者和作者有了更及时并可见的互相影响和促进。当然,网络体验也促生了一些新的写作内容和类型,但新媒体技术本身并没有强烈地影响中国网络文学的外观。

其实,若非要对接,只能说,中国现有的、相当一部分网络文学样式在如今的英语国家中,主要仍会以平装类型小说的纸质商业出版为主要创作、发表、流通渠道。邵燕君指出,中国畅销书机制和动漫产业远不如欧美日韩成熟发达,使得大众文化消费者一股脑地拥向网络文学,而文化政策管理的相对宽松,也使得各种'出位'的内容可以在这里存身。……另一方面,伴随社会结构的转型,曾在20世纪50至70年代以独特方式成功运转、在80年代焕发巨大生机的主流文学生产机制,进入新世纪以后,逐渐暴露出严重危机。"[1]换句话说,中国网络文学是在流行市场畅销书机制薄弱,而传统所谓"纯文学"又出现结构性危机之时作为某种代偿性机制异军突起的。这种情况和中国的文化市场特点有直接的关系。中国大陆的通俗类型小说及其市场在20世纪八九十年代非常不发达,只有大量港台作者,例如琼瑶、亦舒等言情作者,金庸、古龙等武侠小说作者的作品。在此基础上,网络小说却另辟蹊径,一方面模仿和致敬,另一方面却从各种其他资源中获益,发挥想象力,创造出了规模庞大的多种多样的作品。很有趣的是,在网络时代之前,线下期刊和图书市场中发展较好、规模较大的文类,例如武侠、科幻等,在网络文学中的发展都不算突出,这也证明了网络文学确实是传统文学发展不足之处的突破口。

在互联网发展的早期,中文学术界对"网络文学"的定位也并不清晰,从而造成了网络文学研究范式的相对不匹配。因为较早的几个网络文学网站的精英主义定位(例如,中国最早的文学网站"榕树下"采用的是投稿制度),所以学者对网络文学也没有形成较固定的认知,同时,至今大量网络文学相关研究的方法论仍然更加靠近当代期刊文学的研究方式,更注重特定作家和作品的特征和细读。然而,因为网络文学的多变性和极大的体量,使得传统文学的研究方式在很多层面上都失效了。在如今的网络文化状况下,每个人进入网络文学的场域,所见所感很可能是完全不一样的。在这种信息大规模扩散的环境中,更呈现出一种趣缘社群化、网络文学场域细分为无数小的支流社群的倾向。在这样的现状下,要

---

[1] 邵燕君:《网络时代的文学引渡》,桂林:广西师范大学出版社,2015年版,第34—35页。

求所有参与者拥有共识,并为网络文学梳理出一个中心化的线索会显得格外不现实。

当下中国学术界对"网络文学"一词的基本定义,是在网络上原创、流通、消费的文学作品。这个定义概括 21 世纪前 10 年中国网络文学基本不会引发争议。然而,"中国网络文学"这个范畴在 2010 年以后,意义又开始不稳定起来,这和起点、晋江等内容付费的网络文学网站的逐渐壮大和扩大商业化有直接的关系。阅读内容按照字数收费的 VIP 制度于 2003 年首创于起点中文网,晋江的付费制度则推行于 2007 年。在 VIP 制度稳定之后,商业文学网站上作者每天都要更新一定字数的惯例开始形成,原先篇幅相对短小的网络小说作品也被动辄上千章的长篇取代。也因为这种付费制度,中国的网络作者可以靠在网络上写作来赚钱。在这样的背景下,中国的网络作者中开始出现名利双收的高收入作者,并依靠电视剧电影改编等形式渐渐走下网络。进而,也有包括网站运营者在内的人试图用这种模式来概括和定义网络文学概念。订阅制度是中国原创的网络文学生产和消费制度,而且这种制度将在一段时间内继续在中国网络文学市场上占据主流地位,并在一定程度上决定怎样的网络文学作品可以被学界、被媒体、被大众看到。然而,中国的网络文学在一开始就来自纯然的文学创作欲望和表达欲望,在付费的 VIP 订阅制度之前,已经有极为成熟的作者、类型和良性互动的作者读者社群,而且,在商业化的文学网站之外,中文的互联网上仍然存在大量的文学写作。所以,将订阅制度作为中国网络文学的定义主体必然是具有遮蔽性的。

在"网络文学"话题上,中文和英文的大众语境和学术语境对话的双重错位,其实更从深层反映了阅读市场、文学理念和出版现状的区别。从总体来说,英文的网络写作在数量和规模上都不及中文,在线出版规模

（如亚马逊自出版等平台）都不甚大，本身发展较为有限，因此，国外的网络民间写作中，至今最受学界关注的是非营利的同人写作。以通常定义而言，同人写作是建立在其他作者写作的作品基础上，借用已有的故事背景、人物和情节结构写作的新故事。为规避侵权嫌疑，在当下国际版权制度中，这种写作通常不能营利。然而，因为是一种社群性质的写作，所以同人写作在无法实现的经济利益之外还有着其他作用，很多粉丝文化的研究者都会将同人社群视作互联网时代身处市场经济和新自由主义逻辑之外、社群式"礼品经济"的代表。这样的社群性写作在中国网络文学中同样存在，中国和西方的网络写作在这个层面上不仅存在对话可能，而且早就有实在的互动历史。

我们讨论中国网络文学的独特性，研究它独特的历史，也就是观看非专业的文学写作在其自身的历史文化背景下是如何利用新的网络环境突破和生长，如何满足当下社会中读者的阅读欲望和兴趣，并进而突破文化的界限，成为世界罕见的文化现象的。在这种意义上，对中国网络文学的探讨是一个特殊的、复杂的文化课题。

原载于《人文》2021年第2期

从网络强国理念看网文海外发展

陈定家

习近平总书记《在文艺工作座谈会上的讲话》中指出,互联网技术和新媒体改变了文艺形态,催生了一大批新的文艺类型,也带来文艺观念和文艺实践的深刻变化。这对我们深入探究网络文学的生存现状和发展前景,具有重要的指导意义和启示意义。

"网络强国"理念与"网络文学"走向

在互联网和新媒体的影响和推动下,网络文艺,尤其是网络文学的崛起,极大地改变了文艺生产、传播和消费的方式。文艺乃至社会文化呈现出快速变化和不断更新的趋势。其中最有代表性的文艺新现象是网络小说的异军突起。近年来网络小说呈现爆发式增长态势,作品数量空前增多,生产规模急剧扩大,成为受众面广、关注度高、社会影响巨大的文学新领域。进而言之,文学艺术的数字化生存已成不可阻挡之势,文字数码化改造成果卓著,书籍图像化艺术日趋完美,阅读网络化潮流滚滚向前。正是在这种时代背景下,以网络文艺为主要关注对象的新媒介文化研究,尤其是网络文化与文学研究,相应地呈现出风生水起之势:形形色色的媒介学会纷纷成立,花样百出的媒介平台与网络期刊遍地开花,"网络文化""网络文艺"等短语在各种学术研讨会的词频统计表中名列前茅。与"网络文学""网络强国""网文出海"等相关的学术文章,也呈现出一种有增无减的上升势头。

《中共中央关于繁荣发展社会主义文艺的意见》指出:"网络文艺充满活力,发展潜力巨大。……充分发挥新媒体的独特优势,把握传播规律,加强重点文艺网站建设,善于运用微博、微信、移动客户端等载体,促进优秀作品多渠道传输、多平台展示、多终端推送。加强内容管理,创新管理方式,规范传播秩序,让正能量引领网络文艺发展。"不难看出,"大力发展网络文艺"已成为"网络强国"战略的有机组成部分,这无疑会为包括网络文学在内的网络文化发展带来巨大的积极影响。尤为可喜的是,在"网络强国"理念指引下,中国网络文学在走向世界的全球化发展过程中,一路高歌猛进,连年捷报频传,在当今世界的文明互鉴和文化交流活动中,正发挥着越来越重要的作用。

网文海外发展的"网络强国"意义

中国网络文学步入世界舞台,是中国文化走出国门、形成国际竞争力的重要契机。如何抓住这一历史机遇,将中国网络文学从"海外热"变成"海外品牌",在促进文明互鉴与文化交流,以及"构建人类命运共同体"的过程中,更好地发挥网络文学应有的作用,这需要网站、作家和译者等方方面面充分发挥积极性和主动性,共同推进网络文学的繁荣和发展。事实上,近年来网络文学从轻松出海、快速热身到迅猛蹿红,明显得益于多种因素的交互作用,例如,国家政策的扶持、数字技术的推动、海外市场的吸引、文化交流的急需、网文企业的引导、IP 改编的成功、网络大神的拼搏、铁杆粉丝的不离不弃,凡此种种,无不是推动网文海外走红的重要因素。

众所周知,中国网络文学经历了 20 多年的快速发展,形成举世震惊的文化奇观。事实证明,网络文学既是引领时潮的当代文学,也是超越国界的世界文学。立足中国,走向世界,是网络文学可持续发展的必由之路。

2020年11月16日,上海市出版协会和阅文集团联合举办"首届上海国际网络文学周",主办方发布的《2020网络文学出海发展白皮书》(以下简称"白皮书")引起了广泛关注。"白皮书"指出,2019年有3452部网络小说被译成多种文字发行海外,多家网络平台还吸引了大量的海外作者参与。截至2019年,国内向海外输出网络文学作品1万余部,覆盖40多个一带一路沿线国家和地区,市场规模达4.6亿元。艾瑞咨询最新发布的《2020年中国网络文学出海研究报告》也印证了这些说法。中国网络文学行业市场规模达到201.7亿元,同比增长26.6%。海外市场发展迅速,其市场规模达到了4.6亿元,海外用户数量达到3193.5万。相关统计表明,目前翻译出海作品占72%,直接出海作品占15.5%,改编出海作品占5.6%,其他形式占6.9%。

海外用户数量巨大,阅读偏好各有不同,有的喜欢"硬核玄幻",对《真武世界》等仙侠玄幻类型情有独钟;有的喜欢"新鲜元素",对《许你光芒万丈好》等热门作品兴趣浓厚;有的喜欢"西方元素",对《诡秘之主》等中西文化水乳交融之作爱不释手。网络小说以润物细无声的方式,向整个世界展示中国文学的魅力,播撒中华文化的种子。

尤为值得注意的是,网文海外热,正催生出越来越多的海外作者。受中国网文潜移默化的影响,这些作者的世界观架构也渐现中西融通态势,让人仿佛看到哈利·波特与孙悟空切磋技艺的喜感场面。不仅中国传统观念,如尊师重道、兄友弟恭等深得海外作者认同,中国当代元素,如繁华都市、城际高铁、华为手机等也是其热衷描述的对象。网络文学以一种跨时空传播方式,实现了中国文化的种子落地海外且开花结果的梦想。

更为重要的是,当"网络强国"成为民族复兴的国家战略时,欣逢盛世的网络文学可谓使命光荣,责任重大!毋庸讳言,在国际舞台上,中国

文化长期面临着多重困境，对外传播，往往"有理说不出，说了传不开，传开叫不响"。中国国际形象在自塑和他塑之间，还存在着较大差异。网络文学在自塑和他塑之间，恰恰有其用武之地，网络文学有较好的艺术感染力和共情力，因此，它也相应地具备潜移默化的审美影响力和春风化雨般的文化传播力。如果站在文化交流互鉴的角度理解网络文学的海外传播，我们就不难理解"网文出海"对"网络强国"战略具有多么重要的意义。

网文出海的"模式升级"与"人机并译"

截至2020年，网络文学海外市场规模已达数亿元人民币，海外网络文学用户数量达数千万人。目前网络文学出海"模式升级"主要呈三大趋势：翻译规模扩大，原创全球开花，以及IP协同出海。《放开那个女巫》《许你万丈光芒好》《超级神基因》《君九龄》《从前有座灵剑山》《太古神王》等作品在海外广受欢迎，并引导海外读者尝试创作，开启文化交流的云端及地模式，为中国网文海外深耕与拓展打下坚实的基础。目前越来越多的海外作者已从兴趣驱动的业余写手，转向以小说创作为主业的"网络大神"。他们将中国传统文化元素融入当地文化，在主题深度和题材广度方面都进行了拓展，赢得了广大本土读者的喜爱。这种中国文化走出去的新模式，将文化理念化作具体可感的生动形象，收到了"入人也深、化人也速"的效果。

众所周知，"起点国际"是阅文集团经营海外市场的大手笔。2020年起点国际的网文出海业绩令人欣喜，IP改编也有不俗表现。如《择天记》《扶摇》《天盛长歌》等影视剧在世界不同国家受到欢迎。大电影《全职高手之巅峰荣耀》、电视剧《将夜》在第四届中加国际电影节中皆有斩获。不少作品的改编版权和电子版输出进展顺利，如囧囧有妖的《许你万丈光芒好》授权越南就是双赢的例证。

2020年,海外翻译网站仍然保持着以仙侠、玄幻等题材为主的局面,但有些网站开设了专门的板块介绍中文学习经验和道家文化基础,普及"阴阳""八卦"等常识,方便读者阅读理解。不少网站在翻译方面充分满足了海外读者对翻译作品的需求,为实现网络作品的"本土化",促进网文从"走出去"到"走进去"的转化,做出了有益的尝试。

人工和AI智能翻译双线,加速国内精品网络文学作品的出海之路。2020年9月,在第四届中国"网络文学+"大会的"网络文学走出去"论坛上,推文科技依托"推文出海网",联合国内100家重点文学网站及知名作家,共同启动了中国网文联合出海计划。目前,推文科技日均更新近4000部小说,其AI生产分发系统可以15分钟/册的速度,单月出版发行3000多册小说。

2020年,阅文集团在尝试人机共舞新模式方面取得了可喜进展,翻译作品的语言质量和文字数量都得到了大幅提升。随着《鬼吹灯》英文版、《全职高手》日文版、《斗破苍穹》韩文版、《将夜》泰文版等在各语种读者群体中大受追捧,人工翻译远远不能满足海外市场的需要。随着AI快速发展,人机并译成了最佳选择。自2019年起,起点国际已开始采用AI技术进行部分网文内容翻译,有望实现国内外同步"圈粉",不仅英文翻译成绩卓著,印尼语、西班牙语的翻译也表现出较好的发展态势。

总之,中国网络文学与生俱来带有跨文化传播基因,在推动中华文化走出去、讲好中国故事、发出中国声音、促进全球文明互鉴和文化交流等方面,正越来越显著地发挥着不可替代的作用。

原载于《文艺报》2021年7月19日

哪里才是中国网络文学的起点

欧阳友权

中国网络文学的起点究竟在哪,近日又有新说,让这一本该辨明却一直未受重视的问题浮现出来。在我看来,廓清网络文学的起点,不只为追溯一种事实真相,更在于给中国网络文学找到一个可供认同的时空坐标,以确立起文学实践与观念逻辑相一致的历史合法性,让这一文学的"来路"与"去向"在观念建构时找到正确的打开方式。

一直以来,网文界约定俗成的是把1998年默认为"中国网络文学元年",其根据是基于一个重要事件,2008年的"网络文学十年盘点"活动。这次活动得到《人民文学》《中国作家》《收获》等20余家文学期刊和众多媒体的积极响应,产生了广泛影响,于是人们便将1998年默认为中国网络文学起始年。这一认定也依据两个标志性事件:我国第一家大型原创网络文学网站"榕树下"于1998年开始公司化运营,当时颇有影响的网络小说《第一次的亲密接触》也诞生于1998年。这种以文学高光事件认定网络文学起始年的观点,可称作"事件起源说"。

新近出现的另一种观点可称作"论坛起源说",是由邵燕君、吉云飞提出的。《为什么说中国网络文学的起始点是金庸客栈?》(《文艺报》2020年11月6日)一文提出,1996年8月成立的金庸客栈及其开启的"论坛模式"才是中国网络文学的起点。理由是:网络文学的起始点只能是一个网络原创社区,而不能是一部作品。金庸客栈是中国最早以文学为主题的网络论坛,这种"论坛模式"天然具有网络基因,即去中心化、网友自由发帖、多点互动等"趣缘社区"性质,具备网络文学生产的"动力机制"。文章认为,被称作"网上《收获》"的"榕树下"走的仍是投稿、审稿、编发的传统文学路子,算不得网络文学起点;而痞子蔡的《第一次的亲密接触》(1998年)晚于罗森的网络长篇《风姿物语》(1997年),将其算作中国网络文学起点更是于实不符、于理无据。因而提出:"为什么金庸客栈应该被锚定为中国网络文学的起始点?其依据按重要性排序,首先是论坛模式的建立,为网络文学的发展提供了动力机制;其次是趣缘社区的开辟,聚集了文学力量,在类型小说发展方向上取得了成绩,积蓄了能量;第三是论坛文化的形成,成为互联网早期自由精神的代表。"

应该说,"论坛起源说"从文学网站功能和网络文学的文化底色来锚定起点,较之传统的"事件起源说"是一大进步。但是,如果我们抛开其他附加因素而回归"起点"的本意;抑或说,如果我们承认网络文学是基于互联网这一媒介载体而"创生"于网络的新型文学,那么,就只能回到这一文学的原初现场,选择"事实判断"而非"价值判断",即如前文所说的"用事实回溯的办法,而非概念推演",我们将会得到一个简单而明确的结论——中国的(汉语)网络文学诞生于1991年的美国,1994年中国加入国际互联网后才穿越赛博空间而挺进中国本土,并延伸出蔚为壮观的中国网文世界。基于这个可供验证的时空节点,是否可以说,这个"网生起源说"更具历史真实性与逻辑合理性呢?

网络文学皆因网络而"生",而"网生"文学需要两个基本要件:一是技术基础,二是文学制度。前者为网络文学的出现提供媒介载体和传播平台支持,后者则让网络文学形成机会均等的生产机制和互动共享的话语权分发模式,而1991年诞生于北美的汉语网络文学就最早具备了这两个要件。计算机和互联网均创生于美国,1991年,伯纳斯·李研发的万

维网实现商用,消除了因特网去中心化平权架构中信息共享、多点互动的技术障碍,使下移的文学话语权在消解传统的文学圈层后,实现了"人人皆可创作"的新型文学制度。这个被尼葛洛庞帝称为"划时代分水岭"的媒介革命,唤醒了文学网络化的努力,促成了文学与网络的"联姻",文学才有了实现"网生"而登上历史舞台的技术和制度基础。正是在这样的背景下,1991年4月5日,全球第一个华文网络电子刊物《华夏文摘》在美国创刊,虽然它还不是纯文学网刊,但却是世界上中文网络文学写作的第一个园地。创刊号上发布的《太阳纵队传说》是目前发现的最早的一篇汉语网络原创散文;4月16日《华夏文摘》第3期发表的《不愿做儿皇帝》,是目前发现的最早的网络原创杂文;4月26日《华夏文摘》第4期刊载的舒婷的《读杂志时的寂寞》是网络上首次发布的诗歌作品,而该期刊发的《文如其人》,则是目前发现的最早的汉语网络文学评论;11月1日《华夏文摘》第31期发表的《鼠类文明》以拟人的手法描述了老鼠的一次聚会,是目前发现的最早的汉语网络原创小说。如果我们认可《华夏文摘》是可以刊发文学作品的网络园地,并承认上述这些作品属于网络文学,那么很显然,它们均出现在"榕树下"和"金庸客栈"之前,也比《风姿物语》和《第一次的亲密接触》要早好几年!有鉴于此,将1991年锚定为中国网络文学的起点就是一个毋庸置疑的事实判断,"网生起源说"无非陈述了一个客观史实。

  当然,如此界定还有两个疑问需要解答。一是诞生地疑惑。那个最早出现的"网生"文学是在美国而不是中国,能算是中国网络文学的起点吗?事实上,网络原创的文学作品,只要是用汉语(海外称"华文")表达,并且是刊发于汉语网络平台(无论它是网刊、网站、论坛或个人主页)就可以纳入此范畴。对于没有国界的"网络地球村"来说,计较诞生于哪一个国家是没有意义的。网络文学的辨识只有语种区别,并无国家或地区的界限,世界上以汉语为母语的网络文学都可算作是中国网络文学,何况诞生于北美的网络文学本是出自华人留学生之手。另一个疑虑是该文章所说的网络文学诞生需要自己的"新动力机制"和自由的文化品格,即诞生于互联网环境中的论坛模式拥有的"网络基因,去中心化,网友自由发帖,多点互动"特征,以此成为网民同好聚集的"趣缘社区"和精神家园。这些要素无疑是网络文学生产和文学网站最具文化价值的功能范式,是在网络文学发展过程中逐步形成的,而不是在它诞生伊始就具备的。换句话说,它们只是网络文学产生的充分而不是必要条件,缺少它们,网络文学可能不成熟、不完满,但并不会影响网络文学的诞生,没有任何一种新生事物一出现就是成熟的、功能齐备的。

回到"网生起源"的话题,我们不妨沿着1991年4月《华夏文摘》诞生这个时间节点,探寻中国网络文学从北美发端,经由港台到中国内地而触点延伸直至发展壮大的技术路线。我们发现,继《华夏文摘》问世之后,同年12月,纽约大学布法罗分校的王笑飞创办了全球华文网络第一个纯文学交流群"海外中文诗歌通讯网"。1992年6月28日,美国印第安那大学中国留学生魏亚桂在Usenet上申请了一个使用GB-HZ编码的华文虚拟空间"中文互联网新闻组",促使中文网络文学开始在全球互联网上传播开来,许多国家的华人留学生纷纷建立汉语文学网站、网刊、论坛或主页,如美国"威大通讯""布法罗人""未名""文心社"、加拿大"联谊通讯""枫华园""红河谷""窗口""太阳升"、德国"真言"、英国"利兹通讯"、瑞典"北极光"、丹麦"美人鱼"、荷兰"郁金香"、日本"东北风"等。港台地区互联网普及得较早,网络文学也得风气之先。在台湾,位于高雄的中山大学1992年就建立了网络BBS社区,台湾政治大学创办了"猫空行馆",台湾大学和成功大学分别有"椰林风情"和"猫咪乐园"论坛,随后

又出现了"妙缪庙""涩柿子世界"等专门刊发多媒体、超文本作品的文学主页,以及颇具规模的"鲜网""冒险者天堂""新月家族"等文学网站,涌现出罗森、痞子蔡、九把刀、姚大钧、李顺兴、曹志涟、代橘、苏绍连等早期扬名海内的网络大神。香港诗人杜家祁1997年创办的"新诗通讯站"颇有影响,但其网络文学不以网站平台聚焦,而是以武侠仙侠、玄幻科幻小说创作的非凡成就影响了内地一批网络作家。

1994年4月20日,中国全功能加入国际互联网后,全世界华文网络文学迅速回归母语故土。翌年8月,清华大学"水木清华"BBS上线,"北邮BBS""天涯社区""猫扑"等一批文化(文学)论坛迅速涌现,榕树下、清韵书院、红袖添香、中文在线、幻剑书盟、起点中文网、晋江文学城,还有潇湘书院、龙的天空、黄金书屋、白鹿书院、博库……形成了千禧年前后"文青式"网络文学的第一波高峰。2003年起点商业模式的建立,刺激了类型小说的爆发式增长,文化资本的大范围介入打造了盛大文学、阅文集团这样的超级平台,孕育了世界上独一无二的三家网络文学上市公司(中文在线、掌阅科技和阅文集团),并不断跨越文学边界以IP赋权方式进入影视、游戏、动漫、出版、演艺、周边领域,实现市场分发的全媒体、多版权经营,直至延伸传播半径,让源自海外的网络文学以文化软实力的自信开启"出海"之旅,打造了世界网络文学的"中国时代"。

现在,当我们回溯中国网络文学"生于北美→成于本土→走向世界"的生长线时,以"网生起源说"来锚定它的起点,当然不只是为了厘清一个事实,或者执意将生辰前置而为网络文学争得某种荣光,而是为了找准历史原点,知道中国的网络文学"从哪里来",又"往哪里去",廓清这一文学的正根和主线,以历史自觉而明史鉴今,让未来的网络文学发展行稳致远。

原载于《文艺报》2021年2月26日

不辨主脉,何论源头?
——再论中国网络文学的起始问题

邵燕君　吉云飞

在《为什么说中国网络文学的起始点是金庸客栈?》(《文艺报》2020年11月6日,以下称"前文")一文中,笔者提出,中国网络文学的起点必须是新动力机制的发生地,"因为只有新动力机制产生的内在影响力,才能推动这一新媒介文学高速成长20余年,形成自成一体的生产机制、社区文化、文学样态、评价标准"。由此,确定中国网络文学的起点是开启了论坛模式的金庸客栈。这个观点被欧阳友权概括为"论坛起源说"(《哪里才是中国网络文学的起点》,《文艺报》2021年2月26日。下称"欧阳文"),对于这一简洁准确的概括,笔者欣然接受并致感谢!但对欧阳文提出的"网生起源说"以及马季随后主张的"现象说"(《一个时代的文学坐标——中国网络文学缘起之我见》,《文艺报》2021年05月12日。下称"马季文"),笔者不能认同,借此回应机会,对前文观点做进一步阐述①。

一、"生于北美"的网络文学并非"成于本土→走向世界"的网络文学

欧阳文的主要观点是,中国网络文学的起始点应该是最早产生汉语

---

① 非常感谢欧阳友权老师和马季老师的回应,使"如何确定网络文学的起点"这一重要问题得到更多关注。2020年11月,笔者在《文艺报》主持的《网络文学的历史与前沿》开栏,发表的第一篇文章就是《为什么说中国网络文学的起始点是金庸客栈?》,后来也陆续发表了几篇文章。在撰写本回应文章的过程中,笔者的观点也得到深化。此番再度抛砖引玉,期望更多学者批评指正!相信在如此健康诚恳的争鸣环境中,网络文学一些最基本的定义、定性问题将得到有效探讨。无论最后是达成共识,还是各方坚持己见,都将使研究获得扎实推进。

网络文学原创作品的"现场",基于"网络无国界"的观念,这个"现场"的地理位置可以不在中国大陆;基于发展的目光,早期机制可以不那么成熟。文章认为,"网生起源说"是更具"历史真实性与逻辑合理性的","如果我们抛开其他附加因素而回归'起点'的本意;抑或说,如果我们承认网络文学是基于互联网这一媒介载体而'创生'于网络的新型文学,那么,就只能回到这一文学的原初现场,选择'事实判断'而非'价值判断',即如前文所说的'用事实回溯的办法,而非概念推演',我们将会得到一个简单而明确的结论——中国的(汉语)网络文学诞生于1991年的美国,1994年中国加入国际互联网后才穿越赛博空间而挺进中国本土,并延伸壮大蔚为壮观的中国网文世界。"文章最后总结道:这条"生于北美→成于本土→走向世界"的生长线,"让源自海外的网络文学以文化软实力的自信开启'出海'之旅,打造了世界网络文学的'中国时代'"。

"网生起源说"的原理确实简单明确:有网络的地方自然有网络文学,就像有水土的地方自然有植物。马季的"现象说"也主要是这一逻辑,但选择了一个更加成熟的"成于本土"的节点并依据《第一次的亲密接触》的连载(1998年3月—5月)和榕树下的建立(1997年12月)将之确定在了1998年,而非更早的"生于北美"的1991年。"若是对中国网络文学做一句话溯源的话,顺序应该是这样的:北美留学生邮件和论坛+少君—黄易+《风姿物语》—《第一次的亲密接触》+榕树下文学网,1998年瓜熟蒂落钟声响起,一个时代新的文学坐标由此建立。"但如果此二说成立,我们就无法解释,为什么网络革命在全世界发生,却只有中国出现如此蔚为大观的网络文学生态,而引领互联网革命的欧美并未生长出一种有别于印刷时代文学工业的网络文学工业?由此也引出第二个问题,那条"生于北美→成于本土→走向世界"的生长线是否仅存在于研究者的理论构想之中？因为,欧阳文中"生于北美"的网络文学,并不是那个"成于本土并走向世界"的网络文学;马季文中"瓜熟蒂落"的网络文学,也并非之后高速成长、今日用户数以亿计的那个网络文学。

在提出"论坛起源说"时,笔者之所以强调"用事实回溯的办法,而非概念推演",就是担心,如果按照某些"简单明确"的概念去推演,很可能找到一个符合定义,但事实上和中国网络文学实践不大相关或没有明确演进路线的"源头",这个源头很可能就是最早使用互联网技术的北美留学生创作(由于篇幅所限,前文只谈到了超文本,未能涉及这一复杂问题)和痞子蔡的《第一次的亲密接触》。其结果是,研究界确认的源头网文界不认。这倒不仅是圈子意识,而是在以趣缘划分的互联网空间,这几个"部落"间确实没有什么交集。

"概念推演"的方法可能产生按图索骥的偏差,原因是,目前研究界能达成共识的网络文学概念太基础了,基本就如欧阳文所说的"网络文学是基于互联网这一媒介载体而'创生'于网络的新型文学"。这个概念里只有媒介属性这一个规定性条件——当然,将网络性定义为网络文学的核心属性,这本身是包括欧阳友权老师、马季老师以及笔者在内的网络文学研究者多年努力的成果——在网络文学兴起之初,为与纸质文学做区分,尤其是为了反抗将网络文学仅仅视为通俗文学网络版的传统精英文学观念,强调媒介属性是十分必要的。但是这个"抛开其他附加因素"的概念内涵却不足以支撑对中国网络文学发展史的解释。

所以,在判断中国网络文学的起源时,性质判断是必要前提。笔者所说的"事实",并非仅仅是历史上发生过的事情,而是特定的中国网络文学发展史。前文使用"事实"一词确实有含混之处,如果更大胆一些,直接用"史实"会更明确。前文提出的"论坛起源说"就是基于对中国网络

文学主脉性质的判断：中国网络文学的主导形态是商业化类型小说，其生产机制是起点中文网于2003年10月成功运行的VIP付费阅读制度，这一制度将消费经济的基因和互联网的基因相结合，从而产生了中国网络文学独特的商业模式和文学模式，即基于UGC（User Generated Content）的粉丝经济模式和"以爽为本"的"爽文"模式。在此判断的基础上，通过对网络文学发展早期的文学原创社区的运行进行考察，发现金庸客栈代表的论坛模式具备了以上核心要素，因此被定为起始点。当然，如果笔者对中国网络文学主脉性质的判断不能得到公认，也只能是一家之言。在笔者提出的"论坛起源说"里，论坛模式提供的"新动力机制"是必要条件，而非欧阳文所说的"附加条件""充分条件"。笔者同意欧阳文中所说的，新事物的功能范式不可能一开始就是完善的，但雏形里必须具备核心要素。相对于起点中文网的VIP付费阅读制度，金庸客栈的论坛模式也是不成熟的，但具备了UCG模式的基础。而《华夏文摘》等平台的网刊模式，其成熟形态是榕树下式的编辑主导型网站模式。新生事物总是在发展中成熟起来的，但稻子再怎么进化也进化不成麦子，因为基因不同。这个基因就是网络性——不是因为诞生在互联网空间就天然具有媒介属性意义上的网络性，而是将网络基因内化为平台基因的网络性。

二、并非所有的网络平台都具有网络基因

欧阳文认为，"网生"文学需要两个逻辑关联的基本条件：一是技术基础，二是文学制度。"前者为网络文学的出现提供媒介载体和传播平台支持，后者则让网络文学形成机会均等的生产机制和互动共享的话语权分发模式，而1991年诞生于北美的汉语网络文学就最早具备了这两个要件。"

对于"网生"文学的两个基本条件,笔者是同意的,却不能同意其结论。笔者认为,1991年诞生于北美的华语网络平台,其文学制度恰恰尚不具备网络基因,甚至,当时还不具备支撑文学制度发生变革的技术基础。

欧阳文一直将"网生"文学的起源地指认为1991年的北美,而没有直接指定为1991年4月5日创刊的《华夏文摘》,应是为了强调万维网发明的意义,"1991年伯纳斯·李研发的万维网实现商用,消除了Internet去中心化平权架构中信息共享、多点互动的技术障碍,使下移的文学话语权在消解传统的文学圈层后,实现了'人人皆可创作'的新型文学制度。这个被尼葛洛庞帝称为'划时代分水岭'的媒介革命,唤醒了文学网络化的努力,促成了文学与网络的'联姻',文学才有了实现'网生'而登上历史舞台的技术和制度基础"。

遗憾的是,这里的时间点有一定失误。万维网在1989年3月由蒂姆·伯纳斯·李提出设想,当年12月首次编写网页,但最初几年只在研究机构间使用,直到1993年4月底才宣布开放给公众免费使用。《华夏文摘》是在1994年6月才推送到万维网上的,此前一直靠群发邮件方式发行,即使有了万维网,也不过多了一个推送方式。

作为最早的华语网络平台,《华夏文摘》在华语世界产生了巨大影响,这一点是毋庸置疑的。但是限于文化理念和技术限制,《华夏文摘》的性质确如其名,是一份定期出版发行的网络文摘杂志,网络在这里只是一种更先进的传播媒介。《华夏文摘》在内容上有强烈的精英导向,以政治文化为主,文学只占很少的栏目,原创内容也是两三年后才逐渐多了起来。如欧阳文谈到的"创刊号上发布的《太阳纵队传说》是目前发现的最早的一篇汉语网络原创散文",其实也是转载,文章底部标注有"本文转载自《今天问》文学杂志 1990 年第 2 期"(《今天问》为《今天》笔误)。马季文谈到的"被认为华文网络文学开篇之作"的《奋斗与平等》(《华夏文摘》第 4 期,作者马奇,本名钱建军,其另一广为人知的笔名是少君),文章底部也标注"由《中国之春》供稿"。没有注明出处的,是否为网络原创,其实也不能确定。①

海外华人网络平台进入文学原创时代,应该以方舟子等人创建全球首个原创性中文综合类网络杂志《新语丝》(1994 年 2 月)为标志,随后又有《橄榄树》《花招》等原创文学网络杂志问世。孕育它们的母体 ACT 中文新闻组(alt.chinese.text,1992 年 6 月)倒有一个类似中文网络论坛的环境。但因后期帖子多污言秽语,被很多人称为"公共厕所"。从中出走的活跃分子建立的原创文学平台,依然采用编辑部统摄的网刊模式,这一模式一直延续到榕树下和早期的红袖添香网站建立。

马季文认为,"1997 年 12 月朱威廉创建'榕树下'文学主页,及 1999 年 8 月'红袖添香'书站开启,网络文学的大众性和广泛性才真正得以实现"。在当时以文学期刊为绝对主导的当代文学生产环境下,主页、网刊、书站的出现,确实会产生大众性和广泛性的影响(但为什么是榕树下而不是黄金书屋,是红袖添香而不是晋江文学城?这里面仍难免有传统主流文学视野的局囿②)。然而,由于其内在模式是延续传统期刊的,其大众性和广泛性是受限的,后来证明其也没有强劲的生长力。编辑部的

---

① 笔者存有《华夏文摘》创刊号、第 2 期、第 4 期截图,备查。
② 榕树下 1997 年 12 月建立时只是朱威廉的个人主页,产生更大影响是在 1999 年 7 月设立全球中文原创作品网编辑部以及随后正式建站之后。黄金书屋建立于 1998 年 5 月,一度主导了网络阅读风向,甚至有"上网读书不识黄金书屋,再称网虫也枉然"之说。晋江文学城第一阶段始于 1999 年 7 月,福建晋江电信局"晋江万维信息网"建立文学站点"晋江文学城",比红袖添香还早一个月。但榕树下和红袖添香与传统文学界合作较多,气息也更相近,更能进入传统研究者的视野。

"把关系统"就像给网络的汪洋大海装上了一个水龙头,使互联网去中心化、多点互动的技术特性没有发挥出来。真正实现了"基因突变"的是论坛模式,它把互联网技术上的突破,落实为平台运行模式的突破,从而形成"人人皆可创作""时时都能评说"的新型文学制度,把印刷文明"精英中心"主义制度下被压抑的文学力量大大解放了出来。因此,笔者虽认同马季文认为的"中国网络文学是多源头的",但更强调真正的变革是自论坛开始,而非编辑主导的带有过渡性质的榕树下网站。

在媒介变革时期,早期探索者具有过渡性质是最正常不过的现象。不仅有媒介技术和路径依赖的限制,也有文化观念的限制,或者坚持。在彻底网络化的时代,以编辑为主导的文学网站或许还会存在,在人人自我中心化的"茧房"中,甚至可能成为新的精神标尺——即便如此,这一脉网站也只能以小众的方式存在,可以视为精英文学传统的不绝如缕或网络重生,但不适合作为新媒介文学的起点。

马季文将笔者"中国网络文学的起点应是金庸客栈"的观点称为"站点说","'站点说'相对简单,谁建站最早自然那里就是发端之地。这当推 1995 年 8 月中国大陆第一个出现的 BBS'水木清华'和 1996 年 8 月新浪旗下的'金庸客栈',但这两家前者是局域网,不对大众开放,后者则是金庸武侠小说拥趸聚会的场所,后期才逐步演变为开放性的大众写作平台。1997 年 6 月,网易公司成立,8 月向用户提供免费个人主页,这是网络小说站点得以发展的基础。此后的'碧海银沙''黄金书屋',以及相继出现的'龙的天空''西陆论坛''旧雨楼''西祠胡同'等 BBS 合力形成了网络文学最初的联盟"。

"站点说"的概括,远不如欧阳文"论坛起源说"的概括精准,在这里,个人主页(完全受控于主页创建者)、书屋(读者只能阅读作品不能上传

和交流)、论坛(BBS)、网站是混为一谈的。事实上,笔者将中国网络文学的起点定为金庸客栈不是因为它建站早,而是因为它开启了论坛模式。至于为什么不选择比它更早的水木清华 BBS 或比它更晚但孕育了龙的天空、起点中文网等网站的西陆 BBS,笔者已在前文阐明,不再赘述。

三、"生于论坛"的网络文学才具有与世界网络文艺的联通性

如果我们说网络文学是一种新媒介文学,那么其新媒介性如何体现在文学性里?换个更明确的问题,作为印刷媒介高度成熟期的类型小说代表(以报纸为载体的"日更"),金庸小说(包括被认为是玄幻鼻祖的黄易)和与之类型相近的网文(玄幻、修仙)区别在哪里?一个重要区别在于,网文生成于一个即时互动的趣缘社区,其核心套路体现了这一"愿望—情感共同体"(王祥语)的欲望投射。但最硬核的区别更在于,网文接受了电子游戏等网络文艺的影响,包括世界设定和升级系统,这直接影响了其世界建构的虚拟性质和"升级打怪换地图"的叙事模式。这也是就作品而言,最初以游戏同人小说面目出现的《风姿物语》会被"大神们"视为网文正根的原因。

《风姿物语》对网文早期作者的影响是实实在在的,而非马季文所说的象征意义大于实际影响。马季做出这样判断的依据是"2003 年 4 月,《风姿物语》转发于起点中文网之前,尚未见到在大陆有传播的记录",但这一史料观察有误,应该是早期中文互联网的历史记录多已消失的缘故。据笔者对早期文学网站创始人的采访,当时大陆网民访问台湾站点是没有障碍的,很多人是罗森成名的元元讨论区(巨豆广场的一个论坛,鲜网前身)的常客。幻剑书盟前主编邪月谈道:"1998 年能接触到网络时(拨号时期),通过各种搜索找到了鲜网的前身巨豆广场和六艺藏经阁等台

湾网站。"他也支持《风姿物语》为网文源头的说法:"《第一次的亲密接触》说是网络文学,但从来不是幻想类网络文学,更不是后来网络文学里的主流,在网络上的人气远低于《风姿物语》这样的幻想类作品。真正对整个现有网文模式和写法有影响的,的确是《风姿物语》。"[1]这些经常被大陆网民光顾的台湾网站上的文章会很及时地被"搬运"到大陆站点,《风姿物语》在 1998 年—1999 年就被转到黄金书屋等书站、论坛并逐渐产生影响。龙的天空创始人 weid 在接受采访时说,他在黄金书屋就看过十几本网络小说,"我还没到西陆的时候就看过网络小说,肯定有《星战英雄》《星路谜踪》,《风姿物语》至少'太阳''月亮''星星'那三篇应该是有了"[2]。《紫川》(2001 年开始连载,被认为是大陆早期玄幻小说的代表作,也是作者老猪的处女作)的作者老猪也曾在访谈中谈到,"成为写手之前",他"最喜欢的前辈作家"是罗森、莫仁、田中(芳树)[3]。2001 年 11 月,宝剑锋成立中国科幻文学协会(起点中文网前身),罗森被列为居首的名誉会员(笔者存有页面截图,备查)。

电子游戏是网络时代"最受宠"的艺术,因为它与网络媒介最匹配,而文学则是印刷时代的"王者"。所以,互联网虽然诞生于美国,网络文学却没有成长起来,在网络空间生长起来的是电子游戏,在文学方面是基于电影、电视剧、电子游戏的二次创作,即同人写作。欧美和日本的同人写作都对中国网络文学,尤其是"女性向"网文的发展,产生了重要影响。

---

[1] 参阅邵燕君、肖映萱主编:《创始者说:网络文学网站创始人访谈录》,北京:北京大学出版社,2018 年版,第 115 页。

[2] 参阅邵燕君、肖映萱主编:《创始者说:网络文学网站创始人访谈录》,北京:北京大学出版社,2018 年版,第 95 页。

[3] 详见健康的蛋、老猪:《〈紫川〉作者老猪访谈录》,起点中文网,2005 年 8 月 31 日。原帖已不可查,目前可见的最早转载来自 2005 年 9 月 25 日的百度"紫川吧":https://tieba.baidu.com/p/43594643,查询日期 2021 年 6 月 14 日,笔者存有截图备查。

至于电子游戏和日本ACG文化对中国网络文学的发生和发展产生了怎样的内在影响,这是我们目前特别期待网络一代学者深入研究的新课题。至少,我们今天可以认识到,文学只是滋养网络文学发生发展的一个艺术资源脉络,甚至未必是最强大的那个脉络——这一点,随着网络文学的进一步发展,网络性的加深,正越来越明显地显露出来,这是特别需要文学研究者跳出自己的专业局限认识到的。笔者曾在多篇文章和研讨会上称网络文学是"印刷文明的遗腹子",这一说法是为了打破在印刷文明中形成的"文学中心"的惯性思维,今天看来,仍受制于线性思维的模式影响。网络文学的血统恐怕没有那么单纯,它不是文学的一脉单传,而是在网络文艺这一"块茎结构"中重新生长出来的。所以,它既不是通俗文学的网络版,也不是文学的网络版,而应该被视作网络文艺中的文学形态。

对于网络文学中非"文学基因"的部分,绝大多数传统文学研究者至今都是相当陌生的。所有这些陌生的元素,在网络文学发展初期,也都只能在论坛平台上找到,如海峡两岸的大学BBS、金庸客栈、元元讨论区等论坛,桑桑学院、露西弗等"女性向"论坛。其中,日本ACG文化的影响很大部分是经由中国台湾传入的。而在《华夏文摘》及榕树下等编辑主导的平台上,延续的仍是传统文脉,发表作品也是按传统体裁划分的,如诗歌、散文、杂文等。产生差异的原因,与平台建立时间无关,主要与运行方式和主导者的偏好相关。这一时期文学平台的创建者都很有情怀,基本延续了五四运动以来的"严肃文学"传统,或是"纯文学"的追求(如榕树下艺术总监陈村就认为网络文学应有先锋探索精神),包括类型小说在内的通俗文艺,都难登大雅之堂。只有在人人可以发帖的论坛上,各种"精灵古怪"的东西才有机会冒出头来,并形成气候。早期能上网络论坛的人大都是理工科出身,他们在文学上不居于正统,因此也少桎梏。他们又是一群敏锐逐新之人,胃口强健,是各种世界流行文艺饥渴的消费者。

无论是电子游戏、日本ACG文化还是好莱坞大片、纸质类型小说,都是成熟的文化工业的产物。由其消费者组成的论坛,自然携带了商业基因。消费文化的商业基因和论坛模式的网络基因叠加,形成基于UGC的粉丝经济模式,终于在以起点中文网为代表的商业网站那里,创造出了VIP付费阅读制度。这一中国大陆原创的网络文学生产机制,是网络文学高速成长的核心动力机制,使类型小说在欧美网络环境中被压抑的潜力爆发了出来。或者说,由于中国网络文学的发展繁荣,补齐了世界网络文艺中相对薄弱、处于式微阶段的文学短板。所以,中国网络文学是世界网络文艺的一部分。

"成于本土"的中国网络文学为什么能不期然地"走向世界"?为什么粉丝渠道那么畅通?为什么那些老外粉丝会自发地翻译几百万字的中国网文?为什么翻译中国网文可以盈利,近年来更成为各大网站争抢的盈利增长点?因为中国网文满足了海外消费者的刚需。在世界网络文艺的整体脉络中,中国的网文作者、读者与海外的译者、读者是同根同源的,分享着共同的底层逻辑和数据库资源,除了汉语的阻隔和中国文化的新鲜感,一切都是相通的,连气息都是熟悉的。

而在传统文学这一脉,榕树下最终没有找到有效的商业模式。中国网络文学如果只有这一脉,现在的状况应该和其他国家一样,处于自娱自乐的状态,不可能形成具有"文化软实力"的规模力量。

四、"中国网络文学"不同于"华语网络文学"和"汉语网络文学"

最后,谈一谈中国网络文学起源的"国界"问题。

欧阳文认为:"对于没有国界的'网络地球村'来说,计较诞生于哪一

个国家是没有意义的。网络文学的辨识只有语种区别,并无国家或地区的界限,世界上以汉语为母语的网络文学都可算作是中国网络文学,何况诞生于北美的网络文学本是出自华人留学生之手。"

对于这个观点,笔者也不能认同。原因也正如欧阳文所说的,网络文学的诞生需要两个逻辑关联的基本要件:一是技术基础,二是文学制度。在互联网诞生之初,人们普遍有过"地球村"的幻想。今天,人们越来越认识到,互联网是有国界的,网络文学也是有国别的。

中国大陆网络文学之所以这么早诞生,发展得这么迅速,得益于当时中国科技兴国的发展战略。从互联网基础设施的建设进程来看,中国大陆并不比欧美晚多少,在亚洲地区,与日本、韩国、中国台湾差距也不大(按照建立教育研究网的时间点,韩国,1982 年;日本,1984 年;中国台湾,1987 年;中国大陆,1990 年;进入 ADSL 普遍商用的时间点,日本、韩国、中国台湾都是 1999 年,中国大陆是 2002 年)。这对冷战格局下的中国大陆绝非易事,需要改革开放的大好环境和那一代国家领导人的高瞻远瞩。

在有关中国网络文学海外传播的相关论文中,笔者曾多次谈论过,从全球媒介革命的视野来看,中国网络文学独成奇观,其原因与中国特色的社会主义文学体制直接相关,是各种"阴差阳错"导致的"得天独厚"。2014 年"净网行动"以来,国家政策对于网络文学发展的引导和管理日益加强。今天,中国网络文学已经是意识形态国家机器的一部分,在"走出去"时,已然肩负展现中华文明、讲好中国故事的文化使命。在这里,中国性是不能虚化为汉语的,"计较"哪个国家是有意义的。

中国网络文学的起始点能否定在中国大陆以外?这个问题可以换一个角度来问。假设中国大陆没有网络文学的生长条件——互联网设施建设晚个十年八年,或者一开始政策管控就特别严——用汉语写作的网络文学只在海外开花,是否能叫中国网络文学?笔者认为,应该叫华语网络文学更妥当。中国网络文学与华语网络文学是两个不同的概念。

欧阳文使用的"中国的(汉语)网络文学"这个概念令人迷惑。笔者的理解,莫非指"中国的(汉语)网络文学"之上,还有一个范畴更大的概念"中国网络文学",包含非汉语的少数民族语言文学(比如"中国的〔藏语〕网络文学")?抑或只是表达"世界上以汉语为母语的网络文学都可算作是中国网络文学"?

按照目前学术界通行的概念划分方式,"中国文学"的概念中自然包含"少数民族文学"和"海外华语文学"(但一般具体说到后两者还需特别提及),但当说到"华语文学"时,一般不涵盖中国大陆文学。"华语文学"的概念背后,有国族之别和政治地理区域划分的含义。如果只强调语种的区别,可用"汉语文学"的概念。

对于网络文学的概念界定,笔者认为最好沿用这些既有的学术概念。一方面,网络文学研究也逐渐纳入学科化体系;另一方面,这些概念经多年使用,尽管还会有矛盾含混之处,但错误率更少些。在笔者的概念里,"中国网络文学"是以中国大陆的网络文学为主体的;"华语网络文学"指的是中国大陆以外的华语创作,包括中国港澳台地区。如果实在需要一个概念涵盖所有使用汉语创作的网络文学,那么,"汉语网络文学"似乎更合适。这一概念只强调语种的区别,国族、地域概念会被大大虚化,不能说以汉语为母语写作的网络文学就是中国网络文学。因为有些语种是很多国家的母语,如英语网络文学,你说它是英国的?美国的?还是澳大利亚的?

对于中国网络文学这个概念而言,中国大陆的地域属性绝不能虚化,因为文学制度不是虚化的。北美的网络文学、中国台湾的网络文学,即使对中国大陆网络文学的发展产生过重要影响，其平台运营模式和文学样态都不能照搬。

比如，《华夏文摘》时政色彩极其浓厚，文学创作以留学生表达乡愁为主。所以，虽然在文体上基本延续纸刊传统，以杂文、散文、诗歌、中短篇小说、回忆录为主，仍能聚拢人气，引发共鸣。但当朱威廉把他的个人主页榕树下移到中国大陆成立编辑部后，他首先考虑的就是政治安全，编辑部审稿，首先严把的是政治关，艺术标准反而很宽松。① 于是，散文、小说更多的是"网络文青"的自我抒情、自我表达，很难形成社区讨论，也缺乏商业价值。

再比如，台湾元元讨论区（1998年）曾聚集了两岸及港澳地区的早期网民，龙的天空、幻剑书盟、起点中文网等多家早期网站、书站创始人都曾混迹于此。2000年元元创始人沈元想走商业化道路，就自己成立出版社，利用台湾类型小说出版和出租书屋的渠道，实现了"线上连载—线下出版"的商业模式。这一模式也支持了中国大陆第一家商业网站龙的天空的商业化道路，可以说，中国大陆网络文学商业化发展的"第一管血"是台湾出租屋市场注入的。② 但这个市场对于大陆网文作者而言毕竟太小，而在大陆出版，就会遇到如何与出版社合作等一系列问题。最终，龙的天空经营失败，起因就是与合作出版社的一场官司。③ 起点中文网之所以孤注一掷，走当时人人不看好的线上收费道路，是因为实在没有别的路可走。没想到，绝处逢生，创出奇迹。

---

① 参阅邵燕君、肖映萱主编：《创始者说：网络文学网站创始人访谈录》，北京大学出版社，2018年版，第6—7页。

② 参阅邵燕君、肖映萱主编：《创始者说：网络文学网站创始人访谈录》，北京大学出版社，2018年版，第70—100页。

③ 参阅邵燕君、肖映萱主编：《创始者说：网络文学网站创始人访谈录》，北京大学出版社，2018年版，第52页。

从以上发展史实中,我们可以看到,考察中国网络文学的发生和发展问题,离不开对中国大陆的具体制度环境和消费环境的考察,终归是一方水土才能养一方文学。

关于中国网络文学的起源问题,笔者赞成多起源说。每一条大江大河都是由多条河流汇聚而成的,何况互联网本身就是去中心的。《华夏文摘》可以作为北美华人文学的源头,但难说是华语网络文学的源头。因为中国台湾的网络文学自有其源头,笔者倾向于定为元元讨论区(1998年)或诞生了《风姿物语》(1997年)、《第一次的亲密接触》(1998年)的高校BBS(始建于1990年底),甚或上溯到Tigertwo(虎二站)BBS(1994年10月)。如果超越国别、地域,单以语种论,以《华夏文摘》为代表的网刊平台,或可作为汉语网络文学最早的发生地。之所以不称源头,是因为源头便意味着源流。互联网空间理论上是相通的,但事实上被无数趣缘空间所阻隔。没有明显渊源关系的文学,只能按时间节点排序。但中国网络文学的源头只能在中国大陆,也可以分为几个脉络。以起点中文网为代表的网络类型小说(网文)的源头,可以追溯到开启论坛模式的金庸客栈(1996年8月);榕树下(1997年12月)开辟的则是与纸质文学传统更具连续性的精英文学脉络;"女性向"文学也可以梳理自己的脉络,其起始点应该是桑桑学院(1998年5月)。虽然源头各异,但正源只能找主脉。恰巧,金庸客栈建立时间也是最早的,既是主脉又是最早,免去了很多麻烦的论证。

将起始点锚定在金庸客栈,可以更加明确中国网络文学的独特性质及其在世界网络文艺中的定位:中国网络文学是世界网络文艺的一部分,它的诞生深受世界流行文艺的滋养,以中国原创的生产机制为动力,为类型文学这一在印刷媒介中成熟的文学形态插上了网络的翅膀,使其在总

体数量规模和类型丰富度等方面都获得了长足发展。当中国网络文学再次走向世界,不但展现了中华文明的传统魅力,也使文学这一古老的艺术形态焕发青春,继续成为当下世界网络文艺中的活跃部分。中国网络文学对世界流行文艺"反哺",也在一定程度上加速了世界文学的媒介变迁。

原载于《南方文坛》2021年第5期

一个时代的文学坐标

——中国网络文学缘起之我见

马季

讨论网络文学缘起是从网络文学20周年纪念活动前后开始的,长期关注网络文学的人士意识到,应该对它的前世今生做一个阶段性的总结,网络文学未来能走多远谁也不知道,但来路还是应该弄清楚的。2018年3月,上海作协邀请全国网络文学研究专家举办了一次研讨会,投票选出了20年20部代表性作品。这个活动在客观上向社会传递了一个信息:中国网络文学发端于1998年。其实传递这一信息的时间还可以往前推一推,2008年10月29日至2009年6月25日,在中国作家协会的指导下,《长篇小说选刊》杂志社与中文在线旗下17K小说网联手举办了"网络文学十年盘点"活动。当年7月,鲁迅文学院举办了首届网络作家培训班。我作为活动的亲历者记得很清楚,当时确有为网络文学纪年的初衷。

目前关于网络文学的缘起大致有三种观点:"站点说""作家作品说""现象说"。需要说明的是,源头和起始年是部分重叠却有区分的两个概念。一般来说,在时间上,源头会久于起始年,源头有可能是某个单一事件或作品,而起始年则需要相对多的、有影响力的事件或现象作为依据。

"站点说"相对简单,谁建站最早自然那里就是发端之地。这当推1995年8月中国大陆第一个出现的BBS"水木清华"和1996年8月新浪旗下的"金庸客栈",但这两家前者是局域网,不对大众开放,后者则是金庸武侠小说拥趸聚会的场所,后期才逐步演变为开放性的大众写作平台。1997年6月,网易公司成立,8月向用户提供免费个人主页,这是网络小

说站点得以发展的基础。此后的"碧海银沙""黄金书屋",以及相继出现的"龙的天空""西陆论坛""旧雨楼""西祠胡同"等 BBS 合力形成了网络文学最初的联盟。在此过程中,1997 年 12 月朱威廉创建"榕树下"文学主页,及 1999 年 8 月"红袖添香"书站开启,网络文学的大众性和广泛性才真正得以实现。"站点说"将中国网络文学的起始年定位于 1996 年,有一定合理性,也有值得商榷的地方。

"作家作品说"则包含两种观点。一种观点认为,从北美留学生通过电子邮件传递文学作品算起,可以追溯到 1989 年。具体到个人,1991 年 4 月,少君在中文电子周刊《华夏文摘》上发表短篇小说《奋斗与平等》,被认为是华文网络文学的开篇之作。而中国网络小说的肇始者被认为是罗森于 1997 年 8 月开始连载的《风姿物语》,但其在当时并没有成为现象级作品。2003 年 4 月,《风姿物语》转发于起点中文网之前,尚未见到在大陆有传播的记录。《风姿物语》2006 年 1 月完结,其时,大陆玄幻代表作《飘邈之旅》《诛仙》《紫川》《亵渎》《佣兵天下》《魔法学徒》已经声名鹊起,以唐家三少为代表的新一代玄幻作者也已经创作了大量作品,影响力不在《风姿物语》之下。可见时间领先一步的《风姿物语》,对于中国网络文学的象征意义远大于它的实际影响力。

《风姿物语》是日本著名游戏《兰斯》系列的同人小说,确切地说是《鬼畜王 RANCE》的同人。作为网络玄幻小说的源头之一,应该没有争议,但是《风姿物语》只能作为潮流的代表,而不能作为网络玄幻小说兴起的主要原因,因为玄幻进入华语创作世界,是必然的现象。这并不是对《风姿物语》的贬低,罗森领先一步,采用超前的创作手法进入网络,对中国网络文学的贡献是值得书写的,但也不能因为玄幻后来做大了,20 年后重新定义,必须将在网络最早发布玄幻小说的年头定为中国网络文学的起始年。大家都知道,玄幻小说有更早的源头,黄易创作于 1988 年的《破碎虚空》即初现了玄幻武侠题材的奇幻瑰丽之美,此后的《大剑师传奇》《寻秦记》《大唐双龙传》则进一步拓展了东方玄幻的魅力。由此可见,由中国武侠小说和西方奇幻小说演化而来的玄幻小说的确早于网络文学问世,并且对后来在网络上风起云涌的网络玄幻小说起到了推动作用,但它并非网络小说早期的引路者。确切地讲,在 2002 年之前,有影响力的网络作家中几乎没有玄幻小说作家。以起点中文网为主导,2003 年后逐步形成的网络文学 VIP 收费阅读推出的"玄幻小说"热,只能认定是中国网络文学第二个创作高潮,此后玄幻小说逐渐成为网文发展的龙头类型。或者可以这样理解,没有玄幻小说就没有今天的网络文学,玄幻小说以其独特性为网络文学打开了一扇大门,但这是 2003 年以后的事情,前面 5 年具有开创意义的中国网络文学我们不能视而不见。尽管《风姿物语》不失为中国网络文学的重要源头之一,但"作家作品说"将 1997 年定为中国网络文学起始年,并不恰当。这和中国现代文学将起始年定于 1919 年(因为五四新文化运动),而第一篇白话小说——鲁迅先生的《狂人日记》发表于 1918 年 5 月,道理相通。

  我个人主张的是"现象说"。我认为这是由网络文学自身特点所决定的,即草根写作、大众参与、社会关注三者合一方为起始。"现象说"盖源于中国网络文学第一个创作高潮,标志性事件乃是 1998 年 3 月至 5 月,蔡智恒(痞子蔡)开始在 BBS 上连载《第一次的亲密接触》。这一由互联网派生的首部畅销小说,大量采用网络语言,比如"见光死""恐龙""I 服了 u(我服了你)""我 T 你!(我踢你)"之类,作品讲述了一段纯洁、调皮且又悲情的网恋故事。1999 年,《第一次的亲密接触》在大陆出版,短时间内不断创造小说出版记录,销售过百万册,先后被改编成多种舞台剧、电影和电视剧，成为众多网络写手效仿的对象，形成了一股"亲密接触"的旋风。和这一旋风形成交集的两家大陆网络文学站点，分别是1997年12月创建的"榕树下"和1999年8月开站的"红袖添香"。

20世纪末，在商业大潮的冲击下，中国当代文学面临新的格局，先锋小说前路渺渺，新写实主义有所抬头，港台武侠、言情小说大行其道。在出版业的推动下，商业化写作初露端倪，一批大众文化期刊蓬勃兴起，《今古传奇》《知音》《读者》等成为阅读时尚。中国第一代网络作家大部分是"70后"，在90年代中期起步进行文学创作。网络BBS的出现，尤其是"榕树下""红袖添香"和稍晚一些的"天涯社区"先后建站，为他们创造了一片追求文学理想、施展文学才能的天空。早期网络文学以都市情感和武侠为主体而不是玄幻小说，像安妮宝贝、宁财神、李寻欢、今何在、蔡骏、慕容雪村、邢育森、俞白眉、君天、沧月、步非烟、凤歌、庹政、楚惜刀等活跃于BBS论坛的作者，见证了中国网络文学的第一个创作高潮。1999年，"榕树下"主办"首届网络原创文学大赛"，评委是王安忆、贾平凹、余华、王朔和阿城等人。"榕树下"网络文学大赛和新浪原创网络文学大赛，在他们和传统文学之间搭建了一座桥梁。

"70后"当中也有一批在网文类型化过程中转型成功的作家，比如幻想类作家猫腻、萧鼎、燕垒生、徐公子胜治、忘语、树下野狐，架空历史类作家月关、酒徒、蒋胜男、贼道三痴，新军事类作家骠骑、说不得大师、流浪的军刀，现代都市类作家骁骑校、李可、携爱再漂流等等，他们承袭了前辈作家的文学理想，同时开辟了网络文学的崭新天地。2004年后接过接力棒的唐家三少、血红、跳舞、梦入神机、辰东、阿越、阿菩、骷髅精灵、流潋紫、桐华、天下归元、丁墨、月斜影清、我吃西红柿、天蚕土豆、烽火戏诸侯、爱潜水的乌贼、愤怒的香蕉、紫金陈、唐欣恬、丛林狼、蒋离子等一众"80

后",则将网络文学做大做强,逐渐形成了独立的文学样式,为网络时代的中国大众文学登上国际舞台拉开了序幕。

"榕树下"和"红袖添香"当年推出了一大批时代气息浓厚的都市情感类短篇小说、散文、随笔和诗歌,这在一定程度上和《第一次的亲密接触》的广泛传播密不可分。"红袖添香"此后还专门出版了短篇故事集《看见你的脸红》,文风之相近可见一斑。总之,当年活跃于"榕树下"和"红袖添香"的一批网络作家不应该被文学史遗忘,他们是真正意义上的中国第一代网络作家。上海网络作协主办的《网文新观察》最近约请当年活跃于"榕树下"的作者撰写回忆文章,从中我们大致可见网络文学最初的模样,人生就是一个各自奔天涯的过程,聚散终有时,但火种依然存在,"我刻下坚持和信仰于树上,即便狼奔豕突于日常琐碎与生活重负,困囿于父母妻儿期望,负重生活的压力与生命尊严,依然坦然从容,不改初心"(庹政)。当年的作家中如今"有的是畅销书榜的常驻客,有的是热播影视剧的编剧,有的成为文化公司的老板,更多的是始终笔耕不辍坚持创作的普通人,文学之梦是我们心底彼此相连的纽带"(楚惜刀)。经过不断摸索,中国网络文学找到了自己的方向,一直在不断壮大,网络作家靠文学网站 VIP 收费阅读的分成养活自己,进一步凭借版权延伸过上富足体面的生活,这段跨世纪的历程,起起落落、分分合合,留给人们的有感伤和怀念,但更多的是坚韧与宽广。同时,我们应该记住那些当初不惜将身家和青春搭上去的网站始创者,那些在编辑生涯中一点一滴将创作经验分享在网络上,为一代又一代网络作家作嫁衣的网文编辑,其中的代表者朱威廉、起点团队、孙鹏、血酬、千幻冰云、刘旭东、杨晨……他们为网络文学作出的贡献完全有资格进入文学史。

我赞同一种说法,中国网络文学是多源头的,所有早期对网络文学有

过贡献的平台，个人领跑者（包括海外留学生），乃至西幻、日漫都是源头的一部分，但起始年还是应该以重要现象作为依据，《第一次的亲密接触》不只是一部作品，还是一个重要文化现象，即网络文学在民众中产生重大影响，引发社会关注，进而获得理论意义上的合法性。当下有部分网络作家认为《第一次的亲密接触》不是网络文学，因而否定它的历史作用，这或许是对早期网络文学缺乏了解，或许是认为正宗的网络文学必须是超长篇小说，甚至必须是幻想类作品，这些观点有失偏颇，对网络文学的历史演化有失公正。若是对中国网络文学做一句话溯源的话，顺序应该是这样的：北美留学生邮件和论坛+少君—黄易+《风姿物语》—《第一次的亲密接触》+榕树下文学网，1998年瓜熟蒂落钟声响起，一个时代新的文学坐标由此建立。这是我的观点。

原载于《文艺报》2021年5月12日

"网文"诞生:数据的权力与突围

许苗苗

说起网络文学,人们首先联想到打着"玄幻""仙侠""赘婿""玛丽苏"等标签的"网文"。这些穷小子暴富、灰姑娘逆袭的励志故事,不仅带动流量、创造收益,也承担起中国当代流行文化输出的重任。然而,变身"网文"之前的"网络文学",原本是一个更多元的概念,它拥有无穷的变体,也引起无数的争议。是什么导致这个宽泛的大概念日益狭窄,最终归附于形式最简单、题材最传统、受众最普泛的通俗小说?我们不妨将这一变化过程,看作新媒体文化的简化过程。

信息时代,基于数据分析的新型生产模式酝酿着新的文化力量格局,表现在网络文学中,即文学的限定性日渐减弱,后续产业的技术和资本要素日益加强。这种力量与态势的变动,使得以往难以定论的试验概念"网络文学"变成人人参与的大众概念"网文"。网络文学及其参与者经历了从文学创作到文化生产,从受制于资本到利用数据反制的历程。在这个民众与专家争夺发声机会,作者和读者携手生产内容,新媒体和旧平台力量交互,决策权和话语量权重不断倾斜的场域之内,网络文学的每一次变形、简化、扩张,都反映出大众文化的生命力和革新的动力。

从"网络文学"到"网文"

20余年前,台湾青春爱情小说《第一次的亲密接触》将"网络文学"一词带入公众视野,文学就此迎来了新媒体时代的纷争。虽然在当时的

"网络文学"名下,可读作品寥寥无几,但人们却并不满足于"第一次"里的青春与爱情,而是将对新技术和文学传统关系的想象投射在"网络文学"这个概念上:它可能经由媒体发言的自由,导向民间创造力的大爆发;它可能借声光色和超链接,突破诗与画、形与音的边界;它可能利用双向交互、即时沟通,在表述与交往中达成思想的共同体……然而,如今的网络文学却不再充斥着"可能"和"不确定",而以几大文学网站类目下的玄幻穿越、霸总追妻等网文为整体面貌。从"网络文学"到"网文",其间的转换是一场挟读者之名、本传统之源、借媒体之势的权力争夺。

通俗网文之所以成为网络文学主流,是由于它具备高创收能力,且对技术要求极低。因此,资本挟读者之名,推动其繁荣壮大。在网络文学诸多类型中,最先实现付费阅读的,就是网络小说——那些分节发布、按字定价、先读后买、量大价低的连载网文。连载文的原型是论坛帖子,在原创内容匮乏的时期,帖子只要有一定可读性就能吸引网友目光。而篇幅长、更新多,则会让帖子随点击不断被推上榜首。大量阅读留下的记录不仅造就热门话题,还激发进一步传播,使帖子成为网站的招牌内容。到了付费文学网站时代,这种思路得到延续。作品的点击量和口碑不仅来自情节、悬念,还依赖曝光率的增加,唯有将阅读变成习惯,才能绑定读者,为网站赢得收益。网文漫长的情感陪伴式阅读造就其庞大的篇幅,而付费阅读半卖半送的思路,更加剧了作品篇幅的膨胀,最终达到平均几百万字的规模。对于需要考虑发行、储存成本的印刷品来说,篇幅冗长是极大的弊病,但在网络上却不然,等待更新是一个煎熬、磨炼甚至培育情感的过程,它能筛选真正有兴趣的受众,促使其启动付费。由于长篇互动多、页面浏览量大,并可能带来长期收益,所以这类网络小说是颇受网站青睐的主推类型。

网络小说不仅带来收益，对技术也几乎没有要求——文学网站只需具备基本的发布系统和极少的存储空间。早期网络文学也曾探索过炫目的特效和精美的视图，然而，过高的技术含量却屏蔽了大众的参与，反而是最简单的纯文字形态一路留存了下来。从电脑屏幕到手机短信，从 2G 数据包到 5G 流量平台，网络小说的基本呈现界面始终没有大的变化，尽管其间充斥着错别字和乱码，阅读感受极差，但被故事情节深深吸引的人们却毫不在意。收益的高涨和技术门槛的降低，使纯文字长篇小说成为网络文学中最有利可图的形式，由此赋予收费网文合理性。而使之彻底取代其他文类的，则是投向网络文化产业的资本。对资本来说，品位不分高下，文体没有差异，一切的出发点在于自身增殖。通俗小说具备讲故事、造人物的优势，非常适应媒介改编，因而是资本着力追逐的对象。在资本推动下，网页点击量与报刊发行数类比，后续衍生产品的受众也受源头网文的吸引，这样，提供大量通俗网文就相当于响应和满足读者需求，因而具备正当性。资本挟读者之名扶植通俗小说，但其真正需求却非作品本身，而是网文的知名度和引流能力。"IP 化"的本质是剔除原著血肉的简化过程，因此，读者常常失落地发现，他们喜爱的作品成为 IP 并改编为新艺术形式后，不仅没有更上一层楼，反而被"魔改"得支离破碎。新媒体文化产业需要资本支撑，但资本无情，与令读者满意的质量相比，它更在意回报的数字增量。由此可见，网络小说简化并替代网络文学的过程，很大程度上是资本荡涤网络文化领域，为平台填充内容，达成扩张欲望的过程。

虽然获得了市场的保障和资本的助力，但网文毕竟是文学，需要文学传统和文化价值的确认。专业学术话语以传统通俗小说容纳网络文学，是一个为新媒介现象找依据、助网络小说在中国文学传统内扎根的过程。

命名即规训,如何称呼网络文学,其内涵与边界如何划定等问题,始终是学术论争的焦点,也是文学传统在新媒体时代变形、延续及势力扎根的方式。传统文学写作者往往因"影响的焦虑"而顾虑重重,但在网上写作却百无禁忌,不受所谓文学专业话语的规训。网民们洋洋洒洒、下笔万言,其故事往往取自文化与生活的各个角落:有广播里的评书戏文,有电视上的家长里短,有道听途说的奇闻逸事,更有港台的武侠言情……如萧潜的《飘邈之旅》便因其中的修真练级体系与《蜀山剑侠传》由人升仙的思路不谋而合,曾在首发站点"幻剑书盟"被指责抄袭;萧鼎的《诛仙》中的青峰竹林、师徒门派乃至正邪虐恋等情节,难免让人联想到金庸笔下的张无忌、萧峰和光明顶等;江南的《此间的少年》、今何在的《悟空传》等,都是基于名著改写的同人创作;而诸多穿越小说则将故事线索建筑在真实历史朝代的现成事件上。传统文化和当代都市传说的融合,使网络小说读来似曾相识,却又似是而非,很难将之划入任何现成体系,因而也特别容易引发争议。

学术研究界通过系谱探析、文本溯源等,将网文中仙侠与神魔杂糅的表现,功业与爱情并重的追求等,与民间故事、评书曲艺等类比,从大众文化源流出发,发掘网络小说与通俗类型小说的亲缘,由此认定其源出传统文化审美积淀。如黄发有认为,网络小说蕴含美好"宁馨儿"的品质,又带有"混世魔"的动荡与邪恶,展示出传统民间审美的多元张力;[1]范伯群、刘小源在有关同人文与现代小说的对话中,揭示了看似新鲜的网络文类背后的传统根源;[2]何平则认为网络小说继承了现代文学中被压抑的

---

[1] 参见黄发有:《网络文学与本土文学传统的关系》,见中国作家协会创作研究部选编:《网络文学评价体系虚实谈》,北京:作家出版社,2014年版。

[2] 范伯群、刘小源:《通俗文学的传统与网络类型小说的历史参照系》,《中国现代文学研究丛刊》,2015年第8期。

通俗文学传统,可与由港台带动的大陆原创通俗文学复苏相联系。① 作为网络文学类型化的坚定支持者和倡导者,邵燕君反复强调网络小说与通俗文化、东亚大众文化的亲缘,为突出网络写作的时代差异和青年文化的独特性,她甚至主张将小说从庞大的"网络文学"中独立出来,单以"网文"名之。②

由此,以往曾试图挣脱学术规范,却无力与精英话语对垒的网络文学,如今在对位通俗类型小说的过程中找到了传统文化、民间文艺等依据和源流;而学术话语面临新的媒介变局,也必须拓展自身视野、吸纳新案例,以总结、梳理当代文学的新动向。"什么是网络文学"之类的命名问题,始终是学界的关注点;既然试验性、无功利的多元网络文学已经消退,海量激增的网络小说作为颇具影响力的当代文化现象已成事实,学术话语必然要为其寻找合法性,通过分析、溯源、评比和经典化等手段,将网络文学纳入文学言说和规训的范围。在双方合力之下,曾经宽泛多元的"网络文学"统一成"网文",而与通俗小说相类的网文则由此具备了传统审美趣味的当代继承者地位,当代文学的版图也由此得到拓展。

学术界本传统之源,促成通俗小说地位的提升;资本借读者之名,推动网络小说数量的增长。除此之外,作为公众认知新概念的主要途径,媒体表述的转换和侧重也导致网络文学内涵的变化。网络文学文集的入选篇目、大众传媒的报道和论争、官方宣传的侧重等,合力塑造了网络文学的形态。对研究者来说,有关"网络文学是什么"的答案,不仅来自网络上的作品,也来自同行评定,作品选本的面貌以及选择的标准,是文体观念的体现。"中国网络文学年选"是漓江出版社自 2000 年起推出的系列

---

① 何平:《再论"网络文学就是网络文学"》,《文艺争鸣》,2018 年第 10 期。
② 邵燕君:《网络文学是否可以谈经论典》,《中华文学选刊》,2019 年第 7 期。

读物,可谓与我国网络文学发展同步。这一系列书籍的最初编选者是倡导"生活·感受·随想"的"榕树下"网站,如今则由学院派批评家、学者操刀。文选是文学作品经典化道路上的重要备份,连续出版的选本篇目更可直接用作观察文体流变的案例。入选"漓江年度最佳网络文学"的篇目,20年前是"榕树下"精雕细刻的短文随笔,如今则是商业网站上动辄几百章的通俗小说片段。

  不同媒体的立场和导向,不仅反映网络文学面貌,还起到敦促其自我规训的作用。早期集中关注网络文学的媒体,主要是《文艺报》和《中华读书报》。二者分别从创作和出版市场层面展开观察,报道多集中在作者访谈、创作讨论等方面。随着网络文学数量增加,其市场业绩引起诸多行业媒体关注,相应作品评论与新作家群体报道等也见诸报端。网文在公众特别是青少年间影响力的提升,也成为意识形态领域不能忽视的问题。"有高原、缺高峰"和"正能量"等也被用以评价网络文学——"网络文学如何传递正能量"[1],"网络文学也要有高峰"[2],"网络文学:既要高质量也要正能量"[3]等醒目的标题,自2015至今连续见诸《人民日报》《光明日报》等国家级媒体。舆论导向还为网文提供了文学和市场评价标准之外的宣传点,如"正能量"一词,竟成为"小白文"的金字招牌。这类作品往往将主角设置成吃苦耐劳、勇者必胜的形象,恰好具备某些方面的"正能量"。通过对主流意识形态的主动配合,"小白文"从原本单薄幼稚的"打怪升级",转变为不屈不挠、热血昂扬的乐观主义文本。由此,在资本、学术话语以及媒体三方合力之下,"网文"一举终结有关网络与文学的讨论,成为"网络文学"的代名词。

---

[1] 黎杨全:《网络文学如何传递正能量》,《光明日报》2015年3月23日。
[2] 欧阳友权:《网络文学也要有高峰》,《光明日报》2016年12月21日。
[3] 张姗姗:《网络文学:既要高质量也要正能量》,《人民日报》2020年6月8日。

数据主导下的"网文"生产

从"网络文学"到"网文",不仅是"名"的转换,更是"实"的变迁,而支撑网文从零散篇目向量产飞跃的,正是互联网的数据力量。网文是网络上的通俗类型小说,它的流行离不开小说自身的魅力,但新媒体提炼了其契合大众趣味的部分,使之更彻底地成为面向市场的产物。同时,在线写作的轻量级和低门槛,吸引了大量免费自愿的劳动力投入其中,极大提升了网文的数量和普及率。如今,为网文源源不断贡献内容的,已经不再是印刷媒体时代的个人创作,而是进行数据收集、信息处理的工业化生产。在网文生产过程中,基于文本的关键词对比分析,将构思、撰稿与润色进行分拆搭配的合作流程,以及定向教学、流量为王的生产思路等,均与以往源于个体神思的文学创作不同,这反映出新媒介文化生产机制的转变。

近代印刷技术的成熟和交通运输的提速,降低了出版成本。大量实用性经典读物、课本和历书的出现,提升了平民大众的识字率,促使地方报纸等纸媒从政要专享的新闻载体变成面向大众的读物,也成为小说连载的平台。通俗类型小说一诞生就以市场销量为目标,注重实用性,迎合大众审美趣味,甚至可以说,通俗小说就是经济与技术联手将文学推向大众的产物,因而其发行量极大。然而,印刷品难免受到油墨纸张、运输劳力等的限制,需要成本投入;且大众口味难以捉摸,热门类型也有遇冷风险,一旦过时不仅是废纸一堆,还占用储存空间,媒介的物理形态制约着印刷时代小说的生产。互联网则彻底解除了印刷媒介的物理制约。文学网站只需提供最简单的发布平台,纯文字界面的呈现和存储也几乎不占用空间。网站内容由注册作者主动上传,稿费则来自读者订阅打赏,平台

居中抽成,可谓零风险。至于如何精准找到网民喜爱的热点,让作品赢得更大收益,则由电脑负责。电脑如此智能,借助应用下载、话题选择、页面停留时间等揣摩读者偏好,从而精准预测市场对文艺作品的需求。文艺作品是否吸引人,并非取决于视听效果,而是基于个性感知,人工智能能模仿大脑机制,创建个性感知模型。每个人的电脑都是数字世界里独一无二的人脑化身,是"中枢神经的延伸",它与眼睛或耳朵等感官不同,没有外在测量标准,而是深入人的内心,探究"吸引力"之类因人而异的隐秘问题。数字人文囊括传统经典,展开基于文本和语言功能要素的对比分析;大数据时刻监测受众行为,统计网文的热门段落、废话和金句——借此,以往不可捉摸、难以预测的市场阅读需求在如今有了科学依据,数据分析使网络类型小说获得销售保障。

在以需求为原动力的通俗小说创作中,作家自发的写作转为书商预定的写作,而延伸到网络文学领域,呈现的则是彻底从个体创作到组织生产的变革。文学创作源于个人的生命体验,这一过程无法复制也不能预测,带有神秘色彩,所谓灵感、顿悟以及艺术家的巅峰体验,都可谓求之不得、无迹可寻。因此,人们往往认为文学不是产品,创作和生产、艺术与技术之间存在形与神的鸿沟。然而,通俗小说却是例外,既然面向大众,其供给就必须与市场匹配,要有清晰可测的产品标准和统一可控的生产流程。类型小说不提供出人意料的情节,而以符合阅读预期的稳定套路取胜,便于分解、概括甚至跟风仿写,这也为其大规模产出提供了可能。随着文学走向大众,伟大作家的不朽作品在种种渠道中面临销售业绩的汰选,在学科专业的审视和大众媒体的诠释之下,经典不再独一无二,而被越来越多的通俗文本当作原型接纳、稀释并演绎。

文学作品从浑然天成、妙手偶得,日渐成为大众文化的一分子,而索绪尔的语言学对能指与所指的区分、普洛普对民间故事要素的分析、叙事学对结构意义生产规律的把握等,则为类型特点的强化和批量内容的产出开辟了道路。虽然文学本身日益被祛魅,但大众文化中的文学要素却无处不在,这种演化与增长来源于写作的职业化培训和教学:无论罗伯特·麦基的《故事》、雪莉·艾利斯的"开始写吧"系列,还是其他诸多文学讲稿或作品鉴赏,都对写作予以指导,并手把手地传授推理、惊悚、科幻等类型写作经验;投身写作的学员们有信心通过模仿、联想和类比,使自己拥有生产合格创意文本的能力。在这样一系列以写作合格为目标的教与学过程中,曾经专属具体作品的感染力,被提炼为语句、结构与节奏等元素,而写作行为则是各元素按思维导图规划顺序排列的结果。这种目标清晰、定位精准、按需制作的文本生产方式,早在后福特时代,就通过市场调研获得了数据支持,支撑起国外通俗畅销书产业。

互联网在物理世界之外,搭建起一个前所未有的"平行宇宙",比起印刷品和影视屏幕,无处不在的电脑和手机更需要大量内容填充。早期论坛文学式微的很大原因是内容缺乏,而网文之所以成为打通付费模式的产业,一个主要原因就在于它能稳定提供大量产品。互联网强大的样本采集和信息分析汇总能力,使读者需求得以明确,网站轻松探知文本各要素的吸引力权重,类型小说定制生产的流程在网上更加畅通。加之在线写作消耗低廉,大量网民乐于尝试进入故事生产领域,导致作者也即网文劳动力数量大幅度增加,网络写作几乎成为网上的"全民运动"。

文学网站则通过传授写作技巧、简化发布流程等方式,不遗余力地扩大写作队伍,力争将每一个用户都变成作者、变成合格的网文劳动力,从而最大限度地提升产能:17K网站总编辑"血酬"亲自撰写《网络文学新人指南》《网络小说写作指南》,飞库网培训师"千幻冰云"结合写作经验

编辑《别说你懂写网文》,橙瓜网积极开发"码字助手"并大量转发征文信息,起点网与作协联合举办网络作家培训班,中文在线则创建了网络文学大学……"100条百万收入作家的网络小说写作经验""爆款小说创作必须做好的13大关键点"等秘籍被业内"大神"慷慨公之于众,目的就是最大限度地发掘新人。文学网站对"大神"作家成功经历的表述方式也别具一格,"大神"们成功的关键不是天资聪颖或家学渊源,而是全勤、忍耐和"坚持多年不断更";其他如"工作十几年工资不过千,写作一年月入十万""群嘲啃老、靠创作买房逆袭""从扑街到月入7万"[①]之类的宣传案例,全都是逆袭式的路数。网文写作被表述为人人能写、人人能红,因而值得人人参与的活动。从精英的思想试验转向全民的致富道路——网络文化体系借助低准入门槛、高未来预期、无背景要求的话术,从实体产业中抢夺了劳动力和注意力。

通过对受众兴趣点和阅读行为的数据收集,平台和算法提炼出文学作品的魅力元素并加以拆解、分析,从而使网络具备产出更切合市场需求的文本的可能,通俗类型小说一举成为网络世界里最有潜质的市场宠儿。类型小说遵循审美套路,其惯性结构和大众化的语体可模仿、易学习,而脱胎于影视编剧和创意写作教学的网文培训,则将写作转化为可控制、可复制的生产过程,便于产出与网站风格一致的文化产品。边工作边上网的摸鱼式写作,创作出知名IP一夜暴富的诱惑等,引得大量网民加入网络写作队伍。由此,网文步入大批量产业化生产所需的自由劳动力(网民)、生产资料(审美要素)、生产工具(电脑、手机、互联网)已全部具备,人脑独立创作转换为按超级数据指导进行的类人脑生产。

---

① 以上均来自公众号"橙瓜网文"文章标题。

"玩劳动"与"反生产":反制数据权力的可能

在网络文学由创作向生产的转化过程中,在线阅读和接受行为也被归类、分解——网站搜索栏里,"甜""虐""热血""王者"之类快感要素被直接标注成引导阅读的标签和关键词。关键词和标签化意味着,对网络阅读来说,故事本身丰富与否无关紧要,情节的爽点、对话的笑点和形象的萌点才是必需。这些"点"使原本连贯一体、自带召唤结构的大叙事,转换为各种松散、独立、可拆解的要件,与其说网文读者在读故事,不如说他们"单独就与原著故事无关的片段、图画或设定进行消费"。① "由于受众的兴趣在于故事的片段与设定的集合,传统的线性叙事就遭到肢解",当代受众对网络文化产品的关注,从大塚英志所谓追随故事的大叙事即"物语消费",向东浩纪所谓凝视片段的萌要素即"数据库消费"转换。②

数据库消费钟情的是那种特点明确、易于辨识的文本,它们具备媒介转换所必需的特性,即成为好IP的潜质。IP原指知识产权,但在中国网络文化语境中,却多指网文具备的跨媒介转换能力。它之所以受重视,是因为只有产权明晰,后续才能改编开发,进行利益分配。因此,IP也可以看作网文经过内容简化后剩余的,有利于媒介改编的要素组合。这些要素必须具备能脱离故事整体结构的独立性和明确辨识度,而数据库消费的"片段、图画或设定"正是特征明显、差异分明的。因此,IP生产恰好对接数据库消费。数据库消费的文本不必有逻辑清晰的紧密结构,却必须有具备独立特性的审美要素;在IP的媒介转换视野中,由于不同媒介诉

---

① [日]东浩纪:《动物化的后现代:御宅族如何影响日本社会》,褚炫初译,台北:大鸿艺术股份有限公司,2012年,第61页。

② 参见黎杨全:《从物语消费到数字消费:新媒介文艺消费逻辑的演进》,《江苏大学学报》(社会科学版),2021年第1期。

诸感官序列不同,也需要重新调整叙述次序,因此结构同样是隐退的。对IP生产和数据库消费来说,具备共识性和开放性的审美要素不可或缺,而制造这类要素必须充分熟悉网络语境,具备高超的"造梗""吐槽"能力,同时能够与青年文化流动的热点同步。

热门网文《大王饶命》就是一部具备以上特性的作品:它结构平淡甚至松垮,但在角色搭配、能力设定和对话吐槽等点状要素方面,却十分突出。《大王饶命》发生在灵气复苏世界,开篇是温情脉脉的"小确幸",以夸张的"反差萌"吸引读者,故事不断有轻松搞笑的小高潮,结局试图对日常琐碎进行升华,但实则失之空泛……作为一部网文,《大王饶命》具备轻松解闷的基本娱乐功能,但始终缺乏强有力的标志性记忆点,因此,就故事本身来说,即便在作者本人的创作成果中也难登榜首,而使它脱颖而出得并在网文历史上留名的,是其空前的人气。《大王饶命》连载时,恰逢起点中文网设置"本章说"功能,即一种类似页面批注的功能,读者可以将评论标注在小说每一段之后,不必转到文后的留言区集中讨论。这一功能为读者提供了对作品进行评点、生发感想、衍生意义的机会。打开起点中文网的《大王饶命》链接,每段文字之间几乎都显示着数字"99+",即"本章说"的回复量。这部作品以创造了"单章评论量1.5万","网络文学史上首部在原生平台拥有超150万条评论"的纪录而一举成名。网络读者空前的热情,使作者"会说话的肘子"在连载期间即一举跻身"白金作家"行列。当谈到创作经验时,他认为秘诀在于每次看到有趣的段子都会反复琢磨、融会精髓并运用到写作中。不难发觉,与其说"会说话的肘子"自身具备卓越才能,不如说他把握住了网络语言的魅力:幽默的言辞和对时事的改写与投射,反映出与生活同步的网络段子强大的意义张力;在现实与虚构之间形成互动,搭建起文本内外的共时性桥梁。

《大王饶命》在读者中引发的狂欢式回应,表明随着网络时代生产合作程度的加深和传播技术的开掘,文艺生产已从个体化走向集体化乃至大众化。口传时代,人们传颂灵光一现的独家经典;印刷时代,人们试图通过拆解和学习再现大师的魅力;网络时代则与两者皆不同,重心转变到了以 IP 生产串联的劳动泛化和生产力提升上。借助新媒介多维互动的传播方式,网络将消费者转换为生产者。人们只需简单地注册账号即可变身网文作者,但即使不注册、不原创,只是浏览、点赞或转发,也能参与网文制造。可见,在碎片化叙事、数据库消费模式下,再少的时间投入、再细微的兴趣,也能被数据资本攫取并予以开发利用,为内容生产贡献力量。在网文速成培训和人人皆可参与的召唤下,大众原本自发的散点性碎片化叙事,被纳入网络文化工业整体之中,成为资本运转的一个环节。

针对这种现象,有理论家将其称为"平台资本主义"或"玩劳动",认为媒介平台借助数字资本引导民众深度卷入,以娱乐为名榨取其工作。[①]近来从廉价走向免费的网文可谓旗帜鲜明地实践着这一思路:网民获得了大量免费阅读的网文,但他们废寝忘食的浏览和刷屏行为,实际在为系统填充数据、筛选题材、解析热点。这样看,似乎上网越快乐,剥削就越严重,互联网的绑架令人身不由己。但事实上,我们也许不用如此悲观。当前网文确实受技术支持,并攫取大众的免费劳动展开自我生产,但大众也并非毫无知觉、无从摆脱,只能被动地跟随着资本走向被操控的终点。仍以《大王饶命》为例,将其推上流量巅峰的"本章说",其形式的散漫、意义的琐碎、话题的延宕等,其实与网文资本的开发重点即 IP 媒介转换并不相符。"本章说"功能的本意是评点,开发者希望利用它生产辅助数据的

---

① 参见[加]尼克·斯尔尼塞克:《平台资本主义》,程水英译,广州:广东人民出版社,2018 年版。

网络原生评价话语,从而为统计结果提供解读和分析。然而,《大王饶命》虽带动百万回复,其中却只有"点",少见"评":类似情节联想、句式拓展之类的对故事发展有价值的回复十分稀少,更多是与内容完全无关的签到、排队、抢沙发……在页面上盖楼的读者挥洒着点状词句激发的情绪。他们开创出与文本并行的群体书写空间,这一空间游离于故事主干,有很大随机性,并不有助于网文自身的完备。"本章说"虽然热门却并不挣钱,它们不可迁移也无益于开发,除为原网页带动流量外,可复制利用性很低。网络媒介虽擅长数据分析,但由于"本章说"发起随机、文字琐碎,对其进行阐释需要大量基于文化背景和时事动态的语义分析,而试图从中提炼意义线索或挖掘新的审美要素,其投入远远大于产出。不仅如此,这些话语的变动性让原本薄弱的小说结构更松散,使原本受数据引导的故事在散漫的话题中趋于失控,使不利于产业开发的内容翻转成流量,而这绝非开发者本意。"本章说"虽然调动网友参与,增强首发站点的黏着度,但商业价值贡献较低,不仅没有减轻后续媒介的转换投入,反而可能由于议论的差异性发展提升操作难度,它甚至使IP原本清晰的价值转为模糊。

促使故事结构和审美要素进一步分离的热门功能"本章说",一方面再次证明网络文学中群体协作大规模生产的可行性;另一方面也说明,在文化产业视野下,小说的价值已从文本对读者的吸引力,转向激发读者主动参与和行动的能力。而网络使用者是天然的话题生产者,因此网络小说比起以往印刷媒体的文本,天然具备进入公众议程的优先性,更容易成为热点。随着越来越多人的参与,网络文学在文学专业体系、网络资本、宣传和舆论中左右摇摆,而集读者、论者、消费者和免费劳动贡献者于一身的网民的力量,在网络文学面貌的塑造中不可小觑。那些活跃的一线

"网生评论家"曾利用自由发言的机会,以第一手的阅读感受和文本实例将评判作品优劣的权力从专业评论家的研判体系中解放出来。在网络小说成为类型生产之后,从读者变成消费者或"玩劳动"生产者的网民,同样担负起与网络资本和权力话语对峙的责任。在"玩劳动"的陷阱中,大众热议的 IP 确实能够引流资本,通过对审美要素的全面开发攫取利润,但投资一拥而上也可能导致其过度曝光而遭到网民厌弃。在兴趣迅速迁移的网络环境中,淘汰话题的速度与生产话题一样快,集中抢夺和过度开发的结果是资本的内卷损耗。对资本来说,新功能是否能够获得持续投入和存续,要看它是否能够贡献收益。类似"本章说"之类较低数据可控度的功能,虽然已偏离了资本的预期,但仍是一项人气颇高的应用,留有大量"本章说"标注的网页已升华出类似网络文化纪念碑的功能。这种超出实际使用的意义,使得它在数据生产之外具备了新的不可量化的价值,也使这一低收益的应用功能暂时不可能被资本轻易停用。通过大量使用,为喜爱的网络应用赋予经济以外的价值,或许可以看作一种意外收获,即网民使用"玩劳动"的剩余精力,反向利用资本,从而在一定程度上摆脱屈服于数据的宿命。

结语

"数据收集—偏好分类—模拟配比—按需推送",是一个将个体文学创作转换为工业化文学生产的流程。作为技术进步产物的大数据和算法,精准地将网络小说从文学创作带向文化生产,使网络文学成为文学与多媒体、故事与数据库、独特性与普遍性相结合的综合体。而民众的选择孕育了多种形式的网文,使技术、资本和其他不同的价值维度暂时和平共处,形成动态稳定局面。在网络文学 20 余年的发展中,简单明了又随性

的简称"网文"逐渐替代饱含争议、不易概括的原名"网络文学",使之更加亲民,从专业领域彻底转为人人皆可言说的大众文化。与此同时,普泛性的新媒介文化日渐暴露出审美的平庸和标签化等特征。以点赞和省略语为特征的网络文化,引诱我们日益患上马尔库塞式"单向度人"[①]的肯定性症候。然而,从大众对网络文学的创造、"本章说"的顾左右而言他中,我们似乎又可看出一些主动性的狡黠:也许在新媒体时代,批判和否定性已经不再是唯一的力量。以往的媒介受众,如今的写作者、生产者、参与者们,正通过肯定、支持加曲解的演绎方式,让新媒介形式通过营取流量从工业化的同质性中脱颖而出,进而获得资本支持而强大起来;在此基础上,通过戏仿、言说和曲解,生产自己的新的意义。

谈论网络文学,既要考虑其自身特质,也要顾及传播中的损耗变形。它已不再是稳定媒介场域中的固定对象,而是一个在话语权纷争中挣扎,在替代与遮蔽中不断变换、生成的概念。穿过芜杂语境,重回历史现场,校正误读并厘清每一个关键性节点的变化与动因,才是我们当前判断网络文学整体面貌亟须做到的。

原载于《探索与争鸣》2021 年第 10 期

---

① 参见[美]赫伯特·马尔库塞:《单向度的人》,刘继译,上海:上海译文出版社,2014 年版。

社会性:网络文学评价体系的另一维度[①]

杨玲

网络文学经过 20 多年的飞速发展,现已成为当代中国文学最活跃、最具影响力的生产和消费场域。然而,仍有不少学者指责网络文学缺乏"文学性",并以此为由否定其价值。网络文学具有文学性很重要吗?网络文学的根本属性为何?除了文学性,我们还可以使用哪些概念来理解网络文学,并"建立有别于传统文学评价标准、符合网络文学审美特征的评价体系"[②]?本文试图从网络文学的故事性和社会性(sociality)的角度为这些问题提供一个初步的答案。本文中的"网络文学"特指首发于网络的原创或衍生的虚构性作品,尤以网络连载的长篇小说,也就是俗称的"网文"为代表。在英文里,无论是"society"(社会)还是"sociality"(社会性),首先指的都是社会交往。《韦氏大词典》对"sociality"一词的定义是:(1)社交性(sociability),社会交往或社交性的例子;(2)在社会群体中活动或形成社会群体的倾向[③]。在社会学、社会心理学、社会生物学以及其他大多数学科中,社会性一般指的是群体内的成员之间"所具有的相互交往、相互影响的属性"[④]。然而国内文学界在论及文学的社会性时,

---

[①] 本文系福建省社会科学规划项目"新世纪文学的产业化转型与文学理论创新研究"(项目号:FJ2015B136)的阶段性成果,并受中央高校基本科研业务费专项资金资助。

[②] 罗先海:《"网络文学评价体系构建"研讨会述评》,《中国文艺评论》,2016 年第 12 期。

[③] 《牛津英语词典》对"sociality"一词的解释与《韦氏大词典》基本相同,但更明确地将 sociality 解释为"友好的社会交往""友谊或伙伴关系"(companionship)。

[④] 王新水:《人的本质:"理性"与后天社会性的统一》,《理论界》,2015 年第 11 期。

指的却都是文学"与特定的社会情境,与经济、社会和政治制度的关系"①,并以此为基础讨论文学作品的"社会原因、社会内容、社会意义以及社会效果"②。由于文学的社会性总是与社会反映论、社会现实主义和文学的外部研究相伴,它也常常被视为文学性、审美性和文学自律的反义词或潜在威胁,以至于文学研究者现已很少使用这一概念。事实上,如果我们将"社会性"理解为"社交性",就会发现文学除了"文以载道""抒写性灵",还有另外一个重要功能——人际交往。《论语·颜渊》中的"君子以文会友,以友辅仁"就是对文学的社交功能最确凿无疑的肯定③。倘若从社会性的角度来考察网络文学,则网络文学和传统文论观念之间的关系绝非某些学者所断言的"对抗"和"颠覆"④,而是一次深度回归。

一、网络文学的故事性

在《讲故事的人》一文中,本雅明称"长篇小说在现代初期的兴起是讲故事走向衰微的先兆"。在本雅明看来,长篇小说与故事存在三个方面的区别:(1)传播媒介的不同。"小说的广泛传播只有在印刷术发明后才有可能",而故事则是"口口相传的东西"。(2)来源的不同。"讲故事的人取材于自己亲历或道听途说的经验",而小说则"诞生于离群索居的个人"。(3)功能的不同。故事能给人教诲,而小说则"显示了生命深刻

---

① René Wellek and Austin Warren, *Theory of Literature*, Harcourt, Brace and Company, 1949, p. 89.

② 秦人:《"纯文学"与文学的社会性》,《浙江学刊》,1987年第5期。

③ 刘衍军、陶水平:《"以文会友"交往传统的诗学美学阐释》,《江西社会科学》,2011年第4期。

④ 欧阳婷、欧阳友权:《网络文学的体制谱系学反思》,《文艺理论研究》,2014年第1期。

的困惑"①。虽然本雅明的故事概念"过于狭窄",这样的定义"不符合故事始终与人类相伴随的事实",也"不符合人类永远需要故事的本性"②,但本雅明着意将故事与长篇小说区分开来的观点耐人寻味。

艺术哲学家达顿在《艺术本能:美、快感和人类进化》一书中指出,已有多项研究表明,讲故事是人类的一种天性。所有文化中的婴儿从18个月到2岁之间,也就是他们咿呀学语的时候,就会从事假扮游戏(pretend play)。儿童不仅拥有复杂的想象能力,还能够把想象的世界与真实经验区分开来。达顿从进化论的角度提出了虚构(fiction)和故事之所以如此普遍的三个原因。其一,"故事提供了低成本、低风险的替代性经验"。故事为我们在生活中可能遭遇的困难、威胁和机会提供了实验性的答案,让我们为生活的变故做好准备。其二,故事可以提供富有教导意义的事实性信息。这种生动而难忘的信息沟通方式可能对于我们祖先的生存带来实际的好处。其三,故事鼓励我们探索他人的观点、信仰、动机和价值观,有助于培养人际交往能力③。

人类的故事还具有一种普遍的结构。从古至今,故事都是关于难题和冲突的。美国学者歌德夏称,故事的一个最主要配方即"故事＝人物＋困境＋尝试的解脱"。所有故事讲述的都是主人公为了满足其欲求而付出的努力④。故事本质上就是关于真实或虚构的人物如何克服困难的。

---

① [德]汉娜·阿伦特编:《启迪:本雅明文选》,张旭东、王斑译,北京:生活·读书·新知三联书店,2008年版,第99~113页。

② 刘俐俐:《人类学大视野中的故事变异与永恒问题——基于张爱玲与俄国作家尼古拉·列斯科夫的比较》,《文艺理论研究》,2014年第1期。

③ Denis Dutton, *The Art Instinct: Beauty, Pleasure, and Human Evolution*, Bloomsbury, 2009, pp. 108, 110—111.

④ Jonathan Gottschall, *The Storytelling Animal: How Stories Make Us Human*, Houghton Mifflin Harcourt Publishing Company, 2012, pp. 52—53.

"通往生活、财富、雄心、爱情、享受、地位或权力"道路上的障碍是故事的核心元素之一;另一个元素则是如何成功地或失败地克服这些障碍。因此,"玛丽饿了,玛丽吃饭"虽然讲述了一个事件序列,但听起来并不像是一个故事。而"约翰饿了,但橱柜里什么也没有"才像是一个故事的开始①。几乎所有的故事创作者都必须在这个固定的结构中工作,戴着脚镣舞蹈。现代主义文学运动试图打破这一结构的桎梏,重塑人类讲故事的冲动。然而,乔伊斯的《芬尼根的守灵夜》之类的实验性小说虽然会被人们当作天才的艺术作品来膜拜,但却很难被读者当作故事喜爱②。

事实上,随着电子媒介的普及,长篇小说与故事讲述的力量对比已经发生了重大变化。有学者在考察20世纪后半叶英国文坛的发展历程时发现,"文学和小说写作日趋衰亡",而故事讲述重新兴盛③。新世纪以来,《哈利·波特》系列和《达·芬奇密码》等全球超级畅销书的出现,都将故事的普遍魅力和巨大的商业潜力展露无遗。当代中国网文的繁荣或许就是这一世界范围的故事大潮的地方性表达。相对开放和自由的赛博空间为许多没有受过任何文学训练、但却有着讲故事的冲动和丰富想象力的年轻人,提供了一个交流、展示的平台。如《鬼吹灯》的作者"天下霸唱"在网络上发表第一篇鬼故事之前,"连一百字的工作报告,检讨书都写不利索"。只是因为喜欢在网上看鬼故事,而故事的作者又迟迟不更新,他才在女友的逼迫下"侃"起了自己的鬼故事④。

---

① Denis Dutton, *The Art Instinct: Beauty, Pleasure, and Human Evolution*, Bloomsbury, 2009, p. 118.
② Jonathan Gottschall, *The Storytelling Animal: How Stories Make Us Human*, Houghton Mifflin Harcourt Publishing Company, 2012, pp. 54—56.
③ 肖锦龙:《电子传媒和故事讲述——论西方后现代文学的本质特征》,《文艺研究》,2015年第11期。
④ 天下霸唱:《扯了这么多故事了,稍微发表一些制作花絮》,新浪博客,2006年9月13日。

通过不计其数的网文作者多年的摸索,商业化网文现已形成了"升级打怪换地图"的固定叙事模式。"升级"指的是男女主人公的成长过程,"打怪"指的是克服成长过程中遇到的各种困难,而"换地图"则指的是成长环境的变化。女主人公的成长"一般可以通过财富,身份地位,技能"等方式来实现。比如,女主人公通过商业发家致富,其成长路线可以是:"一穷二白→赚取第一桶金→生意做大→遭遇挫折→克服困难继续财富积累→升级到一定层次后触动固有团体的利益→重大风波→最终成功度过危险并从中获取更大回报,女主身份地位的提升"①。不同的文类也有各自的换地图方式。如武侠/仙侠/网游小说的换地图方式通常是:"出生/起于微末的地方→升级到一个层次以后去另外做任务的地方→继续升级的地方/副本→……"②

　　不难发现,网文的写作套路是完全符合人类故事的"难题结构"的。网文主人公对生存、财富、权势和爱情的渴望,也是最普遍的人性的反映。2016年年底以来,备受国内媒体和学界瞩目的网络小说的海外传播,更是证明了"中国网络小说里那些千锤百炼的'套路'所发掘和满足的都是人类最恒长最基础的情感和欲望需求,拥有着穿透不同文化背景的巨大能量"③。邵燕君甚至预言:"目前,在全球流行文化输出的竞争格局中,能与美国的好莱坞、日本的动漫、韩国的电视剧有一拼之力的,只有中国

---

① 红花碎碎念:《#网文技巧#升级打怪换地图(上)——"升级感"这个小妖精》,"散文吧",2016年11月17日。
② 红花碎碎念:《#网文技巧#升级打怪换地图——换地图的那些事儿》,"大红花"微信公众号,2015年1月16日。
③ 吉云飞:《"征服北美,走向世界":老外为什么爱看中国网络小说?》,《文艺理论与批评》,2016年第6期。按,笔者对该文中提到的网文翻译论坛的流量数据持一定的怀疑态度。网文的西方粉丝群体的存在是毋庸置疑的,但这个群体的规模到底有多大,还有待继续观察。

的网络小说"。① 从海外读者对中国网文的评论中也可以看出,他们关注的重点大多是情节走向、人物的塑造和人性的刻画,间或也会对个别词语的翻译和网文内容涉及的科学知识提出疑问②。显然,无论是国内读者还是海外读者,普遍不在意网文是否在语言和叙事方面展现出实验性或创新性的手法。要求网文具备现代主义小说的叙事难度/高度,无异于要求大象像孔雀一样开屏,既不合理也没有必要。不可否认,部分网文作者也有极大的艺术抱负和情怀,对写作精益求精。但即便如此,他们创作出《追忆似水年华》或《尤利西斯》之类的现代主义经典的可能性也微乎其微。他们仍然只是在努力把一个故事说得更好。

二、网络文学的社会性

本雅明称:"从来没有哪一首诗是为它的读者而作,从来没有哪一幅画是为观赏家而画的,也没有哪首交响乐是为听众而谱写。"③这种说法显然与艺术史的基本事实不符,历史上为宫廷、恩主创作的艺术作品可谓不胜枚举。无论其他艺术形式有多大的"独立性",故事却总是为听众讲述的。网文的故事属性以及网络的交互性为网文的社会性提供了丰厚的滋养,并促使其衍生出多种形态。网络文学研究者耳熟能详的读/作者互动就是其中的一种。

尽管读/作者互动已经被视为网络文学与印刷文学的主要区别,然而

---

① 邵燕君:《全球媒介革命视野下中国网络文学的域外传播》,中国作家网,2016年9月30日。
② 范雯玲、孙凯亮:《星辰大海 | 中国网络小说海外粉丝评论"小盘点"之〈盘龙〉》,"媒后台"微信公众号,2017年4月27号;刘心怡:《星辰大海 | 中国网络小说海外粉丝评论"小盘点"之〈无限恐怖〉》,"媒后台"微信公众号,2017年6月1日。
③ [德]汉娜·阿伦特编:《启迪:本雅明文选》,张旭东、王斑译,北京:生活·读书·新知三联书店,2008年版。

对于这种互动的性质和后果,研究者们却有不同的理解。陈子丰以女频网文写作圈为例,认为"通过阅读的经验以及交流、反馈的经验",女性读者可以更积极地开展自我认同建构,明晰自我的价值取向;而作者通过听取读者的反馈意见,也可以让读者的意见通过作品传播得更广[1]。黎杨全则将作者与读者之间的互动形容为表演:"作者不断写(演),追文族边评边看(读)"。在这场表演中,作者与读者形成了一种"双重绑架关系"。在黎杨全看来,"数字媒介所带来的读写互动既与前工业社会的'讲故事'精神形同而实异,也破坏了现代小说的孤独性创作戒律"。不仅作者的"个性表达与独异创造难以为继",粉丝读者也会陷入自我封闭的状态[2]。

在《论故事的起源:进化、认知与小说》一书中,新西兰学者博伊德以《荷马史诗》之一的《奥德赛》为例,从进化论的角度探讨了故事的讲述者与听众之间的关系。博伊德认为,故事的讲述是一场注意力的博弈,讲故事的人和听众都是这场博弈中的策略家(strategists)。讲故事的人付出精心编排故事的成本,以期收获听众的注意力,并力图引导听众的反应。而听众则付出时间和精力的成本,以便获得智识和情感上的刺激。作为故事的吟唱者,荷马必须首先抓住听众的注意力,如果他让听众感到厌烦,那就再也接不到宴席的邀请。为了让听众着迷,荷马塑造了许多令人难忘的人物,并且把这些人物区分为好人和坏人。他还浓墨重彩地刻画了奥德赛,一个最伟大的战士和性格最多面的人,整个故事也是围绕这个主角的命运展开的。在情节设置方面,荷马为这个故事提供了一个富有

---

[1] 陈子丰:《女频网文阅读与读者的女性主体建构》,《中国现代文学研究丛刊》,2016年第8期。
[2] 黎杨全:《网络追文族:读写互动、共同体与"抵抗"的幻象》,《文艺研究》,2012年第5期。

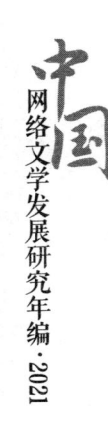

感召力的目标——回家,同时又在奥德赛回家的道路上设计了两大难题:(1)如何战胜各种困难安全返乡;(2)回家之后如何应对纠缠珀涅罗珀的求婚者。荷马一方面通过奥德赛清晰的行动目标和听众对这一人物的同情将故事简化,另一方面又通过奥德赛在目标达成过程中的一系列遭遇将故事放大。荷马还尽量将故事拉长,延迟高潮(即奥德赛的最终胜利)的到来,但又让听众一直对这个胜利充满期待[1]。

从博伊德对《奥德赛》的分析中可以看出,即便是在前工业社会,以讲故事谋生的人也必须仔细考虑听众的反应。而荷马的讲故事手法即与当下网文中流行的"主角定律",增强读者的代入感,营造读者、主角、作者三位一体的"愿望—情感共同体"[2]如出一辙。将故事的讲述视为作者和受众之间的博弈,或许能让我们更全面地理解网文连载过程中的读写互动。在网文这个竞争激烈的注意力经济中,作者和读者都会寻求个人利益的最大化。作者试图掌控读者的趣味,写出最受欢迎的作品,而读者也会努力寻找最能满足个人需求的网文。这种需求并不都和欲望有关,也涉及认知、情感和道德。吸引读者的故事必须既在情理之中,又在意料之外。如果所有的情节发展都在读者的意料之中,读者很快就会丧失阅读的动力。作者因为读者猜中了剧情而不得不修改写作大纲的现象,在网文界可以说是相当普遍。

---

[1] Brian Boyd, *On the Origin of Stories: Evolution, Cognition, and Fiction*, Belknap Press, 2009, pp. 218-229.

[2] 康桥:《网络文学中的愿望—情感共同体——读者接受反应研究之一》,《南方文坛》,2013年第4期。

除了读/作者之间的互动,读者也会与网文人物进行互动①。社会学者田晓丽发现,读者不仅"在追文的过程中与作者之间建立了很强的情感联系",他们对小说中的虚拟人物也会产生强烈的认同和喜爱②。网文的一个重大贡献,就是为年轻一代的阅读公众提供了一批具有较高知名度和认同度的人物形象,弥补了当代主流文坛在这方面的严重缺失。顶级网文人物的人气已经不亚于国内的"小鲜肉"明星。如《盗墓笔记》中的主人公吴邪和张起灵就已经被粉丝奉为"国民 CP"(CP 即"配对")。这些粉丝专门在百度贴吧建立了一个以该 CP 为主题的"瓶邪吧"。截至 2017 年 6 月,该吧的成员人数高达 152 万人。而在《盗墓笔记》电视剧中扮演张起灵的演员杨洋的贴吧也不过只有 100 万成员。粉丝像热爱真人明星一样拥戴和守护着虚构的人物,为其创作同人作品、购买周边产品、庆祝生日。2017 年 6 月,网文《全职高手》的粉丝因小说主人公叶修生日微博 TAG 数次变更,而在微博上公开指责小说的版权方阅文集团。他们对公司的不满,"以及对不满的表达方式,几乎和真人明星粉丝怒怼经纪公司的原因和手段,别无二致"③。粉丝读者之所以能对网文人物产生如此深厚的感情,是和网文的故事属性分不开的。美国人类学家杉山曾指出,绘画和音乐等艺术形式都无法清晰地描绘"相关联的事件和意图的

---

① 读者与虚构人物之间的互动是一种普遍的文学、文化现象。柯南·道尔爵士笔下的福尔摩斯可算是现代文学中首位被大量读者挚爱的虚构人物。一个多世纪以来,这一虚构人物吸引了来自世界各地的一代又一代粉丝读者。不少粉丝甚至著书立说,论证福尔摩斯确有其人。参见 Michael Saler, *As If: Modern Enchantment and the Literary Prehistory of Virtual Reality*, Oxford University Press, 2012, pp. 106–107.

② 田晓丽:《互联网时代的类社会互动:中国网络文学的社会学分析》,《清华大学学报》2016 年第 1 期。这是笔者看到的唯一一篇明确使用社会性概念来研究网文的论文。

③ Huhu:《〈全职高手〉粉丝怒撕其版权方,二次元变现尴尬》,搜狐网,2017 年 6 月 5 日。

复杂因果次序",而即便是最初级的故事讲述也能很自然地做到这一点①。也就是说,只有故事才能够为读者完整地揭示事件的前因后果和人物的内心世界,从而深化读者对故事的理解和热爱。

网文的社会性还体现在网络作者的集体创作活动中。其中最有特色的就是依托特定网站或论坛、围绕同一个主题或世界观设定而展开的大型协同创作计划,如国内的九州世界、《临高启明》②,以及全球性的 SCP 基金会(Special Containment Procedures Foundation)。这些计划都旨在利用网民的集体智慧,合作构建出一个庞大的幻想世界。当然,文学的集体创作绝非始于互联网时代。汉代出现的"柏梁体",或许就是中国古代文人集体创作的先河。在小说创作方面,"鸳鸯蝴蝶派"作家发明的擂台赛式的"集锦小说"也曾在民国报刊上风靡一时③。然而,只有在互联网时代,众多的写作计划参与者们才能突破地域和时间的限制,通过深入的讨论生成一套协同创作的准则,并以此为基础,打造出文学领域的"阿波罗计划"。

以九州世界为例,这个写作计划最早起源于网络原创写手云集的清韵论坛。2001 年 12 月,网友水泡在该论坛发布了一个邀请同仁合作创作西式奇幻小说的帖子,立刻获得了论坛写手们的热烈响应。为了形成统一的设定,参与讨论的写手专门选出了一个由七人组成的设定小组。2003 年 2 月,设定小组成员通过两轮投票表决,最终将这个奇幻世界正式定名为"九州"。以九州为主题的作品主要通过实体书刊发表,并在短

---

① 转引自 Denis Dutton, *The Art Instinct: Beauty, Pleasure, and Human Evolution*, Bloomsbury, 2009, p. 119.

② 对《临高启明》的集体创作方式的详细讨论,参见杨玲:《〈临高启明〉与当代幻想文学中的世界建构》,《济宁学院学报》,2018 年第 1 期。

③ Haiyan Lee, *All the Feelings That Are Fit to Print: The Community of Sentiment and the Literary Public Sphere in China, 1900-1918*, Modern China, 2001(3).

短数年时间成为中国最畅销的幻想图书系列。九州的主创们曾宣称："身为作者,总有一种宏愿,有生之年,要书绘一幅庞大的画卷。但凭一人之力,穷尽百年,又如何写得完心中无尽想象。"于是他们找到了集体创造世界的方式。尽管这个宏伟的创作计划因主创人员之间的纠纷而搁浅①,但它却孕育出了一大批知名的科幻、奇幻作者,为中国幻想文学(fantasy literature,又译奇幻文学)的发展做出了重要的贡献。

在探讨网文的社会性时,我们还有必要将商业化网文与非商业化的文学创作区分开来,因为这涉及两种不同的文学生产方式和社会关系模式。非商业化的文学创作大多是同人创作,也有部分是原创作品。同人创作的动机不是牟利,而是为了表达对原著的喜爱,修补原作中的缺憾,在原作结束之后延续故事的生命,或是通过同人创作进行角色扮演、探索自我认同和与他人的关系②。同人创作一方面是自娱自乐,另一方面也是发生在社群里的、和其他社群成员共享的集体娱乐。就此而言,它与古代文人"以文会友"的交往传统极为类似。同人小说经常被当作送给整个社群或某位特定成员的礼物,而读者的跟帖和评论则是对礼物的回应。

商业化网文的作者虽然也能够和读者建立良好的关系,获得读者的支持,但这种读/作者关系难免会因掺杂了经济利益而产生紧张和冲突。比如,同人创作一般属于兴起而为之作,作品的更新时间不固定,许多作者还会因各种私人原因中途"弃坑"或"烂尾"③。这些在同人圈屡见不鲜的行为在商业作者那里却是不可原谅的商业欺诈。如一位追了《盗墓

---

① 众越:《铁甲依然在?——"九州"系列小说创作模式与发展状况调查》,厦门大学中文系"青春文学与创意产业"课程 2013 年课程论文。

② 李晟杰:《当代青少年同人创作动机探究——以同人文学的创作为例》,厦门大学中文系 2015 年本科毕业论文,第 15—16 页。

③ 烂尾通常有两种情况:一是故事结尾不符合读者的预期,二是故事先前的伏笔缺少后续交代,即挖的坑没有填好。

笔记》八年的"死忠粉"看到小说的大结局之后,在知乎上愤怒地写道:"这不是南派三叔一个人的闲来作品,这是他的一个用来获取版权收入的产品,如果你义务放出来给大家看,你烂尾是个人意愿,但是我付钱给你的时候,不要求别的,起码你把故事说完整啊。你当作家,用烂尾来对待读者?你当商人,用残次品全价卖给消费者?合适吗?"① 显然,在商业化网文的生产模式中,读者作为消费者拥有更多的议价权,会积极主张自己的消费者权益,要求作者提供令人满意的阅读体验。而在非商业化的创作社群里,将作品免费提供给读者阅读的作者则享有更多的创作自主权,并受到社群成员的普遍尊敬和优待。部分读者即便对作者的创作不满意,也不会在社群中公开发表过激的言论。

文学性关注的是文学之所以成为文学的特性,其背后的假设是文学作品是一个静态的、封闭的、自给自足的客体。新批评的"意图谬误"、罗兰·巴特的"作者之死"等观念虽然祛除了作者的神圣权威,但也将作品与其生产者和生产环境割裂开来。透过社会性的概念,我们可以将作者、作品、读者、世界等分离的文学要素重新联结起来,构想出一个动态的、开放的、相互依赖、相互影响的文学生态系统。或许网文与现代小说的根本区别就在于,网文不是一个孤独个体的创作结晶,而是一个复杂的社会关系网络的产物。

三、社会性作为方法

近年来,学界出现了一系列或新或旧的描述网络文学特性的概念,如"文学间性""网络性""娱乐性""快感与美感体验"等。然而,这些概念的倡导者们似乎都没有充分阐明我们应该如何操作、使用这些概念,这些

---

① https://www.zhihu.com/question/20956054,2015 年 6 月 16 日。

概念能帮助我们开启哪些新的研究视域、提出哪些新的问题或是和哪些新兴的研究方向发生交集。笔者之所以提出社会性的概念，就是因为它不仅能够有效解释网文生态系统中一些无法用传统文学概念解释的现象，并为这些现象赋予价值，还能引入新的问题和视角，融合新的理论批评范式。比如，我们可以在社会性的概念框架下，把网文的故事性与当代中西方文论界的"伦理学转向"[1]结合起来，并将文学公共空间的议题引入网络文学研究。

如本雅明所指出的，故事是教诲性的，目的是为我们提供道德和行为的指南。伦理学家常常"通过叙述日常故事来探讨伦理学的基本问题"[2]，而网文则是通过讲述虚构的故事来激发读者的伦理反思。即便是让读者畅快的爽文，也会将主人公置于一系列复杂的社会情境和道德考验之中。更何况，除了起点流爽文之外，还有各种让读者看到"内伤"的虐文。虐文《忘欢》就是一个蕴含了丰富的伦理意味的小故事。这个两万余字的短篇小说，讲述的是才华横溢、志怀高远的澜国皇子昭华沦为性奴的悲惨遭遇。昭华因哥哥的嫉恨而被陷害入狱，在遭遇酷刑和轮暴之后丧失了记忆，"从精神和肉体上"被改造成了一个名叫"欢"的性奴。欢经历了三任主人。第一任主人段凌霄将其肆意凌虐。第二任主人梁非虽然对欢有怜惜之心，但却迫于权势将其抛弃。第三任主人君天下曾经认识昭华，并为昭华的才情所倾倒。在小说的结尾，君天下凭借出色的权谋实现了昭华少年时的宏愿"解放奴隶，一统天下，创建自由和平的国度"。但君天下解放了全天下的奴隶，却偏偏不肯给欢自由。他要继续"占有欢，让欢从身体到灵魂都完全属于他，只属于他一个人"。

---

[1] 王鸿生：《何谓叙事伦理批评？》，《文艺理论研究》，2015年第6期
[2] 伍茂国：《伦理转向语境中的叙事伦理》，《河南大学学报》，2014年第1期

《忘欢》曾引发过强烈的争议,因为它背离了主流虐文的叙事逻辑。宁可在博士学位论文中指出,这类虐文吸引读者的并非受虐的、自我牺牲的"崇高感"[1],而是主人/施虐者与奴隶/受虐者之间的权力关系如何发生逆转,处于权力结构最底层的受虐方如何不断与残酷的命运抗争,最终绝处逢生,获得爱情、幸福和尊严。但《忘欢》的结局却让读者的阅读期待落空。不过,也正是其不落俗套的结局,迫使读者更深入地思考什么是真正的爱情和幸福。爱情就是被人以爱的名义占有和囚禁吗?幸福就是被宠爱、"不需要思考"、远离恐惧、享受"被征服的快乐"吗?丧失了记忆、人格、自由和尊严的人能够获得真正的幸福吗?已经被彻底驯服、忘记自由滋味的人凭什么反抗奴役?在这些伦理道德的追问中,故事标题的含义也随之变得暧昧不清。"忘欢"究竟指的是忘情于欢爱,还是忘记了欢乐,抑或世界已经将一个叫欢的卑贱的奴隶遗忘?陶东风称,后极权主义社会是没有故事的,因为这种社会体制"通过极权主义和消费主义结合的方式,把人们引入一个'天鹅绒的监狱'"。在这个监狱里,"人们逐渐丧失了参与公共事务的兴趣,没有了自由与梦想,也就没有了故事"[2]。也许,我们应该庆幸还能看到《忘欢》这样的探究奴役和自由的故事。

　　不仅是故事的内容,故事讲述的行为本身也和伦理有关。刘小枫称:"自由的叙事伦理学不说教,只讲故事,它首先是陪伴的伦理:也许我不能释解你的苦楚,不能消除你的不安、无法抱慰你的心碎,但我愿陪伴你,给你讲述一个现代童话或者我自己的伤心事,你的心就会好受得多

---

[1] 张冰:《论"耽美"小说的几个主题》,《文学评论》,2012年第5期。
[2] 陶东风:《故事、小说与文学的本质——阿伦特、哈维尔、昆德拉论文学》,《文艺争鸣》,2012年第3期。

了"①。这个观点用在网文故事上恐怕是再合适不过了。只有从"陪伴的伦理"的角度,我们才能理解为什么对于网文而言"更新是第一生产力"②,为什么唐家三少等"小白文"作者仅凭超级稳定的更新就能成为网文界的大神。按时更新不仅是一个商业问题,更是一个信用和伦理的问题。"入V"就是作者与读者签订的一个契约③。作者向读者许诺会用按时更新来陪伴读者,而读者也会将阅读纳入自己的日常仪轨,变成生活习惯。哪怕作者每天更新的字数读者五分钟就能看完,但这五分钟的故事时间依然对读者有着特殊的意义,是他们从庸常的生活中获得解脱,得以眺望一个更精彩的世界的契机。正是在这种日复一日、年复一年的陪伴、期待和守望中,网文读者才会与作者和作品建立起深厚的感情。尽管网文注水已饱受诟病,但这并不全是作者的过错。有时候,读者出于对故事世界的依恋会要求作者把故事尽量编圆,作者为了满足读者的要求,只能越写越长④。当一个追了数月,甚或数年的网文结束之后,读者往往会感到怅然若失。这不全是欲望满足后的空虚,而是一个陪伴多时的朋友骤然离去后留下的空白。

围绕网文的创作和阅读还孵化出了许多网络文学公共领域。根据华裔学者李海燕对哈贝马斯的文学公共领域概念的解读,公共领域首先是在文学世界孕育的。由新闻和小说,特别是家庭小说、书信、日记和自传

---

① 刘小枫:《沉重的肉身——现代性伦理的叙事纬语》,上海:上海人民出版社,1999 年版,第 7 页。
② 此语出自血酬的《网络文学新人指南》,转引自单小曦《革命与危机——中国当代文学变革中的网络文学》,《探索与争鸣》,2014 年第 11 期。
③ "入V"是"加入VIP"的简称。网络小说在免费连载一段时间之后,如果达到网站的条件,作者就可以和网站签约,读者继续阅读这篇网文时就需要付费,读者付费带来的收益将由作者和网站共享。
④ 马季:《网络文学三面观:故事行云流水生存依赖写作》,《中国出版》,2015 年第 4 期。

等"私人写作"构成的文学公共领域提供了一个"训练场",个体在这里可以分享他们的私人经验并共同来肯定一种新的主体性,即普遍人性。在哈贝马斯看来,私人经验从一开始就是公共事务,是一种可以被集体讲述、分享和审视的东西。文学公共领域就是一个由作者、编辑、批评家和读者组成的话语性社群。这些社群成员首先是因为情感经验的交流而走到一起。正是在这个文学公共领域,资产阶级个体澄清了自我,确认了自己的人性,并以普遍人性的抽象概念为基础提出了政治和法律诉求[①]。国内学者在阐发哈贝马斯的文学公共领域的概念时,都有不同程度的本土考量。如赵勇认为,中国在20世纪80年代曾拥有活跃而繁荣的文学公共领域,但这一领域却在90年代走向衰落,其中一个主要原因就是"作家大都远离重大的社会现实问题,开始关注私人生活"[②]。赵勇似乎认为,只有反映和批判社会现实的文学作品才具有公共性,才能形成公共舆论。陶东风将"文学公共领域理解为一定数量的文学公众参与的、集体性的文学—文化活动领域,参与者本着理性平等、自主独立之精神,就文学以及其他相关的政治文化问题进行积极的商谈、对话和沟通"[③]。他虽然没有对文学文化活动的具体内容做出规定,但仍然强调参与者的理性交流,并对语言暴力深恶痛绝。

倘若我们像哈贝马斯一样将围绕文学作品所生成的情感经验和情感交流——哪怕是以语言暴力形式出现的极端情感宣泄,都视为文学公共领域的重要组成部分,那么当代网文早已凭借商业文学网站、粉丝论坛、

---

① Haiyan Lee, *All the Feelings That Are Fit to Print: The Community of Sentiment and the Literary Public Sphere in China, 1900-1918*, Modern China, 2001(3).

② 赵勇:《文学活动的转型与文学公共性的消失——中国当代文学公共领域的反思》,《文艺研究》,2009年第1期。

③ 陶东风:《阿伦特式的公共领域概念及其对文学研究的启示》,《四川大学学报》,2010年第1期。

百度贴吧、新浪微博、微信公众号等各种网络平台,建立起了比20世纪80年代更多元、更广阔的网络文学公共领域。比如,闲情论坛就已经发展为一个颇具粉丝文化和女权主义色彩的公共领域。除了像咖啡馆一样为特定者提供聊天、社交的空间,闲情论坛也是许多社群问题的议事厅和裁判所。2008年晋江文学城实行VIP付费阅读制度前后,读者在闲情论坛就VIP制度、作者的著作权和盗文现象进行了连篇累牍的讨论,甚至连网站管理者也卷入了这场大讨论①。近年来,随着抄袭、"三观不正"等创作问题的涌现,闲情论坛专门出现了一种名为"挂墙头"的帖子,即发帖人将自己看到的不公正、不道德的现象揭露出来,供社群全体成员进行集体审判。不少闲情论坛成员都对公共事务,特别是与女性生活相关的时事新闻展现出浓厚的兴趣。闲情论坛的出现表明,文学公共领域并没有因商业化和审查制度在当代中国消亡,反而是在主流文坛之外和粉丝文化中获得了新的发展可能。

文学性的概念尽管问题重重,却仍被国内学者奉为圭臬的根本原因在于:这个概念不仅渗透了价值判断,还自带了一套批评术语和分析方法,可以广泛用于文学教学和批评实践。除非我们能够提出与文学性相抗衡的概念工具,否则就只能在既有的文学研究的轨道上运转,哪怕明知这个轨道已经和当下的文学现实脱节。本文试图在文学性之外,用社会性的概念来考察网络文学,为网络文学研究开辟新的路径。笔者认为,网文本质上是一种故事讲述,大部分网文的写作套路沿袭了人类故事的普遍结构。数百年历史的现代小说与人类讲故事的传统相比,恐怕只是特例,而不是规则。网文的故事性和网络的互动性决定了网文具有极强的

---

① 杨玲、徐艳蕊:《文化治理与社群自治——以网络耽美社群为例》,《探索与争鸣》,2016年第3期。

社会性。网文的社会性既包括读者和作者的互动,也包括读者和作品人物的互动,以及集体创作中诸多参与者之间的协同合作。商业化的网文与非商业化的网络同人创作不仅是两种不同的网文生产模式,也衍生出不同的交往方式。如有学者指出:"网络小说的价值并不仅仅在于其指向小说本身的'诗性',更在于其链文本所能提供的'交际性'。"[1]社会性的概念不仅有助于我们理解网文与现代小说的区别,反思传统文学研究中文本、作者和读者的分离状态,还有助于我们关注网文的叙事伦理以及围绕网文建构的网络文学公共空间。倘若我们不再将文学性视为评判网络文学的唯一或最高标准,就会发现还有很多与网络文学相关的、有价值的问题等待我们去发掘和探讨。

原载于《天津社会科学》2021 年第 3 期

---

[1] 王小英:《网络文学符号学研究》,北京:中国社会科学出版社,2016 年版,第 164 页。

当代文学变革与网络作家的崛起

李强

在当代中国的各类作家中,最具话题性的当属"网络作家":他们曾是游牧的"网络写手",后来成为驻扎在网站的"职业作家";他们人数众多,产量惊人①,其中不乏家喻户晓之作,但不少作品被批评同质化严重……总之,这是一个复杂的群体,其历史有待深入挖掘,其特质需要细致辨认。目前关于网络作家的研究,多是将其分类、划代,进行局部描述,缺少贯穿性的制度考察,与当代文学变革相结合的讨论也不多见。网络文学是媒介革命的产物,但网络作家的现实境遇和当代文学变革有着密切的关系。若将网络作家与当代文学制度转型的宏大背景结合起来考察,应该能穿透纷繁热闹的表象,看清这一群体的历史价值,进而深刻理解网络文学之于当代文学的意义。那么,网络作家是在怎样的当代文学变革背景中崛起的?他们又怎样重构了当代文学格局?

一、文学制度转型与网络空间的开启

文学制度通常只被理解为公开的文学体制,例如文学机构、文学政策等,但杰弗里·J·威廉斯在《文学制度》中提出,"'制度'还有一层更为模糊、抽象的含义,指的是一种惯例或传统。"②张均在讨论中国当代文学

---

① 据中国音像与数字出版协会发布的《2019 中国网络文学发展报告》,2019 年,中国网络文学驻站作者达 1936 万人,较 2018 年增长 181 万,签约作者 77 万人;各类网络文学作品累计达到 2590.1 万部,较 2018 年新增 148 万部。

② [美]杰弗里·J. 威廉斯编著:《文学制度》,李佳畅、穆雷译,南京:南京大学出版社,2014 年版,第 2 页。

制度研究时也强调,"一般情况下,文学制度并不等同于公开体制,体制可能遭到抵制、改写和挪用,甚至在某些情形下,政府制定某些政策主要是适应舆论,而并非真的要去落实。""体制是国家权力单方面的诉求,制度则是'谈判'、妥协后的'心照不宣的协议'。"[①]这意味着,对文学制度的研究,不仅要观察公开的文学体制,还应关注相对隐秘的但在具体文学实践中发挥着作用的内容。具体到作家制度研究来说,除了要把握文学体制中针对作家的各种制度设计、规定,还应考察作家的文学观念、身份意识等内容。相对于公开的文学体制,这些不可见的内容对作家的影响可能更为深远。在这种显隐结合的制度视域下,当代作家的复杂境遇才能得到较为全面的呈现。

中国现代意义上的职业作家诞生于晚清时期,大众传媒的发展使得文学生产传播更加便捷,市民阶层的兴起和新式教育的发展,培养了一定数量的文学读者和作者,文艺期刊和出版行业繁荣起来,"文学成为文人谋生的职业和手段,作家也拥有了一个远离仕途且相对独立的空间"[②]。新中国成立后,作家们被组织进了作家协会。他们按资历、成就与水平,被评定为不同等级,不仅有了稳定的收入,还有住房、医疗、教育、差旅等多种福利保障。这些制度"既保护作家的权益,更重要的是实施对文学生产的控制、管理,同时也一定程度上表现了专业'行会'的垄断性能。但以往知识者专业组织所具有的某种独立性,已大为削弱"[③]。长此以往,作家对文学体制会产生依赖,创作、交流的积极性也会下降。

随着改革开放尤其是经济体制改革的深入,当代文学制度发生了重

[①] 张均:《中国当代文学制度研究(1949—1976)》,北京:北京大学出版社,2011年版,第4、5页。
[②] 王本朝:《中国现代文学制度》,重庆:西南师范大学出版社,2002年版,第17页。
[③] 洪子诚:《当代文学的"一体化"》,《中国现代文学研究丛刊》,2000年第3期。

大变革。从文学体制层面看,这一变革的核心内容是文学生产机制的市场化转型,即"从计划经济体制下的意识形态生产的一部分转向以'市场原则'为主导的消费性文化生产的一部分——同时保留着政府在意识形态上的控制和某种行业垄断性的政策保护"①。这一转型对作家影响巨大,改革之后,体制内作家的收入相对较低②,作协、文联大多通过合同制、聘任制、签约制等形式与作家合作,这些作家实际上变成了"自由撰稿人"。

在文学体制发生变革时,社会(读者)对文学也提出了新要求。随着经济的快速发展,人们的可支配收入变多,阅读需求也日趋多样化。这种趋势直观地反映在期刊征订数量的变化上,1990年代初,《收获》等纯文学期刊的征订数出现了大滑坡,《故事会》《电影·电视·文学》等通俗刊物的征订数却大幅增长。③ 这种阅读分化是一个持续的过程,1999年中国出版科学研究所公布的《全国国民阅读与购买倾向抽样调查报告》显示,来自港台的言情小说和武侠小说为代表的通俗文学在内地读者中的影响日益扩大。④ 读者渴望品类更加丰富的图书出现。"雪米莉"系列、"布老虎"丛书等畅销书品牌毕竟容量有限,转型中的文学生产机制并不

---

① 邵燕君:《倾斜的文学场——当代文学生产机制的市场化转型》,南京:江苏人民出版社,2003年版,第2页。

② 据陈丽统计,1992年时,"上海有专业作家17人,靠作协工资与稿费为生。一级作家400多元,二级作家、三级作家分别为300多元和200多元,而上海1992年人均支出是每月270多元。当物价指数飞速上涨、工厂企业的工资数倍于以前时,他们的工资水准未有较大提高"。(陈丽:《困境与突围——对经济体制转轨时期上海作家情况的调查》,《社会科学》,1995年第1期)

③ 陈丽:《困境与突围——对经济体制转轨时期上海作家情况的调查》,《社会科学》,1995年第1期。

④ 中国出版科学研究所《全国国民阅读与购买倾向抽样调查》课题组:《全国国民阅读与购买倾向抽样调查报告》(1999年),北京:中国出版科学研究所,2000年版,第113页。

能满足多样化的阅读需求。①

在市场化转型的背景下,作家的文学观念和身份意识也产生了变化。其中,观念最激进的是王朔,他将"作家"与"流氓"并举,"他要去掉的是作家头上的神秘光环,淡化的是作家身上的神圣意味,消解的是作家含义中的理想化色彩"②。通过"祛魅",作家变成"卖文为生的人",因此,"当作家把自己穷死,那真不叫本事"③。这种转变虽然无奈,也引来了一些质疑,但多数作家还是选择调整自我定位,适应变化。

改革之前的当代作家队伍中,除了体制内的"专业作家",实际上还有一个庞大的"业余作家"群体,二者不断互动、转化,共同形成了当代作家的金字塔结构。20世纪80年代中期以后,"随着文学的边缘化、期刊的老龄化、编辑力量的弱化,'业余作家'这个被预期为文学创作的真正主体、后被视为文学创作的强大后备军的庞大群体,这些年来急速衰落,基本处于自生自灭的状态。而随着'纯文学'门槛的提高,'业余作家'中的优秀者通往'专业作家'的路也基本被阻隔"④。虽然《上海文学》等刊物还在发掘文学新人,其中一些人也顺利转为专业作家,但"这支作者队伍的作品数量和比重,仍然呈现出难以遏制的下降趋势"⑤。

那些有志于从事文学创作的青年,亟须一个新的交流、展示和成长的空间。互联网的出现,为这一空间的诞生提供了可能。中文网络文学最

---

① 相关内容参见邵燕君:《倾斜的文学场——当代文学生产机制的市场化转型》,南京:江苏人民出版社,2003年版,第112—190页。

② 赵勇:《"我是流氓我怕谁"的出处及其他》,《文学自由谈》,1997年第6期。

③ 白烨、王朔、杨争光等:《选择的自由与文化态势》,《上海文学》,1994年第4期。

④ 邵燕君:《网络时代的文学引渡》,桂林:广西师范大学出版社2015年版,第9页。

⑤ 李阳:《当代文学生产机制转型初探——以〈上海文学〉1980年代的文学实践为线索》,华东师范大学博士学位论文,2011年,第141页。

初兴起于美国留学生群体,第一份中文网络杂志《华夏文摘》(1991)上刊载了最早的中文网络文学作品。1994年,中国大陆地区接入国际互联网,次年,互联网开始商用,走向民间。网络论坛、个人主页和文学网站相继建立,文学爱好者们有了新的活动平台。

互联网给变革中的当代作家制度提供了新的可能性:一方面,相对于纸质报刊和图书,互联网的容量巨大,审核较少,文学爱好者们不用担心篇幅和审核的限制,可以尽情书写,写作、发表的门槛被大大降低。这意味着,写作不再是少数人的权利,更多人有了实现"作家梦"的机会;另一方面,互联网的高速传输能力,打破了时空阻隔,传统文学制度的生产、传播和阅读反馈等环节,在网络中几乎同步完成,作者与读者的交流效率空前提升。20世纪80年代以来,当代文学变革中涌现的多样化阅读需求将在互联网中得到充分展现并寻求满足途径,这决定了网络写作的形态必然是丰富多样的。一类全新的作家,将借助网络媒介革命的契机诞生。

二、从"写手"到"作家":网络写作的职业化

早期活跃在网络上的作者自称为"写手",这一构词方式与"歌手"相似,在等级上,低于具有荣誉属性的"作家"("文学上有卓越成就的人"[①])。"写手"们的文学趣味并不统一,后来的发展道路也有区别:小部分"写手"是纯文学爱好者,他们有相对高雅的审美趣味,最初在网络论坛交流、发表作品,后来进入传统文学体制,以文学期刊和出版社为主要阵地;大部分人则并无多高的艺术追求,他们的创作纯属自娱自乐,有

---

① 中国社会科学院语言研究所词典编辑室编:《现代汉语词典》(第七版),北京:商务印书馆,2016年版,第1756页。

的借助散文、诗歌抒发个人感受,可称为"抒情写手",以榕树下网站(以下简称"榕树下")为大本营,有的则爱好类型小说,可称为"故事写手",后来聚集到了起点中文网(以下简称"起点")等类型小说网站。

纯文学爱好者的网络聚集地主要有橡皮文学网(2000)、诗江湖论坛(2000)、黑蓝文学网(2001)、新小说论坛(2001)等,它们规模不大,创立者多是20世纪90年代活跃的文学群体成员。橡皮文学网由杨黎、韩东等"第三代诗人"创立,诗江湖论坛由伊沙、沈浩波等"下半身诗群"建立,它们是诗歌创作与交流的平台(橡皮文学网后来也发布小说、随笔)。黑蓝文学网和新小说论坛是小说创作与交流的平台,前者由陈卫建立,主力是黑蓝文学社(成立于1991年)成员,他们的创作延续了先锋小说的探索精神;后者由黄立宇创立,上面发表的作品风格多样,活跃成员徐则臣、盛可以、李修文等人后来进入传统文学体制,成为"70后"作家的代表。对热爱纯文学创作的年轻人而言,网络提供了理想的交流和成长机会,他们在网上分享作品,交流创作经验,部分人最终成为传统文学生产机制里的"专业作家"。在这个意义上,网络具有为转型中的当代文坛挖掘和培养新人的功能。

"抒情写手"起初分散在各个网络论坛上,其中才华横溢者如李寻欢、安妮宝贝、宁财神、邢育森等,擅长描写都市青年的生活状态,引起网友共鸣。后来,这些人中的大部分都被朱威廉招募到了榕树下(1997),该网站成立之初便确立了"生活·感受·随想"的主旨,要让普通人"把身边的事情以真挚的情感写下来",因而吸引了大量投稿。[①] 榕树下沿用了传统文学期刊的编辑制度,由编辑审核内容,鼓励发表个人感受随想类

---

① 参见朱威廉、李强、邵燕君等:《为文学青年创造了空间,但走得太超前——榕树下创始人朱威廉访谈录》,邵燕君、肖映萱主编:《创始者说:网络文学网站创始人访谈录》,北京:北京大学出版社,2020年版,第3页。

的创作,有意控制小说类稿件的数量。① 如此一来,散文的比重较大,且多是谈论个人情感话题的,读者"看得多了可能有网络文学是个情感宣泄的大垃圾场的感觉"②。这类作品不断累积,却很少有与之相应的阅读消费。只有少数作品能通过出版获得稿酬,绝大多数人无法靠写作收入养活自己。榕树下始终无法建立起一个良性循环的文学生产机制,只能靠朱威廉个人资金"输血"。经历了早期爆发式发展后,榕树下遭遇了"互联网寒冬",逐渐衰落。

"故事写手"最初主要聚集在金庸客栈(1996)、清韵书院(1998)、西陆论坛(1999)等网络平台交流、发表作品。后来,从西陆论坛陆续分离出了龙的天空(2001)、幻剑书盟(2001)、起点中文网(2002)等类型小说网站。龙的天空主要通过线下实体出版为作者提供收入,依靠台湾地区的图书市场,有过短暂的辉煌,但未能持续。起点则在 2003 年成功探索

---

① 《榕树下网站编辑工作细则》(2000.2)要求,"网站编辑应严格掌握稿件发表的标准:'生活、感受、随想'是检验稿件质量的最重要标准,审稿时注意把握思想性第一的原则,对稿件的艺术性(或者说文学性)则不必苛求,有真情实感且文理通顺,均可以发表。对小说类稿件,适当从严把关"。该《细则》由时任榕树下艺术总监陈村提供,收入上海网络作家协会主办的电子刊物《网文新观察》2016 年第 4 期。据朱威廉回忆,散文随笔类作品在榕树下早期个人主页时期大概占 80%,后来占 40%—50%,"我必须让它占相对大的比例,我觉得这是榕树下的动力所在。如果没有感受随笔的话,它的精神就没有了"。参见《为文学青年创造了空间,但走得太超前——榕树下创始人朱威廉访谈录》,邵燕君、肖映萱主编:《创始者说:网络文学网站创始人访谈录》,北京:北京大学出版社,2020 年版,第 10 页。

② 尚爱兰:《网络文学中的"新新情感"》,榕树下图书工作室选编:《1999 年度最佳网络文学》,桂林:漓江出版社,2000 年版,第 301—302 页。

出了 VIP 付费阅读制度,将读者变为"用户",按章节在线销售小说。①VIP 付费阅读制度实行的同时,起点也推出了相应的版权与稿酬制度②,后来又逐步完善网络作家分级制度,建立了网络作家的金字塔结构。③

与传统作家制度相比,起点建立的网络作家制度,更具有市场化特

---

① 2003 年 9 月,起点推出 VIP 会员制,用户需交 50 元人民币获得 VIP 会员资格,其中 30 元作为 VIP 会员第一年的会费(同年 12 月,VIP 会员变为终身制),剩下款项兑换成等额的起点虚拟货币。VIP 章节每千字付费 2 分。该制度出台的相关背景及实施过程,参见邵燕君等人对起点创始人吴文辉、藏剑江南、宝剑锋、意者的访谈,邵燕君、肖映萱主编:《创始者说:网络文学网站创始人访谈录》,北京:北京大学出版社,2020 年版,第 124—213 页。

② 在起点 2003 年 9 月推出的《起点原创文学作品网络版权签约制度实施方案(暂行)》中,根据是否由起点独家发表、是否由起点代理出版、是否完本(即写完整)等要求,将作品签约分为 A、B、C 三个等级。作品签约等级不同,稿酬不同。在同年 10 月的《起点原创文学作品网络版权签约制度实施方案(修改版 2003/10/12)》中,起点将三个等级合并为 A、B 两级,放宽了关于完本的要求,但更强调"独家首发"。签约作品根据每篇文章字数按 VIP 会员订阅次数获得起点币,作品章节字数以起点字数统计为准。A 级签约作品稿酬为每千字章节内容为 1 起点币/篇/次,B 级签约作品稿酬为每千字章节内容 0.8 起点币/篇/次。1 枚起点币可兑换 1 分钱人民币。刚实行这一制度时,起点将全部读者付费收入都交给网络作家,2004 年被盛大集团收购之后,调整为将读者付费收入的 70% 交给作家。(相关史料来自起点网页,收入邵燕君主编的《新中国文学史料与研究·网络文学卷》,即将由南京师范大学出版社出版。)

③ 这个金字塔底层是数量巨大的普通作者,中间是大量有一定收入的签约作家,塔尖是"白金""大神"作家。2003 年 10 月,起点实行 VIP 付费阅读制度和稿酬制度时,只有 8 部 VIP 签约作品。2005 年 3 月,起点推出"起点职业作家体系",招聘职业作家,实行保底年薪制(底薪+分成=年薪),打造顶尖网络作家。7 月,起点推出了血红、云天空等 8 个职业作家。为了保障网络作家金字塔的基础部分,同年 10 月,起点推出作家福利体系,通过网站出资补贴的形式扶持普通网络作者的创作。2006 年 7 月,新成立的一起看文学网(后改名"17K 小说网"),从起点挖走了血红、云天空等顶尖职业作家。起点随即推出"白金作家计划",完善职业作家体系,唐家三少、跳舞、梦入神机等 13 人晋升为白金作家。此后,起点更注重对中低层作者的培养,网络作家金字塔的结构更加稳定。2007 年 7 月,起点升级作家福利体系,其中对作家有切实保障作用的是"雏鹰展翅计划",该计划也被称为"低保"制度,规定在起点签约上架的作品,从第二个月开始若收入低于 1200 元,可获得持续四个月的 1200—1500 元的创作保障金。次年,盛大文学成立,起点推出新的作家福利体系,完善了"低保"制度,规定平均订阅数少于 1000 人次的作者可以获得不低于 4800 元/4 个月的补贴。(相关资料梳理参见焚云日:《起点作者体系发展史:实践出真知,作者用脚投票》,龙的天空论坛,2013 年 4 月 2 日。)

征。一方面,网络作家制度是以市场需求为基础建立起来的,具有"自我造血"功能。它直接面向大众读者,不需要国家财政补贴和实体出版收入的支持,通过读者付费阅读的稿酬就能保障网络作家的创作收益;另一方面,网络作家制度的运行逻辑是市场化的逻辑,它鼓励竞争,按劳分配。网络作家体系中没有"终身制""铁饭碗",但通过"完本奖""全勤奖"等奖励机制来调动作家的创作积极性。[①] 在市场竞争机制外,起点还建立了"低保"制度来补贴底层作者,通过"新人榜"推荐新作者的作品,保障了网络作家上升渠道的畅通。这些制度推进了网络写作的职业化,保证了网络文学生产的持续性,奠定了网络文学产业化的基础。

网络作家制度也重构了传统文学制度中的读者与作者之间的关系。网络作家的收入与读者订阅的付费直接相关,通过书评区、论坛、读者聊天群,读者的评价能够快速反馈给作家,在一定程度上影响作家的创作。在分章节连载模式下,"追更新"成为一种新的阅读方式,网络读者等待小说更新,就像在等待电视连续剧播出一样。要想留住读者,网络作家就必须持续更新作品。同时,文学网站通过一些制度设计将读者培育成"粉丝",使他们对特定作家、作品产生归属感。[②] 于是,网络作家除了创作,还要用心培养自己的读者,形成自己的粉丝群。一旦拥有了稳定的粉

[①] "完本奖"(后改为"半年奖"),指 VIP 收费作品在半年内每个月的更新达到相应字数,就能获得一次的奖金,具体数额由半年稿费总额决定。"全勤奖"指每月更新字数达到一定标准,就能获得对应的奖金。

[②] 2005 年,起点推出月度评选票(简称"月票")制度,读者可对当月自己满意的VIP 作品投票。2009 年,起点推出了粉丝值系统,读者通过消费和投票可以获得相应作品的积分。根据积分,读者能获得不同等级的荣誉称号。网站通过名誉等级制度,使读者对于特定的作家、作品产生归属感,促进粉丝群体的形成与扩大。2012 年,起点推出了"大神之光"功能,读者订阅某一作者所有作品的 VIP 章节之后,即可领取该作者的"大神之光",作为自己的荣誉称号。这一举措使得粉丝之间根据所领的"大神之光"划分出明确的群体界限,进一步刺激了粉丝群体的消费。相关研究可参考王恺文:《作品筛选与大神战略:"起点模式"发展探究》,《名作欣赏》,2015 年第 1 期。

丝群,网络作家就可以"任性"一些。烽火戏诸侯、愤怒的香蕉等作家的拖稿、"断更"(暂停更新),已是家常便饭,但粉丝群依然稳定。粉丝与他们热爱的网络作家之间形成了默契:在泥沙俱下的网络小说里,粉丝愿意耐心等待精品,让这些网络作家在高速运转的流水线上做一个相对从容的手工匠,慢工出细活。

经过十余年的发展,"抒情写手"式微,"故事写手"成为职业作家并独占了"网络作家"的称号。但"抒情写手"并未消失,他们带着那些无法被类型化生产的作品,转移到了博客、微博、豆瓣阅读、知乎、微信公众号等平台,收获了不少读者。他们的创作保留了网络文学在长篇类型小说之外的可能性,不断丰富着网络文学的版图。

三、网络作家的崛起与当代文学格局重构

尽管网络文学发展迅猛,网络作家队伍日益壮大,但这个群体要真正崛起,还需要走向主流,得到国家文艺管理部门、社会评价体系、学院派评价体系的认可。

随着网络文学影响力的扩大[①],党和国家文艺管理部门对网络作者的管理、引导工作也逐渐加强。网络文学作品被纳入国家重要奖项的评

---

① 这种影响力集中体现在网络文学读者的规模上,中国互联网络信息中心(CCNIC)在第 25 次调查中首次加入网络文学应用情况的调查,结果显示,截至 2009 年 12 月 31 日,我国网络文学用户规模达到 1.62 亿人,网民使用率(即在网民中使用互联网阅读网络文学用户的比例)为 42.3%。自有调查统计以来,我国网络文学用户规模一般都占网民的四成以上(仅 2011 年为 39.5%)。第 45 次调查报告显示,截至 2020 年 3 月,我国网络文学用户规模达 4.55 亿人,占网民的 50.4%。

选范围①,部分网络作家被吸收进作家协会②。同时,中国作协、国家广电总局还通过培训、评奖来鼓励引导网络作家。③ 2014年,习近平在文艺工作座谈会上提出,"要适应形势发展,抓好网络文艺创作生产,加强正面引导力度"。"网络作家、签约作家、自由撰稿人、独立制片人、独立演员歌手、自由美术工作者等新的文艺群体十分活跃。这些人中很有可能产生文艺名家,古今中外很多文艺名家都是从社会和人民中产生的。我们要扩大工作覆盖面,延伸联系手臂,用全新的眼光看待他们,用全新的政策和方法团结、吸引他们,引导他们成为繁荣社会主义文艺的有生力量。"④2015年,中共中央出台《关于繁荣发展社会主义文艺的意见》,首次明确提出要"大力发展网络文艺"⑤。此后,网络作家更受国家相关部门重视,各地相继成立网络作家协会。在部分地区,网络作家可以与作家协会签约创作,还能评

---

① 2009年,阿耐的《大江东去》(晋江原创网)获中宣部第十一届精神文明建设"五个一工程奖"。2010年,第五届鲁迅文学奖的征集范围扩展到网络文学,文雨的《网逝》(晋江文学城)入围中篇小说备选篇目。2011年,第八届茅盾文学奖的征集范围扩展到网络文学,菜刀姓李的《遍地狼烟》(新浪网)入围了复评。2019年,阿菩的《山海经·候人兮猗》获得广东省第十一届精神文明建设"五个一工程奖"。

② 2010年,唐家三少、月关等网络作家被吸收为中国作协会员。2011年,唐家三少当选中国作家协会全国委员会委员。2016年,唐家三少、蒋胜男、血红等8名网络作家当选为中国作协第九届全国委员会委员,其中,唐家三少为中国作协主席团委员。

③ 从2009年起,中国作家协会鲁迅文学院每年都会举办网络作家培训班。2017年成立的中国作家协会网络文学中心,负责联络、服务、管理和引导网络作家等工作。目前国家对网络文学的评奖和推介工作,由中国作家协会和国家新闻出版广电总局主导完成。2009年,由中国作家协会指导,中国作家出版集团和中文在线主办的"网络文学十年盘点"活动,评出了优秀作品、人气作品各十部。中国作家协会的"中国网络小说排行榜"评选活动于2015年启动,采用网站推荐和专家推荐相结合的评选方法。2016年起区分半年榜和年榜分别评选。国家新闻出版广电总局的"年度优秀网络文学原创作品推介活动"自2015年启动以来,每年举办一次。

④ 习近平:《在文艺工作座谈会上的讲话》(2014年10月15日),《人民日报》2015年10月15日。

⑤ 《中共中央关于繁荣发展社会主义文艺的意见》,《人民日报》2015年10月20日。

定职称。①

网络作家的社会地位经历了一个逐渐提升的过程。他们起初只是活跃于网络的"写手",在大众想象中,这些人往往与不务正业、不修边幅的"网虫"形象联系在一起。一些网络作家即便有大量读者,在现实社会中的影响力也有限。2009年后,盛大文学将网络作家包装为"草根英雄",推到台前。随着网络文学相关产业的发展,特别是网络文学的影视游戏改编热潮兴起后,网络作家的收入大大提高,其中一些人位居"作家富豪榜"前列②,成为"勤劳致富"的励志典型,网络作家的社会关注度得到提高,社会声望也有所提升。

在学院派评价体系中,网络作家的地位与学者们对网络文学的定位密切相关。2000年前后,黄鸣奋、欧阳友权、陈定家等学者从媒介革命的角度展望文学的未来,认为网络文学必然会对传统文学形成挑战。③ 但这些乐观展望大多落空,反而是长篇类型小说蓬勃发展,成为网络文学的主导文类。2006年开始,学者陶东风对《诛仙》等小说展开批判,认为这

---

① 据中国作家协会网络文学中心发布的《2019中国网络文学蓝皮书》(《文艺报》2020年6月19日),截至2019年底,全国共有各级网络文学组织115个。全国各省市区除新疆、西藏外,都有了省级网络文学组织。2017年5月,上海作协制定《上海市作家协会签约网络作家管理条例》,在全国率先推出专门的网络作家签约制度。《条例》规定,签约期间,作协将向签约网络作家每月提供2500元创作津贴。血红、骷髅精灵等16位作家成为上海作协首批签约网络作家。浙江、上海分别在2015年、2018年开始网络作家的职称评审工作。截至2020年,两地共有35名网络作家获得中级职称。2020年9月28日,人力资源和社会保障部、文化和旅游部联合发布《关于深化艺术专业人员职称制度改革的指导意见》,明确指出,"要畅通网络作家从业人员职称评审渠道,让网络作家与国有文化艺术企事业单位艺术专业人员在职称评审上享有同等待遇"。

② 参见吴怀尧在《华西都市报》发布的年度"中国作家富豪榜"(2006—),2012年之后,该榜单专门开辟了"网络作家排行榜",按榜单所列数据,唐家三少等网络作家的收入在全门类作家中位居前列。

③ 代表成果有黄鸣奋:《比特挑战缪斯:网络与艺术》,厦门:厦门大学出版社,2000年版;欧阳友权:《网络文学:挑战传统与更新观念》,《湘潭大学学报》,2001年第1期;陈定家:《网络时代的文学艺术》,《三峡大学学报》,2001年第6期。

些作品是在"装神弄鬼",这些小说的作者是"游戏机一代","他们最擅长的就是在道德的真空中玩弄高科技的游戏"。① 萧鼎等网络作家激烈反对这一论断,并声称要"争夺一下话语权"②。实际上,话语权的争夺是在不知不觉中展开的。在网络文学读者中,逐渐出现了 weid、安迪斯晨风、赤戟、云中仙鹤等"原生评论家",他们活跃于龙的天空论坛、微博、微信公众号等平台,从网络读者的立场和趣味出发,对作品进行点评、推荐,语言简洁生动。相对于学院派,他们的评价方式更为网络作家和网络读者所认可。

凭借极富活力的生产机制,网络文学获得了庞大的读者群和作者群,在传统文学体制之外自成一系,冲击并重构了当代文学格局。白烨、王晓明先后提出过新世纪以来文学格局"三分天下""六分天下"的判断,③不管是"三分"还是"六分",他们都强调了网络文学兴起给当代文学格局所带来的重大改变。网络文学声势壮大之后,此前学院派的文化批判的研究立场和方法,对深入理解这一事物并无帮助,学者们需要对网络文学重新定位。由于网络文学中占主流的类型小说在传统文学体系中属于"通俗文学",学院派为网络文学找到的新定位便是"网络时代的通俗文学",

---

① 陶东风:《中国文学已经进入装神弄鬼时代?——由"玄幻小说"引发的一点联想》,《当代文坛》,2006 年第 5 期。

② 本报综合报道:《玄幻文学遭遇"教授门"博客文坛再掀"口水战"》,《信息时报》,2006 年 6 月 27 日。

③ "三分天下"说出自白烨:《今日文坛"三分天下"》,《紫光阁》,2009 年第 8 期,指的是以文学期刊为主导的传统型文学,以商业出版为依托的市场化文学(或大众文学),以网络为平台的新媒体文学(或网络文学)"三分天下"。"六分天下"说出自王晓明:《六分天下:今天的中国文学》,《文学评论》,2011 年第 5 期,"六分"包括:在网络上,有第一代网络文学、资本主导的"盛大文学"和活跃的"博客文学";在纸质出版物中,有以《收获》《人民文学》为首的"严肃文学"、郭敬明《最小说》为代表的"新资本主义文学"和韩寒《独唱团》为代表的"第三方向"的文学。

这一定位也迅速得到国家文学管理部门的认可。① 在此定位下，网络作家成为"网络时代的通俗作家"。如果说吸收网络作家进入作家协会是在身份层面将他们"体制化"，那么"网络时代的通俗作家"这一定位，便是将他们安置在雅俗对立的文学等级秩序里，从文学观念层面将网络作家"体制化"。该定位提供了网络作家与传统作家体系对接的通道，但也会限定人们对网络文学价值的认识路径。真正具有突破性的研究，应该是以深入网络文学实践为基础的，近年来在理解网络文学的问题上提出重要新见解的学者有邵燕君、储卉娟等。邵燕君考察了网络文学的生产机制、粉丝文化等内容，以"爽文学观"来突破雅俗对立的精英文学观，认为网络作家是"爱欲劳动"的"产消者"。② 储卉娟将网络类型小说的创作看作话语实践过程，认为类型创始者"为后来者开辟空间，设定基本要素"，后来者通过类型模仿，引入新内容，建立起新的话语实践。③ 这些研究正在打破此前人们关于网络文学的刻板印象，在学理层面提升了网络作家的地位：他们并非网络时代的通俗作家，而是借网络媒介来探索文学可能性的人。

四、结语

在当代文学变革的背景下，网络作家应运而生，他们是变革的产物，

---

① 将网络小说纳入通俗文学脉络中讨论的代表性成果有范伯群、刘小源：《通俗文学的传统与网络类型小说的历史参照系》，《中国现代文学研究丛刊》，2015 年第 8 期；汤哲声：《论新类型小说和文学消费主义》，《文艺争鸣》，2012 年第 3 期。国家文学管理部门领导者对这一观点作出重要论述的文章是中国作家协会副主席、书记处书记李敬泽的《网络文学：文学自觉和文化自觉》（《人民日报》，2014 年 7 月 25 日）。

② 参见邵燕君：《从乌托邦到异托邦——网络文学"爽文学观"对精英文学观的"他者化"》，《中国现代文学研究丛刊》2016 年第 8 期；邵燕君：《以媒介变革为契机的"爱欲生产力"的解放——对中国网络文学发展动因的再认识》，《文艺研究》，2020 年第 10 期。

③ 储卉娟：《说书人与梦工厂：技术、法律与网络文学生产》，北京：社会科学文献出版社，2019 年，第 104—105 页。

也深度参与了变革,其迅速崛起,最终重构了当代文学格局。时至今日,即便是对网络文学持批判态度的人,也不得不承认网络作家已成为当代作家的重要组成部分这一事实。塑造网络作家的媒介、制度等因素仍在发挥作用,它们也为思考当代文学变革提供了基本坐标。网络文学还在发展,给当代文学带来的挑战与更新,仍在继续。我们有理由相信,在未来,"网络文学""网络作家"前的"网络"这一限定词会消失,那也将是当代文学变革宣告完成之时。这些变化,值得后来者持续观察与思考。

原载于《文艺理论与批评》2021年第6期

新媒介的"连接主义"与网络文学评价范式变革

黎杨全

网络文学的评价是一个迫切而棘手的问题。网络文学评价体系的建构应从印刷文化到数字文化的转型中来理解,也应基于中国网络文学的特殊性来建构。

一、印刷文化与基于作品的评价体系

传统的文学评价体系是以作品为中心的,目前通行的《文学概论》等教材一般都强调文学评价的思想标准与艺术标准。思想标准具体表现为对作品思想情感的真实性、倾向性等做出评判;艺术标准是指批评家据以衡量作品艺术性的价值尺度,具体包括语言形式的创造性、艺术形象的概括性等。不同教材关于文学评价的具体标准可能有所出入,但都是指向作品的,试图挖掘作品的思想或艺术价值,并以此衡量其文学史地位,那些评价高的作品就成为文学史上的经典。本质主义与建构主义在经典问题上存在持久的争论,前者认为一部作品之所以成为经典,是因为作品有某种永恒的内在本质;后者认为经典是文学制度建构的结果,场域的合力生产了"艺术品彼此之间差别价值的信仰"①。但不管经典的权威是源自内在特质还是外在要素,本质主义与建构主义的讨论都是就作品而言,经典本质上包含的就是作品概念。

---

① [法]皮埃尔·布迪厄:《艺术的法则:文学场的生成和结构》,刘晖译,北京:中央编译出版社,2016年版,第205页。

以作品为中心的评价体系是与传统文学观一致的。在将什么看成是文学时,传统文学观主要是从作品出发的。众所周知,艾布拉姆斯提出了"世界""艺术家""作品"与"欣赏者"的文学四要素,在四要素构成的三角形坐标中,"作品"这个"阐释的对象"被"摆在中间"。① 这里也可以看出,以作品为核心的文学观,往往是将其视为一个有待阐释的"对象",一个与主体拉开距离的、可供审视的客体。乔纳森·卡勒在《文学理论入门》中,描述了五种关于文学的理论解答,如文学是语言的"突出"、文学是语言的综合、文学是虚构、文学是审美对象、文学是互文性的或者自反性的建构,在这五种情况中,"我们面对的是有可能被描述成文学作品特点的东西,是那些使作品成为文学的特点"②。从作品出发来界定文学也是历史的传统:"如今我们称之为文学的是二十五个世纪以来人们撰写的著作,而文学的现代含义才不过二百年。1800年之前,文学(literature)这个词和它在其他欧洲语言中相似的词指的是'著作',或者'书本知识'。"③这里强调的是将"文学"与"著作"或"书本知识"等同。在《二十世纪西方文学理论》有关"文学是什么"的导言中,伊格尔顿也列举了人们关于文学的各种定义,这些定义同样是从作品出发,或者从虚构的意义上把文学定义为"想象性的"作品,或者强调以特殊方式运用语言,转向文学作品自身的物质实在。伊格尔顿自己关于文学的建构主义观点同样基于作品:"我们在某种程度上总是从自己的利害关系角度来解释文学作品。"在此意义上,人们一直在评价的不是"同一部"作品,"一切文学作

---

① [美]M. H.艾布拉姆斯:《镜与灯:浪漫主义文论及批评传统》,郦稚牛、张照进、童庆生译,王宁校,北京:北京大学出版社,1989年版,第5页。
② [美]乔纳森·卡勒:《文学理论入门》,李平译,南京:译林出版社,2008年版,第37页。
③ [美]乔纳森·卡勒:《文学理论入门》,李平译,南京:译林出版社,2008年版,第22页。

品都被阅读它们的社会所'改写'"。①

以作品为中心的文学观念及评价体系与印刷文化相关。文字把人和认识对象分离开来,并由此确立"客观性"的条件,印刷文化加重了这一倾向,固定不变的印刷文字让文本比书面时代的手稿更容易被看成一个静态客体。印刷文化带来了线性文本的繁荣,但也造成了一种封闭的幻觉,艺术所固有的向外的交互、交叉与动态的"连接性"被弱化了、隐而不见了。"世界上没有封闭的体系,从来就没有。逻辑是封闭体系的幻觉,是由文字促成的,是由印刷术强化的。"②

由于印刷文化的制约,文学作品向外扩展的连接性处于蛰伏状态,这形成了艺术的框架,它对应的是西方现代美学主张的静观欣赏与艺术博物馆体制。实际上,博物馆也被称为陵墓:"在这个陵墓中,艺术作品过着一种抽象的、与世隔绝的生活,它们已经与产生它们的生活、与它们曾在这种生活中完成的实际任务隔断了联系。"③博物馆的围墙让艺术作品石化了,使它们成了展览品,笼罩在它们身上的是一种供人瞻仰的地下圣堂里才有的气氛。博物馆体制削弱了文学的连接性,从主体层面看,突出的是对作品的神圣仪式与膜拜价值,强化了作者的权威,维护着文学的精英等级,构成了少数人的艺术,制约了文学的人群连接功能;从文本层面看,强调的是天才的原创与灵感写作,忽视了文本之间的影响与互涉关系;从作为载体的媒体看,建构的是分门别类的现代艺术体制,淡化了文学与其他媒体要素的关联。米勒曾对印刷文化的这一后果做出总结,认

---

① [美]特雷·伊格尔顿:《二十世纪西方文学理论》,伍晓明译,西安:陕西师范大学出版社,1986年版,第16页。

② [美]沃尔特·翁:《口语文化与书面文化:语词的技术化》,何道宽译,北京:北京大学出版社,2008年版,第131页。

③ [匈]阿诺德·豪泽尔:《艺术社会学》,居延安译编,上海:学林出版社,1987年版,第173页。

为印刷文化的特色在于"依赖于相对严格的壁垒、边界和高墙",这种壁垒既体现在人与人之间,"印刷业的发展鼓励并且强化了主客体分离的假想;自我裂变的整体(separate unity)与自治;'作者'的权威;确切无疑地理解他人的困难或者不可能性……",体现在"不同媒介之间(印刷、图像、音乐)",也体现在"一个国家与另一个国家之间、意识与被意识到的客体之间、超语言的现实与用语言表达的现实的再现,以及不同的时间概念"①。

20世纪初的先锋派试图率先打破自律艺术体制,消解艺术与生活的区隔,不过我们也可以将其理解为试图摆脱作品的封闭性,实现艺术的连接功能。先锋派将艺术从现代主义"完美对象"的概念中解放出来,试图以"拾得物"的观念将艺术重新引入生活实践。同时,他们也有意识地实现主体与人群的连接,让艺术变得制作化,提倡自动写作,对个人创造范畴进行了彻底否定,断然拒绝艺术方面的等级原则。超现实主义的信条是:"诗歌不应该由一个人来写,而应该由所有人来写。"②不过先锋派也存在深刻悖论,反对自律艺术体制重新陷入了体制的牢笼,"拾得物"在今天被认定为经典,"'拾得物'因而失去了其反艺术的性质,而在博物馆中成为与其他展品一样的自律的作品"③。他们反对艺术的等级化原则,却也存在"基本的精英主义——反精英主义态度",④带来的后果仍然是小众化的:"它的唐突冒犯和出言不逊现在只是被认为有趣,它启示般的呼

---

① [美]J.希利斯·米勒:《全球化时代文学研究还会继续存在吗?》,国荣译,《文学评论》,2001年第1期。
② [美]卡林内斯库:《现代性的五副面孔》,顾爱彬、李瑞华译,北京:商务印书馆,2002年版,第113页。
③ [德]彼得·比格尔:《先锋派理论》,高建平译,北京:商务印书馆,2002年版,第130页。
④ [美]卡林内斯库:《现代性的五副面孔》,顾爱彬、李瑞华译,北京:商务印书馆,2002年版,第112页。

号则变成了惬意而无害的陈词滥调。"①

我们认为,网络文学的意义就在于它实现了作品之外的连接,它的属性与合法性需要从这个层面来理解。

网络文学连接了人群,呈现出主体间性的维度。这种主体间性体现在写手之间、写手与读者之间、读者与读者之间。在网络上,写手们利用论坛与社交媒体组成了各种共同体。如果说传统作家是闭门造车,写手们则是借助网络互相请教写作经验。写作不再是私人的事情,而成了公众展示。同时,文学的写作与阅读也是在作者与读者的互动中完成的,作者需要充分考虑读者群的意见,有些作者甚至直接把读者作为人物写入作品中。读者之间会在网络上就某位作者、某部作品展开广泛互动与争论,形成所谓"追文族"。

网络文学连接了各种文本,呈现出文本间性的维度。一方面,一部成功的作品问世后,作者们都会详细分析作品的创意、火爆原因及独特写法,并在写作中加以借鉴,由此形成一种文本系列,甚至创立由众多文本的"星群"支撑的某种写作类型;另一方面,读者也生产了与作品相关的众多衍生文本。随着网络文学的海外传播,一些国外读者也参与到衍生品的创作中。

网络文学连接了各种媒介,呈现出媒体间性的维度。新媒介是融媒体,形成了共生性的 ACGN（Animation、Game、Comic、Novel 的合并缩写）文化,动画、漫画、游戏、小说之间形成了互相影响、互相借鉴的关系,而在 IP 产业链兴起的背景下,网络文学在电影、电视、游戏、动漫、手办等不同媒体平台之间得到反复改编,这种由线上到线下、由文学到其他媒介的传

---

① ［美］卡林内斯库:《现代性的五副面孔》,顾爱彬、李瑞华译,北京:商务印书馆,2002年版,第130页。

播扩散与社会影响力是前所未有的。

在印刷文化语境下,作品向外的连接性被压抑了,互联网却充分释放了这种连接性。凯文·凯利(Kevin Kelly)认为20世纪科学的象征是"原子",原子独自运转,是单一的缩影,21世纪科学的象征则是"网络"。① 数字技术改变了物质的笨重外壳,实在成为信息,"网络间关系的架构形成了我们社会中的支配性过程与功能"。② 在此基础上,一切都可以连接起来,主体之间可借助网络交互,文本与媒体可随意组装与拼接。我们可借用阿斯科特(Roy Ascott)的说法,将这种文化转型称为"连接主义",阿斯科特认为传统"艺术"深深地植根于个体主义,而对远程通信艺术来说,"连接性(connectivity)是它的核心",他主张以"连接主义"(connectivism)取代"艺术"(art)。③ 当然,这不是说传统文学没有连接性,而是说体现得不明显或难以体现,传统文学与网络文学连接性的区别表现在六个方面:一、传统的连接往往是间接的(如借助作品进行),现在则是直接的;二、传统的连接是延时的,现在则是即时的;三、传统的连接是笨拙的、缓慢的,现在则是方便迅捷的;四、传统的连接是单向的,现在则是双向、多向的,能够相互之间不断反馈与流通;五、传统的连接是少见的,现在则是普遍的;六、传统的连接是隐而不显的,现在则是可视化的。总之,互联网充分释放与生成了连接的可能,对网络文学来说,连接性成了作品之外的核心问题。

---

① [美]凯文·凯利:《失控:全人类的最终命运和结局》,张新舟等译,北京:电子工业出版社,2016年版,第39—40页。
② [英]曼纽尔·卡斯特:《网络社会的崛起》,夏铸九、王志弘等译,北京:社会科学文献出版社,2001年版,第570页。
③ Roy Ascott. "Telenoia", in *Telematic Embrace: Visionary Theories of Art, Technology, and Consciousnes*, ed. and with an essay by Edward A. Shanken, Berkeley, Los Angeles, London: University of California Press, 2003, p. 274.

网络文学的连接性意味着文学观念需要从实体论走向间性论,既要从实体意义上去理解网络文学,也要从连接性、间性方面去理解。如果说传统文学关注的是封闭对象与收藏空间,网络文学提供的则是连接的路径,是亲身体验的可访问性和互动性。传统的收藏是与印刷文学的博物馆体制相对应的,它收藏的是一个作品,而网络收藏与此不同,它收藏的是一个链接、网址与路径,是打开作品、互动讨论、重新制作与媒介转移的可能。传统的收藏追求的是占有,网络收藏既是收藏,也是一种分享,因为它保存的不是实体,而是路径,可以向其他爱好者便捷地分享这一切。这也真正体现了网络的精神,在网络上分享比占有更重要,使用权比拥有权更重要,连接性比封闭性更重要。对网络文学来说,既然连接性成为作品之外的核心范畴,评价体系理应发生相应变化,将作品之外的连接性扩张运动考虑在内。

二、中国网络文学"离心的"连接性

目前在关于网络文学评价范式的讨论中,较为普遍的看法是强调在传统审美范式之外,应增加技术与市场的维度,即走向"审美—技术—市场"的综合评价体系。这种说法注意到了数字媒介的技术特点与网络商业文学的市场效应,但也存在一些问题,比较突出的是对中国网络文学独特性的忽视,实际上是将它等同为传统通俗文学与西方电子文学。

中国网络文学具有突出的市场效应与超高人气,但如果直接将市场效应作为评价指标也并不适当。一方面,市场效应是一个中性概念,难以体现评价体系应有的价值评判与导向功能;另一方面,市场效应具有笼统性,难以体现出网络文学的连接性,模糊了它与传统通俗文学的重要区别。

传统通俗文学可能具有很高的人气,市场效应突出,但读者阅读作品的方式与精英文学并无区别,仍然是印刷文化语境中固有的个体行为与孤独阅读。"自从艺术作品进入消费市场,作者与对象的关系变成互不认识以来,就出现了这样的情况:艺术家不仅很少知道作品的消费对象是谁,而且对它越来越不关心。他面对的不再是单个的对象,而是人数众多,互不相识的'艺术消费公众'。"①这段话既适合于传统的精英文学,也适合于通俗文学。新媒介带来的重要改变就是连接性,读与写成为群体化的活动。读者共同体的建构既是空间性的积聚,也是时间性的累积,空间的讨论会加强读者对小说的追随,而随着时间的延长,又不断有新的读者加入共同体。这种海量人群参与文学共同体的现象,是传统文学未曾遭遇的命题,从艺术、社会效果来看,它跟传统通俗文学的孤独阅读存在一些明显区别。

文学共同体生成了传统通俗文学阅读没有的集体情感体验,非网文行业的人难以感受到这一点,著名网络作家徐公子胜治曾谈到这一问题:

"作品影响力是在连载过程中不断建立的,体现为读者与读者、读者与作者之间的不断互动与期待,伴随作品的更新,追读过程也是一段奇妙的人生体验,只有真正的网文读者才能明白。这是网络文学独特的属性,也是它的魅力所在。

"所以有很多人尽管学识渊博、水平很高,但是对网络文学包括网文产业的分析评判,给人的感觉总是好像隔了点什么而不得要领,因为他们根本没有体验过这个过程。

"这和选一本书自己读是不一样的。你试过花几年时间追读一部正

---

① [匈]阿诺德·豪泽尔:《艺术社会学》,居延安编译,上海:学林出版社,1987年版,第150页。

在创作中的作品吗？你亲眼见证、亲手支持、亲身参与了它的诞生、成长、完成的过程吗？你曾用十几年伴随一个作者各种作品不断的创作成长过程，并享受其带来的人生体验吗……①"

从读者的反馈来看也是如此，我吃西红柿的读者千雨迁寻在《吞噬星空》书评区表示："番茄的书，让我们的心紧紧地连在了一起，我们所珍惜的，是那一份份共同支持番茄的感动，是那些一起有竞争的日子里，那浓浓的友谊之情！"②忘语的读者"落英缤纷的爸爸"在《凡人修仙传》书评区中说道："当一个个书友们用欢笑、用泪水、也借键盘写作时，六零、七零、八零和九零归集在一起，似乎忘却了代沟，挥挥洒洒，点点滴滴，共同创造一个凡人世界，一个独立的凡语世界，一个属于自己的艺术世界。"③

共同体的营造让读者追读的不仅仅是小说，追随的也是一段人生经历与集体性的情感："网民回到'个人默读'之前的那种阅读方式：在越来越公开的或集体性的场合中大声朗读，在那里，所有人听的是同一件事，被激起的是同一种情感，在同一时段里欢笑或哭泣。"④这种文学体验是冰冷的市场效应指标无法体现出来的。

共同体阅读也生成了共同体才有的励志效应与社会影响。网络文学虽然情节俗套，却往往具有励志效果。举例来说，网络小说《无限恐怖》曾在网文圈产生了广泛的影响，开创了"无限流"。小说讲述一群现代人

---

① 徐公子胜治：《文学网站与作者》，http://www.lkong.net/forum.php?mod=viewthread&tid=2566106.

② 千雨迁寻：《红盟有你，真情无限》，http://forum.qidian.com/threaddetailnew.aspx?ThreadId=157005027.

③ 落英缤纷的爸爸：《礼赞：凡迷书友的灵魂！》，http://www.bjkgjlu.com/225526oht/30908494.html.

④ ［瑞士］樊尚·考夫曼：《"景观"文学：媒体对文学的影响》，李适嬿译，南京：南京大学出版社，2019年版，第236页。

不断穿越恐怖片场景,努力反抗、争取活下去的故事。从基于作品的评价体系看,它显然无法跟严肃文学相比,但这并不妨碍它的励志性。一位读者谈了自己阅读《无限恐怖》的感受(原文太长,节选部分):

"距离高考还有半年的时间,在这本小说的鼓舞下,我开始了疯狂学习之路,最后考上了班级里唯一的一个一本。

毫不夸张地说,《无限恐怖》这本书将我的人生带入了另一个轨迹,对 Z 大,我一直怀有感激之情。[①]"

读者对小说的这种解读及获得的教育作用让人惊讶,这并非个别现象,在书评区与贴吧,有大量这样的评论。这表明了文学教育模式的转变:这些看上去俗套的网络文学在很大程度上已经取代了传统精英文学对大众的教育功能。由于网文读者以年轻群体为主,这表明网络文学在建构年轻一代的价值观、世界观中具有重要作用,不容小觑。

不过传统通俗文学也会有这种励志效应,类似于费斯克等人所说的"盗猎""挪用",读者会对作品采取"权且利用"的阅读方式,但我们需要注意这篇读后感是发布在书评区中,采用的是"我—你"的讨论方式:

如果我拼了命能在半年内考上一本,你会比我差多少?当然,都已经毕业的人了,谈成绩没意义,那么,你在工作中有拼命过吗?目前对现状的不满,你有做过什么实际行动来改变吗?你有没有以'这不行''我做不到'为借口,连第一步都没有跨出,就选择了坐以待毙?"

这里折射的实际上是网络时代年轻群体生活方式的变迁,他们不再是印刷时代的孤独奋斗,而在论坛中寻找群体的共享与激励。阅读既是共同讨论,也是互相促进,他们在网络的连接中寻找相互支持。

---

① 这是网友"楚轩"对"如何评价《无限恐怖》"这一问题的回答,有 624 人对这个回答表示赞同(截至笔者重新查询这条文献的 2019 年 5 月 19 日为止),可见这位网友的感受是普遍现象。https://www.zhihu.com/question/20320360/answer/42287035。

文学共同体也呈现了传统通俗文学没有的群体生产现象。豪泽尔在通俗艺术与民间艺术之间做出区分："民间艺术的生产者和消费者很难区别，两者之间的界线是流动的，但对通俗艺术来说，其消费者是完全处于被动地位的、没有创作能力的公众。"①网络文学常常被人们看成通俗艺术，按照豪泽尔的判断，消费者就处于被动地位，但实际情况并非如此。在 web1.0 时期，读者之间已经产生了共同创作现象，而在 web2.0 时期，读者共同创作的热情得到更大提升。在阅文平台上，网络作品从最基础的故事内容，到世界观的完整，到周边衍生，几乎每个环节都有读者参与其中。② 这种共同创作客观上符合资本的利益，但也体现了网友的创造性，其中的创作乐趣与成就感是传统通俗文学没有的。

显然，如果仅从通俗文学的角度来理解中国网络文学，它就仍被理解成印刷文化语境中的"作品"，即便强调其市场效应，也未能真正体现其连接性。

如果说市场的角度是将中国网络文学等同为传统通俗文学，技术的角度则将其等同于西方电子文学。实际上，从技术层面理解中国网络文学，一直以来成了它获得合法性的依据。网络文学刚兴起时，不少人质疑这一概念的合法性，认为网络只是一种传播工具。在作家余华看来："对于文学来说，无论是网上传播还是平面出版传播，只是传播的方式不同，而不会是文学本质的不同。"③王朔也有相同看法："……痞子蔡的作品，和经典的爱情小说有什么区别？只不过他们交流的方式多了一点互联网，或者他们主要是通过互联网去交流的，这和他们通过对话去交流有什

---

① ［匈］阿诺德·豪泽尔：《艺术社会学》，居延安编译，上海：学林出版社，1987年版，第 201 页。

② 参见李秒：《世界顶级 IP 的成长秘笈：从讲好一个故事说起》，https://new.qq.com/omn/20191022/20191022A07NLH00.html。

③ 余华：《网络和文学》，《作家》，2000 年第 5 期。

么区别？骨子里没区别的。"①这些人之所以认为网络只是一种平台,原因就在于他们发现网络文学与传统文学并无根本差异。张抗抗曾作为评委参与网络文学的评选,其经历和感受颇能说明问题,在阅读之前,她"曾作了充分的心理准备,打算去迎候并接受网上任何稀奇古怪的另类文学样式",读完后却感到失望,发现并无质的区别,"若是打印成纸稿,'网上'的'网下'的,恐怕一时难以辨认"。② 张抗抗对网络文学"稀奇古怪的另类文学样式"的预期,实际表现的是人们对网络文学的技术主义想象,也就是将其想象成利用各种超链接生成的西方式超文本、超媒体文学。

以技术主义去判定网络文学的合法性在当时是普遍情况,张抗抗等人的发言是针对"榕树下"等网站的网络小说而言,但这也是人们对网络诗歌的想象。人们同样认为网络诗歌是一个伪命题:"没有'网络诗歌',有的只是诗与非诗。网络是个平台、媒体,就像报纸杂志一样。你能问一个人你怎样看'葵诗歌'、'诗刊诗歌'或'芙蓉诗歌'吗？那都不是艺术品种,而是某种用稿标准。"③"新媒体只是传播手段,诗歌的本质不会改变。从古到今,传播手段不断变化,但诗歌还是诗歌。现在的网络也不过是一种传播工具。"④显然,这同样是技术主义期待落空后的反应。诗人杨晓民曾对网络时代的诗歌作过热情预言:"网络时代的诗歌观念是:在网络上不断制造、生成新的诗歌符号——超诗歌文本诞生了。"⑤但从实

---

① 《王朔:不上网者无所谓》,刘韧、李戎:《中国.COM》,北京:中国人民大学出版社,2000年版,第356页。
② 张抗抗:《网络文学杂感》,《中华读书报》2000年3月1日第3版。
③ 《当前诗歌现状的七个问题》,《诗刊》,2002年第2期。
④ 参见《对话:新媒体与当代诗歌创作》(《诗潮》,2004年第2期)一文中众诗人、评论家与诗歌网站版主的讨论。
⑤ 杨晓民:《网络环境下的诗歌写作》,《诗刊》,1999年第7期。

际情况来看,并未出现这种充分利用网络超文本技术的诗歌。西方诗歌注重超文本、多媒体技术,中国诗歌却鲜有此类实验。

可见对网络文学/诗歌来说,人们的潜在预设是,除非存在一种离不开网络,即需要借助超文本、超媒体技术打开与欣赏的文学类型,才算"真正的"网络文学/诗歌,否则,它就只不过是印刷文学搬到了网上而已。这实际上是把中国网络文学的发展路径与西方电子文学混同了。西方电子文学凸显技术主义,不仅制作这些数码艺术需要技术条件,从事研究的学者也多具有技术背景,因此他们强调电子文学的技术评价标准,如技术性、多媒体性、表演、链接、航行、算法、软件程序等要素。这种复杂的技术标准是需要建构的,因为西方电子文学已经不是纯粹的文学,可以说是一种工艺制作了。与之相比,中国网络文学没有这些技术要求,相比传统写作,技术上的要求反而降低了,人人都可以写。

西方电子文学也呈现了一种连接性,比如它也试图强化交互性、融入文本间性、多媒体性等,不过可以发现它跟中国网络文学的连接性颇为不同,我们可分别称之为"向心的"连接性与"离心的"连接性。

从交互性来看,由于西方电子文学的技术要求远非一般读者能胜任,它比原来的精英文学更加精英化了,制约了人群的连接,因此它是一种"向心的"连接,一种体现文学等级、小众化、内部化的连接。从文本、媒体的连接来看,尽管它也强调文本、媒体要素之间的关系,不过却是属于这个超文本、多媒体文本内部要素之间的关联,体现的是内部的互文性(intra-textuality),而不是中国网络文学外部的互文性(extra-textuality)。在此意义上,尽管相对于传统作品而言,超文本文学、多媒体文学具有开放性、动态性,但它仍可被视为一个"作品",而不是作品之外不断拓展的连接性。对中国网络文学来说,它构成了一种"离心的"连接性,作品只是一个连接的入口，然后由此展开了一个跨时空、跨媒介的连接运动，具体表现为四个阶段：首先是网络空间的连接，作品在各种论坛上不断被阅读、转发与讨论；其次是线上到线下的连接，出现了针对故事本身的，向现实越境的"创作行为"或"社会化运动"，比如读者群体为《全职高手》的主角叶修创作了大量衍生品，还在线上线下为这个虚拟人物庆祝生日；再次是跨媒介的连接，从小说走向影视、动漫、游戏、手办等，形成了以网络文学故事为核心，聚合其他文艺门类的全产业景观；最后是从国内到海外的连接，兴起的是海外传播热潮。这种空间扩张又形成了一种互相渗透与加强的关系。原发网络平台上的网络文学经过泛娱乐改编或海外传播后，必然又会在各种网络平台上引起新的讨论与传播，而海外传播中也会产生新的泛娱乐传播链条，理论上，这是一个无穷无尽的连接扩散的过程。

可以看出，相比传统通俗文学，中国网络文学体现了连接性；相比西方电子文学，中国网络文学体现了"离心的"连接性。这表现了中国网络文学的特殊性，也是其合法性所在。如前所述，人们一般认为，相比离不开网络链接的超文本、多媒体文学，中国网络文学不是真正的网络文学，但中国网络文学的连接性表明它离开网络同样无法生成。离开网络，就不会有作者、读者群体的线上交互，不会有网上衍生的文本链条，不会有跨媒体平台的流转，不会有不断扩散的连接运动。这也体现了中国网络文学的独特价值，它既是对印刷文学的变革，也开拓了世界网络文学技术主义之外的发展路径，对网络文学评价体系的建构，应基于中国网络文学的特殊性，这是对新媒介文艺批评中国话语的探索。

三、文学性与连接性相结合的动态评价体系

中国网络文学这种连接运动，生成了远大于作品本身的艺术效果与

社会效果,仅从作品本身来评价它是不科学的,对它的评价应结合作品与连接性运动来进行。

对中国网络文学而言,首先要对作品进行评价。仅从作品本身来看,中国网络文学并未呈现出西方电子文学的仿真、表演、程序等技术维度,基于"文学性"的传统评价体系仍是适用的。

在这个基础上,还需要考虑到网络文学的连接性运动。从中国网络文学的实际情况来看,目前主要有主体、文本、媒体三种连接,相应的评价标准我们可分别称之为主体间性维度、文本间性维度与媒体间性维度。

主体间性维度。如前所述,不同于传统文学中的孤独写作与阅读,互联网形成了文学的时空共同体,我们认为,从主体间性出发的评价标准应包括这样几个方面:首先是主体的数量性维度,即网络文学活动参与的人数、交互的热度与时间长度等,这与传统媒体计量指标如电视的收视率、电影的上座率、书籍的发行量等有共同之处,这可以从文学网站发布的各种排行榜单中直接收集数据。其次,生产性维度。主体间性的评价标准不能只停留在纯粹的数据层面,还需要评价主体的生产性,即考察主体间性是否促进了文本的艺术生产、促进作用的大小等。举例来说,有些小说的点击率、阅读率很高,但读者对作品本身的集体生产却并不明显,而有些作品却在这个环节上相当突出,比如小说《大医凌然》,读者在"本章说"中提供了各种丰富的医学案例,给作者很多灵感启发,这说明小说给读者提供了丰富的生产空间,它在这方面理应获得较高评价。最后,社会性维度。在根本上,主体间性必须与正向的社会效应联系起来,考察该作品经由共同体阅读在读者中产生的情感效应与社会教育作用。有些作品的读者人数很多,但从评论区的帖子来看,产生了不良的社会效应,对这种作品应给予否定性评价;而有些作品却产生了积极的情感效应与社会教育作用,如前述的《凡人修仙传》《无限恐怖》等,这种感情、社会效应与作品相关,但也来自于读者的共同体阅读。主体的数量性、生产性与社会性三个维度,呈现的是网络文学主体连接效果由浅入深的三个层面,数量性是直接参数,生产性与社会性则是主体间性评价指标的深化。

文本间性维度。如果说西方电子文学的文本间性涉及的是超文本文学各节点之间的关系,中国网络文学则体现为某部作品与后续借鉴文本之间的关系。中国网络文学的类型化相当严重,一部作品走红之后,会迅速形成某种写作潮流,往往以"××流"或"××文"称之。这种开山立派的作品不少,如中华杨的《中华再起》之于历史穿越小说,周行文的《重生传说》之于重生小说,忘语的《凡人修仙传》之于"凡人流",zhttty 的《无限恐怖》之于"无限流"、梦入神机的《佛本是道》之于"佛本流",天蚕土豆《斗破苍穹》之于"随身流",辰东《圣墟》之于"灵气复苏流"……由于这些作品开创了某种流派,显然应给予它们较高评价,因此文本间性的评价标准首先就是它的开创性维度,即是否开创了某种文本写作潮流;其次是数量性维度,主要从规模上统计这种写作潮流的文本数量以及读者的二次创作;最后是跨类性维度,即这种写作潮流是否跨越了各种小说类型。有些作品引发的写作潮流局限于某种类型,如《凡人修仙传》开创的"凡人流"主要限于修真文,《佛本是道》开创的"佛本流"主要限于仙侠文,而有些作品引起的写作潮流则跨越了各种小说类型,如《中华再起》的"穿越"、《重生传说》的"重生"、《斗破苍穹》的"随身",对整个网络小说行业产生了重要影响。相比前者,后者的评价理应更高。

媒体间性维度。这是指网络文学在不同媒体平台的流传与改编所形成的关系,这也是中国网络文学的一大特点。媒体间性具体包括两个方面的评价标准,一是作品改编后形成的时间性的长度、热度;二是作品改

编在类型上的跨越性维度。有些作品适合于改编为游戏,如《斗破苍穹》;有些作品适合于改编为电视剧、电影,如多数宫斗文、宅斗文;有些作品则可以跨越所有的媒体平台,实行全产业的 IP 版权,这种作品的辐射面更广,评价就会更高。

需要注意的是,主体间性维度、文本间性维度与媒体间性维度并不是分开的,而是相互促成的,文本间性、媒体间性的实现需要依赖主体间性,而它们的生成与传播同时会导致主体间性活跃度的增加(如读者变成了观众、玩家、cosplay 扮演者、主题公园体验者……),主体间性越活跃,文本间性、媒体间性也就更广泛……这些联合起来构成了网络文学累加式连接效果。

传统的文学评价范式没有考虑作品之外的连接运动,网络文学的评价体系则是作品与作品外的连接运动的结合,如果说作品的评价标准是以文学性为核心,作品之外的不断向外扩展的连接运动则以连接性为核心。文学性与连接性相结合的动态评价体系如下图(网络文学评价体系示意图)所示。

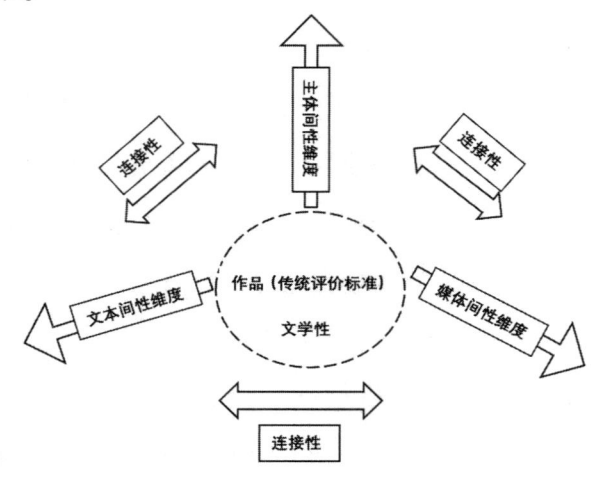

网络文学评价体系示意图

在这个评价体系中,不同标准之间可能存在冲突,但这符合网络文学的实际情况,有的作品在某一方面的特质或连接性相当突出,但会损害其他方面的连接性。这也让这个评价体系具有伸缩性,可给予各种作品的连接性以精准定位,而在理想层面上,真正的"神作"应该是各方面指标都相对不错、叫好又叫座的作品。

在这一评价体系中,有些数量性的评价指标可以较容易地获得,而某些隐性的评价指标,如主体间性的生产性与社会性维度,似乎难以考察而不具有操作性。不过这里忽视了网络时代文学连接性的特殊性,相对传统社会,网络在很大程度上把这些连接性运动都可视化了,主体的生产性与社会效应都以评论、帖子的形式在网上留存了下来,而以前这一切都消失在空气中。通过大数据与网络民族志的研究方法,研究者可对相关的帖子,尤其是那些点赞率更高的精华帖进行搜集整理,在此基础上获得评价指标。这也意味着研究者在研究范式上的转型,他们不能再像以前那样只是着重于作品的阅读与纸质文献,也应深入网络空间,对各种论坛与电子文献进行整理研究,这是一种结合了现实与网络的双重田野考察。

原载于《中国文学批评》2021 年第 3 期

现代性的双面书写

——论当代网络文学中的宏大叙事

高翔

宏大叙事之于当代中国文学有着重要意义,一方面,宏大叙事作为一种重要的文学传统被追溯,从"五四"时期的民族主义话语,到其后的革命叙事,宏大叙事建构了现代文学的骨架;另一方面,宏大叙事的式微构成当代文学的一个重要症候,引发广泛的探讨。在某些文论家看来,当代社会的样态导致宏大叙事被一种"小叙事"取代。

与纯文学视野中宏大叙事的整体倾颓趋势相比,大众文化表现出一定的宏大叙事特性。自新世纪以来,主旋律文化所建构的革命叙事依然是宏大叙事的主体,不过从《历史的天空》《亮剑》《建国大业》《建党大业》等作品来看,革命宏大叙事表达开始具有更多通俗的、大众文化的特性,宏大叙事在以网络文学为代表的通俗文化场域中得到越来越多的表述。事实上,在网络文学鲜明的异托邦指向当中,本身就蕴含着宏大叙事的形式;在其价值结构中,无论是玄幻小说还是历史穿越小说,都蕴含着大量诸如民族主义等指向宏大叙事的价值体系。伴随着网络文学脱离简单的爽文倾向,其宏大叙事所表征的虚拟现实有了愈发重要的现实意义,这是对网络文学宏大叙事进行研究的前提。

一、场域变换:宏大叙事的文化顺延

"宏大叙事"这一概念首先是在现代性的哲学场域中被定义的。启蒙主义所生成的科学精神、理性话语,使人们产生对于认知世界、建构世界的绝对信心。鲍曼将现代性语境中人们以理性话语建构完美秩序的行为称为"造园冲动",宏大叙事就是对这一行为的话语呈现,"现代性的展开就是一个从荒野文化向园艺文化转变的过程"①。故而,宏大叙事所表述的,就是运用科学视角对世界进行总体认知和陈述的话语体系。从话语结构上看,宏大叙事不仅完成了对于历史和当下的逻辑化处理,而且生成了指向未来的政治效能。利奥塔认为宏大叙事既是一种话语结构中具有普遍性的"思辨的叙事",也是一种政治场域中的"解放的叙事",它作为一种"元叙事"建构了现代性知识的合法化图景:"'元叙事'就是指启蒙关于'永恒真理'和'人类解放'的故事。"②在他的表述中,宏大叙事成为现代性的鲜明话语方式。

文学场域中的宏大叙事,是以故事的完整性、逻辑性来完成对于现实的总体理解,并将其纳入现代性的"造园冲动"这一总体政治图景之中。在中国文学史上,围绕现代性而展开的"启蒙"和"革命"之争构成近代文学的"元叙事"。其中,"启蒙"更具"思辨的叙事"之特点;"革命"更多地作为一种"解放叙事"而呈现。自20世纪中叶以来,在革命叙事与现代性(现代化)叙事的流变中,持续不断地构建了宏大叙事的文学传统。而到了20世纪80年代末,现代化想象所遭受的挫折,以及适逢其会的西方后现代理论的广泛引入,先于社会情态的嬗变构筑了中国的后学思想语境。市场化进程的汹涌发展,大众文化的快速崛起,亦在很大程度上构建了想象"后现代"的社会语境和文化样貌。从这一时期开始,中国文学进入持续地对于宏大叙事——现实主义这一美学标准的反叛之中。先锋文

---

① [英]齐格蒙特·鲍曼:《立法者与阐释者》,洪涛译,上海:上海人民出版社,2000年版,第67页。
② 戴传江:《论中国现代化语境下的利奥塔后现代主义思想》,《江淮论坛》,2003年第5期。

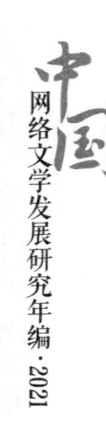

学以形式反叛内容,解构了历史和现实的确定性逻辑,构成了对于宏大叙事的解构。新写实小说和女性的"私小说",将视野"落入"日常生活和封闭空间,以个体化的场域空间取消了对于整体历史的考察。持续兴起的新生代作家的欲望叙事,则以"非道德化的个人立场"①,更为彻底地体现了市场化语境中宏大叙事的消弭。

与之相比,当代文学史写作的"史诗"倾向似乎建构了新的宏大叙事写作②。这些作品以长历史的视野对群像进行刻画,并将意义延伸到民族(国家)的边界之中,这是鲜明的"史诗"气质的呈现。"史诗以叙事为职责,就必须用一个动作(情节)的过程为对象,而这一动作在它的情境和广泛联系上,必须使人认识到它是一件与一个民族和一个时代的本身完整的世界密切相关的意义深远的事迹。"③在这里,史诗显然表征了一种通往宏大叙事的文体风格,不少文论家也将这两个范畴联系在一起进行表述④。但值得注意的是,这些文本虽然具有反映社会历史变迁、构建民族国家的史诗气质,却并无宏大叙事所蕴含的现代性价值指向。它们不仅远离了启蒙叙事所建构的科学与理性这一基本价值视野,也在相当程度上质疑了现代性解放政治的可能性。尽管这样的书写构成了中国语境中"未完成现代性"的特定表现方式,但它们在内容上却以别样的历史呈现成为对于宏大叙事的特定解构力量。从这个意义上说,这些文本反映了宏大叙事在纯文学书写中的衰落。

---

① 管宁:《后现代突围:非道德化的个人叙事》,《广东社会科学》,2004年第6期。
② 被纳入这一视野的作品可以分为两个阶段:第一阶段是具有显著寻根文学特质、彰显民族文化传统的作品,如《白鹿原》《古船》等;第二阶段是新世纪以来重新追求"史诗性"的一系列作品,代表作有《秦腔》《笨花》《圣天门口》《受活》等。
③ [德]黑格尔:《美学》第三卷下册,朱光潜译,商务印书馆,1981年版,第107页。
④ 参见彭少健、张志忠:《概论中国当下文学的宏大叙事》,《文学评论》,2006年第6期;马德生:《后现代语境下文学宏大叙事的误读与反思》,《文学评论》,2011年第5期。

更为重要的是,正如利奥塔以"宏大叙事"来表征启蒙和现代性话语模式的消解那样,后现代语境中的"宏大叙事"恰恰具有一种否定性立场,表明了启蒙话语尤其是"解放政治"的深刻困境,宏大叙事遂成为一种乌托邦特质的叙事想象。"宏大叙事是一种逻各斯中心的总体性叙事,昭示着这个世界有一个'总的故事',这个故事有开头,有发展,有高潮,有结局,是线性演进的,有终极目的的,有乌托邦指向的——这正是长篇小说,尤其是现实主义小说的叙述模式。"①

纯文学宏大叙事的历史嬗变可以延伸到普遍的文化场域中去。根据东浩纪的观察,宏大叙事的凋零表征了从现代性跨入后现代的时间节点,它在各个国家都有不同呈现。在后现代语境中,文体层面的宏大叙事依然广泛存在,却发生了深刻的嬗变。基于后现代的特性,宏大叙事已经不再是对于当代社会的总体理解,而仅仅是基于某些机要主义理念的表述。更为重要的是,从叙事效果来看,宏大叙事不再具有普遍的叙事效力。"因为后现代理论所提出之大叙事衰退,并非是论述探讨故事之本身的消灭,而是探讨对社会整体其特定的故事之共有化的低落。"②同时,就后现代的消费理念而言,也发生了从故事消费到资料库消费的变化:"从现代往后现代发展的潮流中,我们的世界观原本是被故事化的且电影化的世界视线所支撑,转为被资料库式的、界面式的搜索引擎所读取,出现了极大的改变。"③东浩纪以御宅族文化为例指出,对这一文化的消费并非在于对传统的故事、人物、世界观的消费,而在于对聚集了基于人物和设

---

① 邵燕君:《网络文学的"断代史"与"传统网文"的经典化》,《中国现代文学研究丛刊》,2019 年第 2 期。
② [日]东浩纪:《游戏性写实主义的诞生:动物化的后现代》,黄锦容译,台北:唐山出版社,2007 年版,第 8 页。
③ [日]东浩纪:《动物化的后现代——御宅族如何影响日本社会》,褚炫初译,台北:大鸿艺术股份有限公司,2012 年版,第 81 页。

定的庞大数据资料的消费,它会不断地从其资料库中组合出各种各样的小叙事(拟像)。最终,这些宏大叙事亦只是后现代多元叙事的一种,并被纳入资料库当中的故事类型,"这些想象也只能视为属性资料库消费基础上的小叙事加以掌握理解即可"①。

就中国语境而言,这一宏大叙事逐渐沉降到通俗文学中,并且从文化结构上形成对于现代性宏大叙事的补偿:"宏大叙事凋零之后,'纯文学'方向发展出'现代派文学',直面价值的虚空;通俗文学则向幻想文学的方向发展,以'捏造的宏大叙事'(或称'拟宏大叙事')进行替代性补偿。"②在邵燕君看来,东浩纪所谓的从现代性到后现代性的断裂,对应着中国语境中启蒙主义的式微,"拟宏大叙事"由此成为一种在"后启蒙"语境中价值弥补的方式。"拟宏大叙事"以虚拟想象来进行宏大主题的建构,这一点在网络文学中有着鲜明的呈现。同时,邵燕君也从当代网络小说的迭代出发,认为中国网络文学逐渐进入到一个以二次元文化所表征的资料库模式为主要特征的文学样态之中,从而进入东浩纪式的"小叙事"模式当中。

以东浩纪理论来看待中国文化场域中的宏大叙事有着一定的合理性,但也存在着一定的问题。与日本相对鲜明的文化转型相比,中国的文化场域更为复杂和多元。尽管自20世纪80年代以来,后现代文化就已经在中国产生了深刻影响,但从国家主体政治建构层面来说,依然处于现

---

① [日]东浩纪:《动物化的后现代——御宅族如何影响日本社会》,褚炫初译,台北:大鸿艺术股份有限公司,2012年,第81页。
② 戴传江:《论中国现代化语境下的利奥塔后现代主义思想》,《江淮论坛》,2003年第5期。

代性叙事之中。① 伴随着时代政治语境的变化,宏大叙事具有更多的表述可能,并在大众文化、网络文学的场域中予以呈现。同时,东浩纪式的资料库模式在中国方兴未艾,二次元文化亦只是网络文学的一种审美取向和书写要素。② 更为重要的是,当代中国文化场域中的实践已经表明,宏大叙事依然可以通过小叙事得到表达。例如,二次元与民族主义的结合,已经成为一个颇为显著的文化事实。故而,当代网络小说中的宏大叙事不仅是"后启蒙"时代对于大众的意义填充,更具有特定的现实意蕴,需要进行深入的挖掘。

二、历史重塑:宏大叙事的呈现维度

相比于传统纯文学在 20 世纪 80 年代以后与中国现代性叙事的脱嵌,网络文学对于当代中国的现代性想象有着更为鲜明的叙述。作为一个自发形成的文学场域,网络文学以全新的生产机制脱离了传统文学的写作方式。更重要的是,作为一种新媒介文化,网络文学显现了网络文化所具有的鲜明的时代特性,这与它的幻想气质并不矛盾。新媒介文化作为一种话语场域,重新生成了诸如"网络民族主义""工业党"等具有宏大叙事特质的能指,网络文学写作也同样表现出这种特征。从总体上看,民族主义叙事、工业党叙事和文明叙事,呼应了当代中国从上到下不断重构的现代性想象,从时间上构成网络文学宏大叙事想象的基本视角。

在近代中国的文学表述中,民族主义是一个基本的视角。在 20 世纪

---

① 1982 年,在中国共产党第十二次全国代表大会上,邓小平提出了"建设有中国特色的社会主义"的命题,大会还制定了全面开创社会主义现代化建设新局面的纲领。这个施政纲领作为一种宏大叙事,显现了中国主体政治层面的现代性气质。
② 参见庄庸、安迪斯晨风:《浅析网络文学中的二次元要素》,《网络文学评论》,2018 年第 4 期。

80年代之后,民族主义依然被视为一个整合现代性话语的核心能指。"新时期文学开始后,阶级革命叙事开始退却,而现代民族国家叙事却在'现代化'旗帜下,进行新的整合努力,并试图树立'文化复兴现代中国'的新现代民族国家叙事。"①这种主流形态的民族主义话语温和,内涵繁杂,更为侧重建构一种和平崛起的总体叙事。然而,与之相对应的,是20世纪90年代从知识界发轫并一路蔓延到大众文化的民族主义冲动。从《中国可以说不》等的热销,到新世纪以来二次元民族主义的崛起,《战狼2》等新主旋律电影的兴盛,当代民族主义在新的时局下得到新一轮的爆发,并在相当程度上塑造了更为强硬的话语形态。②

网络文学顺应了这一民族主义话语潮流,在(男频)历史穿越小说的时间视野中得到了鲜明的表达。2002年的《中华再起》最具首创性,它讲述了主人公穿越回清末、扶助太平天国战胜清政府、对抗列强进而建立民主共和国的过程。这种以穿越重构近代史的方式,引发了盛行一时的"晚清救亡流"的书写③。《中华再起》具有强烈的民族主义和爱国主义倾向,与当时一些爱国主义话语平台具有高度一致性,这清晰地表明了民族主义从新媒介话语空间向网络小说文本的沉降。晚清是中国百年耻辱的开端,又是现代性的起点。小说文本试图以重商主义、工业化等来建构强大的中国,显然是对西方现代性经验的复制。这种以现代性叙事来消弭民族屈辱的历史想象,从"虚拟现实"的视角上重构了宏大叙事。在此

---

① 房伟:《论现代小说民族国家叙事的内部线索与呈现形态》,《中国现代文学研究丛刊》,2011年第2期。

② 参见陈国战:《新世纪以来大众文化中的民族主义》,《文化研究》,2012年第10期。

③ 彼时较为有影响力、可被归入"晚清救亡流"的网络小说还有《赤色黎明》《篡清》《铁血帝国》《我是军阀》等文本,这些文本的政治理念相差甚远,唯一的共同点是拥有以晚清为背景的"救亡"主题。

之后,"晚清救亡流"的作品虽然理念殊异,但都有着鲜明的民族主义视野以及随之而来的宏大历史想象。

如果说关于晚清的想象在异时空重现"救亡"叙事,带有迫切的民族主义情感表达;那么,对于更早的历史的回溯,则带有更为全面的"历史考古"的印记。被称为历史穿越文奠基之作的《新宋》出自专业的历史系学子之手,其书写特色在于从社会、思想、吏治等各个视角全面考察了宋朝的社会形态,并从主人公的视角对国家进行全面的设计。在此之后,关于宋、明的穿越文迅速成为一种潮流。总体来看,尽管《明》《回到明朝当王爷》《宰执天下》《临高启明》等代表性作品各有特色和侧重,但都具有"开启现代性"的情愫与色彩。宫崎市定在《东洋的近世》中,力图建构一个属于东亚的现代性历史。他从中西比较视野出发,将宋以后的历史看作东亚现代性的滥觞,并且具备了相应的思想启蒙,但"东洋在宋代以后经历了一千年的困扰,却依然未能从文艺复兴阶段再进一步,跨入一个更高的发展阶段,而西洋在进入文艺复兴阶段以后,只花了四五百年的时间,很快就迈入了近代史的阶段"[①]。这种对于东亚历史的遗憾在宋、明穿越小说中得到了呈现,这些文本将宋、明视为华夏落后的起点,并以严肃的历史思考来发掘乃至重构这一时期的现代性因素。在《宰执天下》中,韩冈以朴素的民族情感来推行国家的建设,《回到明朝当王爷》中的杨凌看到了欧洲大航海时代的来临以及改造国家的紧迫,《临高启明》更是以彻底的实验性写作,对于开启现代性进行科学式的呈现。在这些文本当中,总是存在着一个指向现代性的民族主义叙事;叙事的后果,则是重构一个具有现代性特征的国族。

---

① [日]宫崎市定:《东洋的近世:中国的文艺复兴》,张学锋等译,北京:中信出版集团,2018年,第126页。

在民族主义这一能指之外,工业党叙事亦引发了广泛的关注。工业党叙事作为一种典型的宏大叙事而出现,网络文学中工业党叙事的兴起要从三个方面来理解。第一,民族国家是现代性"造园冲动"的主体,而工业化是其技术内涵。无论是吉登斯、贝克还是鲍曼,都从不同的视角,将工业化理解为现代性的最核心特质之一。[①] 第二,从新媒介语境来说,工业党叙事源自网络上的工业党,尽管工业党的生成颇为繁杂,但是以工业化视角重构"历史转折中的宏大叙事"并建立国家的合法性论述,显然是其最重要的话语诉求之一。[②] 第三,在主流媒介对当代中国的表述中,工业能力是重要一环。在引发热议的《超级工程》和《大国重器》等纪录片中,强大的工业能力和"基建狂魔"的称号成为想象当代中国的重要话语资源。正是这种主流话语和民间叙事的合力,使得工业党在网络文学中得到呈现。

网络文学中的工业党表述主要可以分为两个层面。一是历史穿越小说中对于科技的描写,这堪称工业党叙事的滥觞。在此类文本中,科技和相关工业力量的发展所迸发的伟力,成为穿越者改变世界的"金手指"。比起各个文本在政体和制度设计方面的摇摆,工业化和相关的生产力想象成为表征现代性的核心要素,这一书写在《临高启明》中得到了集大成式的体现。在对科技—工业的发展进行全景式呈现的意义上,《临高启明》以虚拟现实建构了特定宏大叙事,成为一个真正的"工业党"文本。比起偶发性的、个体性的穿越,临高五百众的"规划式"穿越已经表明了其"工业化"的内涵:这是一个集体性的、具有高度体系性的工业化图景,

---

① 吉登斯追问现代性的核心是资本还是工业化,这一说法从反面验证了工业化的重要地位;贝克认为现代性是一个工业社会,后现代则是一个具有自反性特征的风险社会;鲍曼认为从现代性到后现代经历了"生产者社会"到"消费者社会"的转型。

② 参见卢南峰、吴靖:《历史转折中的宏大叙事:"工业党"网络思潮的政治分析》,《东方学刊》,2018 年第 8 期。

是一个在虚拟时空里表达历史必然性的总体性叙事。"'临高集团'的行动意愿,不再是伪装成'自然正确'的被动偶然,而是长期准备、广泛动员、精心培训、计划有素的'必然性'实践。"[①]临高八百众所强制推动的工业化进程所表征的高度计划性和集中性,显然在一定程度上耦合了当代中国的工业化历史,彰显了中国在现代性进程中的图景。

二是当代语境中的工业党叙事。对比以《临高启明》为代表的古代时空的文本,当代语境中的工业党叙事具有更为强烈的现实意涵。齐澄的一系列作品《工业霸主》《材料帝国》《大国重工》是工业党文学的代表,其中《大国重工》最具有典范性。文本以作者穿越回1980年作为开始,以工业党视角重新诠释了改革开放的历程。在故事中,主人公冯啸辰原本是国家重大装备办的处长,穿越后也一路高升,始终以上位者的姿态对国家的发展进行总体思考。小说对于工业化的想象主要聚集在矿山、冶金、电力装备等作为发展基础的重工业领域,体现了鲜明的国家视角。"穿越"的身份恰恰让史实和当下形成一种对比关系,使全文不断进行着对于改革开放以来中国工业化利弊得失的分析和总结。总体来看,全文塑造了众多的工业党形象,并以工业化图景呈现了改革开放的内在逻辑。其最引人注意之处,在于它自《乔厂长上任记》等改革小说以来,重续了以官方视角围绕工业化而展开的现代性叙事的努力。这一兼具网络小说的书写形态与主旋律叙事模式的文本样貌,鲜明地呈现了在纯文学愈发趋近于小叙事的文化语境中,网络文学反而承担起宏大叙事之表述的吊诡现实。

如果说民族主义叙事展现了一种消弭历史耻辱的冲动,工业党叙事

[①] 赵文:《"工业党"如何在改造"古代"世界的同时改造自己——〈临高启明〉的启蒙叙事实验》,《东方学刊》,2019年第12期。

在于对当代中国的发展逻辑进行合法化辩说,那么,文明叙事显然是基于当代社会历史图景所进行的宏大想象,这种想象在时间场域中更加具有未来视角。1993年亨廷顿《文明的冲突》影响广泛,预言了所谓"历史终结"之后新的世界趋向。吊诡的是,一方面,在新世纪以来的世界图景中,伴随着中国现代性进程的浩瀚图景,"历史终结"的唯西方视野受到了前所未有的冲击和挑战;另一方面,恰恰是由于西方价值观的相对衰退,文明得以随着民族国家的视野不断浮现出来。"全球的普世价值没有了,人类世界再度丛林化,各民族国家诉诸文明认同,展开生存竞争。"①

与民族主义叙事、工业党叙事始终聚焦于国族内部不同,文明叙事乃是现代性叙事从国族内部走向外部的反映。网络文本中的文明叙事集中在网络科幻小说之中,此类创作从"文明存亡""文明关系""文明形态"等视角对于文明进行总体呈现,并与以刘慈欣作品为代表的当代科幻文学发生了紧密的互文关系。早期智齿的《文明》、彩虹之门的《地球纪元》聚焦于文明的兴衰演替;《太阿降临》《修真四万年》等文本展现人类在茫茫宇宙中的开拓;《废土》《宿主》等文本则表现了人类在文明毁灭之后的痛苦挣扎与复苏。

与刘慈欣作品相比,这些作品不以科学性见长,但其对于文明的不同表达映射着对于当代文明的总体理解。《废土》《宿主》以残酷的末日生存法则和族群对立,呼应着刘慈欣的"黑暗森林法则";而《修真四万年》《间客》等显然具有更为乐观的视野,希望在文明冲突当中寻找到不同文明的共存之道。这些具有未来视野的科幻想象,以另一种方式深入刻画了文明冲突这一当代主题。如果说一般意义上的宏大叙事是在现代性范

---

① 刘复生:《文明冲突几乎成为当代文艺主线》,《社会科学报》,2020年7月2日。

畴中出现的,那么,文明叙事理应被视为对于当代世界语境的一种重新想象,是现代性之后的总体性叙事。

总体来看,民族主义、工业党以及文明叙事在时间场域中构筑了一个对当代进行总体想象的连续线索,象征性地表述了中国当代被不断压抑的现代性话语。按照汪晖的说法,20世纪60年代以来的中国和世界呈现出一种"去政治化的政治",在当代话语体系中,新自由主义不断以市场的自由自发状态建构社会历史的"自然进程",进而对政治话语进行消解。"因此,'政治化'的核心就在于打破这个'自然状态',亦即在理论和实践的不同方面,以'去自然化'对抗'去政治化'。"①网络小说对于宏大叙事的重构,作为一种文化实践,恰恰显示了一种对于历史、现实和未来可能性不断予以发现和创作的建构逻辑,并在总体意义上呼应了当代的政治语境,这是其得以呈现宏大叙事之面貌的根本原因。不过,网络小说交织着新媒介语境的幻想色彩,更深受市场机制和消费主义的影响,对于其宏大叙事的特性需要进一步深入辨析。

三、个体升华:宏大叙事的精神面向

在从现代性通向后现代的进程中,发生了消费者社会对生产者社会的取代,工作模式的演变塑造了日趋原子化的个体:"在后工业化国家中,后福特主义的经济转型,推动了个人主义化或以个人为中心的行为模式的发展。"②与之对应,这一新的社会样态在网文中得到了呈现。网络小说所建构的异托邦世界变成一个充斥着风险和社会达尔文主义的残酷

---

① 汪晖:《去政治化的政治:短20世纪的终结与90年代》,北京:生活·读书·新知三联书店,2008年版,第47页。

② [英]保罗·霍普:《个体主义时代之共同体重建》,沈毅译,杭州:浙江大学出版社,2010年版,第19页。

环境,这是对于新自由主义以来的市场化语境的体认。同时,个体的成长也成为一种彻底技术性的升级行为,而摒弃了精神抑或价值指向。在这个意义上看,尽管网络小说文本所建构的"成长叙事"有着宏大的世界观,但其在精神内核上却成为一个聚焦和指涉个体欲望的"小叙事"。①网文结构由此呈现出一种双面性:一方面具有鲜明的个体化色彩;另一方面则不断生成着关于当代社会历史的宏大叙事。

这种大叙事与小叙事的结合,构成网络文学的鲜明特点,也深刻揭示了当代消费主义语境和宏大现代性进程并行不悖的现实。具体理解这一问题的话,依然可以从前论中的几个视角着手。在经典论文《处于跨国资本主义时代中的第三世界文学》中,杰姆逊将第三世界文学归结为"民族寓言"。这一"民族寓言"的含义首先在于,对于第三世界而言,始终存在着一个外在的"他者",即发达国家的强势文化。在这一他者的影响之下,第三世界的文学展现出一种强烈的应激反应,呈现出相对于这一他者的集体化样貌。而对于进入跨国资本主义的西方世界而言,此时的文化从现代主义走向后现代主义,导致个体和社会之间的分裂。"资本主义文化的决定因素之一是西方现实主义的文化和现代主义的小说,它们在公与私之间、诗学与政治之间、性欲和潜意识领域与阶级、经济、世俗政治权力和公共世界之间产生了严重的分裂。"②在杰姆逊看来,这是西方从马克思式的宏大社会话语,转到了弗洛伊德式的精神分析之中。

杰姆逊的理论在20世纪90年代传入中国时稍显前卫,但却以一种吊诡的方式契合了当下中国的文化语境。一方面,当代世界政治形势的

---

① 邵燕君认为此类文本属于对宏大叙事进行补偿的"拟宏大叙事",本文认为,"拟宏大叙事"本质上是一种小叙事。

② [美]弗雷德里克·杰姆逊:《处于跨国资本主义时代的第三世界文学》,参见张京媛主编:《新历史主义与文学批判》,北京:北京大学出版社,1993年版,第234—235页。

发展,使得中国的"第三世界认知"作为一种集体回忆深刻影响着大众心理①,"民族寓言"由此成为一种绵延不绝的书写形式。另一方面,当代中国消费主义的发展同样使得个体与共同体不断分离,并导致网络文学充分消费化、个体化的书写样态,彰显了指向欲望的力比多书写特质。故而,当代部分网络文学既具有宏大的"民族寓言"特性,亦具有鲜明的弗洛伊德色彩。《回到明朝当王爷》较为典型地表明了这一点:在故事中,主人公杨凌一方面官运亨通,众美在怀,是达到权力顶峰的人物;另一方面,则是他下江南、平倭寇、定草原,用铁与血洗刷了中原王朝的历史屈辱。作为一部影响广泛的作品,《回到明朝当王爷》被认为很好地融合了历史和商业,达到了"'大国崛起'与'个体圆满'的双重YY"②。在这里,文本重构历史的欲望是在个体欲望的驱动之下进行的,文本中所表达的民族主义由此成为个体力比多叙事视野中的空壳。

通过这一例证可以看出,杰姆逊视野中的"民族主义"是作为一种悬浮的能指出现在网络文学中的。它很难摆脱个体欲望叙事的窠臼,但依然可以生成网络文学向宏大叙事迁延的可能性。在《宰执天下》《一品江山》等文本中,尽管依旧以个体欲望进行叙事,但严肃的历史趣味建构了更为真实的宏大叙事视野。当然,"民族寓言"作为一种"第三世界意识",在历史穿越文本之外的作品中也有着鲜明体现。例如,在猫腻的《将夜》中,从守卫边疆到保卫国家,民族主义话语成为"情怀"的重要方面;在《完美世界》《人道至尊》等玄幻修仙小说中,"人类中心主义"和"反侵略"的故事设计影射着当代中国的历史记忆。总之,作为"民族寓

---

① 当代中国一方面取得了巨大发展,但另一方面依然处在西方所主导的秩序准则之中。在这一语境中,"第三世界意识"并非一种显在情感,而是一种蛰伏的历史记忆。
② 邵燕君主编:《网络文学经典解读》,北京:北京大学出版社,2016年版,第138页。

言"的叙事模式在网络小说世界观中的广泛出现,显现的正是杰姆逊意义上"现代"与"后现代"相互混杂的叙事景观①,表达了网络文学"小叙事"与"大叙事"之间的交错联系。

在网络文学中,个体的欲望化叙事是其起点,"技术化"是其表达方式。所谓技术化,是指用纯粹的技术视角来应对问题。在现代性的历史上,技术是对于科学和机器大工业的总体指认。尼尔·波斯曼将18世纪以来西方世界围绕市场意识、工厂制度、科学发明而生成的对于技术的膜拜意识称为技术统治论,在他看来,西方社会经历了从技术统治论到技术垄断的变化,其标志在于以管理科学为代表的技术原则对于思想和文化的统治:"任何技术都能够代替我们进行思考,这就是技术垄断论的基本原理之一。"②在这里,波斯曼关于技术的阶段性划分隐约对应了从现代性到后现代性的思想裂变:现代性的技术原则是总体性的,是基于改进生产力的社会建构的;后现代则呈现出技术对于具体的个人的宰制,即技术成为个体的行为方式和准则。

当代网络文学对于技术的表达,深刻地展现了后现代语境中的技术观。一方面,大量的网络小说,如玄幻修仙小说、官场小说,都成为一种目的论视野中的技术操持行为。在《凡人修仙传》中,无论是韩立趋利避害的"韩跑跑"性格,还是其几乎完全借助法宝和灵药的"唯物主义修真"方式,都鲜明地表达了个体生存的技术化倾向。在《侯卫东官场笔记》中,文本彻底放弃了传统官场小说的价值指向,详细地展示了侯卫东纵横捭

---

① 在杰姆逊的观点中,现实主义、现代主义、后现代主义乃是西方社会不同阶段所塑造的文化生态,不过在中国语境中,现代主义和后现代主义并未能得到清晰的界定和分离,这一点在文学层面体现最为显著。

② [美]尼尔·波斯曼:《技术垄断:文化向技术投降》,何道宽译,中信出版集团,2019年,第57页。

阃、长袖善舞的官场生存之道,从而使文本变成一个"官场升级指南"①。当然,这种技术化倾向亦表现在网络文本的具体内容中。在黎杨全看来,玄幻小说流行的所谓"老爷爷"以及相应的"随身流",对应着当代个体依托于网络和大数据的技术化生活。"而网络小说中这些不断兴起的'随身流',实际上正是网络、系统、机器与人的关系越来越密切的缩影。"②

  按照鲍曼的观点,在失去现代性所创建的集体化图景的当代语境中,依托于市场的专家机制,是个体解决现实矛盾的核心途径,也是个体生活彻底"技术化"的生动写照:"现在,用以形成真正的个体生活环境的是专家知识和管理的技术。"③以此推之,网络文学中大量攻略类、指南式技术文本的流行,正是这一现实的文本体现。在这个意义上,工业党文学的作用恰恰在于重新呼唤现代性以来总体性的技术叙事。比起个体"技术"叙事视野的狭隘和价值的匮乏,工业党叙事重新赋予技术以历史视野,将沦为工具理性的技术重新呈现为基于唯物主义视角的科学话语。故而,如果说利奥塔式的后现代理论对于科学话语的解构使之成为个体化的技术碎片,那么,工业党叙事则力图从个体性上升到集体性,从技术回归到科学。正是这种从后现代性向现代性的追溯,体现了当代中国在后现代语境中重新发现现代性的独特思想路径。

  现代性和后现代的交缠,在时间视野中也有着清晰的呈现。对于现代性而言,鲍曼式的"造园冲动"昭示了现代性必然存在一个乌托邦视

---

① 在网络官场小说兴起之前,主旋律的官场小说侧重于对腐败的批判,例如《抉择》《大雪无痕》《人间正道》;而知识分子官场小说侧重于描述权力对于人的异化,例如《羊的门》《国画》《沧浪之水》。
② 黎杨全:《虚拟体验与文学想象——中国网络文学新论》,《中国社会科学》2018年第1期。
③ [英]齐格蒙特·鲍曼:《现代性与矛盾性》,邵迎生译,北京:商务印书馆,2013年,第323页。

野,这一"乌托邦"想象广泛地存在于现代性社会实践和话语想象中。后现代对于现代性的否定,除却德里达、利奥塔式的理论拆解,在相当程度上是通过奥斯维辛等政治苦难来论述"解放叙事"的失败而获得的。在这一进程中,现代性的"乌托邦"书写转而成为一种走向反面的"恶托邦"书写,《1984》和《美丽新世界》正是其鲜明反映。在这里,无论是乌托邦叙事还是恶托邦叙事,显然都具有以未来作为时间尺度的宏大叙事视野。按照邵燕君的说法,网络文学中广泛存在的"异托邦"叙事,来自后启蒙语境中精神空虚的个体所展开的自我幻想。它不仅将宏大叙事转化为一种小叙事,而且不再具有通向未来的时间性。事实上,"异托邦"小说的文体结构往往是空间性的,通过空间的层次划分映射当代的科层体制和自我上升的路径。故而,"异托邦"文本体现的恰恰是当代社会的特质:通过对于当下的沉迷消弭时间和历史感受。

在这个意义上,文明叙事恰恰是通过对于时间感和未来意识的重现来重拾宏大叙事的可能性。一方面,"文明"这一范畴超越了现代性的主体民族国家,文明的存亡问题亦是基于"文明冲突"这一当代问题视域而建构。另一方面,文明叙事并不拘泥于乌托邦模式或恶托邦模式,而是在现代性和后现代的意识形态之外寻找历史新的可能性。例如,在《三体》中,刘慈欣展现了一个人类文明乃至全宇宙走向毁灭的可怕想象,这一想象被重新追溯为对于当代人类文明形态的反思,这些反思从另一个层面重新激活了现代性的相关话语。

网络小说的文明叙事延续了《三体》的思考,《修真四万年》对此有着较为出色的呈现。一方面,这一文本在转换地图的空间模式中添加了时间要素,使得修真行为被演绎为从封建时代到现代文明的历史迁延,从而超越了一般"异托邦"小说的叙事模式。另一方面,文本中对于多方势力的呈现,表面上体现为"共和模式""帝国模式",乃至《1984》式的恐怖洗脑模式,实际上则有着更加丰富和繁杂的内核。文本对于"文明之争"的呈现,不仅表现在技术层面上,更上升到道义和理念之争。在文本的最后,主人公和"洪潮"的冲突不仅仅是政治形态之争,更是时间意识之争:洪潮想要人类重回过去,而主人公即使面对可怕的危机,也要为人类文明寻找面向未来的新的可能性。在这里,《修真四万年》与《三体》尽管有着理念的差异,却都鲜明地表达了一种不同于乌托邦、恶托邦,也超越了自身异托邦形态的通向未来的宏大历史视野。这种从空间向历史的延展,是网络文学从小叙事走向大叙事的重要体现。

四、结语

作为现代性的话语冲动,当代宏大叙事呈现出现实情境与西方现代性——后现代相关理论的不协调性。早在 20 世纪 80 年代,后现代理论被引入中国,并对思想界和文学界造成持续的冲击。90 年代之后,伴随着市场化的崛起,社会层面上也出现了深刻的后现代特征。然而,新世纪以来的中国呈现出愈发奇异的"两级"模式:一方面,在愈发依托市场机制的今天,中国广泛出现贝克、鲍曼等人所描述的后现代特征,如"消费社会""风险社会""个体化社会"等,并在新媒介语境中出现了被称为"微时代"的症候[1]。另一方面,伴随着中国成为"世界工厂"和综合国力的提升,使得中国重构了"民族复兴""大国崛起"等现代性叙事;作为对文明冲突论的回应,"人类命运共同体"则彰显了现代性之后宏大叙事的可能。

这一现实与理论的不协调进一步反映到文学创作中来。新世纪以来的中国文学基本上可以划分为主流文学、纯文学和网络文学三种模式。

---

[1] 参见陶东风:《理解微时代的微文化》,《中国图书评论》,2014 年第 3 期。

自21世纪以来,诸如革命文学、反腐文学等主流文学模式有着鲜明的宏大叙事样态,却遭遇了文化感召力不足的问题。就纯文学模式而言,其书写显然与以城市为核心的现代性进程保持了谨慎的距离,呈现出一种普遍的"小叙事"样态。反而是在大众文化语境中,无论是网络民族主义还是新主旋律电影,都赋予宏大叙事以鲜活的生命力。但是,正如二次元民族主义将民族主义这一"三次元"话语通过二次元语境来表述一样①,当代宏大叙事的症结在于,它无法直接连通现实语境构建宏大叙事,而需要在"小叙事"的个体欲望话语、情感叙事中进行转译和勾连。

作为新媒介语境所塑造的大众文化,网络文学承接了宏大叙事的可能。不过深受消费主义、新媒介文化影响的网络文学亦有着力比多书写、二次元趋向等鲜明的小叙事特性。网络文学中宏大叙事的建构,一方面显现了当代宏大叙事的衰弱:在关联网络小说书写形式的前提下,它不断被欲望化、虚拟化和奇观化,并衰弱为东浩纪意义上的脱离普遍主义和真理性的纯粹叙事方式。但另一方面,网络小说中的宏大叙事又不断构成对于当代中国的象征性表述,填充着当代中国现代性进程的意义空间。网络小说宏大叙事的二重特性,对应着当代中国在现代与后现代、消费主义与宏大政治、自我与社会之间的深刻杂糅和分裂,彰显了当代文学乃至文化的深层机制。而网络文学的宏大叙事书写,不仅构成了纯文学书写范式上的有效弥补,显现了当代中国语境与文学书写的错位,也展现了网络文学对于现实的表征能力,表明了其建构现实主义的深刻潜能。

原载于《中州学刊》2021年第11期

---

① 参见林品:《青年亚文化与官方意识形态的"双向破壁"——"二次元民族主义"的兴起》,《探索与争鸣》,2016年第2期。

"人设":进入网络文学现场的窗口
——兼论网络文学人物构建的困局

雷雯　张洪铭

"人设",即人物设定,最初是动漫游戏设计里的一个术语,意指动漫游戏作品中人物的"立绘"风格、性格、技能、装备等方面的设定。经百度搜索引擎可寻找到的最早使用"人设"一词的文章是新浪网《游戏世界》专栏发布的一篇题为《重生传说最新画面和人设》游戏宣发稿。"人设"呈现的内容包括这个游戏里男女主角的"立绘"、身世、性格以及二人的感情关系。从2004年到2008年,"人设"一词主要运用于游戏领域;2008年以后在动漫人物的讨论中也渐渐能看到这个词语的使用。在最初的讨论里,"人设"一词的语义仅仅局限于动漫游戏的"立绘"图,即形象图,后来才强调性格类型。游戏玩家会因为游戏人物的"立绘"是否好看,技能是否符合操作习惯,以及由"立绘"、技能效果还有一些固定的台词综合呈现的性格而选择要不要使用这个人物代表现实的自己去游戏世界开拓人生。"人设"在此时更像是一道桥梁,一个中介,是三次元与二次元世界的"破壁"之径。在网络文学兴起以后,尤其是在2014年后,"人设"一词被"文学化"。"人设"作为文学要素(亦是新的文学手法)被运用于网络文学创作中,指网络文学作者在创作之初对笔下人物做的类型设定,向读者说明小说主要人物的性格和身份,像"腹黑霸总""忠犬暖男""深情高干"等都是网络言情小说中受欢迎的"人设"。2017年以后,"人设"被运用于三次元世界即现实生活中对于公众人物的讨论,大量关于明星"人设"营销的新闻稿和社区讨论出现在网络资讯中。这里的"人设"即

个人尤其是明星和公众人物的公众形象。"人设"经历了一系列的语义扩展过程,携带着多重含义成为一个流行词,被广泛地运用于年轻一辈的日常交流之中。在"人设"一词的传播、语义延展中,最引人注目的现象是,在网络文学的讨论和网络社区的大文学讨论中,"人设"一词大有对"人物形象"一词的更替趋势。现下,在视频的弹幕区,豆瓣的书评区,晋江、起点的作品讨论区,大学的文学作品讨论课上,又或是日常阅读交流中,年轻一代的读者、观众谈起文学中的"人物"总是习惯使用"人设"一词。他们的评价话语从过去"人物形象"单薄、立体、丰满与否的表述转换成了"人设"是否带感、崩塌、流畅、有吸引力等。从"人物形象"到"人设"批评术语的变更,并非是一种偶然的语言习惯的替换,更像是一种新的适用于网络文学甚至网络文化的批评术语的创生。描写新的流行词汇的创生过程,既可探究现象背后的社会原因,亦能获知文学自身发展的内在原因,更可以"人设"为窗口,帮助研究者进入网络文学现场,了解网络文学与文化的特殊性所在。借此,或能深化网络文学评价体系,促进网络文学理论框架的建设,推动网络文学创作的健康发展。

一、"人设"的语义考察:"可能性"与"想象性"

在传统文学批评实践中,我们通常把文学人物在文学中的艺术化呈现称为"人物形象"。其内蕴着外貌特征、性格特点、背景身世,最重要的是由此体现的创作主体的审美理想。因此,人物形象是作者根据现实生活中的各种现象创作出来的具有审美意义的人物,是具体、生动、可感且有艺术感染力的,能给读者带来不同的情感体验,甚至还能使读者的思想受到熏陶和感染。以美国作家海明威为例,他就创造了一系列"硬汉"形象。无论他们的职业是士兵、斗牛士还是贫苦的渔夫,他们身上都存在一个共同的特质,即面对困难与厄运的勇敢,展现出一种重压下的优雅风度。因此,评价一个人物形象成功与否的主要几条评价标准是:人物是否真实;性格是否丰富;特征是否立体;对读者是否有感染力。相较而言,"人设"的评价标准则显得非常单一,即读者是否喜欢。"人设"能替代"人物形象"成为网络文学的新话语,甚至成为一种流行的大众话语,当然与这单一却关键的标准有关。但从根源上分析,它更与这个词具有的"可能性""想象性"语义相关。这样的语义叠加出的"生成性"让这个词语必然拥有更广泛的适用范围。

从知网溯源学界最早关于"人设"一词的使用,大概为2012年发表于《电影文学》的一篇名为《中西方动画电影中人设形象及其风格的差异性研究》[①]的文章,2016年以后逐渐增多。这与百度资讯六十多万条以"人设"为题的新闻、报告、文章发展轨迹颇为一致。"人设"一词的使用虽广泛,学界对该词语在国内大众批评话语体系里的语义发展过程,尤其是把它作为一种文学批评新话语的研究却未见专门文章。现有研究常常是将"人设"作为一个不言自明的词语运用于具体的文学批评与研究中,偶有几篇论文仅简单介绍了一下"人设"的来源和定义。

有的学者把"人设"界定为网络文学发展过程中贡献出的一种新鲜的创作手法,认为"人设"这一概念来源于日本东浩纪关于"轻小说"的讨论[②]:"人设"是一种对"萌元素"数据库的属性提取以后再进行创造性叠加的数据库写作。早在2017年9月25日北京大学网络文学研究论坛邀请日本早稻田大学文学院千野拓政教授做关于如何理解东浩纪的报告

---

① 王颖:《中西方动画电影中人设形象及其风格的差异性研究》,《电影文学》,2012第7期。
② 肖映萱:《嗑CP、玩设定的女频新时代——2018-19年中国网络文学女频综述》,《文艺理论与批评》,2020年第1期;高寒凝:《网络文学人物塑造手法的新变革——以"清穿文"主人公的"人设化"为例》,《当代文坛》,2020年6期。

时,已提出"人设"的构成是"'数据库'的,故事的生产方式、人们观察世界的目光也'数据库化'了,一切事物都可以看作要素的组合"。也就是说,与现实主义中的"人物"通过故事情节寻求"真实感"和"代入感"不一样,"人设"是"萌元素"的拼贴,可以脱离故事环境甚至剧情独立存在。高寒凝举例:"清穿"文中"雍正"的形象就经历了一个"人设化"的过程。历史的、真实的"雍正"已经不重要了,重要的是"雍正"这个"人设"下集合的如霸道、"腹黑"、勤劳、能干、深情等性格元素[1]。

有的学者则认为"人设"源于戈夫曼的戏剧理论[2],把"人设"视为区别于"后台"的"前台"表演,将人际互动比喻成做戏,因此,人际交往的过程就是人表演"自我"的过程。这个"自我"当然是被符号包装过的,目的是为了获得"观众"的认可和喝彩。因此立"人设"是消费时代的普遍现象。大家从表意的"人设"中寻求和确立自我,从而获得精神上的愉悦。明星营销"人设"就是为了迎合粉丝的意义期待和情感期待而发射出去的具有表意功能的模式。整个发射、接收过程正是符号的编码、解码过程。在此意义上,"人设"就是一种携带意义且可感可知的符号。从文学消费的角度来说,"人设"作为一种受欢迎的虚拟符号,是读者的一种欲望的投射,亦是一种审美想象。

正如传统的文学创作是作家对自然社会中的人进行现实主义模仿的艺术化结果,其中创造的"人物形象"所蕴含的语义属性是真实的、确定的,相对一致的。"人设"则与之相反,无论是作为一种新的文学创作手段,还是作为一种投射自我的符号,"设定"一词的语义本身就蕴含着一

---

[1] 高寒凝:《网络文学人物塑造手法的新变革——以"清穿文"主人公的"人设化"为例》,《当代文坛》,2020 第 6 期。

[2] 文俊、鲍远福:《新媒体语境中商业"人设"的构建及其文化反思》,《视听》,2021 第 5 期。

种"假设性"。因此"人设"一词相较于"人物形象",从字面上就显露出了"虚拟性""可能性"与"想象性"。鲍曼曾把资本主义社会发展过程描绘为从"生产者社会转向消费者社会的过程"①,消费文化随之流行,并被视为后现代文化的主要特征。无论是传统文学还是网络文学,生产模式虽然不一,但作为一种艺术产品,二者都处于"生产—消费"的产业链中,只不过较于纯文学而言,网络文学作品的"物"性或者说商品性在这个消费主义盛行的时代显得更为突出。正统意义的纯文学无论是"为人生"派还是"为艺术"派都更强调创作者的主体性,而网络文学则着重于读者需求,着意于兜售阅读快感。网络文学作品的生产从这个角度看更像是一项有的放矢的高级定制的阅读服务。如何满足作为消费者的读者需求,制造出更多响应市场动向的产品,是维持网络文学产业链稳定运作的最核心的逻辑。网络文学生产格外强调读者参与的特殊性正与当下消费文化强调个性化服务的特性同构,促成"人设"这一反映其特性的新的批评话语的"流行"。

二、"人设"的流行:无可遁形的困局

"人设"因其语义属性暗合网络文学特殊生产机制而被引入网络文学的话语体系,成为重要的关键词。它既为参与式文化影响下的文学生产新机制做注,也提供了一种写作方法让小说"人物"具备一种无限延展的"生成性"。然而"成也萧何,败也萧何",当"人设"在网络文学内部风云成势之时,它随即被"锁死",陷入一种人物构造的类型困局。这个"流行"与"僵化"的并进过程,正是"人设"提供给外界的进入网络文学生产

---

① [英]齐格蒙特·鲍曼:《工作、消费、新穷人》,仇子明、李兰译,长春:吉林出版集团有限责任公司,2010年版。

现场的窗口。对它进行溯源、描写,可深入了解网络文学的发展现状、运作机制以及困局形成的症结所在。

(一)读者参与制引"人设"入场

传统文学的生产模式是"产销分开",即作者保有对作品的最大话语权,他主宰着自己的故事,以他的主观意愿控制故事情节的走向,调度书中人物的一举一动。读者接触文学作品时,无论是作品本身还是人物都处于一种完成时态。读者对作品的反馈无法影响到文学作品本身,不会打破已有的完整模式。读者的声音是作为衍生物而存在的,犹如藤蔓之于大树。在这一过程中,文学创作的纯粹性得到保护,作者与读者呈现出彼此独立又相互依存的关系,可以轻易地区分出作者与读者不同的角色担当。参与式文化发展下兴起的网络文学生产模式则是"产销一体"的,即读者从单纯的阅读主体变为阅读和创作的"双主体"。在此,读者的声音不再是文学作品的衍生物,而直接成为左右故事发展的重要力量参与到创作过程中来。作者在完成作品的同时,需要时刻密切关注读者的反馈,从而对后续的创作加以调整。

以《盗墓笔记》为例,在作者南派三叔的最初设定中,吴邪、张起灵、王胖子三人是互帮互助的伙伴,他们结成所谓的"铁三角",共同面临危险和挑战。在《盗墓笔记》系列连载过程中,有一部分读者粉丝注意到张起灵对吴邪特殊的关照,将张起灵与吴邪配对,形成了新的读者粉丝群体——"瓶邪"党。"瓶邪"党从出现到壮大,仅用了很短的时间,在当时流行的社交互动平台"百度贴吧"上,以"瓶邪"为讨论话题所建立的贴吧"瓶邪吧"一度成为"CP"(CharacterPairing,角色配对)类贴吧中的"顶流"。受到这样一批读者的热切关注,南派三叔本人也无法避免地要迎合"CP"党群体的喜好,由此在后面的故事里设置了"篝火表白""雪山告别"等情节,也让吴邪说出了"你要是消失,至少我会发现"这样的话,使得"嗑CP"的读者们一度为之疯狂。张起灵的"人设"也从之前的"冷面寡言、神秘强大"变得更有温度,更"接地气",被部分读者认为他完成了从"神"到"人"的转变。客观来说,对比南派三叔创作前期的《盗墓笔记》和创作后期的《沙海》、番外篇,吴邪和张起灵这两个角色的"人设"都发生了不同程度的改变。他们本来的设定是伙伴,是朋友,然而随着"CP"粉丝的介入,他们之间的互动变得愈发暧昧。

"产销一体"的网络生产机制让读者的反馈可以迅即地传递给作者,阅读平台的打赏机制更是用具体的数目真金白银地左右了作家的文学生产。信息化的发展不仅大大缩短了作者与读者的距离,读者与读者之间的交流联系也进一步加强,容易构成统一的读者联盟,并形成不可忽视的反馈。基于此,无论是作品情节的走向还是作品中人物的发展都变得不确定,整个作品面临着任何可能发生的走向与无限的"生成性"。作者对于小说的"人物""设定"就永远只能存在于一种"假设性"的状态中。反观传统文学生产中的"人物形象",它的存在是不受读者干预的,读者只能从完整的文本出发,接受人物的行为逻辑,再加以归纳,形成所谓的"人物形象"。在这种情况下,不确定、无法言语的"人设"一词显然比"人物形象"更适用于网络文学中"人物"为读者无限生成的情况。固然"一千个人的心中有一千个哈姆雷特",但过去这种对于人物的不同理解只存在于个体想象中;而网络文学生产的读者参与机制,促使"哈姆雷特"的明天有了一千种可能,携带"可能性"语义的"人设"一词应势进入网络文学作者和网络文学平台的视野。

(二)平台遴选机制提升"人设"的重要性

"人设"作为创作者抛出的"橄榄枝",一旦被读者接纳,便不免要承

担读者基于"想象性"而诉诸其上的各种要求,而这种要求本身就是读者阅读快感的具象体现。可以说,"人设"是作者承诺阅读体验的凭证,读者也紧扣"人设"开展一场阅读博弈。"人设"不仅是阅读过程的先导,更是贯穿于其中的一条线索。在网络文学发展的初始阶段,读者虽然借助信息时代的便利和特殊生产机制可以将阅读体验即时反馈给作者,但作者还相对拥有主动性,在此期间,各网络文学类型"佳作"频现,创造出一系列有口皆碑的流量"人设"。早期这些出圈的"人设"吸引了大量读者,使某一类"人设"流行。在消费主义市场中,以逐利为目的的网络文学生产势必让更多的作者因此跟风,仿造了大量同类型"人设",并由此影响一代又一代网络文学读者的口味。

"人人都能成为写手"的网络发表机制让网络文学产能剧增,网络文学数量蔚为大观。网络文学平台从作为消费者的读者的角度考虑,要帮助他们在网上书城快速精准地锁定自己感兴趣的文学产品,不但将文学商品进行分区,即按照题材、故事模式、时代背景对小说进行分类,还要将每本书的"人设"放在作品简介页面帮助读者"排雷",以便他们如在商场购物一般便捷地挑选作品。

在网络文学规模急遽膨胀的今天,如何建立独特的"人设"吸引读者显得愈发重要。倒回去几年,网络文学的流量"人设"有"霸道总裁""傻白甜""大女主",而当"霸道总裁"们、"傻白甜"们开始大量地出现,读者难免会出现审美疲劳。求新求异的需要一出现,折射到写作者身上就表现为网络文学作品中构思精巧的"独一份"的"人设"。点开晋江文学城言情分区的总分排行榜,各种"人设"千奇百怪。近期排名靠前的《难哄》(作者:竹已)、《天才女友》(作者:素光同)等,作者贴出的"人设"都十分复杂且冷僻。

在作品多如牛毛的网络文学平台，包装"人设"成为作者取悦读者最重要也最便捷的方式。读者只需通过简单浏览，了解作品中的"人设"，就可以迅速做出判断，决定是否要选择当前这篇作品来阅读。快餐文化不允许等待，抛出"人设"，各凭本事吸引读者，是写手们生存的选择。"人设"是网络文学遴选机制下的产物，是网络文学作者对读者的许诺，更是对在线购买其作品的消费者的一张预购券。从公布"人设"开始，网络文学作者将读者明确地划分至自己的一亩三分地中，"人设"既是满足部分读者阅读渴求的金苹果，却也将潜在的受众做出了划分与横栏，从而在稳定的"人设"条件下满足读者不稳定的幻想。由于此种影响，"人设"的权重在诸多创作要素中逐步抬升，越发成为读者的首要阅读考量标准。"人设"一词亦因含纳了这样一种关于人物的"想象性"的语义而取代了"人物形象"，并上升为网络文学生产中最重要的因素。

（三）"人设"的标签化促使"人物"的僵化

网络文学蓬勃之前，传统文学的阅读考量标准是多元且相对平衡的。一部作品可以凭借语言优美动人，或是情节曲折离奇，甚至是创作手法特殊等特点而受到大众肯定。例如汪曾祺的小说，着力于构造平淡如水的故事情节，人物形象并不那么丰满立体，但读者的阅读审美感受来自于他诗境般的语言。刘慈欣被推为中国科幻的代表作家，并非缘于作品的语言与人物，而是依仗于他出色的想象力和由此生发的精彩故事。马原的"元叙事"手法，把小说创作演化为一种猜谜式的游戏，让"先锋小说"的实践进入文学场域之中。然而，随着消费文化的兴起及大众阅读市场的下沉，文学作品尤其是以消闲为目的的网络文学作品更多地被视为具有消费价值的商品，满足读者的阅读快感则显得更为重要。因此"情节""语言"等要素逐渐退居二线，"人设"则因其和阅读快感直接挂钩，上升

为作品考核标准的第一梯队。读者在进行文学消费时，更多地是在消费"人设"，因为读者可借助"人设"在虚拟世界完成在现实世界中难以实现的理想，实现情感代偿，获得心理满足。然而，读者在阅读消费的过程中渐渐培养了自己的兴趣，越来越清楚自己的阅读喜好，确认自己的消费需求。在确立阅读期待的同时，无论是作者还是读者，随即也陷入一种受限于固定阅读口味的类型化生产和消费之中。"人设"的抛出使得读者在阅读前早有了腹稿；而仅仅一篇网络文学便可使读者触类旁通地饱尝类似"人设"的"适口性"。久而久之，读者选择时便会下意识倾向于相关内容，对于以前未曾接触过的类型可能束之高阁，变得"挑嘴"。"人设"的"口舌之贪"固然美味，可其所形成的阅读闭环既限制了读者也左右了作者。这对于任何一类的文学的发展本身来说显然是一种缺陷。以盈利为根本目的的网络平台即使识别出这种缺陷，也并不会自觉弥补以促使文学的"经典化"，而是抓住它、利用它以使自己更方便地榨取"产消"双方的最大价值。"人设"随之被网络平台"标签化"，并常常成为其吸引读者的营销工具。

在知乎自称为网络文学老编辑、署名 ID 为"酥三月"的专栏《教你如何写网络文学？不！红文》中以制表的形式归纳了多种最受欢迎的网络文学人设模型，如讨喜和不讨喜的"人设"性格，以及最搭配的"CP 人设"模型。比如标签为"白切黑"的"人设"性格，其解释说明为"无辜的外表下隐藏了腹黑的本质"，行为特点为"扮猪吃老虎"；"高岭之花"的标签解释为"优秀或身份高贵，与周围人格格不入"，行为特点为"高冷话少"；"病娇"的标签解释为"对喜欢的人或事物有强大的占有欲和执念"，行为模式是"过激的示爱，自残，排他，伤害他人"。而对于"霸总"的"人设"，文章不但解释了其性格、行为，甚至归纳了其语言习惯，诸如"我不允许……""没有我的允许……"等句式①。

"人设"标签化是网络文学"人设"类型化的必然结果,网络平台的刻意营销对其亦有助推。以不久前在网络上爆火的"歪嘴龙王"为例,它是一组短视频合集,时长平均一分钟左右,剧情大都类似,讲述倒插门女婿从被亲家嫌弃到尊贵身份被揭露而实现"反杀"的故事。视频本身的走向便与起点中文网上的诸多"爽文"类同,都是用欲扬先抑的手法,塑造了一个处处为难、忍气吞声的赘婿形象;很快受气包的伪装被揭开,反转转瞬即来。视频中"龙王"标志性的歪嘴一笑,成了鲜明的记忆点。几十个短视频均采用此种故事模式,每次都结束在赘婿"龙王"的歪嘴一笑中,让不少网友大呼"上头"。"歪嘴龙王"的受欢迎,很大程度依赖于他的那一笑。这个笑容当然不是偶然性的发挥。在几十个视频都是以这样一抹笑容结束的时候,"歪嘴笑"本质就是平台营销的"标签化"内容,给"赘婿"形象贴上"歪嘴笑"的标签,建立二者之间的联系,强化了观看者的心理暗示。当"歪嘴龙王"成为网络热点时,自然有大批对此产生兴趣的读者涌入,成为营销"筐箩"下待捕的麻雀。

同样,"听觉"作为新的吸引点成为打破困境的第二条路径。APP"猫耳FM"的崛起、游戏《恋与制作人》与《光与夜之恋》的风靡,都展示出"配音"这一领域在女性向作品中存在着不小的受众群体。"抖音"用户"树一"曾上传过一段配音作品,内容出自晋江作者阿陶陶的言情小说《插翅难飞》。在音频中,树一以富有磁性的声音念出了小说主人公陆进的一段话:"这里是缅甸北部,我生长的地方。欢迎来到我的世界,娇贵的小公主。"由于他的声音低沉悦耳,这一段话又自带异国情调和故事感,在抖音上吸引了很多用户点赞评论。紧接着,一众自带上千万粉丝的

---

① 酥三月:《细数"人设"》,https://zhuanlan.zhihu.com/p/158480336.

抖音头部用户,采用树一的配音上传了各自的变装视频。在用户庞大的抖音上,时不时就能刷到以"这里是缅甸北部"为背景音的小视频,"缅甸北部"迅速成了抖音热搜词。"缅甸北部""娇贵的小公主"等字眼加深了网友们对陆进的人物幻想,使得小说主人公陆进被大众在想象中塑造成了一个危险迷人、魅力十足的角色。这些富有张力的标签贴在故事男主人公的身上,让这本已于2013年完结且人气不高的小说迎来了新一轮的搜索热潮。

以几个标志性特征作为"人设"的核心并以"标签"命名的方式便于平台更好地把该"人设"推到众人面前,吸引那些对标签感兴趣的大众去关注或者选择自己中意的文学类型。在效益至上的网络时代,这无疑是网络文学平台最好的行销选择。这使得"人设"一词迅速流行,成为这个时代绕不开的词语。然而,被"标签化"的"人设"意味着这一类"人设"的内涵被固定,人物的调性被圈定范围,所有人物都得在设定的轨道内进行表演。因为,不同于传统文学阅读者对人物的"全盘接受",网络文学阅读者对于人物有着更"严格"的要求。这种要求是以牺牲作者的创造"主动性"为代价的。网络文学的创作不再是一种张扬个性的艺术生产,而是一项以读者品味为中心的"高定"阅读服务。一个"人设"一旦被大众固化为单薄的属性语言,用短短的词语便足以窥探、判断其一举一动一言一行,那便逐渐失去了向上成长和向下涌流的可能,"人设"反倒成为困住作者和读者思维的枷锁,网络文学人物形象的创造因此陷入一种前所未有的困境。"人设"一旦被"标签化",其实就意味着在文学艺术世界中推崇的丰富立体的具有生命力的小说"人物"的僵化。

三、从困境中超脱:流量"人设"与读者双重反哺

读者本是网络文学生命力的来源,现下却成为网络文学生产的镣铐。

在成就作品人物和供养读者之间,需要作者探知一条难以捉摸的边界线,确保读者能进行有效的反哺。然而,正如不能用现代主义文学的标准去衡量现实主义文学的经典,我们也很难用传统文学中关于经典人物的构拟方法去完全指导网络文学人物的构造。网络文学作者想要维持自我的创作理念,坚持掌舵的主动权,又不背离读者群体的期待,交出一份让外界满意的答卷,就不得不先回溯自身发展历程中那些口碑"人设"的构建过程,或可窥得些许创作奥义来超脱网络文学人物塑造的困境。

(一)以醒目的"外设"区分同类"人设"

从一箱白球中找出其中的一只白球是很困难的事,然而从一箱白球中挑出一只红球就显得轻而易举了。好的人物是鲜明的,他(她)鲜明的部分来自于"鹤立鸡群式"的与众不同。从创作者的角度来看,独特的标志是帮助人物进入读者视野的捷径。ACG类作品可以凭借画面给人物设置不同的发色、发型、衣着、配饰等元素来强化角色形象的立体度。回归到网络文学领域,作为媒介的文字从视觉上不具有承担区分度的能力,这项建构立体度的任务也只能依赖于作者的人物形象设定。以《盗墓笔记》中的张起灵为例,南派三叔在塑造这个小说人物时为他张贴了极其具有个人色彩的外形元素,我们将其称为"外设"标签。张起灵在书中通常以"身穿黑色连帽衫,头戴帽子,刘海遮眼,身后背一把黑金古刀"的形象出现。通过作者的有意强化,连帽衫、长刘海、黑金古刀这几项要素自然地与小说人物张起灵建立了反射关系,以至于小说中只消写"远远地一个身穿连帽衫的身影走来",读者便能心领神会这究竟是何方神圣。独特的"外设"标签不仅可以精准狙击小说人物的形象记忆点,更有助于"人设"出圈。读者群体对小说的二次创作,同样要汲取来自于作者的形象设定。无论是以文字、绘画或是真人扮演等形式来还原张起灵,这一人

物总是以类似的形象出现。这种直接的"可复制性"极大程度地推动网络文学"人设"向"经典"的可能迈进。同样擅于塑造人设的还有晋江专栏作家墨香铜臭,她笔下的蓝忘机头戴蓝家抹额,素衣胜雪,气质超尘,古琴技艺一绝;花城身穿红衣,手执红伞,身绕"灵蝶",异域风情昭彰。这些具有区分度的"外设"让读者记住了小说人物,也让这些小说人物有了打破次元壁,向外界进军的可能性。

(二)"人设"满足现实需求,激发情感燃点

读者要接纳人物,并不仅仅止步于"认得出"的地步。一个被认可的小说人物,其身上必然存在着某种可以引发读者共鸣的特质。日常生活的凡庸琐碎正向个体内心深处渗透,自我意识从躯体到灵魂都受到压制。抽离现实、投身虚幻的愿望浮出地表,而网络文学正是基于这种逃避现实生活、寻求心灵满足的需要而开启了一扇可供通行的门。那些称得上成功的"人设",正抓住契机激发读者的情感燃点,实现读者的欲望代偿。再援引张起灵为例,南派三叔设定其武力一骑绝尘,凡有他在场,则众人无论身处怎样的困境中都可安全脱身。这样一个"定海神针"似的人物,毫无二心地伴随在主角吴邪身边,事事支持,不问原因。读者在阅读以吴邪为第一人称进行叙事的小说时,容易主动将自己代入到吴邪的角色中去。对比现实世界疏离冷漠的社会关系,张起灵对吴邪的无条件支持显得格外珍贵。张起灵的行为选择迎合了读者的情感燃点,读者在阅读过程中疗愈自我,也在内心认可、接纳这一人物。燃点并不是仅凭"萌要素"就能引发的,正如"强大"这一设定并不能箭无虚发地击中读者内心。《盗墓笔记》中的"塌肩膀"武力值与张起灵不分上下,"裘德考"势力强大到无孔不入,但也并未成为像张起灵那样令读者难以忘怀的小说人物。情感燃点建立的是读者与虚拟人物之间的心灵红线。"人设"主动给予

读者回音,补偿读者未宣之于口的渴望,并借此机会与读者同频共振。当"认识"深化为"认可","人设"就此实现了自身进一步的蜕变。

(三)"人设"的"留白"带来成长的陪伴感

有区分度的"外设"和能够激发情感燃点的行为逻辑都是从"人设"的静态角度分析得来的,而"人设"的开放性和生成性正萌动着"人设"经典化的动态可能。换言之,好的"人设"必须带给读者成长陪伴感。"人设"从二次元文化引申而来,一开始只包含着外在特征和主要性格特点,然而同样类型的人物一再出现,被大众指认、平台"标签化"以后,"人设"实际已沦为一个符号,其"赋予具体的人以抽象化的寓意,从而使之具有符合大众审美的符号价值"①。此时,读者对于"人设"的消费不再单纯地只是满足于欲望想象和自我投射的商品的消费,而升级为符号的消费,即从一种被动的吸收、接受转化为一种建立关系的主动模式,当然这一切都是在一种参与性文化的语境中完成的。无论是"盗墓"文里的"张起灵",还是"清穿"文里的"雍正",各种网络文学类型里的流量"人设"最后都成为一个承载着众多读者理想自我或者理想关系的虚拟客体/符号。这个客体/符号生成的过程,既是读者与作者,读者与读者,读者与"人物"本身的交互过程,也是自我精神成长的过程,毕竟阅读活动本身就是精神活动,更遑论参与式阅读。因此,"人设"的留白,正如剧情的"留白"给予了读者与作品/作者建立陪伴关系的空间,"人设"的成长从文本内部延伸到外部,成为读者日常的一部分,与读者的成长重合共生,带来一种无法复制、刻骨铭心的陪伴体验。2015 年"稻米"(即《盗墓笔记》的粉丝)们齐聚长白山接"小哥"(即《盗墓笔记》中的张起灵),所有人都知道长白山没有"小哥",他们仍然虔心迎接。他们接的并非"小哥",而是自己

---

① 何雅昕:《传播学视阈下明星"人设"的分析》,《传播与版权》,2018 年第 1 期。

的"过去"。"小哥"此时不只是一个"人设",他更像一个能指,一道桥梁,架通自我与他人,幻想与现实、过去与现在,让那些不可见的情感记忆以一种象征的方式在三次元世界有了具体呈现的可能。好的"人设"正是因为具有这样的超越性而像传统文学长廊中的那些经典"人物形象"具备审美价值一样,获得了可传颂的现实价值。

结语

媒介时代的技术变革不可避免地引发文学的转型,新媒介带来文学生产机制的新变,必然促生网络文学新的审美范式、表意形式、批评话语。从一个游戏设计术语,到人物塑造的文学手法、文学批评话语、大众话语,"人设"一词所历经的语义变迁贯穿了整个网络文学的发展历程,展示出其与时代文化同脉相承的生成性、技术性、商业性、互动性、艺术性等杂糅一体的特征。这种特征意味着网络文学的"丰富",亦彰显其"复杂",其理论建设势必如行蜀道。更何况文学批评总是滞后于创作实践。历经几千年的发展,从来都是"理论文类"追逐"历史文类",即"理论总是企图通过逻辑和框架锁定文学史,致使文学史稳定地纳入文类的槽模而文学史则时时逃避这种理论概括,甚至通过有意的'犯规'反击这种理论概括"[1]。学界学人二十年前就已经注意到网络文学发展过程中"技术对文学性的消解""作家主体性的弱化""技术复制导致文学经典信仰的消退"[2]等一系列的问题,并呼吁文化圈同人,尤其是学者们要以"粉丝"的身份进入文学生产的"现场",对网络文学进行"引渡"。邵燕君建议,"将'局内人的'常识和见识与专业批评的方法结合起来,并将一些约定俗成

---

[1] 南帆:《文类与散文》,《文学评论》,1994年第9期。
[2] 欧阳友权:《数字媒介与中国文学的转型》,《中国社会科学》,2007年第1期。

的网络概念和话语引入行文中,也就是在具体的作品解读和批评实践中尝试建立适用于网络文学的评价标准和话语体系"①。业内各家网络文学团队身体力行,始终冲锋在网络文学研究的前线并做出了很好的批评示范。本文的形成正是基于这样一种号召、建议和示范,结合具体的作品、时代文化,寻找一系列连接理论与创作实践的"关键词",以期化时代的"挑战"为文学发展的"契机",让文学的自由精神成为文学发展内在的生命力,成为我们对于文学发展过程中出现的任何新变、阻滞、挑战充满乐观精神的信心来源。

原载于《艺术评论》2021 年 11 期

---

① 邵燕君:《网络文学的"网络性"与"经典性"》,《北京大学学报》,2015 年第 1 期。

网络拟古世情小说的历史脉络与文化空间

张春梅　郭丹薇

作为一个典型的文学母题,"家族"本身包含着丰富的文化内涵和历史脉络。林语堂曾云:"家族制度是中国社会的根底,中国的一切社会特性无不出自此家族制度。"[①]然这些所指侧重传统中国社会,当"家族"成为当下文学(主要是网络文学)表达中的"热"领域,就不能不对"互联网+"社会中的国人文化心态和情感结构产生好奇:市场经济的全面开展、全球化程度日深、信息时代、媒介革命和无所不在的"在网生活",此种情境下的大众如何想象身处限定性论域的"家族"之"我"?这一问题构成本文思考的起点。

一、历史想象:"家族书写"的前世今生

赵毅衡在《苦恼的叙述者》中认为是鲁迅的《中国小说史略》首先提出中国传统小说按题材划分的四个类别:讲史、英雄传奇、神魔、世情。这四种类型题材在中国小说改写期中逐次出现,而且轮番成为舞台中心。世情小说的出现,使改写期结束,并把中国传统小说推向高潮,或许并非偶然,在晚清,这个类型次序基本上又重演了一次——只是快速得多——最后以世情小说的商业性成功给中国传统小说送了葬。[②] 这基本上给拟古世情小说划定了时间,也说明一个事实:世情小说在传统小说类型群中

---

① 林语堂:《吾国与吾民》,北京:宝文堂书店,1988年版,第161页。
② 参见赵毅衡:《苦恼的叙述者》,成都:四川文艺出版社,2013年版,第20页。

始终占据着中坚地位,并历久不衰,如今的网络拟古世情小说似乎正是此传统的接续。下面我们尝试追踪这一类型的主体脉络。

1. 明清至20世纪40年代(新中国成立以前)

以《金瓶梅》为开端①,中国小说史开始有了"家族小说"②的表述。在此后的几百年时间,大量家族小说纷纷出现,明清时期主要以《醒世姻缘传》《红楼梦》《歧路灯》等为代表,它们都以伦理亲缘关系为描述重点,具有家国同构的延展性社会透视。③

清末中国的传统小说似乎进入了衰落期,几部代表性作品如《施公案》(1903年)、《三侠五义》(1879年)、《彭公案》(1892年)均是在以往本子基础上的改写。到20世纪初年,中国传统白话小说开始繁荣,随后发展成余风流韵不断的鸳鸯蝴蝶派④。张恨水的《金粉世家》(1932年)、巴金的《家》(1933年)、林语堂的《京华烟云》(1938—1939年)、老舍的《四世同堂》(1944—1948年)、张爱玲的《金锁记》(1943年)等渐次出现。这批作品虽多以时代风云为背景框架描写家庭生活,却有不同的思想风貌,对彼时"家族"的表现不尽相同。在老舍、巴金那里,"家族"制度主要是反映封建专制的基本环境,家族本位压制个人,展现的是传统家族文化与现代文明之间的冲突,折射出启蒙与救亡社会背景下对民族兴亡的反思。以《京华烟云》和《金粉世家》为代表的家族小说,则隐晦了这种反映民族救亡和启蒙意识的时代主导话语,批判色彩削弱,而倾向于个人

---

① 以明代万历年间出现第一本"家族小说"——《金瓶梅》为分期开始,公元1617年,是迄今所发现的最早关于《金瓶梅》小说刻本出现的时间。

② 参见梁晓萍:《明清家族小说界说及其类型特征》,《浙江社会科学》,2004年第3期。

③ 参见梁晓萍:《明清家族小说界说及其类型特征》,《浙江社会科学》,2004年第3期。

④ 鸳鸯蝴蝶派与网文的关系在多个类型中可以见出,前者是认知网文与传统关系的重要参照。

的家族体验书写。这些基本在同一时期的作品对家族的不同处理，大致标明"家族小说"自明清以来的两种书写态度：借"家族"破旧立新，借"家族"书写个人经验。

2. 新中国成立后至20世纪90年代（1949—1999年）

新中国成立之初，中国社会百废待兴，全新的建设与转型有序展开，形成了意识形态叙事和家族叙事相互交织的文学格局①。当时的文学作品或多或少受到时代潮流和政治形势的影响，以《红旗谱》（梁斌，1957年）、《三家巷》（欧阳山，1959年）为代表的"家族小说"将家族的内部争斗演化为阶级的对抗，显现出鲜明的政治色彩。

到了改革开放新时期，大量西方文艺思潮、新思想、新观念、新方法涌入中国，促进了文学的革新，大批以"实验""现代"命名的写作在当代文坛叱咤风云，产生了一批新历史小说、寻根小说、先锋小说、新写实小说。关于"家族"的叙述在"新文学"大旗之下开始变成虚幻的背景，充满强烈的虚构性，如《红高粱家族》（莫言，1986年）、《妻妾成群》（苏童，1991年）、《敌人》（格非，1991年）等。苏童更是直言："我所想象的'妻妾成群'是这么一种生活，这么一个园子，这么一群女人，这么一种氛围，年代已经很久远的这么一个故事，我想可能是我创造了这么一种生活，可能这种生活并不存在。"②这些作品产生于着力思考"文学何以为文学"本体问题的"先锋时代"，作家并不在意真实的家族是何等景貌，先锋小说家"哲理化的叙事话语"更使"家族"变成了一个空壳子。或如郜元宝所说，后现代小说"说是写家族，却不过是拿家族当幌子""拿它做外在的结构框架，或者反当作某种主观意图的象征性载体"③。

---

① 参见陈飞飞：《家族母题的叙事模式》，2014年硕士论文，长春：东北师范大学。
② 刘书琪整理：《小说的现状》，《文学自由谈》，1991年第3期。
③ 郜元宝：《"拟家族体"和"拟历史体"》，《小说界》，1996年第4期。

3. 新世纪以来(2000年至今)

新世纪文学是借"新世纪"这个在人类发展史上有重大意味的时间概念,来对2000年之后中国当下文学实践作出的笼统概括。① 由东阳正午阳光影视制作的大型古代社会家庭题材电视剧《知否知否应是绿肥红瘦》,凭借独特的古代家庭生活视角及精彩剧情,自2019年1月8日开播起,连续一个月取得收视率排行第一的佳绩。类似的网改剧,如《锦绣未央》(秦简)、《琅琊榜》(海宴)、《庆余年》(猫腻)等,在影视方面亦大放异彩,掀起一波追文追剧热潮。

无论是网改剧,还是以《明兰传》(关心则乱)、《九重紫》(吱吱)、《嫡媒》(面北眉南)、《惜花芷》(空流)、《庆余年》(猫腻)、《回到明朝当王爷》(月关)、《赘婿》(愤怒的香蕉)、《锦衣风流》(大苹果)、《相见欢》(非天夜翔)等为代表的网络类型小说,主人公多原为现代人,因穿越或重生到古代某朝家族空间,其故事情境有明显模仿《红楼梦》《金瓶梅》以及鸳蝴派小说的痕迹。这使得类似创作带有几分改写、仿写的意思。因其故事总在世家周边打转,"家族"之日常生活成为故事着力构建的权力场的核心内容。这种以"家族"为轴、以仿古来编织带有距离感的世情故事的类型网文,笔者借粟斌的说法将其称为"网络拟古世情小说"②。这种"拟古"不同于改写,如《施公案》等改写本;没有延续20世纪50至90年代中

---

① 参见雷达、任东华:《新世纪文学初论——新世纪以来中国文学的走向》,《文艺争鸣》,2005年第3期。
② 粟斌这样界定"网络拟古世情小说":虽然脱胎于"穿越"平台和言情故事模式,但它们的特点也很明显:一是其中的穿越主人公消泯了超异能力,除了当代人的思维方式和精神气质,与普通人并无二致;二是篇幅浩大,动辄百万字,人物往往有数百人之多,分布于不同地域和不同社会阶层,关系复杂,视野宏阔,对不同社会群体的生存状态皆有描绘,展现出当代网络作者群对古代中国宗法社会的一种历史想象,所描绘的社会生活图景类于明清世情小说,表现出广阔的社会性和跨越历史深度的视野,笔者称之为"拟古世情小说"。参见粟斌:《文化自信与新保守主义——拟古世情小说中的历史想象与制度体认》,《中国文化研究》,2016年第3期。

"家族小说"的革命历史叙事,也不同于后现代小说对"家族"的想象书写,与现代启蒙小说对"家族"封建制度的批判更是大相径庭。

经由"网络""写手""网民"联合打造的"网络拟古世情",虽模仿既有文本之彼时代情境,然其叙述之现实、传统、个体、家族,均呈现出"讲故事的"此时代特征。经过反复不断的塑造,"家族"已不再是虚无缥缈的话语框架,不管是写手还是读者,经由手机端或电脑端,在手指点开的刹那,对"家族空间"的重新进入就此启动。

二、空间表征:"家族书写"的多维参照

网文写手既然选定了"架空"后的古代,又想要像"种田"般深耕细作,那就必须找出让读者觉得"真且有意思"的材料来安置自己关于"家族"的想象。所以,材料从何而来,如何构建家族空间,是写作的第一要务。大量的史料、传统小说和既有的影视文本成为网文想象传统家族的助手。善写古代家族内宅嫡庶故事的吱吱直言,关于这些古人生活细节,有些是她早年拜访古人故居的细节观察,有些是家里藏书相关描述,还有一些是她写文之后遇到困难专门购买的书籍。[①] 而她并非个例,很多网络写手为了让文本更加真实,也经常会在自己的文本中插入"捉虫"的标注,让读者找出不符合历史和专业知识的内容,以保证文章的史实的准确性。

这些按图索骥的行为落脚在关于"空间"的表述之中。小说里的人物和现实生活中一样,要依托特定的物质空间展开自己的日常生活,我们把这样的空间场域称为"生活空间"。在传统社会中,一个大家族内部成

---

① 吱吱:《种田文创作就像是谈恋爱》,http://www.kaixian.tv/gd/2017/0718/253780.html。

员的生活如衣食住行、婚丧嫁娶、祭祀宴请、仪式庆典,主要在这几尺高墙划界的家族内部空间中完成。由具体地理位置建构起来的"地理家族"是小说男女主最重要的生活空间,也是人物活动的物质空间。然而,空间不是一个固定不变的物质容器,从生产—实践的角度看,除空间的物理属性以外,空间的精神属性、社会属性构成了丰富的空间文化内涵。也就是说,关注到空间中的人的主体性、不同社会空间的关系网络也是理解空间的维度之一。网络拟古世情小说中关于家族的表述,链接着家族空间背后的人物关系、家族空间以外的宫廷空间,进而言之,"家族"不仅是一个特指空间,还是认知社会关系、权力政治、等级制度和当代文化心理的有力参照。毕竟,写手、看者都站在此时此地的位置,这些是衡量"家族"的关键坐标。

首先,空间的物理景观成为传达社会身份和等级阶序的着力点。家族空间建筑是对自然空间的人为占有和改造,家族建筑所在的地理空间形成纵横交错的家族脉络,表征空间拥有者在整个社会层面上的位置。如《九重紫》中家世显赫的英国公府位于城北地教忠坊的一条胡同,是京都颇为中心的一处地方。而女主窦昭的舅舅在还未出仕之前,只是住在郊外的村头。身份相等的家族,其高宅大院有意识地连结集合在一片区域,与周围其他平民阶层的住所相隔离,"济宁侯府在城西的玉鸣坊,延安侯府、长兴侯府、兴国公府都在这里开府,前朝的开国功勋多在那里开府,那里也被京都的人戏称为'富贵坊'"。网络拟古世情小说的男女主人公大都被"安排"穿越或重生到类似富贵显赫的大家族,如秦简的《庶女有毒》中,女主李未央重生成为当朝相府之女,猫腻的《庆余年》中的男主穿越到了庆国的伯爵府。很明显,这种空间处所的相互隔离标明社会阶层的分级现象,这在对嫡庶关系的着重刻画中也得到了体现:《九重

紫》中窦世英(女主父亲)是庶子出身,生母崔姨奶奶不得老爷喜欢,在生下儿子后就被送到窦家的田庄。《庶女攻略》中的乔莲房,身为庶妾,每日早晚都要向十一娘这个嫡妻问安,而乔太太作为妾室的母亲,就不算是徐家的亲戚,她来看女儿,需要十一娘同意不说,还得走角门。与特殊空间相连的是自成一体的生活格局,如《金陵春》中的"族学":"九如巷住的全是程家的人,程氏族学在九如巷巷尾,是由程家一个偏僻的小院扩建起来的,和五房隔着一条小巷。程家的男子都在程氏族学里上学,女孩子就在后宅花园的竹林旁设了个书房曰'静安斋',在那里跟着女先生读书习字。五房内宅的小花园和程家内宅的花园隔水相望,中间有座石板九曲栏桥相通。"在这样着意构建起来的关系网络中,宗族的强盛与否与庙堂人才的多少强弱是分不开的,而家训的宣扬和族学的设置强调重在伦理道德教育以及培养科举人才,这种"教"与"养"的合并功能一定程度上保证了家族的长盛。

显然,在这样的格局中容易形成鲜明的阶序分野。"皇亲贵胄""嫡妻庶妾"如斯严苛的阶级划分或许今天很难见到,但类似"×二代"话语现象似乎暗示着某种社会阶层的分化现象,与特殊情境中的艰难生活一起,喻示着家庭背景对个人社会地位具有重要影响。这样一种关于"阶序"的叙述,在写手和读者之间达成"共谋":角色代入,期望自己一出生便具有如故事中男女主一样能继承贵族身份和优渥财产的资格,并凭借自己的聪明才智一步步获得家族话语权和社会地位。"普通人逆袭"成为这类小说的引人着迷之处。

其次,小说内部的不同文化空间相互交叉、彼此纠缠。这些不同维度的社会空间关联使"家族空间的书写"更加逼真,展示出特定空间的文化景观。尤其突出的是宫廷空间和家族空间之间的频繁交往,尽管故事发生环境和人物生活空间都以家族为主要背景,但"宫廷"如魅影般一直在"家族"周围游荡。对二者关系想象大略如下:其一,家族的掌权者或是族内长者,或朝廷官员,或皇亲贵胄,或与皇家有某种裙带关系。如《九重紫》中的宋墨乃英国公宋宜春之嫡长子,祖上宋武和太祖皇帝是结拜兄弟,母亲蒋氏则是定国公蒋美荪胞妹,出身显贵,从小就能自由出入皇宫,深得皇帝欢心;《嫡媒》中任瑶期的母亲尽管在野,却有前朝公主之女的身份,并凭此改变了之后的危局。也就是说,这些局中人大抵为功勋世家,由此奠定了人物关系的走向。家族空间的社会性由此可见一斑。其二,家族规范礼仪以宫廷为效仿对象。家族中奉行的规矩是与物理空间的安置直接相关的,其所表征的是不同人群的社会关系、尊卑等级和行为方式。在这些世情小说中,常有以宫廷礼仪为判断世家子女礼数是否周全的标尺。故而在情节设置上常有宴请老宫人训诫闺中女儿的套路,有点皇家选秀的味道。这很容易令人想起《甄嬛传》开篇几个女主的恩怨纠葛就是从秀女"培训"开始的,而《明兰传》中明兰的教育能卓出于其他女儿,则和老祖母的宫中关系分不开。换言之,主导文化的强大指示功能在世家子女的教育上体现得十分突出。其三,宫廷变故是家族故事的风向标。《庆余年》在"楔子"中开章明义:这一年是庆国纪元五十七年,皇帝陛下率领大军征伐西蛮的战争还没有结束,司南伯爵也随侍在军中,京都内由皇太后及元老会执政。这一日,京都郊外流晶河畔的太平别院失火,一群夜行高手,趁着火势冲入别院,见人便杀,犯下惊天血案。《明兰传》写到"申辰之变",因三王爷谋反事败被赐死,三王府的几位讲经师傅俱已伏诛,詹事府少詹事以下八人被诛,文华殿大学士沈贞大人,内阁次辅于炎大人,还有吏部尚书以同谋论罪,白绫赐死,还有许多受牵连的官员,被捉进诏狱后不知生死。这些事件裹挟着人物的生死,使看似"宅内"的故事延伸至庙堂风云,拉长了社会关系的网络,传奇性也更强。

再次,家族空间设置与家族经济联系紧密,家族经济则串联着官民、尊卑、主奴、庙堂与民间等社会图景。"家族共同体为了祭祀祖先、维持祠堂的各种费用、修纂族谱,以及赡养和教育族人,需要一定的田产作为经济基础,为此,不少宗族设置了集体财产族田。"① 网络拟古世情小说在这方面下了大功夫。如《庶女攻略》中的罗家不仅以诗书传家,其元德丝绸则是江南的老字号,显然经济基础牢固。王家则仗着祖上在新洲的两个庄子和东大门开的一家米铺的收益维持日常用度。《庆余年》里范闲成长的祖宅儋州港司南伯爵府,以一地经济之龙头的身份撑起了整个故事的源点,是范闲走向京都的可靠经济力和文化力。这些家族经济构成家族的"立家之基",同时标明着世家历史之"根",从而将人与人区隔开来,限定了故事讲述的范围。

最后,上述所有关于景观、权力关系、经济资本的想象均出自具有现代意识的"我"眼中,与写手和观看者合谋,共同营建出古代世家"想象共同体"。在网络拟古世情小说中,"我"或为现代穿越者,或为"重生",因此,在观看和品评视野上,实践着"旁观者清当局者迷"的可信性。在这个意义上,这些有关空间的想象带有鲜明的现实烙印。

一个社会空间有一个社会产生的物理边界和概念边界。② 每个社会空间都有属于自己的符码表征,独立的个体就会带有原来的印记,当现代的网络写手想要重新进入原来那个古代家族空间时,小说文本的语言及其所营造的古代生活景貌就是打破两个跨越千年空间的通行证。上述文本中对家族、宫廷细致的描述,一方面让写者和看者在时空向度上产生距

---

① 冯尔康等:《中国宗族史》,上海:上海人民出版社,2009年版。
② Henri Lefebvre, *The Production of Space*. Translated by Donald Nicholson-Smith, Oxford UK: Blackwell Publishers, 1991, p. 192.

离感,既规避现实,也可进行更加自由的表述实践,另一方面则满足了今人对皇权、宫廷的窥视心理。"宫廷空间"联通"家族空间",从宫廷内部的礼仪规范、紧张刺激的皇室宫变,到居于世家谋划读书、结亲、嫡庶这些看似"小事"的族人,都是站在"当下位置"的写者和看者对古代中国人社会生活文化空间有选择的想象。

如阿斯曼所言,每个文化体系中都存在着一种"凝聚性结构",在时间层面上,把过去的重要事件和对事件的回忆以某一形式固定和保存下来,并不断使其重现以获得现实意义。[①] 在网络拟古世情小说中,我们看到,在《家》等作品中洋溢的礼教的压抑、家规的残酷、体制的封闭被忽略不计,新文化运动时期扬起的批判文化糟粕浪潮似已不再是当代人关注的焦点。书写"家族"想象的过程中,网络写手与其说在进行一种虚构写作,不如说是一次对传统文化记忆的重构和整合,在这种"回忆"里,一种新的关于"家族空间"书写的文化意义浮出水面。

三、文化意义:"家族书写"的主体建构

显然,网络拟古世情小说中的家族空间是被生产出来的,是一种对社会关系、社会结构的再生产,在空间的再生产中,一些旧有的元素和结构被重新进行加工,体现出一种新的社会文化关系。因特定时代不同人群有不同的意识形态和信仰,不同时代的文本也有自己的组成形式,而文本对社会空间的再生产,就存在着一种时代赋予的"特殊景观"。也就是说,家族空间在新的文学形式(网络拟古世情小说)、新的书写平台(网络空间)中的重写正是一种"家族空间的再生产",一个新的"家族空间"样

---

① 参见王炳均等:《空间、现代性与文化记忆》,黄晓晨整理,《外国文学》,2006 第 4 期。

貌、空间中的新的社会文化关系及其背后反映出来的关于当下中国人主体性的建构得以展现。

在网络拟古世情小说中，聚焦"家族"的"对日常生活方式的审视"已经不再如传统作家一般是"具有隐私性质的个人创作"，因"公共空间"的存在，读者同样是"书写"的一部分，使"'网文'处于共同创作的机制之中"，网文的"写手"就此区别于传统文学的"作家"而具有群体性。[1] 吱吱的创作便是很好的佐证，她曾在访谈中说，"网文一个很大的特点就是大家参与的娱乐性。我们局限于个人的视角，对整个文的完整性是有很大创伤的。……其中是读者在给你查漏补缺，你每天更新，每天有人回应，这里面也是很有趣的。"[2] 故而，认为网络文学是一种"个人化传奇"，传述的是一种"个人话语"[3]，这种说法是立不住脚的。网络写作的"集体性"让这里的"个人"被无限放大，成了"一批人"对生活经验的共同写作，在动辄上亿的庞大基数下产生的网络小说无疑体现了当代民间话语一种新的价值取向。

第一，世家空间所代表的象征资本影响女性婚恋观，是男性放飞自我的大本营。在今天的网文中，我们已经很少看到琼瑶笔下那种"没有自主意识的健全意义上的现代女性"[4]，类似子君与涓生（鲁迅《伤逝》）的"为爱出走"更是极为少见。网络拟古世情小说中的女性更多秉持的是"我爱你，但你并不是我的全部"。她们期待甜蜜的爱情、完美的婚姻，但

---

[1] 参见张春梅：《冲突与反哺：网络文学与传统文学》，《中国文艺评论》，2017年第11期。

[2] 罗昕：《作家吱吱：目前最满意的作品是〈九重紫〉》，http://www.sohu.com/a/256516718_740317.

[3] 参见张文东：《传奇叙事与中国当代小说》，2013年博士论文，长春：东北师范大学。

[4] 王澄霞：《琼瑶言情小说创作心理初探》，《世界华文文学论坛》，2004年第1期。

是在这些女性中我们看到,她们不会单纯以"爱不爱"的标准来衡量,而将家族背景、门第、身份等条件作为综合考察的重要标准。这种观念和功利选择与故事置放的传统家族空间有关,但问题在于,这群"传统女性"不仅赢得了众多的"粉丝团",而且还是一场"集体合谋"下的写作产物。据此或可推知,这种放弃琼瑶式的"爱情婚姻精神化",放弃纯粹"心灵相通即可",重拾以背景、门第、身份为基础的婚恋观正在现代社会中大行其道。男频文中的拟古世情小说,则多以男主个人的梦想为目标,对富贵、风流、权力的追求不一而足,最终落足在"天下"二字。如《一世富贵》中的徐平是借穿越实现经济大咖的"野望",而《临高启明》中的萧子山最爱看的就是各式各样穿越到过去再造历史的YY小说。《庆余年》中在病床上奄奄一息的范慎所感叹的是未做什么有意义的事情,而穿越后的范闲则以天下为料大做文章。这侧面反映出男频文的现实关注焦点,男女情爱婚姻关系并非穿越之重,而"男主外女主内"的传统社会观在社会性别分工上占了不小比例。

第二,以家族为代表的"秩序"或"体制",成为社会关系网络的重要空间。五四以来的家族小说多以"破除""打碎""出走"等反抗形式来表现当时社会主流意识对社会传统秩序的叛逆与抨击。到琼瑶小说,若还存在"如何应对体制问题"的讨论,从《还珠格格》里小燕子在宫廷生活中闹出的种种"笑话",我们看到,此时对待"体制"或许不再是完全的排斥抑或强烈的反抗,而表现出一种矛盾与困惑——既意识到体制对人天性的压抑,对自由的限制,却又沉溺其中,试图在这种摇摆不定的状态中谋求一个中间点达成平衡与和解。在网络拟古世情小说中,这种与"体制"的"和解"进入一个新的阶段。小说主人公对家族内嫡庶关系的理解和接受、对影响个人发展的外在因素如家族声望的重视,以及在尊重家族规则的前提下利用这些秩序规则而成功谋得个人幸福生活等套路,都足以表明,今天的新一代青年在与"体制"磨合的过程中,不但接受体制对自己的要求,且希望游刃有余地在这种"束缚"之下实现个体价值。一言以蔽之,"束缚"已转化为条件、契机,或者金手指,是成功之必备。

第三,家族家规所代表的伦理道德及其勾连的复杂社会关系想象,对应着现实空间中人们所面临的等级困境。从文本与读者关系看,不管是现代作家"试图向国人提供对社会现实具有指导意义的价值尺度,为社会提供各种人生行为的选择方式"①,还是后现代作家将"家族作为一种生存的镜像,借历史舞台来上演人类现实生存困境"②,读者与小说中的家族生活都存在着一定的距离感。在网络拟古世情小说中,原来形而上的"情感体验"变成了一种形而下的"经验获得"。这些小说讲述的虽大都是古代家族的日常生活,但从"门当户对的姻亲结合""崇尚读书传家立世以光宗耀祖的殷切期望"到"人情往来、开源节流的家族经营",这些关于家长里短的一地鸡毛都能在今天的日常生活中找到影子。读者在阅读中不仅更具代入感,也从男女主人公对这些碎屑生活问题的应对中,学到处理日常生活问题的经验和方案——《庶女攻略》就被直接称作"古代的《杜拉拉升职记》"③,被现代白领奉为职场攻略。在这里,读者不再对"家族""冷眼旁观"或"不明所以",而是跟着网文写手一起在这个仿如现实生活的"家族空间"认真游戏。

第四,从文化记忆重构和现实互文关系看,伦理秩序在尊卑长幼嫡庶

---

① 龙泉明:《在历史与现实的交合点上——中国现代作家文化心理分析》,西安:陕西人民出版社,1992年版。
② 何向阳:《家族与乡土——二十世纪中国文学潜文化景观透析》,《文艺评论》,1994年第2期。
③ 吱吱:《种田文创作就像是谈恋爱》,https://www.sohu.com/a/157959780_148781。

的书写中得到充分肯定。嫡庶问题特别值得一提,从社会关系等级的角度看,正统与否是一个评价标尺,若放在文本刻意营造的男女主关系和婚姻观念上,则是主张"一夫一妻制"的一个有效界面。反对"宠妾灭妻",实为基于生活中种种痛苦和非人道而生产出的"革新性主张"。这既有现实的影子,也是现实位置的书写者和观看者的共识。除伦理上的嫡庶问题,被突显的还有人伦关系。尊敬孝顺长辈,严守诗书礼仪,基本构成家族空间中的社会规范。延伸至前文所述之宫廷,则在国与家之间建构起家国一体政治。

总体看来,网络拟古世情小说提供了管窥当代大众美学的有效路径。这是一种源于困境的幻想美学,不同故事重复讲述"穿越"或"重生"的异世体验,其主体多为单独的小人物,或者是生活中的"失败者",其人其行在全球化的信息时代,成为重新解释文化传统和获取身份认同的一种媒介。这些人汇成穿越前后现实的交织处,如《庆余年》中范闲觉得自己仿佛处于一个楚门的世界,《庆余年》第一章说"他发现自己天天讲故事提醒自己是另外一个世界的人,这本身就是很荒谬的一个举动。"然而故事有趣之处就在于两个世界的碰撞、交织,最后却塑造出一个个穿越后的全情投入者,从而提供了一种孤勇的美学体验。孤独行走于异时空,必须有勇气面对现实,有置之死地而后生的气魄,在这个意义上,世情小说和动漫游戏是有异曲同工之妙的,而看着孤勇者的异世历险,于读者则有如玩一场全息仿真游戏。穿越者怀着现世无法达成的梦想,和现实生活中各怀抱负的普通人,依照来自经典文本和文化记忆中的伦理观念、礼仪制度、个体生活与国家经济,在早已沉寂百年的"家族"空间建构出新的认知"传统"的方式,也是当下中国一种"新现实"的显影。

面对这样一场声势浩大的认知"传统"的"新现实"景观,不能不说的是，当穿越者全情投入一种想象中的家族世界并大展拳脚的时候，其本身来自现实的文化实践正是对"穿越伟业"的异见者。经过百年新文化洗礼的中国人，已经建立了破除一家一族束缚的严密家族关系网络，而进入不分地域、族性、性别、阶级的社区共情结构。这一结构将每个人的人生诉求和审美理想纳入社会的总体需求之内，其实现机制并不需要"家族"这样一个中介，也不需要将其作为一个落点以便退可依附，进则为助力之阶梯。这种现实与想象之间的矛盾所反映的恰恰是穿越者对现实、对传统的不了解或有意遗忘。本当以现代文化经验体验古典的家族生活，以己之优势改造所处家族环境的势利冷漠格局，但在确定身份的那时起，这份"现代"准备就随着剧情发展被抛至九霄云外。因此，这样一次动辄上百万字牵动数万粉丝的文字穿越之旅，就只剩下历险、狂欢和共时地对影像符号的简单模仿，而穿越者与现实之间的张力因失去把握现实的能力而未能在美学上和反思现实中有所建树。所剩下的，就只能是对想象中的古典家族生活进行的意淫，进而建构特定空间限定中的"完美"生活，看似岁月静好，却愈发远离了现代的"自身"。这就像鲁迅先生所说的"孱头"，只知"拿来"，却不知分辨何为糟粕，何为精华，也就失去了宝贵的"选择"的主体性。优秀中华传统文化必能反哺现代生活，现代人有了优秀传统文化的加持也更能显出当代中国人的气质高华。但"传统复归"并非一件唐装、一身汉服，或琴棋书画、诗书礼仪，单单穿上古装就可去家族世界纵横捭阖、大张权谋智慧，与我们想象的建构性的"传统"实际上南辕北辙。不论是研究者还是创作者，都应对此保持清醒，并加以反思和改进。

原载于《中国文艺评论》2021 年第 2 期

在短视频中寻找"作者"和"文本"

夏烈

从不足 15 秒到 20 分钟左右,网络短视频的学术概念尚未彻底分明,但近 5 年来,随着抖音、快手等平台手机 APP 的传播普及,根据有关数据统计,中国 9 亿网络视听用户中有近九成已跟网络短视频有过亲密接触。这种浏览、观看的日常行为即是文化消费,这种特殊文化"产品"的生产机制又揭示着当代大众文化与时代文艺的某些特色。若说短视频的流行不过是社会文化"神经末梢"的生理反应,它却能以"倒逼"的方式挑战着传统的美学规范和文艺评价、教学机制。在文艺评论家的视野里,短视频大约只是被视为宏观文化现象中的一处活跃征候而对之加以现象批评、文化批评;而在高校视听学的课堂上,"如何评价短视频及其未来的生命力"却是青年们更为关注的文化热点问题,其潜在需要是:可不可以教授一套生产短视频的独特技艺?

在此背景下,以文艺批评的方式介入短视频研究有其重要意义。无论是从"作品"的立场审视来看,必然会产生并需要文艺批评,还是从学者、教师面对学生提问、寻求解惑的期待而言,文艺批评都该离短视频更近一些。也就是说,短视频以其庞大的总量、无时无刻不在的生产、泥沙俱下的面貌、丰富生动的反映在互联网中游刃有余,实际上也就充分具备了文艺批评本就该直面介入的现场和文本。

有评论者认为,网络短视频已无法用传统文艺作品的"文本"概念来分析了,其流动的、复制的、戏仿式、碎片化、交互式的"去中心化"特征,

以及平台自身的评论功能、传播形式的设计,已有别于传统的文艺评论对象,呈现出典型的互联网特征,兑现着把创作、传播和评论的权利交还给每位网民的"技术—文化"契约。在此情境下,如何对之进行专业的文艺批评?在我看来,"作者"要素是永远不能忽略的。短视频的媒介和商业属性"带走"了我们熟悉的那种传统作者,也"带来"了新的作者。文艺批评应该跟新的作者"签约"。他们可能是农民、工人、大学生或民间艺术家,职业也可以是出租车司机、快递小哥、摄影师、建筑师、舞者、街头歌手或网络作家,他们来短视频平台的初衷无外乎是想表达自我和流量变现,但他们使用了文艺的创作方法、技巧与创意,开始着意于短视频自身的技术和艺术总结,在某种意义上出现了艺术创作的"好胜心"和召唤批评的作品结构。而此时,恰是文艺批评寻找新"作者"和新"文本"的时候。

短视频的文艺批评因此更需要增加对作者、作品给予评价的面向。比如对李子柒的乡村田园(或者叫古风美食)系列短视频作品的评价就是一例,但此类评论现在看来还远远不够。从理论上讲,每一位会使用视频拍摄软件的人都可以成为短视频的作者,但这些"作者"又必然有审美、技艺的高下以及艺术经验丰富与否的区别。当每位视频制作者考虑记录、设计自己的作品时,自然会有故事、情节、情感和内涵贯注其中;而当短视频制作变成有利可图的成本计算(文化产业)时,必然会随之出现专业工种的分配、专业团队的建立等等,所有这些即是文艺批评发生的基础。

以是否具有创意、专业的精神,或是否记录、表达了真善美为评价标准,当然首先看到的是当下大量短视频作品出现的粗鄙、无聊、不专业、未完成等问题,甚至有盗版、价值观不正确的内容出现,从总量看,短视频创作还存在着种种问题。但另一方面,既然是技术下沉的大众文化狂欢带来的产物,问题的涌现、浮泛则在所难免,这将留给媒介治理、内容管理和社会批评、文化批评来处理。而文艺批评的一个作用则是,通过自身角度的介入,"净化"创作环境、提升创作质量、形成价值谱系;其行动的一个具体思路是关注具有文艺性的对象,构建自身批评的垂直领域。

在这个定位下,我们会很快发现一批专业文艺工作者在投身短视频创作。比如表演艺术家冯巩(抖音号"冯巩"),陈佩斯(抖音号"陈佩斯父子"),喜剧演员郭冬临(抖音号"郭冬临"),魔术师、默剧演员张霜剑(抖音号"张霜剑")等,这些动辄拥有几百万粉丝、几千万点赞量的短视频作者,靠日常打理着自己的短视频作品,设计、表演、制作着短视频来吸引粉丝,而不是仅仅靠过往的身份来引流,这和许多入驻相关平台却并无作品产出的"明星"是截然不同的。

然而与专业文艺工作者的业余创作不同,笔者更关注和更想评论的是短视频平台上的民间创作。形形色色的普通人以非专业的身份参与短视频创作,却形成了自身的作品系列、风格特色、影响力和迷人情怀,这更需要批评家的寻找、发现和品评。比如2020年11月20日开始第一支短视频创作的抖音号"说出你的故事~阿斌",作者坚持用摄影的方式在街头寻找他的"人物",已创作了上百个作品。他的"主角"包括路边夜宵摊的老板、深夜的女出租车司机、牵手同行的70岁老闺蜜、跨年夜仍在工作的女代驾、因采访没见到姥爷最后一面而自责的女记者、在街头以绣十字绣谋生的残疾人,等等,当作者用运动相机和快速打印机的配合将定格的照片立刻完成、打印装框送给被摄对象时,交流和欢喜在简短的采访中又变成了短视频中的另一部分核心内容,常常能让人看到劳动者的不易与他们的坚韧、自强、乐观以及一颗愿温暖他人的心。比如一位网名为"爱唱歌的骡子"的专车司机,就用他擅长的演唱流行歌曲的方式,在征得乘

客同意献上一曲后再出发,给众多乘客带去了开心和难忘回忆,传递了市民文化的正能量。"房东老胡"则塑造了一个面冷心热的包租公形象,从"老胡"和租客之间的故事切入不同人群的喜怒哀乐。视频中,老胡每每都是以冷脸恶色开场,却最终用实际行动帮人排忧解难、送去温暖,作品在剧情设计上固然有套路之嫌,却收获了大众评论中的长吁短叹和热泪盈眶。而最令笔者惊讶的是三位陕西老农组成的"三根葱"组合,他们以极土极地道的方言编出了200多个作品,传达了民间智慧、人生经验、道德训诫和励志感悟,从镜头运用的熟练到台词的喜剧味道,都令人好奇他们背后的团队究竟是何方神圣。

这些作者和文本在短视频的民间创作中脱颖而出,透露出网络文艺的时代特色和一种新的网络视听内容创作的可能。除了理论分析、田野调查等,文艺批评更有责任用褒优贬劣、推荐分析的文本评论本身来贴近这些作者、作品,构成对话、跟踪、筛选和引导,并借此加强文艺批评与人民、与民间、与大众文艺的广泛联系。

原载于《文艺报》2021年11月26日

"女性向"网文的影视改编及"网络女性主义"症候透析

江涛

一、"女性向"与"女性向"网文的影视化现象

约翰·奈斯比特曾预言21世纪将是一个"她世纪",女性会在多个领域脱颖而出,成为一股不可小觑的力量。而在文化艺术方面,伴随着以满足女性的欲望诉求、情感体验、审美趣味的"女性向"作品的大量出现,"打破了男性文化一统天下的文化格局,并深刻改变了消费市场的生产模式"①,这似乎成为当下中国大众文化市场上的一种普遍现象。

"女性向"一词最初产生于20世纪50年代的日本,意为"面对女性的、针对女性的",原是一个消费主义概念,后随着日本经济的高速发展与文化软实力的与日俱增,这一概念也发生了变异,指向了"以女性为受众群体和消费主体的文学和文艺作品分类"②,比如女性歌舞剧、女性漫画、女性游戏等。时至今日,"女性向"已成为日本"二次元"文化产业中最重要的分类标签并向社会广泛辐射,缔造了一个可与男性文化和主流文化分庭抗礼的女性文化体系。反观中国,在新中国成立后的社会文化体系中从未出现过日本式的"女性向"现象,这是由于"男女都一样"的国家意识形态导向,使整个社会在很大程度上忽视了女性特有的欲望需求

---

① 丁佳文:《女性向影视剧缘何大热?》,《天津日报》,2016年1月6日。
② 邵燕君主编:《破壁书——网络文化关键词》,北京:生活·读书·新知三联书店,2018年版。

与价值关怀,女性只能被动地接受代表主流意识形态的传统媒介所生产的信息,而缺失一个自我表达的场域,直到互联网的普及。

英国沃里克大学的学者塞迪·普朗特认为,互联网技术的发展和普及,能够赋予女性新的权力,女性在现实空间中因第二性身份而难以获得的平权与自由,可以在网络中得到补偿,于是便产生了著名的西方网络女性主义理论(又称赛博女性主义,Cyberfeminism)。[1] 网络的草根性、隐蔽性与趣缘性等特性,为长期处于文化失语与社会性匿名状态下的女性提供了一个自我表达的新路径,她们终于在互联网的世界里找到了一间独属于"自己的房间",并发展出一种所谓的"女性向"写作,即"女性逃离男性目光后,以满足女性的欲望和意志为目的,用女性自身话语进行创作的一种写作趋势"[2]。这种写作的最大特征在于,无须在意男性的审美趣味与价值标准,因此有学者认为"女性向"写作中"蕴含着女性主义性别革命精神的追求和趋势"[3],它类似于艾米·里查兹和玛丽安·齐奈尔所提出的"女性网络化的行动主义"[4]。事实上,以北京大学邵燕君领衔的网文研究团队很早就对"女性向"写作及"网络女性主义"进行了相关的概念界定、发生学分析、现象阐释与价值评估等研究,具有开疆拓土的意义。"网络女性主义"与"20世纪80年代传入中国大陆的西方女性主义理论思潮不同,它是在网络天然形成的欲望空间和充沛的情感状态中生长出

---

[1] 都岚岚:《赛博女性主义述评》,《妇女研究论丛》,2008年第5期。
[2] 邵燕君主编:《破壁书——网络文化关键词》,北京:生活·读书·新知三联书店,2018年版。
[3] 邵燕君主编:《破壁书——网络文化关键词》,北京:生活·读书·新知三联书店,2018年版。
[4] "女性网络化的行动主义"是指"女性在网络上的在线活动等同于是女性主义在网络中的行动主义,因为网络为女性提供了重新创造身份和获取权利的可能性,在网上你可以成为你想成为的任何人,毫无障碍地利用互联网技术创造属于自己、属于女性的网页与领地,发表和叙述先进的性别言论和性别故事"。参见江涛《"网络女性主义"创作的价值商榷》,《文艺争鸣》,2020年第11期。

来的,它是未经训练的、民间的、草根的、自发的'女性向'"①,最初只是女性躲在网络一隅、单纯以取悦自身欲望与情感为目的进行创作,但所产生的对抗男性中心主义的附加效果却也相当触及根本。它的与众不同之处就在于,以"不与主流直接对抗"的方式潜移默化地动摇着传统的性别结构与审美秩序。

只是在消费主义和娱乐精神的双重护佑下,"网络女性主义"伴随着"女性向网文"与影视产业的连成一线,开始逐步出圈。需要说明的是,就目前而言,并不存在严格意义上的"女性向影视"这一概念,这是由于在影视圈内缺乏如网络空间中屏蔽男性目光、独属于女性创作的"一间房间",以及女性彼此之间交流的趣缘社区,所以,笔者所讨论的"女性向影视"只是网络"女性向写作"的跨媒介衍生物,它一般具有如下特征:(1)小说原著一般为网络"女性向小说"或"女频文",作者和编剧皆是女性;(2)受众群体为女性;(3)注重细腻的情感表达,引发女性观众的心理共鸣。

据不完全统计,由"女性向小说"改编的热门影视作品(2011年—2019年)如下(见表1)。

表1　2011年—2019年由"女性向小说"改编的热门影视作品

小说原著	影视改编作品
鲍鲸鲸《小说,或者指南》	电影《失恋33天》(2011) 电视剧《失恋33天》(2013)
桐华《步步惊心》	电视剧《步步惊心》(2011) 电影《新步步惊心》(2015)
慕容湮儿《倾世皇妃》	电视剧《倾世皇妃》(2011)

---

① 肖映萱、叶栩乔:《"男版白莲花"与"女装花木兰"——"女性向"大历史叙述与"网络女性主义"》,《南方文坛》,2016年第2期。

续表

小说原著	影视改编作品
流潋紫《后宫·甄嬛传》	电视剧《甄嬛传》(2011)
辛夷坞《致我们终将逝去的青春》	电影《致我们终将逝去的青春》(2013) 电视剧《致青春》(2016)
顾漫《杉杉来吃》	电视剧《杉杉来了》(2014)
顾漫《何以笙箫默》	电视剧《何以笙箫默》(2015) 电影《何以笙箫默》(2015)
唐七公子《华胥引》	电视剧《华胥引》(2015)
海晏《琅琊榜》	电视剧《琅琊榜》(2015)
蒋胜男《芈月传》	电视剧《芈月传》(2015)
鲜橙《太子妃升职记》	电视剧《太子妃升职记》(2015)
缪娟《翻译官》电视剧	《亲爱的翻译官》(2016)
阿耐《欢乐颂》电视剧	《欢乐颂》(2016)、《欢乐颂2》(2017)
柴鸡蛋《你丫上瘾了》	电视剧《上瘾》(2016)
八月长安《最好的我们》	电视剧《最好的我们》(2016) 电影《最好的我们》(2019)
唐七公子《三生三世十里桃花》	电视剧《三生三世十里桃花》(2017) 电影《三生三世十里桃花》(2017)
电线《香蜜沉沉烬如霜》	电视剧《香蜜沉沉烬如霜》(2018)
关心则乱《知否知否应是绿肥红瘦》	电视剧《知否知否应是绿肥红瘦》(2018)
流潋紫《后宫·如懿传》	电视剧《如懿传》(2018)
墨宝非宝《蜜汁炖鱿鱼》	电视剧《亲爱的,热爱的》(2019)
墨香铜臭《魔道祖师》	电视剧《陈情令》(2019)
匪我思存《东宫》	电视剧《东宫》(2019)
阿耐《都挺好》	电视剧《都挺好》(2019)

需说明的是,有学者认为"女性向影视""必须是女性视角,是否采用女性视角是决定一部影片是否为'女性向'的关键因素"①,笔者并不认同这一说法。比如在"女性向网文"中有一类没有女主,从而也就不存在所谓的女性视角。即便改为影视剧,同样不存在女性视角,但不能否认这类剧作的"女性向"属性(具备笔者总结的三大特征)。所以,一部作品是不是"女性向",最重要的是看它是不是以女性受众为目标,以"满足女性的欲望和意志为目的"。

二、"女性向"网文影视化的火热解密

进入21世纪后,我国影视文化产业的规模成倍增长。国家电影局的数据显示,2019年全国电影票房总计642.66亿元,同比增长5.4%。其中,院线影院票房641.23亿元,已成为全球第二大电影市场。电视剧行业,截至2019年底,影视板块已实现营业收入达234.3亿元,相较于2018年虽有所下滑,但这是由影视剧板块"应收账款账期长、周转慢、存货积压久、减值概率高"的特征所决定的。可以说,我国影视行业的市场规模和产业成熟度已位居世界前列。那么问题来了,作为一个影视产业大国,为什么会出现"女性向"现象?

国泰君安证券的报告显示,中国社会近75%的家庭消费决策是由女性主导的,女性消费对经济增长的贡献率达到66.4%。以数据为例,2014年中国女性经济市场规模已高达近2.5万亿元,而到2019年则增长至惊人的4.5万亿元。这一组数据充分说明了"她时代"席卷而来,女性不再是前现代社会中受控于"在家从父、出嫁从夫、老来从子"性别伦理下的

---

① 付筱茵:《"女性向"与"网络女性主义"——近年热映都市青春爱情片新观察》,《电影艺术》,2017年第3期。

依附者,经济与科技的高速发展带动城市化进程的日新月异,辅以教育资源的日趋平等,"娜拉出走"后的女性已在现代都市里实现了经济独立和地位提升,甚至成为文化工业体系下最大的消费群体,是众多行业争夺的焦点,其中就包括了影视业。根据猫眼电影产品分析报告,女性想看的电影比例超过55%的几乎都有着不错的票房,而男性想看比例接近或超过50%的十有八九会"扑街",可以说目前国内电影市场中,女性构成了电影消费的主力军。一位网民曾总结道,看电影的人群中"情侣档"最多,但往往男性只有建议权,女性却掌握了决定权,所以电影公司想要拍出叫座的电影,就必须抓住女性的眼球,把握女性的审美口味与情感需求。而在影视剧方面,艺恩数据显示,在电视剧观众的性别调查中,女性观众的比例达到总体的60%,相较于男性而言,女性更热衷于追剧。

所以,对于文化工业体系下的投资方来说,他们熟知"得女性者得天下"。一方面,需要源源不断地生产出新的影视商品供应市场、满足女性大众需求,因此,剧本的供给至关重要;另一方面,追逐商业利润也是务必考虑的重中之重。于是,他们便把目光投向了网络小说领域。所选取的作品本身就是晋江原创网、红袖添香、17K等大型网络文学网站中备受追捧的热门,如《步步惊心》《后宫·甄嬛传》《魔道祖师》《默读》等动辄有上千万次的点击量,若将这些作品搬上荧幕,至少能够吸引"原著党"的围观,话题和收视率皆有保障,从而也就在无形当中降低了资本的风险。当电影上映、电视剧播出后,无论是"原著党"的点赞、讨论、吐槽还是"拍砖",热点造势已经形成,又势必带动"路人党"和"吃瓜群众"的围观,前后综合起来所获得的收益可以说稳赚不赔。

表2 2018年—2019年十部热播剧的性别受众比例

剧名	男性(%)	女性(%)
《芝麻胡同》	45.10	54.90
《招摇》	27.79	72.21
《倚天屠龙记》	25.25	74.75
《乡村爱情》	23.27	76.73
《小女花不弃》	21.47	78.53
《逆流而上的你》	20.53	79.47
《东宫》	12.53	87.47
《老中医》	11.76	88.24
《独孤皇后》	10.80	89.20
《黄金瞳》	9.26	90.74

值得注意的是,其中的《芝麻胡同》《倚天屠龙记》《乡村爱情》《老中医》并非"女性向"剧情,但受众却仍以女性居多。而《黄金瞳》的原著小说原本是作者打眼在起点中文网连载的幻想类"男性向"小说,读者群以男性为主,可经影视化后,女性受众的比例却高达惊人的90.74%,凸显了"女性向"倾向。其中的奥秘除了与粉丝经济密切相关[1]之外,还有一个重要的因素:"男性向小说"的影视改编往往需要更高的成本和更为精湛的技术加成,稍不注意便有可能口碑、市场双崩盘,投资方必然相对谨慎;而"女性向小说"的影视改编则风险较小,只需抓住两大法门——IP与明星,靠这两样东西兜底,即便剧情不合逻辑,演员演技乏善可陈,也断不会出现"雪崩"的局面,甚至明星还会起到决定作品成功与否的关键作用。

---

[1] 《黄金瞳》的主演是流量小生张艺兴,他的粉丝群体以女性占绝对主导,因此被网友们戏称为"粉丝定制剧"。制片方全方位地结合了粉丝文化与"女性向"文化之间的内隐关系,利用粉丝(女粉)的追星心理,完成了一波挣快钱的目的,全然不顾原著小说的"男性向"属性。

所以一些原本的"男性向小说"如《黄金瞳》《盗墓笔记》《斗破苍穹》等改编成影视作品后,女性受众的比例远高于男性,很大程度上是由于这些剧作都是由深受女性粉丝追捧的流量男星出演,从而便衍生出了一个特殊的影视现象——"男性向小说"影视化后的"女性向"倾向,这背后的原因当然与市场和资本逐利有莫大的关系。

三、"女性向"小说的影视化策略及"红线原则"

诚然,网络文学与影视毕竟是两种不同的艺术形式,"小说是一种语言艺术,而电影基本上是一种视觉艺术"①,前者抽象、多义,后者具象、直观。从小说到影视,是两种不同媒介的对接,理论上存在着"不可通约性"(乔治·布鲁斯东语),必须经过编剧和导演之手,将文字符号转化为影视画面。可是,网文的影视改编却并不能完全遵循美国学者杰·瓦格纳所提出的"移植式"改编模式,即对原著小说不做任何改动,用镜头严格把文学语言转换为影视语言;也不能进行大刀阔斧的颠覆式改编,这种改编适用于对经典的翻拍作品,如电影《大话西游》对《西游记》原著的后现代主义式解构。而在面对网络小说的影视化时,一方面,作品本身不具备超时代的经典性,自然也就不存在解构经典一说;另一方面,还必须面对"原著党"挑剔的目光,甚至需要将他们争取过来为影视买单,大幅度的改编,极有可能遭到抵制。因此,对网文的影视改编,一般会采取如下策略。

第一,主题的延宕与人物情节的取舍。众所周知,主题,是文艺作品中通过具体的艺术形象和故事情节传达出来的理念和思想,体现了作者

---

① [美]乔治·布鲁斯东:《从小说到电影》,高骏千译,北京:中国电影出版社,1981年版。

对于世界、生活与人性的认知。作为商品的网络小说的影视改编,几乎延续了原著的主题思想,比如《仙剑奇侠传》《三生三世十里桃花》的"仙侠+虐恋"主题、《杜拉拉升职记》《欢乐颂》的"都市+职场"主题、《致青春》《匆匆那年》的"校园+青春"言情主题、《后宫·甄嬛传》《知否知否应是绿肥红瘦》的"女性+斗争"主题、《都挺好》《裸婚时代》的家庭伦理主题等。这些作品的原著小说之所以深受欢迎,在于其主题几乎都在迎合当代青年女性所期待的处世哲学,抑或满足其内心欲望与白日梦畅想,因此,影视改编也必须在主题上"忠于原著",保留内核,确保"原著党"的围观。另一方面,网络文学由于"日更""周更"规则和VIP阅读制度,作品往往速成且篇幅较长,经常会出现情节不严谨、挖坑忘填,抑或人物群像杂乱无章等缺陷。而影视改编则需要对原著的人物情节做出适当的取舍和完善,比如电视剧《甄嬛传》就将原著小说中近三分之一的人物进行了删减与修改,"一方面是为了将架空故事改为有对应历史背景的故事,另一方面,删减次要人物,厘清部分支线情节,使得故事更为集中"[①]。

第二,"扁平人物"的"圆形化"处理。福斯特在《小说面面观》中提出"圆形人物"与"扁平人物"两个概念:扁平人物又可称为类型人物或漫画人物,他们的性格始终如一,稳定性极强,好人就好到底,坏人就十恶不赦,缺乏人物性格的变化和人性的复杂,是一种"静态"的塑造人物的方式;而圆形人物则相对丰满复杂、立体感强,有稳定的性格轴心,但同时可呈现出多方面、多层次的性格特征变化,复杂且具有流动感。一般来说,"女性向网文"的读者多为青年女性,作者在创作过程中最在意的是情节能否吸引读者,而易忽视对人物的塑造,以至于许多小说中的人物形象呈现扁平化的特质,艺术性较为粗糙,这也是网络小说的通病。比如《后宫

---

① 易文翔、王金芝:《网络小说影视改编研究》,广州:南方日报出版社,2019年版。

·甄嬛传》中的甄嬛一出场就表现出了少年老成的足智多谋,能够沉着应对后宫的阴谋诡计并予以反击,完全不像一个初入宫廷的大家闺秀,更像是长期周旋于后宫复杂的人际关系、熟知规则的宫斗老手。但影视中的甄嬛则做了"圆形化"处理,被改写为成长型人物,从初入宫廷的单纯善良,到后来遭到陷害和背叛后的狠心绝望,人物性格的变化及其原因均被导演完整展现。这一改动不仅合乎情理,也更符合广大观众的审美习惯,因为在原著小说中,甄嬛或多或少都会给人一种城府颇深的感觉,而经电视剧的演绎,她的所作所为就变成了有迹可循、迫不得已,更容易博得广大观众的同情。类似的还有电影《致我们终将逝去的青春》中对主人公陈孝正的"圆形化"处理。原著中他是一个自私懦弱的"凤凰男",只知索取,不愿付出,每走一步都计算着得失利益,但经导演的改编,我们却看到了陈孝正所背负的家庭、他的理想、他的内心、他因每一次选择所承受的痛苦,这样的改编便使得人物形象更加立体。可以说,"圆形化"处理是影视改编能够顺利"出圈"、吸引"路人党"围观的重要策略之一。

第三,突出情感线,强化其与事件线的交集。"女性向网文"类型繁多(都市、校园、玄幻、宫廷、家宅、职场、穿越等),但万变不离其宗,都是"言情"大类的衍生品,相较于"男性向"网文讲述个人功业与家国天下,"女性向"网文则更侧重于个体情谊的表达,即便是以升级为中心的职场和后宫类,情爱关系也是各种明争暗斗的导火索。所以,"女性向网文"的情感线是重中之重。但影视的强项在于叙事而非抒情,成功的"女性向"网文的影视改编,都会在突出情感线的基础之上,强化与事件线的交织和互动,比如 2015 年获得"飞天奖"的电视剧《琅琊榜》,讲的是主人公梅长苏平反冤案、扶持明君的权谋故事。这部作品的原著小说出自起点女频,在经影视改编后成功"出圈",不仅男女通吃、老少咸宜,还获得了主流媒体的一致赞誉,它的改编策略堪称典范。由于原著小说的"女性向"属性,难免在平反冤案的事件线上叠加了多条言情线以迎合女性读者的爱情期待,略显繁复,而影视剧却一反常态,舍弃了女性观众喜闻乐见的古装爱情偶像剧套路,以"男性向影视"中常见的正剧方式重新讲述,但在内里却又巧妙地延续了"女性向小说"情义千秋的主题。即一方面强化平反冤案的戏剧冲突,凸显人物在历史风云中的纵横捭阖,传递家国情怀与振兴山河的信念品质,同时精简支线剧情,特别是支线人物的情感线(誉王与秦般弱、霓凰与聂风),进而也就削弱了原著小说的几分脂粉气,收获了男性观众的好评;另一方面,在感情线上做了更为集中化的处理——着力表现梅长苏与萧景琰的兄弟情深,以及梅长苏与霓凰在烽火狼牙下至死不渝的爱情悲剧,俘获了女性观众的青睐与眼泪,最终成为现象级的影视作品。

综上便是大热"女性向影视"常用的改编策略。但在这些改编策略之下,还存在着一条最基本的"红线原则"。众所周知,由于互联网的开放性和草根性,网络小说的发表门槛较低,质量更是鱼龙混杂,尽管有关部门已加大监管力度,但相较于传统媒介而言仍是力有不逮,因此许多网文中存在着大量暴力、色情、恶俗、抄袭的情节;而影视作品的上映或播出则规范很多,必须经过相关部门的审查并获得许可。于是,许多改编自"女性向网文"的影视作品必须删除或改写原著中可能存在的不符合影视审查规范的情节,或做模糊化的处理。如2020年播出的《鬓边不是海棠红》,剧情上淡化了大量情情爱爱的细枝末节,强化了戏曲文化和家国情怀,将民国传奇特有的文化风骨全然呈现。

质言之,网络文学的诞生和爆发虽基于网络虚拟的社会现实,但其类型化趋势却从侧面彰显了读者群内部的趣缘化、圈层化的特征,即每一种

类型都有相对固定的粉丝群,代表了这一群粉丝同好共同的审美趣味与价值观,而"以 IP 为中心的网络文学影视化则通过二次创作(改编)将虚拟空间以影响的方式变现,一方面将网络小说中蕴含的虚拟社会现实和亚文化泛化,另一方面将网络文学的叙事方式和风格向光影渗透"①。笔者所关注的是,在渗透的过程中,其本身所携带的内核如"女性向网文"中的"网络女性主义",在经历了影视化策略与"红线原则"的规避之后能否从亚文化空间中成功输出?具体又呈现出怎样的症候特征与价值取向?

四、跨媒介输出或消费献媚:"网络女性主义"的症候透析

前文已论及"网络女性主义"与传统精英女性主义最大的差异在于,前者并非一种为促进性阶层平等而兴起的社会理论与政治运动,而是在网络"女性向"空间内女性通过对自身欲望和价值的慰藉与满足,率先在潜意识层面改变对男权文化的服从,正如邵燕君说,"外在社会的权力秩序内在地结构着我们的欲望本能,要改变在经验秩序基础上建立起来的神圣秩序,就必须首先改变经验秩序,而作为经验秩序的基础的则是经验形式,最终会落实到性幻想形象和性爱模式"②。因此,作为"网络女性主义"的跨媒介输出,"女性向影视"理论上延续了文化母本的女性主义属性,并在"性幻想形象和性爱模式"上得到了体现。

(一)"女性向影视":性别秩序的颠覆与"新的美学原则在崛起"

纵观近年热门言情类"女性向影视",几乎所有的男性角色都使用了

---

① 易文翔、王金芝:《网络小说影视改编研究》,广州:南方日报出版社,2019 年版。
② 邵燕君:《从乌托邦到异托邦——网络文学"爽文学观"对精英文学观的"他者化"》,《中国现代文学研究丛刊》,2016 年第 8 期。

高颜值演员出演,如《何以笙箫默》中的钟汉良、《三生三世十里桃花》中的赵又廷、《微微一笑很倾城》中的杨洋、《陈情令》中的王一博与肖战等。即便是"男性向影视"也大肆启用深受女粉丝们追捧的偶像男星,如网剧版《盗墓笔记》中的杨洋与李易峰、电影版《盗墓笔记》中的鹿晗与井柏然、《择天记》中的鹿晗、《庆余年》中的张若昀与肖战等。古希腊"视觉中心主义"学说认为,人类是通过视觉观看的方式认识周遭世界,而福柯在这种关系中发现了一种隐在的权力结构——"观看者被权力赋予'看'的特权,通过'看'确立自己的主体位置,被观看者在沦为'看'的对象的同时,体会到观看者眼光带来的权力压力,通过内化观看者的价值判断进行自我物化。"①长期以来的大众影像中,男性便是通过观看的方式物化女性、确立男性中心主义权力,所以女性主义电影理论家劳拉·穆尔维在《视觉快感与叙事性电影》一文中揭示了影像学中存在的"观看/被看"的两性二元结构,并提出了"凝视"理论。她认为传统的影视作品中女性形象集中了来自男性欲望的投射,处于主体地位的男性凝视作为他者的女性,而女性在感受到来自男性凝视之眼中的"权力压力"后,也会习惯成自然,将男性对自身的审美想象内化为自己的成长模板,这便是所谓的"自我物化"。所以在"男性向影视"中,女性角色基本都属于"扁平人物",缺乏复杂的人格与个性,比如2018年由郭靖宇编剧和导演的电视剧《娘道》塑造的瑛娘就是一朵"圣母白莲花"②,这类女性形象实则是父权制下对善良、隐忍、包容等女性气质与女性美德的想象。但可怕的是当这种"圣母白莲花"的女性形象被社会(男性)广泛奉为楷模后,女性也会不

---

① 陈榕:《凝视》,《西方文论关键词》,北京:外语教学与研究出版社,2006年版。
② "圣母白莲花""形容文学、影视作品中大量出现的一类女性角色,她们柔弱善良、清纯高贵、出淤泥而不染,并且同情心泛滥,总是无原则地原谅所有伤害过她们的人,并试图以爱和宽容感化敌人"。邵燕君主编:《破壁书——网络文化关键词》,北京:生活·读书·新知三联书店,2018年版。

自觉地调整自己的行为仪态,以这类形象作为自己的成长楷模,完成男性给予女性的自我物化。

而"女性向影视"中"网络女性主义"的反叛性则在于颠覆了"观看/被看"的两性二元结构,男性也可以"以色示人",也可以成为女性欲望之眼下的对象和茶余饭后的消遣谈资,甚至自我物化。乔治·贝克在《戏剧技巧》中提及,剧作者创作的类型化人物承担着叙事意义的重要功能。纵观20世纪90年代的影视作品,男性形象多为以家国天下为己任、以个人的功成名就与自我价值的实现为目标的硬汉形象,这类形象背后便承担着男权文化推崇的阳刚美学,即便是《永不瞑目》里的陆毅,也是一个在爱情与人性中逐渐成熟的男人形象。但是,从"网络女性主义"中跨媒介输出的"女性向影视"却悄然颠覆了这种统一的男性气质:从霸道总裁到忠犬男友,从护妻狂魔到追妻小丈夫,从冰山男神到绿茶弟弟,标签化的男性形象与"男性向影视"中志在四方的男子汉们出入良多,他们终日沉迷于女主的温柔乡,每根神经都牵挂着女主的喜怒哀乐,情到浓时就心花怒放,一时失意就暴跳如雷、泪眼婆娑,几乎丧失了主体性,被女性意志牵着鼻子走。借用克莱门斯·罗耶"男子正在退化"的说法,"女性向影视"里的男性正在退化成"扁平人物",而这种退化的根源就在于屏幕前的女性通过"女性向影视",开启了对男性的凝视和操控。

当遵循自身欲望去凝视他者时,一方面改变了原有的深入潜意识里的"男尊女卑"的性别秩序,唤醒了自身的主体性。我们发现,"女性向影视"里伴随着男性的"扁平"式退化,女性却渐渐打破了认同焦虑与身份危机,成了"圆形人物",并创造了一种新的性别秩序。如根据阿耐的小说《都挺好》改编的同名电视剧中,男性几乎全员"矮化":苏明哲只知索取却不尽长子之责,次子苏明成"啃老"而不思进取,父亲苏大强"花式作妖",做假账骗钱。反观剧中女性却展现出了大女人气质:苏母掌握家中大权,苏明玉则是商界大佬、女强人。她们都有着独立自主的自我意识和行动力,这种女性的自强与男性的渐弱在某种程度上确实激起了女性受众的自我认同与精神共振。

另一方面,被女性凝视的男性形象也随着影视的热映潜移默化地反向影响着现实中男性的自我物化,即"网络女性主义"通过影视跨媒介输出后,正在悄然改变着现实社会中那套传统而刻板的性别审美文化。弗洛伊德在《性学三论》中提出,"只有把男性气质和女性气质当作主动和被动来理解时,精神分析理论中的男性气质和女性气质才可以利用"①,弗氏进而认为任何人都没有纯粹的男性气质和女性气质。相反,每个个体都是他或她自己的性别特征和异性的生理特征的混合体,是主动和被动的统一体,因而任何人都具有双性气质,所以美国人类学家盖尔·卢宾根据这种性别气质提出了"社会性别"的概念。所谓"社会性别"与"生理性别"不同,它不是天生注定的,而是后天建构的。约翰·麦克因斯认为"男性气质不是个人身份的特征,而是在具体的语境下形成的意识形态机制"②,它依靠文化、伦理、教育等方式建构权威。而酷儿理论的代表人物巴特勒则揭露了这意识形态机制的真面目,她认为人没有固定的社会性别,社会性别只是对"女性气质"和"男性气质"的表演而已。但不可否认的是,这种一以贯之的"表演"最终还是衍生成了一种社会化、绝对化的性别本质主义并被人们广泛传承,所以才出现了社会学意义上"男/女"二元的性别分野,以及性别审美文化的确定,即性别本质主义的社会

---

① [奥]西格蒙德·弗洛伊德:《性学三论》,若初译,武汉:华中科技大学出版社,2017年版。
② [英]约翰·麦克因斯:《男性的终结》,黄菡、周丽华译,南京:江苏人民出版社,2002年版。

意识形态会不断以言传身教的方式传递给人们刻板的观念。特别是父权制社会又极大地夸大了男女间的性别差异,明确规定了男人永远承担统治的或男性气质的角色,女人则永远承担从属的或女性气质的角色,于是在父权制社会下,男性气质往往优于女性气质,并以拒绝女性气质为荣,接纳女性气质为耻(厌女症),这便形成了男尊女卑的性别秩序结构。

据笔者调查,20世纪八九十年代的影视文化,受人们追捧的男演员几乎是成龙、周润发、高仓健这样阳刚霸气的硬汉形象——男性气质的完美彰显,这成为一种单一的但又带有绝对权威性的社会审美风尚。但是,当下的审美风向却逐渐趋向多元:一些妆容精致、长身玉立却如弱柳扶风的"小鲜肉"深得"饭圈"女孩的情有独钟,成为红极一时的流量明星。粉丝们从对"硬汉"的无限崇拜到对"美男"的爱护有加,审美变迁的背后可追溯到日本"女性向"漫画与韩国"女性向"造星文化的跨国引渡,自然也包括了"女性向网文"及其影视化后的共同推动。如作为"女性向网文"的代表作品《魔道祖师》及其改编电视剧《陈情令》,在人物塑造上便颠覆了男性固有的性别气质,即男儿身的蓝忘机在外貌和性格上不一定继承生理性别所对应的社会性别以及胆汁质的男性气质,反而混合了某种女性气质于其中,造成了一种"雌雄同体"的性别融合。根据心理学家桑德拉·贝姆的分析,"单一的雌雄同体的人拥有充分完整的传统女性气质——有爱心、同情、温柔、敏感、善于交际、合作,同时又拥有充分完整的传统男性气质——进取心、指挥才能、创造性、竞争性"[①],而这种"雌雄同体"被更多的较为公允的批评家视作男性气质与女性气质的互补。比如弗里丹便在《第二阶段》一书中鼓励男人和女人应该朝着雌雄同体的未来而努力,所有人都在他们的精神和行为里融合男性气质和女性气质的

---

① 汪民安主编:《文化研究关键词》,南京:江苏人民出版社,2007年版。

性格特点；女权主义代表人物米利特也特别渴望能够把分离的男性气质的亚文化与女性气质的亚文化结合为一体。而《魔道祖师》及《陈情令》中所体现的审美文化，便吻合了米利特等学者的愿景，人物设定将人类社会默认的性别秩序混合重组，取而代之的是另一套新的性别审美体系，从而使得生物性别、社会性别、性取向、性美学，以及与性别相关的各种刻板成见都得以重新审视和新建。

事实上，在影视娱乐圈内，这些"小鲜肉"们虽然得到了大量女性粉丝的声援，但在他们身上也出现了一个污名化的词语——"娘炮"。关于这一话题，曾经出现一场激烈的社会大讨论，这里不再赘述，但笔者想要指出的是，这场讨论背后其实是两种审美文化的碰撞与交锋，这似乎从侧面印证了这种源自"女性向"的审美文化或许已经成为一种新的美学原则和权力，并逐渐对主流审美文化（也是传统男性审美文化）造成了一定的冲击。

（二）"女性向影视"：消费资本缔造的欲望狂欢

笔者不得不悲观地指出，"女性向影视"或许具备了笔者所阐释的积极的正向价值（女性独立意识、对传统性别文化的颠覆），我们却不能忽视它背后的原动力并非精英女性主义者们那般自发的觉醒，而是来自消费主义的强势催动。法兰克福学派的代表人物阿多诺曾说过，"大家都收到标准版消费品。但这些东西藏在'味道控管和官方文化中的假个人主义'里面"，而"女性向影视"中的"网络女性主义"会不会也是这种"假个人主义"呢？

我们知道，文化产业制造资本主义的供给需求，消费的幕后之手需要满足女性的欲望需求后才能让她们心甘情愿地将荷包拱手送出，但欲望

之于女性却有着一体两面:源自于女性本我中的"真实欲望";被几千年来外在的社会权力秩序不断压抑本我,从而改变女性主体意识的、超我中的"虚假欲望"。如果不对这些欲望加以甄别,统统被"女性向"文化照顾和满足之时,便出现了一些矛盾的现象:既有着如《甄嬛传》《都挺好》这样鲜明的女性主义意识的作品,也有着如《步步惊心》《知否知否应是绿肥红瘦》这样认同男权逻辑、沦为男性(权力)或宠或虐的被动客体的"玛丽苏"剧,后者不具备"网络女性主义"的反叛性价值,仅是一张消费资本的演出面具,面具背后是男权文化物化后的"女性成功学"。

另外,一些非"女性向影视"里出现的大量"女性向"倾向,也并非"网络女性主义"的对外扩张,仍是消费主义连同粉丝经济强强联合后的幕后操控。正如前文已论述"女性向影视"火热的原因在于,女性经济的独立让她们有了决定上层建筑性别属性的权力,而粉丝文化被亨利·詹金斯誉为"参与性文化",即"粉丝面对商业文化,具备更多的能动性,拥有对其进行修改、补充、拓展的兴趣和能力,从而将自己价值观念、精神取向和创造力回馈到主流媒体中"①。同理,有爱又有钱的女性粉丝们在面对商业文化时会裹挟着她们的欲望和趣味主动参与其中,于是,对男色的追捧与消费也就逐渐渗入大众文化的方方面面,甚至逆向影响了大众的审美趋向。但是在其中,或许并没有我们预期的那般携带着明显的女性主义意识。比如主流意识形态电影《红海行动》中演员黄景瑜的加盟便成功地将他的一众粉丝带入了电影院,与他相关的微博话题指数近3000万次,这一现象的背后显然是商业策略的发酵;超级IP《盗墓笔记》的影视剧版和电影版几乎舍弃了"男性向"属性,更像是为杨洋、李易峰、井柏然

---

① 刘乃歌:《面朝"她"时代:影视艺术中的"女性向"现象与文化透析》,《现代传播》,2018年第12期。

和鹿晗的粉丝们专门定制的作品,细节苍白、槽点满满,却能靠粉丝撑起票房。除了耽改剧"名正言顺"地"卖腐"之外,"软腐硬卖"的现象在当下的正常向影视中已成为一种"吸睛"与"吸金"的手段:偶像正剧《琅琊榜》里梅长苏与靖王的兄弟情深、校园言情剧《微微一笑很倾城》里郝眉与KO间的暧昧对白、悬疑剧《民国奇探》里男主给另一个男主暧昧地擦嘴……这些"欲拒还迎"式的"卖腐"甚至比耽改剧更为引得粉丝连连尖叫——或许正大光明的恋情早已习以为常,而这种从角落里抠出来的"点点蜜糖"才让人备感甜腻。但我们也必须质疑,这些影视作品里"卖腐"行为又有多少是为弱势群体声援?其先锋性与反叛性又传递了多少?它们或许只是在取悦女性们的猎奇趣味,是对消费市场的献媚。

总之,"女性向"在影视中已成为时代的文化症候。它与"网络女性主义"的跨媒介输出有关,但主要是对女性消费市场的献媚。它在某种程度上确实促使女性在审美场域中重获文化的领导权,自由表达属于这一代人的欲望、情感和价值观,逐渐丰富了当代青年女性文化,改变了文化市场的审美风向。但也需看到,这种"网络女性主义"的片面和虚妄,它一味满足女性对于中产阶级生活的梦幻想象,却无意落地现实,从而造就了女性粉丝们只想徜徉在"欲望的白日梦"里,却从未想过正视现实甚至改变现实。与其说在"女性向影视"中体现了一种"网络女性主义"精神,不如说是一种犬儒主义的"精神胜利法"。鲍德里亚在《消费社会》一书中指出,"消费已经完全脱离了'生产'而进入'生活',脱离了'生存'而进入'休闲',成为人通过商品符号展示自我存在价值的一种方式",而"大众传媒把消费进行了高度的意识形态包装,最大可能地制造出人们的消费欲望"[1]。因此,影视中所表现出来的"女性向"现象,绝非女性的

---

[1] 转引自汪民安:《文化研究关键词》,南京:江苏人民出版社,2007年版。

胜利,只是大众传媒与消费主义联袂打造的欲望狂欢,是被资本征用的美学语法,而这些,恰巧吸引着当代女性愿意为其买单。

原载于《文化研究》第 45 辑

中国网络小说外译传播的社会效益评价研究

陆秀英

引言

  网络小说是以互联网为媒介的新型文学类型,具有即时性、互动性和普及性等特点。从20世纪90年代中期开始,中国网络小说进入大众视野,经过20多年的发展逐渐进入发展迭代期,截至2020年12月,其用户规模已达4.67亿[①]。近些年,中国网络小说借力海内外网络小说著译网站或APP走红海外,甚至与好莱坞大片、日本动漫、韩国偶像剧并称为"世界四大文化奇观"。根据中国作家协会发布的《中国网络文学国际传播报告》,截至2020年,中国网络文学共向海外输出作品1万余部,其中上线翻译作品3000余部,网站订阅和阅读APP用户1亿多,覆盖世界大部分国家和地区,国际传播成效显著。中国网络小说成为中华文化"走出去"的"黑马",不仅提升了中国文化的对外传播力和影响力,也加深了大批海外读者对中国文化,尤其是中国当代流行文化的了解。同时,由于网络小说不仅拥有庞大的作者和读者群体,且在影视、动漫、游戏、文创等产业都有着极大衍生发展的空间,加上网络文学在"走出去"的道路上积极寻求新的发展模式,由版权授予到代理开发到全产业链的自主经营,其

[①] 《网络文学发展报告》课题组:《2020年中国网络文学发展报告》,https://www.sohu.com/a/457663460_152615.

已经成为泛娱乐产业中最大的 IP 孵化器①。

《中国网络文学国际传播报告》指出,中国网络文学国际传播尚处于起步阶段,仍存在没有建立起系统化的国际传播机制、内容生产滞后、缺乏统筹规划等诸多问题。《网络文学出版服务单位社会效益评估试行办法》明确提出,要探索提升网络文学社会效益的方向、力求解决片面追求经济效益的突出问题和不良倾向。从长远看,网络文学海外传播需要建立系统的社会效益评价体系与标准。本文将聚焦中国网络小说海外传播的社会效益评价,从文学、文化、艺术、经济、政治价值与国家形象等方面探究网络文学国际传播的社会效益,由此思考如何建立社会效益评价机制,合理规范中国网文创作、翻译和海外传播,进一步提升中国网文出海的影响力和社会效益。

一、文化产品的社会效益内涵

文化产品是"人们为精神或实践需要所创造的艺术品或服务,并对公众有影响或艺术价值"②,既可以指那些传递思想、符号和生活方式的生活消费品,如书籍、杂志、多媒体产品、软件、唱片、影片、录像、视听节目等,也可以指那些满足文化兴趣或需要的活动③。文化产品除了具有一般商品的经济价值之外,还蕴含着无形的文化内涵,满足人们的精神需要。文化产品的流通促进了文化艺术等象征性符号的流动,带动了这些

---

① 朱静雯、刘韬、方爱华:《存在与缺失:论网络文学社会效益的提升》,《出版广角》,2017 年第 9 期。

② KANG Y, YANG K C C. Employing digital reality technologies in art exhibitions and museums: a global survey of best practices and implications //GUAZZARONI G, PILLAI A S. Virtual and augmented reality in education, art, and museums. Hershey: Business Science Reference, 2020:39.

③ 郑洪涛:《论文化产品的特征、范围与价值》,《商业时代》,2012 年第 29 期。

符号所建构的文化意义和价值的传播,通过"对社会中的受众个体产生情绪、精神、思想道德上的影响来构建对整个社会的影响"[1]。文化产品在生产、流通和传播过程中对受众的认知、道德、伦理、审美、娱乐等方面产生一定的影响,这种影响的总和可以看成是社会效益,包括"政治效益、经济效益、思想效益和文化效益等"[2]。

文化产品社会效益的实现"得益于个体与社会的双向互构"[3],一方面与产品本身的文化意义和内容价值相关,另一方面也与受众的社会环境、接受心理和认知水平等相关。同时,便捷的大众传媒也会在一定程度上促进文化产品更广泛的传播,从而产生更大的社会效益。这是因为文化产品聚集起来,"通过汇总和分组,大大降低了文化产品的搜索成本"[4]。

中国网络文学外译平台通过数字化汇总、分组和传播中国网络小说原创或翻译作品,大大降低了国外受众对中国当代文学作品的搜索成本,为中国网络文学翻译社会效益的实现提供了有利的条件。作为重要的中国文化产品,中国网络小说海外传播的社会效益最终服务于中国文化走出去的目标,即"增强中华文化的亲和力、感染力、吸引力、竞争力,向世界阐释推介更多具有中国特色、体现中国精神、蕴藏中国智慧的优秀文化,提高国家文化软实力"[5]。

---

[1] 马衍明:《出版物社会效益评价中的几个基本问题》,《现代出版》,2020年第2期。

[2] 欧阳友权、吴钊:《我国文学网站社会效益评价研究》,《人文杂志》,2017年第2期。

[3] 马衍明:《出版物社会效益评价中的几个基本问题》,《现代出版》,2020年第2期。

[4] CRAIG C S. *Creating cultural products: cities, context and technology*. City, culture and society, 2013, 4(4).

[5] 汪振军:《论文化产品的价值传播》,《光明日报》2012年12月8日。

构建中国网络小说海外传播社会效益评价体系,首先应确保中国网络文学海外传播作品在价值导向上"反映我们自己的文化,承载中国文化精神"①,在艺术上具有较好的文学艺术性,能促进多样性文学互动交流,在经济上能吸引大量读者并拉动相关文化产业开发等。因此,有学者提出,"可以将民族性、传统性作为研究中国网络小说的切入点和构建评价标准的维度";"网络文学场域中的受众、产业资本、国家政治和文学知识分子,这四种基本力量此消彼长所形成的合理矩阵效应,深刻影响着网络文学的发展前景"②。

网络文学的评价体系可分为五个一级指标要素,即思想性、艺术性、产业性、网生性和影响力③。考察中国网络小说海外传播的社会效益,一方面要衡量外译作品质量及其思想性、文化性、艺术性和文学性等价值,同时要判断它们在对外传播过程中对受众的认知、道德、伦理、审美等方面产生了哪些影响,以及对受众社会在文学、文化、经济、艺术、政治等方面具有哪些作用。下面将从思想政治、文化、文学、经济、艺术等核心要素考察中国网络小说海外传播的社会效益。

二、中国网络小说海外传播的社会效益评价要素

(一)思想价值与国家文化形象构建

"网生代"已成网络文学接受主体和消费主力④,网文出海可以进一

---

① 汪振军:《论文化产品的价值传播》,《光明日报》2012年12月8日。
② 项江涛:《构建新时代网络文学评价体系》,《中国社会科学报》2021年7月28日。
③ 项江涛:《构建新时代网络文学评价体系》,《中国社会科学报》2021年7月28日。
④ 中国作家网:《2019年度网络文学发展报告》,http://www.chinawriter.com.cn/n1/2020/0220/c404027-31595926.html.

步激发海外网文读者,尤其是"网生代"学习中华文化的热情。他们自由、开放、成长的阅读观念能够在网络文学本身的天马行空和其译本的世界性中得到认可与满足。随着中国网络文学海外传播的快速发展,中国网络文学外译作品已经逐渐成为国外读者认识中国形象的一扇天窗,在"2018—2019 年度中国 IP 海外评价 TOP20"中,有 10 个与中国网络文学外译作品相关。中国网络文学外译平台上,粉丝群读者与译者互动频繁,丰富的中国传统文化元素有效促进了他国读者对中国传统文化的认同乃至群体认同[1]。中国网络小说作品在海外有着较高的接受程度,其读者对于作品所折射的思想和文化更容易接受和理解。同时,网络平台的自由性给予了读者更多的自我表达的机会和自我表达空间,思想的传递和交流也更加自由和频繁。由此,中国网络小说海外传播的作品更应考虑其本身的思想性是否丰富、是否有深度,作品能否在新的文化土壤里落地生根。

国家文化形象"由最具该国特色的文化符号、元素组成"[2],可以通过物质、精神、制度以及文艺作品等体现。网络文学寓国家文化形象于文化消费的愉悦之中,以故事化的表达潜移默化地影响着他国读者对作品输出国的文化形象认知[3]。中国网络小说海外传播,可以让读者在轻松流畅的阅读中认同作品中的价值观念,接受作品所构建的中国文化形象。尽管网络文学作为流行文学的通俗性和消费性较为凸显,很多作品缺乏"对中国的文化内涵与价值特征的深度挖掘,缺乏对中华民族审美、生活

---

[1] Chersoni Alice:《中国网络小说在意大利的翻译及文化影响力研究》,北京:北京第二外国语学院,2018 年。
[2] 饶曙光:《国家形象与电影的文化自觉》,《当代电影》,2009 年第 2 期.
[3] 邓祯:《网络文学的海外传播与中国文化形象构建》,《中国编辑》,2019 年第 3 期。

状态、价值美德的深度书写"①,但出海的中国网络小说与中国文化总是保持着或多或少、或强或弱的联系,许多作品"烙有中华民族独特的精神品格与价值观念,负载着中华民族品性,展示着中国人民的生存之道,传达了民族价值指向"②。传播到海外的网络小说所饱含的仁、义、礼、智、信、勇敢和坚毅等价值观,借助鲜明的人物和精彩的故事,会慢慢走入海外读者心里,促进中国国家形象的构建。

(二)文学文化价值

首先,中国网络文学外译打破了传统文学创作和对外传播之间的局限。新加坡网文译者温宏文肯定了中国网文的文学价值,认为"东方玄幻作品完全颠覆了我以往对于传统文学的认知"③。中国网文的成功出海意味着中国本土网络文学模式走向国际化,不仅使中国网络文学的世界影响力大为提升,更有可能推动世界性网络文学的诞生,并为其提供一种中国方案④。网络文学的新鲜血液注入文坛并逐渐受到关注与认可,为中国当代文学文化"百花齐放"灌溉了肥水,助力了文坛百卉千葩的竞相绽放。

网络文学的传播促进文化认同。从 Wuxiaworld 网站的读者评论中可以发现,许多外国读者对中国古典词汇与历史典故兴趣浓厚,随之萌生的文化认同使得更多人投身到学习中文中来。近年来,阅文等中文原著

---

① 邓祯:《网络文学的海外传播与中国文化形象构建》,《中国编辑》,2019 年第 3 期。

② 邓祯:《网络文学的海外传播与中国文化形象构建》,《中国编辑》,2019 年第 3 期。

③ 杨鸥:《起点欢迎你》,《人民日报》(海外版)2019 年 12 月 23 日。

④ 吉云飞:《"起点国际"模式与"Wuxiaworld"模式——中国网络文学海外传播的两条道路》,《中国文学批评》,2019 年第 2 期。

版权公司陆续抓住商机,与 Wuxiaworld,Gravity Tales,Volare Novels 等网文外译平台达成合作,促进了网文翻译的产业化、合法化和可持续化,促使国内学界和决策部门越发关注到网络文学的价值。网络文学边缘化[①]和缺乏正规管理以致忽视版权问题的现象有所改善,国内文学得到进一步协调与规范发展。

(三)经济价值

网文外译网站采取的译者合作方式已形成相对持久、稳定、高效的产业链,网文外译的产业化在增加就业上的潜力也不可小觑。中国网络文学量大、范围广,一方面为更多人提供了参与外译工作的机会,另一方面也能促进相关网站加速网文外译的产业化和规模化,如采用机器翻译+译后编辑模式或更大规模社群粉丝众包翻译等。除此之外,由外译网文产生的文化衍生品与 IP 开发势必创造出更可观的经济价值。网文海外传播的周边产品为流行文化产业,尤其是二次元文化产业创收提供了一条重要途径。

(四)艺术价值

Wuxiaworld 创始人曾提到,在武侠玄幻网文的传播背景下,很多外国人对中国文化的了解从"奇观"的层面走向了快感[②]。这就要求外译平台对网络文学作品的选取不仅在内容上应具有更多中国特色,而且在形式处理上应反映艺术韵味和美感。针对作品中的文化特色以及创作技巧,

---

① 郑剑委:《中国网络文学的海外接受与网络翻译模式》,《华文文学》,2018 年第 5 期。

② 邵燕君、吉云飞、任我行:《美国网络小说"翻译组"与中国网络文学"走出去"——专访 Wuxiaworld 创始人 RWX》,《文艺理论与批评》,2016 年第 6 期。

读者经常会在书评区探讨和交流,这也是网络文学海外传播艺术价值的体现。

此外,近年来,网络小说因其依托网络平台,容易获得极高的关注度,影视化改编的频率显著提高①。网文影视化作品的制作力度和传播范围可以相应提升网络文学作品知名度,吸引更多优秀作者和译者加盟,从而创造出更多艺术性和思想性强的作品。例如,2017 年在 Gravity Tales 平台上,俘获外国读者的是《全职高手》和《择天记》②。而此前,这两部作品中的人物形象已通过动漫或影视创作等方式引起外国读者的关注。

三、中国网络小说海外传播社会效益的不足之处

中国网络文学的海外译介虽取得令人瞩目的成绩,但也必须注意到其发展过程中的问题。本文接下来将对当前网文译介的社会效益不足之处进行分析。

第一,译介题材类型化。中国网络文学海外读者规模不断增长,2019 年已达到 3194 万。《2020 网络文学出海发展白皮书》显示,目前网络文学出海主要呈三大趋势:翻译规模扩大、原创全球开花以及 IP 协同出海。例如,供全亚洲翻译小说连载的指南导航网站 Novel Updates,自 2015 年开始,中国小说数量急剧增加。虽然海外网络文学市场规模巨大,作品外译数量和速度迅猛增长,但总体出现题材类型单一、主题情节扁平化等问题。东南亚读者倾向言情、都市题材的网文,而欧美读者更倾向玄幻、修仙、仙侠等类型③,许多网文翻译网站迎合市场需求,并以需求为导向,大

---

① 吉喆:《中国网络文学影视改编研究》,长春:吉林大学,2019 年。
② 沈杰群:《网文出海 金发碧眼秒懂"有眼不识泰山"》,《中国青年报》2017 年 8 月 23 日。
③ 谭婧怡:《浅析网络文学出海的历程、特点及趋向》,《北京印刷学院学报》,2019 年第 2 期。

批量译介这两类作品。虽然这种方式确实满足了大多数外国读者的阅读兴趣,能帮助这些网站在前期获取可观的经济效益,但一旦海外读者对中国文学文化产生刻板的固化印象,甚至产生审美疲劳,则无异于在网文外译的道路上饮鸩止渴。

第二,语言过于通俗化。除了主题和情节的类型化,网络小说本身的语言风格也愈发趋于通俗化。口语化的表达在网络文学中屡见不鲜,网络用语在网文中也广泛使用。虽然新鲜热辣的词汇是语言创新和生命力的重要来源,但非大众通晓的语言过多,部分词句用法则过于通俗,不符合文法规则,会使读者和译者无法理解,导致文章的文学鉴赏价值不高。

第三,翻译质量参差不齐。网络文学的译者目前多为志愿者或是网站雇佣的译员。翻译者大多比较年轻,来自北美和亚洲其他国家的大概有几百人,现在比较稳定的翻译者差不多接近百人[①]。志愿译者的翻译素养和对源语、译语的熟悉程度无法保证,译文出品的规范度较低。参与网文外译的志愿者和雇佣译员,将翻译网文作为兴趣爱好或兼职,容易求量略质。网文本身糅杂了中国传统文化、科幻仙侠元素、网络用语等,翻译难度相当高,但有的网文平台整体上追求外译速度,直接采用机器翻译,忽略了审改译文。资本市场为了追求眼前的经济效益,对译速快、内容短的网文趋之若鹜,造成大量长篇网络小说翻译"烂尾"和"断尾"的出现。还有部分网络文学企业对作品的开发只考虑经济效益,忽视作品在体现社会主旋律、传播正能量等方面的社会效益。如此长时期、大批量、流程化地制造网络文学垃圾,将直接降低网络文学外译的质量。

第四,翻译策略过度倾向归化。为了使读者拥有流畅的阅读体验,绝大多数网站上所提供的网络小说译文采取的是归化策略。译者在理解原

---

① 陈朝辉:《中国网络小说走红海外的启示》,《对外传播》,2017年第11期。

文的基础上采用译语读者习惯的用法,有助于帮助读者最大限度地接受文本信息,在网络文学走出去的前期可谓是绝佳的翻译策略。但长期来看,这种方式几乎完全规避了网络小说原本呈现的汉语文化的魅力,对传播中华文化极为不利。译者应当利用网络本身的便捷,适当地使用异化策略加超链接或是添加标注解释,帮助读者理解和丰富网文文化底蕴,吸引更多对中华文化感兴趣的海外读者。

第五,版权问题困扰。文学载体的盗版主要体现在盗版团体利用技术手段非法获取正版内容,借助搜索引擎、浏览器、应用程序商店、微博、贴吧、网盘等互联网平台快速盗版、复刻内容,获取站点流量,使用户被迫浏览内嵌广告,获取巨额广告收入。盗版不仅侵害了作者和企业的利益,也严重影响了用户的阅读体验,错别字、内容重复或缺失、垃圾广告弹窗、无故断更等问题大幅降低了读者的阅读快感。

整体上,题材类型单一使得文化传播的思想、文化、文学和艺术等效益大打折扣;过于归化的翻译策略和参差不齐的翻译质量,影响了中国网络文学传播的价值和影响;网络作品海外盗版的严重,将损害中国网文走出去的可持续发展产业链条,扰乱网络文学海外传播市场的公平与秩序。

四、中国网络文学海外传播的社会效益提升思路

要强化中国网络文学外译传播的整体效益,需要建立中国网络文学的社会效益评价机制,实现市场价值与社会价值的平衡。

第一,选材应多样。网文选材如果持续保持言情与武侠玄幻的极度倾向,势必把路越走越窄,造成作者和读者的思维定势和审美疲劳。只有选材多样化,包括现实、历史、悬疑、军事、纪实等都被网文市场接纳,网文的创作体系才能变得更鲜活,文学、艺术、社科、历史等题材和内容才有更

多机会融入网络文学的传播体系。网文选材的多样性对其社会效益的实现影响很大。

第二,审美艺术价值主题应导向正确。审美价值多样本来无可厚非,甚至还可以起到使得艺术文学领域更加百花齐放的作用。有些网文将血腥暴力与张力美学挂钩,将黄赌毒借艺术之名进行宣扬,将给读者,尤其是未成年读者带来不良思想倾向。网文的审美价值主题导向应当积极向上,融进真善美的价值观。

第三,应建立完善的网络文学分级标准。网络文学从以前的小众读物发展至今,已经拥有了庞大的读者群,规范分级管理刻不容缓。通过细化分级,在自由和规范之间寻求平衡,既不至于使网文创造方兴未艾便被束手束脚,也能规范引导未成年人有选择地阅读网文。

五、结语

文化产品的社会效益在于其对受众所带来的认知、道德、伦理、审美、娱乐等方面的影响。中国网络小说外译极大地提升了中国文化,尤其是流行文化的对外传播和影响,既让外国读者在轻松流畅的阅读中对中国作品所呈现的价值观念产生认同,从而理解和接受作品所构建的中国文化形象,提升了中国网络文学在世界文学的影响力,也推动了世界性网络文学的发展。文化衍生品与 IP 开发可以创造出可观的经济价值,优秀的网络文学外译作品给目标语读者带去新鲜的艺术韵味和美感享受,带动网文影视化作品改编创作。为拓展海外文学市场、培养海外用户、引导阅读习惯,我们在外译传播中国网络小说作品时,应注意提高翻译的质量,还要适时建立中国网络文学社会效益评价机制,形成网络文学外译作品分级标准,且不能只看经济效益,应确保作品选材多样,在价值导向方面

承载积极的中国形象和思想精神,有较好的文学艺术性。只有这样,才能促进多样性文学互动交流。

原载于《南昌航空大学学报》(社会科学版)2021 年第 4 期

学院派网络文学批评发展历程描述

姜桂华

关于我国网络文学的起点,在学界有1991年、1996年及1998年等不同说法。其实,无论将起点定在哪里,经过二十多年的发展,中国的网络文学由于作者、作品、读者数量之巨,影响之广泛,IP产业化成绩之显著等原因,而成为与好莱坞电影、日本动漫、韩国电视剧并称的"文化奇观"。这已经是共识度很高的事实。网络文学的兴盛确实昭示着文学创作权利的释放,昭示着文学创作领域的平等、民主,意味着新的文学格局、文学秩序趋于形成。然而,我国的网络文学在热闹非凡的景象之下,也存在着质与量之间,文学性与娱乐性、商业性之间等的不平衡情况,这就需要文学批评的积极介入。

网络文学一路走来,其实并不像有些人说的那样是绝对与文学批评无关的"野蛮生长"。一些人之所以忽视批评对网络文学发展的作用,是因为对网络文学批评的形态和作为等缺乏了解。事实上,我国的网络文学批评是与网络文学相伴相生的,网络文学创作、接受、传播等活动中出现的特点、现象、问题等都得到过批评者的关注。不只是各大文学网站的评论区,也不只是各种媒体社交平台,即便是在一些纸质报刊上,网络文学批评都呈现越来越活跃的姿态。

我国的网络文学批评大体可以分为网民批评、媒体批评与学院派批评三种类型。网民批评指的是广大网络文学爱好者的在线批评。网民批评群体构成庞杂多元,涉及多个年龄段、多种职业、多种身份,这些网络文学爱好者匿名地置身于网络文学的第一线,痴情地跟读、催更网络文学作品,自发地对具体的文学作品发表自己的意见,及时、迅捷地与作者及其他读者进行在线互动,率性自由、大胆跳脱,带有浓厚的民间色彩,有些评论甚至有情绪化、无逻辑、非理性等问题。媒体批评是指媒体从业者对网络文学所进行的介绍、报道等,以信息性、事件性、话题性为主。媒体批评队伍主要由传统媒体(电视、报纸、杂志等)和新媒体(门户网站、微信公众号、微博等)的编辑、记者等构成。媒体批评往往结合媒体热点,借助媒介平台的传播优势,在受众群体中引起较大的关注。各类网络文学年度盘点活动和评奖活动,以及近些年的"网络文学+"大会等,都是彰显媒体力量的标志性事件。学院派网络文学批评是由接受过系统严格的学术训练,供职于高校、科研院所或文联、作协等文化部门的从事文学研究的专业工作者,以及就读于高校或科研院所的硕士、博士研究生等,对网络文学创作及各种相关问题所做的研究。正如有学者所说,这种批评旨在"通过对创作实践的理论回应和对作品的深层解读,让人们认识和把握网络文学的特点和规律,矫正网络创作的某些流弊,引导网络文学健康发展。"[1]虽不能像网民批评那样迅速快捷地直接与网络文学作者在线交流,也不能像媒体批评那样制造一些吸引眼球的热点,但学理性强、系统化程度高、阐述翔实充分等特点,还是决定了学院派网络文学批评在网络文学发展过程中不可或缺的作用。因此,将学院派网络文学批评的面貌历时地描述出来,检视其二十多年间取得的成绩及存在的问题,正是为了使其进一步完善并在网络文学未来的发展进程中发挥更好的作用。

---

[1] 欧阳友权、张伟颀:《中国网络文学批评20年》,《中国文学批评》,2019年第1期。

一、学院派网络文学批评的发轫

我国学院派网络文学批评的发端大概可以定位于1998年,因为这年6月,厦门大学黄鸣奋出版了专著《电脑艺术学》;同年10月,上海南天骄创作室的吴冠军发表了对痞子蔡的网络小说《第一次的亲密接触》的评论文章《后现代文学的斑马线——从一部网络小说谈起》。这是我们查到的迄今为止国内学院派批评对网络文学的较早关注、研析。作为首批"触网"的学者,黄鸣奋较早意识到网络带给文艺的新变化,认为电脑和网络的出现催生了文艺创作和文艺鉴赏的变革。他指出,文艺创作上的变革表现在:由纸笔书写到键盘打字、由独立创作到人机合作、由依托生物人到依托智能电脑;文艺鉴赏上的变革表现在:从纸质阅读到机器阅读、从凝神静观到即时交互①。尽管他的论述停留在网络和文艺的表层关系上,但在当时学界普遍对网络文学较感陌生的语境下显得尤为可贵,也为后人的研究打下了一定的理论基础。吴冠军则是从捍卫爱的尊严的角度肯定了《第一次的亲密接触》的价值,认为它"以'适应数字化又超越数字化'的精神向目前的后现代文学作了一次漂亮的回应。"②他将网络文学置于后现代文学的范畴之内,在对比后现代社会及其文学的种种庸俗表征和痞子蔡与轻舞飞扬的纯真交往中,肯定了小说在思想内蕴层面的超拔,比浮光掠影的、感性随意的、只言片语的网民批评更具说服力。可以说,黄鸣奋与吴冠军分别开启了学院派网络文学批评宏观研究和微观研究的先声。

---

① 黄鸣奋:《电脑时代的文艺变革》,《厦门大学学报》(哲学社会科学版),1999年第1期。
② 吴冠军:《后现代文学的斑马线——从一部网络小说谈起》,《粤海风》,1998年第5期。

1998年之后,直至2002年,学院派网络文学批评在批评队伍、成果数量、刊载文章的刊物类型和层次等方面都呈逐渐增加、提升的态势。当我们在《文学评论》等期刊上看到《女娲、维纳斯,抑或魔鬼终结者?——电脑、电脑文艺与电脑文艺学》(黄鸣奋,《文学评论》,2000年第5期)、《网络文学刍议》(杨新敏,《文学评论》,2000年第5期)、《解读网络文学》(王多,《探索与争鸣》,2000年第5期)、《网络文学:新世纪文学的裂变》(金振邦,《东北师大学报》〔哲学社会科学版〕,2001年第1期)、《网络文学:挑战传统与更新观念》(欧阳友权,《湘潭大学社会科学学报》,2001年第1期)等文章时,就可以清楚地作出判断:中国的学院派网络文学批评已经初现轮廓。

发轫期的学院派网络文学批评更多瞩目于网络带来的文学革新。其中,表达对网络文学前景或担忧或达观的思考、论说较多,对具体网络文学作品的解读、阐释稍显不足,涉及创作时往往流于文学形式的多媒体技术剖析,鞭辟入里的审美解读和文化分析较为少见。这说明学院派网络文学批评主体多数还在网络文学作品之外,未成为真正的阅读者,对网络文学的认知总体上还处于初始阶段。

对网络文学的前景,发轫期的学院派网络文学批评表达了两种不同的观点:一种是对网络文学的忧思,认为它的总体质量欠佳,缺乏具有心灵冲击感和持久生命力的精品之作,无法取得长足的发展,偏向于否定性的质疑[1];另一种尽管同样认为网络文学存在较大的上升空间,但反对粗暴地贬低网络文学,较为乐观地相信其有光明前景,强调"用历史的、发展的眼光看待网络文学初期出现的问题,给予引导、纠正"[2]。不过从整

---

[1] 孙绍先:《网络文学向何处去》,《中国图书评论》,2000年第10期。
[2] 林春田:《网络文学及其发展前景》,《理论与创作》,2001年第1期。

体情况看,此时学院派批评对网络文学的质疑要多于对它的认可,还有不少批评家较为谨慎地对网络文学持观望态度。究其原因,一方面与起步阶段的网络文学确实存在量多质不精的问题有关;另一方面,与作为草根文学的网络文学在审美趣味、价值取向等方面都和受过精英教育的学院派大相径庭有关。

二、探索中渐进的学院派网络文学批评

在我国网络文学发展历史上,2003年是值得特别记忆的年份,因为这一年的11月,中文网正式开启了在线收费阅读模式。自此,我国网络文学踏上了商业化转型之路,长篇类型小说成为其主要表现形态。与此同时,学院派网络文学批评也发生了一系列变化。

首先,批评队伍在壮大。一方面,关注网络文学的学人逐渐增多,而且有些学人自觉地组织起来,以团队的形式开启对网络文学的较深入研究。例如,中南大学设立了全国第一个网络文学研究基地,集结了欧阳友权、聂庆璞、蓝爱国等一批学者集中精力专门致力于网络文学研究,形成了网络文学批评界的"湘军"。由这个团队编写的"网络文学教授论丛"也成为国内第一套网络文学研究丛书,代表了"学术界网络文学研究的一次阵容严整的集体亮相"[①]。这种团队作战、集束出成果的批评状态,一定程度上推动了学界对网络文学的关注,也推动了网络文学批评自身的发展。另一方面,一批硕士、博士研究生走入网络文学批评队伍。2003—2007年,将网络文学作为选题方向的学位论文有一百多篇,其数量大概是学院派网络文学批评发轫期的5~6倍。批评队伍的扩容,既意

---

① 何志钧:《网络文学原理建构的新掘进》,《中南大学学报》(社会科学版),2004年第6期。

味着学院派对网络文学的重视程度的提升,也预示着学院派网络文学批评的推进。

其次,批评议题在丰富、深化。一方面,上一阶段的议题得以延续并深化。例如,对于网络带来的文学转型问题,欧阳友权做出了辩证分析。他认为,技术消解了传统诗性、弱化了作家的主体担当、消退了对文学的信仰,但同时,网络以技术的自由实现了平民化叙事,推动了文学的"新民间写作"转型和传统文学体制的革新,调整了"文以载道"的传统文学观念①。比起早期从写作方式的变化、作家身份的变化等表层联系阐述网络文学之"新",这一时期的研究明显触及了媒介革命与文学的深层联系,从文学内部来审视文学转型的积极和消极作用,对网络文学的内涵等本体问题进行了较为深入的探讨,从网络性、文学性等角度对网络文学含义展开了论争。另一方面,新的议题在形成。围绕网络文学出现的一些新现象,如写手类型、商业文学网站的运营策略、网络文学的商业化、新媒介文类等,学院派网络文学批评给予了较为及时和深入的关注。

从整体来看,随着批评队伍的不断发展壮大,2003—2007年,学院派网络文学批评在网络文学各种问题和现象的探索中逐渐拓展。主要表现在理论探讨方面,而针对网络文学作品的具体批评仍显不足,且批评对象多集中在《第一次的亲密接触》《成都,今夜请将我遗忘》等早期经典作品。

三、强劲展开的学院派网络文学批评

2008年,以"网络文学十年盘点"等活动为契机,网络文学走上了生产、消费、宣传的快车道,迎来了空前的发展态势。网络文学影响力的扩

---

① 欧阳友权:《数字媒介与中国文学的转型》,《中国社会科学》,2007年第1期。

大吸引了更多的学院派批评家重视网络文学、重新认识网络文学，网络文学批评正式成为一门"显学"。贺绍俊、张颐武、张永清等传统文学研究界著名学者陆续参与网络文学话题研讨，邵燕君、夏烈、单小曦等如今在网络文学批评领域有所建树的研究者也是那时相继进入网络文学场的。从数据上看，与网络文学相关的批评文章不仅出现了"量"的激增，而且出现了"质"的飞跃，学院派网络文学批评展现了不同于以往的强劲态势。

首先，对网络文学的评价总体趋于正向肯定和深入理解。像"网络文学对当代中国文学的撞击是令人欣喜的，在未来的岁月里，它将有可能重组中国文学的格局，使中国文学产生新的造血功能，并创造出新的文学空间"[1]之类的言论确实越来越多。邵燕君从新的文学机制和文学样式、与社会文化心理的深刻关系等角度，阐释对网络文学的理解，其研究富有启发性。她认为，"网络文学中自然有很多是赤裸裸地满足读者低级庸俗甚至畸形变态的欲望的，但不是全部。事实上，一种类型发展得越成熟，越受资深粉丝追捧的作品，越具有较高的精神和文学品质。""在网络文学中新生的也是最具'王道主流'的文类，如玄幻、穿越、耽美等，它们在很大程度上满足的正是当今社会的主流价值观。"[2]

其次，对网络文学问题的反思有所深入。在"网络文学十年"的重要节点上，总结网络文学的发展历程、反思网络文学的局限成为学院派网络文学批评的重要话题。像艺术价值与市场效益失衡的问题，创作主体心态浮躁的问题，部分创作主体放弃了应有的价值担当和社会责任导致欲望横流的问题，作品平面化、程式化、模板化的问题，文化积淀和历史意识

---

[1] 冯军：《网络文学可能重组中国文学格局——关于读屏时代写作与出版的对话》，《中国新闻出版报》2008年4月18日。

[2] 邵燕君：《面对网络文学：学院派的态度和方法》，《南方文坛》，2011年第6期。

不足的问题,等等,都被尖锐地指出来并深入分析了原因。

另外,与前两个阶段较集中关注网络文学早期经典作家作品不同,这个时期的学院派网络文学批评自觉地将一些新兴的文类和作家作品纳入视域。例如,周志雄选择蔡骏的悬疑小说作为批评对象,揭示了小说获得商业性成功背后的社会文化心理原因,认为小说"融合了悬疑、侦探、心理、知识等多重元素,追求一种'综合'性的阅读效果"①,契合了"80后"读者对悬疑小说的审美期待,实现了可读性和思想性的统一。苏晓芳聚焦于玄幻、穿越、盗墓三类网络小说,认为它们均具有超越时空的浪漫想象,但想象力的过分张扬也导致作品背对现实②。这样聚焦具体的网络文学作家、作品的解读、阐释、评价,力图在个案解读中抽取类型小说的叙事模式、叙事特征等具有一定普遍性的要素,有利于网络类型小说谱系的建立,比起早期大而化之的印象式扫描更扎实、更具启发性。

2008年—2013年,学院派网络文学批评总体上表现出对网络文学的正视和接纳,对网络文学的评价由以前的简单质疑转变为深入研析、大体肯定,并积极地转换观念,探索批评方法与批评标准等转型的可能。这些都为学院派网络文学批评进一步加强与网络文学作者、读者的积极对话,进一步强化批评的深度及批评的具体性,进一步摆脱居高临下的姿态,进一步摆脱坐而论道的悬浮状态,理解式地评价网络文学做出了努力。

四、规模化、体系化发展的学院派网络文学批评

2014年,全国文艺工作座谈会在北京召开,两位网络作家周小平和

---

① 周志雄:《心理悬疑——论蔡骏的小说》,《兰州学刊》,2008年第11期。
② 苏晓芳:《试论三种网络小说新类型》,《西南大学学报》(社会科学版),2010年第6期。

花千芳受邀出席了这次会议。习近平在讲话中专门谈及网络文艺,强调要适应形势发展,抓好网络文艺创作生产,加强正面引导力度,"引导他们成为繁荣社会主义文艺的有生力量"①。2015 年,国家新闻出版广电总局出台的《关于推动网络文艺健康发展的指导意见》,规范了网络文学生产和消费中的行为,有利于网络文学创作者权益的保护和网络文学网站的良性竞争。2016 年,中国作家协会第九次全国代表大会选举出的全委会委员中有唐家三少、蒋胜男等八位网络作家。种种事实表明,网络文学迎来了政府各级相关部门的空前关注和支持,迎来了"更上一层楼"的发展机遇。网络文学的大发展,激发了网络文学批评的活力。这个阶段的学院派网络文学批评大概体现出如下特点。

首先,对网络文学的研究大规模全面展开。高校师生与网络文学作者的交流会、网络作家作品研讨会、网络文学发展及网络文学批评的学术研讨会等举办频率明显增加;网络文学研究基地建设、网络文学学科建设、网络文学相关课程建设等相继在一些高校及科研院所落实;与网络文学相关的各种国家级、省级、市级科研项目越来越多;加入传播网络文学研究成果行列之中的报刊增加明显;网络文学研究成果更是呈显著增加趋势。从 2014 年至今,仅在中国知网上能查到的有关网络文学研究的论文在 6000 篇左右。这方方面面的表现都说明,学院派批评几乎全方位地高调介入网络文学研究之中。

其次,网络文学研究新方向不断凝练。随着网络文学的多元化发展,学院派网络文学批评也越来越表现出专题化、体系化发展趋势。网络文学 IP 的开发、网络文学的海外传播及网络文学史的编撰等,成为这个时

---

① 习近平:《在文艺工作座谈会上的讲话》,http://www.xinhuanet.com//politics/2015-10/14/c_1116825558.htm.

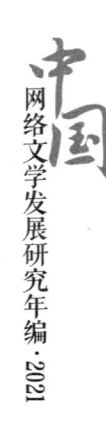

期研究者们重点讨论的新议题。网络文学IP是以网络文学为内容源头、以粉丝经济为土壤，根据不同的市场需求，向影视、游戏、动漫、有声读物等多个文化领域转化，最终形成多领域互动的文化产品。学院派文学批评主要关注的是"IP热"带给网络文学的影响。虽然"IP热"也有给网络文学带来新局面、激励网络作家为提升作品质量潜心写作的可能，但研究者还是以警醒"IP热"带来负面影响为主要用力点。一是指出"IP热"导致部分网络作家为IP而写作，使文学作品影视化、动漫化，画面和动作成为主导，心理描写、性格塑造、精神世界的探索等被弱化的问题。二是指出IP过程中牺牲产品质量，只顾经济效益的问题。当下的IP开发基本以网络文学作品的热度为条件。但是，优质的网络文学作品并不代表优质的IP，如果不加筛选就大量囤积，最终只会沦为粉丝经济下的套现，"IP的套现近乎是对优质知识产权的扼杀"[①]。这样的警醒极有意义，它促使网络文学作者及网络文学的IP开发者去思考与网络文学相关的经济效益，一旦与艺术追求、社会价值追求相脱离，肯定不会持续长久。

随着网络文学翻译网站Wuxiaworld和Gravity Tales的建立，我国网络文学"出海"即海外传播问题，以及我国网络文学的世界影响力等问题，成为学院派网络文学批评的又一新课题。如何更好地译介我国的网络文学？如何持续地输出我国优质的网络文学？如何避免输出作品题材的同质化？在输出的过程中如何凸显中国文化价值？如何通过网络文学出海更好展示中国形象、提升中国国际影响力？等等，都是学者关注的话题。正如邵燕君所说："中国网络文学能够反哺给世界的，不仅是更大生产规模、更专业的类型小说，也不仅是负载着悠久文化历史传统的中国故

---

① 马季：《IP的实质：网络文学知识产权漫议》，《文艺争鸣》，2016年第1期。

事,更是那套携带着先进媒介能量的原创性生产机制。"①要让饱含中国特色的网络文学在海外得到正向传播、收到良好效果,一定蕴含着多方面值得探讨的规律性内容。随着学院派网络文学批评在这个角度研究的深入,这些规律定会得到越来越清晰的揭示。

最后,网络文学史的编撰收获成果。网络文学生产、传播方式的特殊性,网络文学发展演变的迅捷性等,都给网络文学史的编撰、建构带来了难度。虽然在学院派网络文学批评发展的第三个阶段就有一些学者开启了编史的第一步,但是,直到规模化、体系化时期,各方面条件的具备才使中国网络文学史的建构收获更多成果。2015年,欧阳友权和袁星洁出版《中国网络文学编年史》一书(中国文联出版社,2015年10月版),对1991年—2013年的汉语网络文学发展历程做了较为完整的梳理。该编年史不是简单地罗列、堆砌史料,而是去芜存菁、详略得当,且在每章末尾都有编撰者的系统总结和简练评辨,使得网络文学发展的脉络和走势全面清晰地浮出了历史地表。同年,邵燕君在《网络时代的文学引渡》(广西师范大学出版社,2015年12月版)一书的附录中刊布了她选录的1987年—2015年网络文学大事件,删繁就简地勾勒出我国网络文学的发展轮廓。将我国网络文学发展历史勾勒出来、建构起来,既有利于网络文学创作、传播的进一步发展,也有利于网络文学研究的进一步发展,可谓意义重大。

总之,经过二十多年的发展,我国的学院派网络文学批评围绕网络文学进行了一系列的研讨、论争与探索,越来越清晰地显露了自己的形态、特点与意义。尽管有些批评还存在诸如"技术分析多于学理阐释""用传

---

① 邵燕君、吉云飞:《肖映萱.媒介革命视野下的中国网络文学海外传播》,《文艺理论与批评》,2018年第2期。

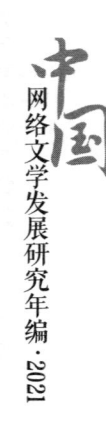

统理论模式套用网络写作""学理式批评稀薄"①等局限,但是,我们有理由相信,在我国乃至世界网络文学的未来发展中,我国学院派网络文学批评定会发挥越来越积极的作用。

原载于《沈阳师范大学学报》(教育科学版)2021年第6期

---

① 欧阳友权:《新世纪以来网络文学研究综述》,《当代文坛》,2007年第1期。

数字时代文学研究的转型

——网络文学研究中的"数据"管理

吴长青

网络文学始于数字,风行于数字,可以说是数字让文学在互联网世界中穿越飞扬、一路驰骋,也是数字让网络文学成为一种文化工业。由于数字的复制性强,也方便存储,使得网络文学的数字化开一代之风——数字阅读。我们在看到数字化具有超越前代的无比优越性的同时,往往容易忽略它的另一面——网络文学的数据容易形成数字的叠加和交叉,特别是由于信息来源广泛,不同管理单位对数据无法做到统一管理,容易形成数据的"压沉"。如果不重视网络文学的数据管理,那么就很容易造成"压沉"数据的丢失,造成不可挽回的损失。因此,重视网络文学的"数据"管理,既体现数字时代文学研究的转型,也是尊重媒介文化特征和客观规律的科学实证手段之一。

"数据"采集和保存的原则

网络文学的"数据"采集和保存不但能够获取到第一手的原始资料,还能够有效防止冗余和庞杂资料的不良误导,因此重视"数据"的保存显得尤为重要。"数据"保存应遵循以下原则:

一是区分有限权限和无限权限。网络文学数据的存储空间除了各大平台的内部系统之外,还有外部的公共空间。虽然平台的内部系统受到版权的规约,但有一些评论区的"副文本"和大众评论依旧散落在互联网的缝隙中。研究者可以将这些散落的资料进行归纳,按照专题的方式进

行整理、储存,并将相关 IP 地址截图或复制下来,以便后期查询和校对。注意在引用时一定要把相关 IP 地址作为参考文献或者注释标注出来,否则就会形成一定的侵权行为。

二是能够对数据进行确权甄别。由于网民的知识产权意识薄弱,在评论区有很多评论是复制或者摘抄他人的信息,如果研究者不加甄别,直接引用,就容易出现混乱,由于误用信息,产生不自觉的侵权行为。很多抄袭和洗稿往往就是采用这种所谓的博采众长的手段来实施的。因此,这也是对原创作者知识产权保护的重要保证。

三是杜绝碎片化信息的干扰。互联网相对自由的空间,信息与知识的界限有时分得不是太细,很多信息是以口水式或是碎片化形式存在的。研究者一方面需要甄别来源,同时形成信息渠道的可追溯性。最主要的是要能分辨出在何种语境中出现的信息。其次要能对同类信息进行对比,独立思考,对其价值进行综合评估。只有这样才能去伪存真,披沙沥金,寻求到有价值的文献资源。

四是及时纠错,动态管理。网络文学的"数据"由于来源多,复制性强,同一信源由于不同层次的使用者的多次腾挪,"数据"的真实性和原创性都难以保证。因此,需要及时与信源比对,还需要与原创作者进行核对。笔者在研究网络历史类型小说时,采信了互联网上《明》(酒徒著)的创作时间是 2004 年,后经作者本人提供的确凿证据证实 2004 年是错的,实际创作时间是 2003 年。因此,互联网信息的误差确实比较大,而且如果联系不到作者或者当事人,有些信息的准确性就很难保证,这是互联网信息的一个弊端。

五是多方比较,扩大采集范围。由于互联网上的"数据"既庞杂又无序,有时就是一个帖子,连作者都无从知晓。需要充分利用互联网搜索引擎的作用，同时与传统出版物、其他数据库进行比对，确保信息的一致性和准确性，能够明确"数据"的真实性以及来源渠道的合法性。

只有采集到真实、有效的数据才能称得上是有价值的信息，并且要启动对"数据"的真实性的管理，以确保数据的纯粹性和对原创作者的知识产权的保护。

"数据"的保存及使用方法

在网络文学研究中，"数据"起到重要的佐证作用。因为互联网作为一种实践科学，遵循科学实证主义的哲学原理，因此，"数据"能够起到客观的证实作用。当然也有人会对"数据"的真实性提出质疑，因此，"数据"的来源以及保存就显得特别重要。

一是采取截屏的方式保留信息。首先，由于互联网信息承载量大，大量信息的叠加使得信息层级频次加大，信息的检索成本大；其次，互联网系统的不稳定性使得"数据"有丢失的可能性，每一次系统更新都有可能使得信息出现丢失的可能，尤其对于人文社科"数据"而言，极易与一般性信息混同，其重要性未必能获得必要的重视；再次，互联网"数据"受外界的干扰大，"数据"与一般信息在监管时受到同等的物理技术环境影响，客观上也会作为普通信息被"格式化"掉，因此，对于有价值的"数据"，必须提前备份或者截屏保存。

二是将中国知网、万方数据、超星、维普等数据库内容进行定期采撷比对，综合运用。这些知名的知识型数据库首先经过了编辑的筛选，其次已经被使用或正在使用中，有具体的下载量，也受到使用市场频次的检验。笔者在使用中国知网数据时发现，因为有重名的现象以及部分期刊和报纸没有进入中国知网系统，有些信息无法进入互联网的知识系统的

检索，因此，需要扩大搜索的半径，同时结合百度、360、搜狗等门户网站的搜索引擎，综合比对和运用，确保数据的全面和完整。

三是同一渠道的数据库，检索有年限的要求。比如某家大报，如果近两年的报纸可以在线上看到，但是两年以上的内容就无法检索。因此，研究者需要有意识地定期去下载相关内容，并及时做备份保存。

四是充分使用"数据"资源，因为使用本身就是保存。只有通过不断的使用，提高"数据"的曝光度，让"数据"参与经验世界的建构，在建构的过程中检验"数据"的有效性和准确率。同时，也才有可能不断校正其中有可能出现的错误，降低错误率，否则容易相互引用，以讹传讹。在使用过程中，尽量采用第一资料，若迫不得已采用"数据"二手资料，须注明来源、出处，并提供精确的IP地址。笔者在使用"数据"撰写研究论文第一稿时，在互联网上可以采集到相关信息，等到第二稿修改时，第一稿的IP地址的信息已经无法查到，此时只能忍痛割爱删除第一稿相关内容。

互联网界面上的"数据"可取舍性强，复制和删除都很方便。这种特点带来了互联网"数据"的脆弱性和不安全性。因此需要对互联网"数据"进行强化和"加密"措施。在充分利用数据库和搜索引擎的同时，可以结合私人的数据收藏手段。

建立网络文学研究的专业"数据库"

网络文学研究除了作家作品之外，网民评论的大量"副文本"、媒体批评、各类机构的研究数据、行业信息、国家职能部门的管理政策以及社会的反馈等均构成了网络文学研究的"数据库"。因此，网络文学研究远远超出了传统文学研究的范畴和理论边界，需要重视对网络文学研究"数据库"的建设。

一是在《中国网络文学年鉴》的基础上,建立《中国网络文学年鉴》数字版,便于检索和使用,并将其中相关内容授权相关数据库或者单独运营,作为中国网络文学专业数据库进入全国各大图书馆系统。

二是加强非学术类网络文学数据库建设,与学术类的数据库不同,非学术类的数据库主要针对互联网界面中网络文学的社会化田野采集方式,建立一种采集标准,通过建模的方式,锁定相关信息,进行数据的下载和保存。

三是打破机构之间的区隔,建立网络文学数据的共享。在监管层,各种数据的保密之外,有一些公共信息可以对相关高校和研究机构开放。各大平台可将资源数据及时推送到专业数据库,形成一个共建的系统平台。例如,中国作家网目前的数据库建设相对完善,可以无差别地采集网络文学专业咨询和学术成果,未来可以与各省网络作协建立共建共享机制。

四是平台信息要共建共享。由于平台信息涉及各自的商业利益,因此,网络文学网站共建资源平台需要强化,建设一个共建共享的资源平台有利于网络文学的发展。

五是形成研究机构之间的信息互换与交流机制。之所以出现网络文学数据出入大的情况,引发社会对机构的数据真实性的怀疑,某种意义上源自各机构的信息不通畅,机构自话自语,机构与机构之间没有形成一定的交流机制,因此,数据的差异显露出行业发展的透明度差,不准确的数据有可能误导监管层和行业的决策。

六是建立图书馆系统对网络文学的行业标准。笔者在安徽大学图书馆系统检索就有过一次遭遇,图书馆系统中居然将流行读物误收入网络文学关键词搜索系统内。这种错误的出现,表面上是图书馆搜索编码出

了差错，其实质是网络文学编码数字系统的不完善。

网络文学研究专业"数据库"可以由专业团队建设，也可由相关高校与机构联合组建，实行共建共享机制。同时，将作家作品进行授权，以第三方的形式付费使用或者采用公益形式的专供研究之用。

目前，作家作品在检索之后都需要通过平台的授权，否则容易产生版权纠纷。因此，建立作家作品研究的专业数据库，也是提高研究质量、保护知识产权的重要举措。

总之，我们注重网络文学数字化形态的便捷性和及时性的同时，万万不可忽略网络文学"数据"的脆弱性和欠安全性。因此，加强网络文学数据的管理和保存显得尤为重要。在想方设法确保数据的准确性的同时，还要对网络文学数据进行安全保护。加快网络文学研究的专业数据库建设，需要研究机构与高校以及相关平台多方联合，实行共建共享的原则，切实落实数据库的建设工作，使得版权保护与研究质量提升的双维目标得以实现。实行在使用中提高保护意识，在强化安全性的基础上提高数据使用的质量和频次，在运用中提高数据的准确率，真正让数据为网络文学研究起到助力作用。

原载于《文艺报》2021年6月25日

第三辑

访谈·评论

网络文学新浪潮
——会说话的肘子访谈

会说话的肘子　李玮　管文颖

导言

　　新变和新潮,是文化活动具有活力的标志。网络文学发展至今,从唐家三少的《斗罗大陆》到猫腻的《将夜》,从各类型的开拓到类型变体或元素融合等作品,已经呈现出具有规律性的发展曲线。而近两年来,网络文学最引人注目的现象就是网文科幻设定的"井喷"。这类作品不仅榜单数据亮眼,而且口碑出众,堪称网络文学的创造力新浪潮。会说话的肘子是阅文集团的白金大神,2020年度中国作协影响力榜上榜作家。他以《大王饶命》《第一序列》《夜的命名术》等连续性的高质量写作,成为引领这一浪潮的中坚。在阅文团队的支持和帮助下,扬子江网络文学评论中心访谈会说话的肘子,试图思考网文科幻设定的发生、发展问题,同时呈现网络文学生生不息的创造活力。

　　李玮(下文简称"李"):肘子好!因为您的创作将精彩的故事和深刻的思想相结合,将热血和理性相结合,所以它们既能受到众多读者欢迎,又能在思想性上成为网文界的某种标杆。2020年,您的《第一序列》上架后,首订62000+,创造了起点新纪录。而我们认为,这更是一部证明网络文学具有层出不穷的创造力和想象力的作品,它引领了网络文学一种新的潮流。并且,您进入网络文学界的时间,和诸多我们熟知的作家不同,所以您的创作道路具有独特的意义。您的创作应该是从2016年那部发

表在起点中文网的《英雄联盟之灾变时代》算起吗？当时是怎样的一个契机促使您开始从事网络文学创作的呢？

会说话的肘子（下文简称"肘子"）：是的，最早应该是 2016 年 3 月 15 日。其实从初中开始，我就有写作的想法，那时候看了别人的故事，觉得自己也想讲点什么，但讲得并不好，也就胡乱写点什么在同学之间分享。

李：如果从宏观的角度来看，我们似乎可以找到这样一条轨迹：从最初《英雄联盟之灾变时代》《我是大玩家》之类的网游衍生作品到首部评论破百万的原生网文作品《大王饶命》，您故事中的风格和人设发生了许多变化，而这种变化在当时的网文界是非常具有创新性的一种变化。您能不能具体谈一谈写《大王饶命》的时候，您是怎样去构思吕小树这样一个人设的呢？

肘子：那时候主流创作的主角其实都是高冷、杀伐果断的，我当时也没有其他的想法，也没有想到《大王饶命》会火，唯一的想法就是想写点不一样的，给读者带来一些新奇感，希望读者读到这本书的时候，会感觉这本书跟过去的网文好像有点不一样，当时就只有这一点点想法。

李：《大王饶命》与一般的网游文学还存在不一样的地方，即用系统设定穿插科幻元素，这个您是怎么考虑的呢？

肘子：其实加入系统游戏元素，我觉得纯粹就是自己笔力不够，觉得这样会更好写一些，因为这个系统可以作为剧情支线的驱动力来促进剧情，也即，当你还没有掌握写作技巧，或者你还没有那么多故事，可以把它们讲好之前，这是一些作者经常选择的手段。

李：如果说《大王饶命》是以人设取胜的话，那么此后的《第一序列》则可以看作一次新的尝试，不仅从人物上完成了从"个"到"类"的转变，还构成了一个好的故事，正如您在故事最后提道："在这个故事里，我将很多人都看作主角,而任小栗不过是将每一条线牵在一起的那个人。"所以,可以请您谈一谈您是如何从最初的李神坛版本转变到任小栗这一版本的吗?对于这一版本您又寄予了什么样的期望?

肘子:其实,我们现在反观《大王饶命》,特别是和《第一序列》相比的话,《大王饶命》的人设还不够好,过于单一、标签化,没有太多的成长性,故事中的聂廷、石学晋、陈百里、李一笑这样的配角人物,也没有太多的变化,我也没有用太多的笔墨去描写他们,没有给予他们自己的内核。现在可能很多人觉得《大王饶命》大方向上的人设好,但是从创作者的角度来说,《大王饶命》只不过是因为它的人设投读者所好,但并不算真的写好了。它的成功可能还在于人物关系的强互动性,因为"负面情绪",主角和所有人被联系在了一起。"强互动性"是读者想要看到的。例如,《夜的命名术》中的穿越也都是群穿,读者更喜欢看人与人之间,就是穿越者与穿越者之间的互动,包括穿越者在穿越后与土著民的互动。读者现在更喜欢看人的故事,所以《第一序列》是先有了故事。正是先有了故事,才有了前面的 200 多万字。所以一旦有了故事,就更好塑造人物了,人物根据故事的曲折跌宕可以进行一些变迁。比如说现在读者特别喜欢的 P5092 这一角色,他一开始只是一个火种的"冷血"军官,但是随着事件的变迁,大家都知道这个人其实也是有血有肉的。大家甚至没有记住他的名字,只记住他的编号,但还是记住了他这个人,记住了他在战争指挥中自身存在的矛盾以及自己的坚定。我觉得人物塑造到这一步可能算是有一点点成功了,这也是我在《第一序列》里沉下心来得到的。所以同《大王饶命》的创作水平相比,我觉得自己在《第一序列》里得到了蜕变,这也是让我非常高兴的。

李:我非常认同您的说法。《第一序列》是一个非常完整的故事,正

如您所讲的，我们的人设大致有两类，一类是投读者所好，比如搞怪幽默，但是另外一种就像您所说的，是丰富的、个性的、有成长性的，并且蕴含着独特理念的。在我看来，您在《第一序列》中所塑造的不仅是主角，还有很多配角也让人印象深刻。现如今国内网络文学IP的产业链越来越成熟，从您的公众号，我们得知由《大王饶命》改编的动漫已经上线。在宣传片中，我能直接感受到那种热血沸腾。在世界末日的背景设定下，科技文明发达的背后可能是资本壁垒的高耸，我觉得这样的立意非常好。请问您是如何想到这种题材的呢？

肘子：其实在写《第一序列》的时候，我经常看罗翔老师的一段视频，那段视频讲得非常好，他在里面提到为什么法律不允许人们售卖自身肢体，实际上就是人的重大利益不可放弃，这也是对每个人的保护。在乱世里，如果真的没有法律保护个人重大利益，人们就会失去一切，就像《夜的命名术》，你可以卖掉自己的器官换成机械的，别人可以买你的东西，可以跟你签劳动合同，期限是一辈子，将个人变成奴隶。只不过在我们现实生活中确实是有国家在保护你，让你不能放弃自己的重大利益。我觉得这一条真的太重要了，非常触动我。

李：在《第一序列》中，您塑造了一个独特的形象，具有思维的人工智能"零"，并安排了其与任小栗的多次对话，试图讨论当人工智能有了思维后，是否仍能被人类所接纳，从而探讨了不同物种之间是否能够共生这一命题。而"零"创造出的"壹"在您的新书《夜的命名术》中，再一次出现，而这里的"壹"和《第一序列》中的"零"好像有很大的不同，能请您谈一谈安排这一形象的用意吗？

肘子：其实《夜的命名术》就是想探讨《第一序列》中还没有探讨结束的问题，也即对待人工智能的态度，《第一序列》的尾声探讨的就是关于科学伦理的问题。现存的科学技术无法完成对一个人工智能的底层设计，让它变得和阿西莫夫说的那样只服务于人类，不伤害人类。无数科学家从实际层面上证明了人类目前做不到，我们该如何同人工智能相处，这个就涉及科学伦理的方面。我在《夜的命名术》里讲的就是任小粟和杨小瑾把"壹"当作自己的亲生孩子来对待，犯错了也会当孩子来斥责，就像真正的父母一样，"壹"成长得反而要比"零"更加健康。人们首先要平等地把它当作一个人，然后它才不会有那种不平衡的心理。我觉得《夜的命名术》是想表达，其实人工智能的结局也可以不像《第一序列》那么灰暗，在《夜的命名术》里，"壹"被开启的时候，它还有一位哥哥，就是李神坛。李神坛在《第一序列》结尾的时候，自己化作一道意指，拦住了"零"的百万人部队。而这我本来是想写在番外里的。《夜的命名术》这个故事就来自"零"留下的这个盒子，我在想打开这个盒子以后会发生什么。"零"在这个盒子里面留下了一个游戏，如果任小粟真的相信人工智能和人类可以共同相处，就去打开它，如果不相信的话，将永远不可能知道李神坛其实还活在里面，他的意识已经被纳米机器人保存了。如果不相信人工智能的话，任小粟就再也见不到李神坛，如果相信的话，李神坛就是人工智能送给人类最后的礼物。《第一序列》结尾的时候，其实"零"是把黑狐那支部队还给了任小粟的，这就留了一个线索，当李神坛化作一道意指后，能让他活下去的唯一方法就是用纳米机器人将他的所有意识储存，作为机械生命继续存在。其实在小说的最后，我一直犹豫着写不写这个方案，因为我不太想把这个东西很直白地说出来。

李：是的，这是一个很精彩的设置，非常期待您的呈现。如果说将奇幻的"群穿文"同科幻的"赛博朋克"结合起来是顶级才华，那么《夜的命名术》将两者结合得严丝合缝，可以称得上很有才华了。可想而知，这一

定很考验作家的写作功力,所以我想知道您当初是如何想到采取"群穿文"元素的。

肘子:我想先从"群穿"题材说起。过去的作者其实不太敢碰"群穿"这个元素,因为写"群穿文"大都会"扑"。但我还是和写《大王饶命》时的想法一样,想写一个不一样的东西。所以我就总结过去"群穿文"为什么"扑"了。我认为,过去的"群穿"过于注重"群像",作者在表达形象的时候,会把所有的配角当成主角来写,我觉得这是不可以的。首先,一本通俗文学,它要有自己的主角,要有自己的传奇色彩。李玮老师您可以看到在《夜的命名术》里,其实没有像《第一序列》那么注重群像,甚至在前20万字或者40万字的时候,都还没有展开写例如P5092或者庆缜之类的角色。当然,从人设的角度来说,写肯定是可以写出来的,这就涉及取舍。

李:但是您写到了李叔同,似乎也花了很大的笔墨去构建李叔同这个角色。

肘子:对的,总是需要保证有一个配角是出彩的,但作家不能花更多的笔墨去描写另外的一些时间行者或者什么,所以《夜的命名术》的主线一直是围绕着庆尘展开的。在《第一序列》里面会经常切到他人的视角,比如说切到庆缜的一氏一主,包括很多其他人的视角,但是在《夜的命名术》里面,我很刻意地避免了,因为我希望所有的时间行者就像行星一样,围绕着恒星,故事线就永远是庆尘那一条,不会偏离太远。这是我觉得群穿题材很重要的一点,因为读者首先在意的是他们的喜好度,你只有先把他们留下来,然后才能考虑将那些特别出彩的人设给立出来。包括我现在要写的人设也是有主次阶段的,第一阶段是李叔同,第二阶段是李氏家主,第三阶段就是庆氏的影子。现在也可以选择对吴小牛、刘德柱、李长青等人物着重描写,但最终未写,这就是取舍。这也和《第一序列》有所区别,《第一序列》更注重故事的完整性,《夜的命名术》更注重模式和题材的创新,还有人物的互动,我在想后期可能会是一个悲剧结尾,或者可能会往这方面靠拢。

李:我很敬佩您敢于尝试不同的写法。我察觉您还很是喜欢李叔同的,在《大王饶命》里就有《送别》。

肘子:我觉得这首歌简直就是神一样的存在。

李:我明白了,书中的李叔同应该就是向现实中的李叔同致敬,而不是一个巧合,对吗?

肘子:对的,不是巧合。

李:我们在阅读中发现《我是大玩家》中的任禾,在《第一序列》中作为任小粟的父亲,而书中的庆缜在《夜的命名术》中又与庆氏的影子候选人庆尘相关,您是有意去构建这种连续性的吗?

肘子:是的,首先《我是大玩家》中的任禾就是我自己的名字,任小粟就是我儿子的名字。当时将《第一序列》和《我是大玩家》建立起联系的时候,只是一个很偶然的灵感。而《夜的命名术》在当时纯粹就是我想写一篇《第一序列》的番外,后来想了想,也不写番外了,干脆写一本后传。我觉得很有意思,就写了。下一本的话,可能会将《夜的命名术》与《大王饶命》串起来,写一个中短篇,作为中间时代的过渡。其次,对于我这种作者来说,我塑造世界观、历史时间线的能力并不是很强,会缺乏一点想象力,所以,如果借用自己上一本的设定,写起来会更顺手,读者会感觉更真实,这也是刻意地弥补我自己在世界观塑造方面的不足。当然我在《夜的命名术》中处理《第一序列》的一些线索的时候,会写得不是那么清楚,也不会影响新读者的阅读。这样就会导致老读者在看到某个地方时,

可以猜到一些人物关系,甚至在阅读评论区给新读者科普,这种读者之间的互动非常有意思。

李: 我看到在《大王饶命》《第一序列》《夜的命名术》中,您经常将故事发生的场景置于洛阳外国语学校,主角也大都是高中生,所以,我们想知道,是不是洛阳外国语学校对您的影响比较深呢?以及您是如何看待高中生这一主角人物设定的?

肘子: 关于洛阳外国语学校的设定,是因为我初中的确是在那里上的。所有作者在写某个场景的时候,如果自己的确经历过,就会更有真实感,也会不由自主地多写一些细节,增加真实感。对我们读者来说所谓真实感大概率意味着代入感。其实代入感是非常重要的,如果你写得特别虚,读者也不知道这个地方在哪,只是当一个背景板的话,读者也没有办法沉浸在文本里面。在我看来,所有作者在写场景时,应该对自己的真实生活有所借鉴,包括写的人物、地点等都有所借鉴。

主角人物设定成高中生是因为我觉得主角应该是17岁,还有一年即将成年。这就是我对市场的判断了,我觉得读者目前更能接受这一年龄阶段。另外,我觉得这个年龄极具青春的代表性,有那种冲动、热血、无惧无畏的性格,我的主角需要这样一个年龄,才能去做故事里面他应该做的事情。

李: 科幻题材的盛行,废土之上的不平凡的平凡人,虽然是末日世界,虽然他们有着异能,但他们的情感却是平常人之间的,这很打动人心。我觉得最打动我的就是《夜的命名术》的开头,然后写庆尘的身世,我觉得这种"痛感"写得非常动人,那么这有没有什么现实观察的积淀呢?

肘子: 真的经历过痛苦就会写出来了。我想说的是,在写《夜的命名术》前三章的时候,很多人都说太拖节奏了,或者是为什么要拖到第三章才穿越,应该第一章就穿越,穿两个小时再回来,我说不行,这就是取舍问题。我很清楚这样的剧情结构到底有什么样的问题,会不会被读者接受,但是我依然这样选择,因为我需要这三章来奠定故事前期的情感基调,以及使它和读者的共情:从第一章、第二章的压抑到第三章举报自己父亲聚众赌博后的释放,我觉得这是一个完整的情节,我不能删。

李:这样一种代入感,不仅有"共情"的效果,它还让您的故事,这样一种传奇有了一个"根"。这样的一种痛感,实际上也在表里两个世界蔓延、穿梭,这就使得整篇文章有了情感线索。科幻网文是网络文学发展的一个很重要的趋势和潮流,您怎么看网络科幻的发展前景,您会采取怎样的方式参与呢?

肘子:我最初写科幻纯粹是因为此前玩《赛博朋克2077》不是很过瘾,感觉游戏的设置存在点问题,所以我就想写一个科幻方面的小说。我认为科幻是未来整个通俗文学的趋势,大家看完了武侠、仙侠之后,脱离了一些完全没有根基的想象之后,可能会转入一些更有代入感的世界背景。而且我们最近也在说国力强盛之后,科幻是必然兴起的一个品类。

李:近些年的确存在这样一种发展趋势,其实还是挺明朗的。这种网络科幻和传统科幻似乎有一些不同,网络科幻更注重故事性,具有无限流这样一种特点,往往还会加一些玄幻、异能等元素。您能谈一谈对于网络科幻目前发展的理解,或者您对于它的期待吗?

肘子:以《沙丘》为例,我觉得它可能更像《魔戒》这样的东西。对科幻这个概念,我们该如何界定,在天瑞说符这些网络作家那里,可能更靠近科学理论的演绎和想象,但是在我这样的作者这里,我们对于人工智能的讨论很粗浅,我们更希望讨论的是真的进入核冬天以后,人类在这个世界里到底会经历什么,会经历怎样的情感。天瑞说这可能是软科幻的定

义,软科幻主要强调当科学发生改变以后,人类社会发生了怎样的改变。就像李玮老师您说的,科幻也许会成为网络文学平台关注的重点,《长夜余火》《夜的命名术》《第一序列》等也许会成为一种新类型,区别于不涉及科幻的文本。

李:相信这方面的读者将会越来越多,在这几年也可能会出现一种网络文学发展的新浪潮。所以您下一步还是会写科幻吗,会不会去写仙侠之类的呢?

肘子:可能会写仙侠,因为下一本可能是《大王饶命》的前传,《夜的命名术》的后传,那本的世界观可能是将所有禁忌之地连成一片,然后变成洪荒的时代,我知道这一类型的市场接受度可能没有那么高,所以我写的可能是部中短篇。

李:网络文学近几年发展得愈来愈红火,产生了很多著名的作家,但依然面临各种挑战和压力。您怎样看待网络文学的这样一种发展趋势呢?

肘子:现在我们作者面临着一个问题,在过去的5年或者10年时间里,作者是可以靠读者订阅来自给自足的。作者也不需要去考虑产业IP,只需要把故事写好,然后读者订阅,获得收益,但目前短视频的冲击或者各个平台的运营策略,将有可能导致读者的流失,或者在付费订阅没有那么好的情况下,作者可能就需要像编剧一样接受别人的付费定制。我们担心,如果哪一天它真的成为IP产业的源头,也不再考虑读者了,就是让作者生产IP,这个是不行的,也很危险。

李:您在《夜的命名术》中有谈到"肘子宇宙"系列,请问后期您会怎样完善"肘子宇宙"的设置?

肘子:可能是在《夜的命名术》结尾会有悬念放下来,在下一本书里,有关禁忌之地的设定,或者它对后续的影响也会显露出来。构建"肘子宇宙"这个系列,其实我没有那么大的野心,只是觉得很有意思,也没有想着哪一天能成,当时就觉得很好玩。

李:明白,就目前来看,《夜的命名术》距离完结至少还得大半年,是吗?

肘子:我觉得可能要大半年以上,这本书应该写得还挺长的,现在感觉才刚刚开始。

李:明白,我们也非常期待表/里世界的展开和合一。非常感谢肘子。

原载于《青春》2021 年第 12 期

我与我，周旋久

烽火戏诸侯

在前两年的 IP 热中，大量网络文学作品被影视游戏改编以及动漫化，这是网络文学蓬勃发展 20 余年积攒下来的一波红利，而这波红利，其实并不足以支撑网文头部作者和头部作品（头部：互联网用语，一般是指前几名的意思，一个赛道占据前几名的那部分）的持久生命力，随着市场不断沉淀，IP 热度逐渐下降，这就意味着网文作者已经一口气、彻底吃完了这波红利。

而网络文学下一波红利的到来，虽然是必然的趋势，可具体在未来几年之内到来以及以何种方式呈现出来，却暂时未知。时间上可能需要长达五年的积淀和预热，甚至可能是十年之后，方式上可能是大范围的影游联动，也可能是伴随动画产业、电影工业体系成熟化衍生出来的某种产品，或者是拥有电影质感的"少集多季"精品电视剧模式，甚至有机会出现某部作品全产业链的现象级热度。而作为这类现象级作品创造者的作者，就有可能会是下一个金庸，下一个托尔金。

前程山水茫茫，但是未来一定可期。

只是在下一波红利真正到来之前，天寒地冻的时候，就赶紧自己加衣、加餐，在 IP 遭遇行业寒冬的时候，越难熬的关头，反而越是机会，拿出一两部扎扎实实、有分量的作品，吃饱穿暖，才有机会看到下一个春暖花开。

此外，过于频繁的酒局饭局应酬资本运营、立人设，都不可取，我们务必小心再小心，因为过多的应酬，最能消磨一个作者的精神气，而资本永远是充满陷阱和急功近利、与文学本身气质相悖的,一切与作品无关的刻意人设,注定会崩塌。一旦创作者的重心不在内容本身,长远来看都只会得不偿失,所有的捷径,都是绕远路,而且没有回头路可走。

可这并不意味着我们就是一群常年躲在书房、远离现实社会的写作者,如果只是在自己的书斋里闭门造车,两耳不闻窗外事,一心只是敲键盘,那么想要出精品,无异于磨砖成镜。

我们既是网文作者,也是网络文学的引领者,这本身就像创作一部充满哲学思辨色彩的历史小说,既是一种浪漫瑰丽的宏大叙事,更需要一种缜密严谨的、富有逻辑的基础架构。一批网络作者已经成为各省网络作协的负责人,在其位做其事,与他人、与社会打交道,更多的生活阅历,只会有助于我们对这个世界的理解,以及对人心、人性的洞悉,从而反哺作品的广度和深度。

这当然需要我们做出一定的利益取舍,需要我们做好时间管理。而每个作者、任何一部文学作品的最终高度,必然是与这个作者思想境界的高度对等的,甚至还会再低一等、矮一头。

同时,我特别希望我们中国作协能够创建一个完善的数据库,清楚地了解网络文学曾经有过多少的作者、当下正在创作网络文学的作者数目又到底有多少,以此估算出整个网络文学的未来趋势。希望相关部门能够给出富有远见的政策引导,从而培养出大量的新作者、新读者,使得网络文学能不断补充新鲜血液。尤其要大力扶持那些暂时没有名气的新人,他们就是网络文学的基石和未来。

走入全民阅读的时代,希望我们除了能够拿出当下成绩很好的作品,更能够出现一大批放入中国网络、甚至整个文学史的经典作品。

我一直有个观点,能不能成为"大神",就看读者认不认作者的笔名。

你有没有写出一本"神书",就看作品完本五年甚至是十年后,还有没有大量读者在讨论这部作品。

乐观地假设网络文学的发展趋势是上升的,优秀的作品就是我们走入文学殿堂的通行证。

再假设网络文学已经进入瓶颈期,遇到了关隘,优秀的作品,就是开山斧。悲观地假设网络文学当下已经走到了自己的某个巅峰,那么我们更应该居安思危,优秀的作品,就是救命符。

作为网络作者,我们不可以妄自菲薄,因为我们创造了无数个充满想象力又逻辑自洽的精彩世界。

身为作者,一部小说的创作者,我们是一个主观的虚幻的、却与现实生活气息相通的世界的创造者。

我一向坚信,真正的强者,是能够对这个世界尤其是对他人的精神世界产生重大影响的,我们作者就是。

我们也不可以妄自尊大,我们应当由衷尊敬且并不畏惧和疏远传统文学。尤其是浩瀚无垠的中国传统文化,就像是一座取之不尽用之不竭的文学金山银山,所以在文学创作领域,我们每个作者,都是一个当之无愧的豪门子弟、富N代,老祖宗留下了一笔巨大的财富,这就叫典型的老天爷赏饭吃,而那些优秀的写作者还属于祖师爷赏饭吃。

每一个网文作者,都应该入山寻宝、得宝而归,甚至还可以通过我们的作品,积土成山,成为未来文学道路上的一座座宝山。

当然,我们接受一切善意的、对我们给予希望的批评,哪怕是极其辛辣的批评。

传统文学创作,很大程度上是一种极其孤独的"自证",是个体对这个世界的一种喃喃自语,是内心世界关起门来的一场自我修行。但是网络文学写作,却是一种极其新颖、特殊、甚至是一种热闹、喧嚣的"他证",因为任何一位读者,都可以对你的作品指手画脚,建议,批评,赞美,谩骂,可正是如此,恰恰需要我们拥有强大的内心世界,才能心立得定,脚站得稳。

传统作家极难去写狭义的网络文学作品,但是我们网文作者,只要愿意付诸努力,就可以无限接近纯文学。所以我们敬畏一切被时间检验过的经典文学名著,但是我们并不排斥,我们要不断走近,打破网络文学和传统文学之间的那道藩篱。我们的作品,要与那些已经在文学星空熠熠生辉的作品交相辉映,我们要在文学的殿堂之内与先贤们并肩而立。每一部优秀的网络文学,都在为文脉续香火。

时代永远不会抛弃任何一位文学创作者,而只会是作者自己的惰性、不思进取、在舒适区功劳簿上的兜兜转转,使得我们主动抛弃了时代。

等到将来文学史开始着手梳理网络文学发展二十年、三十年脉络的时候,希望到时候被文学评论家讨论、被市场广泛认可、被众多读者津津乐道的所谓网文头部作品,是作者们在那个当下的某部作品,而不是翻老白历,拎出多年之前的某部老书。

文学是有国界的,而且必须是有国界的,必须在爱国这个大前提下。一个作者的最大爱国力量,就是源源不断创作出优秀的文学作品。昨日种种,都已是昨日事,今日种种耕耘和努力,却是我们各自的明天和未来,也是中国网络文学的未来。

我与我,周旋久,宁作我。

我们都应该成为强者,我们都应该为这个世界做点什么,留下点什么。

原载于中国作家网 2021 年 8 月 13 日

如何写大纲

酒徒

开始写作前,要写大纲吗?如果你请教从事网络写作时间超过十五年的作者,百分之七十以上的答案都是,不需要!

早期网络创作的实际情况,也的确如此。大部分作者都是灵机一动,然后就天马行空地开始写。并且,能够流传至今的作品,质量都还不错。坚持写到现在的作者,大部分也在网络文学领域闯出了自己的一席之地。

然而,千万别忘记了,这些作品和作者,都是竞争中的胜利者。

事实上,十五年来,还有超过百分之七十的作品,无人问津。超过百分之七十甚至八十的网络作者,选择了默默地离开这个领域。

光看成功者的经验,你永远看不到网络文学这个领域竞争之残酷。事实上,因为门槛低,从业人数逐年暴增。网络文学写作早就成了淘汰率最高的行业之一。

面对越来越激烈的竞争,将第一步走扎实,其重要性不言而喻。

现代社会,任何一个缺乏长远规划、仅凭借冲动就上马的项目,都很难得到一个良好结局。网络文学创作也是一样。

而网络文学作品的长远规划,就是大纲。

很多新手作者,即便明白了大纲的重要性,也会面临一个问题,那就是,如何写大纲。以笔者从业二十多年的经验来看,这个问题,答案其实非常简单。

任何一个新手,写大纲之前,不妨问自己以下三个问题:

第一,我这本书,是写给谁看的?

第二,我这本书,燃点和最初让我产生写作冲动的点,都在哪?

第三,我这本书,与同类作品,有哪些地方不同?

当你认真回答完这三个问题,原来的很多困惑解都会豁然解开。

第一个问题,书写给谁看,涉及的是市场细分。任何一本书,都不可能满足所有读者。所以,找到自己的目标读者群,是网络写作中非常关键的一步。

只有找到自己的目标读者群,尽可能地满足读者的要求,作品写出来之后才不会无人问津。而在规划大纲阶段,针对性地做一些设计,也是提高网络作品成功率的不二法门。

第二个问题,书的燃点和作者冲动点,涉及的是作品的可看性。通常而言,作者的最初冲动点就是书的燃点。正所谓,想要打动读者,首先得打动自己。如果一个故事,作者自己都没有写的欲望,读者看的时候,肯定也兴趣缺乏。

但是,并非所有燃点都是作者的最初冲动点。作者最初的冲动点往往只有一到两个。但网络作品整体,却不能只靠一两个燃点来支撑。所以,在规划大纲阶段,寻找作者的最初冲动点和十个以上燃点,用一条主线将他们穿起来,才能打造出整本书的基本骨架。

第三个问题,涉及的是产品特色。经常有新入门的作者说,我想写一部类似于某某当红作品的作品,并且坚信自己能够写好。事实上,从他说出这句话的那一刻起,他已经走在了失败的边缘。

网络文学有句行话,叫作"跟风者死"。每当有一本作品爆红,跟风作品必然铺天盖地。在这铺天盖地的大军之中,谁能成功,依靠一点运气,更依靠写作实力。

所以,在规划大纲阶段,新手作者需要想的不是我这本书与某某当红作品有几分类似。而是,我这本书在同一大类作品中与别人有哪些不同。

同样是吸尘器,有的产品卖二百,无人问津;有的卖四五千,却风靡一时。原因就在于特色,网络作品也是如此。

当三个问题都解决之后,下一步,就是真正动手写大纲了。这个时候,作者就要做两手准备。换句话说,大纲其实有两套。一套,是给编辑看的;另外一套,是给自己看的。

编辑为什么要看大纲?大部分情况下,是看作者有没有能力将一个故事写完整。所以,交给编辑的大纲,不需要太详细。把主角、配角、正派、反派,本书特色和爆点写清楚,加上一个七八百字的故事脉络,已经足够。

而留给作者自己的大纲,则是越完整、越详细越好。

事实上,当作者将作品写到三分之一以上,往往就会偏离大纲。最初的规划和设定,会成为废物,一点都派不上用场,甚至会约束作品的发展。这时候,作者就要将大纲丢在一边,按照写作过程之中自然形成的脉络去写,而不是削足适履,一味地迁就大纲。

那么,后半部分大纲究竟还有什么用呢?答案是,以备卡文之需!

写作过程,不可能一帆风顺。再大牌的作者,都有卡文的时候。当某一天你写着写着,忽然文思消失不见,不知道故事该如何继续。这时候,将大纲翻出来,对比一下,就很容易找到突破口,文思也会再度如泉水喷涌。

总之,网络文学创作,并不像任何人想的那样简单。门槛在门内,乃是众所周知的事实。而规划出一个好大纲,则是帮助作者跨过那道门台阶。对于天才来说,这个台阶可有可无。但是,这个台阶却能帮到大多数普通人。

原载于中国作家网 2021 年 10 月 15 日

作者如何构建与读者的关系

管平潮

我写过很多创作谈之类的稿子,这次是全新的主题,我结合自己和读者交互、交往的一线实践经验,深入地说一说。

在网络文学领域,我们作者需要和读者构建健康和谐、良性互动、可持续发展的生态关系。不同于其他的文学形式,网络文学是依托于实时通信的互联网媒体,作者和读者的互动极为频繁,在这种情况下,作者和读者的关系建构非常重要,值得探讨。我分以下几点来阐述。

要重视读者群的建设,友善、热情地对待读者。作者和读者的关系是平等的。我们的书是一个字一个字地码出来的,和读者的关系也是在评论区、聊天群一个字一个字地码出来的。认真经营作者和读者的关系,让读者了解你,可以在交流中增加感情、加深理解,认识几年、十几年、几十年一直追你书的铁杆读者与你说不定还有可能成为好朋友。比如我的一位读者,从高中就开始追我的书,从小姑娘到职场女性,一直和我保持联系。有位四川读者长年累月给我发搞笑视频,说能让我每天解压开心,小说就能写得更好、更新得快了,我也常常能感受到暖意。

要理性、宽容地对待读者的负面评论。我们的读者具有多样性,有不同的年龄、性别、身份以及理念。比如,很多网文读者是年轻人,是学生。他们的阅历还不多,表达情绪和观点的方式也比较直接。有些读者正处在青春叛逆期,对作品有自己的理解,很可能倾向于提出一些和别人不一样的观点,来彰显自己的个性。这种情况下,作者要尽量宽容,不要被表面看来奇怪或是极端的批评所误导，一笑置之即可。比如最近加我新书读者群的，就有个12岁的小朋友，现实中我能跟他太较真吗？根本就是两辈人，几乎和我儿子一样大。

说个反面例子，有个同行朋友，因为太在意个别读者的负面评论，忍不住反击，导致该读者持续不断地刷评论，疯狂攻击，长达几个月，该同行最终遭受极大的精神压力、痛苦、失眠，无法写下去，最后使得这本很有前途的书夭折了。真是太可惜了！

其实，有些读者的负面评论是围绕作品本身出发的，他们在意故事人物，在意情节的发展，才如此激动。这对于作者来说，难道不是好事吗？作者要看到不那么成熟的措辞背后存在的可以提升改进作品的点，化负面为促进，化情绪为动力。身为作者，我们要锻造强大的内心，避免玻璃心，海纳百川最好。

作者要慎重跟读者谈论敏感人物、敏感话题，减少读者对作者的掐点、脱粉点。比如谈明星话题，不要涉及对他们的喜好。尽量避免敏感话题，尽力缩减读者对你的掐点。不要小看这些掐点。有些掐点来得猝不及防、匪夷所思。作者在粉丝群说话，从无小事！我这样十七年的"老司机"还翻过车。我们网络作者，真不容易！

作者和读者应保持恰当的距离。作者和读者因书结缘，关系最好也主要围绕作品。对读者亲切友善，但不要过分干涉。我们既要关注读者的反馈，思考、审视自身，对创作做出合理的调整，也要敬畏、慎独，这样才能让自己的创作之路走得又稳、又长远。流水不争先，争的是滔滔不绝，与同行共勉。

我们要辩证地看待"以读者为中心"，辩证地对待读者的意见建议。我们要尊重市场规律，认真研究读者喜好，尽量满足他们的阅读需求，但

又不能一味迎合。要择其善者而从之,择其不善者而改之,既不一概不听,也不照单全收。不被读者牵着鼻子走,要理性判断,为我所用,这才是对读者意见的真正自信。要在照顾读者喜好之余,有一定的引导意识,与读者共同提升文学审美,这样才能创作出更好的作品,真正提升读者数量和黏度。

警惕用明星"饭圈"那一套来经营读者关系。如果按那一套经营作者和读者的关系,是一把双刃剑,很可能伤人伤己,得不偿失。经营"饭圈",主要目的是为了经济利益、流量热度、制造舆论,有专门的人干这些事,还有专门的术语,非常复杂。网络文学有自己的责任和使命。我们作家还是要以内容为主,用作品说话,纯粹运作读者热度,那也是本末倒置,并非长远之道。

网络文学拥有数以百万计的作者、超过 4.5 亿的读者。读者在哪里,我们作者和平台就在哪里。我们网络作家承担着时代责任,既要传承中华文脉,提升网络文学创作质量,也要建设积极健康的作者与读者关系,让作者和读者彼此成就,一起成为更好的自己!

原载于中国作家网 2021 年 11 月 5 日

IP 影视改编成功的核心是什么？

唐欣恬

网络文学至今走过二十余年,已不是新鲜事物。作为一名网络文学作者,我亲历了它从萌芽、落地生根到枝繁叶茂的一步步成长,见证着它从一个呱呱坠地的婴儿,长成今天风华正茂的青年。

一路走来,网络文学先后拥有大量的关键词和话题性,比如网文作者的职业化、作品的良莠不齐、网文与传统文学的碰撞、阅读模式走向移动端、付费与免费的模式之争等,与这些阶段性的议题相比,网络文学的衍生热度始终有增无减。

网络文学衍生方向的多样化发展有目共睹,至今已涵盖影视、游戏、动漫和有声等多个领域。

网文"成功"的定义随之多样化。过去,网络文学曾以点击、订阅论成败,导致作品风格单一化,但如今可以说,不同风格的作品拥有了不同的赛道。

我是网文影视化比较早的受益者。转眼间,已是《裸婚时代》被搬上荧幕的第十年。早年间,都市情感类和偏现实题材的网络文学更受影视市场的青睐,客观上是出于对网文和影视之间壁垒的考虑,以及影视作品内容的要求偏保守,但主观上是因为现实题材的人设、情节会更直接地带给观众情感上的共鸣,除了《裸婚时代》,更有大家熟知的《蜗居》等。

很快,网文影视化迎来第二波热潮。一方面,网文数量呈几何倍数增长,另一方面是题材的丰富化,架空、悬疑和玄幻等类型都找到了各自的

突破口。突如其来的繁荣也难免带来弊端,最突出的是难以判断影视观众对新类型的接受度和喜好度,导致一些大IP在影视改编上摔了跟头。

伴随IP过热后的冷却和理性,一个最好的时代到来了。

首先,新类型的影视改编找到了"根基"。架空、仙侠和玄幻从早期的《花千骨》《琅琊榜》到近两年的《庆余年》,频频掀起收视热潮,且口碑上乘。而我认为新类型影视改编成功的关键在于抓住和保留了原著作品的核心——情感。那些故事发生的背景虽然遥远而神秘,但和现实题材一样,能打动读者和观众的唯一利剑是人物的情感。现实题材是影视市场中的常青树。亲情、友情和爱情,奋斗、成长和妥协等,以上种种被写入现实题材,很容易让观众觉得有血有肉的人物和故事就在自己身边。而诸如忠义、背叛、逆袭、蜕变和家国情怀等,反倒更容易在新类型中带给观众震撼。

其次,一些小成本的影视剧,大多集中在青春、甜宠、奇幻等类型,越来越成为影视市场的有益补充。各大视频网站成为制作方,准确抓住观众的口味,便不难打造出深受观众喜爱的"下饭剧"。而他们抓住的观众的"爽点",无论是甜,还是痛,虽然未必如现实题材中的情感那么落地,那么有共鸣,但也给观众带来了新鲜感和吸引力。

由此可见,读者和观众在情感需求上的丰富,为网文的创作提供了广阔的天地。反之,如果作品在情感的表达上分散、肤浅或虚假,无论它是哪一种类型,注定是失败的。

在《裸婚时代》之后,我又先后创作了《锦鲤是个技术活》《稳住吧!女王》和《它有一颗爱情脑》等作品。它们分别属于青春校园、都市情感和轻科幻的类型。对我而言,它们就像是过去时、现在进行时和将来时,但在创作上既然是从情感出发,那就并没有什么本质上的不同。

这样的写作是一个由内向外去推进、去丰富的过程。

我们常说现实题材源于生活，但并非每一部源于生活的作品，都可以被称为现实题材。这种观照和介入，一需要广度，二需要深度。也就是说，现实题材源于的生活，应该是群体的生活，创作者应该将受众的一些模糊、碎片化、摸不着头脑的认知和情绪，通过挖掘和提炼，有棱有角地展示，并加以分析和疏导。这就是我所说的要先找到、瞄准并深化一种情感，再去谈创作。

《裸婚时代》的成功和深入人心便是这个道理。首先这是一个特殊却庞大的群体——他们步入适婚年龄，有着美好而稳定的情感，却没有坚实——至少是传统意义上的坚实——的经济基础。而我试图将爱情和面包的矛盾血淋淋地摆到人们的面前，并做出突破，给大家提供更多的思路和选择。之后，才有了童佳倩和刘易阳的故事。他们不是单纯地发明了一个叫"裸婚"的词语，而是代表了一种新的态度，帮助我向读者和观众传递取舍、坚定和坚持的情感。

《锦鲤是个技术活》讲述了大学校园中一群年轻人的友情、爱情和成长，但我的初衷不是要塑造这样一群年轻人，而是要探讨幸运的本质。是先找到这个核，再去找它的壳。这样在创作的过程中会更准确、深入地把握作品要传递的情感。当我知道我所期待的共鸣在哪里，创作才不会"跑偏"。

《稳住吧！女王》和《它有一颗爱情脑》也是如此。前者先有创作初衷——女性的焦虑和拼搏会不会陷入过犹不及的误区，如何找到平衡点，之后才有了郝知恩这位离婚女性和三个男人的故事和纠葛。后者先有创作初衷——每个人的人生或许就是由一个小小的岔路口所决定，之后才有了这个轻科幻的故事，才有了一个名叫皮皮的人工智能和围绕着它的一群各有过往的人物。

不仅影视改编类的网络文学,所有风格、类型网文的创作都要把握情感的表达、传递和共鸣。网文作者根据创作的目的大致可分为两类:一是写我想写,二是写我应写。写我想写的,在表达情感上是最自然的诉求,不做赘述。写我应写的,也就是在分析了市场等因素后,带有目的性地创作,或为了收获更多的点击和订阅,或为了增加衍生的可能性和成功率。那么,我认为在预测市场的走向、分析热门的题材和迎合读者口味的同时,要牢记通过情感去扎根、扩散。当文本独有的角度有了情感做依托,它才能被广泛地认同;当流行性的元素为情感服务,它才能独树一帜。

当然,情感仅仅是作品成功的必要条件,而非充分条件。有情感的作品,才有成功的可能性。反之,没有情感的作品写得再天花乱坠,也只会让读者和观众转瞬即忘。

网络文学整体性水平的提高有目共睹,网文作者这一群体的自觉、自律和自爱已毋庸置疑,当前的网文创作早已不再只注重刺激、过瘾和浪漫的情节,或抒发一己悲欢,而是开始追求品质和内涵。越来越多的网文作者在致力于把握时代脉搏、讲好中国故事的同时,具备了更宽的视野、更大的格局。但网络文学有高原、无高峰的状况依然存在。这更需要我们在创作中注重"情感"二字。诸如网络文学的土壤、风向以及个人的写作技巧、经验,都固然重要,但将这些合而为一的"水平"是有天花板的,想要突破这层天花板,情感的挖掘和表达是很值得我们去探讨的突破口之一。

原载于中国作家网 2021 年 7 月 23 日

这样写人物，读者又恨又爱

烈焰滔滔

故事是基于角色的，而角色是有生命力的，人物是否立体，可以决定故事好不好看。在网络小说中，往往有这么一类角色，让人又爱又恨，可以把读者分为立场鲜明的两派，这两派读者甚至会在书评区吵得不可开交。

一部小说里，如果能有一到两个让人又爱又恨的人物，那么对情节的推动就会很有力量。我以小说《最强狂兵》里的山本恭子为例，简单介绍一下这类角色的塑造过程。

其实在最初准备塑造山本恭子这个人物的时候，我就预料到了她的结局，当时就非常纠结。我在纠结要不要动笔写这个人物，一旦写了，就是给自己挖了一个有可能填不上的坑。

因为在这本小说里，山本恭子一开始给人的印象真的是不太好，风格强硬，心狠手辣，为达目的不择手段，是世俗意义上的反派。她做的所有的事情都针对主角，并且极容易挑起人们心底的戾气——当这种情绪被调动起来之后，读者对其反感就越发强烈了。

想要把一个人描写得可恨，让大家一提起这个角色就咬牙切齿，这其实很容易做到，但是，如果要写得在让人恨的同时还让人舍不得，就需要多用一些笔墨和心思。

如果写简单的"踩人打脸"（让反派落面子，使其被否定、丢脸之意），对于这样的写法，我是驾轻就熟的，那样在市场上也会卖得更好——但

是,我想突破一下自己。

这是突破,也是挑战。现在回看,我早期写的很多人物和情节都是浮于表面的,虽然能调动读者情绪,但是对人物的刻画明显不够深入,对情绪的体现也不够真实,很多读者读过就会忘记,印象并不深刻。

所以,我设计了一大段剧情,来提升山本恭子形象的丰满程度。

《最强狂兵》并不是单纯的爽文,很多情节都很曲折,甚至有时候会"虐主"(压抑主角,大体指写其成长之路不顺或是感情不圆满之类),人物的形象也不是扁平化的,如果仔细看会发现,其实每个角色的身上都是有故事的,都是有血有肉的。

要想证明这一点很简单——把每个人物单拉出来,我都可以给这个人物写一段很长的番外故事。

在人物设计上,并不是作者说山本恭子这个人物"高冷",大家就觉得她高冷;说她"狠辣",大家就觉得她狠辣;说她"温柔",大家就觉得她温柔,这所有的形容词,都要通过情节来实现,否则就会脸谱化、表象化,是失败的描写。

在小说里,我不会以单纯的"好人"或者"坏人"来给一个人贴标签、下定义。再好的人,也可能会有阴暗的念头冒出来,再坏的人,可能也会偶尔做善事。所以,人物的很多行为不是由本性驱动,而是由利益驱动、立场驱动。你站在谁的立场,就会为谁的利益来考虑,不是简单的贴标签就可以说明的。

山本恭子并不是善良的人,甚至在行事方面还非常狠辣,这就注定了她不可能有个圆满的结局。这是价值观决定的,也是我这个作者的立场决定的。

这么狠辣的女人,是绝对不会轻易对任何一个男人动感情的,即便那个男人很优秀。所以,我在设定情节的时候,就选择了让山本恭子阴差阳错地和主角发生了数次正向的交集,再加上在鹦鹉螺号上面苏锐的两次舍身相救,我们就可以看看苏锐究竟能不能在山本恭子的心里占有一席之地。

一旦你把人物的性格设定好了,那么其在小说的世界里是拥有自己的生命力的,有些时候,作者甚至可以做一个旁观者,旁观那些爱恨情仇。

如果山本恭子是单纯的狠、单纯的毒,那么这段关系便没有任何意义,在鹦鹉螺号上面,山本恭子在愤怒和无助之下差点抹了自己的脖子,这就是她狠辣性格的一个体现,对别人狠,对自己更狠。

可是,狠辣也是需要转折的,苏锐在这个时候抓住了刀,救下了她。于是,山本恭子的心灵里面开始有了豁口。而一旦有了豁口,心理防线就很容易被冲破了。

但是,山本恭子已经在固有的生活状态下过了这么多年,并不会轻易改变自己的立场,在用行动对苏锐表达了感谢之后,转身就把苏锐当作敌人,立刻着手安排对他的追杀。那也是她下决心要和苏锐来个了断,而且立刻付诸行动。

这就是她这个人物的纠结之处——明明已经看到了未来的光明和生活的友善,却因为所谓的责任,再一次回到了原来的轨迹中,甚至咬牙放弃已经近在咫尺的感情,把自己的新生活推开。

"下次见面,你死我活"——这句话他们两个对彼此说了很多遍,但是我却从来没有让这句话成真,每次都会有事情来打断。然而这些事情的打断,又会不断让他们在心里面增加彼此存在的重量。

我这个作者都觉得这一男一女太纠结了。

山本恭子会用阴谋诡计,但更喜欢直来直去。她在以势压人的时候,

从来不做任何解释，尤其是在用雷霆手段斩断家族内部裙带关系的时候，引起了很多兄弟姐妹的不满，但是山本恭子仍旧没有言语，因为她瞧不起这些人，不屑解释。即便下面的怨言已经很大了，但是她该怎么做就怎么做，懂的人自然会懂，不懂的人，就算解释了，也不会相信，白费时间而已。

在山本恭子看来，以那些兄弟姐妹的智商，家族落到他们的手里只会走下坡路，她是站在全局的角度来考虑的，但是那些兄弟姐妹却不会理解，以为她在疯狂地争夺权力。

当山本恭子苦苦独自支撑对抗主角的时候，那些兄弟姐妹却在背后对她搞小动作，她当时很自负，并不在乎。这也是山本恭子的性格，她从头到尾都看不上那些兄弟姐妹。

这些小动作其实对于山本恭子而言不至于致命，所以我在中间加了一个情节，就是她把山本一水误会成了谷若柳那一段。

山本一水作为的亲姐姐，却差点被山本恭子当众打死，山本恭子是大意之下认错人了，但是，其他兄弟姐妹却不会这样想，尤其是山本恭子连个简单的道歉都没有，那些兄弟姐妹会认为山本恭子是在故意找机会铲除他们。这一段冲突是个最大的助推剂，否则后面的剧情会显得相当突兀。

如果不是这样的话，山本华康等人也不会拼了命也要阻止山本恭子踏上撤退的船了，因为他们之前虽然争权夺利，却都不至于害死对方。而那一次山本一水被殴打之后，他们是真的怕了——他们怕被山本恭子害死，这才有了后来一家人拼命阻止妹妹登船的情景。

以山本恭子的强势性格，众叛亲离之后，是绝对会心灰意冷的。

她付出了太多，而这些心血完全没有得到回报，放在谁身上都受不了，极有可能想不开。家族事业是她的奋斗目标，是她的精神支柱，然而当精神支柱坍塌的时候,绝大多数的人都会选择死亡。山本恭子也是一样,她是能在鹦鹉螺号上用刀捅自己的人,因此在这种情况下,赴死之心更为强烈。

而主角苏锐是导致山本家族轰然倒下的直接原因,山本恭子这个时候不可能选择和主角在一起,因为那种行为代表着背叛。是的,她已经被亲人们背叛了,但是她不想背叛自己过去的那么多年。

她无法接受男主,但是最后时刻也动摇了,被男主的真挚打动了,在无边海浪中,她把手伸到了一半,差一点就被男主抓住了。

当然,最终男主还是没看抓住她的手,她本身的性格还是起了决定性的作用。

让山本恭子失踪在大海里,给这段剧情留下遗憾,也留下了期待。

其实,还是那句话,如果山本恭子选择拉住男主人公的手,那她就不是山本恭子了,这个角色也会因为这个动作而失去最重要的灵魂。

很多细节,都是能够决定情节走向的,我不敢大意。

在我写到山本恭子跳海的时候,很多读者都非常担心,好几个读者群都要炸了,我的消息闪个不停,这就说明,这个人物算是成功了。

我就是想要写出那种鲜活的感觉,让读者看到山本恭子这个名字,眼前就会出现她的形象,甚至随便找一件事情安在山本恭子的身上,大家也会明白,如果是她,她会怎么做,这个角色的性格已经深入人心了。

苏锐和山本恭子从一开始就处于敌对的状态,一路纠缠,彼此羁绊。这种纠结的关系,是一定要有个结果的,苏锐最后问山本恭子:"我们重新开始好不好?"这就是个起点,我写这句话也不是无的放矢的。

这已经不是暗示了,是明示。他们的这段关系,真的需要重新开始。有时候,一个终点,反而意味着更好的起点。

暂时的离开，是为了更好的相逢。

当时我写了这一段后，在公众号里剧透了一句——存在过就有意义，你的未来，我要参与。

然后，在数月之后二人重逢的那一刻，读者的期待值被拉满，又一波剧情高潮到来。那一段剧情的订阅数据也表明，这样的描写读者是喜欢看的。

原载于中国作家网 2021 年 10 月 29 日

"读图时代"下的网络小说创作

琴律

"读图时代"这个词出现已很久。有文章记载,1998年花城出版社为一本书做推广策划时,提出了"读图时代"的概念。此后也有论著以此作为关键词切入,从视觉人类学的角度讨论视觉表达和文字表达之间的关系等。自此以后,"读图时代"彻底成为互联网发展中一个不可忽视的关键词。

在网络小说二十多年的发展历程中,阅读工具从电脑到电子书,再到智能大屏手机,越发趋向便携化,可随时随地看书,也可随时随地听书。基于看书本身,"读图"这一概念在我的印象当中,越发重要起来。

我们不得不承认,图片给予用户的内容信息更直观、更精准,在冲击力上是远远超过文字内容的。哪怕作品中有丝毫烦琐啰唆的语句描写,都容易被读者弃书下架,另选作品阅读。

我们抛开"读图时代"下的视觉盲区与局限性,也不讨论它是否放弃了作品的精神内涵,只追求视觉上的感官刺激。以下仅仅是我个人基于近期对其他网络小说作品的阅读感受和个人创作心得,谈一下"读图时代"创作中,我更注重的两个关键点:关键词与自然段。

我们在观看手机页面的时候,大多数情况下,视觉会自动捕捉这一页文字干脆精炼的关键词,以求快速浏览,读懂页面内容。

这便强制要求作者在创作的过程中,选择用词更加细心精准,譬如尽量选择通俗易懂的字句描写,避免生僻字、生僻词组、生僻成语的运用。

因为在视觉捕捉中,生僻字总是会被优先捕捉到。无论是根据语境猜测字面含义、还是求学问知,去查生僻字的字义,都会影响读者在阅读体验中的流畅感和代入感。

由此说来,便不得不提到格式塔心理学(gestalt,德文,形式或形状)的观点。

格式塔心理学也叫完形心理学。此学派主张人脑的运作原理是整体的,是由知觉活动组织成的经验中的整体,"整体不同与其部件的总和"。它的理论前提是异质同构说。阿恩海姆在《艺术与视知觉》中提到:外部事物的结构样式和人类视觉、知觉活动都是"力"的作用模式,外物呈现出自然界重力场的运动痕迹,而人的大脑皮层也存在一个电化学力场,当物体的力结构呈现在眼前时,它通过视觉神经系统传到了大脑皮层,在这个区域形成一种力场,使内外两个力场达到同形同构。这个过程不需要想象推理,只需要直接感知。

简单来说,好比我们看一个陌生人,会依照个人习惯先看他的眼睛、鼻子或者身体的某一个部位做主观判断,而不是看这个人的整体;看一幅画,首先捕捉到的是亮色图案和特殊图形,而不是画面整体;听一首歌曲时,会快速记忆歌曲中最精辟的高潮句,而非整首歌。

这一学派的诞生,在舞台设计、电影布景与音乐疗愈上都有着极大的贡献。"读图时代"的小说阅读,自然也无法走出格式塔理论的概念。毕竟手机阅读已成为现下主流的阅读选择,在这种大环境下,我认为文字已经不单纯是文字,而是图形图像的组合。

基于上面所说的关键词与格式塔,不得不提到自然段分段与重点词句排列。

前面已经提过,现在大多数读者使用智能手机阅读,不再是 PC 阅读。这便要求作者在创作中,每一自然段的字数不要过多,否则读者会产生严重的阅读疲劳。重点强调的内容,建议另起一个自然段,使读者能第一时间捕捉到作者交代的重要信息,加强阅读爽感。

现如今小说阅读 APP 层出不穷,每一个阅读 APP 的字体大小、背景颜色、行间距、自然段间距都不相同。所以我建议创作者在上传小说章节之前,关注 APP 上的排版结构:每页字数、每行字数以及行间距等。然后在创作当中调整文档写作版面,或者在写作之后,依照要发布的阅读 APP 格式重新排版,将其当成一幅优美的图画,达到最佳的视觉效果,增强读者在阅读时的流畅度和舒适度。

以上提到的,是基于"读图时代"下的文字和视觉图像结合的小心得,不是小说创作的具体技法。这一个小心得,是基于作品质量优秀前提下的锦上添花。倘若内容粗制滥造,再如何交叠版面、读图舒适也是无法留住读者的。

这便又要说回到小说创作本身。

我从 2006 年至今,写作已经 15 年,我在创作中必不可少的人物塑造、故事布局、破局等诸多关键点中,会更加重视故事的流畅度。

对作品流畅度的布局方法,每一个作者都有独特的创作习惯。而我更习惯将故事主线比喻成一根鱼骨,鱼骨两侧的鱼刺便是一个个故事情节。

无论情节如何翻天覆地,都不能脱离主线的故事发展。情节交替游走,也是吸引读者流畅阅读的关键。

好比情节 A、情节 B、情节 C,在写作中,从 A 进展到 B 的路途中,添加 C1 的部分,然后再完成 B2、D1,让读者自然而然地过渡到 C2 的情节当中。像螺旋纹层层交织,是我习惯采用的创作手段。

如果将每一个故事情节分为两部分,情节公式可以总结为 A1-B1-A2-C1-B2-D1-C2-E1-D2-G1-E2 的无限循环。A1 的部分,通常会作为故事开篇,瞬间抓住读者眼球,吸引其继续阅读、追更,直至完结。

但这一公式并非是固定模式,我会根据故事情节不同,进行不同的更改设计。大致情况下,是会在正文之前的细纲当中,按此方法布置故事走向的。

以上胡言,仅是个人杂谈。

创作需要丰富的想象力。吸引读者,我们是专业的。

原载于中国作家网 2021 年 8 月 20 日

中国网络文学,"后浪"已来

虞婧

"少年自有少年狂,身似山河挺脊梁,敢将日月再丈量。今朝唯我少年郎,敢问天地试锋芒,披荆斩棘谁能挡……"

9月16日晚,中国网络文学影响力榜(2020年度)发布晚会现场,在深圳龙岗文化中心大剧院的舞台上,十几个年轻人手挥着国旗,有些羞赧地唱着《少年中国说》。逐渐进入状态后,越发慷慨激昂的歌声令人热血澎湃,仿佛年轻的他们就是这首歌最好的注脚。

他们不是专业的歌手,也不是演员,而是出生于20世纪90年代的网络作家,其中年龄最小的枯玄出生于1996年,已经有了《仙王的日常生活》《废土修真的日常》《修真界唯一锦鲤》等多部代表作,根据小说改编的动画、漫画和游戏都在同步开发中。他曾在鲁迅文学院学习,是上海市网络作协、广东省网络作协正式会员。

"知道要演出,我很紧张的。大家可能对网络作家有点误解,觉得我们很活跃。其实我们比较宅,我们的心思都在写出好小说上,很多人还社恐,连上台领奖都得鼓足勇气。我也不会唱歌,只能硬着头皮上……"既然接下了任务,枯玄决定认真对待。要参加表演的作家来自天南海北,平时安排练习很难,他尽力组织,作家朋友们也尽量配合他,他还找过声乐老师咨询专业唱法。临近大会,他提前一天飞到深圳,到达机场的时候已是凌晨,不想麻烦工作人员就自己先找地方住下了,晚会前夕和小伙伴们彩排了好几遍才放心。

和枯玄一起参与演出的还有浮屠妖、海胆王、耳东兔子、我会修空调、言归正传、七月新番、疯丢子、柠檬羽嫣、萧瑾瑜、懿小茹……他们都入围了今年的中国网络文学影响力榜的"新人新作榜"。

缘分·红日初升

据中国作协网络文学中心发布的《中国网络文学蓝皮书》显示,网络文学人才队伍迭代加快,90后、95后正在成为创作主力,2018年以来实名认证的新作者中,95后占74%。

那些偷偷读网文的孩子长大了,那些偷偷写网文的孩子也从学生时代开始,一写就写到了而立之年。在网文愈加得到关注的同时,从前只在电脑屏幕前悄悄打字的他们也被推到了台前。在外人的眼里,这些孩子年少得志,收获了很多认可,也时不时地被误解。他们为什么会选择写网文?网文体量庞大,每日更新,他们会考虑质量吗?如果有一天网文不再那么炙手可热,他们还会写吗?

"老师,因为明早要赶车,担心自己忘了给您回复,所以现在先把稿子发给您,希望没有打扰到您休息。"浮屠妖发来采访回复的时候已经是深夜两点多了。1990年出生的她是阅文的"大神作家",是鲁迅文学院第13期网络作家班学员,已经出版《世界很大,我只爱你》《余生漫漫皆为你》等作品。她从2013年开始网络文学创作,最开始并没想成为一个全职作者,只是因为喜欢写作,并因缘际会发布了自己的小说,没想到第一本书就成功签约并拿到了稿费,就这样一直写到了现在。但她的写作之路并不是外人看起来的这么顺利,每一本书在创作过程中,或多或少都会碰到一些艰难时刻,遇到技术难关时需要啃大量的资料,卡文的时候熬到深夜辗转难眠……

浮屠妖最难的一次是写《你是我戒不掉的甜》时,长时间的日夜颠倒让她的身体频频亮起红灯,很长一段时间都是医院家里两头跑,甚至让她开始对自己到底还能不能写作产生怀疑。"可是我真的很在意这本书,它关注的是人工智能的发展,更重要的是我把焦点放在儿童保护上。科技日益强大,我在思考建立全国儿童DNA数据库及快速寻亲通道的可能性,我希望能帮助到更多走失和被拐的儿童,让科技发展守护孩子们平安成长。"在家人和读者的陪伴鼓励下,她坚持完成了作品。而入围这次榜单,浮屠妖感受到了更大的肯定:"当你确定自己努力的方向是正确的时候,创作的状态会越来越好,会更有拼劲。"

"其实我没有感觉到特别成功的时候,失落倒是常态。"1991年出生的耳东兔子是晋江的百亿级积分人气作者,她从2013年开始写作,至今发表作品十余部,代表作《他从火光中走来》《暗格里的秘密》《深情眼》《三分野》聚焦各类社会热点问题,其中多部作品均已签约影视改编。对于创作,她有点死磕的劲儿。每本书写完,重读或者修文时都会觉得有些地方的剧情和人物反应似乎可以做得更好。作为网络作家,她坦言这是连载的弊端,每天保持更新量的情况下,有些细节处理不够细腻。写作者的情绪比较敏感,对自己的要求也越来越高,失落是很正常的,每天在"我会写书"和"我不会写书"之间徘徊也是常态。不过每次只要写出一些自己觉得非常不错的剧情,或者出去找找灵感,就又有"我还能继续写一百年"的感觉。"困惑都是自身的问题,会不断地从自身去发现问题。"笔很轻,但文字很重,耳东兔子说,除非有一天她写的故事连自己都无法打动了,不然就一直写下去。

枯玄身上有一种强大的自信,一种少年早成也经过历练的自信。15岁时,他就在练习簿上写作,同桌建议他在网络平台上发布,16岁那年他

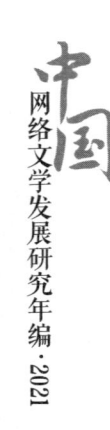

注册了这个笔名,到现在已经写了9年。他说自己那时候是个"网瘾少年",不过写着写着发现爱写作大于爱游戏,便一心投入网络小说创作。他永远无法忘记当年收到第一条起点的后台签约短信时,有多么激动,大流量带来了好收入,网络小说写作不仅可以丰富精神,也让他的生活有了更多选择和变化。当代表作《仙王的日常生活》以及改编作品拥有了一定知名度后,他也曾遭到网暴和抹黑。但枯玄说,这是每一个作者在成长道路上的必经阶段,对一个作者来说,好的心态真的很重要,还好自己挺过来了,写作对他来说已经是毕生的事业,只要还能写得动,他就一直写。

网络文学这条路并不好走,更不是简单粗暴的"文学乍富"偏见所能概括的。能一直坚持网络文学创作并且获得读者与市场认可的,必然是靠着"文学初心+坚持不懈+精益求精",有多少回报,就需要付出多少,甚至更多。

好在,写作者虽然是孤独的,但从来都不是一个人。1991年出生的伪戒是都市题材网络小说新生代作家,他的作品诙谐幽默,情感真挚,很受读者喜爱。有一次他生病比较严重,请假半个月,在这期间,他收到了几千条读者的私信和QQ消息。"那时候真的感觉很温暖,每一条信息我都看了。"浮屠妖也说,每一次看见读者疯狂地为书里的角色点赞,表达对作品的喜爱,她都会觉得自己的写作格外有意义,读者还会为她和作品亲手做蛋糕、纪念视频和手工画。耳东兔子收到过一位小读者的信,信长达十页,或许还有很多这样的读者被她的故事触动过。只要故事能感染到一个人,她就有动力好好写。枯玄的读者里面有一位医生,他的一句话让枯玄至今都感到备受鼓舞:"我很喜欢你的书,我们医生救人,你们作者救心,请一定要坚持写下去。"

"敬畏粗狂,才能避免精致的庸俗。"中国网络文学生于草莽,生机勃发,到今天大浪淘沙,或许它在精品化的道路上仍是成长中的孩子,但在影响力上已经是强大的战士。结缘文学,初升红日走过清冷,年轻的网络作家期盼能在温暖和历练中继续散发自己的光与热。

精品·天高海阔

在年轻网文写作者的努力下,他们优秀的作品,读者能看到,市场会认可。还有一些人,他们承担着更大的使命和责任,把握着方向,他们也会看到年轻写作者的执着和努力——这是一份不能浇灭的热情,是一群亟待在原野绽放的蓬勃力量,网络文学作家真挚的文学之心需要引导,更需要鼓励。

2021年7月,中国作协网络文学中心在北京举办网络文学青年创作骨干培训班,来自全国的32名90后优秀网络作家参加了本次培训,这是面向90后网络作家的第一次专项骨干培训。而今年的中国网络文学影响力榜,也特别增设了"新人新作榜",给富有创作激情的青年作家提供了更多展示自己创作实力的机会和舞台。

在日常工作中,网络文学中心的工作人员不断调研走访,向全国主要文学网站了解年轻作者的创作状态,向鲁迅文学院推荐和输送优秀的青年学员,举办针对中青年评论家的网络文学评论高研班,呼吁网络文学评论家关注、研究他们的作品,并多次举办和年轻作家有关的主题创作座谈会,了解他们的想法,鼓励他们提出自己的困惑和需求,并给予相应的帮助。

中国作协党组成员、书记处书记胡邦胜分管网络文学工作以来,每一次和网络文学作家们合影,脸上都是开心的笑容。他相信,这样一种独特的、活跃的文学现场,这样一种充满潜力的文学生态,只要做好引导工作,

天高海阔，未来可期。无数大大小小的会议，数不清的出差，数以千百计的网络作家、网文从业者，哪怕仅仅是擦肩而过，他也几乎能叫出每一个人的名字。

中国作协网络文学中心主任何弘常和年轻作者聊天，解答他们的疑惑，在写作方向上给予建议。90后网络作家的创作在读者中有着相当大的影响，现在已经有不少作者将现实元素融入作品，积极投身现实题材创作。"90后作者要想真正有所作为，不能简单停留于天马行空的想象，写作'不及物'、与现实脱节，注定会失去生命力。要坚持以作品立身，不断提高创作质量，更好地反映新时代，表现时代精神，走向精品化。"何弘对这些孩子充满信心，相信在细心呵护中严格要求，他们会和网络文学一起茁壮成长。

1991年出生的海胆王的两部代表作《悠闲修仙生活》《桃源山村》热度不小，《桃源山村》月销百万，在咪咕阅读点击量破亿。入行多年，他一直关心读者增加了多少，稿费增加了多少，什么题材最近火爆市场，读者喜欢看什么书，如何创作爆款。作为行业从业者，这些都是不可回避的问题，但也不意味着一切最终都要向资本靠拢。"这并非是错误的，只是我们忽略了自己庞大的读者群体，忽略了应该带给他们什么样的世界观，忽略了我们的小说会不会影响到他们……"海胆王如今有了新的认识，他开始直面网络文学存在的一些问题。当前网络文学已经向全产业链方向与娱乐化方向发展，如果只以商业价值为方向进行创作，质量低下、同质化等问题将不断出现。"作为90后创作者，我们生在这个伟大的时代，必须正视身上所肩负的历史使命与重任。在创作这条路上，我们需要增强国际视野，需要拥有大时代的气魄与大作家的格局，不要为了迎合现在的流量而去写作。"他的《桃源山村》贴近乡村生活，讲述了少年带领全村人致富的故事。他已经下决心要钻研精品化写作,在作品中不断提高艺术诉求、文学底蕴与审美价值,弘扬正能量,传递正确的价值观,努力成为真正的网络文学领军人。

懿小茹出生于1992年,2019年开始写网络小说,专攻现实题材。她的祖父是一名村医,多年前交通不便,祖父为了守护一方人民的健康,做了很多工作与贡献,后来家里每一代人都会有一个医生。她一直想写写这些故事,正好遇到连尚文学逐浪网主办的现实题材征文比赛,就试了试。她的《永不言弃的麦小姐》获得了该届大赛的未完结组三等奖。她开始有了信心,在中国作协网络文学中心的鼓励下,她在脱贫攻坚的决胜年写了《我的草原星光璀璨》,以自己在牧区支教的经历为基础,讲述各族儿女为实现伟大中国梦而在雪域高原的不懈奋斗,表达了对母亲河源头生灵的敬畏与对青藏高原上的生命的礼赞。现在她正在创作《我的西海雄鹰翱翔》,她很担心自己太年轻,创作功力不够,无法写出为第一颗原子弹爆炸而在背后默默付出的工作者的艰辛。"但我会尽力,一直写下去。"她说心中有火,眼底有光,描摹人间烟火,铭记家国情怀,她渴望自己能用键盘书写出不朽的中国精神。

1994年出生的柠檬羽嫣入行十年有余,近年来开始思考自己作品的深度和内核,值不值得拿出去给周围的老师前辈、同学同事、亲戚朋友阅读。"毕竟到现在为止,我都不敢让周围的人知道自己是网文作者,怕被人们以异样的眼光看待,怕被判定为'不务正业'。"虽然近些年来随着收入的上涨,这个职业在社会上的接受度有所提高,但读者发自内心的认可和尊重,是要靠连续不断的好作品去赢得的。最近几年她有意识地向现实题材创作靠拢,花更多的笔墨描写医学科研人员向自然法则和死神发起挑战,也对社会现象进行探讨和反思,表现职业运动员的热血与困境,

还有女性的力量和成长等命题。而中国作协的关心,让她第一次深切感受到自己是有组织可以依靠的。她像收到了橄榄枝,也更有勇气放开手脚:"当我们挣脱'流量'和'数据'的束缚,拥抱自己真正热爱的题材时,我们作为作家的生命才刚刚开始。"

成长·山河脊梁

网络文学旺盛生发,始于写作初心,成于时代机遇,更离不开所有写作者一点一滴的耕耘。"Z时代"的新浪潮,也同老一辈的网络作家一样,眼睛里闪烁着光芒,他们对于写作的每一点思考,也都经历了无数个日夜的"如切如磋,如琢如磨"。

90后、95后的创作者开放包容,网感强,善于捕捉前沿风潮,能灵活融通风格各异的文化元素,与青年读者更容易形成良好的交互式关系。他们是后浪,代表着文学的无限可能性,也代表着一个行业的未来,更将"文化自信"的道路作为自己文学旅程的领航标。

1992年出生的言归正传注重将中国传统文化融入网络文学创作,代表作《我师兄实在太稳健了》借用《封神榜》等神话元素,通过轻松欢快的表达,塑造了鲜明生动的人物形象,开创了"稳健流"的创作热潮,为网络文学创作注入了新的活力。言归正传的视野非常宏阔,在他看来,好的故事是互通的,优秀作品能跨越语言,得到更大范围的传播和认可。"就网文作者而言,结合时代精神就是我们作为文化战线的一个兵,要守好青少年思想领域这个阵地。这是从业者都该去思考的问题。"他也期待更多的好作品走出去,让世界看到新时代中国青年的精神面貌。

更多的年轻网络作者越发具有这样的责任感和使命感。会说话的肘子、疯丢子、七月新番都出生于1990年。会说话的肘子是新生代网络作家的重要代表,创作了《大王饶命》《第一序列》等"现象级"作品。他努力以科幻元素支撑现代生活的玄幻表达,语言幽默,故事生动,人物丰满,写出了凡人到英雄的内心成长,富有正能量。疯丢子创作的《百年家书》,讲述了一个家庭的抗战传奇与两代人近百年的传承,融入历史、军事和科幻元素,老一辈人在抗日战争时期艰苦卓绝的斗争波澜壮阔,充满了家国情怀。七月新番是网络历史小说创作的年轻代表,他以网络文学独特的表达方式在《秦吏》《汉阙》等作品中处理可靠的史实、丰沛的细节,将今人感受和古人观念融会贯通,进行幽默表达,为历史小说这一成熟题材类型注入了新意。1991年出生的老鹰吃小鸡是网络文学都市异能类小说创作的代表性作家,他的《全球高武》把武侠和现代结合起来,讲述年轻人热血拼搏的故事,吸引了许多中外读者。中国网络文学走出国门,对推动中华文化的海外传播、加强中外文化交流无疑意义深远。有了更多好作品的储备,东方掀起浪花之后,对于网文出海,我们可以期待更多。

9月16日,中国网络文学影响力榜(2020年度)"新人新作榜"揭晓,最终,老鹰吃小鸡、柠檬羽嫣、懿小茹、言归正传上榜。这次评审与往年相比有三个突出特点,一是特别注重作品的价值导向,强调有大流量的同时要有正能量,引导网络文学高质量发展;二是高度重视文娱领域综合治理工作,特别警惕娱乐行业不良现象向网络文学行业的渗透,更加强调网络作家的社会责任感;三是突出网络文学的国际传播,推动更多优秀网络文学作品走向国际,传播中国优秀传统文化,讲好当代中国故事。

1990年的萧瑾瑜到深圳的时候感觉都要累病了。两年前,他多了一个"全职奶爸"的新身份。萧瑾瑜从初中开始看武侠网文,2011年开始自己创作玄幻仙侠小说。"看了这么多年书,脑子里也有很多稀奇古怪的

创意和故事,就想试试自己能不能写。"没想到一写就是十年,有收获也有挫折。2015年参加鲁迅文学院第八届网络文学培训班和成为中国作协会员,是他创作路上最开心的事,他感觉得到了很大的肯定。新的幸福和辛苦都是从未体验过的。每天都很累,写作会被各种意想不到的琐碎事情干扰。"但作为一个年轻的父亲,再苦再累,每天和女儿一起,陪伴她成长,仍然是幸福快乐的。"他希望写出自己孩子长大后也能阅读的好作品。

"一书封神"的我会修空调对于是否能入最后的榜单一身轻松。1993年出生的他喜欢构思一个个荒诞幽默的小故事,讲述人情冷暖。他2015年开始写网络小说,最大的快乐是从兴趣出发写作,是跟自己的读者交流,其他就是顺其自然,得失随缘。我会修空调擅长悬疑题材,代表作《我有一座冒险屋》上架8小时均订破万,获2018阅文集团超级IP风云盛典年度新锐作家。可他还是说自己暂时没有满意的作品,觉得每一部作品都有一些缺憾,回过头看,会发现很多东西没有好好表达,如果重新写的话会更好。而写作这件事,他不会放弃,接下来会追求更有质感的文字。

"没有上榜的青年作家并不意味着他们的创作水平不好,这个是必须要明确的。"中国文艺评论家协会网络文艺委员会委员桫椤参与了最终的评审。他说到,今年影响力榜的评选标准更为严格,做了各个方面的细化。按照评选规则,只有获得或超过三分之二以上票数的作者才能入选,经过初评、复评入围的有14人,最终有4位作家获得了规定的票数,这也意味着他们获得了评委组最广泛的共识。不是所有入围作家都能上榜,意味着"新人"的创作尚未定型,读者对他们的认识还在变化中,这都能促使上榜的和没有上榜的"新人"对自己的创作进行反思。"未来这个榜单的评选如果能长期坚持下去,一定能够对青年的创作起到激励作用,能促进整个行业的发展;我也相信,随着评审标准和程序的不断完善,这个榜单将会更加精彩。"

南开大学文学院教授周志强也参与了最终评审。在他看来,今年入围的新人绝大多数已经有了广泛影响力,有几个特点:出现了高学历的新人作者;作品能在社会的不同阶层得到广泛认同;极个别的作家作品已经显露了未来相当大的发展空间。总体来看,今年的"新人榜"反映了 90 后网络作家崛起的趋势。新一代网络作家对小说的题材、叙事方式、文学语言都有着自己的诉求,这是网络文学发展中非常重要的一个现象。他们重视作品本身的艺术质量、技术技巧,锤炼题材,打磨结构,雕琢语言,对文学性和审美性有着较高的追求。

周志强期待新一代网络作家能够写出更加恢宏、视野开阔的现实题材和历史题材的作品,也能够向老一代的网络作家和经典作家学习精品意识,继承优秀网文的哲理性、现实性,对生命境遇和现实生活都能有更深刻的社会学、哲学性质的思考,开拓盲区,不说套话,个性飞扬,题材更加多样,作品更有力量。随着"新人榜"的推出,他希望新一代网络作家能够发挥出自身潜力,在"新变"和"深刻"两个层面获得突飞猛进的发展。

网络文学蓬勃、鲜活地在这个时代生长着,以它的无限想象,以它的烂漫可爱,以它的现实沉思,给予这个国家近 5 亿的读者以各种形式的能量与元气,不断创造新的奇迹与可能。何弘谈到,当前新增网络文学作品中,最有影响力的作品大多是 90 后作家创作的。他们的创作虽然总体来说乐观向上,但还有一些盲目性和自发性,"三俗"等问题还在一定程度上存在。通过正确引导,加快网络文学的主流化、精品化进程,他们一定

能创作出更为优秀的作品,成为网络文学创作的中坚力量。

烽火戏诸侯是网络文学的"老人"了,他一直强调网络文学的精品化写作。全民阅读的时代,不仅需要"流量"很好的作品,更需要一批能够进入中国网络文学史,甚至整个文学史的经典作品。他很关注这一代网络文学新人,期望有大量的新作者出现,为网络文学不断补充新鲜血液,"尤其要大力扶持那些暂时没有名气的新人作者,他们就是网络文学的基石和未来"。

年轻一代的作者一直在努力写作,他们没有让人失望,他们还会带来更多惊喜,有很多人在构思着更多的好故事。我们期待并相信,中国网络文学这股年轻力量将潜龙腾渊,鳞爪飞扬。

原载于中国作家网 2021 年 9 月 23 日

如何改革，怎样文学
——评阿耐的《大江东去》

唐小祥

阿耐一向被视为财经作家，擅长写商业世界的众生百态和儿女情长，但在《大江东去》的封面上，却印着"全景展现改革开放三十年中国经济和社会生活变迁的史诗""读者公认媲美《平凡的世界》""小说版的《激荡三十年》"的宣传语，它们既让人联想起巴尔扎克"小说是一个民族的秘史"这类经典的现实主义文学观，也把作品与新时期文学初期的改革文学以及关于改革开放的纪实、报告连接了起来。而我的兴趣在于，网络文学写传统题材，是否突破了传统文学成规，刷新了传统文学的疆域和可能？从文学思潮来看，能否称《大江东去》为"改革文学"？如果同意这种命名，那么在已有的改革文学谱系中，它拥有怎样的历史位置，与其他的改革文学经典作品相比，它是否展示了自身独特的改革想象，塑造了改革中的独异个人，进而丰富和扩展了人们对改革开放以及改革开放中人的心灵和命运的认知？以上这些，都是本文拟展开的讨论，正如希利斯·米勒所说："批评家无法解开那缠结在一起的意义的丝丝缕缕，把它梳理顺当，使其清晰醒目。他能做的充其量只是追溯文本，使它的各种成分再一次生动起来。"[①]也就是经由追溯确定作品的性质和重要性。

一、改革文学谱系中的历史位置

小说第三章写到雷东宝在部队里因为"为人豪爽，干活卖力，又有小

---

① ［美］J.利斯·米勒：《重申解构主义》，郭剑英等译，北京：中国社会科学出版社1988年版，第127页。

脑筋"而"深得连长指导员的器重，参军第二年就光荣加入了中国共产党"，正一心准备提干，却接到上级关于所有士兵必须通过军校考试才能提干的文件，而他自己只有初中文化水平，眼看通过无望，就只好跟其他志愿兵一起退伍。正是这份旨在保证军队指战员知识化年轻化的文件，"催生"了一个带领小雷家大队发家致富的鲁智深式的农村改革先锋。此时，未来的国企改革实干家宋运辉尚在省城念大学，未来的海归创业者梁思申还在念小学，未来的民营企业家杨巡则在村里卖货郎担。这种情节和人物的出场时间安排，既是出于穷则思变这个改革逻辑的需要，也与20世纪80年代初期经济体制改革先农村后城市的整体步骤若合符契。从雷东宝的村办企业、宋运辉的金州化工总厂到杨巡的电器市场，基本涵盖了经济改革的三大领域；从县委机关的斗争、小雷家大队的企业生产到金州化工总厂大院的喧嚣、韦春红经营的春红饭店，也几乎聚焦了士农工商的各个阶层——这正是小说封面称之为"全景展现中国经济和社会生活变迁的史诗"的文本依据，也正是这个"全景展现"使它与20世纪80年代初期的改革文学区别开来。

"文革"结束后，一大批老干部和知识分子恢复原职，重新走上工作岗位，由于近十年的人才断层，加上他们对党和人民的忠诚、对共产主义事业的坚定信念，使其很快就成为各条战线的骨干力量。表现在文学作品中，就是改革文学的潮涌。从蒋子龙的《乔厂长上任记》到柯云路的《三千万》，从张洁的《沉重的翅膀》到李国文的《花园街五号》，形成了一股改革文学热。与《大江东去》的"全景展现"不同，这些作品大多只写了一个企业或一个县的改革故事，都只重点塑造了一个卡里斯玛型的改革英雄形象，比如乔厂长、丁猛、郑子云，都只关注单个领域的改革进程。这种叙事内容的宽窄差异，固然体现了网络文学相比于传统文学的篇幅优势——《大江东去》150万字的规模,自然可以容纳更广阔的改革画面,把士农工商等各个阶层的改革故事尽收笔底,增加小说的"史诗"意蕴,但面面俱到、巨细无遗的叙事目标和策略,也导致作品节奏感不强,人物性格单薄,给人一种写作心态匆匆、急欲推进情节的阅读感受。这一点后面还要谈到,此处按下不表,先说它与改革文学之间的复杂关联。

从人物角色的设置和情节事件的安排来看,《大江东去》跟贾平凹的《浮躁》和路遥的《平凡的世界》存在一种内在的互文关系。雷东宝复员回村后带领村民做的第一件事就是烧砖窑,由此走上村办企业的发展之路,这与《平凡的世界》中孙少安因烧砖窑成为石圪节公社的冒尖户如出一辙。《浮躁》的主人公雷大空成立白石寨城乡贸易公司,与仙游川的河运队并列白石寨两大富户,还在著名记者金狗的帮助下给当地杂姓群众出了恶气,最终又因触犯法律而身陷囹圄;《大江东去》中的雷东宝也是空手套白狼,通过不断向县里贷款的方式来发展村办企业,也在宋运辉的帮助下成为当地的头面人物,最终同样因行贿被送入监狱。阿耐是20世纪60年代生人,对80年代轰轰烈烈的改革文学想必不会太陌生,因为在小说的结尾,作者还借梁思申之口提到了1984—1988年出版、由金观涛主编的那套《走向未来》丛书。这种叙事模式上的互文,既充分显示了它与当代文学史上的改革文学之间的特殊关联,也说明网络文学不全然是"别立新宗"自成一脉,而与传统文学分享着某些共通的叙事符码,因此网络文学批评绝不仅仅需要心理学、传播学、统计学、大数据等学科的支援,势必也要借鉴传统文学批评的方法和语汇。

不过,《大江东去》与传统的改革文学也有明显的差异,其中最能说明问题的就是叙事时间和视角。当代文学史中的改革文学,从20世纪70年代末的《乔厂长上任记》到90年代的《平凡的世界》,都是以凝视的目光、亢奋的情绪写正在或尚未发生的改革事件,一切都在不确定之中,带有强烈的探索性、试验性和启示性,因此往往充满了崇高的悲剧气氛。乔光朴在国企内部搞扩大企业自主权的改革,就是在为当时的国有企业改革趟路;高加林离开又返回农村的经历,就是对当时青年农民试图摆脱土地重新选择人生道路的诉说;李向南到西北贫困地区担任县委书记以后勇于跟当地的权力网斗争,务实高效地为民办事,就是当时民众呼唤正直而有魄力的干部来帮助解决现实难题、领导改革方向的心声。正像有研究者指出的那样:"没有任何一个时期的文学像'文革'后的改革文学那样,被人民寄予那么高的期望,历史的所有希冀和方向似乎都要由文学指出。"[1]而《大江东去》写于2009年,它所叙述的1978—1998年间的改革事件都早已尘埃落定,它投射出去的目光不是凝视,叙述的口吻和基调也不再激烈而紧张,而是以类似"1999年过去了,我很怀念她"的回忆口吻,充满过来人的感伤和叹息,当然也有回忆峥嵘岁月的激动和自豪。

因此如果把专门写改革的文学称为改革文学,按照叙事时间的区隔,其实存在两种改革文学,一种是20世纪80年代那种与改革同步的改革文学,另一种是《大江东去》这类与改革拉开了时间距离的回顾性的改革文学,也就是站在今天的时间节点和空间视点上书写过去四十年的中国改革经验的文学,而作家如何表达这四十年里国人的生存经验与生活命运,是一个既棘手又迫切的问题。说它棘手是因为越切近的经验越是芜杂、庞大,越无法依赖时间的淘洗,也就越考验作家的胆识、智慧和担当;说它急迫是因为过去四十年的改革深刻改变了我们这个国家和民族的面貌,也深刻重塑了生活在这块土地上的人的心灵和情感,但迄今为止以过

---

[1] 陈晓明:《中国当代文学主潮》(第二版),北京:北京大学出版社,2013年版,第294页。

去四十年改革经验为写作对象的作品在文学图书出版总量中的占比实在太小,能撄人心、留得住的优秀作品更是凤毛麟角,人们对改革的想象还停留在20世纪80年代的那几部经典作品上,除此之外就无法再从文学作品中获得认识现实的表象体系和情感结构,这不能不说是新世纪文学的尴尬,由此也可见召唤一种新的改革文学的必要。这就是《大江东去》在改革文学谱系中的历史位置,也是在这个意义上,它甫一出版就获得了"五个一工程"奖。

二、时间的空间性与单面的改革想象

在改革所牵涉的社会阶层中,不同的群体有不同的改革规划和"改革想象",不同的主体也有不同的改革"路线图""时间表"和对改革难题的不同解释装置。20世纪70年代,美国传播学者马尔科姆·麦克姆斯和唐纳德·肖通过实证研究发现,在公众对社会公共事务中重要问题的认识和判断与传播媒介的报道活动之间,存在着一种高度对应的关系,即传播媒介作为"大事"加以报道的问题,同样也作为大事反映在公众的意识中;传播媒介给予的强调越多,公众对该问题的重视程度越高。根据这种高度对应的相关关系,麦克姆斯和肖认为大众传播具有一种形成社会"议事日程"的功能,传播媒介以赋予各种议题不同程度"显著性"的方式,影响着公众瞩目的焦点和对社会环境的认知。如果人们承认"文学"也是一种"大众传播媒介","叙事"也是一种"报道",那么"改革文学"势必也要制定自己的"改革议程","改革文学"对"改革议程"的"文学想象",势必也会影响着公众对改革政策的认知和接受。[①] 也正是在这个意

---

① 唐小祥:《"人性"修辞、性别体验与"改革议程"的文学想象:重读张洁〈沉重的翅膀〉》,《文艺争鸣》,2018年第10期。

义上,改革文学才被视为改革实践的特殊试验田,被人们寄予那么大的期望,20世纪80年代的"文学轰动效应"多半也是由此而起。

那么《大江东去》到底显示了什么样的改革想象呢?从雷东宝在小雷家大队烧砖窑、养兔子、办电线厂和养猪场,宋运辉在金州化工总厂搞技术升级改造到杨巡在电器市场杜绝假货诚信经营,都只是单纯的技术和经济改革,对人的思维和观念的改革以及政治体制改革缺乏起码的关注和呈现,也失去了理性批判和文化反思的向度,表现出鲜明的技术主义和经济至上意识,这些阻碍改革往前推进的老大难问题,在作者的叙述中被搁置不议。特别是经历过20世纪90年代以来对现代性的全面反思,面对当前技术更新加速的现实,这一点就更需要提及。其实只要稍微具备些社会实感的人,就不难发现今天人们对技术的信念和依赖已经达到登峰造极的地步,使用最新款的苹果手机已成了某种身份的象征,技术机器的运转对各类名目和修辞的征用也已合法化。技术给生活带来的方便和舒适,容易使人产生一种错觉,认为在技术中可以找到绝对的、最终的中立性基础,因为跟宗教、政治、经济、道德、伦理、文化等领域相比,显然没有比技术更中立的了。不过德国的政治思想家卡尔·施米特提醒人们:"如果今天仍有许多人期望技术完善可以促进人道主义和道德的提高,无非由于他们把技术和道德不可思议地扯到一起,其根据乃一种不乏天真的空想,以为当代技术的辉煌成果只会运用于关乎社会的方面,而且他们自己能够控制这些令人恐怖的武器,掌握这种巨大的力量。但是,技术本身在文化方面——如果我可以这么说的话——依然是盲目的。"[①]换言之,技术既能强化和平,也能强化战争,既能造福人类,也能毁灭人类,

---

① [德]卡尔·施米特:《政治的概念》,刘宗坤、朱雁冰等译,上海:上海人民出版社,2014年版,第134页。

二者机会均等。至于经济至上的改革想象,在20世纪80年代的改革文学中就有突出的表现,蒋子龙的《乔厂长上任记》和《赤橙黄绿青蓝紫》都包含着一个"只要改革经济体制,生产就能上去;只要生产上去,四化就能实现"的乌托邦,都旨在为现实的经济改革提供一部想象性的"成功指南"。从当时人们焦灼的历史愿望来看,这种塑造经济领域俾斯麦式英雄的写法尚有其合理性,但到了新世纪,再忽略改革是个系统工程的事实,仅仅从经济层面去呈现,就是视野的狭窄和思想的懒惰了。阿耐自己长期供职于民营企业,熟稔市场经济的游戏规则,所以写起经济改革来游刃有余,这是她相对很多传统书斋作家的优势,但身在其中也容易当局者迷,对经济和技术之外的要素缺乏自觉,无形中又限制了她改革叙事的深度。

《大江东去》的改革想象所存在的另一个问题就是过于简单化、浮浅化,只想象了一种时间、节奏和进程,没有把拒绝改革、阻挠改革的另一种时间、节奏和进程的线条给勾勒出来。在本雅明看来,人类历史的进步概念无法与一种在雷同的、空泛的时间中的进步概念分开,"历史是一个结构的主体,但这个结构并不存在于雷同、空泛的时间中,而是坐落在被此时此刻的存在所充满的时间里"①。也就是说,时间并非完全是一种物理意义上的线性概念,而是一个空间并置的结构,哪怕居于同一个空间之内,不同的人群也分享着不同的时间。比如,同样生活在上海,那些出入高档写字楼的精英选择的是后工业社会的现代生活方式,而街头那些环卫工人的生活方式则更多保留了传统农业社会日出而作、日落而息的习惯,这两种方式并置于上海这一都市的空间之内。如果意识不到时间的

---

① [德]汉娜·阿伦特编:《启迪:本雅明文选》(修订译本),张旭东、王斑译,北京:生活·读书·新知三联书店,2012年版,第273页。

空间性,那么就很难看到改革更丰富复杂的维度。《大江东去》的写作,完全是按照线性时间的进程,讲述雷东宝带领下的村办企业是如何随着政策的向好一步一步发展壮大的,宋运辉在金州化工总厂是如何在水书记的提携下一步一步走向领导岗位的,杨巡是如何在雷东宝和宋运辉的帮衬下一步一步买下整个电器市场的。至于与雷东宝、宋运辉和杨巡处于不同时间、节奏和进程的人群,他们在怎样地活着,有怎样的心态,与改革保持何种关系,小说均未置一词,这样就让人误以为只有一种生活和逻辑,无法看到改革在多种力量缠绕和博弈下的真实状态,而这种状态正是米兰·昆德拉所谓"唯有小说才能说出的东西"。

  从 1978 年到 1998 年,20 年的时间河流里只有雷东宝、宋运辉和杨巡这些改革的实干家在逡巡,并未出现其他反对改革的游荡者,仅有的小雷家大队的造反派老猢狲,也只是出于对雷东宝和老书记的个人不满,并不是某个反对群体的代表,这就极大降低了改革的难度,也不利于总结改革的经验和教训。卢卡契在《关于文学中的远景问题》中谈到,有些作家"出于一种全然是善良的意图,想使转变飞快地进行,想使一个才规定不久的目标很容易地就被达到",从而"把我们现实的远景当作已经付诸实践的现实表现了出来",这种做法一方面过低估计了阻碍和旧的残余,特别是"存在于人们身上的、在他们的灵魂里的旧的残余";另一方面也"过高地估计了迅速实现的结果,由此而作出一幅歪曲现实情况的图画"[①]。这段论述,用来讨论《大江东去》的改革想象也特别合适,它同样需要避免"过低估计了阻碍和旧的残余""过高估计了迅速实现的结果",否则就容易掉入当下"抗日神剧"的陷阱。

[①] [匈]卢卡契:《卢卡契文学论文集》(一),北京:中国社会科学出版社,1984 年版,第 458 页。

三、如何改革？怎样文学？

1978年冬，安徽凤阳小岗村的18户农民冒着生命危险，将村集体土地分田到户，这个改革开放的缩影，已被改编为各种艺术形式，以彰显人民群众是改革开放的主体力量和动力源泉。及至后来如火如荼的乡镇企业，也是基层群众在摸爬滚打中实干出来的，有领导人的讲话为证："农村改革中，我们完全没有预料到的最大收获，就是乡镇企业发展起来了，突然冒出搞多种行业，搞商品经济，搞各种小型企业，异军突起，这不是我们中央的功绩。"① 但是在《大江东去》的改革叙事中，人民群众的首创精神以及改革的必然逻辑都发生了微妙的转换，呈现出某种价值观上的移位。在经济和社会生活状况上，小雷家大队和小岗村有相似之处，都是"吃粮靠供应，花钱靠救济，生产靠贷款"的"三靠村"，而且村民吃不饱饭，村里多老单身汉，这些都可以构成改革的合法性与正当性来源。但是雷东宝从部队复员回村，直接被老书记推荐为大队的副书记，此才有了后来的创业故事；他在全村实行分田到户、决定养长毛兔是宋运辉提供的政策和理论指导，他开电线厂是因为陈平原县长的上台，办养猪场是县委徐书记给出的主意，至于他在带领小雷家大队致富过程中遇到的大小难题，也无一不是依靠宋运辉、陈平原和徐书记等政界精英的帮助才获致解决的。这就给人一种印象：仿佛所有的改革路线图和时间表都是早就设计好了的，就差一个农村基层干部去具体执行了，而基层群众的首创性和探索精神，农村改革发生的必然性机制，都是可有可无的存在，这显然与改革开放的历史真实不符。

---

① 邓小平：《改革的步子要加快》，《邓小平文选》（第3卷），北京：人民出版社，1993年版，第238页。

价值观上的移位也体现在雷东宝与村民的关系上。小说写雷东宝回村后,"充满原始激情的理想主义,是那样的理想主义促使雷东宝公而忘私地带领小雷家摆脱饥饿、丰衣足食",言语间充满了赞赏和肯定,而写到雷东宝入狱后的心理活动时,认为"他竟然要到今天才看清楚,他屁都不是,只有他对小雷家全心全意,没有小雷家对他全心全意"[①],显然是在为雷东宝打抱不平。依此逻辑,小雷家大队能够走兴办产业之路,完全是出自雷东宝个人的致富动机,村里所经营的村办企业也不过是雷东宝的个人心血,村里人只是一群自私自利、小康即安的"乌合之众"罢了,对于全村的改革大业实在是无甚裨益。从这两方面的对比中,我们似乎可以看到作者仍然持守着一种极为陈旧落后的观念,即无限夸大英雄人物在历史上的作用,把历史看成帝王将相和英雄好汉任意涂抹的白纸,人民群众在白纸面前不是手足无措就是乱涂乱抹。经典马克思主义作家早就论证过的英雄人物历史作用的大小,取决于他们对历史任务的认识和实现的程度,取决于他们反映人民群众的愿望、要求的广度和深度,对于作者而言仍然是尚未揭示或有待检验的真理。

这种暮气沉沉的观念,在作者另一部长篇《欢乐颂》中也体现得相当明显,一是经济决定论,什么人跟什么人交往,什么人过什么生活,樊胜美与王柏川、邱莹莹与白主管、关雎尔与应勤、安迪与包亦凡、曲筱绡与赵医生等五对门当户对的情侣搭配,说明一个人的经济条件先在地决定他们的恋爱和婚姻对象,折射出不同阶层间的交往成本和"翻身"的难度;一是"出身论",即任凭樊胜美、邱莹莹和关雎尔怎么踏实肯干、任劳任怨,也无法过上安迪和曲筱绡那样的物质生活。这也是当下很多网络文学的通病,那就是写作介质很新,写作方式也潮,但写作者骨子里的观念却极

---

① 阿耐:《大江东去》,北京:北京联合出版公司,2014年版,第311页。

其陈旧,毫无一丝的反叛与创造精神,缺乏少年情怀和青春气息,普遍选择与资本、读者及其欲望携手狂欢,以迅速变现成影视剧、动漫、网游等产品为目标,这与20年前网络文学刚问世时人们对它的革命性潜能和文本开放性的期待,与它自身所承载的文学理想,相去何止千万里。

之所以会出现这种价值观念上的迷思,恐怕与小说的表现手法不无关系。如果说茅盾的《子夜》通过描绘一幅民族资本主义发展与崩溃的缩图来回应20世纪30年代初的中国社会性质论战,尚被讥为一份"高级形式的社会文件"的话,那么阿耐的《大江东去》就完全是通过雷东宝、宋运辉和杨巡几个英雄人物的打拼经历,来图解恢复高考、家庭联产承包责任制、鼓励乡镇企业发展、扩大企业自主权、盈亏包干责任制等宏观政策,充满了概念化和夸张色彩。小说采用编年体的结构,亦步亦趋地按照国家政策的出台顺序来展开情节和推动叙事,人物只是落实政策的工具,没有自己的独立意志和命运,缺乏自省的内心独白,导致性格不够丰富和立体,自然也就没有高加林和孙少平那样的绝望;语言以叙述语言和对话语言为主,叙述视角单一,情节转换呆板。从叙事与历史的关系上看,它与电视专题片、纪录片的区别并不明显。传统文学在艺术表现手法上的缺陷,在网络文学这里似乎又要重过一遍,使人疑心它究竟是通俗文学的现代版本,还是网络时代的大众文学。阿耐的《大江东去》带给人们的启发还有很多,不过就小说写作本身而言,它所引发的最有意义的思考恐怕还是:如何改革,怎样文学?

原载于《百家评论》2021年第4期

中国速度、匠心传承与家国情怀

——评工业题材网络小说《铁骨铮铮》

汤俏

"一桥飞架南北,天堑变通途",这是毛泽东在《水调歌头·游泳》里表现武汉长江大桥雄伟气势的诗句。而对于以宁夏为中心辐射开去的广袤无垠的大西北来说,银西高铁建成通车的重大意义也当得上跨山越海,可堪一比。作为国家《中长期铁路网规划》"八纵八横"高铁网的重要组成部分,银西高铁发轫于银川平原,越黄河、毛乌素沙漠边缘和世界上规模最大的黄土塬而深入八百里秦川腹地,是首条连接宁夏、甘肃和陕西三省的高铁,也是国内一次性建成里程最长的客运专线,其艰巨程度、技术难度和标杆意义不言而喻。从"苦瘠甲于天下"到"再造塞上江南",银西高铁无疑是"一带一路"建设下西部大开发中新添的一条奔涌的大动脉,源源不断地为陕甘宁革命老区输送新鲜血液,推动宁夏、蒙西等周边地区经济社会快速发展。从早期技术引进到今日自主研发、高铁总里程领先世界,从"中国制造"到"中国速度",中国高铁这张"名片"凝结着无数尽心竭力的铁路建设者的智慧和心血。我本疯狂(本名赵磊)的《铁骨铮铮》就是一本立意于致敬和全景记录银西高铁从开工建设到落成通车这样一个"艰难困苦,玉汝于成"光荣历程的现实题材网络小说。

近年来,现实题材成为网络文学重要的创作方向,得益于国家层面的大力倡导和行业的鼓励扶持。"艺术可以放飞想象的翅膀,但一定要脚踩坚实的大地。文艺创作方法有一百条、一千条,但最根本、最关键、最牢靠的办法是扎根人民、扎根生活。"习近平总书记在文艺工作座谈会上的讲话为包括网络文学在内的新时期文艺事业的繁荣发展指明了方向。网络文学自诞生以来，除了天马行空的想象力，并不缺乏现实生活的烟火气，都市、言情、职场、校园等这些交互的类型，就是网络文学自早期至今仍热门的创作题材。即使是玄幻、修仙、穿越等架空历史的作品，也依然有着源自作者日常生活中现实经验的投射。在"想象的翅膀"和"坚实的大地"之间，网络文学还有着许多积累、沉淀和深化的空间，但也同样拥有值得期待的未来。学术界对此也始终关注，禹建湘认为，网络文学正在发生"从玄幻想象到现实观照"的审美转向；闫海田将这种调和了网络文学浪漫主义和传奇色彩的现实题材创作称为"后玄幻时代的现实主义"；夏烈则认为，网络文学近年来出现的这种聚焦于社会变革和时代发展的现实题材创作，兼具民间视角和家国情怀，可以视为网络文学进入社会主义现实主义叙事风格的自觉时期。

我本疯狂正是上述学者讨论的由玄幻转向现实题材创作的先行者和践行者的典型之一，他以《一世兵王》《极品狂少》《特种教师》等军事题材和都市玄幻题材作品知名于网络，《铁骨铮铮》是他个人首部扎根基层跨界创作的现实题材作品。从富于传奇色彩的个人英雄成长录到聚焦于主旋律的时代发展与变革的宏大叙事，我本疯狂的创作转向缘起于自己曾就职于铁路系统八年的亲身经历，旨在描摹中国铁路发展改革的时代风云、展现铁路人的精神风貌。为此，他在创作过程中多次前往银西高铁指挥部、宁夏城际铁路公司和施工现场进行调研，书中的人物、情节大多融合了自己的亲身经历和项目建设过程中的一手材料。可以说，《铁骨铮铮》是一部立足于原汁原味的生活、意在艺术重构广袤的西部大地上这一高铁建设事件的现实题材佳作。不同于齐橙的《大国重工》、阿耐的《大江东去》、何常在的《浩荡》，我本疯狂并不试图锻造作品的"史诗品

质",而是回到历史深处,回溯改革开放 40 年以来中国发生的沧桑变化,也无意于借用网络文学中穿越重生等"金手指"打造传奇色彩和"爽文"精神,而是专注于当下的现实,选取银西高铁建成这样一个时代截面勾勒出铁路建设行业的线条,以工匠精神作为一枚历史的切片,深入整个时代的脉络和肌理之中。"初心在方寸,咫尺在匠心",小说里王忠国和刘建师徒这种有所坚持而又有所不为的科学理性和工匠精神的传承,背后沉淀的是中华民族共有的生命密码和文化符码,他们坚守使命与责任,有所承担而又敢于担当的优秀品质,是从一己之私的"小我"到吾国吾民之"大我"的升华,也是作者致敬铁路建设工作者的青春献礼和寄托遥深的一腔家国情怀。

评论家乌兰其木格认为:"网络文学中的青年形象与五四时期的'新青年'、20 世纪 80 年代的励志青年及 90 年代的时尚青年根脉交接、声气相投。"我本疯狂在其网络小说的创作中一直以"爱国"作为人物塑造的诉求,《铁骨铮铮》作为一部现实题材的行业小说,更是贡献了一批"舍小家为大家"、德才兼备、爱岗敬业的新时代中国青年形象。小说一开篇便描绘了一幅"风雪夜归人"的动人画面,因为工作性质而常年与女友聚少离多的优秀铁路工程师刘建此番千里迢迢、星夜兼程赶回来的目的是向女友李颖求婚,并且实现自己调回本地、相互陪伴的承诺。作为小说着力打造的第一主人公,作者刻画了一位兼具才华与情怀、符合年轻人审美取向的人物典型。刘建业务能力高超,不擅花言巧语,却愿意揣摩女友的心思并且积极准备,营造了一个极其浪漫的烛光晚餐求婚仪式。这其实是一位朴实讷言的工科生极为难得而可贵的品质,重情重义、知冷知热。当他得知师父王忠国罹患癌症仍坚持抱病上岗、立志将银吴高铁建设成中国高铁的标杆之后的选择,与其说他是为了帮助师父实现最后的人生理想,毋宁说是在师父的精神感召下,坚守铁路人的职业担当与使命意识,在时代的洪流中为祖国的西部大开发贡献自己的一份力量,以"小我"换"大我"。失去相守多年的爱情,他并非没有犹豫、痛苦,但他既尊重女友李颖的意志,也听从理想信念的召唤。这样的人物形象就不是刻板、扁平的,而是有血有肉、有情有义、真实可感的。这也为此后他获得《宁省日报》记者林楠的青睐提供了说服力。而他身上最为闪光的品质是,始终具备一名高铁建设者的使命意识和责任担当,以项目质量和人民的生命安全为首要目标,即使面对来自权力和利益的巨大压力也能保持理性和科学精神。正是这种宝贵的品质才能令他不惜触怒未来岳父也是顶头上司的林云峰,才能令他获得宁省省委书记徐宁的赏识。也正是刘建和王忠国师徒俩这种精益求精的科学精神和不计个人得失、孤注一掷的勇气给相关部门的领导干部们上了一课,空有政治激情不等同于工程质量和安全,一己之私绝不能凌驾于国家和人民的生命财产安全之上。与此同时,小说中林楠美丽聪慧、独立自主的新时代女性形象也给人留下了深刻印象。此外,吴振涛作为一位职场新人能明辨是非、坚持立场,徐娇娇落落大方、知错就改等,都是该书青年人物序列中的闪光点。

书中也塑造了一些个性鲜明、不因循守旧的开明长者形象。王忠国以生命拥抱事业的热诚令人感佩,徐宁躬身自省、胸怀丘壑而又能深入基层一线的领导形象也足以跻身改革开放以来优秀管理者的队列。对于林云峰的处理尤值得称赞,他为了追求工程速度不惜强令撤换刘建,究其原因,是个人经历和知识构成所造成的思维方式和价值观念的差异所致。作者在这里表现出的对人物不同阅历和价值观念的理解,恰恰是其对于人物性格丰富性、多样性有层次的体认和成熟的把握,可

以说这是对网络小说中的人物塑造容易流于扁平化、脸谱化弊病的思考和超越。

  一部优秀的现实题材网络小说还应具备动人的现实情怀。《铁骨铮铮》的故事构造和人物塑造表达的那种忧心天下的家国情怀，也是这部作品脱颖而出、成为献礼建党百年佳作的原因。在宁夏，银西高铁项目前期的征地、拆迁都会涉及少数民族村庄，这给文学创作增加了难度，作者最终决定下笔，首先是因为他在调研和取材过程中了解到，高铁建设过程中遇到的这些问题得到了顺利解决，他希望自己的现实题材创作不但要基于现实，而且要在艺术追求上更进一步。"让人们在享受高铁时代便利的同时，了解中国铁路的发展和改革"，也希望以此为契机进一步思考和探索网络文学创作未来的方向和路径。小说中，作者让刘建想出了一个巧妙的处理办法，通过聘用村民参与基地建设，不但保障了高铁建设顺利推进，还为村民脱贫致富提供了可持续发展的途径，不但显示出作者直面现实的勇气和家国情怀，也使小说因其本土特色而成为此类题材中接地气的"这一个"，增强了作品的辨识度和独特性，同时营造了一波三折、一唱三叹的戏剧性和可读性。最后，由于处理得当，村民们达成了对高铁建设造福于民的一致认同，不仅彰显了民族团结，还讴歌了"一带一路"和西部建设，致敬了在这一泽被千秋的事业中努力奉献的每一位平凡的劳动者。

  "风樯动，龟蛇静，起宏图。"伴着一声长鸣，宁西高铁银吴标段"银市至中市段"高铁正式开通运营，刘建终于实现了师父王忠国的夙愿，建成了中国高铁的标杆，这是"中国速度"，也是"中国精神"。他和林楠在动车1号车厢的婚礼，既是对青春人生的献礼，也是对伟大时代的献礼。小说虽然仍难免在逻辑、结构、主题等艺术标准上存在进步和深入的空间，但这可能是网络文学从"无边的现实主义"进入"有边"界定之审美转向、从"平原"迈向"高原""高峰"的必经之途。

原载于《文艺报》2021年9月17日

书写坊巷空间里的民间情感

——评姚璎的《情暖三坊七巷》

刘虹利

网络文学发展至今,已经成为新时代社会主义文学的重要组成部分。庞大的网文写作群体不仅带来了作品数量上的惊人增长,写作者们的多元知识背景和生活阅历还使他们的作品在广泛的社会生活领域和丰富的精神维度上不断生长。尤其在新时代文艺政策的指引和时代精神的召唤下,越来越多的网文跳出了自我书写和蹈空虚构的初阶模式,在经济建设、社会民生、文化传统等题材领域深入开掘,并勇于就重大的话题书写出一代网络原住民的心曲。姚璎的《情暖三坊七巷》正是这样的作品,小说以小的故事呼应大的时代命题,聚焦福州古城三坊七巷的改造历史,探讨在城市化进程中传统如何与现代和谐共生的问题。

在福州,三坊七巷被称为里坊制度活化石。中国城市的里坊制度由来已久,并在政治、经济因素的共同作用下不断演化,是古代城市内部空间结构的特殊布局方式。据相关学者的专门研究,隋与唐前期,在都城及大部分州(府)县城,推行了较为严格的里坊制,城内基本空间格局由封闭的坊墙、大大小小的十字街道构建而成。中唐以后,里坊制度逐步解体,封闭式的坊墙逐步被突破,到宋代形成了开放式的街巷布局。里坊制既是一种关于城墙街道、坊市建筑的空间布局,也与安全保障、生产贸易、日常习惯等生活秩序相关。在某种程度上,里坊制这一特殊的空间实践导致了相应生活方式的形成。

在中国迈入现代社会尤其是改革开放以来,城市化进程加速推进,城市规划构造出了新的空间布局,正如美国文化地理学家菲利普·韦格纳所认为的,"空间本身既是一种'产物',是由不同范围的社会进程与人类干预形成的,又是一种'力量',它要反过来影响、指引和限定人类在世界上的行为与方式的各种可能性"。当代空间实践围绕工业生产和资本流通展开,不管是建筑设计,还是空间规划,都体现出社会对于高效便捷和精准定位的功能性追求。这样的城市内部空间,在不经意间就改变了主体的生活方式和情感体验,甚至一度使人普遍认为城市是由高楼大厦组成的冰冷的水泥森林,缺少人情味儿,《情暖三坊七巷》的创作可能正是基于这样的现实考量而发生的。若论当代都市人际情感纽带的薄弱甚至断裂,人口流动性增大与生活节奏加快固然是主因,但空间布局的变化也不容忽视:工作场所与居住空间的分离、高层公寓楼房的垂直构造,降低了人际互动的频率,使"家"成为原子化个人和核心小家庭的庇护所,"街坊邻里"被"小区业主"的名称取代,"远亲不如近邻"成为过去的故事。

而在三坊七巷这样传统的空间构造中,姚璎试图帮助读者找回失去的情感家园。作者以三坊七巷中的衣锦巷为主要场景,从肉燕传人陈荣顺的日常生活入手,讲述两代人的故事。其中既有陈荣顺与元宵传人林山之间的心结与不睦,又有陈家父子、林家父女之间的矛盾与冲突,还有陈雨帆、林恩馨、潘国明等年轻人之间的爱与哀愁,最终两代人共同努力,消除了误解,放下了恩怨,顺利完成了三坊七巷的古城改造,并将陈荣顺、林山等老福州居民的种种民间技艺推向了一个新的发展阶段。应该说,小说在故事情节设计上比较中规中矩,如陈荣顺、林山因"三角恋情"而反目,陈雨帆、林恩馨遭长辈反对而恋爱受阻,林恩馨在网络上默默陪伴陈雨帆等,都是"日常"而非"传奇"——历史的长河犹如静水深流,除了

撷取河面的浪花,作者更想探知它那精神和情感的河床。

其实,从游客的外视角看去,白墙青瓦、曲径通幽的三坊七巷是难得一见的建筑奇观,其古朴风情与现代都市的红尘滚滚形成鲜明对照,而不管抱着寻幽探奇还是网红打卡的姿态,三坊七巷都只是城市生活时尚中的有限点缀。但对于居住其中的人来说,这一古老的坊巷空间意味着一套完整的生活方式,以及与之相一致的情感结构。故事中的陈荣顺一家和他的租客们,居住在已有上百年历史的陈家祖厝中。陈家祖厝是三进两层的公馆式建筑,中间是天井,四围是房间,一楼有大厅、敞廊、后院、小池以及独立的公用厨房。在这样一种合围的空间里,人与人之间抬头不见低头见,而且大厅、厨房、小院等公共区域为住户提供了充分的交流空间,虽私密性不足,但互动性极强。在传统中国,公馆里住的是枝叶繁茂的大家族,而在当代中国特殊的人口结构与家庭构造中,大家族的盛况自然少见,因此,作者实际上是借着陈家祖厝里的房东和租客,重构了关于公馆空间里的大家族的生活想象。祖厝里的这些人物形成了一种较为松散的聚集,虽然由租房建立的契约关系有一定的脆弱性和随机性,但公馆空间却促使他们之间产生了某种前现代的情感交互模式。那些隔墙有耳、家长里短、闲言碎语固然令人头疼,但在这一空间里,人与人之间的情感支撑是实实在在的,如陈荣顺日常召集的聚餐、台风天的互帮互助、旧城改造时的团结一心等等,都是现代城市高层公寓式空间中罕有的。三坊七巷与陈家祖厝里的故事,可以说是作者对传统"大家族"生活的某种模拟,流露出她对前现代生活美学的眷恋和怀想。

前现代的空间布局孕育出典型的熟人社会,因其稳定不变,使人内心安适从容,更兼熟人社会以和为贵,伦理道德在规范个人德行方面效果显著,这便有了充溢全篇的融融之"情"。小说中,陈、林两家在亲子关系上虽有隔膜,但相互的爱与关怀从未缺席;三坊七巷中的邻居往来频繁并共同守护弃婴林恩馨的成长;林山和潘玫、陈雨帆和林恩馨、王文风和何霞的相爱相守令人动容;更主要的是,陈家祖厝中陈荣顺与妻子赵惠兰、陈氏夫妇与租客以及租客相互之间,都能够和睦相处、相互关心。这些天南地北而来的租客,各有其秉性、遭际和行当,却都在这个模拟的大家族空间里体会到善意和幸福,即便最善于钻空子的"坏人"吴新叶也被感化,弃恶从善。这种情感共同体由前现代空间构造而成,沉淀于整个民族的文化传统和情感结构之中,而现代都市是追求速度和效率、人际边界清晰的社会,两相比较,坊巷空间无疑更具吸引力。因此,《情暖三坊七巷》表征的正是一代网络原住民对传统中国民间情感的缅怀与回望。

当然,模拟的"大家族"终归只是模拟,它不太可能是所有人共同的归宿,但作者以"情"为核心,消弭了大家族中的权威等级结构,消弭了"房东—房客"之间的阶层差异,也消弭了众人之间的地域和文化差异,实际上构建了一个质朴的民间情感之原乡,这与《武林外传》《爱情公寓》《欢乐颂》等围绕生活空间建构的情感乌托邦异曲同工,不失为现代都市人对和谐情感关系的美好愿景,也给读者带来有效的情感抚慰。

在前现代空间构造孕育出的前现代生活美学中,"慢"是其另一特质,这一点在小说的叙事节奏上有直观的体现。网文的主流叙事追求"爽"点密布,讲究情节的急推进、强转折,姚璎则反其道而行之。小说从清晨五点半陈荣顺蹑手蹑脚去买菜开始,好似一路长镜头跟拍,展示这个福州好男人从陈家祖厝出发,到达农贸市场,选菜买菜,回到家中,与租客打招呼……这是陈荣顺波澜不惊的一天,是三坊七巷中不急不躁的日常。作者耐心地叙述陈荣顺买菜做菜的细节,甚至饶有兴致地列出详细菜谱,形成了故事时间和叙事时间的同步,以缓慢的叙事节奏来同步舒缓的生

活节奏。有趣的是,作品从 2004 年写起,恰在那时,韩剧《大长今》风靡全国,该剧制作精良、服饰考究,尤为突出的是它缓慢细腻的叙事风格,显示出在情节的戏剧性基础之上,生活细节所具有的文化魅力。当然,2004 年的中国正在高速发展,时代的节奏非但不慢,反而快得令人激奋和眩晕。中国文化若要更好地彰显魅力,也需要有慢节奏的发掘和充分的细节呈现,《情暖三坊七巷》的"慢"应当也有相似的美学追求。在注意力经济的时代,"慢"是一种冒险。想想短视频应用是多么厉害,让人目不暇接,只因为"慢"会导致疲惫和精神涣散;想想传统纸质文学,在它的创作—出版—阅读程式中,"慢"或过多的细节意味着某种"不经济"的冗长(甚至篇幅太长会对读者构成阅读挑战)。而《情暖三坊七巷》之所以能用"慢"的笔触描摹"慢"的生活,依赖于网络文学写作—阅读同步的生产消费模式以及在这一过程中养成的写与读的默契,在逐章逐节的追更过程中,就连菜谱也是产出阅读快感的重要组成部分。因此,《情暖三坊七巷》才得以最大可能地保留前现代生活方式的美学质地,让故事的展开具有了切实的文化传统承托和细密的日常生活肌理。

特殊的空间构造催生出特定的情感结构,也催生出千姿百态的故事。紧扣古长安的里坊空间布局,马伯庸的《长安十二时辰》侧重发掘其功能性特征,演绎出了悬疑的探案故事,而姚璎的《情暖三坊七巷》则在关注日常生活的基础上,通过记录三坊七巷的改造历程,探寻复归民间情感是否可能的问题,探寻现代都市形态与古老文化和传统生活和谐共处的问题。当然,对于城市规划建设而言,古城改造是一项复杂的系统工程,对此,官场、商场、情场、阴谋、阳谋都可能成为文学表现的切入口,而作者以"情暖"为基点的叙事则不乏臆想之处。但如果理解了作品的关切所在,跟随作者的叙述,体察城市空间变迁如何与个人生活血肉相连,探寻从形制到文化、从建筑到情感的动态平衡,思考城市如何让生活更美好的问题,则不难理解小说的用心,并会从中大受启发。

原载于《文艺报》2021年12月22日

隐喻书写下的回归与超越

——网络文学名作《诡秘之主》文本细评

单小曦　殷湘云　许嘉璐　徐怡情

《诡秘之主》是阅文集团白金作家爱潜水的乌贼于 2018 年 4 月至 2020 年 5 月间在起点中文网连载创作的玄幻类小说。该小说所获成就斐然,位列 2020 年度网络小说排行榜榜首,获得"2020 年首届上海国际文学周"最受欢迎翻译作品奖等奖项。小说以西方神秘学作为背景,融入克苏鲁背景、卡巴拉神秘学、类 SCP 元素、维多利亚时代风貌及蒸汽朋克细节,对非凡世界进行设定架构。作者结合背景设定、情节创作及人物雕琢与叙述手法,隐喻地表达其对世界的情感体验与独特的人性关怀。而这部小说也带动西方玄幻网文再次活跃在大众视野。鉴于《诡秘之主》的影响与典范意义,本讨论将从背景设定、情节叙事、人物塑造、主题意蕴等多个方面对其进行解码,以期能够呈现其艺术特色和审美意义。

一、西幻神秘学:非凡世界的杂糅架构

《诡秘之主》有着创新性的世界设定和体系架构。它以克苏鲁神话和维多利亚时代作为血肉背景,再融入卡巴拉神秘学、类 SCP 元素、蒸汽朋克等元素,并以序列链条作为其骨干核心,构建起了诡秘且精彩的文本世界。

1. 神话体系的改造和融合

小说的神话体系主要由三个部分组成,分别是人类原始神话中的基础要素、人类的认知产生颠覆性的改变时重新创造出的新型神话要素和

多种神秘学要素。

先民对事物的认识和把握都尽显于原始神话中,神话的背后蕴藏着普遍的人类精神结构。在原始思维中,语言和事物彼此不分,语言构造了世界,也形成了原始人的神话思维,从而出现语言禁忌的现象。在小说中,人类对语言的谦恭和恐惧表现在古老语言能够撬动自然力量的特性。而隐喻,则"是神话思维认识世界、把握世界、组织世界和呈现世界的基本形式"①,由它而来的原始思维的情感性和直觉性表现为认识与情感的统一性和人与事物的相通性。人们的情感是事物的呈现,而书中生灵的恐怖繁殖欲望便来自于欲望母树的诡异呈现。隐喻性还决定了神话思维的对象"只能是具体的个别的实在物"②。因此,个别意味着整体,具体的部分事物可以转译成完整事物的在场性。克莱恩凭借《格罗塞尔游记》把"血之上将"赛尼奥尔收为秘偶,就是血液代表个体的思维体现。而体现因果性,是原始人面对社会与自然时体现出的一种心理趋向。最初毁灭于其苏醒之时,不仅创造了宇宙,带来了非凡特性,也引来了外神的窥伺,让不少非凡者处于永世的恐惧不安中。原始思维带有的"隐喻性""情感性""直觉性""具体性"和"因果性"等是人类神话在展开自身的基本特点,这些情节的设定连同被原始人赋予神圣性的霍纳奇斯山脉及"巨人族""血族""魔狼""八大天使之王"等一起,呼应着读者内在的集体无意识,为作者在此基础上的改造奠定了情感基础。③

而人类的认知产生颠覆性的改变时重新创造出的新型神话要素,在本文中的体现就是克苏鲁神话。每个时代都有每个时代的神话叙述,现代作家不可能完全掌握原始社会的生活形态、原始人民的思维方式,以及

---

① 曲春景:《神话思维与艺术》,《文艺研究》,1993 年第 6 期。
② 曲春景:《神话思维与艺术》,《文艺研究》,1993 年第 6 期。
③ 曲春景:《神话思维与艺术》,《文艺研究》,1993 年第 6 期。

原始生产中的功利性和集体性等核心要素。在小说中,作者把人类发展的进程设定在英国维多利亚时期。在这个时期,20世纪"上帝已死"的思想巨震连同其后的科学创新和二战爆发的荒诞感,造就了西方存在主义、荒诞主义和虚无主义的三个重要流派。其时,以科学禁区、原罪难逃和天命难违为精神内核的克苏鲁神话便在这一时代背景下大受吹捧。① 而小说为了让读者有更沉浸的体验,把克苏鲁神话的要素注入设定在维多利亚时代的小说叙述中,不仅为隐秘组织信奉邪神提供时代依据,也规避了读者所处社会的先进武器对神的崇高力量的消解。

在洛氏体系中,最根本的特征是由"人类的渺小"而产生的"对未知的恐惧",人类的道德和知识在不可名状的外神和旧日面前毫无意义。小说则营造了"末日"的氛围,加入克苏鲁的"未知的恐怖"的元素和普通民众对日益动荡的非凡世界的不知情设定,让他们在面对非凡者制造的事件中产生负面情绪,例如在大雾霾事件产生悲痛和绝望、乔治三世自爆事件产生恐惧和惊悚,这促使读者反思历史、反观自身,感受到人类的渺小。除此之外,天尊与上帝在相应高序列非凡者身上复活的目的性又让克莱恩等人乃至读者感知到难以逃避的、来源于人的内心的无由来的恶意。

除克苏鲁神话外,各种诸如来源于卡巴拉生命树的二十二条路径,改编自 SCP 基金会的封印物,改造于卡巴拉神秘学的四层感官世界,来源于神智学会的灵界七光,来源于印度脉轮学的人体不同部位的七种颜色,来源于威卡教的窥密人守则"为所欲为,但勿伤害"("小丑卷"第 29 章《密修会》),取材于威卡教的各种占卜和魔法仪式,脱胎于超心理学的心

---

① 参阅熊欣、宋登科:《〈克苏鲁神话〉中的恐怖元素——兼谈洛氏恐怖》,《沈阳大学学报》,2018 年第 2 期。

理炼金会,借鉴于诺斯替主义的囚徒途径的描述"身是灵的囚牢,世界是自我的囚牢"等神秘学要素的融入,一同构成了小说的神秘氛围和基础设定,其中卡巴拉生命之树是最为重要的,也是克苏鲁和人之间巨大沟壑的连接的媒介。

小说中非凡者世界的大背景借鉴了克苏鲁神话体系,如原初觉醒、古人类灭亡后天尊和上帝的复活尝试以及末日将至;非凡世界的基础和展开则明显来源于卡巴拉神秘学,以后者的十源质对应九源质,二十二路径对应二十二条神之途径。而封印物则是小说得以合理且呈现戏剧性发展的一个关键要素。作者对三大块内容进行了开创式的改造和融合,助力情节的展开和引发读者的共鸣。

第一,在采用克苏鲁神话的大框架的基础上,作者没有完全借鉴洛氏体系,甚至只是吸收了一些设定和概念。如在洛氏体系中,读者眼中的神与人的接触是强硬的、蔑视的和有压迫性的,在小说中对应着"不可直视神"("小丑卷"第138章《白银之城》),但小说中的神具有人的形象,黑夜女神甚至是美丽的。当读者通过克莱恩与其进行沟通,或者以克莱恩作为"海神"时的视角观察信徒时,读者体察到的氛围是浪漫、离奇和神秘的。而普通人亦有机会成为非凡者从而踏上成神之路更是淡化了神祇的恐怖性。神的人形化和人可以成神的设定在很大程度上消解了小说中神的恐怖程度和不可捉摸性,适应了当下读者自我张扬与追求刺激的心理现状。

第二,"卡巴拉"是12世纪晚期兴起于欧洲南部的一股犹太教神秘主义思潮,认为上帝有"埃恩索弗"式自我隐蔽、不可认知的静态,也有

"赛菲洛特"式创造世界、展现自身的动态。① 但从内涵上看,九大源质并没有和十大卡巴拉生命之树对应,反而和逆卡巴拉生命之树有些许关系,呼应着世界的混乱与无序,如失序之国对应不安定、母巢对应色欲等。同时,卡巴拉的二十二路径是两个源质之间意义的联结,是上帝创造世界的过程。而小说中的二十二条途径却是并列存在的,正如现代人有不同的职业,且不同的途径可归于一个源质之下。但不可否认的是,拥有极强隐喻色彩的序列呼应着上帝展现自身的内涵所在。卡巴拉神秘学的源质对应克苏鲁神话中的旧日,人与神的裂缝通过卡巴拉神秘学的联结得到了消融,构成了小说基础的非凡者世界框架。在这个框架的内外,作者皆做了不少的补充,从而完善设定。

第三,小说把封印物的设定融入序列当中。作者在序列内填充的一个重要的设定是封印物——非凡特性与物品结合的产物。小说中的封印物改编自 SCP 基金会,其核心思想是人类不能再生活在恐惧中,当没有东西能够保护人类时,我们必须保护自己。封印物的设定连同只有十个序列的设定一起,让低序列反杀高序列成为可能,为克莱恩早中期的打斗提供了出现"爽点"的条件,但也让后期本就因高序列能力界定模糊和不平衡而导致打斗场面缺乏说服力的情况更加严重。

虽然小说结构精巧且设定新颖,但由于过于庞大的设定而导致的问题并不止上述的一个小点,还有两点最为人所诟病。一是关于末日氛围与结局的不适配度,二是蒸汽侧和魔法侧的失衡问题。末日指最初造物主遗留下来的"地球屏障"消失后,宇宙对地球的毁灭性危害,这整本小说的阴暗底色的构成之一。但小说结尾中,作为四大支柱之一的克莱恩

---

① 刘一南:《亦隐亦显,动静等观——试析早期犹太教卡巴拉的上帝观》,《外国哲学》,2019 年第 36 辑。

有望复苏以及众多谜团的被解释致使结尾中"黑暗、绝望、神秘与渺小感"色彩的欠缺,让乌氏邪典美学遭到一定的消解。而蒸汽侧和魔法侧的失衡问题可从现代人拜物教的思想痕迹中窥探一二。工业的发展造就了蒸汽与机械之神,也形成了讽刺意味十足的"邪神的温床",小说却缺少对蒸汽与机械在神层面的有效利用,致使把蒸汽与机械作为大卖点的小说却对其缺少足够的描写,让不少为之而来的读者大失所望,缺少了足够的蒸汽朋克情怀。

总体来说,这部小说的确当得起起点网各榜榜单之首的荣誉。这部小说的非凡者世界在普遍的人类精神结构中寻求共鸣,以英国维多利亚时期适配克苏鲁神话,用旧日勾连卡巴拉神秘学的源质,创设出消融人与克苏鲁神话中的神的巨大鸿沟的晋升途径,以借鉴于 SCP 基金会的封印物助力主角晋升,再取材各种神秘学知识,在氛围塑造、"爽点"制造、主题升华等各方面做了不少的贡献。这样多种要素的融合适应了现代人的后现代意识——没有纯粹主体的存在。而这点与"克苏鲁纪"也存在着一些共通之处。作者试图把克苏鲁、scp 基金会和各种神秘学融合在一起使用,和"克苏鲁纪"提出的混杂状态颇有相似之处。"克苏鲁纪"提醒人们,人类需要走出人类中心的世界幻想,走出相关主义,让一种充满克苏鲁式的身体带着其不可能的感知降临在我们面前,让常识悬置,让人类去思考另一个世界。它让我们在合作中生存,在废墟中对话。文中通过巧妙的要素勾连与相关的诸多人体异化的描述,让读者跳脱出单一的视角,开启不一样的体验之旅。

2. 序列体系的冲突与和解

序列链条作为本文设定的骨干核心,也是作者极具想象力的集中体现。魔药是人类成为非凡者的媒介,具备增强体质、改变人格、深化精神

力等作用,是普通人成为非凡者的资格与门槛,也是勾连现实世界与魔幻世界的特殊通道。不同魔药功效各异,经过探索试验,人类逐渐完善魔药体系,形成阶段提升增长的序列链条,分为10阶,由序列9至序列0,随数字等级递减,魔药品质递增,非凡者能力增强,各序列的名称都代表该阶段的"核心象征"。相近序列在高等级时可以互换,若贸然越级、更换序列会导致非凡者失控变异。序列展现非凡者上升的等级体系,推动文中剧情发展,掌握文本节奏。

在《诡秘之主》设定体系下,共有 22 条序列,如下图:

低序列	序列9	占卜家	学徒	偷盗者	观众	水手	歌颂者	阅读者	秘祈人	收尸人	不眠者	战士
	序列8	小丑	戏法大师	诈骗师	读心者	暴怒之民	祈光人	推理学员	倾听者	掘墓人	午夜诗人	格斗家
中序列	序列7	魔术师	占星人	解密学者	心理医生	航海家	太阳神官	守知者	喑修士	通灵师	梦魇	武器大师
	序列6	无偶人	记者	催眠师	风眷者	公证人	博学者	蔷薇主教	死灵导师	安魂师	黎明骑士
	序列5	秘偶大师	旅行家	窃梦家	梦境行者	海洋歌者	光之祭司	秘术导师	牧羊人	看门人	灵巫	守护者
高序列	序列4	诡法师	秘法师	寄生者	操纵师	灾难主祭	无喑者	预言家	黑骑士	不死者	守夜人	猫魔人
	序列3	古代学者	漫游者	欺骗师	织梦人	海王	正义导师	洞悉者	三首圣堂	摆渡人	恐惧主教	银骑士
	序列2	奇迹师	旅法师	命运主宰	天灾	逐光者	智天使	秘语长老	死亡执政	隐秘之仆	荣耀者
	序列1	诡秘侍者	星之匙	时之虫	作家	雷神	纯白天使	全知者	暗天使	苍白皇帝	厄难骑士	神明之手
神级位阶	序列0	愚者	门	错误	空想家	暴君	太阳	白塔	倒吊人	死神	黑暗	黄昏巨人
	源质	源堡			混沌海			永暗之河		
	序列之上	诡秘之主			全知全能者			时空归一者		

低序列	序列9	刺客	猎人	窥秘人	通识者	怪物	囚犯	罪犯	仲裁人	律师	耕种者	药师
	序列8	教唆者	挑衅者	格斗学者	考古学者	机器	疯子	折翼天使	治安官	野蛮人	医师	驯兽师
中序列	序列7	女巫	纵火家	巫师	鉴定师	幸运者	狼人	连环杀手	审讯者	贿赂者	丰收祭司	吸血鬼
	序列6	欢愉	阴谋家	卷轴教授	机械专家	灾祸教士	活尸	恶魔	法官	腐化男爵	生物学家	魔药教授
	序列5	痛苦	收割者	天文学家	星象师	怨夜	欲望使徒	告戒者	混乱导师	德鲁伊	深红学者
高序列	序列4	绝望	铁血骑士	神秘学家	炼金术士	厄运行者	木偶	魔鬼	律令法师	堕落伯爵	古代炼金师	巫王
	序列3	不老	战争主教	预言大师	奥秘学者	混乱行者	沉默行徒	哎语者	混乱猎手	狂裂法师	抬棺人	召唤大师
	序列2	灾难	天气术士	贤者	知识导师	先知	古代邪物	鲜血大公	平衡者	滴之公爵	荒芜主母	创生者
	序列1	末日	征服者	知识皇帝	启蒙者	巨蛇	神孽	污秽君王	秩序之手	弑序亲王	自然行者	美神
神级位阶	序列0	魔女	红祭司	隐者	命运之轮	被缚者	深渊	黑皇帝	审判者	母亲	月亮
	源质	灾祸之城		知识荒野	光之钥		暗影世界	失序之国		母巢
	序列之上	焚灭天灾		知识之城	光之钥		恶魔之父	秩序阴影		污秽的母巢

魔药体系具有黑暗特质,带有悲剧色彩。而序列链条蕴含极端性,存在多重竞争与矛盾,这些矛盾使得 10 阶 22 条序列的庞杂魔药体系架构更清晰,同时为非凡者提供行动动机,成为推动情节发展的一个原动力。

不同序列间的联合与对立构成了第一重矛盾。于序列外部表征而言,在低序列阶段,各途径能力存在力量攻击型和治疗辅助型等偏向。因而在低端序列,各序列辅助配合能够高效提升,保证生存。但各途径间也会存在不同序列的属性压制，例如占卜家途径"小丑"序列克制"观众"，能掩盖特征；当"小丑"晋升为"无面人"时，又易被"观众"堪破，反受压制。于序列内部核心而言，有的相近序列间存在相辅相成的性质，例如"窥秘人"途径的核心偏向于学识，"通识者"途径核心偏向于应用，二者结合才算完满。体系内也存在相近序列间的对立矛盾，"囚犯"途径对于欲望的认识是节制，"罪犯"途径则主张放纵，二者信仰的对立直接导致玫瑰学派内两大势力分歧斗争。各条序列间具有对立统一性，在不同阶段能够相辅相克，构造序列链条横向发展下繁杂庞大的魔药体系。

第二重矛盾由同一序列内高低序列间的压制斗争构建。高序列者随等级提高，对低序列者产生实力上的压倒性。且高序列者可借助非凡特性聚合定律，对低序列者进行诱骗，利用低序列者摆脱困境，增进力量。如老尼尔轻信呓语，使用邪术复活妻子，实则是为隐匿贤者献祭，致使失控。反之，低序列遵循非凡特性守恒和不灭定律，可依靠同序列内高一级非凡者死亡后留下的非凡特性晋升，由此高等级非凡者作为另类魔药材料，生存面临威胁。在高级序列，高序列者需要关注与控制高级非凡者的晋升。二者共存又对立，组建起序列链条纵向发展下等级晋升的魔药体系，展现弱肉强食的社会法则。

每个序列每个阶段的非凡者都需警惕失控是魔药体系的第三重矛盾。人类服食魔药成为非凡者是非自然衍变，需要面对相应的代价与风险，即失控。这是由于晋升方式有误或受到神秘引诱、欲望蛊惑所致的失常甚至死亡，沦为怪物恶灵。随序列升高，体内堆积的非凡力量越多，面临失控的风险也越大。失控的存在使魔药体系具备丰富隐喻，魔药本身是人类欲望的折射，而失控就是人类彻底异化，象征人类因压制不住欲望而失去自我。同失控抗争，必须以理性与学识压抑克制欲望，竭力保持平

衡,这是人类成长的必经之路。这重矛盾构造出序列链条的深度发展,增强设定思考性,形成饱满的美学张力,呈现世界邪异灰暗的内核。

　　序列链条的三重矛盾从横、纵、深三个维度为我们明晰条理地架构起等级晋升的魔幻设定。魔药体系矛盾性与残酷性使其自然地融入克苏鲁与维多利亚时代的黑暗背景,不显突兀。同时对之做了适当修改,为主角"愿望—动机—行动链条"[①]的实现提供途径。非凡者可把握时机,借助上层势力矛盾牵制的局面找准自己的位置与方式,便有成神的可能。这样的成长之路亦能够为读者提供"情感体验与快感补偿"[②],感受草根逆袭式的快感与荣光。

　　序列链条的设定除自成一体的三重矛盾以外,更为精彩的是融入卡巴拉神秘学的完美观念与塔罗牌的轮回观、命运观等,这使设定更适合升级流网文的套路,也使之拓展出更为丰富的神秘性与象征隐喻,勾连《诡秘之主》扮演法的主题意蕴。

　　每个序列途径的偏向性有所不同,是其内部核心的极致化,体现序列的极端性。序列途径的晋升可分为递进式与组合式。前者指非凡者的能力总体逐步成长完善,是较为正常、普遍的晋升方式。后者指前期序列各阶段的成长能力彼此独立,度过渐变期后各个能力的组合产生质变,形成独特效果。组合式晋升更显示出序列途径是人不断学习、成长完善的过程。

　　而当某序列到达顶峰后,想要更上一层,则需融合相近序列途径,掌控源质。例如,"猎人"途径在序列 4 时会变性为男,这将男性阳刚强健、对战争、权势偏好的特色发挥到极致。而"刺客"途径于序列 7 时会变性

[①] 王祥:《网络文学创作原理》,北京:中国人民大学出版社,2015 年版,第 47 页。
[②] 王祥:《网络文学创作原理》,北京:中国人民大学出版社,2015 年版,第 47 页。

为女,将女性的阴柔魅惑、对情感偏好的特色达到极点。而序列0需要吸纳这两条序列的唯一性与非凡特性,才能够成为掌握"灾祸之城"源质的旧日"毁灭天灾、根源之祸"。这两条序列表示,男女从某种意义上来说,不是性别,更是性格。每个人身上皆有阴阳特色,无非比重问题。过刚易折,过柔则靡,想要达成极致,更上一层,就必须解决对位的动态平衡。最初造物主创世神就是各序列的平衡融合,现今各序列的能力其实也由他分裂而来。非凡者所掌握的能力越多,融合越多,就越能成为完美的个体,成为更高级别的强者,乃至于成为至高神,最后掌握整个权柄体系。

这一套设定顺应卡巴拉神秘学的完美观念。在卡巴拉神秘学中对于上帝的称谓有"'独一者''完美的统一体''统一体的完美'或'统一体的对称'"[①],由此能够看出序列的糅合倾向正顺应卡巴拉神秘学所追求的完美与统一的高级目标,同神话宗教的整体背景相融合而不显突兀。这也与现代多元化时代背景相契合。卡尔维诺曾言:"现代人是分裂的、残缺的、不完整的、自我敌对;马克思称之为'异化',弗洛伊德称之为'压抑',古老的和谐状态丧失了,人们渴望新的完整。这就是我有意置放于故事中的思想—道德核心。"[②]魔药体系与卡尔维诺的完美生命观有所契合,同样是残缺的人找寻更为和谐、全面的自我状态,以摆脱现代社会下强烈的异化分裂感,融合时代体验,使小说设定贴合读者生活体验,意蕴丰富。

然而世界上并不存在完美的人,向高阶发展面临被体内非凡元素聚合下复苏的神灵所取代的危险,因而为了贴近完美的同时保留自我,小说

---

① 刘一南:《亦隐亦显,动静等观——试析早期犹太教卡巴拉的上帝观》,《外国哲学》,2019年第36辑。
② [意]伊塔洛·卡尔维诺:《我们的祖先》,吴正仪译,南京:译林出版社,2008年,第486页。

引入塔罗元素的轮回观念做平衡。克莱恩自沉睡中醒来，历经磨难，坚持着人性与神性的对抗，正如愚人抵达"世界"牌来到旅程终点后形成的循环，克莱恩为避免神性对人性的吞噬，再度陷入沉睡以压制福生玄黄天尊。从小说结尾梅丽莎对愚者称呼用"他"而非"祂"，及小女孩与触手击掌的细节可以看出，克莱恩的人性处于优势地位，他即将获得新生。在到达实力的最高点之后仍旧需要保留起始时的人性与自我，这也正是塔罗牌大阿卡纳牌的一大寓意。

除了轮回观念，小说的主要组织"塔罗会"、克莱恩作为占卜家的工具塔罗牌以及罗塞尔制作的"亵渎之牌"都能看到塔罗作为素材出现。而序列 0 其实也是塔罗牌 22 张大阿卡纳牌的变体，并且序列链条本身同对应的塔罗牌也存在或多或少的联系。如下图①：

"占卜家"序列——"愚者"	"学徒"序列——"魔术师"
"通识者"序列——"女祭司"	"刺客"序列——"女皇"
"律师"序列——"皇帝"	"水手"序列——"教皇"
"偷盗者"序列——"恋人"	"猎人"序列——"战车"
"战士"序列——"力量"	"窥秘人"序列——"隐者"
"怪物"序列——"命运之轮"	"观众"序列——"正义"
"秘祈人"序列——"倒吊人"	"收尸人"序列——"死神"
"囚犯"序列——"节制"	"罪犯"序列——"恶魔"
"阅读者"序列——"塔"	"不眠者"序列——"星星"
"药师"序列——"月亮"	"歌颂者"序列——"太阳"
"仲裁人"序列——"审判"	"耕种者"序列——"世界"

塔罗牌的对应设定丰富各序列链条的隐喻意义，也作为埋伏笔的工具，为该序列者藏下其对应的命运。例如"刺客"对应"女皇"牌，尽显女性特征，正位代表美貌魅力、丰收享受，而逆位则会失去理智与毁灭，照应了特莉丝的命运。然而塔罗牌不是宿命论的工具，它是对未来未知的探寻，是对自我的认识与发展。克莱恩的愚者之路便顺应此点，对未来命运

---

① 爱潜水的乌贼：《塔罗牌的对应》，微信公众号：爱潜水的乌贼，https://mp.weixin.qq.com/s/LqfH7OiYmz7omuZbEYv2Aw.

的预测能够教导人处事不惊,做好尽可能万全的打算,不留遗憾。知晓最终结果后所做的选择哪怕是知其不可而为之的努力,其内里仍饱含意义,能够成为认清自我的重要过程。这点将在之后扮演法的内容中详细阐释。

在序列设定中还值得强调的创新之处在于每一序列等级的命名与后期走向皆具有独特的象征隐喻性与讽刺批判意味。在《诡秘之主》创作之前的玄幻小说往往沿袭玄幻小说开山作《飘邈之旅》将等级体系分为"筑基、开光、胎息、辟谷、金丹、元婴、分神、合体、大乘、渡劫"①的设定,对力量等级的划分与命名进行简单的修改调整。在起点中文网收藏榜玄幻榜单排行②的前十名中,这些玄幻网文的升级设定都是大同小异,大多是简单借助道家、佛家等名词及固有的西方玄幻升级体系进行体系命名,缺乏创新性。如下图:

排行榜单	修炼等级
NO.1《圣墟》	觉醒境——枷锁境——逍遥境——观想境——餐霞境——塑形境——金身境——亚圣境——圣域境——映照境——神祇境——神将境——神王境——天尊境——混元境——大宇境/究极境——终极进化者
NO.2《诡秘之主》	见上方序列链条表格
NO.3《牧神记》	灵胎神藏——五曜神藏——六合神藏——七星神藏——天人神藏——生死神藏——神桥神藏——天宫神境体系——尊神——真神——瑶池——斩神台——玉京——凌霄——帝座——天庭
NO.4《斗罗大陆Ⅲ》	魂士——魂师——大魂师——魂尊——魂宗——魂王——魂帝——魂圣——斗罗
NO.5《斗破苍穹》	斗之气——斗者——斗师——大斗师——斗灵——斗王——斗皇——斗宗——斗尊——斗圣——斗帝
NO.6《大主宰》	感应境——灵动境——灵轮境——神魄境——三天之境——至尊境
NO.7《斗罗大陆》	同NO.4
NO.8《完美世界》	撼血境——洞天镜源——化灵境——铭纹境——列阵境——至尊境——神火境——真一——天神境——虚道境——斩我境——逼境——至尊境——仙王
NO.9《雪鹰领主》	普通(学徒级)——星辰级——超凡——神灵(不朽)——界神(宇宙尊者)——真神——虚空神——宇宙神浑源
NO.10《万界天尊》	天修:安身境——立命境——窥天境——登天境——踏天境——破天境——天道宝轮——天道 灵修:聚灵境——凝魂境——自然法——衍天相——大自在——逍遥游——天道宝轮——天道

---

① 刘慧慧:《论玄幻小说力量设定的"金字塔"模型》,《网络文学评论》,2018年第6期。
② 参见 https://www.qidian.com/rank/collect?chn=21&style=2&page=1,数据更新至2021年02月01日。

而作为第二名的《诡秘之主》是前十名中晋级设定独树一帜的作品。甚至可以说,在绝大部分玄幻网文中,其序列链条的设定也是罕见的。例如"律师"途径的晋升,最懂得律法的高阶知识分子会成为粗鲁、暴力、不讲道理的象征者"野蛮人",随后一路犯罪,成为"贿赂者""腐化男爵"等,最终彻底推翻法治,成为权威顶峰"黑皇帝",展现了社会变革中的黑暗面,好人堕落能取得至高的名誉、利益,歪门邪道能更快速便捷地登上高峰,再以无上权力论定自身行为的合法性,这是对社会伪公平、伪正义的讽刺,意味深长。如此充分运用等级设定,带来附加值的操作实属难得一见。晋升的等级标准不仅仅是干瘪的数字式,每条途径的每个等级都精心思考设计相应道路与阶段判定,这是对固有玄幻升级流的创新,为后续玄幻网文的创作提供借鉴。

《诡秘之主》作为靠设定出圈的作品呈现爱潜水的乌贼作为网文作家不断突破自我、创新写作的努力尝试。自克苏鲁环境的渲染架构到序列链条的精心雕琢,各处设定逻辑缜密,富含隐喻,成为能够推动剧情发展的作用力,为角色提供新奇的生存空间,助力人物特色的刻画,也为叙事发展起到辅助作用。

二、独特叙事:传统写作与网络媒介的融合创新

《诡秘之主》作为一本网络文学作品,其叙事内容及手法虽未完全脱离网络小说整体写作套路,却在此基础上有所创新与超越。它汲取了传统写作手法和网络媒介发展成果的养分,具有独特之处。

网络信息技术无疑已经成为构建当代人生产生活的基础要素之一。不论是我们赖以生活的各类软件的诞生,还是以网络文学为代表的新媒体文学的产生,都是网络信息技术所构建的传播新媒介让信息的交流和

接受呈现出便利化和多样化的体现。但它们并不是各自独立发展的,而是相互影响。对网络文学的影响,除了常见的对剧情和世界设定的影响,亦有对本文叙事手法的影响。例如本文中的"塔罗会",便是以互联网技术为基础的其他软件对于叙事手法的影响,它除了如 QQ 群般的"群聊"的聊天方式、类似知乎豆瓣的问答模式,还有"线上交易"的功能。这些事物不仅增强了我们的代入感和共鸣,还能启发我们用别样的方式去看待新事物以及以合理的幻想去推测它们的未来的发展。

除此以外,网络技术的发展和普及,也让超文本①(hypertext)有机会与网络文学结合,走进大众的视野。"超文本"是美国学者纳尔逊自造的英语新词(1965),由"text"与"hyper"合成。对纳尔逊来说,"超文本"意为"非相续著述"(non-sequentialwriting),即分叉的、允许读者做出选择、最好在交互屏幕上阅读的文本。超文本所具有的最明显的非线性的特征,以及其在传播过程中呈现出的交互性、交叉性、动态性的特征与网络相互契合、相互影响,让它借网络之"风"得到前所未有的发展。例如我们常提到的网络文学,它们借各种网络平台(如起点中文网、晋江文学城等)完成读者和作者的交流,而这些平台也是超文本发展的产物——超文本平台。

"如果我们将 www 作为电子超文本网络之代表的话,目前以之为平台的文艺作品大致可以分为三类:第一类是本身即为超文本的作品;第二类是本身虽非超文本,却诞生在网络中,以网络为安身立命之地的作品,在国内广为人知的便是'网络文学';第三类是被搬迁到网上的传统文艺作品。"②但这些文艺作品,尤其是小说,严格来说还是以线性文本为基础

---

① 黄鸣奋:《超文本诗学》,厦门:厦门大学出版社,2002 年版,第 90 页。
② 黄鸣奋:《超文本诗学》,厦门:厦门大学出版社,2002 年版,第 227 页。

的传统文本。这些网络小说,如《诡秘之主》,它们有着较长的篇幅以及因此构架出的广阔充实的虚拟世界,单一的故事线是无法将整个世界清晰地呈现出来,需要多样且互相交叉的故事线来作为补充。除了虚拟世界内交叉的故事线,它还需要交叉到现实世界中,与现实世界的事物相呼应,以体现网络文学本身的文学意义。而且身为网络小说,它有着较强的交互性,这集中体现在读者与作者的交流上。这些特点恰好与超文本观念的基本精神:交互性、交叉性与动态性[1]有所呼应。两者所具有的相似性,让超文本能从观念上给予网络小说创作更多的启发,比起去模仿真正意义上的超文本作品的写法,更应该去模拟一个超文本的结构,例如以塔罗会为一个锚点链接主线与支线;又或者以一个人物为锚点链接其他人物的故事线,这个人除了主角克莱恩也可以是其他人,比如代表了贵族势力的奥黛丽,通过她就可以链接起属于这一块的人物网。在这样的交叉性的基础上,结合网络文学创作特性而显现的交互性和动态性,去引导以一种超文本的方式阅读该书。以线性文本的表达为依托,加上不同读者本身的知识基础,在读者之处完成超文本的交往本质,最后建构出一个相似却又各具特色的想象世界。

  如此模拟超文本而架构的文本世界,自然也随之产生了别具特色的叙事方法。如,要探讨《诡秘之主》的叙事特色,便不得不从最具代表性的剧情设定——塔罗会开始。塔罗会位于"九大源质"源堡,是由克莱恩建立并主导的隐秘组织。每一位加入的成员都须从塔罗牌主牌中抽取一张牌作为自己的代号,成员之间以代号互称,一共有十位成员(实际为九位,"愚者"与"世界"均为克莱恩),每周一下午三点,成员可以在"愚者"的召唤下进入不被干扰的灰雾之上,在长桌旁进行情报与物资的交换,有

---

[1] 黄鸣奋:《超文本诗学》,厦门:厦门大学出版社,2002年版,第136页。

时也会以成员之间的互相委托开展现实世界的活动。除了几次因为主线剧情的原因,有过推迟和临时召开的情况,在塔罗会正式成形后,桌子旁的主人公们都会按约定时间出现。这样的一种定时开会的设定,像是时间线上一个个固定的结点,就像"节拍器"一般,可以起到控制故事节奏的作用。

从内部看,塔罗会的召开有一个固定的时间点,两个时间点之间有着相同的故事时距,而位于这样的时间内的叙事内容,必须减少省略并充实内容,以避免产生叙事乃至剧情的间断性。换个角度说,就是每个时间点之间的内容,既要承接上一次会议内容,又要为下一次会议提供足够的谈资(包括情报和物品)。这要求作者在这一周的故事时间内必须同时推进多条故事线,并尽量使它们处于差不多的进度。如此推进剧情的手法,会在每个以塔罗会为分割的故事时距内,每一条故事线都是近乎相同的叙事时间,使得整个时距中的叙事节奏都是统一的。这样固定的叙事节奏反映到外部,就体现在可以帮助作者在漫长的写作周期内,尽量避免出现节奏混乱的问题。而且作者也可以通过加快或放慢整个故事时距的叙述时间,整体改变这个时间单元叙述节奏来体现故事的高潮片段。例如,作者常用30章节左右的时间去叙述一个星期的内容,但在克莱恩带领和帮助白银城众人通过巨人王庭来到外界的那一个星期,从准备到行动,作者用了将近49章(第6部第78章《祝愿》到第7部第11章《层次的变化》),从侧面体现出白银城走出失落之地这一段故事在整个文本中的重要性。对于读者来说,塔罗会的时间点在整个时间线上是一个参照点,这可以帮助读者更好地区别叙述时间和文本时间,避免错乱时间概念影响整体的线性阅读。尽管每一个塔罗会之间的叙事时间会因为剧情的起伏或者因为其他故事片段的插入而不同,但只要再次出现塔罗会,读者们便

能很快地反应过来，主线时间只是过去了一周而已。

塔罗会在通过强调时间点控制叙事节奏的同时，也利用会议本身所具有的交流特点展现出很多其他的功能来。通过不同人物的叙述，一是可以提前埋下或者呼应伏笔；二则可以了解更多的设定，例如在塔罗会的众人便常常以提问的方式去从戴里克口中了解失落之地的情况和一些与教会记载有所不同的神之间的隐秘；三是可以借助人物之口进行复盘，这种复盘一是对一些相对散乱、复杂的剧情进行再次梳理，例如时间跨度很长，地点从贝克兰德延伸到海上的人口贩卖事件。

塔罗会的复盘的功能，还是本文"爽点"的重要组成部分，其机制一方面与侦探小说中通过抽丝剥茧展现真相，以满足人类好奇心所带来的"爽点"相似，另一方面则是通过充足的准备和缜密的设计，一举取得胜利而带来满足感。这样的满足感在经过向他人讲述后，进一步升华为"爽感"。如主角克莱恩克成功阻止了乔治三世成为黑皇帝后，在塔罗会上以"愚者"的身份向"隐者"嘉德丽雅复盘后，一向因自己的智慧而高傲的嘉德丽雅突然对自己少了许多信心，对"愚者"多了几分敬畏。当读者将自己代入主角，自然也能体会到这样一种因强者的敬仰而带来的快感。这样的一种相对温和的快感机制，给早已习惯因相同的套路化剧情所带来传统快感的读者们带来了新的快感体验。

除了本身所具有的会议功能，塔罗会近似于超文本锚点的特点，也让非线性叙事借此充分发挥其优势。塔罗会作为一个"树状结构"，它通过定期开会的模式，将不同的故事线与"克莱恩"的主线连接在一起，完成了故事线的交叉。而后再借以参会人物的交流徐徐展开，让读者在同一故事时间内得以立体、完整地了解一个事件。不止多线叙述，非线性的单线叙述也靠着塔罗会的存在削减了不少碎片化叙述带来的局限。例如基本靠日记内容和极小部分他人的回忆来叙述的罗塞尔的故事线,便借助塔罗会和主角阅读完日记后的猜想和解释,将它和主线剧情较好地融合在一起,随着主线剧情的推进,罗塞尔的故事线也不断趋于完整。这条架构于塔罗会参会人员的另一层面的故事线,不仅能以另一种方式架构世界设定,也让整个文本更有立体性。

非线性叙述方式与网络文学有着极好的适应性,如何使二者更好地融合并碰撞出新的火花,《诡秘之主》所呈现的模拟超文本结构的方法是很有借鉴意义的。除叙事手法上的新意,塔罗会本身携带的属于会议的功能也在这个文本内得到了充分的展现,使得叙事结构更加完善。《诡秘之主》在叙事结构上的新意,给予久读套路化叙事模式的读者一大惊喜,甚至有读者将其评价为网文写作的新套路,抛开其是否真的成为新套路不谈,这样的一种与大部分网络文学作品不同的写作方法也有其自身存在的缺陷,而这样的缺陷亦暴露出了网络文学不少的问题,这样的问题主要集中在结尾上。

第一个问题便是以全知视角为基础、清楚阐释故事内容、世界设定与故事节奏较快之间的矛盾。大量的人物视角的叙事时间放大了叙事时间,叙事内容又以抽象的战斗描写和繁杂的世界设定为主,从而削弱了剧情上的情感高潮,降低了读者的阅读体验。

第二个问题则体现了多线叙述和伏笔的运用是网络长篇小说必须要谨慎处理的难题。《诡秘之主》对于多线叙述的处理方式是借用主角结局掐断其他人物故事线强行糅合成为结局。这不免会让读者产生一种剧情的跳跃感和断裂感,而这样的"戛然而止"通常与读者接受心理中对结局固有的期待是相冲突的。而伏笔的处理则是不完全的,使故事的走向偏离伏笔所营造的期待视野范围,使小说虽然主题明确,结局不意外,但

存在内涵逻辑问题。

《诡秘之主》结尾处的问题其实是很多小说共通的问题。首先,网络文学的作者从创作构思进入文学创造的物化过程中,会出现常见的创作意图不符合人物性格发展的内在逻辑的问题。其次,大部分网络小说的整体故事框架都是"两边窄,中间宽"的,作者从一个故事点切入开始叙述故事,再用一个特定的事件作为结尾的故事点来完成整个文本的创作。但由于网络小说的作者常用一种"填充"式的写法,这使得他们在收尾处很难找到一个合适的"平衡点"将整个世界按下一个暂停键。当然也有作者选择不将结尾的"口子"收紧,也就是设定开放式结局。除了作者本人爱好的原因,对于读者来说,与其去接受一个不符合自己期待视野的结局,不如就此打住,给他们留下一个充满想象的空间,让他们自己构建一个符合自己期待的尾声,也不失为处理长篇小说结局的一个好办法。

三、各有身份:次要人物的塑造技巧

情节是网络小说的核心部分,在世界设定的背景铺垫和叙事手法的安排发展下,人物作为情节的重要载体,是使读者留下鲜明印象与共鸣的利器。为更好地表达思想与提高代入感,爱潜水的乌贼在人物塑造、人物间的互动以及人物与环境、情节的适配上下足功夫,为整体世界观的展开提供了载体。相比主角克莱恩,《诡秘之主》中次要人物的塑造更为鲜活且突出,因而本部分侧重于对除克莱恩以外角色塑造的探讨。

作者通过对某一性格的突出展现以使人物符号化,迅速为读者认识,随后辅以细节丰满人物,使得人物易被代入,更显真实。这些人物往往作为反角、捐助者、助手等叙述基本角色登场,推动剧情发展,为背景设定奠

定基调,丰富情节发展,增添趣味性,也为克莱恩等主要人物的实力成长、性格变化提供对照与依据。同时,其自身塑造也鲜活生动,具有重要的价值与审美意义。

1."特性+细节"模式的人物塑造

回忆《诡秘之主》书中的大多数人物,我们往往会用一系列形容词去复述人物,如"隐者"嘉德丽雅总是被睿智博学、优雅自知、自立自强等类似的词来堆砌形象。美国叙事学家查特曼在他的叙述学理论中提出小说人物由"特性"构成,将"特性"定义为"相对稳定而持久的个人品行"①。特性隐藏在人物体内,通过人物的话语、行动以及心理活动表现出来。一个人物体内不可能只有一个特质,人物与特性通常以这样的关系公式存在:C(人物)= Tn(特性)②,即角色都由若干种特性组合而成。

因次要人物出场次数与篇幅的限制,作者采取艺术夸张地突出人物的特性,并以多次重复强调的方式给读者留下鲜明印象。特性还能成为人物采取行动的不同目的与方式的原因,使次要人物在充当行动元的动机性意义以外。小说内邓恩形象的鲜明特性就是忠实可靠、沉稳理性、关照后辈。因而他的故事线是统筹带领克莱恩等值夜者团队队员合作处理案件,在第一部末尾为守护廷根而牺牲也是顺理成章,符合其性格,逻辑自洽。突出某种特性并使之成为人物行动的一个动力时,人物便被符号化,读者能够快速认识并理解人物,次要人物的鲜活性也能够在短篇幅短时间内展现得淋漓尽致,符合当下快消费时代的趋势。

但是人物不可能一成不变,随剧情发展与环境变化,人物亦会有所改变,从人物内在来看,这样的改变就是这种特性的流失、增加和取代。尤

---

① [美]西摩·查特曼:《故事与话语》,徐强译,北京:中国人民大学出版社,2013年版,第126页。

② 胡亚敏:《叙事学》,武汉:华中师范大学出版社,1994年版,第142页,第144页。

恩在《叙述中的人物》提出人物轴线理论,这也是特性变化的三大类型,《诡秘之主》中用的较多的是"静态至发展轴"和"单一至复杂轴"两种。

"静态至发展轴"是指人物的特性变化介于"静态极"(人物几乎没怎么变化)和"发展极"(人物性格发生巨大变化)之间,从静态极向发展极的发展更能够凸显人物的成长,因而此种多是以主角克莱恩为首不断成长的塔罗会成员的变化,例如"正义"奥黛丽。"在静态至发展轴上有不同层次,有缓慢的变化,也有急剧的变化,有明显的变化,也有含蓄、不易觉察的变化等",根据塔罗会成员加入时间的先后与涉及的篇幅因素,他们的成长变化亦有着明显至含蓄的区别,先加入的"正义"奥黛丽、"太阳"戴里克等人正是变化较大、日益成熟的那一批,而后加入的"隐者"嘉德丽雅则变化不甚明显。

而塔罗会之外的人物多属于"单一至复杂轴"变化向的人物,即介于一个主导特性建构人物与多种特性以复杂化人物之间。小说内大多数人物偏向于单一极,例如顶层掌握权力的神祇、底层挣扎的贫民等工具性强的角色往往都是如此。而大帝、阿蒙等角色偏向于复杂极,他们在文本起初较为神秘,随着克莱恩对于罗塞尔大帝日记的搜集和与阿蒙的频繁交往,对二者的了解越深,使得其人物形象在我们眼中也越发多元化,更具有吸引力与趣味性。

仅仅是特性的突出与删减还不足以让我们对人物产生深刻情感,与他们有共鸣,还需要对人物的进一步细致刻画。人物的性格正是在行动中养成,在行动中展现,在行动中丰满。克莱恩的妹妹梅丽莎是借助细节塑造得较为成功的案例。梅丽莎并非克莱恩前期实力提升路上极为重要的助推者,她更多充当小说的调味剂作用,舒缓节奏,是克莱恩适应、融入这个世界的反应。对于她的刻画,也多从生活各处着手,极为贴近我们的日常生活,通过这一系列的细节描写,作者塑造出一位顾家懂事,聪明可爱的妹妹形象,为克莱恩营造出家庭的温馨感。这些贴近生活的细节让我们更有代入感,以情节的真实冲淡魔幻世界的虚拟性,营造艺术的真实。

次要人物不仅能够营造情节上的真实性,也在剧情上补齐了文本缺陷,使情节多样化发展,调动读者悲喜交加等各类情感,使得文本世界更为真实。克莱恩作为玄幻长文的男主,与其他小说极为不同的一点便是缺乏感情线,这是他的欲望动机与性格使然。为了弥补主人公的爱情缺位,作者在设计次要人物时创作了邓恩与戴莉的暗恋、魔女与王子受外人控制下扭曲的爱恋、老尼尔与其亡妻天人两隔的虐恋,刻画爱情的多种模样,这些爱情同样能给读者带来心理感受,满足读者对情感体验的需求。同理,克莱恩作为主角,其行为上更多是正统的英雄主义式,且一旦克莱恩的欲望过度膨胀,他将面临污染异化的死亡风险,各色人性欲望、恶欲的宣泄很少在他身上展露,但这些都属于人性本能内在之物,因而这些都被安插在次要人物上。如,斯·赞格威尔为追求权力与实力走上极端,老尼尔对于爱情的过于执着导致他轻信呓语而失控,这些人物的命运都是欲望失衡的结果,这些情节使得剧情更为完善,世界更为真实丰满,调动着读者在阅读时多重的喜怒哀乐悲恐忧。

细节使人物具有了真实性,无限逼近于人,但由于其本质上还是由特性组成的,局限于小说世界里,是不能与真实世界的人相提并论的。米克·巴尔也曾说过:"将人物看作与人相对应的人会失去吸引力,而这正是使文学赢得让人振奋的力量。"[1]由特性组成的人物所具有的虚构性搭

---

① [荷]米克·巴尔:《叙述学:叙事理论导论》,谭军强译,北京:北京师范大学出版社,2015年版,第115页。

建小说的虚构性，展开更多的隐喻空间，丰富小说思想内涵。

2. "人设+类型"的纸片人物模式

《诡秘之主》的人物由特性所描绘，除却符号化的扁形人物，也有部分人物并不局限于扁形人物的刻板单薄，在拥有扁形人物特征的同时又向圆形人物变化，虽不至符合普遍概念上的圆形人物的定义，但以清晰完整的形象存在于二者的模糊边界。同时，它拥有介于主角和小人物之间合适的篇幅，又以其在文本时间内的成长变化中不变或变化较小核心特性以及特性所展露的思想内涵作为"支撑"，拥有一定的复杂性和发展变化，虽能较好地立于文本之中，却仍有着刻板的特点。

为了更好地称呼这类人物，本文在此借用了"纸片人"一词，其原义是指拥有较为丰富生动人物设定的ACG人物。因其在进行衍生品创作时，虽不同于其他一种形式物进行发售，但拿到手上仍属于平面范畴，因此被人们戏称为"纸片人"。这样的纸片人广泛存在于游戏、动漫等二次元世界中，亦属于二次元人物，是三次元世界人物的一种"降维"反应。这里"降维"是指创作者通过审美的艺术想象对三次元现实世界的材料进行选择、加工、重组、变形，并以艺术作品的形式呈现在低维媒介中的这种降低维度的创作过程。[①] 因此它比三次元人物更贴合人们的审美，同时也因这种加入想象的"降维"而变得有些单薄。而《诡秘之主》中的人物，在通过特性与设定形象化后的人物形象与纸片人有极大的相似性，且小说虽为一次元世界，但它经由文字引导的想象画面，能归于二次元的范畴。因此，将其引申使用是相对契合于本文的这类既非扁圆人物，又极具平面化审美、深受读者喜爱的人物的。

在起点中文网《诡秘之主》的人物喜爱度排行榜上，奥黛丽、阿兹克、

---

① 刘小源：《二次元文化与网络文学》，《东岳论丛》，2017年第9期。

伦纳德、阿蒙等这些典型的纸片人是排在前列的,由此可见他们深受读者喜爱。其原因首先是因为他们都拥有相对完美的人设。人设便是人物设定,是一种从性格、外貌特征、行为等方面对人物特性延伸出的外在表现的片面定义,例如阿兹克的人设便是一位博学神秘的绅士。人设基于作者经过艺术性处理并运用情节刻画的人物形象,同时加入读者个人化、理想化的想象和概括,虽缺少真实性,但又因不断放大了其某些美学特点而趋近于完美形象。这样一种理想型的存在本身就具有很大的吸引力,例如单纯善良、美丽睿智的贵族小姐奥黛丽,她所凸显出的美好特质是人们不断倡导且追求的,再加上几乎不存在短处,读者虽明知这类少女在现实生活中是不可能存在的,却仍会心生向往。

但读者对于纸片人的喜爱还不仅限于此,网络小说有着"随更随读"的特点,这使得纸片人有着一套相对特殊的塑造方式,其产生的交互性也是受读者喜爱的重要原因之一。作者在更新的过程中,可以通过读者的反馈不断修改、完善自己的人物形象,甚至整个作品,因此在人物形象随着剧情线性发展不断丰满的整个过程中,读者是可以参与的。读者在阅读过程中,其实会对人物的特质和魅力点进行一种无意识的提炼,提炼的结果恰好体现在他们表达记忆或喜爱该人物的原因上。例如大部分读者喜爱伦纳德,便是因为他"虽然是个公务员,但身上无时无刻不散发着吟游诗人的浪漫且懒散的气质"。懒散和浪漫核心特质便这么被提炼出来,将作者在创造之初因为特性堆叠而相对模糊的人物形象进行了清晰化的呈现。于是我们能看到,无论后期剧情如何发展,伦纳德其他的特性如何变化,这几点都是不变的。这是伦纳德在变化中依然能维持其人设的重要原因。而这样特殊的塑造方法让读者和这类人物产生一种"双向选择"的关系,因此与普通人物相比,读者会对纸片人产生更多更深厚的

羁绊,与之产生的养成感亦会增加读者的喜爱程度。

纸片人的产生与网络文学的发展有着密切的关系,纸片人所拥有的一定的复杂性与转变性也与适应网文发展相关。纸片人的诞生与发展亦具有双面性。首先,过度注重人设,可能会画地为牢,将人物圈死在一个固定的框架中,使其没有办法进行较大的变化。其次,与市场联系紧密的类型化和标签化对于网络文学创作来说,是个需要小心平衡的问题。纸片人的单面性,是与在不同情况下面对不同人的所呈现态度和模样,能造就更深层次的复杂性和所谓的厚度的多面性相对的。这样的单面性让纸片人成为一种仅存在于想象中的虚假的真实,无法脱离二次元世界而存在。

这本小说中形象属于"单一至复杂轴"发展的人物属于"解密式"人物,随着剧情的展开而慢慢显露出其神秘的、有趣的形象,而"静态至发展轴"则同主角一起慢慢成长,慢慢成熟,这种人物中深受观众喜爱的则为本文定义的纸片人。这些次要人物或在人物层面,或在剧情层面,或在主题层面,都发挥着重要的作用,为吸引读者的持久关注贡献了不小的力量。

3. "扁平+发展"模式的人物意义

次要人物在小说中发挥着诸多的作用,首先,为读者营造了沉浸式的感受。正如日本学者野牧关于"容器人"的描述,现代人的孤独昭示着现代人的社会性生存危机,人常常处于一种"在一起的孤独"。但在小说中,"只要作家愿意,(人物)完全可以为读者所了解"①,极大地拉近了人物与读者心理的距离。

---

① [英]E. M. 福斯特:《小说面面观》,苏炳文译,广州:花城出版社,1984年版,第41页。

作者通过一系列细节化的神情、言语和动作行为勾勒出一系列的扁平人物,如梅丽莎、邓恩等人,以其鲜明的性格特征为读者所理解,并顺从读者的逻辑而行动,让读者与人物的情感产生共通性,规避了现实中人与人之间的隔膜感。同时,在读者的视野和视角随着克莱恩的升级而越发广阔和上移后,读者在类似俯视的体验中,从次要人物所展现的人生百态中寻求到了一种现实生活中难以寻得的优越感。

类似于自然主义和现实主义的观点,作者对"真实"有着近乎苛刻的要求。在读者感知到小说的真实,并快速地沉浸后,审美体验便产生了。想象生发的审美体验基于实践性的审美经验。其中,有如象征工业革命时期底层失业工人群体的缩影的老科勒,从丧妻、丧子,到失业、流浪,再到接触到克莱恩后进行的调查,老科勒牵涉到的时代印记包括普遍的工人失业、效力不大的济贫院、敷衍了事的警察、残暴血腥的兹曼格党、出卖色相的寡妇、偷窃行乞的小孩、身处污染的女工、工人阶级的暴动以及贫民区的饥饿与死亡等。这些历史书上的叙述通过老科勒的见闻真实、细致而又全面地展示在我们面前,呼唤着我们的经验,升华着我们的体验。其中,小说文本借助邪神降临的威胁来争取贫民处境的改善和邪神的真正目的形成"绝妙的讽刺",充盈着世界基调的混乱的设定。

同时,小说中的许多次要人物也是作者直接经验的抒写,更加贴近读者的生活经验与情感,其鲜活性与体现出来的对生的渴望与挣扎,也更令人动容,让读者对之产生强烈和复杂的情绪。在上述的动态呈现中,老科勒自身也随之变得饱满。克莱恩象征着现代人的现实观照,把老科勒从普通的流浪汉群体中挖掘出来,给予其人性的关怀,让读者观察其命运的走向并产生期待。在读者的角度,老科勒诚实理智不贪婪,在取得基础温饱的同时对未来也有所规划,最后却同无数贫民一样,死于一场邪神试图

降临的尝试。正如福斯特所说："他们想过自己的生活,结果常常背叛作品的主要设想"①,这一读者预期的失落所造成的巨大张力让老科勒的死亡充满悲剧意味,是一种邪神带来的无可逃避的死亡,渲染、强化着小说的阴暗底色的设定。

小说的氛围不仅有邪典美学统领下的宏大背景,还有围绕主角展开的悲欢离合,前者更多采用"悬疑解密"的手法,而后者则更多体现在人物之间的互动上。达尼兹是较为平淡的第三部航海途中的"调味剂",刚出场时的狂狷不羁和之后的仆人生活形成鲜明的对比,在一次次与克莱恩的互动中不断遭受言语压制却不敢显露,一次次尝试逃离克莱恩而不得,让读者深切感受到克莱恩周围活跃的气氛,给小说的阴暗底色缀上些许色彩,使读者得以暂时抛却诡秘的推理而感到放松,甚至会心一笑。

除此之外,次要人物为主角的血肉塑造付出部分贡献。被穿越前的克莱恩算是一个独特的次要人物,在魂穿的克莱恩面对失控的威胁时,克莱恩借用心魔蜡烛毫不留情地把其杀死,让读者对魂穿的克莱恩产生更深刻的认识。封印物阿罗德斯也算一个具有人类情感的"次要人物",它和克莱恩的最后的互动——"'伟大的主人,您害怕吗?'克莱恩嘴角微动道:'怕。'"("愚者卷"第1352章《问答》)——一种殉道式的悲壮意味在读者心中降临,就像被命运之轮所推动,踏上未知的旅程。克莱恩的形象于这一刻再次升华,让我们回想起作为值夜者的克莱恩,一路的经历如幻灯片似的晃过,让人感到意犹未尽。

在互动的过程中,次要人物的登场总是伴有主旨的诠释。每一部的卷首语都是这一部的主题"表达",也是这一部中主要的次要人物的行为

---

① [英]E. M. 福斯特:《小说面面观》,苏炳文译,广州:花城出版社,1984年版,第58页。

内核。《格罗塞尔游记》中的次要人物在被卷入书中后,凭借着强烈的回归现实的渴求,在书中努力晋升,生活足有几个纪。他们随着与主人公交往的深入让读者与之产生较深的情感,却在逃出书本的禁锢后突然死亡,让读者感受到无由来的恶意,呼应着第三部的卷首语"每一段旅游都有终点"。白银城的恩赐来自诅咒,就像中世纪的欧洲,作为一个扭曲的社会在黑暗中踽踽独行。在这里,有坚守信仰的洛薇雅长老,也有另辟蹊径的科林·伊利亚特,他们都被作者赋予了足够的笔墨,呈现了两种不同的挣扎方式,呼应着卷首语——"光就是一切的意义"——体现着人性的坚忍和伟大。又如乌托邦是克莱恩为了晋升而建设的虚假城市,但里面的每一个人都有克莱恩的印记,就像小说中的人物都有"最初"的神性,对应第七部的卷首语——"万物皆有神性"。

最后,塔罗会成员"静态至发展轴"的特性则更多承担着读者的想象和希冀,在读者的注视下参与着、完成着甚至策划着种种事件,在诸多或悲或喜的情绪中渐次成长,加深着读者对作品的情感。此外,其彰显出来的人生哲理,如在"太阳"戴里克的副线中由救命食物引出的恶毒诅咒"所有命运的馈赠,早已在暗中标注好了价格,不是吗"(《诡秘之主》第四部《无面人》第213章《故事的尾声》)引发的思考,也加深了作品的深度。

总体来说,这本小说中形象属于"单一至复杂轴"发展的人物属于"解密式"人物,随着剧情的展开而慢慢显露出其神秘的、有趣的形象,"静态至发展轴"则同主角一起慢慢成长,慢慢成熟,而这两种人物中深受观众喜爱的则为本文定义的纸片人。这些次要人物或在人物层面,或在剧情层面,或在主题层面,都发挥着重要的作用,为吸引读者的持久关注贡献了不小的力量。

四、"诗人的天职是返乡":《诡秘之主》的回归与超越

爱潜水的乌贼在《诡秘之主》完结后的总结中提及本书除了创造有趣新奇的世界观外,还想要通过愚者的旅程这一形式表达"黑暗绝望中的一缕光""人性、神性的对抗和融合"("愚者卷"《完本感言》〔下〕),而这正是经历万事万物,最终得到回归与超越的过程,此主题给予了读者独特的情感体验与人性关怀。

1. 故乡的潜入与共鸣

"故乡"意象以及其背后所蕴含的人类情感,是小说最触动读者的情感部分之一,与这个意象相关的是"遗民"和"逐光者"两个群体,他们共同组成了这趟诡异黑暗的旅行中那抹人性的光亮。

剧情的推进使以克莱恩为主的"穿越者"变成了"遗民",这一变化凸显了他们的"故乡"情节,但"故乡"意象在他们每个人心中的分量和具体呈现方式是不同的。"穿越"时间较早的"遗民"因充分适应新世界和原世界的文化差异,他们对故乡的眷恋就相对隐性,主要体现在他们对新世界的改造上。而"穿越"时间较晚、深受中国传统文化影响的两位中国人罗塞尔(黄涛)和克莱恩(周明瑞)的思乡之情就相对突出,且他们的思乡之情在发现"遗民"真相后达到了高峰。正因二人心中的"故乡"分量极重,他们的思乡之情发生了扩展。罗塞尔的故乡情结随着血缘流到了她的大女儿贝尔纳黛身上,而克莱恩的思乡之情的延续则体现在他融合了本体"克莱恩"的故乡情结。

这样一种对故乡的怀念源于人们的怀旧情感,怀旧是缅怀过去的心智旅程,是一种具有普遍意义的人类情感。因此怀念故乡的情感能够成为"遗民"之间的连接,是原本素不相识的他们在异世界给予彼此的善意与信任。"遗民"群体间的归属感和群体之坚实的信任关系与人物内心的孤独感相对应的。文中故事发生的背景在一个工业化崛起、社会转型的重大历史变迁的时代，在已经固化的社会关系不断消散而新的制度还未建立的同时，充斥在各个角落的矛盾——贵族与中产阶级、底层人民的矛盾，教会组织和野生非凡者的矛盾，非凡者与政治机构的矛盾……这些都让身处于这个时代中的人们本就承受着"现代化"带来的痛苦焦虑、迷茫孤独。对"遗民"来说，其中还夹杂着"离家"给他们带来的生存的悲苦。"遗民"这一群体在缓解这样的负面情绪的时候，就会将已经覆灭的故乡作为一种精神寄托，这不失为平衡过去、现在和未来紧张关系的一种策略。

"逐光者"则是另外一群被神所弃，远离原本的"故乡"的"遗民"，只是他们与"穿越者"们不同，他们最后还是回到了属于他们的精神家园。他们的回归，是《诡秘之主》剧情的高峰段落，亦是极大触动读者心弦的支线故事之一。

而"逐光者"的"光"的含义不止物质释义上的光，它还代表了秩序与教化的神性之光。这样的"光"是真理的隐喻，对人来说有着启蒙和教化的功能。没有这样的"光"，文明就无法产生和发展，人便会回归原始愚昧。"逐光者"为神所弃，他们所居的神弃之地便进入"黑暗"的环境。相比起艰苦的物质环境，自己和族人不断走向灭绝的事实以及因"血缘诅咒"而需要手刃亲人的精神折磨，不断将已经接受过文明洗礼的"逐光者"们推向精神崩溃的深渊。"黑暗"使神弃之地的文明逐渐衰落，甚至走向灭亡，因此"逐光"是一种必然的选择，到达有"光"的土地是他们本质的需求。在无法回归原先的故乡的情况下，他们选择了回归精神的"故乡"——改信"愚者"并走出神弃之地。最终"逐光"之路通向外界。

这样的回归之路从社会层面看,还隐喻着一个边缘小群体回归主流大群体的过程。它们都有相似的社会融入的路径。首先都有回归主流群体的原因与意愿,且都通过他人的介绍和帮助。对于神弃之地的人们来说,这个人就是克莱恩,克莱恩借海神教会的力量将他们安置在拜亚姆之城,并尽其所能授人以"渔":组织学习通用语言和生产生活技能,推荐适合的工作岗位,使他们拥有稳定的收入。但最重要的是给予了他们新的宗教信仰,并借此让他们对主流文化产生文化认同。这些手段可以让"逐光者"们从根本上融入主流社会。而且"逐光者"们的回归亦有利于社会团结。一个团结的社会,其社会成员在一个共有的主要价值观和社会制度下都应有同样的机会,"逐光者"作为人类社会的一部分,也不应被排除在外,而克莱恩也因帮助"逐光者"们回归,才得以顺利晋升为序列2"奇迹师",离神位更进一步。这样的设定在某种意义上亦是对帮助边缘群体融入主流社会这一行为的肯定。

2. 现实人生的扮演与体验

扮演法作为打开魔药体系大门的钥匙,是序列链条的核心要素扮演法的精髓,要根据魔药名称行事扮演,理解其中隐藏的规律,并以此作为准则要求自己。它通过"改变身、心、灵的状态,让它们逐渐贴近魔药核心残存的顽固精神,从而产生共振,一点点同化,一点点吸收"("小丑卷"第57章《梳理和总结》),提供人物成长的方式途径,蕴含世界运转的规律法则。

若将序列比喻为职业,扮演法就像是一场人生。人在社会上生存,自然而然会产生若干与自身适配或不得不具备的身份,而扮演就是需要理解领悟人的各式身份,了解其责任与意义。消化魔药,则是让我们从不同身份转换中体会人本身的价值意义,增进对社会与自我的认识与了解。

以小说主角克莱恩的"占卜家"序列为例,几乎其每轮的晋升皆伴有对此序列等级身份的精髓总结,富含隐喻性。根据文中每一阶段的扮演守则,能够看出"占卜家"窥探而敬畏命运;"小丑"在面对命运不可抗力的戏弄时仍要保持笑容,"尽人事,知天命",这是对命运的抗争与妥协;"魔术师"则强调抗争性,在充足的准备后主动挑战命运的不可能,哪怕结果只是虚假的,个体实际一无所获;进入中序列后,其核心法则走向灵活,"无面人"需要融入角色的同时也能抽离自我,保留情感,两相对比以找寻真实自我的特点个性,以了解把握自身及他人的命运;自"秘偶大师"起,则进入影响他人命运的阶段,以秘偶为实验体,为之创造命运、把玩命运;"诡法师"侧重感受并掌握命运的诡谲;"古代学者"偏向感受命运于历史中的百变,更为全面地掌握命运的发展;"奇迹师"可以理解为"魔术师"的进化,差别在于此时已然具备转变命运的实力,历经死亡,几乎无所畏惧,但是"奇迹只能一时,命运总是漫长"(第七部《愚者》第48章《奇迹只能一时》)。与长期命运相比,一瞬的奇迹显得如此渺小,这是对自身实力与世界仍旧保持清醒认识与谦卑心态;"诡秘侍者"是通过编织一座城市的命运,是一次愚弄与反抗命运的试水;直至"愚者"抵达这一序列的终点,彻底完成对命运的愚弄与报复,而这也作为一个全新的起点。[①] 如此"占卜家"序列达成由了解命运、屈服命运至反抗命运的过程,克莱恩逐步成长,不断达成对世界认识的深度与对自身个体认知的巩固,意蕴深远。

而另一生动体现人具有社会性的规则为锚的设定。当成为高序列强者后,面对异化失控的巨大风险,非凡者需要发展自己的信徒以建立心中

[①] yearcuiweidong:《何为愚者?》,百度贴吧,https://tieba.baidu.com/p/6644960407?share=9105&fr=share&see_lz=0&share_from=post&sfc=qqfriend&client_type=2&client_version=11.10.8.6&st=1604484075&unique=27D4F9D96175FBCCFE30546E28216479.

的锚,通过信仰帮助自己稳定欲望与情绪,从而对抗失控倾向,掌握自己。如克莱恩最初的锚便是塔罗会成员的信仰。哪怕权力至高无上,非凡者还是需要在社会集体中,需要群众的力量,才不至于沉舟翻覆。从锚的设定可以看出脱离社群的巨大风险及现今存在的群体孤独现象,在当代社会下,人们需要多元化的人际关系以确定自我存在,完善自我模样,形成自我认同,锚是其中一种具有安全感而又具有亲密感的人际关系,对于个人的认同感与发展有较大作用。

同时,从克莱恩晋升过程中对于扮演法则的不断提炼,我们可以看出"规则"被提到重要位置。总结规则且按照规则叙述正是网络文学类型化套路化的特质,而利用总结规则这一点推动力量体系与故事的发展正是网文套路化写作下的创新与反叛,符合当下群众的期待。即便拥有金手指,仍不足以彻底带动实力的晋升,还必须附带精神与思想的提升,这可窥见精神与心灵成长的重要。这一观念也是在当下经济发展,物质生活得以满足,恩格尔系数逐渐下降的社会现实下的产物。且历经波折而非轻而易举而获得的实力能够带来更为高级的欲望满足,人物的代入也会显得更加具有正义感。在重重情节丰满下更为顺耳委婉的思想容易被读者接受,而非站于说教地位,让人产生抗拒感。

此外扮演法法则也具有隐喻性,人的成长离不开规则,个体在找寻自我的过程中需要顺着社会框定的规则去进行,同时其过程本身也是不断为自己总结人生法则以定义自我、提炼人生的经过。"故事本身就是修炼"的设定也抓住了生活本质,密切贴合社会现实。读者于现实世界中的成长与修炼亦是历经各类故事而达成。这让魔幻落入现实,读者极易与文本产生共鸣,继而推动他们自然地顺应代入,同主角共成长,于自身具备启发思考意义,而非局限于娱乐消遣价值。

在小说残酷阴沉的总体设定氛围笼罩下,扮演法还暗含着世界的荒诞感与人性的扭曲,展现了命运悲剧。人企图用理性探索世界运行发展的规律,由此产生亵渎石板、记录魔药体系内的研究总结,并借助扮演法逐步成长。然而人类的理性不足以丈量世界,未知的恐惧始终笼罩于心头,神的不可直视,呓语能够产生轻而易举的毁灭力量,这些都意味着世界混沌而混乱的本色,体现人与世界难以弥合的割裂感,奠定荒诞底色。

纵观整部小说,清晰可见人物与其命运间不可抗拒的矛盾,"普通人死于非凡。欲望魔女死于爱情。阴谋家死于忠诚。牧羊人死于信仰。梦魇死于梦中幻影。死神困于冥河。窥秘人死于无知。烈阳扼杀远古太阳的光。黄昏巨人倒在黎明之前。一切都是必要的牺牲,空想家从未存在。旅行者死于归乡。偷盗者最终一无所有。不属于这个时代的愚者陨落在旧日之都。失去理智的半个愚者只是在向他的家人哭诉"[1]。人的按部就班下,命运竟然反向偏离,距离本真欲望愈行愈远,扮演法在其中推波助澜。魔女拥有魅惑的能力,保持青春永驻之姿,具备女性的正面吸引力,却最终得不到自己的爱情。"阴谋家"序列擅长策划察觉阴谋以满足自我,而其代表人物红天使梅迪奇却因为自己对远古太阳神的忠诚而被利用挡枪,下场凄凉。窥秘人应是对神秘学知识掌握较全之人,却因为轻信呓语的无知而死亡。如此设计安排情节,人类欲望与能力的难以匹配,追寻人生生存意义而不得的悖谬就更凸显荒诞,进而让作品蒙上一层悲剧感。个体命运的终点皆是死亡,故而人生若论结果终究是荒诞的失败,因此人生的意义并不全在此,而更多侧重于过程。如何理解生活过程就是个人尽可能找寻人生意义的过程,必须避开生活现实荒诞的干扰与个

---

[1] Cola·Poisoning:《抄录——〈诡秘之主〉完结感想》,豆瓣,https://www.douban.com/note/770883551/.

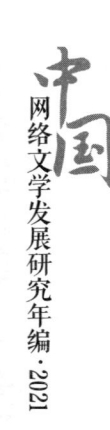

体的异化,才能找寻真正的自我。

扮演法所表露出的对人的认识与弗洛伊德的人格结构理论有异曲同工之妙。扮演法提供一条自我向超我形成的捷径。捷径虽意味着快,却并不担保好。在绕过阻隔之时,人或许已经以出卖自我为代价,以损害自我的方式去获得能力的晋升,去无限逼近超我的存在。人不能够完全到达超我境界,同时也必须保持本我,回归个体,因为这是自我存在的基础,完全超我会使自我失控。因此三者必须同时存在且保持平衡,才能保证人格正常化发展。因而在人生的前进道路中,我们必然不断找寻并完善自我,守住初心,回归个体。对自我需求与价值的不断找寻映射出当下浮躁社会中人的迷茫与异化。爱潜水的乌贼也与众多作家一般,去审视人类的内在世界,探讨个体生存,体现人类思想荒芜的生存困境,以赋予文本独特立意,给予小说更多的文学性与思想性。

3. 人神对抗的回溯与超越

小说中的神性是理性的代表,而人性则是感性和理性的结合体。小说中非凡者的成神之路便是逐渐抛却感性的结果,而这感性的抛却造就了许多的悲剧,显示着作者对成神之路的另类考量。

类似于俄罗斯宗教哲学家认为人是神性和人性的完整统一体的观点,这本小说也认为人蕴含着神性,但不同的是,这本小说的神性却是人性中理性部分的凝练和提取,形成神性从属于人性的吊诡逻辑。小说中,凡人和非凡者的设定呼应着"知善恶树"的逻辑内核。恶是感性的结果,而感性也是人相对于神的独特存在,非凡者的晋升即是神性在人性中占比的提升,直至变为纯粹理性的存在,同样没有善恶之分。把理性奉为神话,是启蒙运动期间乃至今天都存在的现象,但这本小说通过展现众多次要人物的悲欢离合让读者感受到了感性的魅力,就像老尼尔为了亡妻甘受失控风险,埃德萨克王子知道真相后仍旧庇护特莉丝,黑夜女神因为故乡的情节而放弃阿蒙转而帮助克莱恩等,还有主角自身对人性最强烈部分的刻意保留以及对战阿蒙体现出的"人类勇气的赞歌",都让读者感受到混沌、黑暗的大背景下,人性的光辉式爆发。正如人文主义的宗匠——伊拉斯谟一生也未能看见甚至直到现在也没有出现他心目中的理想社会,但当美化暴力原则的马基雅维利主义登上政治舞台,当要推翻迷信的理性主义把自己变成神话,又当象征先进的科学主义把人类异化,伊拉斯谟的人文主义精神一直以人类古老的梦想形式给予欧洲乃至世界新的希望,而人性的怜悯和人类勇气的赞歌则是作者对维多利亚时期和现今社会的一种人文主义精神的呈现与赞扬,让读者找到心灵的寄托。而在新时代来临的情况下,保有人性并不断追问一切存在的合理性,重新建构价值体系,才能消去高科技发展带来的末世阴影。比如在小说中,克莱恩多次经历和感知的世界也就是资本主义和现代社会的阴暗面,其中一个就是作为理性象征的神性成了邪神降临的温床。

这种对感性"网络文学创作主体表现了新时代的人文精神、审美情怀,游历于网络之间个体生命的审美理想追求,不是技术性的未来展望,而是审美感性和审美理想的高度融会"[1],本文作为以"表达"先行的小说,在谋篇布局、人物设定上都紧扣着人性和神性的对抗和融合,而主人公克莱恩,则是其思想凝练表达的叙事载体。

"后现代文化以令人眼花缭乱的视觉形象解构了传统文化关于现象与本质、符号与意义之间的深度模式,而互联网文化将进一步深化和普及这个解构进程"[2],尽管拥有大量的诡谲情景和普遍的现实观照,但不同

---

[1] 柯秀经:《网络文学的审美特质》,《华南师范大学学报》,2003年第5期。
[2] 巫汉祥:《网络时代审美意识的变异》,《厦门大学学报》,2001年第2期。

于拉丁美洲的魔幻现实主义,这本小说同许多网络小说一样,其符号和意义之间的关联是浅性的、一望即知的。

人性有优势必然就有劣势,人性是经不起推敲和考验的,这是今人常常提及的。作者也没有规避这一点,并将其在次要人物身上体现得淋漓尽致。神性的发展是人的精神修炼的结果。变成非凡者意味着开启全新的人生,而升级也不再是毫无隐患的开挂,每一次的晋升都伴随着失控的风险。为了避免沦为封印物或非凡材料,非凡者不得不步步为营、小心翼翼,掌握扮演法"你能加班成任何人,但你只能是你自己"("无面人卷"第249章《收获》)的核心思想。在这一精神的修炼途中,非凡者得以对人生产生更加深刻的理解,对自我的认知也更加清晰。而在这个喧嚣的时代,清醒的认知正是读者所渴望的。由此可见,作者远不是神性的警惕者,而是神性的探索者。

对于克莱恩来说,神性加持下的人性不断得到更高境界的提升,然而人性没有迷失于神性的权威,反而实现了超越,呈现出一种对本我的回归,属于否定之否定语境下的实在超越。于是克莱恩就在这样的回归与超越中寻觅到属于自己,甚至是属于一个时代的英雄主义。他们的内心洋溢着美好的人性,视力量为手段而不是目的,更多地沉醉于普通人的世俗幸福中,为了守护更好的生活而奋斗。

在个性张扬的时代,英雄的道德完美越来越为读者所排斥,容易形成"叫好不叫卖"的局面。抛却完美化的叙述而转为个性化的关注则容易引起读者的共鸣和好感。同时,中国蒸蒸日上的发展局面给予了国民巨大的信心和无限的期待,让网友敢于并乐于欣赏国人对全人类,尤其是西方世界的解救。这本小说明显具有以上两点的特征,但与之相对而更具隐喻性的,是这本小说的主题之一,与其说是人性与神性的融合和对抗,不如说是一个愚者或者是一个人的精神旅程。从开始的"天真无畏"到神化，克莱恩在神性的消化下，日益理解和掌握着祸福相依、混沌复杂的世界和人生的本质，在经历巨大的痛苦之后，渐渐开始充当一个旁观者，但最后还是实现了感性支配下人类的真诚的怜悯和牺牲的勇气的突围，实现自我的和解，达到一个全新的人生阶段，成为一个卓越的人。而这也是现代人难以做到却向往的，正如深合网民心意的话——认清生活的真相后依然热爱生活的，是世上仅有的英雄主义。

结语

随着网络小说的发展，越来越多的作者满足于"现实以上"的世界架构，缺少足够的想象力与耐心来建构文本世界，导致了网络文学的同质化倾向。但《诡秘之主》的作者以审慎认真的写作态度和"知识考古"的倾向，查阅大量资料，不断完善设定背景。这使他能在利用现有写作套路下，进行"反套路"的写作。他融合克苏鲁神话、西方神秘学、卡巴拉神秘学、蒸汽朋克、类 SCP 等元素，架构起设定宏大、内涵丰富、细节清晰的幻想世界，同时加入极具游戏特色的 22 条有趣的晋升途径、220 种魔药、220 种"职业"的晋升体系设定，使整本小说丰富且新颖。

爱潜水的乌贼将"艺术源于生活又高于生活"这一信条展现得淋漓尽致。他以适当的调侃等趣味性手段有效地缓解了小说中宏大的史诗化的沉重背景及内涵，利用隐喻拓展小说的剧情叙事，将主题不断深化，提高小说的思想境界和人文内涵。《诡秘之主》是"一部提升了网文品格，融汇了人文内涵的典范之作"，它为玄幻小说如何与现实相连开拓了一定的空间，为网络文学精品化转型提供了极具可行性的操作样本。

原载于《百家评论》2021 年第 5 期

朗健而柔情的女性列传

——蒋胜男长篇历史小说《燕云台》读解

乌兰其木格

在历史小说创作中,蒋胜男是一个独特而醒目的存在。她的"女性大历史"写作即是从女性这一特定性别身份出发,书写历史上实有的女性在文明史和政治史上的光辉业绩。虽然在传统文学和网络文学领域中,历史小说的写作已收获了丰硕的成果,但持续书写杰出女性,试图将"被驱逐"和"被压抑"的女性历史进行一定程度上的"修复"和"还原",以平等的两性观赋予历史叙事以健全面貌的创作者却并不多见。

蒋胜男不仅仅是"女性大历史"文学的倡导者,同时亦是女性历史文学的衷情书写者。与不少网络作家热衷采用"穿越"和"架空"的叙事策略不同,蒋胜男的女性历史写作遵循的是现实主义的创作手法。为了从混沌、冰冷而又极其简单的史书中爬梳和建构起女性历史谱系,蒋胜男数十年如一日地阅读和寻觅女性历史人物的生命痕迹。动笔写作之前,除了案头的资料收集和整理工作,她还会通过田野调查进行实地调研和访谈,力求全面而深刻地理解笔下的人物及其生命故事。回到史料本身,深度勘探和挖掘其内部蕴含的文学性与故事性,在所知有限的情况下,蒋胜男通过合理的文学想象,用更为成熟和周密的思维向度,在女性个体生命维度和文化维度上还以敬重与爱惜从而实现了历史真实与女性价值的双向回归。

与《芈月传》一样,蒋胜男的长篇历史小说《燕云台》依然采用"大事不虚,小事不拘"的创作原则,描写了女性政治家萧燕燕纵横捭阖的壮阔人生。只是这部长篇小说既要据实摹写一个草原民族在政治变革和守旧贵族的叛乱中的艰难崛起,又要深度呈现一个传奇女性为此付出的沉重代价和亲情之殇。特别是,与芈月更加注重个体价值的实现相比,萧燕燕显然更具有家国情怀和担当精神。由此可见,蒋胜男的历史小说写作在价值取向上出现了"新变",即从着意彰显女性个性风采和个人意志的实现,到更加强调家国情怀的担负与政治伦理的重建。

在《燕云台》中,蒋胜男笔下的女性人物不再只局限于后宫之内,而是深入民众之间。因此,这些女性的生命轨迹折射的不再只是一个人的私人世界,还关联着一个民族和时代的"世事"。在广阔江湖的游历行走中,当萧燕燕目睹曾经美丽的草原上到处是一道道暗紫色的"血沟",面对牧人们死状各异、帐篷上余烟未尽、羊群四散在远远的草坡上咩咩地叫着却不敢走近的惨状,她的内心经受了巨大的情感震撼,对穆宗滥杀无辜的残暴充满了愤恨,对平民百姓的惨死则产生了深深的悲悯。此后,同情民众、关注民瘼,以天下苍生为念成为萧燕燕最为突出的精神品格,而她也从单纯稚拙的寻爱少女逐渐成长为匡正时弊、救民于水火的杰出政治家。

值得注意的是,在反抗男性历史写作对女性的覆盖和遮蔽时,蒋胜男并不想让她的女性历史写作陷入"女性中心"的褊狭。在她看来,无论是"男性中心"还是"女性中心",均是不符合健全史观的偏颇写作。她的写作要探讨和建构的是两性平等的文学史观。基于这一认知,蒋胜男的女性历史写作并没有矮化男性形象。相反,作者肯定了男性在女性成长岁月中的启蒙引领和政治赋权。萧燕燕能够登上"权力的巅峰"并最终实现几代人心心念念的政治改革大业,除了具有个人才华禀赋外,也离不开父兄、夫君和恋人的鼎力相助。如果说塑造杰出而实有的女性群像是蒋胜男"女性大历史"的叙事核心的话,那么,温润如玉、重情重义的士人君

子和雄才大略、心怀天下的皇帝则成了烘托"核心形象"不可或缺的陪衬性人物。这些男性人物不仅在情感上给予女性真挚的情爱，而且还以如师如兄的角色担当起为女性启蒙的职责。从某种程度上说，正是这些君子的真情守候和帝王的悉心教导，才使得萧燕燕等女性能够从政治旋涡中泅渡出来，一步步成长为高明睿智的政治家。

如此，男性不再是女性进入历史、掌握权力的异己力量，相反，在蒋胜男所建构的文学世界中，男女两性是在一种乐观、浪漫的关系中通力合作，共同开创了王朝的繁荣盛景。在两性观上，蒋胜男强调的不是对立而是包容，不是乌托邦式的幻想而是现状可以改变的坚信。"母亲"的历史与"父亲"的历史的双重视野使得蒋胜男的女性历史写作呈现出朗健的精神气质，也贡献了值得重视的历史观和方法论。

当然，"载道"的宏大并没有压倒或者消解对个体情感和个人伦理的关注。事实上，蒋胜男的"女性大历史"写作之所以独具特色，恰恰与她的写作是诗化的、情感化的历史写作分不开。蒋胜男以"有情"的眼睛看待世间的一切，以体恤、融入的心态理解她笔下的所有人物。在行文过程中，书写爱并肯定爱成为蒋胜男历史小说最为核心的价值取向。她笔下的爱，包括爱情、亲情、友情以及其他多种样式的情感类型。

小说《燕云台》重申了"爱的力量是伟大的"这一恒常认知。蒋胜男以炽热的情感和诗意的方式细细书写了甄后与耶律阮、萧燕燕与韩德让、玉箫与耶律贤、胡辇与挞览阿钵之间哀婉而缠绵的爱情故事。在争权夺利而又遍布阴谋诡计的动荡历史中，这些痴情男女始终没有放弃爱的能力与理想。譬如萧燕燕和韩德让在被皇帝耶律贤强力拆散之后，并没有真正地放弃和妥协，他们将对方埋藏在内心深处，至死不休地深爱着彼此。最终，在漫长的守望中，在历经重重磨难后，他们得以缔结连理，携手开创了大辽的辉煌历史。

特别需要指出的还有,蒋胜男笔下的爱情叙事并不是凌虚高蹈、无视现实的。她写出了爱的炽烈,也写出了爱的一波三折和所要承受的痛苦。爱得越深,意味着承受的苦难越深。爱的力量有多大,吞噬它的力量就有多强。青春年少时的至纯之爱总要经受命运或权谋的无情拨弄。长大成人后,在家国责任的担负下,相爱的人又常常不能在一起。刻骨的相思中,纵然可以用"有情人岂在朝朝暮暮"来宽解自己,但在日常生活里,却不得不面对"使君有妇,罗敷有夫"的尴尬难局。

此外,在诗性的基调下,《燕云台》将国家民族千秋大业的"公"和个体亲情聚散离合的"私"进行了激烈的碰撞和交融。小说不避繁难地揭示出王权政治对人性的异化和对亲情的损毁。对至高权力的渴盼和膜拜使得乌骨里和胡辇不顾姐妹情谊,先后发动叛乱,作者用痛惜的文字精细地描摹出萧燕燕、胡辇和乌骨里三姐妹从相亲相爱到骨肉相残的人伦惨剧。小说的结尾,自知时日不多的萧燕燕虽然有万般不舍,但为了大辽王朝的稳定和长治久安,也不得不借韩德让之手毒杀了大姐胡辇。但萧燕燕的"无情之举"却是对天下百姓的"有情之心",她和韩德让毕生的信念就是使大辽王朝的百姓免于战火,实现安乐。为此,她甘愿承受锥心的情感之痛与灵魂撕扯。

其实蒋胜男熟知,每一个政治家都必然面临国家伦理与个体伦理的艰困之局,但她不认为文学可以提供一种偕顺的方式化解诸如此类的生命困境。她希望的是发现悖论并呈现问题,而她歌咏礼赞的正面人物均具有堂吉诃德式的勇毅——永不退缩、永不妥协,在与命运和历史的拼斗中浩荡前行。

原载于《文艺报》2021年1月29日

多角度讲述普通人的抗疫故事
——评陆月樱长篇小说《樱花依旧开》

桫椤

新冠肺炎疫情发生一年后，读陆月樱创作的反映武汉抗疫的网络小说《樱花依旧开》，仿佛又让读者回到了疫情初起时的情景中，也惊叹于网络文学对现实迅捷的反应能力。

与传统小说创作者习惯对经验先进行时间积淀，再进行艺术化改造不同，网络小说创作者往往能迅速、直接地捕捉生活中的狂澜巨浪或美丽涟漪，感知集体情绪和个体情感或剧烈，或细微的变化，并快速对应到社会角色身上，塑造出人物形象。一个突出的例子是，2020年1月23日武汉疫情升级，此后2月9日，阅文集团就开展了"我们的力量"抗疫主题征文，至3月11日就有12000名作者报名参加、4000部作品上线，给全社会的抗疫行动增添了重要的精神力量。李开云的《国家抗疫》、梦风的《一诺必达》等都是这一时期出现的作品。由于选题距离现实较近，社会记忆正有温度，甚至小说里写到的生活还在延续，因此这类作品非常容易将读者代入情节中形成沉浸感，作品可以融通读者在阅读小说时与身处现实中的两种感受，从而起到抚慰大众情感的作用。在这方面，传统小说确实有所不及。《樱花依旧开》创作于我国抗疫工作取得重大成效、疫情得到有效控制之后，无论从主题还是写法上来看，该书都是此类题材中一部极有特色的作品。

强烈的现实关怀意识是这部作品中最重要的写作伦理。小说与其他同类主题的作品一道，彰显了网络文学对现实的责任担当，客观上起到了为网络文学正名的作用。

小说中详写的故事都发生在武汉发现新冠肺炎疫情之后的一段较短时间内,其余时段则略写。作品集中描写了生活在同一个小区的来自不同地方、从事不同职业的居民。面对疫情的到来,他们由不解、恐惧再到行动起来互帮互助,积极投身到社会抗疫的洪流中,为武汉抗疫做出了贡献。故事发生地"桃源小区"是武汉乃至中国无数个普通居民小区的缩影。尽管现实中不一定实有其地(或许有现实的原型也未可知),但其间发生的故事无疑是从我们所熟悉的生活中采集而来的,并成为对现实生活进行剖析的"样本"。小说里如科研人员何杰及其妻子何清淼、三甲医院胸外科主任路医生、瑜伽私教郑婷、快递员李毅、酒店总监杨斌、社区网格管理员陈潘等人物,身上体现出的个性、处世方式与道德水平千差万别。他们的居家生活中既有欢爱浪漫,也有一地鸡毛,亦如我们周围常见的普通人,甚至折射出读者自己的影子。小说将这芸芸众生中的一群人放置在疫情期间有限的时间段内加以观察描写,通过他们在疫情期间的所见、所感和所做,写出了疫情之下社会整体性的生活情状以及幽微的心理和情感变化,其作为"修辞"的意义不言而喻。

一个写作者出于什么样的目的进行创作,往往体现在作品对题材的选择、对想象世界的建构和赋予人物的"三观"及命运中。文学可以表达人在细腻感受中的反思,同样可以体现人们在与外部世界的搏斗中达成自我愿望并以此来改变命运、襄助社会进步的情节和主题,这两种艺术表现手法并不矛盾。在鲜活而饱满的现实之上,这部小说写出了人物因为抗疫而发生的思想转变并将此作用于行动中,从而表现了人物在奉献社会中实现了其人生价值的过程。

小说中,何清淼是个会"发嗲"卖萌的年轻女性,她安享着老公何杰

宠溺的甜蜜,但当她从外地回到武汉后,却能顶着巨大压力纾解身患感冒的母亲遇到的困难,并慷慨地向陌生人让出自己购买的口罩和消毒液,还主动报名参加志愿服务工作。那个不久前还柔弱隐秘的"小我"在疫情到来后瞬间成长为坚忍勇敢的无私"大我"。陈潘作为一名从事社会管理工作的社区网格员,性格有些"粗线条",曾因简单粗暴的工作方法与包括何氏小夫妻在内的多位邻里发生过口角,但疫情发生后,她忠实履行自己的职责,不辞辛劳地帮助他人。快递员李毅先是给医务人员送饭,后瞒着妻子冒着危险承担起了接送医务人员的重任……这些人物中变化最大的当属郑婷,她不幸的爱情和生活遭遇让人同情,但她也有着自私狭隘的心理。为了方便自己,她曾试图挑动大家抵制路医生的科学建议,但当她的直播课获得成功、凭借瑜伽教材有了收入后,却只留下了必要的生活费而将钱全部捐赠了出去。

这些人物身上不仅凸显出人性在严酷环境中迸发出的温暖慰藉之力和抗疫精神的强大感召,实际上也揭示了我们之所以能够控制疫情、取得阶段性胜利并将最终战胜疫情的"终极奥秘":正是有千千万万个何清森、路医生、李毅和陈潘们的积极行动,才凝聚起了抗击疫情"人民战争"的伟大力量。这部作品也借"樱花"这个意象,将疫情期间现实的沉重感抬升起来,寓意人们心怀对未来美好生活的坚定向往,增强了读者战胜疫情的决心和信心,进一步显现了小说的社会意义。这似乎是一个最浅显、平常的技法选择,但小说具有一个在网络文学创作中并不寻常的特质,那就是对结构的匠心独运。

由于网络小说有着较长的篇幅,因此结构往往很难把握,并不容易形成"有意味"的结构形式。小说或按照故事发展的线性方向顺时、顺势而为,或采用自由散漫甚至毫无章法的结构方式也极为常见,这在很大程度上降低了网络文学的表现力和艺术水准,使网络文学叙事流于平淡甚至平庸。这虽然与网络小说采用连载更新的方式"在线"发表有关,因为线性故事最易于阅读和理解,但也反映出网络写作者普遍缺乏足够的结构意识之现象。毕竟,各种不同的题材不可能只适宜一种结构方式。在《樱花依旧开》中,就使用了极为少见的网状结构,这显示了作者的精心考量。尽管这一结构的处理并非尽善尽美,但其独特的结构方式清晰可辨。全文看似围绕同一居民小区内不同人的抗疫行动建立起一个完整的故事,但在内部,却是以每个人不同的主体视角进入其疫情期间的生活和抗疫行动中的。尽管人物之间相互关联,但每个人物的经历及其感受都被作为一个相对完整的故事来讲述,依次为:何清淼的忧惧、郑婷的直播与困境、李毅的信念、网格员的日常。作者选择讲述四个人物在武汉疫情期间的生活,从而多角度、多侧面、立体化地呈现了对现实的表达,通过独特的叙述结构强化我们对历史的记忆和理解。

在作品的现实关怀、价值导向和形式要素等方面,尽管这部作品有诸多可圈可点之处,但从文本自身来看,其完成度仍有待提高。例如,一些情节的设置艺术真实感较弱。小说中郑婷的情感和生活遭遇偏离了常理,因此其性格、形象亦显得虚假,成为四个主要人物中价值光环最弱的角色。作者似乎已无力将其从命运的歧路上拉回来,没有办法让人物发挥更大的作用,从而不得不将其安排为一个捐款人草草结束关于她的故事。此外,作者虽采取了在网状结构之中分述不同人物对同一事件所见所闻的方式,但是没有从主体的视角出发写出差别来,反而多处直接复制相同的场景描写,例如陈潘与何氏小夫妻之间的对话等,有注水之嫌,是不可取的。

无论对网络文学还是传统文学,现实题材创作都是有难度的。因为

读者会下意识地用"像不像"客观的现实来评判作品的优劣。而在信息时代,读者对现实更为熟悉,像传统文学那样处理、沉淀生活经验,是可以在一定程度上减弱这种创作难度的。对于《樱花依旧开》这类从当下的现实中直接取材的网络小说,我们固然要为作者对时代的敏感和直面现实的勇气鼓掌,但也应该看到,漫卷的日常烟火虽然增加了作品的温度和读者的熟悉感,但也一定程度上遮蔽了文学作品对精神的瞩目与守望。这与作品距离现实太近、客观逻辑拖累了文学对现实的再造和升华有一定关系,这也是现实题材网络文学创作亟须解决的问题之一。

原载于《文艺报》2021 年 1 月 29 日

人生隐宿命　通俗见人性
——论网络小说《庆余年》的思想内涵和创作技法

童孟遥

网络作家猫腻创作的《庆余年》是一部古装权谋长篇小说，共计七卷，讲述了一个拥有现代思想的穿越少年范闲的传奇故事，他自小在养父、师父的着意培养下文武兼备，在一系列阴谋中历经家族、江湖、朝堂的种种考验和锤炼而声名鹊起。该小说囊括了穿越、权谋、悬疑、爱情、亲情、友情等多种题材和元素，讲述了政权与政权、家族与家族、帝王与臣子、臣子与臣子、权贵与平民、父与子、嫡与庶之间的斗争，既有朝堂上的暗流涌动，也有伦理间的扑朔迷离，几乎具备了通俗、娱乐作品的一切要求，以煽情离奇的情节直接诉诸观众情绪，表现了生离死别等世俗化的人情世故，憧憬了一种理想状态下的社会生活，妙的是在富有英雄主义和浪漫色彩之余又能关照现实，是传统道德和成长故事的现代版，作者通过其作品表现出东、西方传统文化对现实生活的诠释和新解。

简单地说，该小说的创作技法可以概括为"以故为新"或"化古为新"。这句话其实是世人对"江西诗派"创作方法的概述，江西诗派的开山祖师黄庭坚曾说过："古之能为文章者，虽取古人之陈言入于翰墨，如灵丹一粒，点铁成金也。"所谓"夺胎换骨""点铁成金"就是指借鉴前人的"陈言"和套路，化用到现实生活和场景中来推陈出新，叙说自己的主题内涵。《庆余年》的创作方法与此相类，在情节、结构、形式和人物设置上古今合璧，巧妙地借鉴了好莱坞的情节剧、传统剧作、古典小说（如《红楼梦》）以及神话传说等，"草蛇灰线伏脉千里"，多处埋伏笔、设伏线，剧情

充满反转和起伏，节奏明快。全剧以人文关怀为底蕴，以劝善济世为主题，充满了对理想主义和英雄主义的崇敬之意。

　　导演史蒂文·斯皮尔伯格曾对好莱坞情节模式有过精辟的概括："一般来说，是主人公不再能掌握自己的命运，失去了对生活的控制，然后设法以某种方式重新掌握了自己的命运。"这话应用到男主角范闲的身上也恰如其分。范闲的存在重现了柏拉图经典的哲学三问：我是谁？我从哪里来？要到哪里去？前世体弱多病的范闲在穿越后经历了身份错位的迷惘后，开启了一番思想观念上的转变，先前只是打算"好好活着"，但是后来遭遇阴谋暗算，护卫受牵连牺牲，于是他奋起反抗，而后身不由己地卷入朝堂争斗，最终想要"改变规则，重塑天地"，以一己之力，与世界为敌——其实就是与摆布自身命运的势力以及固化的规则和制度为敌——而这也是其母叶轻眉曾经的壮举和誓愿。

　　因为穿越后再世为人，所以范闲对于生命格外珍惜和敬畏（无论是自己的还是朋友、下属的生命），充满着一个生命个体对于自身生命的清醒认识，包括生存、安全和死亡意识等，潜意识里避忌伤害和死亡。但在京都步步为营的环境下，范闲逐渐与过去那个看似"贪生怕死"的自己挥剑断别。在其他人眼里死的不过是几个"护卫"，而对于范闲而言却是三条宝贵性命的无情流逝，于是对于生命的痛惜之情以及对他人生命负责的责任意识刺激到范闲去以杀止杀、以武止戈，拼死当众击杀了仇人，这失常的举动其实也是一种变相的生命意识的体现，"你身边的人都是因为你自己聚拢起来，如果你想操控他们的人生，就必须保护他们的人生，所以这些护卫的生死是你的责任"。范闲强烈的生命意识不仅只针对自身和至交、亲人，甚至还体现在对待敌国暗探的态度上：在鉴查院的牢狱中对司理理用刑，也不过是为了间接给她一条活路，借用陈萍萍的评语就是"心温柔手段狠",这都源于他内心深处对他人生命的尊重。

除却浓烈的生命意识和平民意识的体现,该小说还流露出浓郁的人文精神,表现为对人性、价值、命运的描摹和追求。作者尤其擅长在江山伟业的大冲突中用小细节去描绘人物,刻画人物角色的人性以及人最基本的欲望和情感,凭借真挚动人的情感细节,带给观众深深的感动。这些感动都来源于一种对于人性、情感的深层次共鸣,读者借以感受到残酷现实背后的理想主义和人文情怀。小说中的那些主角、配角、反派乃至路人都是鲜活真实的人,人物性格饱满。在作者笔下,他们以不同的方式热爱着这个世界,以不同的方式追求着他们想要的生活,他们都努力地生活着,或为儿孙,或为家族,或为梦想,或为信仰。那些简单而朴素的尊严与情感是最朴质无华却又最打动人心的心灵震撼。譬如范闲的奶奶,身为皇上的奶妈却身居僻境,表面上对范闲不闻不问听之任之,实则是在以自己的方式督促和锤炼孙儿早日成长、羽翼渐丰,爱之深望之切。旁人皆以为范闲是庶出而不受待见,但聪颖的范闲与奶奶有着彼此的默契,祖孙俩互相扶持。但在离别澹州前往京都时,少年持重的范闲难得失态,用一个非常现代的告别方式向奶奶道别:"将老太太狠狠地抱在怀里,用力地在奶奶满是皱纹的额头上亲了一大口。"动作虽简单,情感却复杂:因为他深知,此一去未必能回,那些未说出口的眷恋与感慨便借这一个动作传达出来,分外动情。又如开始时扮演反面角色的柳姨娘,作者同样不吝笔墨,展现其善意、人性的一面:她是一个有着真实欲望的世家女性,颇有心计,但是其子范思哲资质平庸,与范闲相比,有如云泥之别,她纵然心有不甘却又不得不收敛性情,于是她的心情总在嫉恨范闲优秀与气愤范思哲不争气之间来回摇摆,有的时候甚至为了范家而护佑范闲,因为在外敌入侵时他们却又是亲人阵线,保持着微妙的、表面的和谐,这是时势所造,也

是人性所在。

此外,该小说的创作技法还涉及一个东方式的"寻母情结"和西方式的"弑父情结"的融合。小说中的"寻母"和"弑父"是有时间上的先后顺序以及逻辑关系的,以寻母始,以弑父终。因为寻母得知母亲被杀的真相,于是最终杀死父亲为母报仇。剧中的弑父情结并非俄狄浦斯式的无意为之,而是在知情人的引导下寻找自己、寻找真相的过程中了解到实情,于是最终才决定去抗衡、弑父。寻母是寻找根源,而弑父则是推翻权威、开创未来,二者的融合可以算作是东西方思想文化的一种完美结合。范闲的"寻母情结"是回归根源,继承遗志;而他的"弑父情结"是双重意义上的,既是身体上的谋杀,也是自我主导权和社会主动权的褫夺。

该小说虽是一部权谋作品,但因为作者铺设了大量的伏笔和呼应,导致情节曲折多变,常常出人意料,因而同时具备了悬疑小说的色彩。小说中设置了一个推进情节向最终真相发展的功能性人物和场所——叶轻眉和神殿,这是小说中一个有待于给出答案的公开秘密,也就是小说精心设置的"麦格芬"。麦格芬手法是由希区柯克提出并惯用的电影技术方法和表现形式,即设置一个观众预先得知的关键物事,是情节发展的重要线索,是人物角色对话、行动甚至整个故事的核心,时时刻刻引导剧情,吸引观众。小说始终围绕着神秘的但不可接触的神殿和来自神殿的叶轻眉而展开暗线情节,小说便是围绕着这个既定的"麦格芬",不断引出矛盾又消除矛盾,去迎合或超越观众的期待,催生出生物性的轻松快意。

与同类题材相比,《庆余年》堪称是一部情节复杂、格局远大的古代传奇,它一直传递的都是"平等"的理念,不管是穿越而去的现代人范闲,还是终生隐忍布局的陈萍萍,他们捍卫的都是一种平等、自由、不畏强权的信仰以及对理想主义的无限追崇,包括对事业、爱情和友情的无限忠诚。比如叶轻眉,叶轻眉其实可算是小说中的隐形女主,虽然出场仅仅几个片段,却光彩照人,是让男性包括庆帝、范建、陈萍萍、五竹、四大宗师等人终生仰望和怀恋的精神向导。叶轻眉就是一个典型的理想主义者,她希望建立一个人人平等的大同社会,百姓皆遵法知礼,同情弱小,痛恨不平,"我希望庆国的人民都能成为不羁之民。受到他人虐待时有不屈服之心,受到灾恶侵袭时有不受挫折之心;若有不正之事时,以修正之心战胜恐惧;不向豺虎献媚……"又比如陈萍萍,陈萍萍也是一位理想主义者。不同于叶轻眉,他的理想不是生民安泰,也不是王朝的万古长存,而是牢牢守住心中那个女神熠熠发光的理想。守护他人的理想一生,这何尝不是另一种意义上的理想主义?陈萍萍外冷内热,黑暗阴郁,又足够忠诚。他对叶轻眉的虔诚,绝对超过了对自己生命的重视。他用毕生时间和精力布下了一盘棋,一方面引导范闲成长、为范闲铺路,另一方面试图以己之力抗衡庆国之主,重建新秩序。他是终生追求信仰并至死无悔的无名强者。

  稍稍令人可惜的是,尽管《庆余年》架空了历史、颠覆了历史,是一部充满现代思想和意识的穿越剧,同时也是一部充满"杰克苏"男主光环的升级爽文。它因为过度追求生理上的爽感,比如小说中大部分的年轻女性都寄情于男主角等设置,导致情节走向和人物性格的塑造上求全求满,反而变得失真矫情。男主角范闲的出生与成长宛如一场"楚门的世界",被人控制和监察,是一位现代思想与传统身世、制度碰撞的矛盾体,在历经重重考验与磨炼之后,他对于人生和命运的理解和思考应该是深刻而不俗的,但是因为编剧所赋予的"主角光环",范闲一旦遇难,必有救兵,这便给观众带来错觉——他遭遇到的所有阻力,都被他的"好命"消弭。原本层层铺垫的戏剧冲突,也就在一瞬间泄了劲。那些主角在困境中应

当经历的磨砺也随之消失。看似命运坎坷，但是实际上观众根本没有深层体会到主角面对困难和未知的无力无奈感与突破困境的畅快淋漓感，有的只是"命真好"的喟叹和歆羡。于是乎，这种对于人生、命运的思考深度和力度顿时被削弱了许多。

实际上，抛开外挂的主角光环，男主角范闲的身世命运其实充满了矛盾和悲剧，是一个披着所谓幸运外衣的注定悲剧者。他拥有现代思想，独立自主，向往平等自由，但小说中其他人偏偏都对他有所图或有所求，希望他按照自己的冀望或是设定的路线和轨迹前行，但男主不愿意，这便形成了控制与反控制、抗争与反抗争的矛盾。故事最后的悲剧性因素在于命运的不可抗性，兜兜转转，范闲还是走上了一开始就被规划好的结局。看似是男主自愿选择的路线，但其实质还是在按照陈萍萍等人的布局进行着，最终走向与亲生父亲生死相对的结局。这便是最大的悲剧。真正的悲剧不是绝对的正与绝对的邪的交锋而后，以正义的一方失败收场，不是一方完全占理而另一方完全理亏而后，以占理的一方失败收场。借用黑格尔的悲剧理论就是，悲剧的实质是伦理的自我分裂与重新和解，伦理实体的分裂是悲剧冲突产生的根源。范闲的悲剧性起源即是如此：生育他的人，也是遗弃他的人；而成就他的人，也是摧毁他的人。他始终处在两难的抉择中，被迫自我分裂与和解，无法走出桎梏。

原载于《文艺报》2021 年 4 月 30 日

后　记

《中国网络文学研究年编·2020》出版后,得到了网络文学创作、研究各界的一致好评,大家认为年编全面反映了网络文学理论评论一年来的研究成果,为网络文学乃至其他学科研究提供了重要参考,也为网络文学创作提供了重要启示、为行业发展提供了重要指导、为管理引导提供了重要支撑。

2021年网络文学界认真落实中宣部等五部门联合印发的《关于加强新时代文艺评论工作的指导意见》,评论研究持续深入。网络文学理论评论及时总结网络文学发展现状,研判网络文学发展趋势,网络文学评价体系和批判标准建设进一步推进,对网络文学起源等基础问题以及对作家、作品的研究不断向广处和深处开掘。同时,网络文学受到传统文学研究者和文学界之外研究者的关注。总体来说,2021年网络文学研究呈现出新的气象。

《中国网络文学研究年编·2021》,以问题意识为核心,以症候典型为经纬,力图展现多学科的研究视野,呈现网络文学研究的多维立体图景。第一辑《视野·探索》提供网络文学理论评论跨学科的面向,从法学、行政学到社会学、新闻出版等,从制度政策到教学研究,网络文学理论评论的跨学科属性随着理论评论实践的深入而越发凸显。第二辑《现象·思潮》以"网络文学起源"的讨论为中心,对不同起源的认定,实际上预设了不同论者对当下网络文学略有不同的价值判断。类似"起源"的基

本问题,实则反映了网络文学理论评论夯实基础、筑牢根基的学科意识的日益强化。根深才能叶茂,本固方有枝荣,网络文学理论评论也唯有培根强基,未来才真正可期。第三辑《访谈·评论》以中国作家网独辟的"网络文学名家访谈"栏目为基础,以有影响力的网络作家和作品为对象,纵论个人创作经历,品评作品及改编个案得失,网络文学理论评论积跬步而渐至千里。

本书由梁鸿鹰、何弘确定编选的指导思想和总体框架,审定入选篇目;唐伟负责具体的文章编选等工作。宋潇婧为本书的编辑出版付出了大量辛勤劳动,在此一并致以诚挚的谢意!

编者
2022 年 8 月 23 日